Wolfgang Hohlbein, geboren 1953, lebt mit
seiner Frau Heike und seinen Kindern, umgeben von
Katzen, Hunden und anderen Haustieren,
in einem Vorort von Neuss.
Mit über 36 Millionen verkauften Romanen weltweit
ist er der erfolgreichste deutsche Autor der Gegenwart.
Er hat zahlreiche Preise und Auszeichnungen erhalten,
doch vor allem ist er ein begnadeter Erzähler von
faszinierenden Geschichten.

Weitere Titel des Autors bei Bastei Lübbe:

Raven – Schattenreiter
Raven – Schattenchronik

Der Drachen-Zyklus
Bd. 1: Die Töchter des Drachen
Bd. 2: Der Thron der Libelle

Der Hexer-Zyklus – Director's Cut
Bd. 1: Die Spur des Hexers
Bd. 2: Der Seelenfresser
Bd. 3: Engel des Bösen
Bd. 4: Der achtarmige Tod
Bd. 5: Buch der tausend Tode
Bd. 6: Das Auge des Satans
Bd. 7: Der Sohn des Hexers
Bd. 8: Das Haus der bösen Träume

Charity
Bd. 1: Charity – Die beste Frau der Space Force
Bd. 2: Die Sonnenbombe
Bd. 3: Die Herren der Schwarzen Festung
Bd. 4: Das Erbe der Moroni
Weitere Charity-Romane in Vorbereitung

Thor
Anubis
Von Hexen und Drachen
Kevin von Locksley (2 Romane in einem Band)
Intruder
Der Inquisitor
Das Jahr des Greifen (3 Romane in einem Band)
Dunkel
Die Kinder von Troja
Die Heldenmutter
Wolfsherz
Der Widersacher
Die Moorhexe
Geisterstunde

Titel in der Regel auch als E-Book erhältlich

Wolfgang Hohlbein

DIE CHRONIKEN DER ELFEN

ELFENBLUT

Roman

BASTEI LÜBBE
TASCHENBUCH

BASTEI LÜBBE TASCHENBUCH
Band 20647

1. Auflage: Februar 2012

Vollständige Taschenbuchausgabe

Bastei Lübbe Taschenbuch in der Bastei Lübbe GmbH & Co. KG

Titel der Originalausgabe: »Die Chroniken der Elfen – Elfenblut«
Originalverlag: Otherworld by Verlag Carl Ueberreuter, Wien

Für diese Lizenzausgabe:

Titelillustration: Gestaltung: © init, Büro für Gestaltung, Bielefeld;
Umschlagillustration © Silvia Christoph
Satz: Urban SatzKonzept, Düsseldorf
Gesetzt aus der Baskerville
Druck und Verarbeitung: CPI – Ebner & Spiegel, Ulm
Printed in Germany
ISBN 978-404-20647-6

I

Einhundertfünfzig Jahre«, seufzte Pia. »Und nichts hat sich geändert.«

Sie bekam keine Antwort – und wenn sie ehrlich war, hatte sie auch nicht damit gerechnet –, sondern nur ein nachdenkliches Stirnrunzeln und einen dümmlich-fragenden Blick aus einem runden Mondgesicht, das gute drei Handspannen über ihr schwebte, von stoppelkurz geschnittenem schwarzem Haar und einer mindestens fünfmal gebrochenen und breit geschlagenen Nase beherrscht wurde und auch darüber hinaus ungefähr genauso intelligent, verständnisvoll und sanftmütig aussah wie der nahezu perfekt gerundete Vollmond, der trotz der eigentlich noch frühen Stunde bereits am Himmel stand.

Schließlich machte Jesus (der im Übrigen nicht Jesus hieß, aber kaum jemand hatte es nach einem auch nur flüchtigen Blick auf seine gewaltigen schwieligen Fäuste jemals gewagt, ihn darauf hinzuweisen) ein noch fragenderes Gesicht und rang sich immerhin zu einem genuschelten »Hä?« durch.

Irgendwie gelang es Pia, weder die Augen zu verdrehen, noch zu laut zu seufzen, sondern sogar so etwas wie ein (mühsames) Lächeln auf ihr Gesicht zu zwingen. »Einhundertfünfzig Jahre«, wiederholte sie und brachte dabei das Kunststück fertig, nicht allzu genervt zu klingen. »So lange gibt es die Favelas schon. Mindestens. Vielleicht auch schon viel länger. Und nichts hat sich seither verändert. Ich meine: Sieh es dir doch an! Denk dir die Satellitenschüsseln von den Dächern weg, und das alles sieht aus wie vor zweihundert Jahren.«

Sie unterstrich ihre Worte mit einer ebenso weit ausholenden wie übertrieben deutenden Geste über die graue und rostig rote Landschaft aus Holz, Wellblech und Satellitenschüsseln der unterschiedlichsten Ausführung und Größe, die sich unter und hinter ihnen erstreckte, so weit sie sehen konnte … was ungefähr einen Kilometer bedeutete, vielleicht anderthalb. Alles, was dahinterlag, war unter einem schmutzig grauen Nebel aus Smog und hochgewirbeltem Straßenstaub verborgen. Aber Pia wusste, dass sich die Favelas tatsächlich so weit in diese Richtung ausdehnten, wie das Auge reichte … oder doch zumindest bis zu den Bergen, die westlich der Stadt eine natürliche Barriere bildeten. Wahrscheinlich, überlegte sie, hätten sie auch längst dieses Hindernis überwuchert und verschlungen, wäre das Gebirge nicht karstig und steil genug gewesen, um selbst einer Bergziege Kopfzerbrechen zu bereiten. So versuchten sie unentwegt, in die andere Richtung vorzudringen, was zu einem seit Jahrzehnten andauernden Guerillakrieg zwischen den Favelas und den angrenzenden Teilen der Stadt führte, deren Einwohner sich für etwas Besseres hielten.

Im Augenblick tobte nicht einmal weit entfernt eine weitere Schlacht in diesem nur scheinbar ungleichen Krieg. Lediglich einen Steinwurf hinter Jesus und ihr waren ganze drei der Ehrfurcht gebietenden Kriegsmaschinen der anständigen Bürger Rio de Janeiros aufgefahren, flankiert von einer Kohorte ihrer besten Krieger. Man hätte es auch anders ausdrücken können: gut zwei oder drei Dutzend Bauarbeiter mit gelben, roten und blauen Helmen – deren unterschiedliche Farben etwas bedeuten mochten oder auch nicht –, über denen sich die Schaufeln von drei riesigen Baggern erhoben, bereit, sich mit ihren gewaltigen Stahlzähnen in die aus Wellblech und morschem Holz errichteten Gebäude zu fressen, die es gewagt hatten, die imaginäre Grenzlinie zwischen dem Elendsviertel und der anständigen Leuten vorbehaltenen Seite der Straße zu überschreiten. Am Ausgang dieser Schlacht gab es nicht den geringsten Zweifel, da machte sich Pia nichts vor. Morgen, spätestens übermorgen (wenn nichts dazwischenkam, die Arbeiter oder die Müllabfuhr oder die städtischen Wasserwerke nicht streikten, es morgen nicht zu heiß oder zu kalt war, oder einer von tausend anderen denkbaren Umständen eintrat, um die Arbeiten wieder einmal lahmzulegen) würde nichts mehr von dem halben Hundert ärmlicher Hütten übrig sein, die es gewagt hatten, sich im anständigen Teil der Stadt breitzumachen. Und wenn ihre Bewohner dumm genug waren, sich zu heftig zur Wehr zu setzen oder zu laut zu protestieren, dann von etlichen von ihnen wohl auch nichts.

Aber Pia wusste auch, dass dieser Eindruck täuschte. Die Favelas mochten jede einzelne Schlacht in diesem ungleichen Kampf verlieren, doch der Krieg selbst endete nie. Dafür waren die Elendsviertel zu groß, die Stadt zu erbarmungslos und ihre anständigen Bewohner zu unanständig. Pia war – wie viele ihrer Freunde und Verwandten – in den Favelas geboren und aufgewachsen, aber sie kannte auch genug, die auf der anderen Seite der Straße auf die Welt gekommen und irgendwie doch durch die immer größer werdenden Maschen des Netzes gefallen waren, mit dem sich die gutbürgerlichen Einwohner Rios vor den Massen der Armen und Ungebildeten schützten.

»Hundertfünfzig Jahre?« Jesus ließ eine Kaugummiblase platzen und versuchte ein noch nachdenklicheres Gesicht zu machen.

Es sah ziemlich dämlich aus, fand Pia. Außerdem hatte sie im allerersten Moment Mühe, seinen Worten irgendeinen Sinn abzugewinnen. Erst dann wurde ihr klar, dass er auf ihre eigene Bemerkung von gerade anspielte. Entweder, dachte sie, sie hatte nicht annähernd so lange über den Sinn des Lebens, die Ungerechtigkeit der Welt im Allgemeinen und die Geschichte der Favelas im Besonderen nachgedacht, wie sie geglaubt hatte, oder ihre Bemerkung hatte so lange gebraucht, um an die kümmerlichen Reste von Jesus' Intellekt zu dringen.

Wahrscheinlich Letzteres.

Jesus sah sie fragend an, kratzte sich mit einem perfekt manikürten Fingernagel am Kopf und wartete vergeblich auf irgendeine Reaktion, bevor er schließlich fortfuhr: »Ist die Stadt überhaupt schon so alt?«

Die ehrliche Antwort wäre gewesen: *Ich habe nicht die geringste Ahnung*, aber selbstverständlich hätte sie das nie zugegeben. Sie nickte und machte das gewichtigste Gesicht, das sie zustande brachte.

»Vielleicht«, behauptete sie. »Aber niemand weiß genau, wie alt wirklich.« Das war glatt gelogen, wie sie sehr wohl wusste, hinderte sie jedoch nicht daran, auch noch hinzuzufügen: »Und niemand weiß, was zuerst da war: die Stadt oder die Favelas.« Was vermutlich genauso falsch war. Aber es klang gut.

Jesus zeigte sich jedenfalls gebührend beeindruckt, schüttelte nach einer weiteren Sekunde trotzdem den Kopf und deutete in den Himmel hinauf. »*Das* hat sich geändert«, sagte er.

Womit er natürlich ebenfalls recht hatte. Trotzdem sah Pia ihn nur beinahe finster an und dachte auch gar nicht daran, in die Richtung zu blicken, in die sein ausgestreckter Zeigefinger wies. Obwohl der Tag fast zu Ende war, hatte die Sonne noch viel Kraft, und sie hatte wenig Lust, sich die Augen zu verblitzen ... und noch weniger Lust, direkt ins Kameraobjektiv einer Drohne zu lächeln. Schon vor einer geraumen Weile war herausgekommen, dass die meisten davon nichts als billige Attrappen waren und nur allerhöchstens jede zehnte tatsächlich mit einer Kamera bestückt war (von denen wiederum allerhöchstens die Hälfte auch wirklich funktionierte.

Rios Stadtväter gingen zwar mit der Zeit und waren mächtig stolz auf ihr Hightech-Spielzeug, das ihnen helfen sollte, *die Straßen unserer schönen Stadt noch sicherer zu machen,* aber sie waren auch mindestens genauso geizig und hatten irgendeinen ostasiatischen Schrott gekauft, der vorn und hinten nicht funktionierte), aber sie legte nun wirklich keinen Wert darauf, ihr Konterfei in irgendeiner elektronischen Datei der Polizeibehörde verewigt zu wissen.

Pia verscheuchte sowohl diesen wie auch etliche andere, womöglich noch unangenehmere Gedanken und machte eine auffordernde Geste zu den Baggern hin. Es wurde Zeit. Sie hatte nicht auf die Uhr gesehen (was auch daran lag, dass sie keine besaß), aber das war ohnehin nicht nötig. Nebst einigen anderen nützlichen Talenten verfügte sie über die Fähigkeit, stets beinahe auf die Minute genau sagen zu können, wie spät es war. Im Augenblick wartete sie darauf, dass der Vorarbeiter dort drüben seine Leute in den Feierabend schickte und seine letzte Runde über die Baustelle drehte, um sich davon zu überzeugen, dass alles seine Ordnung hatte und alles kostbare Werkzeug entweder sicher weggeschlossen oder in einem Betonkübel untergebracht war, den er später an einem Drahtseil zwanzig Meter in die Höhe hieven würde; eine Vorsichtsmaßnahme, die so alt war wie die Geschichte der Baustellen, Kräne und Diebe und die noch nie wirklich funktioniert hatte – was unzählige Generationen von Bauarbeitern natürlich nicht daran gehindert hatte, sie zu praktizieren, und ebenso viele Generationen von Dieben nicht, sie auszunützen.

Pia interessierte sie nicht. Ebenso wenig wie jenes Werkzeug, das der Polier in ein paar Minuten in luftige Höhen befördern würde … auch wenn das Zeug zweifellos einen gewissen Wert besaß. Vor ein paar Monaten noch *hätte* es sie interessiert. Gutes Werkzeug ließ sich leicht verkaufen, und wenn man sich nicht allzu dämlich anstellte, brachte es auch einen guten Preis.

Aber diese Zeiten waren vorbei. Heute waren Jesus und sie hinter etwas sehr viel Wertvollerem her. Und das Allerbeste daran: Die Sache war nicht einmal illegal. Oder doch, wenn man es genau nahm, eigentlich schon. Aber kein Hahn würde danach krähen.

»Wir sollten hier nicht so rumstehen«, sagte Jesus und ließ nicht nur eine weitere Kaugummiblase platzen, sondern rammte auch beide Fäuste in die Taschen des maßgeschneiderten Sommeranzugs, den er trug. »Wir fallen auf.«

Pia warf ihm einen schrägen Blick zu und sparte sich darüber hinaus jeden Kommentar. Dass Jesus sich Sorgen darum machte, nicht aufzufallen, war löblich ... oder wäre es, wäre Jesus nicht einen Fingerbreit größer als zwei Meter, drei Zentner schwer (sehr wenig davon war überflüssiges Fett) und ungefähr so attraktiv wie Quasimodos hässlicher Zwillingsbruder gewesen. Und als wäre das allein nicht schon schlimm genug, hatte er eine ziemliche Vorliebe für ebenso teure wie geschmacklose Klamotten entwickelt, der er mit stetig wachsender Begeisterung frönte, seit ihre Geschäfte besser liefen. Im Moment trug er einen blütenweißen Sommeranzug und einen dazu passenden weißen Hut, den er keck in den Nacken geschoben hatte, ein schwarzes Hemd unter einer silberfarbenen Krawatte und auf Hochglanz polierte schwarze Schuhe mit weißen Gamaschen. In diesem Aufzug fiel er einfach *immer* auf, ganz egal, was sie auch taten und wo sie waren.

Nicht zum ersten Mal fragte sich Pia, wieso sie eigentlich immer noch mit diesem gutmütigen Riesen zusammen war und all seine kleinen (und ein paar ziemlich große) Macken duldete. Und nicht zum ersten Mal beantwortete sie ihre eigene Frage mit denselben Worten: Weil Jesus eben Jesus war und sie nur zusammen wirklich funktionierten.

Pia sah sich unschlüssig um und deutete dann auf eine schäbige *Cantina* auf der anderen Straßenseite. »Gehen wir dorthin. Sie machen gleich Feierabend. Bis dahin spendiere ich dir ein Bier.«

Jesus murmelte irgendeine Antwort und warf der Drohne einen misstrauischen Blick zu, schloss sich Pia darüber hinaus aber kommentarlos an. Die *Cantina* bestand aus einem einzigen kleinen Raum mit gefliesten Wänden, einer schäbigen Theke und einem halben Dutzend nicht minder schäbiger quadratischer Tische, an denen sich jeweils vier Stühle drängelten, die zumindest aus der Hälfte der ärmlichen Hütten auf der anderen Straßenseite rausgeflogen wären. Unter der Decke drehte sich der obligatorische Ventilator, obwohl es sich hier drinnen alles andere als warm anfühlte, und sie waren die einzigen Gäste. In wenigen Minuten schon würde sich das vermutlich ändern, wenn überall auf den Baustellen und in den kleinen Hinterhofwerkstätten und -fabriken ringsum Feierabend gemacht wurde, aber im Augenblick hatten sie freie Sitzwahl. Pia war sich allerdings nicht ganz sicher, ob sie willkommen waren. Der Wirt, der unglaublicherweise noch fetter war als Jesus, aber nur knapp halb so groß, musterte sie ebenso finster wie wortlos hinter der schmuddeligen Theke hervor, wagte es aber angesichts von Jesus' Wrestler-Statur nicht, auch nur ein einziges Wort zu sagen, sondern wienerte nur verbissen mit einem schmutzigen Tuch an einem noch schmutzigeren Tequilaglas herum. Pia hätte beim besten Willen nicht sagen können, was er womit noch schmutziger machte.

Sie sah sich kurz und aufmerksam um, entdeckte keinen Platz, der ihr zusagte, und schnappte sich kommentarlos zwei Stühle, um sie auf den Bürgersteig draußen vor der Tür zu tragen. Jesus verfuhr auf dieselbe Weise mit einem der wackeligen Tische, und der Wirt brachte ihnen wortlos zwei Flaschen Bier und strich ebenso schweigend die Hand voll Münzen ein, die Pia ihm reichte. Sie verzichtete darauf, ihm Trinkgeld zu geben, wahrscheinlich hatte er keins erwartet. Es war auch egal. Das hier würde ganz bestimmt nicht zu ihrem Stammlokal werden.

Immerhin hatten sie eine gute Aussicht. Die Baustelle lag auf der anderen Straßenseite, nicht direkt gegenüber, aber auch nicht so weit entfernt, dass sie sich zu auffällig verrenken mussten, um sie im Auge zu behalten. Pia lauschte in sich hinein, kam zu dem Schluss, dass es bis zum Feierabend allerhöchstens noch fünf Minuten sein konnten, und stellte erwartungsgemäß fest, dass die Anzahl verschiedenfarbiger Schutzhelme dort drüben schon deutlich abgenommen hatte. Noch *allerhöchstens* zehn Minuten, und der Betonkübel würde in die Höhe entschweben, und kurz darauf würde der Vorarbeiter als Letzter die Baustelle verlassen und das Tor mit einem Vorhängeschloss sichern, das älter war als Jesus und sie zusammen und nicht einmal ein Kind aufhalten konnte.

»Und du bist sicher, dass sie kommen?«, fragte Jesus.

Pia nippte an ihrem Bier und stellte die Flasche mit leicht angewidertem Gesicht auf den Tisch zurück. Das Zeug war lauwarm und hatte nicht nur die Farbe von Pferdepisse, sondern schmeckte auch so. Gut, dass sie kein Trinkgeld gegeben hatte.

»Sie kommen immer nach einer Woche und einem Tag«, antwortete sie. »Das vorletzte Mal waren sie am Montag vor zwei Wochen hier. Das letzte Mal am vergangenen Dienstag. Und heute ist Mittwoch.«

Jesus nippte nun seinerseits am Bier und legte angestrengt die Stirn in Falten, um diesem komplizierten Gedankengang zu folgen. Pia hätte ihre Beweiskette ohne Mühe noch zwei oder drei weitere Wochen in die Vergangenheit zurück fortsetzen können – so lange beobachtete sie die Baustelle und den toten Briefkasten jetzt schon –, aber sie sparte sich die

Mühe. Wozu auch? Die simple Wahrheit war: Sie *wusste,* dass der Kurier kommen würde.

Jesus nuckelte weiter an seinem Bier – Pia entging keineswegs, dass er nur einen winzigen Schluck genommen hatte, kaum genug, um seine Lippen zu benetzen –, sah nach oben und machte ein demonstrativ finsteres Gesicht, und diesmal tat sie ihm den Gefallen, ebenfalls den Kopf in den Nacken zu legen und in die lodernde rote Glut des beginnenden Sonnenuntergangs zu blinzeln.

Jesus hatte keineswegs den malerischen Sonnenuntergang bewundert. Die Drohne war noch da, ein flacher Diskus mit Rändern, die sich scharf wie mit einem Skalpell gezogen gegen das rote Licht des Abendhimmels abhoben, reglos in zehn oder zwölf Metern über ihnen in der Luft schwebend. Je nachdem, wie der Wind stand, konnte man das leise Summen des Rotors hören, der das fliegende Spionageauge in der Schwebe hielt, und im Zentrum des schwarzen Ovals blinkte ein winziges rotes Licht, das die Aufnahmebereitschaft der Kamera anzeigte. Ein beeindruckender Anblick, auch ein bisschen einschüchternd (genau das sollte er sein), aber Pia wusste es besser. Im Grunde war dieses technische Schreckgespenst nicht mehr als ein fliegender Ventilator, der in billiges Plastik gehüllt und mit einer Kameraattrappe ausgestattet worden war. Ein *Fake.* Die Zeitungen behaupteten, die Kriminalitätsrate auf den Straßen wäre seit Einführung der Drohnen um mehr als zwanzig Prozent zurückgegangen, doch Pia bezweifelte das. Und selbst wenn: Die Zauberworte steckten in dieser Behauptung ja schon drin. *Auf den Straßen.* Glaubten diese Dummköpfe tatsächlich, dass all die bösen Jungs und Mädchen schlagartig ehrlich geworden waren, nur weil sie Angst hatten, von einer fliegenden Kamera beobachtet zu werden?

Pia verlagerte ihre Aufmerksamkeit von der summenden Plastikscheibe weg, bedachte den *ganz besonders bösen Jungen* an ihrem Tisch mit einem nachdenklichen Blick und kam zu dem Schluss: nein. Ganz bestimmt nicht.

Jesus musste ihren Blick bemerkt – und anscheinend falsch gedeutet – haben, denn er starrte sie plötzlich ganz besonders finster an, und Pia zerbrach sich hastig den Kopf nach einer flapsigen Bemerkung, um die Situation irgendwie zu entspannen. Erst dann bemerkte sie den Schatten, der sich zwischen ihnen auf die zerschrammte Resopalplatte des Tisches legte, und damit auch ihren Irrtum.

Sie wusste, wer es war, noch bevor sie aufblickte; ein weiteres Talent, das ihr – wenn auch nur manchmal – zur Verfügung stand. Und auf das sie in diesem Moment auch liebend gerne verzichtet hätte.

Ebenso wie auf den Kerl, der den Schatten warf.

»Na, wenn das keine Überraschung ist«, griente *Comandante* Hernandez. »Da dreht man, nichts Böses ahnend, seine Runden, und wen trifft man? Eine gute, alte Freundin, die man schon lange nicht mehr gesehen hat.«

Pia sagte gar nichts dazu – was vermutlich die einzig mögliche Reaktion war, die Situation nicht sofort eskalieren zu lassen –, und zu ihrer Erleichterung war auch Jesus klug genug, die Klappe zu halten und den *Comandante* nur finster anzustarren ... was Hernandez sichtlich amüsierte. Er strahlte Jesus mit seinen perfekt gebleichten Pferdezähnen an und schnippte mit den Fingern, und Pia wäre nicht weiter überrascht gewesen, wenn wie aus dem Nichts ein halbes Dutzend *Milícia* aufgetaucht wäre, um sie in Ketten zu legen. Stattdessen erschien der Wirt und brachte einen dritten Stuhl und eine weitere Flasche Bier. Pia registrierte beiläufig, dass es sich um eine andere Marke handelte als die, die er Jesus und ihr gegeben hatte.

Hernandez wartete, bis sich der Fettwanst wieder getrollt hatte, drehte den Stuhl um und ließ sich rittlings darauf nieder. Sein Blick wanderte aufmerksam zwischen ihren Gesichtern hin und her, während er einen großen Schluck aus seiner Bierflasche nahm und sich anschließend genießerisch mit der Zungenspitze über die Lippen fuhr. Irgendjemand, dachte Pia, sollte diesem Blödmann einmal sagen, was für ein miserabler Schauspieler er doch war.

»Was für eine Überraschung«, setzte Hernandez noch einmal an, als er endlich begriff, dass weder Jesus noch sie ihm den Gefallen tun würden, das Gespräch von sich aus zu eröffnen und ihm womöglich einen Vorwand zu liefern, sie auf der Stelle zu verhaften ... wofür im Zweifelsfall schon ein *Guten Abend* ausgereicht hätte. »Ist eine Weile her, dass wir uns das letzte Mal gesehen haben, nicht wahr, Piaschätzchen? Wann genau war das noch mal? Vor zwei Monaten?«

Sie spürte zwar, dass es ihr gelang, aber es kostete sie all ihre Selbstbeherrschung, ruhig den Kopf zu schütteln und ihn zu verbessern: »Drei, *Comandante.*«

Was nicht die Wahrheit war. Vor gut drei Monaten hatten Jesus und sie Hernandez zusammen das letzte Mal getroffen, das stimmte, aber es war gerade einmal *sieben Wochen* her, dass sie sich morgens aus einem schmierigen Hotelzimmer geschlichen und dabei ein Stoßgebet nach dem anderen zum Himmel geschickt hatte, dass das schmatzende Schnarchen hinter ihr nicht abbrach und Hernandez etwa aufwachte und sie zwang, noch einmal in sein Bett zurückzukommen. Sie hatte Jesus nichts davon erzählt, und Gott möge verhüten, dass er es jemals erfuhr. Er würde Hernandez auf der Stelle umbringen.

Für einen halben, aber sehr schlimmen Atemzug war sie fast sicher, dass Hernandez sie korrigieren und eine entsprechend anzügliche Bemerkung machen würde, doch dann sah er Jesus an und schien zu demselben Schluss zu kommen wie sie. Er hob nur die Schultern und murmelte irgendetwas, das sich wie *Wie die Zeit doch vergeht* oder so ähnlich anhörte, dann zauberte er wieder das Pferdegrinsen auf sein Gesicht und nahm einen weiteren Schluck Bier. »Wie gesagt: Was für eine angenehme Überraschung! Aber ich bin auch ein bisschen erstaunt. Hast du dich verlaufen?«

Pia blickte nur fragend.

»Du bist auf der falschen Straßenseite«, fuhr Hernandez lächelnd fort.

»Auf der falschen Straßenseite?«

Hernandez rutschte halb auf seinem Stuhl herum und sah gerade einen Moment zu lange zur Baustelle hin, bevor er sich wieder zu Jesus und ihr umdrehte und einen weiteren Schluck Bier trank. »Auf der falschen Straßenseite«, bestätigte er. Die Hand mit der inzwischen geleerten Flasche deutete auf die Front aus windschiefen Wellblech- und Holzhütten fünfzehn Meter entfernt. »Ich dachte immer, dass ihr euch nur dort drüben richtig wohlfühlt.«

Gut, er *wollte* sie provozieren. Aber dazu gehörte schon ein bisschen mehr. Pia lächelte nur.

»Und was genau führt euch in den anständigen Teil der Stadt?«, stichelte Hernandez weiter.

Wenn das hier der anständige Teil der Stadt ist, was tust du *dann hier?*, dachte Pia. Äußerlich völlig ungerührt antwortete sie: »Nichts Besonderes. Vielleicht einmal sehen, wie der anständige Teil der Bevölkerung lebt.«

Hernandez lachte, aber es klang nicht mehr ganz echt. »Touché«, sagte er. Dann erlosch sein Grinsen wie abgeschaltet. »Ich hoffe doch, ihr seid nicht hergekommen, um Ärger zu machen, Kleines. Es würde mir wirklich leidtun, wenn ich deinen Freund und dich verhaften müsste.«

»Keine Sorge, *Comandante*«, antwortete Pia. »Wir wollten nur ein bisschen spazieren gehen, das ist alles.«

Hernandez sah ein weiteres Mal zur Baustelle hin. Die Anzahl der bunten Schutzhelme hatte weiter abgenommen, aber ein paar Unverdrossene werkelten offensichtlich immer noch vor sich hin. Das Maschendrahttor stand noch offen, und an der Baggerschaufel hing auch noch kein Betonkübel.

»Also, dann reden wir Klartext, Kleines«, fuhr er schließlich fort, und plötzlich klang er ganz und gar nicht mehr freundlich oder auch nur neutral. »Was genau habt ihr hier zu suchen?«

»Nichts«, antwortete Pia. »Wirklich, *Comandante,* wir sind ... nur so hier. Wir wollten in Ruhe ein Bier trinken, das ist alles.«

Wenn Hernandez die Spitze überhaupt zur Kenntnis nahm, ignorierte er sie. »Du bist schon ein paarmal *nur so* hier gesehen worden, Pia. Und jetzt erzähl mir nicht, dass ihr nur herkommt, weil das Bier hier so gut ist.«

Pia hob nur die Schultern.

»Auch gut.« Hernandez klang ein bisschen verärgert. »Ich weiß noch nicht, was genau ihr hier wollt, Schätzchen, aber ich würde es wirklich vorziehen, wenn ich gar nicht erst in die Verlegenheit käme, es herausfinden zu müssen. Ich behalte dich im Auge.«

Das tat er genau genommen schon die ganze Zeit. Während er sprach, war sein Blick ununterbrochen über ihren Körper gestrichen, hatte sie auf eine Art begutachtet und taxiert, die ihr mit jeder Sekunde unangenehmer wurde. Vielleicht, weil dieser Blick sie daran erinnerte, dass es noch nicht so lange her war, als seine Hände sie auf dieselbe Weise betatscht hatten. Und nicht nur das.

»Wir haben wirklich nichts Verbotenes im Sinn, *Comandante*«, sagte sie nur noch einmal. »Außer vielleicht ...«

»Außer vielleicht?« Hernandez' Augen wurden schmal.

Pia deutete ein Schulterzucken an und tat so, als müsste sie nach den richtigen Worten suchen. »Hier wird eine Menge gebaut«, sagte sie schließlich. »Viel Arbeit. Vielleicht suchen sie ja noch Leute. Jesus könnte einen Job brauchen. Das Leben ist teuer geworden.«

Hernandez riss die Augen auf und wirkte für einen Moment ehrlich verblüfft. »Jesus?« Sein Blick tastete über die breiten Schultern des Puerto Ricaners und dann ein wenig länger und aufmerksamer über dessen maßgeschneiderten blütenweißen Anzug. Hinter seiner Stirn nahm deutlich sichtbar eine Frage Gestalt an, die er jedoch nicht aussprach.

»Natürlich nicht so«, sagte Pia. »Wir wollten erst einmal sehen, was so geht.«

»Sehen, was so geht«, wiederholte Hernandez mit sonderbarer Betonung. Er lächelte nicht. Selbst seine Pferdezähne schienen ein bisschen kleiner geworden zu sein und an Glanz verloren zu haben. »Du solltest wirklich nicht versuchen, mich auf den Arm zu nehmen, Pia. Das ist nicht nett. Ich bin dein Freund, auch wenn du das nicht glaubst. Und mit guten Freunden sollte man es sich besser nicht verscherzen.«

»Aber ich wollte Sie wirklich nicht ...«

»Ich habe euch gewarnt.« Hernandez stand auf und knallte die Bierflasche unnötig hart auf den Tisch. »Bleibt ruhig noch ein bisschen hier, und genießt die schöne Aussicht, aber tut nichts, was ihr bereuen müsstet. Ich behalte euch im Auge.«

Und damit ging er. Jesus blickte ihm stirnrunzelnd nach, aber auch so finster, wie selbst Pia es selten bei ihm gesehen hatte. Waren die Blicke und die stumme Kommunikation zwischen Hernandez und ihr zu deutlich gewesen? Pia war sich sicher, dass er kurz davorstand, Hernandez zu folgen und etwas zu tun, was er tatsächlich bereuen würde ... aber längst nicht so sehr wie der *Comandante.* Einen Moment lang fragte sie sich, ob er vielleicht wusste, was zwischen ihnen vorgefallen war, verneinte diese Frage aber, als Jesus erneut an seinem

Bier nippte und dann stirnrunzelnd und mehr an sich selbst als zu ihr gewandt murmelte: »Was war denn das für ein Auftritt?«

Sie konnte auch jetzt nur die Schultern heben. Hernandez war immer für Überraschungen gut – meistens für unangenehme –, aber diesen *Auftritt* verstand auch sie nicht. Wenn der *Comandante* irgendetwas ganz bestimmt *nicht* war, dann subtil.

»Keine Ahnung«, sagte sie. »Wahrscheinlich nichts. Vielleicht wollte er sich nur ein bisschen wichtigmachen.« Sie zwang sich zu einem Lächeln, obwohl ihr ganz und gar nicht danach zumute war. »Du kennst ihn doch. Wahrscheinlich hat ihn seine Frau gestern Abend nicht rangelassen, und jetzt sucht er jemanden, an dem er seine schlechte Laune auslassen kann.«

Jesus blickte nur noch zweifelnder, und Pia war klar, wie dünn dieser Erklärungsversuch klang. Hernandez war ein Widerling und ein korruptes Schwein, wie es im Buche stand, aber er tat niemals etwas ohne Grund ... auch wenn es ihr manchmal schwerfiel, seinen kruden Gedankengängen zu folgen.

Ahnte – oder wusste! – er vielleicht, warum sie wirklich hier waren?

Kaum, entschied sie. Und selbst wenn ... warum sollte er sie dann warnen?

»Vielleicht weiß er ja Bescheid«, sinnierte Jesus. Seit wann konnte er eigentlich ihre Gedanken lesen?

»Dann weiß er mehr als wir«, witzelte Pia. Zumindest was Jesus anging, entsprach das ja sogar der Wahrheit. Nicht zum ersten Mal meldete sich ihr schlechtes Gewissen, und nicht zum ersten Mal brachte sie es mit einer ärgerlichen Anstrengung zum Schweigen.

»Gefällt mir trotzdem nicht«, beharrte Jesus. »Vielleicht

sollten wir es ja lassen. Wenigstens für heute.« Als sie nicht antwortete, fügte er hinzu: »Wir können ja nächsten Donnerstag wiederkommen.«

Jetzt war Pia ehrlich überrascht, wenn auch nur kurz. Dennoch schüttelte sie den Kopf. »Er hat keine Ahnung«, beharrte sie. »Warum sollte er uns warnen, wenn er weiß, was wir vorhaben?«

Jesus nahm den Hut ab und fuhr sich mit gespreizten Fingern durch das stoppelige Haar, dann schüttelte er noch einmal den Kopf, was ungewöhnlich genug war. Eigentlich konnte Pia sich nicht erinnern, dass er ihr jemals mehr als einmal widersprochen hatte. Vielleicht wäre sie wirklich gut beraten, diesmal auf ihn zu hören.

»Nein«, sagte sie, widerstrebend und mit dem unguten Gefühl, einen schweren Fehler zu machen.

Jesus setzte seinen Hut wieder auf und sah mit steinernem Gesicht zur Baustelle hin.

Über ihnen summte die Drohne, zitterte plötzlich sacht, wie von einer Windböe getroffen, die es gar nicht gab, und kletterte dann ein Stück in die Höhe. Gleichzeitig glitt sie weiter auf die Straße hinaus und verharrte dann wie unschlüssig einen Moment auf der Stelle, bevor sie plötzlich beschleunigte und sich der Baustelle näherte, wo sie wieder anhielt. Zwei oder drei behelmte Köpfe hoben sich, aber die Männer verloren das Interesse an dem mechanischen Spion rasch wieder. Pia fand ihre Reaktion gleichermaßen verständlich wie irritierend. Als die Stadtverwaltung die Überwachungsdrohnen vor einem halben Jahr mit großem Pomp und Pressegewitter eingeführt hatte, war ein Aufschrei der Empörung durch ganz Rio de Janeiro gegangen, das komplette Programm, von zynischen Kommentaren im Frühstücksfernsehen bis hin zu aufgebrachten Menschenansammlungen mit Plakaten auf der Straße, und zumindest ein paar Tage hatte es tatsächlich so ausgesehen, als hätte die Obrigkeit den Bogen endgültig überspannt.

Jetzt schien sich niemand mehr für die *eklatante Missachtung der Privatsphäre* zu interessieren. Die wenigen Arbeiter, die sich noch auf der Baustelle befanden, gingen unverändert ihren Tätigkeiten nach und sahen nicht einmal mehr auf, als sich der fliegende Teller senkte und dann kaum fünf oder sechs Meter über ihren Köpfen erneut zum Stillstand kam. So viel zu gerechter Empörung und dem Zorn der Volksseele, dachte sie spöttisch.

Pia wollte gerade wieder wegsehen, als ihr eine Bewegung ein gutes Stück über der Drohne auffiel: ein winziger Punkt, der näher kam und sich gleichzeitig teilte. Sie runzelte die Stirn und sah genauer hin. Es waren zwei Vögel, schwarz und ziemlich groß, das konnte sie trotz der enormen Entfernung erkennen, und sie verhielten sich ... ungewöhnlich. Sie konnte nicht einmal genau sagen, was sie an ihrem Verhalten so irritierte, doch es war da, und aus dem Gefühl von Verwirrung wurde plötzlich ein sachtes, aber nagendes Unbehagen. Pia erkannte die Vögel jetzt, was es nicht besser machte, sondern ihrer Verwirrung eher noch neue Nahrung gab. Es waren Raben.

Raben? Hier? Mitten in der Stadt? Das war wirklich seltsam.

»Das gefällt mir nicht«, sagte Jesus noch einmal.

»Die Raben?«

»Dieses Scheißding.« Jesus deutete auf die Drohne und runzelte wie beiläufig die Stirn; als hätte er die beiden schwarzen Vögel überhaupt erst in diesem Moment bemerkt und versuche sich darüber klar zu werden, ob ihr Auftauchen irgendetwas bedeutete, und wenn ja, was. »Vielleicht wissen sie Bescheid.«

Pia hätte es sich leicht machen können. Ein einziges entschiedenes Wort hätte gereicht, um Jesus zum Schweigen zu bringen, ganz egal, ob seine Befürchtungen nun ausgeräumt waren oder nicht. Aber sie kannte ihn gut genug, um zu wissen, dass er zwar seine liebe Mühe hatte, zwei und zwei zusammenzuzählen, dafür aber über die feinen Instinkte eines Raubtieres verfügte. Er konnte Gefahr wittern. Und er irrte sich selten.

Manchmal aber eben doch.

»Wir warten einfach eine Weile ab«, schlug sie vor, »und entscheiden dann. Einverstanden?«

Jesus nickte. Widerwillig.

»He, ich meine das ernst«, sagte Pia. »Wir bleiben einfach hier sitzen und sehen, was passiert, und wenn du dann immer noch das Gefühl hast, dass irgendwas nicht stimmt, dann gehen wir nach Hause und machen uns einen gemütlichen Abend vor dem Fernseher. Du entscheidest.«

Jesus sagte auch dazu nichts, sondern wirkte eher noch unzufriedener, protestierte nun aber nicht mehr, sondern nippte wieder an seinem Bier. Sein Anblick bereitete Pia plötzlich fast Unbehagen, denn sie wusste nur zu gut, warum er nicht noch einmal lauter protestierte. Gewiss nicht, weil sie ihn überzeugt hatte. Fast schon ein bisschen schuldbewusst wandte sie den Blick ab und sah wieder zur Baustelle hin. Die Anzahl der Schutzhelme hatte noch einmal abgenommen – drei blaue und ein gelber sowie ein schwarzer Haarschopf, dessen Besitzer sich anscheinend nicht darum scherte, was die Gewerkschaft verlangte, und auch keine Angst hatte, dass ihm der Himmel auf den Kopf fiel – und sie hatte den entscheidenden Moment verpasst: Das gezahnte Eisenmaul des größten Baggers bewegte sich langsam in die Höhe und zog dabei ein kurzes Drahtseil mit sich, an dem ein rostiger Eisenkübel pendelte. Die Drohne hatte weiter an Höhe verloren, berührte fast die Baggerschaufel und stieg dann wieder nach oben, um schließlich leicht wackelig davonzufliegen. Wo waren die beiden Raben?

Pia suchte einen Moment aufmerksam nach ihnen, ohne sie zu entdecken, kam zu dem Schluss, ihren Abflug wohl auch irgendwie verpasst zu haben, und registrierte eine Bewegung aus den Augenwinkeln. Der Wirt kam zurück und hatte zwei weitere Flaschen Bier in der Hand. Pia schüttelte den Kopf, als er sie auf den Tisch stellen wollte.

»Bringen Sie uns die Sorte, die der *Comandante* trinkt«, sagte sie.

Der Fettsack machte ein beleidigtes Gesicht, trollte sich und kehrte nach einem Moment mit zwei anderen (kalten) Flaschen zurück, und er wartete auch nicht darauf, bezahlt zu werden; so wenig, wie er von Hernandez Geld genommen hatte. Pia fragte sich, ob es nur vorauseilender Gehorsam war, weil sie mit Hernandez gesprochen hatten, oder ob der *Comandante* ihm vielleicht entsprechende Anweisungen gegeben hatte. Und was eigentlich schlimmer war.

Wie erwartet begann sich die *Cantina* nun rasch zu füllen. Niemand tat es ihnen gleich und kam heraus auf die Straße, aber aus den umliegenden Geschäften und Werkstätten tauchten die ersten Gäste auf, um sich ein Feierabendbier zu gönnen, und dazu zwei oder drei Schutzhelme von der Baustelle. Pia verpasste auch den Moment, in dem der Vorarbeiter die Baustelle verließ und das Tor hinter sich abschloss, aber das machte nichts. Hinter dem einzigen Fenster der kleinen Bretterbude, die sich zwischen achtlos abgestellten Fahrzeugen, Schuttcontainern und Kübeln voller Schaufeln, Hacken und anderen Werkzeugen verbarg, tauchte ein blassgelber Schimmer auf, den sie bei den herrschenden Lichtverhältnissen eigentlich gar nicht sehen konnte. Aber sie wusste, dass er da war. Alles war genauso, wie es sein sollte. In einer halben Stunde würde es endgültig dunkel und das Licht der altmodischen Petroleumlampe deutlicher werden, eine weitere halbe Stunde darauf – nachdem er seine erste Runde gedreht hatte – würde sich der siebzig Jahre alte Nachtwächter aufs Ohr hauen und bis Mitternacht durchschlafen wie ein Baby.

Alles war, wie es sein sollte.

Wieso hatte sie dann nur das Gefühl, dass *nichts* so war, wie es sein sollte?

II

Die Sonne war auf die Sekunde pünktlich untergegangen, und mit der Dunkelheit war Wind aufgekommen, der Pia gehörig auf die Nerven ging.

Er war warm genug, um sich wie eine sanft streichelnde Hand auf dem Gesicht anzufühlen, und es war nicht der typische Geruch der Favelas, den er mit sich trug, der sie so gestört hätte: eine schwer in Worte zu fassende Mischung aus rußenden Brikett- und Holzkohlefeuern, moderndem Wasser und faulendem Holz, aus zu vielen Menschen auf zu wenig Raum, die sich zu selten wuschen, aus Schwarzbrennereien und Benzin und den tausend anderen Aromen, die den typischen Geruch der Favelas ausmachten (mancher hätte ihn als den Gestank einer bewohnten Müllkippe bezeichnet; aber der Letzte, der das laut in ihrer Hörweite getan hatte, hatte Bekanntschaft mit Jesus' Fäusten gemacht), oder die Ahnung von Kälte, die er von den verschneiten Berggipfeln im Westen mit sich brachte. All das kannte und liebte Pia, denn es war einfach Teil der letzten zwanzig (und somit beinahe aller) Jahre ihres Lebens. Sie nahm es nicht einmal mehr wirklich zur Kenntnis.

Was sie nervös machte, das waren die Geräusche. Der Wind wehte nicht beständig – und schon gar nicht beständig aus einer Richtung –, sondern hüpfte ununterbrochen hin und her, brach manchmal ganz ab, um sie dann aus der entgegengesetzten Richtung und mit doppelter Kraft wieder anzuspringen, und er brachte tausend unterschiedliche Geräusche und Laute mit sich: das Raunen und Wispern der Favelas auf der anderen Straßenseite, den fernen Verkehrslärm der Stadt, Gelächter und Gezänk, das Heulen der landenden und startenden Flugzeuge – Boten aus einer fremden, ihr unverständlichen und von ihr ungeliebten Welt, die manchmal so tief über die Dächer der Stadt hinwegglitten, dass man meinte, ihre Flügelspitzen mit den ausgestreckten Armen berühren zu können –, Musikfetzen und das Weinen eines Kindes und Fragmente unzähliger anderer Laute. Nichts davon hatte Bestand oder dauerte auch nur lange genug an, um es eindeutig zu identifizieren, und *das* war es, was an ihren Nerven zerrte. Sie hatte das Gefühl, einem Radio zuzuhören, dessen Empfänger mit dem Laufrad eines ganz besonders nervösen Hamsters verbunden war.

Pia war immer – zu Recht – stolz auf ihr scharfes Gehör gewesen. In einer Umgebung, die sie auch nur einigermaßen kannte, vermochte sie sich normalerweise binnen weniger Sekunden selbst mit geschlossenen Augen zurechtzufinden, doch jetzt fühlte sie sich eines ihrer wichtigsten Sinne beraubt, beinahe wie verkrüppelt.

Vielleicht hatte sie auch einfach nur Angst.

Im Moment trug der Wind die Geräusche der *Cantina* heran, in der sie noch eine gute Stunde gesessen und Bier auf des *Comandantes* Kosten getrunken hatten – wahrscheinlicher auf die des Wirtes, was ihr aber ziemlich gleichgültig war. Etliche der Einkehrer waren geblieben, und aus einem Feierabendbier waren deren viele geworden, und sicher auch der eine oder andere *Cachaça*. Vor Minuten erst hatte es dort drüben hörbar geklirrt, und dem Geräusch von zerbrechendem Glas war ein Schatten gefolgt, der aus der offen stehenden Tür geflogen und auf den Gehweg gestürzt war, wo er einen Moment benommen liegen blieb, bevor er sich aufrappelte und betrunken davontorkelte. Die Schlägerei, auf die sie mit angehaltenem Atem gewartet hatte, war jedoch nicht ausgebrochen. Immerhin etwas.

Sie sollten trotzdem nicht hier sein.

Pia brachte die mahnende Stimme in sich mit einer bewussten Anstrengung zum Verstummen und konzentrierte sich wieder auf das Baustellengelände. Das ruhig brennende Licht der Petroleumlampe war im gleichen Maße heller geworden, in dem das Rot des Sonnenuntergangs verblasst war, und vor einer halben Stunde hatte der greise Nachtwächter seine letzte Runde für heute gedreht und schlief vermutlich schon. Alles so pünktlich, wie sie es erwartet hatte.

Wer nicht pünktlich war, war die Streife.

Der Wagen hätte schon vor gut zehn Minuten auftauchen sollen, aber bis jetzt war keine Spur von ihm zu sehen, und Pias Nervosität und das schlechte Gefühl in ihr stiegen mit jeder Sekunde, die verging. Vielleicht hätte sie auf Jesus hören und die ganze Aktion um eine Woche und einen Tag verschieben sollen.

Ein gedämpftes Scharren drang in ihre Gedanken, ein Geräusch, das weder besonders laut noch in irgendeiner Weise alarmierend war, aber einfach nicht hierhergehörte. Dass sich der Wind in diesem Augenblick wieder einmal drehte und es ihr auf diese Weise zusätzlich schwer machte, die Richtung zu bestimmen, aus der es gekommen war, beunruhigte sie zusätzlich. Sie hasste es, wenn irgendetwas geschah, von dem sie nicht genau wusste, was es bedeutete.

Sie ging das Risiko ein und trat einen Schritt aus dem schwarzen Schlagschatten heraus, den Jesus und sie sich schon vor Tagen als perfektes Versteck erwählt hatten, um nach der Ursache des Geräusches Ausschau zu halten, und auch das war nicht nur ungewöhnlich genug für sie, sondern hätte ihr ganzes Vorhaben um ein Haar zum Scheitern gebracht, noch bevor es überhaupt richtig begonnen hatte, denn genau in diesem Moment tauchte ein Scheinwerferpaar am anderen Ende der Straße auf und kam so schnell näher, dass Jesus sie gerade noch packen und grob unter den Torbogen zurückzerren konnte. Er tat ihr dabei ziemlich weh, aber Pia verbiss sich jeden Schmerzenslaut und sah mit klopfendem Herzen zu dem näher kommenden Scheinwerferpaar hin.

Es war die Streife. Pia erkannte das charakteristische Quietschen des ausgeleierten Keilriemens, noch bevor der Wagen zehn Meter entfernt anhielt und das von den Häuserwänden reflektierte Streulicht der Scheinwerfer die Karosserie beleuchtete. Die beiden Beamten stiegen gleichzeitig aus und ließen nicht nur die Türen offen stehen, sondern auch den Motor laufen – eines der ungeschriebenen Gesetze, an die sich hier jedermann hielt, lautete, dass niemand einen Polizeiwagen stahl – und näherten sich dem Tor im Maschendrahtzaun. Eine Taschenlampe flammte auf und strich über das rostige Drahtgeflecht, um schließlich an dem uralten Vorhängeschloss hängen zu bleiben.

Pia runzelte die Stirn. Normalerweise ließen es die Männer bei einer flüchtigen Inspektion bewenden, und sie hätte eher darauf gewettet, dass sie es heute noch kürzer machten, um die verlorene Zeit wieder aufzuholen – mittlerweile waren sie eine gute Viertelstunde zu spät –, aber nun griff einer von ihnen in die Tasche, und sie hörte das Klimpern eines Schlüsselbundes.

Also gut, dachte sie, wenn der Bursche jetzt das Schloss aufsperrte, um die Baustelle zum ersten Mal gründlich zu inspizieren, dann *würde* sie auf Jesus (und ihre eigene innere Stimme) hören und abbrechen.

Die Hand mit dem Schlüsselbund kam wieder aus der Tasche, und Pia setzte dazu an, Jesus im Flüsterton ihre Entscheidung mitzuteilen. In diesem Moment summte das *Celular* des zweiten Mannes. Er machte sich nicht einmal die Mühe, sich zu melden, sondern klappte das Gerät wortlos auf und hielt es schweigend für wenige Sekunden ans Ohr, dann steckte er es wieder ein und gab seinem Begleiter aus der gleichen Bewegung heraus ein Zeichen kehrtzumachen. Nur einen Moment später knallten die Türen zu, und der Wagen jagte mit kreischenden Reifen los. Kurz bevor er das Ende der Straße erreichte und abbog, begann das Blaulicht auf seinem Dach zu flackern.

»Was war das denn?«, murmelte Jesus.

»Glück?«, schlug Pia vor.

Jesus schwieg, und sie wusste auch, warum. Das hatte er nicht gemeint.

Sie ließ vorsichtshalber noch eine weitere Minute verstreichen, dann warf sie einen sichernden Blick nach rechts und links und trat aus ihrem Versteck in den Schatten heraus. Der Wind drehte sich und trug Musik und Gesprächsfetzen aus der *Cantina* an ihr Ohr, und für einen winzigen Augenblick hatte sie einen Eindruck von schattenhafter Bewegung *über* sich, aber sie ging trotzdem mit so schnellen Schritten weiter, wie sie es gerade noch konnte, ohne wirklich zu rennen, streckte die Arme nach oben und schwang sich mit einer fließenden Bewegung über das Tor. Die altersschwache Konstruktion zitterte leicht unter ihrem Gewicht; dann ächzte sie hörbar und bog sich ein Stück weit durch, als Jesus ihr auf dieselbe Weise folgte. Nicht einmal dreißig Sekunden nachdem sie ihr Versteck verlassen hatten, schmiegten sie sich nebeneinander in den Schatten eines der großen Baufahrzeuge und wurden erneut vollkommen unsichtbar.

Und jetzt hieß es warten. Wenn alles so ablief wie die letzten drei Mal, als sie die Übergabe beobachtet hatten, dann würde der Kurier irgendwann innerhalb der nächsten Stunde auftauchen; eine lange Zeit, wenn man wartete, und eine *Ewigkeit*, wenn man darauf wartete, dass etwas schiefging.

Pia runzelte abermals die Stirn, verwirrt über ihre eigenen Gedanken. Während sie reglos und bewusst flach atmend in der Dunkelheit kauerte, Jesus' Wärme und das beruhigende Wissen um seine bloße Gegenwart genoss und ihren Blick dabei über die Landschaft aus Schatten und ineinanderfließenden Umrissen und unheimlichen … *Dingen* vor sich tasten ließ, gestand sie sich ein, dass sie ganz genau das tat: Sie wartete darauf, dass etwas schiefging.

Das war neu. Und es war sehr beunruhigend.

Pia hatte nach dem dritten oder vierten Mal, als sie mit Jesus zusammen unterwegs gewesen war, aufgehört zu zählen. Sie hatten eine stattliche Anzahl Dinger zusammen gedreht, etliche klein, manche größer, und einige ihrer nächtlichen Raubzüge hatten sie sogar auf die Titelseite der Lokalzeitung gebracht (einer geradewegs in Hernandez' Bett, aber das war auch der einzige Ausreißer in einer langen Erfolgsgeschichte gewesen, und außer dem *Comandante* und ihr selbst wusste niemand etwas davon). Doch eines hatte sie nie getan: gezweifelt. Sie hatte stets gewusst, wann eine Sache Aussicht auf Erfolg hatte und wann nicht, und prinzipiell die Finger von Letzterem gelassen.

Beging sie heute ihren ersten wirklichen Fehler?

Die Antwort, wie sie sich bekümmert eingestand, lautete ganz eindeutig *vielleicht*, und ein *Vielleicht* war von einem klaren *Nein* eigentlich zu weit entfernt, um akzeptabel zu sein. Was zum Teufel also *tat* sie hier?

Wieder hörte sie ein Geräusch; dasselbe gleichzeitig metallisch wie irgendwie … lebendig wirkende Scharren, das sie schon einmal vernommen und als so sonderbar unpassend für diesen Moment empfunden hatte, und diesmal war es zu deutlich, um es als bloße Einbildung abzutun. Und außerdem kam es *ganz eindeutig* von oben.

Pia sah so erschrocken auf, dass auch Jesus neben ihr zusammenfuhr und sie spüren konnte, wie er sich anspannte. Ihr Blick suchte den Himmel ab, der selbst jetzt, lange nach Dunkelwerden, noch nach dem erstickenden Smog des Tages aussah, und während sie es tat, lief ihre Fantasie zwar nicht unbedingt Amok, gaukelte ihr aber dennoch die verrücktesten Dinge vor, und nicht wenige davon waren flach und rund und hatten ein winziges rot glühendes Auge in der Mitte.

Es konnte nicht die Drohne sein, versuchte sie sich selbst zu beruhigen. Die Dinger flogen nicht nachts. Seit sie in den ersten Nächten gleich reihenweise gegen Wände, Dächer, Stromleitungen und Antennenmasten geprallt und ebenfalls reihenweise abgestürzt waren und sich herausgestellt hatte, dass die preiswerten chinesischen Infrarot-Augen noch weniger funktionierten als der Rest, kehrten die fliegenden Spitzel pünktlich mit Einbruch der Dämmerung in ihre Garagen zurück. Außerdem durfte es nicht die Drohne sein, ganz einfach deshalb, weil Jesus und sie dann gründlich im Arsch wären.

Sie war es auch nicht, aber es war Jesus, der die Ursache des Geräusches entdeckte und sie mit einer entsprechenden Geste darauf aufmerksam machte.

Der Rabe saß nahezu direkt über ihnen auf einem der stählernen Baggerzähne, und obwohl er sich nur als schwarze Silhouette gegen den Nachthimmel abhob und Pia seine Augen nicht erkennen konnte, spürte sie ganz deutlich, dass er Jesus und sie anstarrte.

Nein. Sie verbesserte sich in Gedanken.

Nicht Jesus und sie.

Sie.

Sie versuchte zwar, sich selbst davon zu überzeugen, dass dieser Gedanke nichts als blühender Unsinn war, aber er blieb hartnäckig, und er löste ein eisiges Frösteln der Furcht aus, das auf Millionen dürren Insektenbeinen über ihren Rücken lief. Der Rabe war riesig, mindestens einen Meter groß, wenn nicht mehr, und er saß nicht einfach nur so da, sondern beobachtete sie aus wachen, nicht sichtbaren Augen.

Jesus berührte sie erneut an der Schulter und deutete nach links. Dort saß der zweite Rabe, so schwarz und stumm wie der erste und sogar noch größer. Und auch er starrte sie an.

»Was sind das für Viecher?«, murmelte Jesus, und Pia hörte sich zu ihrer eigenen Überraschung und ohne das mindeste Zögern antworten:

»Eiranns Raben.«

»Wie?«, fragte Jesus.

»Ähm ... irgendwelche Raben eben«, antwortete Pia. *Eiranns Raben?* Wie kam sie auf dieses Wort? Sie war sicher, es noch nie zuvor gehört zu haben, aber es klang ungemein vertraut und einfach ... passend. Eine Spur lauter und mit dem (verunglückten) Versuch eines Lachens fügte sie hinzu: »Wahrscheinlich haben sich die beiden nur verflogen und wissen jetzt nicht mehr, wie sie nach Hause kommen. Pass bloß auf, dass sie dich nicht für eine fette Ratte halten.«

Jesus schenkte ihr einen schrägen Blick und setzte zu einer Antwort an, doch in diesem Moment klimperte es vorne am Tor, und für eine halbe Sekunde blitzte der Strahl einer Taschenlampe auf, um gleich wieder zu erlöschen. Jesus erstarrte zur Salzsäule, und auch Pia drängte sich enger an ihn, während sie versuchte, noch weiter in den Schatten zurückzuweichen und gänzlich unsichtbar zu werden. Sie vergaß die Raben. Oder versuchte es wenigstens.

Die Taschenlampe blitzte noch einmal – länger – auf, und das Klimpern wiederholte sich und wurde dann zum metallischen Rasseln einer Kette. Das Tor schwang auf, und zwei, dann drei schattenhafte Gestalten huschten hindurch und kamen lautlos näher.

Drei? Nicht, dass es nötig gewesen wäre, aber Pias ungutes Gefühl bekam noch mehr neue Nahrung. Bisher waren sie immer zu zweit gewesen, der Kurier meistens allein hereingekommen, sein Begleiter als Wache vorn am Tor zurückgeblieben. Wieso zum Teufel waren sie heute zu dritt?

Pia tröstete sich damit, dass sie schließlich niemand dazu zwang, mehr zu tun, als in ihrem Versteck zu sitzen und zuzusehen. Einer der Schatten blieb auch tatsächlich am Tor zurück, das er hinter sich schloss, drehte sich um und behielt die Straße im Auge, während die beiden anderen näher kamen. Die Taschenlampe flammte abermals auf und blieb diesmal an, und der zitternde Lichtstrahl huschte über den Boden, kletterte am Ausleger des Baggers empor und strich über den aufgehängten Betonkübel, um dann eine plötzliche, ruckhafte Bewegung nach rechts zu machen und einen gefiederten schwarzen Dämon aus der Dunkelheit zu reißen. Pia korrigierte ihre Einschätzung, die Größe des Rabens betreffend, noch einmal ein gutes Stück nach oben – wäre sie ein Adler gewesen, dann hätte sie es sich vermutlich zweimal überlegt, sich mit einem Gegner wie diesem anzulegen –, und auch das Verhalten des Vogels blieb sonderbar. Jedes andere Tier an seiner Stelle wäre spätestens jetzt davongeflogen. Der Rabe hingegen legte den Kopf auf die Seite und starrte in das Licht der Taschenlampe, ohne auch nur zu blinzeln. Er gab keinen Laut von sich.

Eine raue Stimme sagte etwas, das Pia nicht verstand, und ein noch raueres Lachen antwortete darauf. Der Lichtstrahl ließ den Raben für einen Moment los und kam dann zurück, strich diesmal aber nur über das rostige Eisen der stählernen Drachenzähne. Der Rabe war verschwunden, und das war beinahe noch unheimlicher.

Pia rief sich in Gedanken zur Ordnung. Sie hatten im Moment wirklich andere Probleme als schwarze Riesenvögel, deren Navisystem durcheinandergekommen war. Eines davon war zumindest in derselben Farbe gekleidet und stand mit verschränkten Armen vor dem Tor. Sie mussten improvisieren.

Oder auch nicht, denn als sie sich zu Jesus umdrehen wollte, war er nicht mehr da. Pia hatte nicht einmal gemerkt, dass er aufgestanden und davongeschlichen war.

Der Lichtstrahl kehrte zu seinem ursprünglichen Ziel zurück, tastete misstrauisch über das rostige Metall des Kübels und dann noch aufmerksamer über das Drahtseil, an dem er aufgehängt war; ein guter Meter rostige Trosse, und somit nicht nur doppelt so lang wie an einem der anderen sieben Tage, sondern auch das vereinbarte Zeichen, dass die Lieferung an Ort und Stelle war. Pia spannte sich innerlich. Was sollte sie tun? Wo war Jesus?

Die Frage blieb vorerst unbeantwortet, aber zu dem ersten Lichtstrahl gesellte sich ein zweiter, der den Ausleger herunterwanderte und einige Sekunden wie ziellos umhertastete, bis er an einem Schaltkasten mit drei auffälligen Knöpfen hängen blieb. Der Mann ging hin, betätigte den obersten Knopf, und der Kübel setzte sich mit einem asthmatischen Ächzen in Bewegung und kletterte weiter in die Höhe, bevor er seinen Fehler korrigierte und das Kabel in umgekehrter Richtung abspulte. Pia fragte sich zum zweiten Mal, wo Jesus war. Sie hasste es zu improvisieren, aber das bedeutete nicht, dass sie es nicht konnte. Es wäre jedoch hilfreich zu wissen, ob sie Jesus in ihren improvisierten Plan B mit einbeziehen könnte …

Der Betonkübel berührte mit einem hohlen Dröhnen den Boden, und das Geräusch übertönte den anderen, seufzenden Laut, der vom Tor herüberwehte. Als Pia hinsah, schien sich dort nichts verändert zu haben; allenfalls, dass der Posten dort jetzt einen weißen Anzug trug statt eines schwarzen. Nun richteten sich beide Taschenlampen auf den Metallkübel, den der Mann mit der Fernsteuerung so zu Boden gelassen hatte, dass er den halb aufgeweichten Morast so gerade eben berührte. Sein Kumpan fing an, ihn hin und her zu schaukeln, bis er zu kippen begann und nur deshalb nicht umfiel, weil der andere das Drahtseil in diesem Moment wieder straffer zog. Der Kübel stand jetzt so schräg, dass der Kurier halbwegs bequem hineingreifen und den Deckel des doppelten Bodens öffnen konnte.

Pia seufzte. Sie wären heute Abend gar nicht hier, und alles wäre sehr viel einfacher und ungefährlicher gewesen, wenn es Jesus und ihr gelungen wäre, das verborgene Fach zu öffnen. Sie hatten es versucht, mehr als einmal, aber der Mechanismus war so kompliziert, dass sie ihn wohl höchstens mit einem Schneidbrenner aufbekommen hätten, und *das* wäre selbst hier mit Sicherheit nicht unbemerkt geblieben.

Zwei, drei, schließlich ein halbes Dutzend durchsichtiger, mit braunem Klebeband umwickelter Plastikbeutel fielen aus dem Fach, jeder ein gutes Pfund schwer, schätzte Pia. Gut doppelt so viel wie die fünf Mal zuvor, als sie die Übergabe beobachtet hatte ... was bedeutete, dass die Männer wohl auch die doppelte Summe in das Geheimfach legen würden. Kein Wunder, dass sie Verstärkung mitgebracht hatten. Vielleicht war sie doch gut beraten gewesen, nicht auf ihre innere Stimme zu hören und alles abzublasen, sondern zu improvisieren. Wie es aussah, gab es heute die doppelte Beute.

Sie wartete, bis der Bursche die Drogenpäckchen an seinen Begleiter weitergegeben hatte, der sie in einen schmucklosen Leinenbeutel stopfte, den er über der rechten Schulter trug, griff unter die Jacke und trat im gleichen Moment aus ihrem Versteck heraus, in dem der Bursche noch einmal in seinen Beutel griff und zwei weitere in Plastik eingewickelte Päckchen hervorzog, die allerdings kein weißes Pulver enthielten, sondern sorgsam gebündelte Geldscheine. Im buchstäblich letzten Augenblick, bevor sie sichtbar wurde, zog sie beide Hände aus den Taschen. In der linken hielt sie eine weiße Karnevalsmaske mit nur angedeuteten menschlichen Zügen, die sie sich vor das Gesicht hielt, in der anderen einen plumpen Revolver mit einem vollkommen überdimensionierten Schalldämpfer. Der Schalldämpfer funktionierte schon lange nicht mehr, und die Trommel war mit Platzpatronen geladen, aber das wussten die beiden ja nicht.

»Spar dir die Mühe«, sagte sie ruhig. »Leg das Geld einfach wieder in die Tasche, und stell sie vorsichtig ab!«

Beide Männer reagierten ganz genau so, wie sie es erwartet hatte: Der am Kübel fuhr wie von der berühmten Tarantel gestochen herum und griff unter seine Jacke, während der andere mitten in der Bewegung erstarrte und dann ganz langsam die Hände hob; er war ihr nahe genug, um nicht nur die unheimliche Karnevalsmaske deutlich erkennen zu können, sondern auch die Mündung des Schalldämpfers, die direkt auf sein Gesicht wies.

»Du kannst mich jetzt wahrscheinlich erschießen«, sagte Pia, an den anderen gewandt, jedoch ohne den Burschen vor sich aus den Augen zu lassen, »aber dann bleibt mir immer noch Zeit genug, um deinen Kumpel umzulegen. Und auf diese Entfernung kann ich ihn gar nicht verfehlen.«

Ihre Stimme klang genauso verzerrt und dumpf unter der Plastikmaske hervor, wie sie es sich gewünscht hatte, und sie war von einer Ruhe und Selbstsicherheit erfüllt, die sie beinahe selbst überraschte. Sie hatte diesen Bluff nicht geplant und hätte es auch niemals. Typen, die völlig gewissenlos Menschen erschossen, kamen in Action-Filmen mindestens ebenso häufig wie in der Wirklichkeit selten vor, vor allem in einer Situation wie dieser: Der Kerl mit der Geldtasche stand schön brav in der Schusslinie seines Kumpels, sodass dessen Chancen, ihn zu treffen, fast genauso groß waren wie die, sie zu erwischen. Und selbst wenn nicht, musste er damit rechnen, dass sie seinen Freund erledigte und vielleicht sogar noch die Zeit fand, auf ihn zu schießen. Jetzt irgendetwas zu riskieren, wäre dumm.

Aber die Welt wimmelte von dummen Menschen, und vielleicht war der Kerl ja auch völlig durchgeknallt oder drehte einfach vor Angst durch. Verdammt, wieso hatten sie auch zu dritt kommen müssen! Alles wäre so viel einfacher gewesen, wenn sie nur zu zweit gewesen wären und Jesus direkt neben ihr gestanden hätte, ein Berg von einem Mann, der jeden potenziellen Gegner allein durch seine bloße Erscheinung einschüchterte!

Aber der gefährliche Moment verging, ohne dass irgendjemand schoss, und die Mischung aus Schrecken, Überraschung und Beinahe-Panik im Gesicht des Burschen mit der Geldtasche verwandelte sich in etwas anderes. Es gefiel ihr nicht besonders, führte aber trotzdem dazu, dass sie unter ihrer Maske erleichtert aufatmete. Ganz langsam ließ er die Hand sinken, die das Geldpäckchen hielt, und Pia machte eine rasche, drohende Geste mit dem Revolver.

»Ich habe gesagt, du sollst dich nicht rühren!«

»Ganz genau hast du gesagt, dass ich das Geld wieder in die Tasche legen und sie dir geben soll«, antwortete er. Seine Stimme klang rau, aber auch sehr fest. Pia lauschte vergeblich auf Angst darin. Er sah die Waffe und war sich vermutlich auch darüber im Klaren, dass sie sie benutzen würde, wenn er irgendetwas Unbedachtes tat. Dennoch spürte sie nur Trotz in ihm.

»Stell sie hin!«, sagte sie ruppig. Er gehorchte, und Pia fügte mit einem auffordernden Wedeln des Revolvers in ihrer rechten Hand hinzu: »Und jetzt sag deinem Freund, er soll die Waffe weglegen.«

»Und wenn nicht?«, fragte er. »Erschießt du mich dann?« Er beantwortete seine eigene Frage, indem er überzeugt den Kopf schüttelte. »Du siehst nicht aus wie jemand, der einen anderen einfach so umlegt. Ist nicht leicht, jemanden zu erschießen, weißt du? Schon gar nicht, wenn er mit erhobenen Händen vor dir steht.«

»Das habe ich auch nicht vor«, antwortete Pia. Sie senkte die Waffe, nur ein wenig und eigentlich hauptsächlich, weil sie so schwer war und sie nicht wollte, dass der Kerl sah, wie ihre Hand unter dem Gewicht langsam zu zittern begann. Für ihren Geschmack hatte er ohnehin schon viel zu viel gesehen. Sie hatte nicht vorgehabt, so lange mit den Kerlen zu reden. Wäre es nach ihrem ursprünglichen Plan gegangen, wären sie jetzt schon längst wieder weg, und die beiden Typen würden bis zum Hintern im Schlamm stecken.

»Ich erschieße dich nicht«, sagte sie noch einmal, »aber ich habe kein Problem damit, dir ins Knie zu schießen.«

Sie konnte ihrem Gegenüber ansehen, dass es diese Drohung ernst nahm. Es war ein dunkelhaariger, drahtiger Bursche Mitte zwanzig, der nicht einmal unsympathisch aussah und durchaus in ihr Beuteschema gepasst hätte, wären sie sich unter anderen Umständen begegnet – und hätte es Jesus nicht gegeben. Schade eigentlich.

»Geh einen Schritt zur Seite, und ich lege den Knirps um«, sagte sein Begleiter. »Das ist doch nur ein Kind!«

»Ein Kind mit einer Waffe«, erwiderte der Dunkelhaarige. Er schüttelte erneut den Kopf, was diesmal aber nicht Pia galt. »Lass den Quatsch! Das lohnt sich nicht.«

»Würde auch nicht funktionieren«, sagte eine dritte Stimme.

Pia ließ den Dunkelhaarigen nicht eine Sekunde aus den Augen, aber sie sah trotzdem, wie ein weißer Schemen hinter dem anderen Typen auftauchte, dann hörte sie ein Ächzen und ein knirschendes Geräusch, als würde ein nasses Holzscheit in einen Schraubstock gespannt. Der Dunkelhaarige wandte hastig den Kopf und sah ziemlich erschrocken aus, und auch Pia riskierte einen schnellen Blick. Allem Anschein nach hatte sie Jesus unterschätzt; oder doch zumindest sein Improvisationstalent. Der Bursche mit der Pistole hatte jedenfalls keine Pistole mehr, sondern hockte mit schmerzverzerrtem Gesicht auf den Knien und umklammerte seine rechte Hand. Jesus' linke Hand umklammerte seinen Nacken und sorgte dafür, dass er nicht auf dumme Ideen kam, mit der anderen drückte er eine Karnevalsmaske vor sein Gesicht, die wie Pias aussah, aber ungefähr doppelt so groß war.

»Tja, da haben wir euch wohl unterschätzt«, seufzte der Dunkelhaarige. In seiner Stimme war immer noch nicht die mindeste Spur von Furcht zu hören, was Pia ziemlich beunruhigend fand. Er hob die Schultern und versetzte dem Leinenbeutel einen Tritt, der ihn zielsicher durch den Morast bis vor Pias Füße schlittern ließ.

»Ich hoffe, ihr wisst, was ihr da tut, Freunde«, sagte er.

»Euch ausrauben?«, fragte Pia.

»Uns?« Der Dunkelhaarige lachte. »Wohl kaum. Ihr legt euch gerade mit den Leuten an, denen das Zeug hier gehört. Ich an eurer Stelle hätte nicht die Chuzpe. Ihr müsst entweder gewaltige *Colhes* haben, oder ihr seid total bescheuert.« Er legte den Kopf schräg und sah Pia aus kalt glitzernden Augen an, noch immer ohne eine Spur von Angst, aber auf eine plötzlich sehr nachdenkliche Art … als wäre ihm klar geworden, dass sie gar keine *Colhes* hatte. Pia fühlte sich unter ihrer Maske von Sekunde zu Sekunde unwohler. Das hier lief überhaupt nicht so, wie es sollte. Ihre Verkleidung war alles andere als perfekt, und sie war auch nicht dafür gedacht gewesen, länger als die Schrecksekunde zu halten, die sie ihren beiden potenziellen Opfern zugedacht hatten.

»Hör auf zu quatschen!«, sagte sie ruppig. »Hast du eine Waffe?«

»Sicher.«

»Dann nimm sie heraus, und leg sie auf den Boden! Ganz langsam.«

Der Bursche gehorchte und richtete sich dann unaufgefordert und mit erhobenen Händen wieder auf. Zu Pias Verwirrung lächelte er, als fände er die ganze Situation aus irgendeinem Grund äußerst amüsant.

»Was ist so komisch?«, fragte sie.

»Eigentlich nichts«, antwortete er. »Mein Boss wird bestimmt nicht begeistert sein, wenn ich ihm erzähle, was passiert ist. Ehrlich gesagt, möchte ich nicht wirklich in meiner Haut stecken, wenn er es erfährt ... aber noch sehr viel weniger in eurer.« Sein Lächeln erlosch. »Ihr seid tot, das ist dir doch klar, oder?«

»Ach? Ist das so?«

Der Dunkelhaarige antwortete nicht, sondern wandte sich mit einem fragenden Blick an Jesus. »Was hast du mit Miguel gemacht? Lebt er noch?«

Jesus war klug genug, nicht laut zu antworten, sondern nur zu nicken, und der Dunkelhaarige drehte sich wieder ganz zu ihr herum. »Dann habt ihr noch eine Chance«, sagte er sehr ernst. »Packt eure Kanonen ein und verschwindet! Du hast mein Wort, dass wir euch nicht verfolgen. Und niemand wird erfahren, was hier gerade passiert ist.«

»Wie großzügig«, sagte Pia spöttisch. »Und warum sollte ich dir glauben?«

»Weil du anscheinend keine Ahnung hast, mit wem du dich da gerade anlegst, Kleiner«, erwiderte der Dunkelhaarige ernst. »Weder Miguel noch Antonio oder ich haben Lust, unserem Boss zu erklären, wie es zwei Amateuren wie euch gelungen ist, uns zu übertölpeln, und ihr beide wollt doch auch ganz bestimmt noch ein bisschen am Leben bleiben, oder? Also, warum tun wir nicht alle einfach so, als wäre das hier gar nicht passiert, und jeder kümmert sich wieder um seine eigenen Angelegenheiten?«

»Aber genau das tue ich doch gerade«, antwortete Pia. Sie wedelte auffordernd mit der mit Platzpatronen geladenen

Waffe. »Geh ein paar Schritte zurück!« Eine letzte, sehr unangenehme Sekunde verstrich, in der der Trotz in den Augen ihres Gegenübers nicht nur die Furcht eindeutig überwog, sondern sie sich auch fast verzweifelt fragte, was sie eigentlich *tun* sollte, wenn er einfach stehen blieb. Mit Platzpatronen auf ihn schießen? Dann gewann – zu ihrer Erleichterung – die Vernunft doch die Oberhand. Der Dunkelhaarige ließ zwar die Arme ein gutes Stück sinken, machte aber gehorsam einen Schritt nach hinten, und dann noch einen, als sie ihre auffordernde Geste wiederholte. Jesus mobilisierte ein weiteres Prozent seiner Körperkräfte, um den anderen am Nacken in die Höhe zu ziehen. Der Anblick erinnerte Pia an eine Katze, die ein störrisches Junges trägt.

»Und noch ein Stückchen«, sagte Pia. »Nur Mut. Ist nicht sehr weit.«

Diesmal vergingen mehrere Sekunden, bis der Bursche begriff – und auch dann gehorchte er nicht sofort, sondern starrte sie nur aus großen Augen an. »Das ist nicht dein Ernst!«, krächzte er. Sein Blick irrte zwei- oder dreimal unstet zwischen dem schwarzen Schlund der Baugrube und der Maske vor ihrem Gesicht hin und her.

»Eigentlich schon«, antwortete Pia. Die lautlos mahnende Stimme hinter ihrer Stirn wurde immer drängender. Jede Sekunde, die sie mit Reden verschwendete, kostete nur unnötig kostbare Zeit. »Aber es ist deine Entscheidung. Dein Knie oder ein Schlammbad. Soll ja angeblich sehr gesund sein.«

»Ganz wie du willst«, antwortete er. »Es ist schließlich eure Beerdigung.« Aber er drehte sich gehorsam um und ging zum Rand der Baugrube. Jesus bugsierte sein zappelndes Katzenjunges neben ihn. In der Nacht, in der es reichlich Smog und den Widerschein der unzähligen Lichter der Stadt auf den tief hängenden Wolken gab, aber keinen nennenswerten Mond, wirkte das schwarze Rechteck der Baugrube bodenlos, ein

Abgrund, der nur darauf wartete, jeden zu verschlingen, der dumm genug war, ihm zu nahe zu kommen. Aber Pia wusste auch, dass sie in Wirklichkeit nicht einmal ganz zwei Meter tief und fast hüfthoch mit dem zähen Schlamm gefüllt war, in den der Dauerregen der letzten Tage den Boden verwandelt hatte. Ziemlich kalt, ziemlich ekelig, mehr aber auch nicht. Die beiden würden mit Sicherheit ihre Schuhe, mit einiger Wahrscheinlichkeit ihre Strümpfe und *ganz bestimmt* einen Großteil ihres Stolzes einbüßen, aber sonst weiter nichts.

O ja, und zumindest der Bursche, mit dem sie gesprochen hatte, einen Gutteil seines Hinterkopfs.

Er explodierte in einer fast lautlosen Wolke aus Blut, Knochensplittern und Gehirnmasse, die in alle Richtungen davonspritzte und Pias Brust und Schultern, ihre Hand und die Plastikmaske vor ihrem Gesicht besudelte, und das alles, bevor sie das weiche *Plopp* des schallgedämpften Schusses hörte, der den Mann getroffen hatte. Fast ohne Kopf, trotzdem stocksteif und mit immer noch halb erhobenen Armen kippte er nach vorne und verschwand in der Baugrube, und noch bevor er mit einem schmatzenden Laut in dem Morast dort drinnen aufschlug, erscholl das geflüsterte *Plopp* noch einmal, und auch der Bursche vor Jesus wurde nach vorne gerissen und verschwand in der Tiefe, wahrscheinlich schon tot, sein Hals eine einzige grauenhafte Wunde. Wer immer auf die Männer geschossen hatte, dachte Pia mit schon fast hysterischer Sachlichkeit, benutzte ein ziemlich großes Kaliber.

Erst dann begriff sie wirklich, was gerade vor ihren Augen geschehen war, und tatsächlich erst danach schlug die Angst zu, verspätet, aber dafür mit doppelter Wucht. Sie fuhr herum, ließ die Plastikmaske fallen und riss den Revolver mit beiden Händen in die Höhe, vollkommen gleichgültig, ob er nur mit Platzpatronen geladen war oder nicht, hielt in blinder Angst nach einem Ziel Ausschau und befand sich längst auf der falschen Seite der Grenze zu echter Panik.

Sie sah nichts, worauf sie zielen konnte, und kaum eine Sekunde später sah sie überhaupt nichts mehr, als zwischen den Baumaschinen ein grelles Scheinwerferlicht aufflammte und sich direkt auf ihr Gesicht richtete. Das sonderbare Ploppen wiederholte sich, und unmittelbar vor ihren Füßen spritzte der Boden auf.

»Wenn ich du wäre, dann würde ich jetzt die Waffe runternehmen, Liebling«, sagte eine Stimme, die ihr auf schreckliche Weise bekannt vorkam. Als sie weitersprach, klang sie fast ein bisschen amüsiert. »Außerdem weiß ich, dass sie nicht geladen ist. Du hast doch in deinem ganzen Leben noch keine einzige scharfe Patrone in der Hand gehabt, habe ich recht?«

Und damit trat *Comandante* Juan Hernandez ins Licht des Scheinwerfers und auf sie zu.

Pia schloss die Augen und presste die Lider für einen Moment so fest aufeinander, dass bunte Sterne über ihre Netzhaut flimmerten. Sie sollte in Panik geraten, und im allerersten Moment hatte sie auch geglaubt, sie wäre es, doch nun wurde ihr klar, dass sie etwas ganz anderes, sehr viel Schlimmeres verspürte: ein kaltes Entsetzen, das mit dem vollkommenen und zweifelsfreien Wissen um ihre Niederlage einherging. Sie hatten verloren. Sie hätte auf ihre innere Stimme – und auf Jesus! – hören und verschwinden sollen, solange sie es noch konnten. Jetzt war es zu spät.

Vielleicht, dachte sie albern, half es ja, wenn sie einfach die Augen schloss und sich weigerte, seine Anwesenheit überhaupt zur Kenntnis zu nehmen.

Es half nicht. Das Licht wurde plötzlich so grell, dass es selbst durch ihre geschlossenen Lider drang und dem grellen Funkeln auf ihrer Netzhaut neue, noch grellere Schmerzblitze hinzufügte, und sie öffnete widerwillig die Augen. Hernandez stand unmittelbar vor ihr, ein vollkommen unpassendes, fast jungenhaftes Grinsen im Gesicht und ein tückisches Funkeln in den Augen.

»Du hättest auf mich hören sollen, Piamaria«, sagte er kopfschüttelnd, während er die Hand ausstreckte und ihr den Revolver abnahm. »Ich habe dir gesagt, dass ich dein Freund bin, und ich habe das wirklich ernst gemeint. Warum hast du nur nicht auf mich gehört?« Er seufzte, tief und hoffnungslos theatralisch. »Jetzt weiß ich allmählich auch nicht mehr, wie ich dir und deinem Freund noch helfen soll.«

Pia sagte das Einzige, was ihr einfiel – nämlich nichts –, und versuchte, trotz des schmerzhaft grellen Lichts hinter Hernandez irgendetwas zu erkennen. Viel konnte sie nicht sehen, aber sie identifizierte immerhin zwei oder drei schattenhafte Gestalten, die sich hinter dem *Comandante* bewegten, vermutlich mehr. Und sie musste sich nicht eigens umdrehen, um zu wissen, dass auch hinter ihr Männer aufgetaucht waren; entweder viele oder bewaffnete. Vermutlich beides. Jesus hatte bisher keinen Laut von sich gegeben.

»Also, was soll ich jetzt deiner Meinung nach mit dir tun, Pia?«, fragte Hernandez, als er endlich einsah, dass sie nicht von sich aus sprechen würde.

»Warum erschießen Sie mich nicht einfach?«, erwiderte Pia trotzig. Ein Teil von ihr fragte sie fast hysterisch, ob sie den Verstand verloren habe. »Das haben Sie doch sowieso vor, und so muss ich mir wenigstens diese dummen Sprüche nicht mehr länger …«

Hernandez schlug zu. Der Hieb war so schnell, dass sie ihn nicht einmal kommen sah, und hart genug, um ihren Kopf in den Nacken zu werfen und ihre Unterlippe aufplatzen zu lassen. Sie stolperte, fühlte plötzlich nichts mehr unter ihrem rechten Fuß und wäre wahrscheinlich rücklings in die Baugrube und zu den beiden Toten hinabgestürzt, hätte Hernandez sie nicht mit derselben Hand, mit der er sie gerade geschlagen hatte, blitzschnell festgehalten und wieder auf sicheren Boden zurückgezerrt. Der Schmerz trieb ihr endgültig die Tränen in die Augen, aber sie tat ihm nicht den Gefallen, auch nur den geringsten Laut von sich zu geben, sondern wischte sich nur mit dem Handrücken das Blut vom Kinn.

»Das war jetzt nicht besonders nett von dir«, fuhr Hernandez fort, beinahe im Plauderton. »Ich meine: Versuch dir doch nur vorzustellen, wie ich mich jetzt fühlen muss! Ich mag dich wirklich. Ich habe Kopf und Kragen riskiert, um dich zu warnen! Es gibt ein paar einflussreiche Leute, die schon lange ein Auge auf dich und deinen großen Freund geworfen haben, und ich habe die ganze Zeit über meine schützenden Hände über euch gehalten. Ich riskiere nicht nur meinen Job und mein Ansehen für euch, sondern sogar mein Leben – und zum Dank unterstellst du mir, dass ich dich umbringen will? Das verletzt mich wirklich!«

Pia schwieg. Hernandez würde sie so oder so umbringen, das war ihr klar, aber sie würde ihm nicht die Genugtuung lassen, sie weinen und um ihr Leben betteln zu hören.

Jedenfalls noch nicht.

Hernandez seufzte noch einmal und noch tiefer, machte einen Schritt nach hinten und wedelte gleichzeitig mit der freien Hand, und Pia wagte es zum ersten Mal, hinter sich und zu Jesus hinzusehen. Immerhin war er am Leben, auch wenn sie nicht vorherzusagen wagte, wie lange noch. Sein Anzug war fast ebenso sehr mit Blut besudelt wie ihre Jacke und Hände, und er stand in einer schon fast komisch aussehenden Haltung da – die Hände erhoben und den Kopf so weit in den Nacken gelegt, dass er eigentlich nach hinten hätte umfallen müssen. *Richtig* komisch wäre sein Anblick allerdings erst ohne den Kerl gewesen, der vor ihm stand und ihm den Doppellauf einer abgesägten Schrotflinte unter das Kinn drückte.

»Keine Sorge«, sagte Hernandez. »Deinem Freund passiert nichts ... solange er vernünftig ist und keine Dummheiten versucht.«

»Dummheiten?« Pia wollte nicht mit ihm sprechen. Sie wusste, dass es nicht klug war, auch nur ein einziges Wort zu sagen. Aber wenn sie *klug* gewesen wäre, dann wäre sie jetzt gar nicht hier. »Wie am Leben zu bleiben, zum Beispiel?«

»Wie oft soll ich dir noch sagen, dass niemand hier vorhat, dir und deinem Freund etwas zu tun?«, seufzte Hernandez. »Ganz im Gegenteil. Ich weiß allmählich selbst nicht mehr, warum ich das eigentlich tue, aber ich will euch immer noch helfen. Auch wenn es ziemlich schwierig wird, nach dem Mist, den ihr zwei gerade gebaut habt.«

Er hob die Waffe, die er ihr abgenommen hatte, und betrachtete sie einen Moment lang scheinbar interessiert. Dann ließ er die Trommel herausspringen, schüttelte sich die Platzpatronen in die offene Linke und steckte sie ein. Aus der anderen Jackentasche zog er eine Hand voll vollkommen gleich aussehender Patronen (mit dem kleinen Unterschied, dachte Pia, dass diese mit Sicherheit scharf waren) und begann die Trommel umständlich damit zu laden. Was hatte er vor? Jesus und sie mit ihrer eigenen Waffe erschießen?

Statt das zu tun, machte Hernandez einen weiteren Schritt zur Seite und wiederholte seine wedelnde Geste. Pia hörte Geräusche und Schritte und erwartete, Jesus neben sich auftauchen zu sehen, doch stattdessen erschien ein weiterer von Hernandez' Handlangern, der einen halb benommenen Mann in einem schlecht sitzenden schwarzen Anzug vor sich herscheuchte. Sein Gesicht war angeschwollen, wo ihn Jesus' Faust getroffen hatte, und Pia glaubte nicht, dass er schon wieder so weit bei sich war, um wirklich zu verstehen, wie ihm geschah.

Er sollte es auch nie wieder werden. Hernandez dirigierte

ihn mit einer unwilligen Kopfbewegung zum Rand der Baugrube, hob den Revolver und schoss ihm aus kaum zwei Metern Entfernung ins Gesicht.

Ganz wie Pia erwartet hatte, funktionierte der Schalldämpfer der Waffe nicht mehr. Statt das Schussgeräusch zu verschlucken, löste er sich in glühende Stücke und Rauch auf und schien den peitschenden Knall sogar noch zu verstärken. Der Effekt war so spektakulär, dass er sogar das weit entsetzlichere Bild überlagerte, mit dem die Kugel den unglückseligen Mann traf und rücklings in die Baugrube schleuderte. Vielleicht wollte sie es auch nur nicht sehen.

»Warum ... warum haben Sie das getan?«, flüsterte sie entsetzt.

»Ich?« Hernandez brachte es fertig, ehrlich verblüfft auszusehen. »Aber wie kommst du denn darauf, Kind?« Noch immer perfekt den Überraschten spielend, trat er an ihr vorbei an den Rand der Baugrube und feuerte rasch hintereinander auch noch die fünf anderen Kugeln aus der Trommel ab.

»Ich fürchte eher, dass dein Freund und du etwas ziemlich Schlimmes getan habt«, sagte er. »Ich meine: Das ist doch deine Waffe, oder? Jedenfalls hat ein gewisser Hehler hoch und heilig versichert, er hätte sie dir verkauft ... natürlich«, fügte er mit einem Lächeln hinzu, während er in die Tasche griff und eine zusammengefaltete Plastiktüte herausnahm, in die er den Revolver gleiten ließ, »kann man einem solchen Kriminellen nicht glauben, schon gar nicht, wenn sein Wort gegen das einer ehrbaren Bürgerin wie dir steht.«

»Natürlich nicht«, sagte Pia mit belegter Stimme.

Hernandez schloss die Tüte sorgfältig mit einem Clip, steckte sie ein und maß Pia mit einem langen, bedauernden Blick, bei dem seine Augen so kalt wie Eis blieben. »Unglückseligerweise, fürchte ich, hat er die Geldscheine aufgehoben, mit denen du die Waffe angeblich bezahlt haben sollst. Selbstverständlich glaube ich ihm kein Wort ... aber sollten deine Fingerabdrücke auf den Geldscheinen gefunden werden, haben wir ein Problem.«

»Warum erschießen Sie mich nicht einfach?«, fragte Pia erneut.

Hernandez schien einen Moment lang ernsthaft über diesen Vorschlag nachzudenken, doch dann schüttelte er den Kopf, drehte sich auf dem Absatz herum und ging zu dem Leinenbeutel zurück. Bedächtig ließ er sich davor in die Hocke sinken, griff hinein und nahm jedes einzelne Päckchen heraus, um es kurz zu begutachten, bevor er es wieder zurücklegte. Er wirkte sehr zufrieden.

»Und?«, fragte Pia. »Hat es sich gelohnt?«

»Eine Million in bar, schätze ich«, antwortete Hernandez, während er aufstand, »und noch einmal dasselbe in Drogen – doppelt so viel, wenn wir es ein wenig verschneiden und in kleinen Portionen auf den Markt werfen statt auf einmal. Ja, man könnte sagen, dass es sich gelohnt hat. Aber ihr habt ein Problem, fürchte ich. Die Leute, denen das Zeug gehört, werden ein bisschen verärgert sein.«

»Außer natürlich, Sie präsentieren ihnen unsere Leichen«, vermutete Pia.

»Das wäre dumm«, erwiderte Hernandez. Er gab einem seiner Begleiter ein Zeichen, woraufhin sich dieser den Beutel schnappte und ihn über die Schulter hängte. Der Mann kam Pia vage bekannt vor, und nach einer Sekunde erinnerte sie sich auch. Sie hatte ihn schon einmal gesehen; nur hatte er da eine Polizeiuniform getragen. Ganz allmählich begann das alles hier einen Sinn zu ergeben.

»Ja, das wäre dumm«, bestätigte sie. »Sie würden sich fragen, wo ihr Geld geblieben ist und ihre Ware. Deswegen ist es besser, wenn wir einfach verschwinden.«

»Viel besser«, bestätigte Hernandez. »Zumal da auch noch

die Bilder der Überwachungskamera sind, die beweisen, wie eindringlich ich versucht habe, dich zur Vernunft zu bringen. Ich fürchte, dein Freund und du müsst für eine Weile untertauchen. Wir bringen euch aus der Stadt, und ihr bekommt genug Geld, um woanders neu anzufangen.« Er hob die Schultern. »Natürlich ist es eure Entscheidung, aber ich an eurer Stelle würde so schnell nicht zurückkommen. Die Leute, denen das alles hier gehört, verstehen nicht viel Spaß, fürchte ich.«

Er anscheinend schon, dachte Pia bitter. Er würde Jesus und sie aus der Stadt schaffen, alle Spuren verwischen und ihnen auch noch genug Geld geben, damit sie woanders neu anfangen könnten? Sicher. Und die Erde war eine Scheibe.

Pias Gedanken überschlugen sich. Selbstverständlich würde Hernandez dafür sorgen, dass sie verschwanden, und zwar spurlos und für alle Zeiten, aber sie bezweifelte dennoch, dass er es hier tun würde. Ihre Leichen waren so ziemlich das Letzte, was er brauchen konnte. Und das bedeutete, dass sie noch eine Chance hatten.

»Also, was soll ich jetzt tun?«, fragte Hernandez erneut.

»Wir könnten wirklich verschwinden«, sagte sie nervös.

Hernandez blinzelte. »Wie?«

»Sie müssen uns nicht umbringen«, fuhr sie fort. Ihre Stimme zitterte hörbarer, als ihr lieb war, aber sie konnte es nicht unterdrücken. »Ich meine, ein ... ein Mord ist immer ein Risiko, das wissen Sie doch besser als ich. Irgendwas kann immer schiefgehen, und wenn man noch so gründlich plant. Sie gehen kein Risiko ein, wenn sie uns am Leben lassen.«

»Sicher nicht«, sagte Hernandez spöttisch.

»Wem sollten wir schon davon erzählen?«, beharrte Pia. Sie musste Zeit gewinnen, und wenn Hernandez sie für feige oder naiv oder einfach nur verrückt hielt, umso besser. »Keiner würde uns die Geschichte glauben. Sie haben den Revolver mit meinen Fingerabdrücken, und die Drohne vorhin hat unser Gespräch aufgezeichnet, habe ich recht?«

»Kluges Kind.«

»Wir ... wir wollen nicht einmal Geld«, fuhr Pia fort. »Lassen Sie uns einfach gehen. Wir verschwinden aus der Stadt und kommen nie wieder zurück.«

»Da bin ich mir sogar ganz sicher«, sagte Hernandez.

Ihre Furcht wurde zu etwas ... anderem. Sie würden sterben, begriff Pia. Jesus und sie würden sterben, nicht hier und jetzt, aber bald. Vielleicht in einer Stunde, vielleicht etwas später. Dieser Gedanke war beinahe noch schlimmer.

Und irgendetwas ... *geschah.*

Pia konnte das Gefühl nicht in Worte kleiden, denn es war etwas, das sie noch nie zuvor gespürt hatte, und es war durch und durch grässlich; als hätte sich das Gewebe der Realität verändert und stülpe sich von innen nach außen. Für den Bruchteil einer Sekunde wurde es entsetzlich kalt, und die Luft, die sie zu atmen versuchte, schien sich in etwas anderes, etwas Blitzendes zu verwandeln. Unsichtbare Bänder schmiegten sich um ihre Glieder und verwandelten jede noch so winzige Bewegung in eine gewaltige Kraftanstrengung, und irgendetwas stimmte plötzlich mit den Schatten nicht mehr.

»Was ist das?«, fragte sie erschrocken.

»Netter Versuch«, sagte Hernandez, »aber du glaubst doch nicht wirklich, dass ich ...«

Alles geschah gleichzeitig, als wäre irgendetwas mit der Zeit passiert, sodass die Dinge in unterschiedlichen Geschwindigkeiten und zum Teil parallel zueinander abliefen und auch die Gesetze von Ursache und Wirkung keine Gültigkeit mehr zu haben schienen.

Über ihnen gerann ein Stück der Nacht zu geflügelter Schwärze, Klauen und einem Ehrfurcht gebietenden Schnabel und stürzte auf Hernandez herab, und im gleichen Sekundenbruchteil erscholl auch hinter ihr ein krächzender Schrei und dann das dumpfe Krachen eines Gewehrs. Hernandez taumelte mit wirbelnden Armen zurück und versuchte irgendwie, sein Gesicht vor den Krallen des riesigen schwarzen Raben zu schützen, der ihn mit heftig schlagenden Flügeln attackierte, während Pia endlich nicht nur ihren Schrecken überwand, sondern all ihren Mut zusammenraffte, herumfuhr und sich gegen den Anblick Jesus' wappnete, der mit weggeschossenem Gesicht auf dem Rücken lag.

Jesus lag nirgendwo, sondern war verschwunden, und der Bursche, der ihn in Schach gehalten hatte, wälzte sich schreiend am Boden und hatte beide Hände vor das Gesicht geschlagen. Hellrotes Blut quoll so dünnflüssig wie Wasser zwischen seinen Fingern hindurch. Das Gewehr lag ein gutes Stück neben ihm im Schlamm, und der schwarze Riesenvogel hatte sich bereits wieder in die Luft geschwungen, flatterte mit zornig schlagenden Flügeln kaum eine Handbreit über sie hinweg und stürzte sich krächzend auf ein anderes Opfer. Hinter ihr schrien plötzlich Stimmen durcheinander. Glas zerbrach.

Pia war mit einem einzigen Satz neben dem schreienden Burschen, verpasste ihm einen wuchtigen Tritt in die Rippen und stieß gleich darauf noch einmal mit dem Fuß zu, um das Gewehr davonzuschleudern. Einen der beiden Tritte bedauerte sie sofort, als ihr in den Sinn kam, dass sie im Moment eine Waffe ganz gut brauchen könnte, aber es war zu spät. Die Schrotflinte verschwand bereits über den Rand der Baugrube.

Zwei schlammverkrustete, riesige Pranken tauchten aus der Tiefe auf, krallten sich in den weichen Lehm und hievten ein gewaltiges Schulterpaar und das zornigste Gesicht nach oben, das Pia jemals gesehen hatte. Trotzdem hätte sie vor Erleichterung beinahe laut aufgejauchzt. Ohne auch nur einen Gedanken an das zu verschwenden, was hinter ihr geschah, fiel sie auf die Knie, krallte die Hände in Jesus' Jacke und zog und zerrte mit aller Kraft. Wie lächerlich! Wahrscheinlich behinderte sie ihn weitaus mehr, als sie ihm half, aber sie zerrte und riss weiter mit aller Gewalt und ignorierte die kreischende Stimme in ihrem Kopf, die ihr immer hysterischer zuschrie, wegzulaufen, solange sie es noch konnte.

Zwei- oder dreimal rutschten Jesus' Hände in dem aufgeweichten Lehm ab, aber schließlich gelang es ihm, sich über den Rand in die Höhe zu ziehen. Keuchend vor Anstrengung brach er auf die Knie, blieb eine Sekunde lang vornübergebeugt sitzen und sprang dann mit einem Ruck vollends auf die Füße. Plötzlich war er es, der Pia hochriss, statt umgekehrt.

Hinter ihnen tobte ein bizarrer Kampf. Die beiden schwarzen Riesenvögel attackierten Hernandez und seine beiden verbliebenen Schläger mit hackenden Schnäbeln und wild schlagenden Flügeln, und obwohl es nur Tiere und die Männer bewaffnet waren, vermochte Pia ganz und gar nicht zu sagen, wer diesen ungleichen Kampf gewinnen würde. Hernandez hockte auf den Knien und hatte beide Hände über den Kopf geschlagen. Er schrie. Sein Gesicht war voller Blut, die gewaltigen Krallen des Raben hatten seine Jacke aufgeschlitzt und auch in der Haut darunter tiefe blutige Furchen hinterlassen. Der Rabe stieß immer wieder auf ihn herab, hackte mit seinem schrecklichen Schnabel nach ihm, fuhr aber auch immer wieder herum, um den zweiten Mann zu attackieren, der die Tasche mit den Drogen und der gebündelten Million von der Schulter genommen hatte und irgendwie versuchte, sich das riesige Tier damit vom Leib zu halten. Der andere Vogel machte kreischend und mit peitschenden Schwingen Jagd auf Hernandez' dritten Mann, der zumindest im Moment vergessen zu haben schien, dass er achtzig Kilo schwerer war als das Tier und außerdem bewaffnet.

Sosehr ein Teil von ihr den Anblick genoss, war Pia zugleich klar, wie schnell sich das Blatt wenden konnte. Irgendwann *würde* sich einer der Männer darauf besinnen, dass er eine Waffe hatte …

»*Weg hier!*«, schrie sie. »*Schnell!*«

Jesus grunzte zustimmend, legte ihr beschützend die Hand auf die Schulter – und tat etwas ziemlich Verrücktes.

Statt loszurennen, stürmte er in die entgegengesetzte Richtung, entriss dem Schläger den Leinenbeutel und versetzte ihm zusätzlich einen Stoß, der ihn zwei Schritte zurücktaumeln und dann schwer auf den Rücken fallen ließ. Der Rabe stieß ein fast triumphierend klingendes Kreischen aus, stürzte sich auf ihn und machte sich mit Schnabel und Klauen an seinem Gesicht zu schaffen, und Jesus fuhr herum und nutzte den Rückweg, um Hernandez eine Kopfnuss zu verpassen, die ihn endgültig nach vorne und mit dem Gesicht in den Schlamm schleuderte.

»Nichts wie weg hier!«, brüllte er, packte Pia grob am Arm und schleifte sie einfach mit sich. Mit fünf, sechs gewaltigen Schritten war er beim Tor und sprengte es einfach mit einem Fußtritt auf, raste nach links, und erst nach einem halben Dutzend weiterer Schritte gelang es ihr überhaupt, halbwegs wieder zu sich zu kommen und sich loszureißen.

Schwer atmend blieb sie stehen, lehnte sich mit den Schultern gegen eine Wand und wartete darauf, dass die Welt aufhörte, sich wie ein außer Kontrolle geratenes Kettenkarussell um sie zu drehen. Hinter ihnen gellten noch immer Schreie durch die Nacht, und darunter war ein aggressives Krächzen zu hören; und ein Geräusch wie das Schlagen gewaltiger schwarzer Schwingen. Irgendetwas stimmte immer noch nicht mit den Schatten, und sie konnte immer noch nicht sagen, was.

»Was … was war das denn?«, keuchte Jesus. »Ist … ist das gerade wirklich passiert?«

Pia hätte eine Menge dafür gegeben, diese Frage beantworten zu können. Alles war ... unwirklich. Und zugleich auf eine schon beinahe schmerzhaft intensive Art real. Die Schatten waren zu tief, das Licht zu grell und alle Geräusche zu laut, als wäre sie in einem Teil der Welt gestrandet, in dem alles hundertmal intensiver und aufdringlicher war ... oder ihre Sinne plötzlich sehr viel schärfer geworden.

Hinter ihnen peitschte ein einzelner Schuss durch die Nacht, gefolgt vom schrillen Schrei eines Vogels, der gleichermaßen wütend wie schmerzerfüllt klang, und das Geräusch riss sie abrupt in die Wirklichkeit zurück, die für ihren Geschmack selbst genug von einem Albtraum hatte.

Die Schüsse waren nicht ungehört geblieben. Die Musik in der *Cantina* war verstummt, und vor dem Eingang zeichneten sich die schattenhaften Umrisse eines Dutzends Männer ab, die herausgelaufen waren und aufgeregt in ihre Richtung gestikulierten. Stimmen schrien durcheinander. Das unverwechselbare Geräusch sorgte dafür, dass niemand wagte, näher zu kommen, aber Pia war sich schmerzhaft der Tatsache bewusst, dass sie trotz der Dunkelheit deutlich zu sehen – und zu erkennen! – sein mussten. Jesus' Anzug war zwar mittlerweile mehr schlammbraun als weiß (dasselbe galt für sein Gesicht), aber das verbliebene Weiß leuchtete wie ein Nylonhemd in einer Disco, und auch ihre schlanke Gestalt war vermutlich unverkennbar. Ganz genau das, was Hernandez sich wahrscheinlich gewünscht hatte, dachte sie zornig. Die Männer da drüben hatten Schüsse und Schreie gehört, und jetzt sahen sie sie davonlaufen, mit einer sichtlich schweren Tasche im Gepäck. Wunderbar. Sie hätte das Schrotgewehr doch mitnehmen sollen, und sei es nur, um sich gleich selbst damit in den Kopf zu schießen ...

»Weiter!«, befahl sie.

Jesus wischte sich den Rest Schlamm aus dem Gesicht und

rückte den Beutel auf seiner Schulter zurecht, setzte sich dann aber gehorsam in Bewegung. Sie überquerten die Straße, hielten instinktiv auf die tiefsten Schatten zu und rannten noch ein kurzes Stück, bevor sie die ersten heruntergekommenen Hütten erreichten und in eine der schmalen Gassen schlüpften.

III

Nach dem Geschrei und dem Lärm und den Schüssen kam ihr die Stille schon beinahe unnatürlich vor. Nichts rührte sich. Selbst der Wind schien für einen Moment verstummt zu sein, und obwohl sie die schmale und unbeleuchtete Gasse selbst ausgesucht hatte, erschien ihr die Dunkelheit zu total, die Schwärze zu intensiv, und sie konnte nicht sagen, ob sie diese Finsternis als Schutz empfand oder etwas Feindseliges.

Sie schüttelte den Gedanken ab und zwang sich, über ihre eigene Dummheit zu lachen. Hier war alles ganz genauso, wie es sein sollte: Die Häuser standen leer, einige schon vor Jahren von ihren Besitzern verlassen oder von Schlägertrupps der Stadtverwaltung geräumt, damit die Bagger und Planierraupen leichtes Spiel hatten, wenn sie demnächst anrückten. Sie spürte trotzdem, dass sie beobachtet wurden, aber zumindest das beunruhigte sie in diesem Augenblick am wenigsten. In den Favelas war man nie allein, auch wenn es manchmal den Anschein hatte. Sie war mit diesem Gefühl aufgewachsen und hätte es eher als störend empfunden, wäre es nicht da gewesen.

Und trotzdem blieb ein Unbehagen, das nichts mit dem Wissen zu tun hatte, aufmerksam beobachtet zu werden, und nichts mit der Lebensgefahr, in der sie nach wie vor schwebten. Etwas stimmte nicht; nicht mit der Welt oder ihrer Art, sie zu sehen.

Sie liefen noch ein kleines Stück, bis sie in einer schmalen, nach Unrat und Abfall riechenden Gasse anhielten, um Atem zu schöpfen und sich zu orientieren. Die Straße war von hier aus lediglich als heller Fleck am Ende eines Tunnels aus rauchiger Schwärze zu erkennen. Nur in einem einzigen Gebäude brannte Licht; der flackernde Schein einer Kerze, die bloß darauf wartete, umzufallen und das ganze Viertel in Brand zu setzen, und es war noch immer beinahe unwirklich still.

Und alles hier war ... *falsch.* Sie gehörte nicht hierher.

»Das hätte dir auch früher einfallen können«, sagte Jesus säuerlich.

Pia starrte ihn eine geschlagene Sekunde lang verständnislos an, dann noch eine und schließlich eine dritte, bevor ihr klar wurde, dass sie die letzten Worte laut ausgesprochen hatte. »Wie?«, murmelte sie.

»Wir hätten gar nicht herkommen sollen, da hast du völlig recht.« Jesus atmete fast so schwer wie sie, und obwohl Pia ihn in der Dunkelheit nicht deutlicher denn als schwarzen Schatten erkennen konnte, spürte sie doch, dass irgendetwas mit ihm nicht stimmte. Vielleicht hatte er sich beim Sturz in die Baugrube verletzt. »Das Schwein hat das die ganze Zeit über geplant. Hat uns sauber in die Falle gelockt.«

Er stellte die Tasche ab, fuhr sich mit dem Jackenärmel durchs Gesicht und spuckte ein paarmal aus. Das gehörte nicht zu seinen schlechten Angewohnheiten, für Pia ein weiteres Indiz, dass etwas mit ihm nicht stimmte. Dann ließ er sich in die Hocke sinken, griff in den Beutel und nahm eines der würfelförmigen Päckchen heraus. Pia konnte bei dem schwachen Licht nicht erkennen, worum es sich handelte, vermutete aber, dass es ein Geldbündel war, und Jesus' nächste Worte bestätigten das.

»Und das soll eine Million sein?«, fragte er zweifelnd.

»Eine viertel«, antwortete Pia. Ihr Blick tastete durch die Dunkelheit, versuchte Dinge in den Schatten zu erkennen, die vielleicht nicht da waren, vielleicht aber doch und nur etwas

anderes bedeuteten, und statt sich zu beruhigen, wurde ihr Herzschlag immer schneller und hektischer. Sie mussten weg. Irgendetwas war hier ganz und gar nicht richtig. Etwas kam.
»Es sind vier Päckchen.«

»Sieht trotzdem wenig aus.« Jesus ließ den Würfel wieder in den Beutel fallen und richtete sich mit einem ganz und gar untypischen Ächzen auf. »Kein Wunder, dass sie so scharf drauf waren.«

»Warum hast du das getan?«, fragte Pia mit einer Kopfbewegung auf den Beutel. »Sie hätten dich umbringen können.«

Jesus lachte hart. »Stell dir vor, das haben sie sowieso versucht.« Er versetzte dem Beutel einen Tritt. »Ohne das da sind wir erledigt. Wir müssen raus aus der Stadt. Am besten noch heute Nacht.«

»Und wohin?« Pia erwartete keine Antwort auf diese Frage. Alles hatte sich geändert, buchstäblich von einem Atemzug auf den anderen. Falls Hernandez noch lebte (und irgendetwas sagte ihr, dass er es tat und dass er sehr, sehr wütend war), dann waren er und seine Männer vermutlich jetzt schon hinter ihnen her. Sie konnten weder nach Hause noch zu einem ihrer Freunde. Die Favelas mochten ein Dschungel aus Holz und Stein und Wellblech und Menschen sein, in dem es Millionen Verstecke gab, aber es war nicht nur ihr, sondern auch Hernandez' Dschungel, in dem er sich mindestens genauso gut auskannte wie sie. Nicht einmal das Geld in Jesus' Tasche würde ihnen helfen. Ganz im Gegenteil. Wenn sich erst einmal herumsprach, dass sie es hatten, konnte es gut zu ihrem schlimmsten Feind werden.

Pia schüttelte den Gedanken ab und zwang sich mit einer bewussten Anstrengung in die Wirklichkeit zurück. Sie lauschte. Die unheimliche Stille war noch immer da, wie etwas ... Fassbares, das nicht nur aus der Abwesenheit sämtlicher anderer Geräusche bestand, sondern auf eine vollkommen bizarre

Art Substanz zu gewinnen begann, aber darunter hörte sie jetzt auch andere Laute. Aus der *Cantina* (offensichtlich hatten sie sich nicht annähernd so weit davon entfernt, wie sie es gehofft hatte) drangen jetzt wieder Musikfetzen auf die Straße, aufgeregte Stimmen, und dann drehte der Wind für einen Augenblick und trug Verkehrslärm heran, aber auch andere Stimmen, hektisch, zornig. Vielleicht Schritte, die näher kamen. Und wenn nicht jetzt, dann bald.

Sie fasste einen Entschluss. »Okay«, sagte sie. »Wir gehen zu Esteban.«

Jesus wollte protestieren, doch Pia schnitt ihm mit einer raschen Geste das Wort ab, deutete auf den Beutel und fuhr gleichzeitig mit leicht erhobener Stimme fort: »Nur für einen Moment. Wir brauchen saubere Kleider, und wir müssen den Mist hier loswerden. Danach verschwinden wir.«

Jesus wirkte nicht begeistert, schulterte jedoch gehorsam den Beutel, und sie setzten ihren Weg fort. Niemand verfolgte sie, zumindest auf dem ersten Stück, aber ihr Vorwärtskommen gestaltete sich trotzdem schwieriger, als Pia befürchtet hatte. Dass sie hier zu Hause waren, bedeutete nicht, dass jedermann ihr Feind gewesen wäre; aber auch längst nicht jedermann ihr Freund. Für die meisten waren sie einfach nur Fremde, auch wenn sie sich mit der gelassenen Selbstverständlichkeit von Menschen bewegten, die in dieser Umgebung aufgewachsen waren und sie nicht zu fürchten hatten. Dennoch *fielen* sie auf, und das war es, was sie im Moment am allerwenigsten brauchen konnten.

Jesus blieb plötzlich stehen, und Pia konnte spüren, wie er sich anspannte. Erschrocken sah sie sich um, gewahrte nichts als Schatten und lautlos huschende Bewegung, die nur in ihrer Fantasie existierte, und spürte ein Frösteln, das sie zunächst für nichts anderes als Furcht hielt, bis ihr klar wurde, dass es tatsächlich kälter geworden war.

»Es ist kalt«, murmelte sie verwirrt. Und die Luft ... *roch nach Schnee?*

Das war lächerlich. Das hier war Rio de Janeiro, nicht Aspen. Hier wurde es nie kalt, und schon gar nicht zu dieser Jahreszeit. *Schnee?*

»Du bist erschöpft«, behauptete Jesus – was ihn allerdings nicht daran hinderte, selbst fröstelnd die Schultern hochzuziehen. »Und du hast Angst.«

»Ich weiß überhaupt nicht, was das Wort bedeutet«, antwortete Pia lahm.

Jesus machte sich gar nicht erst die Mühe, darauf zu antworten, sondern rückte nur die Tasche auf seiner Schulter zurecht, um ein neuerliches und noch heftigeres Frösteln zu kaschieren, und sah sich noch einmal aufmerksamer um. Pia blickte fragend, aber Jesus sagte jetzt gar nichts mehr, sondern machte nur eine auffordernde Kopfbewegung und ging weiter; zu Pias Unbehagen nicht in Richtung der flackernden Lichter, sondern tiefer in die Dunkelheit hinein. Die Straßen, durch die sie sich nun bewegten, verdienten diesen Namen kaum noch, nicht einmal hier. Sie waren so schmal, dass Pia mit ausgestreckten Armen die Wände rechts und links hätte berühren können, und mit Abfällen und Schmutz übersät. Es roch schlecht, und die wenigen Geräusche, die noch an ihr Ohr drangen, waren nicht dazu angetan, ihre Furcht irgendwie zu dämpfen. Das hier waren die wirklichen Favelas, die Elendsviertel der Elendsviertel, in denen nicht nur die Ärmsten der Armen lebten, sondern auch genau der Abschaum, von dem die Stadtverwaltung zu gerne sprach, wenn sie wieder einmal einen Vorwand brauchte, ein paar Straßenzüge abzureißen, um teuren Baugrund zu erschließen. Nicht einmal Pia hätte es gewagt, allein hierherzukommen.

Natürlich war ihr klar, warum Jesus diese Route gewählt hatte – aus dem gleichen Grund, aus dem auch sie es getan hätte, wäre sie verrückt genug gewesen. Er hoffte, dass Hernandez und seine Schläger die Sache ganz genauso sahen und es nicht wagten, ihnen auf demselben Weg zu folgen. Wahrscheinlich hatte er recht damit.

Oder auch nicht, denn nach ein paar Minuten blieb Jesus abermals stehen. Seine Hand senkte sich in die Jackentasche und kam leer wieder heraus. Pia selbst hatte darauf bestanden, dass er keine Waffe mitnahm.

»Was?«, fragte sie alarmiert.

»Nichts«, antwortete Jesus. »Ich dachte, ich hätte jemanden gesehen. Muss mich wohl getäuscht haben.«

Aber das hatte er nicht ... Da war etwas (jemand?), auch wenn ihr der Anblick immer wieder entglitt, als verhinderte irgendetwas, dass ihr Blick Halt an dem Was-auch-immer fand. Sie stieß erstaunt die Luft zwischen den Zähnen aus und stellte noch erstaunter fest, dass ihr Atem für den Bruchteil einer Sekunde als grauer Nebel vor ihrem Gesicht kondensierte. Es war nicht nur ihre Angst. Es *war* kalt. Und die Luft *roch* nach Schnee.

»Irgendwas stimmt nicht«, stellte auch Jesus fest. »Verschwinden wir!«

»Das halte ich für eine ausgezeichnete Idee«, sagte eine Stimme hinter ihnen. »Und wisst ihr was? Ich helfe euch sogar dabei.«

Jesus und Pia fuhren im gleichen Sekundenbruchteil herum, und Pia hätte beinahe laut aufgestöhnt.

Hernandez war nicht annähernd so feige, wie sie gehofft hatte (oder wütend genug, um Raserei mit Mut zu verwechseln), aber dafür offensichtlich wortwörtlich mörderisch schlechter Laune. Irgendwie musste er es geschafft haben, sich vollkommen lautlos zu bewegen, denn er und seine Handlanger standen kaum drei Schritte hinter ihnen. Er zitterte. Seine Jacke hing in Fetzen, und die immer noch leicht blutende

Wunde, die sich quer über seine linke Gesichtshälfte zog, würde garantiert eine hübsche Narbe hinterlassen. Wenigstens zwei seiner drei Begleiter sahen kaum besser aus. Einer von ihnen hatte ein Auge verloren (Pia nahm an, dass es der Kerl war, den sie getreten hatte), und mit dem anderen heulte er vor Wut und Schmerz, und auch der zweite sah ein bisschen so aus, als hätte er eine Auseinandersetzung mit einem Rasentrimmer hinter sich. Den letzten konnte sie nur als verschwommenen Schatten erkennen, aber immerhin sah sie, dass er ein schlammverkrustetes Gewehr mit abgesägten Läufen in den Händen hielt.

»Der *Comandante.* Was für eine Überraschung!« Ihre Stimme war kaum mehr als ein heiseres Krächzen und zitterte hörbar, aber es war seltsam: Trotz ihres hämmernden Pulsschlags und der rasenden Panik, die ihre Gedanken beherrschte, fühlte sie zugleich eine sonderbare Ruhe. Unter all der Furcht und dem lähmenden Entsetzen, mit dem sie Hernandez' Anblick erfüllte, wuchs eine Art heiterer Gelassenheit heran, als wäre da tief in ihr etwas, das ganz genau wusste, dass sie nicht in Gefahr war, dass ihr all das hier nichts ausmachen konnte, ganz einfach, weil sie *sie* war. Pia selbst verstand ihre eigenen Gefühle am allerwenigsten. Vielleicht waren sie einfach nur ein Reflex, dachte sie, mit dem etwas in ihr versuchte, sie vor sich selbst zu schützen.

»Aber keine angenehme, fürchte ich«, sagte Hernandez. Er kam einen Schritt näher, blieb stehen und hob die rechte Hand. Pia sah erst jetzt, dass er ihren Revolver darin hielt. Er zielte auf Jesus.

»Die Tasche!«

Jesus schürzte nicht nur trotzig die Lippen, sondern spannte sich noch weiter an, und Pia konnte sehen, wie es hinter seiner Stirn arbeitete. Sie standen zu dicht beieinander, und in der schmalen Gasse hatte er keine Chance, schnell genug an ihr vorbei und zu Hernandez zu kommen, bevor dieser abdrückte, von seinen Begleitern ganz zu schweigen. Trotzdem hätte er es wahrscheinlich versucht – was hatte er zu verlieren? Hernandez würde sie sowieso erschießen, und zwar hier und jetzt – doch dann senkte der *Comandante* den Revolver und zielte auf sie.

»Mach keinen Unsinn, Großer!«, sagte er. »Es liegt ganz bei dir, ob es schnell geht oder ich deiner kleinen Freundin hier zuerst das Gesicht wegschieße und dich dabei zusehen lasse, wie sie verblutet.«

Irgendetwas sagte Pia, dass er sowieso ganz genau das vorhatte, aber seltsamerweise führte dieser Gedanke dazu, dass ihre Angst plötzlich noch schwächer wurde und beinahe ganz verschwand. Was nutzte die Furcht auch, wenn es keinen Ausweg mehr gab?

»Ich wusste doch, dass du vernünftig bist«, sagte Hernandez, als Jesus zwar noch immer keine Anstalten machte, ihm den Beutel auszuhändigen, sich aber sichtbar entspannte. »Schade nur, dass du das nicht von Anfang an gewesen bist. Das hätte uns allen eine Menge Ärger erspart.« Er machte eine herrische Geste mit dem Revolver, ohne dass sich dessen Mündung dabei nennenswert von Pias Gesicht wegbewegte. »Und jetzt stell die Tasche ab! Wir wollen doch nicht, dass sie am Ende noch beschädigt wird.«

»Bring ihn um, *Comandante*«, wimmerte der Einäugige neben ihm. Eigentlich heulte er es. Seine Stimme war dünn, ein kaum noch verständliches Schluchzen. Er musste entsetzliche Schmerzen haben, dachte Pia. Aber solange er sich noch auf den Beinen halten konnte, machte ihn das nur umso gefährlicher. »Ich will weg hier.«

»Wer will das nicht, mein Freund?«, fragte Hernandez. »Aber keine Sorge. Es dauert nicht lange. Mir gefällt es hier auch nicht.« Die Waffe in seiner Hand hörte auf zu zittern und richtete sich nun direkt auf Pias Stirn. »Schade eigentlich. Wir hatten so viel Spaß miteinander. Und wir hätten noch viel mehr Spaß haben können, aber jetzt ist es zu spät.«

Sein Daumen zog den Hahn zurück, und Pia schloss die Augen. Das Letzte, was sie in ihrem Leben sehen wollte, war barmherzige Dunkelheit, nicht Hernandez' zerstörtes Gesicht.

Er schoss nicht.

Es wurde kälter.

Pia hielt den Atem an und zählte in Gedanken bis drei, dann bis fünf und schließlich bis zehn, aber der finale Schmerz, von dem sie sich fragte, ob sie ihn überhaupt noch spüren würde, kam nicht. Und als sie die Augen wieder öffnete, war der Revolver zwar noch immer auf ihre Stirn gerichtet, aber der Blick aus Hernandez' zu schmalen Schlitzen zusammengepressten Augen fixierte einen Punkt irgendwo hinter ihr.

Hatte Jesus …?

Pia wagte es, den Kopf zu drehen, und sah, dass Jesus nichts getan hatte, um die Mischung aus Misstrauen und Überraschung in Hernandez' Blick zu rechtfertigen.

Am Ende der schmalen Gasse war eine weitere Gestalt aufgetaucht. Gegen den kaum helleren Hintergrund war sie nicht mehr als ein weiterer flacher Umriss, doch schon an diesem bloßen Schemen war irgendetwas … Unheimliches. Etwas daran war falsch, auf dieselbe Weise wie vorhin die Schatten und der Rest der Welt: genauso wenig zu beschreiben und ebenso unübersehbar.

Und er kam ihr auf dieselbe Weise vertraut vor, aber das registrierte sie nur beiläufig, und sie schob den Gedanken augenblicklich von sich, weil er vollkommen unsinnig war.

»Wer bist du denn?«, fragte Hernandez. »Verschwinde! Das hier geht dich nichts an!« Er unterstrich seine Worte, indem er herrisch mit seiner Waffe gestikulierte, richtete diese jedoch sofort wieder auf Pia – sie bezweifelte, dass er den Fremden erschießen würde. Jesus und sie zu erledigen war eine Sache, aber wenn man hier den Falschen erschoss, konnte man leicht einen Krieg auslösen.

Die Gestalt rührte sich nicht, doch irgendetwas geschah dort in den Schatten, und sie wurde deutlicher, ohne dabei weniger unheimlich zu sein. Vermutlich handelte es sich um einen Mann, aber Pia konnte nur raten, denn er trug einen Mantel, der ihn vollkommen verhüllte und in einer spitzen Kapuze endete, die er weit ins Gesicht gezogen hatte. Darunter waren nur Schatten zu erkennen. Ein leises Klimpern war zu hören, als er sich bewegte. Warum auch immer er diese Verkleidung gewählt hatte, sie wirkte zugleich ziemlich albern wie angsteinflößend.

»Verdammt noch mal, was willst du?«, fauchte Hernandez. »Misch dich hier nicht ein!«

Die Gestalt antwortete nicht, aber sie bewegte sich, und irgendwie tat sie es auf dieselbe verstörende Art, mit der sie aufgetaucht war. Es schien eher ein Gleiten und Fließen zu sein als eine herkömmliche Bewegung; als wäre selbst die schlichte Geste, mit der sie die Arme hob und die Kapuze zurückschlug, Teil einer sorgsam einstudierten Pantomime oder eines Tanzes. Darunter kam ein edel geschnittenes (ein anderes Wort fiel Pia nicht ein), schmales Gesicht zum Vorschein, das genauso unrichtig und fremd aussah wie die Schatten, aus denen die Gestalt gekommen war. Pia schenkte ihm allerdings trotzdem nur einen flüchtigen Blick, denn was über diesem Gesicht zum Vorschein kam, das war noch sehr viel erstaunlicher.

Es war ein Helm, ganz unzweifelhaft, auch wenn sich Pia vergeblich fragte, wer einen *solchen* Helm tragen sollte und vor allem, *warum*. Er war mindestens dreißig Zentimeter hoch, wenn nicht mehr, lief spitz aus und war mit kunstvollen Ziselierungen übersät. An fein gearbeiteten Scharnieren befestigte Lamellen schützten Jochbein, Wangen und Kinn, und was im Moment wie der Kobrakopf einer ägyptischen Pharaonenkrone darüber hinaus- und schräg nach vorne ragte, war ein vermutlich ebenso beweglicher Nasenschutz. Das Ding sah ... grotesk aus.

Aber es war nichts gegen das, was unter seinem Mantel zum Vorschein kam. Silberfarbenes Metall blitzte, und Licht brach sich auf poliertem schwarzem Leder. Der Kerl trug ... eine Rüstung!

»Nicht schlecht«, sagte Hernandez. »Aber bis Karneval ist doch noch eine Weile hin, oder?« Er gestikulierte erneut und jetzt ärgerlich mit der Waffe, und am Ende dieser Bewegung richtete diese sich nicht mehr auf Pia. »Gut, du hast deinen Auftritt gehabt, Freundchen. Jetzt sag, was du willst, und dann verschwinde!«

»Lass sie in Frieden ziehen«, sagte der Fremde. Seine Stimme war genauso sonderbar wie seine gesamte Erscheinung: kraftvoll und weich zugleich, ein sanfter Bariton, der Pia an eine warme, streichelnde Hand denken ließ, bei deren Berührung man trotzdem unwiderstehliche Kraft spürte.

Auch Hernandez war so verblüfft, dass er den Helmträger im allerersten Moment nur anglotzte. Sein Unterkiefer klappte herunter. »Ja«, murmelte er schließlich. »Das war lustig. Und jetzt verschwinde, bevor ich wirklich wütend werde, du Spinner!«

»Wenn ihr leben wollt, dann geht eurer Wege«, sagte der Fremde. Seine Rechte, die in einem mit schmalen Silberstücken verstärkten Handschuh steckte, senkte sich auf den Griff eines mindestens anderthalb Meter langen Schwertes, das er an der linken Seite des Gürtels trug. Darüber funkelte ein silberfarbener Harnisch, der ebenso reich verziert war wie sein Helm.

»Das reicht jetzt«, sagte Hernandez. »Du bist doch vollkommen ...«

Der Fremde sprang.

Er tat es ansatzlos und auf eine Art, wie Pia es noch nie zuvor gesehen hatte: Sein Körper schnellte einfach in die Höhe, wie ein von der Sehne abgeschossener Pfeil, schien sich dabei in einen huschenden Schatten zu verwandeln, der silberfarbene Lichtblitze in alle Richtungen schleuderte, vollführte einen kompletten Salto in der Luft, der ihn mühelos über Jesus und sie hinwegbeförderte, und landete federnd zwischen Hernandez und ihr. Es sah ein bisschen aus wie eine Szene aus einem jener vollkommen übertriebenen Hongkong-Filme, die Jesus sich so gerne reinzog, nur dass es hier keine Drahtseile gab, an denen der Hauptdarsteller hing und die man anschließend wegretuschieren konnte. Das Schwert, das bisher in der schwarzen Lederscheide gesteckt hatte, erschien plötzlich in seiner Hand, ohne dass Pia auch nur gesehen hätte, wie er es zog. Die Klinge blitzte auf, nicht wie Silber, sondern eher wie geschliffener Kristall, und zischte so dicht an ihrem Gesicht vorbei, dass sie den Luftzug spüren konnte und erschrocken aufschrie, und dann brüllte Hernandez, wenn auch nicht erschrocken, sondern vor purem Schmerz, als der Revolver in hohem Bogen davonflog; zusammen mit zwei seiner Finger.

Hernandez taumelte kreischend zurück, und der unheimliche Angreifer setzte seine am anderen Ende der Gasse begonnene Bewegung fort und fuhr wie ein schwarzer Wirbelwind unter die anderen Männer. Das Kristallschwert blitzte auf und glitt ohne sichtbaren Widerstand durch die Kehle des Einäugigen, enthauptete ihn nahezu und hätte vermutlich auch noch einen dritten Mann niedergestreckt, wäre es nicht in der Enge der Gasse gegen eine Wand und Funken sprühend davon abgeprallt. Der ganze bizarre Kampf hatte weniger als eine Sekunde gedauert.

Ein Schuss fiel. Pia konnte nicht sagen, wer ihn abgegeben hatte, aber die Kugel prallte neben dem Angreifer gegen die Wand und nahm seinen Bewegungen zum ersten Mal etwas von ihrer tänzerischen Eleganz, als er erschrocken zusammenfuhr und sich duckte – die Zeit reichte, seinem perfekt choreografierten Angriff den Schwung zu nehmen, und die beiden verbliebenen Männer stürzten sich unverzüglich auf ihn. Der Kerl mit dem Gewehr verzichtete erstaunlicherweise darauf, seine Waffe abzufeuern, rammte ihm aber die abgesägten Läufe mit aller Gewalt in den Leib, und der Angreifer brach mit einem halb erstickten Keuchen auf die Knie. Das Schwert entglitt seiner Hand und fiel mit einem sonderbar hellen, gläsernen Laut zu Boden, und der Bursche mit dem Gewehr drehte seine Waffe herum, um sie wie eine Keule zu benutzen und ihm gegen den Schädel zu schmettern.

Hätte der Behelmte den Fehler gemacht, nach seinem Schwert zu greifen, wäre es ihm vermutlich gelungen. Aber das tat er nicht. Stattdessen blockte er den Hieb mit hochgerissenem Unterarm ab, rammte dem Burschen den Handballen der anderen Hand unter das Kinn und federte aus der gleichen Bewegung heraus wieder auf die Füße, um sich dem dritten und letzten von Hernandez' Männern zuzuwenden. Pia konnte nicht erkennen, was er tat, aber nur einen Augenblick später sackte der Mann zu Boden und rührte sich nicht mehr. *Dieser* Teil des bizarren Kampfes hatte vielleicht zwei Sekunden gedauert.

Fast schon gelassen, trotzdem aber sehr schnell drehte sich der Fremde herum, hob sein Schwert auf und schüttelte mit einer ruckhaften Bewegung das Blut von der Klinge, bevor er es in die Scheide an seinem Gürtel schob. Dann drehte er sich zu ihr um und lächelte sie an, flüchtig und auf eine Art, die besorgt, leicht missbilligend und beinahe ein wenig ehrfürchtig zugleich wirkte.

»Wer … sind Sie?«, fragte Pia stockend. Dass dieser Kerl ihnen gerade das Leben gerettet hatte, beruhigte sie nicht im Mindesten; sie hatte gesehen, wozu er fähig war.

»Nicht jetzt«, antwortete er rasch. »Ihr solltet jetzt gehen, Gaylen. Jemand könnte den Lärm gehört haben.«

»Wie haben Sie mich genannt?«, fragte Pia verstört. »Ich bin nicht Gaylen. Und wer zum Teufel sind Sie, und was …?«

Der Mann mit dem silbernen Helm brachte sie mitten im Satz zum Verstummen, indem er sie gerade hart genug am Arm ergriff, dass es noch nicht wirklich wehtat, seine Entschlossenheit aber deutlich machte, und sie mit einem Ruck umdrehte. Unter so ziemlich allen anderen nur denkbaren Umständen wäre das für Jesus vermutlich Anlass genug gewesen, ihm mindestens die Hand zu brechen, mit der er sie so unsanft angefasst hatte – oder ihm gleich den Arm auszureißen, je nach Tagesform –, aber jetzt rührte er keinen Finger. Wahrscheinlich war er viel zu schockiert, um auch nur einen klaren Gedanken zu fassen.

»Später, Gaylen«, bekräftigte der Fremde seine Worte. »Jetzt bringt Euch in Sicherheit. Ich folge Euch, sobald ich hier fertig bin.«

Fertig?, dachte Pia entsetzt. *Womit?* »Sie haben doch nicht etwa vor …?«

»*Geht!*«, herrschte der Fremde sie an. »*Sofort!*«

Ein Schuss krachte, laut wie ein Kanonenschlag und nahe genug, um sie den Kordit der Mündungsflamme riechen zu lassen. Die Kugel stanzte unmittelbar neben dem Fremden ein fast faustgroßes Loch in die morsche Bretterwand und spickte seine Wange mit Holzsplittern und Ruß, und Pia prallte entsetzt zurück und starrte Hernandez an, der sich mit schmerzverzerrtem Gesicht halb an der gegenüberliegenden Wand in die Höhe geschoben hatte. Sein Gesicht und seine verstümmelte Hand bluteten um die Wette, aber mit der anderen hatte er den Revolver aufgehoben, zielte auf den Fremden und drückte genau in diesem Moment zweimal kurz hintereinander ab. Die erste Kugel traf den ziselierten Harnisch, dellte ihn ein und prallte unglaublicherweise davon ab, um ungefähr zwei Zentimeter an Pias Wange vorüberzujaulen; die zweite traf seine Schulter, durchschlug sie ohne die geringste Mühe und stanzte ein weiteres Loch in die Bretterwand hinter ihm, und die pure Wucht der beiden Treffer schleuderte den Mann zurück und mit solcher Gewalt gegen die Wand, dass sie von oben bis unten riss. Er fiel nicht, aber bevor er sein Gleichgewicht endgültig zurückgewinnen konnte, drückte Hernandez zum vierten Mal ab, und diesmal durchschlug die Kugel seinen Oberschenkel. Blut floss in Strömen, und zum ersten Mal erschien ein Ausdruck von Schmerz auf den edlen Zügen des Mannes. Allerdings stürzte er immer noch nicht.

Stattdessen rappelte er sich endgültig hoch, versetzte Pia einen Stoß, der sie haltlos zwei oder drei Schritte weit zurück und gegen Jesus torkeln ließ, und schrie noch einmal: *»Lauft! Benutzt das Tor!«*

Was immer er auch damit meinte – Pia hatte endgültig genug gesehen, wirbelte auf dem Absatz herum und stürzte los, und sie sah noch in der Bewegung, wie sich der Fremde mit ausgebreiteten Armen auf Hernandez warf. Hinter ihnen peitschte ein weiterer Schuss durch die Gasse, als Jesus und sie nebeneinander losstürmten. Er klang sonderbar gedämpft. Dann krachte es noch einmal, aber Pia sah nicht mehr zurück. Sollten sich diese beiden Wahnsinnigen doch gegenseitig umbringen, wenn es Ihnen Spaß machte! Ihr sollte es recht sein, solange es Jesus und ihr die Gelegenheit verschaffte, von hier zu verschwinden!

Sie erreichten das Ende der Gasse, hasteten wahllos nach links und fanden sich in einer schmalen Lücke zwischen den heruntergekommenen Gebäuden wieder. Vor ihnen war kein Licht mehr. Sie waren in eine Sackgasse gerannt.

Pia fluchte lauthals, machte auf dem Absatz kehrt und prallte mitten in der Bewegung abermals zurück, als sie Geräusche hörte; Schritte, Rufe, ein hastiges Trampeln und Schleifen und das allgemeine Gefühl, dass etwas kam. Sie konnten nicht zurück. Mit ein bisschen Glück hatten sich Hernandez und dieser Aushilfs-Lancelot ja gegenseitig umgebracht, aber wenn sie vorher noch nicht entdeckt worden waren, dann hatten allerspätestens die Schüsse jeden Halsabschneider, Tagedieb und Möchtegern im Umkreis von zwei Kilometern alarmiert. Jesus trug noch immer den Beutel mit sich. Sie hatten eine Million in bar und noch einmal dasselbe in Drogen dabei, und das bedeutete nichts anderes, als dass vermutlich *jeder*, auf den sie trafen, zuerst auf sie schießen und dann nachsehen würde, wen er da überhaupt getroffen hatte. Sie *konnten* nicht zurück!

Gehetzt schaute sie sich um, gewahrte ein zerfasertes schwarzes Rechteck aus noch tieferer Dunkelheit in den Schatten hinter sich und vermutete, dass es ein offen stehendes Tor oder der Zugang zu einem Hinterhof war. Keine Ahnung, ob das das *Tor* war, von dem der seltsame Fremde gesprochen hatte, aber das spielte in diesem Augenblick auch keine Rolle. Überall war es besser als *hier*.

Wortlos bedeutete sie Jesus, ihr zu folgen, ging los und begann nach einem Augenblick wieder zu rennen, als die Schritte hinter ihnen rasch lauter wurden. Jemand schrie, nicht vor Schmerz oder Angst, aber sehr aufgeregt, und Pia begriff, dass sie endgültig entdeckt worden waren, rannte noch schneller und stürzte blindlings in die Dunkelheit hinein. Eisige Kälte schlug ihr entgegen, und etwas wie unsichtbare Spinnweben schien nicht nur ihr Gesicht zu berühren, sondern jeden Quadratzentimeter ihrer Haut, selbst die, die von Kleidung bedeckt war.

Auf der anderen Seite des Tores herrschte vollkommene Dunkelheit, aber darauf konnte sie keine Rücksicht nehmen. Der Klang aufgeregter Stimmen hinter ihnen nahm zu, und die Schritte kamen rasend schnell näher. Pia vertraute einfach auf ihr Glück, rannte in die Schwärze hinein und hörte Jesus' polternde Schritte und schnaufende Atemzüge neben sich. Irgendetwas zerbrach unter ihrem Fuß, ein sonderbarer, nie erlebter Geruch stob auf und hüllte sie ein, und nach zwei oder drei weiteren Schritten kam es, wie es kommen musste: Sie stolperte, kämpfte mit wild rudernden Armen um ihr Gleichgewicht und wusste, dass sie diesen Kampf verlieren würde, noch bevor sie endgültig stürzte und in etwas Weiches und sehr Kaltes fiel, das ihren Aufprall zwar nicht annähernd so sehr dämpfte, wie es ihr lieb gewesen wäre, ihm aber genug von seiner Wucht nahm, um sie wenigstens nicht das Bewusstsein verlieren zu lassen.

Beinahe wäre es ihr lieber gewesen, sie hätte es verloren. Vor ihren Augen explodierte ein wahres Gewitter aus grellen Schmerzblitzen, sie biss sich auf die Zunge und schmeckte ihr eigenes Blut, und für die Dauer von zwei oder drei hämmernden Herzschlägen wurde ihr schrecklich schlecht.

Dann verebbte der Schmerz, und auch die Übelkeit erlosch, aber die Kälte blieb, und als sie vorsichtig die Augen öffnete, sah sie noch immer tanzende weiße Schemen. Es waren keine Schmerzblitze. Vor ihr war Licht.

Mühsam stemmte sie sich hoch und wollte etwas sagen, aber eine riesige Hand legte sich über ihren Mund. Gleichzeitig erschien Jesus' Gesicht über ihr. Es war zu dunkel, um in seiner Miene zu lesen, aber er hatte den Zeigefinger über die Lippen gelegt und bedeutete ihr hastig, still zu sein.

Schritte näherten sich, hielten für einen Moment inne und entfernten sich dann wieder, und sie hörte eine gedämpfte Stimme, die ihr nicht nur gänzlich unbekannt war, sondern auch in einer Sprache redete, die sie nicht verstand. Sie war nicht einmal sicher, ob es eine Sprache *war.* Jesus wartete, bis die Schritte wieder verklungen waren, bevor er nicht nur die Hand von ihrem Mund nahm, sondern sie auch erstaunlich sanft in die Höhe zog. Prompt wurde ihr ein bisschen schwindelig, aber das Gefühl verging, und plötzlich wurde sie sich der Kälte wieder bewusst. Es war eisig. Verwirrt fuhr sie sich mit der Hand durchs Gesicht und fühlte tatsächlich Schnee auf ihrer Wange.

Und das war längst nicht das einzig Sonderbare an diesem Ort.

Ihre Augen gewöhnten sich immer besser an das fahle Licht, das durch große Lücken im Dach des zerstörten Gebäudes fiel. Sie konnte nicht allzu viel erkennen, dazu blieb es zu dunkel, aber was sie sah, verwirrte sie mit jeder Sekunde mehr. Sie befanden sich in einer Ruine, die den Eindruck machte, schon seit einer geraumen Weile unbewohnt zu sein. Überall lagen Trümmer, Berge von Schutt und zerbrochene Balken – viele davon verbrannt und ein paar grotesk dick –, und überall war Schnee. Die Luft war so kalt, dass sie auf ihrem Gesicht prickelte.

»Wo zum Teufel sind wir hier?«, stieß sie hervor.

»Keine Ahnung«, brummelte Jesus. »Aber es gefällt mir nicht.«

Pia noch viel weniger. Sie fragte sich verwirrt, wo sie eigentlich waren. Dieses Haus war heruntergekommen, verfallen und vor langer Zeit von seinen Bewohnern verlassen worden, doch damit hörte die Ähnlichkeit mit den Gebäuden, die sie in diesem Teil der Favelas erwartet hatte, auch schon auf.

Von dem Schnee und der Kälte gar nicht zu reden.

Sie setzte zu einer entsprechenden Bemerkung an, besann sich dann aber eines Besseren und machte stattdessen ein paar vorsichtige Schritte zur Seite, um sich noch einmal und aufmerksamer umzusehen. Sie versuchte den Schnee und die unmöglichen Temperaturen auszublenden und sich nur auf das zu konzentrieren, was sie sah, wodurch es auch nicht unbedingt besser wurde. Abgesehen von zerbröckelndem Mauerwerk, verkohlten Balken und heruntergestürzten Dachpfannen glaubte sie auch die Reste hoffnungslos zerstörten Mobiliars zu erkennen. Das meiste davon war verbrannt, und das wenige, das sich überhaupt noch identifizieren ließ, schien nicht nur ausnahmslos aus Holz oder rostigem Metall zu bestehen, sondern auch absolut altmodisch zu sein: ein zusammengestürzter Schrank mit geschnitzten Türen, ein gusseiserner Topf unbekannten, aber ziemlich ekelhaft aussehenden Inhaltes, etwas, das gut die zersplitterten Reste eines altmodischen Kinderbetts sein konnten ... und war das dort drüben in der Ecke ein Webstuhl?

So wie es hier aussah, dachte sie, gab es eigentlich nur zwei Möglichkeiten: Entweder sie waren in eine Art Zeitloch gestürzt und zwei oder noch mehr Jahrhunderte weit in die Vergangenheit gefallen, oder hier hatte jemand mit einem ausgesprochenen Faible für Antiquitäten oder einfach alten Kram gehaust.

Und für Schnee.

Benutzt das Tor, Gaylen!

Pia schüttelte den Gedanken ab und zwang sich auf den (kalten) Boden der Tatsachen zurück. Das hier war ziemlich seltsam, um nicht zu sagen verrückt, aber sie würde ganz gewiss eine logische Erklärung für alles finden, wenn sie erst einmal hier heraus- und ein bisschen zur Ruhe gekommen war. Und das war das Allerwichtigste: hier herauszukommen.

Sie drehte sich herum, erwartete, das Tor zu erblicken, durch das sie hereingekommen waren, aber es war nicht da. Wo es sein sollte, erstreckte sich das zerstörte Innere des Gebäudes auf mindestens zehn oder fünfzehn Metern, bevor es in grauer

Dämmerung verschwand, und irgendetwas bewog sie dazu, ganz bestimmt *nicht* nach oben zu sehen, um den Himmel über dem zerborstenen Dach anzublicken. Sie wusste einfach, dass es ihr nicht gefallen hätte.

»Verschwinden wir von hier«, sagte sie unbehaglich.

»Nichts dagegen«, stimmte Jesus zu. »Wenn du mir auch noch sagst ...«

Diesmal war es Pia, die ihn mit einer erschrockenen Handbewegung zum Schweigen brachte. Hastig ließen sie sich nebeneinander in die Hocke sinken und erstarrten zur Reglosigkeit. In ihrer unmittelbaren Nähe gab es nichts, das als Versteck hätte dienen können, aber Pia griff nach den Schatten und verwandelte sie in einen schützenden Mantel, der sie zuverlässig allen neugierigen Blicken entzog.

Schritte und Stimmen, die nach wie vor in einer ihr völlig unbekannten Sprache redeten, kamen wieder näher, und sie identifizierte zwei, drei Gestalten, die alle sonderbar gedrungen aussahen. Als sie noch näher kamen, sah sie auch, warum. Die Männer – alle drei hatten ungepflegtes langes Haar und dazu passende Bärte – trugen schwere Umhänge oder Mäntel aus struppigem Fell, und wenn sie sich bewegten, klimperte es darunter, ganz ähnlich wie bei dem seltsamen Fremden, der sie gerettet hatte, nur irgendwie nicht so ... sauber.

Die Männer blieben in kaum drei Metern Entfernung stehen und redeten eine gute Minute in ihrer seltsamen Sprache miteinander, bevor sie sich wieder entfernten. Pia blinzelte ein paarmal und klammerte sich tatsächlich an die kindische Hoffnung, dass sie nur die Augen aufzumachen brauchte, um aus diesem bizarren Traum zu erwachen und sich in ihrer gewohnten Umgebung wiederzufinden.

Es funktionierte nicht. Die drei Steinzeitmenschen verschwanden, aber das unmögliche Gebäude, die Kälte und der Schnee und der noch viel unmöglichere Himmel über ihnen blieben. Das einzig Neue war der Ausdruck auf Jesus' Gesicht. Er starrte sie vollkommen fassungslos an. Er stellte keine einzige Frage, doch das war auch nicht nötig. Pia konnte sie von seinem Gesicht ablesen. Es war die gleiche Frage, die auch sie sich selbst stellte. Wie um alles in der Welt hatte sie das gemacht? Und *was* hatte sie überhaupt gemacht?

Sie schüttelte den Gedanken ab. Sie mussten hier raus, bevor sie vollends den Verstand verlor. Irgendwie.

»Wir gehen einfach den Weg zurück, den wir gekommen sind«, sagte sie, mehr an sich selbst als an Jesus gewandt. »Irgendwie finde ich schon raus.«

Jesus sparte sich jeden Kommentar dazu, aber der Blick, mit dem er sie maß, sprach Bände. Wortlos stand er auf, sah sie auffordernd an und machte auch nicht die geringsten Anstalten, von sich aus eine bestimmte Richtung einzuschlagen, als Pia einen einzelnen Schritt tat und dann wieder stehen blieb, um ihn demonstrativ hilflos anzublicken.

Pia gestand sich ein, dass er recht hatte. Ihre Idee war ja gar nicht so schlecht ... aber sie hatte nicht mehr die geringste Ahnung, aus welcher Richtung sie gekommen waren.

Jesus sah sie weitere drei oder vier Sekunden lang vollkommen ausdruckslos an, hob dann die Schultern und ließ sich wieder in die Hocke sinken. Sein Blick tastete den Boden ab ... oder um genau zu sein: den Schnee, der das verkohlte Holz der Dielen bedeckte.

Und um noch genauer zu sein: die Spuren, die Pia und er darin hinterlassen hatten.

Pia schenkte ihm den bösesten Blick, zu dem sie sich in diesem Moment aufraffen konnte, und folgte der verwischten doppelten Spur. Man musste kein direkter Nachkomme Chingachgooks sein, um die tiefen Abdrücke in dem verharschten Schnee zu sehen.

Allerdings hätten sie vermutlich nicht einmal Chingachgook selbst sonderlich weitergeholfen, denn sie hörten nach einem knappen Dutzend Schritten auf.

Pia blieb stehen, blinzelte, sah genauer hin und blinzelte noch einmal, aber es blieb dabei: Von allen Unmöglichkeiten, denen sie in den letzten Minuten hier begegnet war, war das die allerunmöglichste. Die Spuren hörten unmittelbar vor ihnen einfach auf. Oder begannen wie aus dem Nichts, das war eine Frage des Standpunktes.

»Und jetzt?«, wollte Jesus wissen. Pia hasste ihn beinahe für diese Frage.

Bevor sie jedoch antworten konnte, erscholl hinter ihnen ein lautstarkes Poltern und Krachen, gefolgt von einem gemurmelten Fluch – ganz eindeutig nicht in irgendeiner Steinzeitsprache, sondern in breitem Portugiesisch – und von einer Stimme hervorgestoßen, die sie nur zu gut kannte.

Hernandez schoss sofort, ohne das geringste Zögern und noch bevor er sich auch nur halb wieder aufgerichtet hatte, und der einzige Grund, aus dem er Jesus verfehlte und die Kugel eine Handbreit neben diesem in einen der verkohlten Balken fuhr, war vermutlich der Umstand, dass er Rechtshänder war und mit links schoss.

Weder Jesus noch sie warteten darauf, dass er besser zielte, sondern wirbelten auf den Absätzen herum und stürmten los. Hernandez brüllte etwas – einen unartikulierten Laut, der pure Wut ausdrückte –, sprang in die Höhe und verfehlte Jesus dieses Mal nur, weil er in seiner Hast den Schuss verriss, aber er machte sich auch unmittelbar an die Verfolgung. Sein Gesicht war eine einzige Maske aus Blut und tobendem Hass, seine rechte Hand eine heftig blutende Wunde, aber er ließ sich nicht abschütteln. Jesus und Pia rannten, so schnell sie es auf dem mit Schutt und Trümmern übersäten Boden nur wagten, aber er holte trotzdem auf und war jetzt höchstens noch fünf Meter hinter ihnen. Sein nächster Schuss verfehlte Jesus nur um Haaresbreite, und er hatte immer noch drei Kugeln in seiner Waffe. Und so rasend vor Wut, wie er im Moment war, konnte Pia nicht einmal sicher sein, dass Jesus ihm mit bloßen Händen gewachsen gewesen wäre.

Hernandez feuerte erneut. Die Kugel streifte Jesus' Bizeps, hinterließ eine rauchende Spur in seiner Jacke und fügte ihm allerhöchstens einen schmerzhaften Kratzer zu, aber ihre schiere Wucht – vielleicht auch nur der Schreck – brachte ihn aus dem Tritt. Jesus stolperte, verlor einen oder zwei unendlich kostbare Meter Vorsprung, und Hernandez stieß einen schrillen, triumphierenden Schrei aus und zielte erneut und diesmal mit beiden Händen und ungeachtet der Tatsache, dass seine Rechte kaum mehr als ein blutiger Fleischklumpen war. Er *konnte* gar nicht mehr danebenschießen.

Den Bruchteil einer Sekunde bevor er abdrückte, erschien eine in Silber und Schwarz gekleidete Gestalt wie aus dem Nichts hinter ihm.

»Gaylen!«, schrie sie. *»Springt!«*

Und wohin?, dachte Pia ... und wieder schien alles gleichzeitig zu geschehen. Hernandez drückte nicht ab, sondern fuhr blitzartig herum und richtete seine Waffe auf den so plötzlich hinter ihm aufgetauchten Fremden, und der Schatten machte eine unvorstellbar schnelle Bewegung. Ein silberfarbener Blitz löste sich aus seiner Hand und flog in Hernandez' Richtung, aber der *Comandante* machte eine noch schnellere und eigentlich ganz und gar unmögliche Bewegung und wich dem geschleuderten Blitz aus, und plötzlich raste er direkt auf Pia zu, schnell wie ein Lidzucken und absolut tödlich.

Im allerletzten Moment fuhr Jesus herum, umschlang sie mit beiden Armen und riss sie zur Seite. Der tödliche Schmerz, auf den sie wartete, kam nicht, auch wenn Jesus vor Anstrengung und Furcht ächzte und sein brutaler Griff ihre Rippen hörbar knacken ließ. Sie bekam keine Luft mehr, um zu schreien, sonst hätte sie es getan. Wieder einmal explodierte die Welt vor ihren Augen in einem Feuerwerk aus weißen und roten Blitzen, sie konnte immer noch nicht atmen, strauchelte und …

… prallte so hart gegen eine Wand aus morschem Holz und rostigem Wellblech, dass sie zwei Schritte weit zurückgeworfen wurde und mit Sicherheit gestürzt wäre, hätte Jesus sie nicht (wieder einmal) aufgefangen.

Die Wirklichkeit brach mit solcher Wucht über sie herein, dass sie abermals taumelte. Die Straße kippte nach rechts, dann nach links und schließlich mit einem magenumstülpenden Ruck wieder in die Waagerechte zurück. Etwas … war plötzlich nicht mehr da, ohne dass sie sagen konnte, was, aber sie spürte sein Fehlen so deutlich, als wäre ihr von einem Atemzug auf den anderen ein Körperteil abhandengekommen. Dann – endlich – war es *wirklich* vorbei. Alles kehrte zur Normalität zurück, und sie fand sich in der finsteren Gasse wieder, in die sie geflohen waren.

»Was …?«, stammelte sie benommen. Die Welt schien sich noch immer um sie zu drehen, aber jetzt war es einfach nur Desorientierung, nicht mehr das Gefühl, den Boden unter den Füßen zu verlieren; und das ganz eindeutig nicht im übertragenen Sinne. Der Albtraum war vorbei, wenn es denn überhaupt einer gewesen war.

Jesus grunzte eine Antwort, die sie nicht verstand, legte ihr die Hand auf die Schulter und drehte sie herum, um sie wieder zum Anfang der Gasse zu bugsieren, aber seine Kraft reichte nur noch für einen einzigen Schritt. Er begann zu zittern, taumelte und kippte plötzlich kraftlos zur Seite. Pia roch Blut, und sie spürte seinen Schmerz wie ihren eigenen; eine glühende Flamme, die sich tief in ihren Leib fraß. Dann brach er endgültig zusammen.

Pia versuchte ihn aufzufangen, aber natürlich war er viel zu schwer für sie. Sein Gewicht riss sie mit zu Boden. Sie fiel nicht wirklich, sondern sank ungeschickt auf die Knie herab, und Jesus stürzte mit einem seufzenden Laut neben ihr zu Boden.

»Jesus?!«, stieß sie erschrocken hervor. »Jesus, was ist los mit dir?«

Jesus antwortete nicht, konnte es wahrscheinlich auch gar nicht. Er rollte auf den Rücken und verdrehte die Augen. Blasiger Schaum erschien auf seinen Lippen und färbte sich im farbenverzehrenden Licht der Nacht rosa. Seine Jacke fiel auseinander und bildete ein schmutzig graues Flügelpaar auf dem Pflaster neben ihm. Dicht unterhalb seines rechten Rippenbogens ragte der ziselierte Silbergriff eines Dolches aus seinem Leib.

IV

Wenn es in ihrem Leben – abgesehen von Jesus – überhaupt jemanden gab, den Pia als so etwas wie ihre Familie bezeichnet hätte, dann war es Esteban. Sie kannte ihn, solange sie lebte. Ihre ersten Erinnerungen hatten fast ausschließlich mit ihm zu tun, ein großer, schon damals leicht übergewichtiger Mann. Heute war er um die fünfzig, was bedeutete, dass er jetzt tatsächlich ungefähr so alt war, wie er ihr damals vorgekommen war – und somit nicht viel älter gewesen sein konnte als sie heute –, als er sich des halb verhungerten Waisenkindes annahm, das man zu ihm gebracht hatte. Sein Gewicht hatte er nahezu verdoppelt, und er gehörte zweifellos zu den einflussreichsten Männern der Favelas; auch wenn er sich zeit seines Lebens geweigert hatte, sich einer der zahllosen mehr oder weniger großen (und ausnahmslos gefährlichen) Banden anzuschließen oder einer der vier großen Familien, die ihrerseits über die unterschiedlichen Banden herrschten. Esteban war ganz zweifellos ein *Patrono,* aber der einzige *Patrono,* der eigentlich keine Untertanen hatte, über die er herrschen konnte, und – wenn man es ganz genau nahm – nicht einmal eine richtige Familie. Pias erste Erinnerungen an ihn waren deshalb auch die an seine unterschiedlichen Frauen, die ihr damals ebenfalls alt erschienen waren. Aber es waren eben die Erinnerungen einer Vierjährigen, und mittlerweile hatte sie nicht nur verstanden, dass Esteban niemals länger als ein Jahr mit ein und derselben Frau zusammenlebte, sondern näherte sich auch selbst dem Alter, in dem seine jeweiligen Partnerinnen gut ihre Schwestern sein könnten; auch ihre jüngeren. Es gab Zeiten, in denen er mit mehr als einer Frau gleichzeitig zusammenlebte, aber auch noch eine weitere, deutlich dunklere Seite an ihm, von der jedermann wusste und Pia gar nichts wissen wollte. Ihr gegenüber hatte er sich immer wie eine Mischung aus großem Bruder und Vater benommen, selbst als sie allmählich in ein Alter kam, in dem sie durchaus in sein Beuteschema gepasst hätte. Viele der Frauen, die sie an seiner Seite kennengelernt hatte, ähnelten ihr sogar, und wahrscheinlich war auch das kein Zufall.

Im Augenblick sah er allerdings eher aus wie ein überaus verärgerter Vater, wie er so hinter seinem zerschrammten Schreibtisch saß und abwechselnd sie und das altmodische schwarze Telefon anblickte; fast, als wartete er auf einen Anruf, der ihm mitteilte, was er weiter mit ihr tun sollte.

Vielleicht war es auch so, dachte Pia niedergeschlagen. Sie hatte fast die gesamte Zeit, seit sie hergekommen war, im Zimmer nebenan bei Jesus und dem Arzt verbracht, aber die Wände hier waren dünn. Esteban hatte viel telefoniert, und er hatte sich dabei ein paarmal ziemlich aufgeregt angehört.

»Ich frage mich wirklich, was ich jetzt mit dir tun soll«, seufzte er schließlich. Pia saß seit gut fünf Minuten auf dem Arme-Sünder-Stuhl vor seinem Schreibtisch, und es waren die ersten Worte, die er seither gesprochen hatte. Sie hätte erleichtert sein sollen, dass die unangenehme Stille vorüber war – aber der Letzte, der diese Worte zu ihr gesagt hatte, war Hernandez gewesen, und die Erinnerung daran gab ihnen einen unangenehmen Beigeschmack. Sie schwieg.

»Es war ziemlich dumm von dir hierherzukommen. Ich hoffe, wenigstens das ist dir klar«, fuhr er fort, nachdem er lange genug gewartet hatte, um das Schweigen zwischen ihnen schon wieder unangenehm werden zu lassen.

»Ich weiß«, antwortete sie kleinlaut. »Ich wusste einfach

nicht, wohin. Und ich wollte dir bestimmt keine Schwierigkeiten bereiten, aber ...«

»Schwierigkeiten?«, unterbrach sie Esteban. »Wie kommst du auf diese Idee? Nicht einmal die Peraltas sind so dumm zu glauben, dass ich irgendetwas mit dieser Sache zu tun habe.«

»Die Peraltas?« Pia erschrak. »Aber was ... was haben denn die Peraltas mit ...?«

Esteban unterbrach sie mit einem neuerlichen Kopfschütteln, maß sie mit einem sehr langen, ein wenig traurigen Blick und beugte sich dann nach rechts, um den Leinenbeutel aufzuheben.

Der mindestens fünfzig Jahre alte hölzerne Bürostuhl, in dem er saß, ächzte protestierend unter der plötzlichen Verlagerung von mehr als zwei Zentnern Gewicht, und Pia musste an ein anderes zerbrochenes Möbelstück denken.

»Was die Peraltas damit zu tun haben?« Esteban ließ den Beutel übertrieben wuchtig auf die Schreibtischplatte fallen. Das Telefon hüpfte. »Was glaubst du denn, wem das Zeug hier gehört?«

Pia starrte den Beutel an. Sie schwieg. Es hätte auch nicht viel gegeben, was sie hätte sagen können. Die Peraltas? Großer Gott!

»Wie gesagt: Ich hätte dich für klüger gehalten. Ich bin mir nicht sicher, ob ich jetzt wütend oder enttäuscht sein soll. Ich dachte, ich hätte dir mehr beigebracht. Weißt du, Pia, *wenn* du schon jemanden bestiehlst, dann solltest du dich vorher wenigstens erkundigen, wen. Ich dachte wirklich, ich hätte dir das beigebracht.«

»Das ... das hast du auch«, antwortete sie, noch immer wie betäubt. Die Peraltas? Nein, nicht ausgerechnet sie. Schlimmer hätte es gar nicht kommen können. Und sie hatte geglaubt, sich Probleme einzuhandeln, weil sie sich mit Hernandez und seinen Schlägern angelegt hatte? »Aber ich wusste nicht, dass ...«

»Eben!« Esteban schlug heftig mit der flachen Hand auf den Tisch, und das Telefon machte einen zweiten und noch heftigeren Hüpfer. »Du wusstest es nicht! Aber du hättest es wissen müssen! Verdammt, wenn man schon eine Million klaut, sollte man sich vorher erkundigen, wem sie gehört!«

»Aber ich wusste es wirklich nicht!«, verteidigte sich Pia. Sie hasste sich beinahe selbst für den weinerlichen Klang ihrer Stimme, konnte aber nichts dagegen tun, und ihr *war* zum Heulen zumute. Die Peraltas waren vielleicht die kleinste der vier Mafia-Familien, die sich diesen Teil der Favelas untereinander aufgeteilt hatten, aber auch die mit Abstand gefürchtetste. »Ich wusste bis jetzt nicht einmal, dass sie überhaupt mit Drogen handeln! Ich dachte immer, sie hätten ihre Prinzipien, und dieses Dreckszeug gehört nicht dazu!«

»Haben sie auch«, antwortete Esteban. Er nahm eines der weißen Päckchen aus dem Beutel, drehte es einen Moment lang unschlüssig in der Hand und warf es dann zurück. »Sie arbeiten nur als Kuriere. Aber Kuriere in diesem Gewerbe haben im Allgemeinen das Problem, dass man sie für die Ware verantwortlich macht, die sie transportieren. Sie sind nicht gerade begeistert von der Vorstellung, knappe zwei Millionen einzubüßen. Von ihrem Ruf ganz zu schweigen.«

»Wir ... ich ... ich könnte es ihnen zurückgeben«, sagte Pia und kam sich selbst lächerlich dabei vor.

»So läuft das nicht, Kleines, und das weißt du auch«, antwortete Esteban sanft.

Natürlich wusste sie das. Es ging nicht nur um das Geld und die Drogenpäckchen. Sie würden Jesus und sie trotzdem umbringen. Mit einer der anderen Familien hätte sie – vielleicht – reden und irgendeine Lösung finden können, aber mit den Peraltas?

»Woher ... weißt du überhaupt davon?«, fragte sie stockend. Ihr Mund war mit einem Mal so trocken, dass sie kaum noch sprechen konnte. Sie begann die Finger zu kneten und wünschte sich plötzlich, wieder acht Jahre alt zu sein und auf diesem Stuhl zu sitzen, um sich eine Gardinenpredigt von ihm anzuhören, weil sie den Nachbarsjungen verprügelt hatte.

»Du bist gut.« Esteban lachte, aber es klang nicht sehr amüsiert. »Jeder weiß davon. Schlechte Nachrichten haben Flügel, und die werden umso größer, je schlechter die Nachrichten sind. Die ganze Stadt spricht von nichts anderem als von den beiden Verrückten, die irre genug gewesen sind, der Peralta-Familie eine Drogenlieferung zu klauen – und auch noch drei ihrer Leute umzulegen.«

»Das waren wir nicht!«, sagte Pia hastig.

»Das glaube ich dir«, antwortete Esteban ernst. »Du bist keine Mörderin, und Jesus ist kein Mörder. Ich fürchte nur, das wird den Peraltas ziemlich egal sein. Es geht nicht um das Geld oder die Drogen. Es ist Blut geflossen. Und sie wollen Blut sehen. Du weißt, wie das Spiel läuft. Aber ...« – er hob abwehrend die Hand, obwohl sie gar nicht vorgehabt hatte, ihm zu widersprechen – »... noch haben wir einen einzigen Vorteil. Außer Jesus und dir – und jetzt mir – weiß niemand, was wirklich passiert ist. Und solange das so bleibt, haben wir eine gute Chance, uns eine Geschichte auszudenken, an deren Ende ich nicht in die Verlegenheit komme, gutes Geld für einen Grabstein ausgeben zu müssen.«

Das würde er sowieso nicht, dachte Pia niedergeschlagen. Leute, die sich mit den Peraltas anlegten, hatten im Allgemeinen zwei Dinge gemeinsam: Sie waren ziemlich verrückt, und sie pflegten spurlos zu verschwinden.

»Bist du sicher, dass Hernandez tot ist?«, fragte Esteban.

Die Verlockung, einfach *Ja* zu sagen, war groß. Sie wollte nichts lieber, als nicken und selbst daran glauben, aber sie konnte es nicht.

»Nein«, gestand sie. »Als ich ihn das letzte Mal gesehen habe, war er mit diesem seltsamen Kerl beschäftigt.«

»Euer geheimnisvoller Retter«, sagte Esteban. Er klang ein bisschen spöttisch, und Pia schoss einen so zornigen Blick in seine Richtung ab, dass er in einer erschrocken-abwehrenden Geste beide Hände hob. »Schon gut. Ich glaube dir ja. Und sei es nur, weil die Geschichte einfach zu verrückt klingt, um sie sich auszudenken.«

»Du meinst, so verrückt wäre nicht einmal ich, dir eine solche Geschichte aufzutischen?«, antwortete Pia. »Jesus hat ihn schließlich auch gesehen!«

»Ich sagte dir bereits, ich glaube dir«, versuchte Esteban sie zu beruhigen. »Auch wenn es mir schwerfällt ... ein Irrer, der im Supermankostüm durch die Stadt läuft und für Ordnung sorgt, wo es die Polizei nicht kann oder will?« Er schüttelte den Kopf. »Ich dachte immer, so was gibt es nur im Kino.«

Pia tat ihm immerhin den Gefallen, die Lippen zur Andeutung eines Lächelns zu verziehen, aber es überzeugte weder ihn noch sie. Wer immer dieser seltsame Fremde gewesen war ... irgendetwas sagte ihr, dass er nicht einfach ein *Verrückter im Supermankostüm* gewesen war.

»Aber gut, das ist im Moment nicht unser Thema.« Esteban bekräftigte seine Worte mit einer Handbewegung, wie um sie im wahrsten Sinne des Wortes beiseitezuwischen. »Was ist mit Hernandez' Männern? Du sagst, der seltsame Bursche hat sie erledigt?«

»Zwei ganz bestimmt«, antwortete Pia. »Bei dem dritten bin ich mir nicht sicher.«

Esteban begann nachdenklich mit den Fingerspitzen auf der Tischplatte zu trommeln. Sein Blick suchte wieder das Telefon und verharrte für Pias Geschmack gerade einen Sekundenbruchteil zu lange darauf. »Selbst wenn nicht, wird ihnen kein Mensch die Geschichte glauben ... oder vielleicht doch, aber das ist eigentlich egal. Hat euch irgendjemand auf der Baustelle gesehen?«

»Keine Ahnung«, gestand Pia. »In der *Cantina* bestimmt. Dafür hat der *Comandante* schon gesorgt.«

»Genauso wie er dafür Sorge getragen hat, dass sein Gespräch mit dir aufgezeichnet wird.« Esteban schnaubte. »Hauptmann Juan Hernandez, der aufrechte Polizist, der versucht, eine stadtbekannte Kleinkriminelle von ...«

»He!«, protestierte Pia.

»... eine leichtsinnige junge Frau von einer Dummheit abzuhalten, über deren Konsequenzen sie sich anscheinend nicht im Klaren ist«, verbesserte sich Esteban. Er lächelte nicht. »Geschickt eingefädelt, das muss ich zugeben. Mit dem Überwachungsvideo von diesem fliegenden Ding und dem Revolver mit deinen Fingerabdrücken drauf wäre er möglicherweise sogar durchgekommen ... aber vielleicht können wir den Spieß ja umdrehen.«

»Und wie?«

»Ich muss einen Moment darüber nachdenken und ein paar Erkundigungen einziehen«, erwiderte Esteban, mehr an sich selbst als zu ihr gewandt. »Aber wenn man es genau nimmt, habt ihr eigentlich gar nichts getan.«

»Wir haben die Tasche geklaut«, gab Pia zu bedenken.

»Aber ihr habt niemanden erschossen«, beharrte Esteban. »Das war Hernandez. Wir wollen mal nicht zu kleinlich sein. Wer den Beutel zuerst angefasst hat, spielt im Grunde keine Rolle, oder? So wie du die Geschichte erzählst, hat er das von Anfang an so geplant.«

»Er hat mich benutzt«, sagte Pia bitter.

Esteban war nicht charmant genug, ihr zu widersprechen, sondern sah sie nur traurig an, aber auch nachdenklich und schon wieder ein bisschen so wie ein strenger und zugleich gütiger Vater, dessen Kind etwas sehr Schlimmes getan hat, und der jetzt überlegte, wie er ihm die zu erwartenden Konsequenzen möglichst schonend beibringen konnte, ohne auch nur einen Deut davon abzurücken.

»Wenn du mich fragst«, sagte er schließlich, dann hat dieser Mistkerl wahrscheinlich nur einen Dummkopf gesucht, dem er die Schuld in die Schuhe schieben kann.« Er gab ein sonderbares Seufzen von sich und maß den zwei Millionen schweren Beutel auf seinem Tisch mit einem langen, traurigen Blick. »Ihr hättet dieses verdammte Ding nicht mitnehmen dürfen.«

Zu *diesem* Schluss war Pia schon von sich aus gekommen, aber es war noch nie ihre Art gewesen, über einmal gemachte Fehler zu jammern. Erst recht nicht, wenn sie selbst sie gemacht hatte.

»Ich muss nachdenken«, sagte Esteban und seufzte noch einmal, diesmal tiefer. »Wie geht es Jesus?«

»Nicht gut.«

Es war nicht Pia, die antwortete. Ohne dass Esteban oder sie es bemerkt hatten, war die Tür aufgegangen, und ein grauhaariger Mann um die sechzig hatte den Raum betreten. Er trug einen zerschlissenen, billigen Straßenanzug und ein weißes Hemd ohne Krawatte. Seine Hände sahen aus wie frisch gewaschen, aber unter seinen Fingernägeln waren braunrote Ränder zu sehen. Pia fragte sich, wie lange er schon dastand und zuhörte.

»Doktor?« Esteban wirkte mit einem Mal deutlich besorgter als noch vor einer Sekunde.

»Ich habe für ihn getan, was ich konnte – aber ich fürchte, es reicht nicht.« Dr. Alvarez kam mit kleinen, schlurfenden Schritten näher, seufzte tief und sah sich nach einem Stuhl um, aber es gab keinen. Pia setzte dazu an, aufzustehen und ihm ihren eigenen Platz anzubieten, doch Alvarez wehrte mit einer müden Bewegung ab und schenkte ihr ein mindestens genauso müdes, aber sehr warmes Lächeln. »Er muss in ein Krankenhaus. Er hat zu viel Blut verloren. Wenn er hierbleibt, stirbt er.«

Esteban sah ihn zwei oder drei weitere Sekunden lang durchdringend an, dann reagierte er ganz genauso, wie Pia es von ihm gewohnt war, schnell und ohne noch mehr Zeit mit unnötigen Fragen zu verschenken. Er nahm den Hörer ab und begann die altmodische Wählscheibe zu drehen. Die Nummer war sehr kurz – nur drei Ziffern, wie Pia auffiel –, und es dauerte nicht einmal eine Sekunde, bis sich offensichtlich jemand am anderen Ende der Verbindung meldete. »Juan? Esteban hier ... Ja, ich fürchte, es geht nicht anders ... genau ... in zwanzig Minuten. Danke!« Er hängte ein, sah Alvarez und Pia nacheinander und sehr ernst an und nickte schließlich. »Der Krankenwagen ist unterwegs. In einer Stunde ist er in der Klinik. Hält er noch so lange durch?«

»Wenn sich keine Komplikationen mehr ergeben.«

»Komplikationen?«, fragte Pia erschrocken. »Aber es war doch ganz ...«

Alvarez brachte sie mit einer müden Geste zum Verstummen. »Ich weiß, wie sehr du an deinem Freund hängst, Kind«, sagte er. Sie kannten sich beinahe so lange, wie sie Esteban kannte, und Alvarez hatte sie vom ersten Moment an *Kind* genannt, woran sich wahrscheinlich auch nichts ändern würde, wenn sie achtzig war (und er so lange leben sollte). »Und wahrscheinlich wird er es schaffen. Er ist stark, und das ist auch sein Glück. Aber er hat viel Blut verloren, und die Verletzung ist wirklich schwer. Ich kenne niemanden, der so etwas überlebt hätte. Immerhin ...« – er griff in die Tasche und zog einen in ein schmuddeliges Tuch eingewickelten Gegenstand heraus, den er mit leicht zitternden Fingern auspackte, während er weitersprach – »... war *das hier* in seinem Leib.«

Die Worte beinhalteten nicht nur eine Feststellung, sondern auch eine Frage, die Pia ganz bewusst ignorierte. Sie hatte gewusst, was er in der Hand hielt, noch bevor er das Tuch zurückschlug, aber sie fuhr trotzdem erschrocken zusammen, als sie den silbernen Dolch erkannte. Esteban zog die Augenbrauen zusammen, schwieg aber. Er wirkte sehr aufmerksam.

»Du hast ihn nicht herausgezogen«, fuhr Alvarez fort, als sie nicht auf seine unausgesprochene Frage reagierte. »Das war sehr klug von dir. Wahrscheinlich hast du ihm damit das Leben gerettet. Aber sein Zustand ist trotzdem sehr ernst. Hier kann ich nichts mehr für ihn tun. Ich wahrscheinlich«, fügte er nach einer winzigen Pause und in leicht verändertem, resignierendem Ton hinzu, »sowieso nicht. Da müssen Leute ran, die mehr davon verstehen.«

»Ich hätte ihn gleich ins Krankenhaus bringen sollen«, sagte Pia.

Alvarez war taktvoll genug, gar nicht darauf zu antworten, und Esteban streckte die Hand über den Tisch aus und bedeutete ihm, ihm den Dolch zu geben. Er gehorchte, und Pia nutzte die Gelegenheit, sich die seltsame Waffe zum ersten Mal genauer anzusehen. Es war der sonderbarste Dolch, den sie je erblickt hatte, nicht nur wegen des reich ziselierten und mit einem fast fingernagelgroßen roten Edelstein besetzten Griffs – die Klinge war kaum länger als der Griff und so dünn, dass sie fast unsichtbar wurde, wenn man sie von der Seite betrachtete. Jesus' Blut klebte nicht mehr daran – Alvarez musste sie gereinigt haben, wofür Pia ihm sehr dankbar war –, und sie schien nicht aus Silber, Stahl oder irgendeinem anderen Metall zu bestehen, sondern aus Glas oder Kristall, denn sie war durchsichtig. Je nachdem wie Esteban die Klinge hielt, brach sich der Schein der nackten Glühbirne unter der Decke darin und ließ verschiedenfarbige Lichtblitze auflodern, als wäre die Glut eines Sonnenuntergangs darin gefangen.

»Das ist erstaunlich«, murmelte Esteban. »Und damit hat er nach Jesus geworfen?«

»Ich glaube eher nach Hernandez«, antwortete Pia. »Er hat ihn verfehlt. Wenn Jesus sich nicht dazwischengeworfen hätte, hätte er mich getroffen.« Und das war vielleicht das Schlimmste überhaupt. Dieser Dolch hatte ihr gegolten. Sicher nicht der Mann mit dem silbernen Helm, aber das *Schicksal* hatte ihr diesen Dolch zugedacht. Und Jesus hatte sich, ohne auch nur nachzudenken, dazwischengeworfen und ihn mit seinem eigenen Körper aufgefangen. Wenn er starb, dachte sie bitter, dann war es genauso, als hätte sie selbst ihn niedergestochen.

»... wirklich erstaunlich«, murmelte Esteban noch einmal.

»Seien Sie vorsichtig«, sagte Alvarez. »Das Ding ist ...«

Esteban sog hörbar die Luft zwischen den Zähnen ein und starrte vorwurfsvoll seinen Daumen an, der heftig zu bluten begonnen hatte.

»... scharf«, führte Alvarez den begonnenen Satz zu Ende.

Esteban warf ihm einen vorwurfsvollen Blick zu, steckte den blutenden Daumen in den Mund und drehte den Dolch – mit der anderen Hand und deutlich mehr Respekt – herum, um damit über die Tischkante zu fahren. Die Klinge glitt so mühelos durch das steinharte Holz, wie das Kristallschwert des Fremden vorhin durch die Kehle des Schlägers, und hinterließ einen fünf Zentimeter tiefen Schnitt, so präzise, wie mit einem Laser ausgeführt. Esteban riss die Augen auf, betrachtete das Messer mit plötzlich noch größerem Respekt und legte es mit spitzen Fingern auf den Tisch zurück.

»Tut mir leid«, sagte Alvarez, als wäre das alles seine Schuld. »Aber das Ding ist wirklich scharf. Die meisten meiner Skalpelle sind nicht so gut.«

»Hm«, machte Esteban. Behutsam nahm er den Daumen aus dem Mund, betrachtete den immer noch heftig blutenden Schnitt – Pia erkannte erst jetzt, dass er bis auf den Knochen reichte; wahrscheinlich hatte Esteban Glück, seinen Daumen überhaupt noch zu haben – und griff schließlich mit der anderen Hand nach dem dreckigen Lappen, in den der Dolch eingewickelt gewesen war. Alvarez legte missbilligend die Stirn in Falten, als er den wenig sterilen Verband sah, zu dem er den Fetzen kurzerhand umfunktionierte, sparte sich aber jeden Kommentar. Stattdessen strich sein Blick mit unverhohlener Neugier über den Leinenbeutel auf dem Schreibtisch. Esteban klaubte ihn wortlos mit der unversehrten Hand von der Platte und ließ ihn beiläufig neben seinem Stuhl auf den Boden fallen, als wären nur schmutzige Socken darin.

»Vielen Dank auch, Doktor Alvarez«, sagte er. »Ich weiß zu schätzen, was Sie für Jesus getan haben. Schauen Sie in den nächsten Tagen einmal in ihren Briefkasten. Vielleicht finden Sie eine angenehme Überraschung vor.«

»Sollte ich nicht besser noch bleiben, bis der Krankenwagen …«, begann Alvarez.

»Nein«, unterbrach ihn Esteban. »Pia wird sich um Jesus kümmern, keine Sorge. Sie haben schon mehr getan, als ich von Ihnen erwarten kann. Es ist spät geworden. Machen Sie mein schlechtes Gewissen nicht noch schlechter. Ich weiß doch, dass Sie morgen früh rausmüssen, um sich um Ihre anderen Patienten zu kümmern.«

Alvarez wirkte verstört. Esteban und er waren vielleicht keine guten Freunde, aber sie kannten sich ein Leben lang, und bis vor zwei Sekunden hätte sich Pia nicht einmal vorstellen können, dass Esteban ihn rauswarf.

Aber nichts anderes hatte er gerade getan.

»Also dann … ja, Sie … Sie haben vermutlich recht«, murmelte der grauhaarige Arzt. Er fand seine Fassung wieder, wirkte aber immer noch verwirrt. »Ich muss sowieso noch zu einer Schwangeren.«

»Doch hoffentlich nichts Ernstes?«, fragte Esteban.

Alvarez lächelte nervös. »O nein, keine Angst. Der jungen Dame geht es prächtig. Und sie ist auch erst in einem Monat so weit. Das Problem ist eher der werdende Vater. Wenn ich nicht aufpasse, dann stirbt er mir noch vor lauter Nervosität weg, bevor er seinen Sohn auch nur das erste Mal zu Gesicht bekommen hat.«

»Dann sollten Sie sich um ihn kümmern, Doktor.«

Alvarez sah nun eindeutig bestürzt aus – aber schließlich nickte er nur noch einmal abgehackt, fuhr auf dem Absatz herum und floh regelrecht aus dem Zimmer. Pia sah ihm verwirrt nach und wandte sich dann noch verwirrter an Esteban.

»Was war das denn?«

Er ignorierte die Frage, sah zuerst sie, dann den silbernen Dolch und dann wieder sie an, und das auf eine vollkommen veränderte Art; ein Blick, unter dem sich Pia mit jeder Sekunde unwohler fühlte.

»Was?«, fragte sie.

»Dieser seltsame Kerl, von dem du vorhin erzählt hast.« Esteban machte eine Geste zum Dolch, hütete sich aber, ihm auch nur nahe zu kommen. »Es gibt ihn also wirklich.«

Pia war im ersten Moment so perplex, dass die Worte ein paar Sekunden brauchten, um überhaupt bis zu ihrem Bewusstsein durchzudringen. Sie hatte gedacht, er habe ihr geglaubt. Aber offensichtlich stimmte das nicht.

»Du hast also *doch* geglaubt, ich hätte mir das alles nur eingebildet«, sagte sie leise. Sie wollte vorwurfsvoll klingen, aber es gelang ihr nicht. »Oder dich belogen.«

»Und er hat nicht gesagt, wer er ist oder was er von dir will?«, fragte Esteban, ihre Worte komplett ignorierend. Etwas … passierte mit ihm, das fühlte Pia. Sein Gesicht blieb völlig ausdruckslos, und auch in seinem Blick und seiner Körpersprache war absolut nichts Verräterisches, aber Pia kannte ihn einfach zu gut und zu lange, um nicht zu spüren, dass all das nichts als eine perfekte Maske war.

Dahinter geschah etwas, das sie zutiefst erschreckte.

»Nein«, sagte sie.

»Er hat sich mit gleich vier bewaffneten Männern angelegt und kein einziges Wort gesagt?«, bohrte Esteban weiter. »Einfach so?«

»Einfach so«, bestätigte Pia, genauso ungerührt wie er, aber in hörbar schärferem Ton. »Ich habe keine Ahnung, wer der Kerl war.« Oder *was?* Pia hatte ihm weder von den unheimlichen Raben noch von dem noch viel unheimlicheren Haus erzählt, in dem sie gewesen waren, doch sie hatte nichts davon vergessen. Was ging hier vor? Und was hatte er damit zu tun?

»Und er hat mich Gaylen genannt«, fügte sie hinzu.

Diesmal gelang es ihm nicht mehr ganz, sich zu beherrschen. Beinahe, ja. Jedem anderen wäre das fast unmerkliche erschrockene Flackern in seinem Blick wahrscheinlich entgangen ... aber es gab kaum jemanden, der ihn so gut kannte wie sie.

»Ein ... seltsamer Name«, sagte er. »Klingt ein bisschen nach ...« Er tat so, als würde er angestrengt nachdenken, und hob schließlich die Schultern. »Keine Ahnung, wonach.«

Die hatte Pia auch nicht, aber sie fand, dass dieser Name irgendwie zu der ganzen Erscheinung des Fremden passte. Auch wenn sie nicht sagen konnte, woher dieses Gefühl kam.

»Na ja, wir werden den Kerl schon auftreiben«, fuhr Esteban in verändertem Ton fort. »Im Moment haben wir andere Probleme. Warum gehst du nicht zu Jesus und bleibst bei ihm, bis der Krankenwagen kommt? Ich muss noch ein paar dringende Anrufe erledigen und einige ... Dinge klären.«

»Wirfst du mich jetzt auch raus?«, fragte Pia.

»Auch?« Esteban schien gar nicht zu begreifen, wovon sie überhaupt sprach. Dann schüttelte er den Kopf. »Natürlich nicht. Ich dachte nur, du willst bei Jesus bleiben, solange er noch hier ist.«

»Ich fahre mit ihm ins Krankenhaus«, sagte Pia, aber Esteban schüttelte sofort und noch viel heftiger den Kopf.

»Das wäre viel zu gefährlich«, erwiderte er. »Solange wir nicht wissen, was mit Hernandez ist, halte ich es für besser, wenn du hierbleibst. Falls der Kerl noch lebt, dann ist er im Moment wahrscheinlich noch unberechenbarer als sonst.«

Pia überlegte sich ihre nächsten Worte sehr genau. Wenn Esteban sagte, dass er der Meinung sei, irgendjemand solle dies oder das tun, dann kam das im Allgemeinen einem Befehl gleich, und man tat gut daran, ihn zu befolgen – und so ganz nebenbei hatte er recht. Hernandez war schon unter normalen Umständen schlimm genug. Nach den zurückliegenden Stunden war er vermutlich so unberechenbar und gefährlich wie eine angeschossene Ratte.

»Ich begleite ihn«, sagte sie, ruhig, aber auch mit großem Nachdruck. »Ich bin schuld an dem, was passiert ist.«

»Ja, das stimmt«, antwortete Esteban. »Möchtest du auch noch schuld an meinem Tod sein? Von deinem eigenen wollen wir mal gar nicht reden.«

»Wie?«, machte Pia erschrocken.

Esteban stieß ein schnaubendes Lachen aus. »Was hast du denn gedacht, was jetzt passiert? Dass ich die Peraltas anrufe und sie höflich um Entschuldigung für das kleine Missverständnis bitte?«

»Aber ich dachte, sie ...«

»Genau das glaube ich allmählich nicht mehr«, fiel ihr Esteban ins Wort. »Dass du irgendetwas gedacht hast!«

»Du willst ihnen das Geld also zurückgeben.«

»Von *wollen* kann gar nicht die Rede sein«, schnaubte er. »Selbstverständlich werde ich ihnen das Geld und den Stoff zurückgeben, weil alles andere Selbstmord wäre. Wahrscheinlich haben ein paar Hundert Leute gesehen, wie ihr das verdammte Ding hierhergebracht habt. Ich wäre nicht erstaunt, wenn sie jetzt schon wissen, wo ihre vermisste Lieferung abgeblieben ist! Ich werde sie anrufen und ihnen sagen, wo sie ihr Eigentum abholen können, und wenn sie darauf bestehen, bringe ich es ihnen sogar persönlich. Aber das kann ich erst, wenn ich weiß, wo Hernandez geblieben ist – und wie viel von dem, was auf der Baustelle passiert ist, irgendjemand mitbekommen hat. Ich habe schon ein paar Leute losgeschickt, die nach dem *Comandante* und seinen Männern suchen, und du solltest beten, dass sie ihn vor den Peraltas finden! Wir brauchen diesen verdammten Revolver. Ohne ihn dürfte es Hernandez schwerfallen zu beweisen, dass Jesus und du irgendetwas mit der Sache zu tun habt. Die Einzigen, die das bezeugen könnten, sind tot. Pech für ihn. Und ziemlich dumm, die einzigen Entlastungszeugen umzubringen, denen die Peraltas vielleicht geglaubt hätten. Glück für dich.«

»Und …?« Pia machte eine schüchterne Kopfbewegung dorthin, wo gerade noch der Beutel auf dem Tisch gestanden hatte. »Das da?«

Esteban winkte ab. »Das war dumm«, sagte er. »Ihr seid dazugekommen, wie sich Hernandez und seine Leute um die Beute gestritten haben, und ihr habt eben die Gelegenheit ergriffen. Wer könnte schon einer Million in bar widerstehen, die einem praktisch in den Schoß fällt? Dumm, aber verständlich. Schließlich konntet ihr ja auch nicht wissen, wem die Ware gehört, nicht wahr? Und hättet ihr es gewusst, hättet ihr sie bestimmt nicht angerührt.«

»Und du glaubst, dass sie dir das abkaufen?«

»Dir«, verbesserte sie Esteban. »Nicht mir. Tut mir leid, aber das kann ich dir nicht abnehmen. Du wirst ihnen diese Geschichte schon selbst erzählen müssen – aber keine Sorge. Ich spreche vorher mit ihnen. Doch das kann ich eben erst, wenn ich weiß, was mit Hernandez los ist. Und so lange bleibst du hier und rührst dich keinen Zentimeter aus dem Haus.« Er wiederholte seine wedelnde Handbewegung. »Und jetzt geh und kümmere dich um Jesus.«

Pia stand auf und ging zur Tür, drehte sich dann doch noch einmal um und sah zu ihm zurück. Esteban schien sie bereits vollkommen vergessen zu haben. Er massierte seinen verletzten Finger und blickte mit gerunzelter Stirn auf den Kristalldolch hinab, und der Ausdruck auf seinem Gesicht ... verstörte Pia. Er wirkte immer noch nachdenklich und erstaunt, aber auch ganz eindeutig erschrocken. Als hätte er ein Gespenst gesehen.

Er verschwieg ihr etwas. Pia hatte nicht die leiseste Ahnung, was es sein mochte, doch er verheimlichte ihr etwas, und sie spürte, dass es etwas Wichtiges war.

Etwas sehr Wichtiges. Gern hätte sie eine entsprechende Frage gestellt, aber sie wusste, dass sie keine Antwort bekommen hätte, und so drehte sie sich nach einem weiteren unbehaglichen Zögern um und überquerte den Flur, um das Zimmer zu betreten, in dem Jesus lag.

Obwohl Esteban ganz zweifellos so etwas wie ein Vaterersatz für sie gewesen war und sich zeit ihres Lebens um sie gekümmert hatte, war Pia nicht in seinem Haus aufgewachsen. Vielmehr hatte sie ein Dutzend *Eltern* gehabt, unterschiedliche Familien von unterschiedlichem Alter und sozialem Status, bei denen sie manchmal für Monate, manchmal für nur wenige Wochen oder ein Jahr oder länger gelebt hatte, stets unter Estebans unsichtbarem Schutz, aber niemals direkt *bei* ihm.

Trotzdem hatte sie ein Zimmer in seinem Haus, in dem sie

manchmal übernachtet hatte (niemals länger als ein Wochenende), in das sie manchmal zum Spielen gekommen war und manchmal einfach nur so, um eine Stunde oder zwei hier zu sitzen und das Gefühl zu genießen, dass es einen Ort gab, der ihr allein gehörte, an dem sie tun und lassen konnte, was immer sie wollte, und an dem ihr niemand etwas vorschrieb. Ein großer Schatz, obwohl Estebans Haus alles andere als luxuriös war, nicht einmal sehr viel größer als die meisten anderen Häuser hier.

Jetzt hatte dieses Zimmer die Unschuld der Jugend verloren und war zu einem Ort des Schreckens geworden. Es war dunkel. Pia verzichtete sowohl darauf, das Licht einzuschalten, als auch, die Läden zu öffnen, und durch die schmalen Spalten zwischen den hölzernen Lamellen drang nur mattgrauer Lichtschein herein, kaum genug, um den Raum nicht in vollkommener Dunkelheit versinken zu lassen. Die Luft roch nach Blut, Exkrementen und vielleicht noch nach anderen, schlimmeren Dingen, die sie nicht erkannte und auch gar nicht erkennen wollte, und das allerschlimmste überhaupt waren Jesus' unregelmäßige rasselnde Atemzüge.

Sie schloss die Tür hinter sich, wie eine Barriere, die sie zwischen sich und der Wirklichkeit mit all ihren Schrecknissen und Gefahren aufrichtete, blieb aber unmittelbar dahinter stehen und wagte es nicht, sich dem Bett weiter zu nähern. Jesus war noch am Leben, das bewiesen seine mühsamen Atemzüge, doch sie hatte nicht den Mut, ganz an das Bett heranzutreten, in dem er lag – ihr Bett, das ihm viel zu klein und von dem sie nicht einmal sicher war, ob es sein Gewicht aushalten würde; immerhin wog er beinahe dreimal so viel wie sie –, und ihm ins Gesicht zu sehen. Er war schon bleich wie ein Toter gewesen, als die Männer ihn hereingebracht hatten, und seither hatte er noch mehr Blut verloren. Der Boden, auf dem sie stand, war klebrig, und der süßliche Geruch in der Luft erzählte den Rest der Geschichte. Alvarez hatte ihn versorgt, so gut er konnte, aber das war eben nicht besonders gut, wie sie schmerzlich begriff. Er war ein gewissenhafter Arzt, und angesichts der Gegend, in der er lebte und praktizierte, war Jesus auch ganz gewiss nicht der erste Patient mit einer Schuss- oder Stichwunde, den er zu versorgen hatte; aber alles, was ihm an Instrumenten zur Verfügung stand, fand in einer schäbigen schwarzen Arzttasche Platz, die mindestens so alt war wie er selbst, und was Esteban dazu hatte beitragen können, hatte aus einer Emailleschüssel mit heißem Wasser und sauberen Handtüchern bestanden. Wenig mehr, als zu Columbus' Zeiten üblich gewesen war.

Wie passend, dass Jesus auch mit einer altertümlichen Waffe verwundet worden war, dachte sie bitter, schob den Gedanken aber fast augenblicklich wieder von sich. Sie wollte jetzt nicht an den unheimlichen Fremden denken.

Natürlich gelang es ihr nicht. In der Dunkelheit war es Pia, als erschiene das schmale, silbern umrahmte Gesicht des Fremden vor ihr, und sie glaubte, den Blick seiner seltsamen Augen fast körperlich auf sich zu fühlen. Esteban hatte so unrecht, wie es nur ging. Wer immer dieser seltsame Fremde mit dem Silberhelm auch sein mochte, eines war er ganz bestimmt nicht: ein Verrückter, der irgendetwas ohne Grund tat.

Jesus stöhnte leise, und das Geräusch riss Pia endgültig aus ihren Gedanken. Rasch löste sie sich von ihrem Platz an der Tür, trat neben das Bett und ließ sich nach einem unmerklichen Zögern auf den niedrigen Stuhl sinken, auf dem Alvarez zuvor gesessen hatte. Ihre Hand tastete nach der von Jesus, aber dann wagte sie es doch nicht, sie zu berühren. Er schlief – oder war bewusstlos –, und das war im Moment wohl das Beste, was sie ihm wünschen konnte, denn wäre er wach, würde er zweifellos große Schmerzen leiden. Pia war in ihrem ganzen Leben weder ernsthaft verletzt worden noch wirklich krank gewesen, und sie wusste nicht, ob er das, was die gläserne Klinge ihm angetan hatte, in seinem momentanen Zustand spürte. Sie hoffte nur, dass es nicht der Fall war.

Aber ganz gleich, was er im Moment durchlitt: Es war ihre Schuld.

Auf die Gefahr hin, ihn zu wecken, überwand sie ihre Hemmungen und griff nun doch nach seiner Hand. Jesus' Haut war kalt wie die eines Toten, und Pia konnte spüren, wie schnell sein Herz schlug, und hatte damit die Antwort auf ihre Frage. In welcher Welt sein Geist im Moment auch immer weilte, es war dort ganz gewiss nicht angenehmer als hier.

Obwohl – oder vielleicht gerade weil – die Berührung seiner kalten Hand ihr mit jeder Sekunde unangenehmer wurde, griff sie noch fester zu und versuchte in ihn hineinzulauschen. Vorhin, als er in ihren Armen zusammengebrochen war, hatte sie seinen Schmerz gespürt, nicht im übertragenen, sondern in ganz realem und körperlichem Sinne, und allein die bloße Erinnerung an die gleißende rote Flamme, die sich in ihren Leib gebohrt hatte, ließ sie noch im Nachhinein schaudern. Sie konnte sich nicht erinnern, jemals einen solchen Schmerz verspürt zu haben. Und doch wünschte sie sich im Moment nichts mehr, als ihn noch einmal zu spüren, denn alles wäre besser gewesen als diese schreckliche Leere in ihr.

Was war das?, dachte sie entsetzt. Starb er?

Doktor Alvarez hatte gesagt, dass er sterben könnte, und selbstverständlich hatte sie ihm geglaubt und war entsprechend erschrocken gewesen, doch nun wurde ihr klar, dass sie die wahre Bedeutung dieser Worte erst nach und nach begriff. Noch vor wenigen Stunden hätte sie die bloße Vorstellung als absurd von sich gewiesen, dass es überhaupt irgendetwas gab, was diesen gutmütigen Riesen erschüttern konnte, und schon der reine Gedanke an seinen Tod wäre jenseits alles Möglichen gewesen. Jesus und sie kannten sich seit mehr als zehn

Jahren, und er war in all der Zeit stets so etwas wie der Inbegriff von Unerschütterlichkeit und Stärke in ihrem Leben gewesen; der berühmte Fels in der Brandung, den nicht einmal die gewaltigste Flut erschüttern konnte.

Und jetzt lag er im Sterben, und es war ihre Schuld.

Ein Teil von ihr fragte sich ganz sachlich, was sie tun würde, wenn er tatsächlich starb, und die ebenso einfache wie brutale Antwort lautete: nichts.

Was sollte sie schon tun? Sich selbst kasteien? Sich einen Finger abschneiden und ins Kloster gehen? Wohl kaum. Aber ein Leben ohne Jesus würde nicht mehr dasselbe sein wie zuvor. Umso weniger, wenn sie Schuld daran hatte, dass er nicht mehr Teil dieses Lebens war ...

Die Tür ging auf und beinahe sofort wieder zu, und leichte Schritte näherten sich. Pia sah nicht einmal auf, sondern blickte weiter den verschwommenen grauen Fleck an, als der Jesus' Gesicht über dem weißen Kopfkissen zu schweben schien, aber sie roch ein ebenso billiges wie aufdringliches Parfüm und wusste, dass es Alica war, Estebans momentane Bettgespielin. Pia hatte nichts gegen, jedoch auch nicht besonders viel für sie übrig, wusste aber immerhin, dass sie kaum älter war als sie selbst und ziemlich hübsch.

»Der Krankenwagen ist da«, sagte Alica.

Jetzt schon? Esteban hatte am Telefon etwas von zwanzig Minuten gesagt. Hatte sie tatsächlich so lange hier gesessen und Jesus' Hand gehalten? Ihr kam es vor, als wären es nur ein paar Sekunden gewesen.

»Und jetzt hat Esteban dich geschickt, um auf mich aufzupassen?«, vermutete sie. »Damit ich keine Dummheiten mache?« Die Feindseligkeit in ihrer Stimme überraschte sie selbst ein bisschen, aber Alica schien sie nicht einmal zur Kenntnis zu nehmen. Und selbst wenn, störte sie sie wahrscheinlich nicht.

»Er hat nur gesagt, ich solle Bescheid sagen«, antwortete sie.

Pia konnte das uninteressierte Schulterzucken, das die Worte begleitete, in der Dunkelheit hinter sich hören. Alica kam einen weiteren Schritt näher und blieb wieder stehen, und Pia nahm sich vollkommen emotionslos, aber sehr entschlossen vor, ihr die Hand zu brechen, wenn sie es wagte, sie zu berühren und ihr etwa in einer Große-Schwester-Geste die Hand auf die Schulter zu legen. Oder einen Finger.

»Willst du ihn begleiten?«

»Esteban will, dass ich hierbleibe.«

»Nur bis zum Krankenwagen, meine ich.«

Pia dachte einen Moment über diese Frage nach und schüttelte dann den Kopf. Schon hier zu sitzen und seine Hand zu halten, hatte mehr von Abschiednehmen, als sie sich eingestehen wollte. Mit ihm zu gehen und dabei zuzusehen, wie sie ihn auf eine Trage legten, die Türen des Krankenwagen hinter ihm schlossen und abfuhren, wäre mehr, als sie ertragen wollte. Wahrscheinlich konnte sie es. Aber sie wollte es nicht. »Nein.«

»Wie du willst«, antwortete Alica. »Aber du kannst nicht hierbleiben. Hier in diesem Zimmer, meine ich.«

»Es ist mein Zimmer«, erinnerte Pia.

»Und du willst heute Nacht in diesem Bett schlafen?«

Für diese Bemerkung konnte Pia sie noch ein bisschen weniger leiden.

Aber sie hatte auch recht. »Nein«, gestand sie widerwillig ein.

»Du kannst mein Zimmer haben«, sagte Alica. »Ist überhaupt kein Problem. Weißt du was? Ich gehe schon mal nach oben und bereite alles vor, und du kommst nach, wann immer du willst.«

Sie war ja *so* großzügig, dachte Pia und tat ihr nicht den

Gefallen, auch nur ein einziges Wort zu sagen, sondern blickte nur stumm auf Jesus' bleiches Gesicht hinab, aber ihr Schweigen schien Alica als Antwort vollauf zu genügen. Sie verschwand, um nach oben zu gehen und *alles vorzubereiten.* Pia fragte sich, was eigentlich. Die Barbie-Puppen von ihrem Bett zu räumen oder ihre Bücher fürs Erstlesealter?

Sie war sich darüber im Klaren, dass sie Alica Unrecht tat, aber ihr schlechtes Gewissen hielt sich in Grenzen. Manchmal war es gut, jemandem Unrecht zu tun, und jemand wie Alica war eindeutig ein dankbares Opfer.

Ihr blieb noch eine gute Minute, dann wurde es draußen laut, und die Tür wurde unsanft aufgestoßen, um zwei in weiße Jacken mit gelben Neonstreifen gekleidete Sanitäter einzulassen, die eine zusammengeklappte Trage mit sich führten. Ihre Fantasie-Uniformen waren Pia gänzlich unbekannt, vermutlich gehörten sie zu irgendeinem der privaten Rettungsdienste, die den offiziellen Stellen seit Jahren zunehmend (willkommene) Konkurrenz machten, aber sie gingen durchaus professionell vor. Pia stand auf und wich hastig ein paar Schritte zurück, um nicht im Weg zu stehen, folgte jedem ihrer Handgriffe mit schon fast wissenschaftlicher Neugier; und sei es nur, um den bohrenden Schmerz nicht an sich herankommen zu lassen, mit dem sie Jesus' Anblick erfüllte, nachdem die beiden Männer das Licht eingeschaltet hatten. Er sah noch kränker aus als befürchtet. Das bisherige blasse Licht hatte den Anblick seines Gesichts nicht schlimmer gemacht, sondern war barmherzig gewesen.

Zumindest schienen die beiden Männer zu wissen, was sie taten. Keiner von ihnen sagte auch nur ein einziges Wort, und sie gingen sehr routiniert zu Werke. Während der Jüngere die Trage auseinanderklappte und einen kleinen, aber beeindruckend aussehenden Computer einschaltete, stieß sein Kollege Jesus eine Injektionsnadel in den Arm und befestigte einen dünnen Kunststoffschlauch daran, der zu einem Infusionsbeutel mit einer wasserklaren Flüssigkeit führte. Pia hoffte, dass es sich um ein schmerzstillendes Mittel handelte, das stark genug war, um selbst seine Träume zu erreichen. Keiner der beiden Männer warf auch nur einen Blick unter den klobigen Verband, den Alvarez Jesus angelegt hatte (so groß er war, der ehedem weiße Stoff hatte sich schon wieder braunrot gefärbt, und auf dem Bett blieb ein nasser roter Fleck zurück), aber sie bugsierten Jesus mit einer angesichts seines Gewichtes schon erstaunlichen Mühelosigkeit auf die Trage. So wortlos, wie sie gekommen waren, trugen sie den Bewusstlosen aus dem Zimmer. Pia folgte ihnen bis zur Haustür. Niemand hätte sie daran gehindert, ihnen bis auf die Straße hinaus und zum Wagen zu folgen, der mit offen stehenden Hecktüren und laufendem Motor vor dem Haus wartete, auch Esteban nicht, aber das brachte sie einfach nicht über sich. Sie weigerte sich standhaft, auch nur die Möglichkeit in Betracht zu ziehen, dass Jesus tatsächlich starb ... aber ihre letzte Erinnerung an ihn sollte auch auf keinen Fall die an einen Krankenwagen sein, in den man ihn verfrachtet hatte wie ein Stück Fleisch auf dem Weg zum Abdecker.

Esteban stand unter der Tür zu dem fast leeren Zimmer, das er sein Büro nannte, als sie schließlich auf den Flur hinaustrat, und sie spürte deutlich, wie er darauf wartete, dass sie irgendetwas sagte, doch sie beließ es bei einem wortlosen Nicken und drehte sich hastig um, um die schmale Treppe ins Obergeschoss hinaufzueilen. Sie konnte jetzt nichts sagen. Sie hätte nicht gewusst, was, außer einfach lautlos zu heulen oder sich in sinnlosen Anschuldigungen zu ergehen, die im Grunde niemand anderem galten als ihr selbst. Zu ihrer Erleichterung schien Esteban das zu spüren, denn er verzichtete darauf, ihr nachzueilen oder auch nur irgendetwas zu sagen. Vielleicht hatte er auch noch nicht mit den Peraltas gesprochen. Sie stürmte die Treppe hinauf und in Alicas Zimmer, ohne anzuklopfen. Ihre Augen brannten. Wenn Jesus starb, dann … dann würde sie … irgendetwas tun. Etwas Schlimmes.

Das Nächste, woran sie sich erinnerte, war, dass sie in Alicas Armen lag und ihren Tränen hemmungslos freien Lauf ließ.

V

Alica ließ ihr mit Swarovski-Steinen besetztes Zippo aufspringen, nahm einen tiefen Zug aus ihrer Zigarette und verdrehte übertrieben genießerisch die Augen, bevor sie die Packung in Pias Richtung schüttelte. »Auch eine?«

Die stärkste Droge, die Pia in ihrem ganzen Leben jemals probiert hatte, war das nahezu alkoholfreie *Cerveja,* das es in den umliegenden *Cantinas* gab. Ihrer Meinung nach waren Zigaretten nicht nur ungesund, teuer und widerlich, sondern auch einfach *dumm.*

Trotzdem hätte sie um ein Haar zugegriffen, ganz einfach, weil es eine so vertraute und fast freundschaftliche Geste war und sie das Gefühl hatte, gerade im Moment eine Freundin dringend brauchen zu können. Natürlich tat sie es nicht, aber sie zögerte doch lange genug, um ihre Ablehnung nicht zu rüde erscheinen zu lassen.

»Nein danke«, sagte sie, während sie sich mit dem Handrücken über das Gesicht fuhr, um die letzten Tränen wegzuwischen. Seltsamerweise war ihr der Gedanke, minutenlang in Alicas Armen gelegen und hemmungslos geweint zu haben, nicht im Geringsten peinlich.

Alica hob die Schultern und ließ die Packung aus der gleichen Bewegung heraus und mit den Worten »Stimmt, du rauchst ja gar nicht« in der Tasche ihrer hautengen Jeans verschwinden ... wobei *hauteng* in diesem Zusammenhang wörtlich zu nehmen war. Pia verstand nicht wirklich, wie Alica es schaffte, irgendetwas in die Taschen zu stecken, das nennenswert dicker als eine Briefmarke war. Das Ding sah aus, als hätte man es ihr auf den nackten Leib gemalt. Dasselbe galt übrigens auch für das schwarze Etwas, das sie darüber trug und von dem sie vermutlich als einziger Mensch auf der Welt ernsthaft glaubte, es wäre ein Top.

Pia fragte sich, ob die junge Frau sich nur so kleidete und herausputzte, um Esteban zu gefallen, oder ob es einfach ihre Art war ... oder sie sich dieses Outfit ganz bewusst ausgesucht hatte, um sich von ihr zu unterscheiden. Alica war nicht die erste von Estebans wechselnden Freundinnen, die Pia verblüffend ähnlich war. Anders als sie, die langes, glatt bis weit über den Rücken fallendes blondes Haar hatte, das, je nachdem, wie das Licht fiel, manchmal weiß oder sogar silbern schimmerte, trug sie ihr Haar kurz geschnitten in einer schon vor fünfzig Jahren aus der Mode gekommenen Pagenfrisur und schwarz gefärbt, pflegte sich so übertrieben zu schminken, dass es gerade eben noch nicht ordinär aussah, und empfand Kleidung als offensichtlich umso schicker, je knapper sie war.

Dennoch hätten sie Schwestern sein können. Alica und sie waren derselbe Typ. Die junge Frau behauptete, achtzehn zu sein (Pia wusste, dass das nicht stimmte und sie ihren einundzwanzigsten Geburtstag schon vor Monaten erlebt hatte), und war damit genau in ihrem Alter. Niemand, auch Esteban nicht, kannte Pias genauen Geburtstag. Als sie damals zu ihm gebracht wurde, ein Findelkind, das krank, halb verhungert und von einer großen Angst vor der Welt und den Menschen erfüllt irgendwo am Straßenrand gefunden worden war, hatte er mehr oder weniger willkürlich entschieden, genau diesen Tag zu ihrem vierten Geburtstag zu erklären, und Pia vermutete, dass das auch ungefähr hinkam. Einmal hatte sie ein Foto von Alica gesehen, das sie etwa im gleichen Alter zeigte, und war verblüfft über die Ähnlichkeit mit Bildern von ihr selbst gewesen. Hätte Alica sich anders gekleidet, ihr Haar anders getragen und auf die eine oder andere Monatspackung Spachtelmasse und ein paar Pfund Farbe im Gesicht verzichtet, sie hätten Zwillinge sein können. Sie hatte Alica erst kennengelernt, als die schon mehrere Wochen mit Esteban liiert gewesen war, und da hatte sie bereits so ausgesehen, und trotzdem überlegte Pia nicht zum ersten Mal, ob Alica sich vielleicht ganz bewusst anders darstellte, um nicht in einen Konkurrenzkampf mit ihr zu treten, den sie verlieren musste. Die Blicke, mit denen Esteban Pia manchmal maß, wenn er glaubte, sie merke es nicht, konnten der jungen Frau ebenso wenig verborgen geblieben sein wie ihr selbst.

Alica nahm einen weiteren Zug aus ihrer Zigarette und blies eine übel riechende graue Wolke in ihre Richtung, und Pia musste sich jetzt wirklich beherrschen, um nicht angewidert das Gesicht zu verziehen. Sie war nicht ganz sicher, ob es ihr gelang.

Wahrscheinlich nicht, denn Alica ging wortlos zum Fenster, stieß es auf und rauchte gegen das Fensterbrett und die Dunkelheit gelehnt, die dahinter heranstürmte, weiter.

»Danke«, sagte Pia.

»Kein Problem«, antwortete Alica. »Ich finde das Zeug selbst widerlich. Ich komme nur nicht davon los.« Wie zum Beweis nahm sie einen weiteren und noch tieferen Zug und begann prompt zu husten ... was nach ein paar Sekunden in ein gequältes Lachen überging, dessen Grund Pia nicht ganz nachvollziehen konnte. Trotzdem stand sie auf und nahm einen überquellenden Aschenbecher vom Tisch, um ihn Alica zu bringen. Die nahm ihn dankbar entgegen, dachte allerdings gar nicht daran, ihre Zigarette darin auszudrücken, sondern stellte ihn nur neben sich auf die Fensterbank.

»Wenn du einen guten Rat von einer älteren Frau annehmen willst, Kleines«, sagte sie, immer noch halb hustend, halb lachend, »fang nie mit diesem Scheiß an!« Dann lachte sie noch lauter. »Aber wem erzähle ich das?«

»Das hatte ich auch nicht vor«, antwortete Pia. »Und wie meinst du das überhaupt?«

»Nun, immerhin hast du gerade Koks im Wert von einer Million geklaut. Was überhaupt?«, fragte Alica, »Pesos? Rubel?«

»Euro«, antwortete Pia automatisch. Die Globalisierung war auch an der Drogenmafia nicht spurlos vorübergegangen; Drogendeals und andere illegale Geschäfte wurden schon seit Jahren prinzipiell in Euro getätigt. »Und ich hatte nicht vor, das Zeug anzurühren. Oder zu verkaufen.«

»Warum hast du es dann mitgenommen?«, wollte Alica wissen. Die Vorstellung schien sie zu amüsieren.

»Weil ...« Pia presste die Lippen aufeinander und schluckte den Rest der ärgerlichen Antwort hinunter, der ihr auf der Zunge lag. Ja, sie hatte sich an Alicas Schulter ausgeweint, und sie war auch gerne bereit zuzugeben, dass es ihr gutgetan hatte – aber das bedeutete noch lange nicht, dass Alica sich jetzt alle Vertraulichkeiten herausnehmen konnte.

»Es ist alles ein bisschen anders gelaufen, als es geplant war«, sagte sie dennoch. »Ich hatte nicht vor, das Koks mitzunehmen. Ich hasse das Zeug.«

»Ja, das sagt Esteban auch.«

»Dass er Drogen hasst?«

»Dass *du* sie nicht ausstehen kannst. Bist du deshalb auf die Idee gekommen, ausgerechnet einen Drogenkurier auszunehmen?«

»Kennst du jemanden, der es mehr verdient hätte?«

»Auf jeden Fall eine ganze Menge Jemands, mit denen ich mich eher anlegen würde als ausgerechnet mit der Peralta-Familie«, antwortete Alica.

Diesmal brauchte Pia noch länger, bis sie in der Lage war, einigermaßen ruhig zu antworten. Von den wenigen Pluspunkten, die Alica in den vergangenen Minuten gesammelt hatte, hatte sie die allermeisten schon wieder aufgebraucht. »Gibt es irgendetwas, was du nicht weißt?«

»Nicht viel«, antwortete Alica ungerührt. »Die Wände hier sind dünn. Und Esteban hat keine Geheimnisse vor mir. He – ich stehe auf deiner Seite, Süße! Mir ist es völlig egal, was du dir alles einfallen lässt, um Esteban zu beeindrucken. Solange du Esteban damit nicht in Gefahr bringst, kannst du meinetwegen den Papst verführen.«

»Und genau das habe ich deiner Meinung nach getan«, vermutete Pia.

Alica sah sie an, als überlegte sie, ob sie das Gespräch überhaupt noch fortsetzen sollte. Pia an ihrer Stelle hätte es nicht getan. Sie spürte selbst, wie aggressiv und unfair sie im Moment war, und ermahnte sich in Gedanken zur Mäßigung.

»Nein«, antwortete Alica schließlich. »Wahrscheinlich nicht. Ich habe mit Esteban gesprochen, und er meint, er kriege die Sache schon wieder hin. Du kennst ihn doch. Es gibt nicht viel, was er nicht irgendwie wieder hinkriegt. Aber er macht sich Sorgen um dich, wenn du es genau wissen willst.«

Um sie? Und warum lag Jesus dann im Krankenhaus und rang mit dem Tod? »Ich kann schon auf mich selbst aufpassen«, sagte sie ruppig.

»Der Meinung schien Esteban nicht zu sein«, antwortete Alica gelassen. Sie schnippte ihre Zigarettenasche aus dem offenen Fenster, als gäbe es den Aschenbecher neben ihr gar nicht, warf einen Blick über die Schulter nach draußen und fuhr erst dann fort: »Jedenfalls hat er ein paar Männer kommen lassen, um auf dich aufzupassen.«

Pia machte ein fragendes Gesicht, wartete zwei oder drei Sekunden lang vergebens auf eine Antwort und trat dann neben sie ans Fenster. Im allerersten Moment fiel es ihr schwer, dort draußen überhaupt etwas zu erkennen. Mitternacht musste schon lange vorüber sein, und die Nacht war außergewöhnlich dunkel. Unter ihnen erstreckte sich ein deplatzierter Sternenhimmel aus unzähligen weißen und gelben und roten Funken, zwischen denen sich Schatten bewegten. Zwei davon bewegten sich nicht, und Pia nahm ihre Anwesenheit überhaupt erst zur Kenntnis, als die rote Glut einer Zigarette unter ihr aufglomm. Erst danach registrierte sie die gedämpften Stimmen, die unter ihnen flüsterten.

»Keine Angst.« Alica versuchte aufmunternd zu klingen und erreichte damit eher das genaue Gegenteil. »Die sind nur für alle Fälle da ... sagt Esteban.«

»Und welche *Fälle* wären das?«, wollte Pia wissen.

Darauf antwortete Alica nicht mehr, sondern hob nur die Schultern und sah sie mit leicht schräg gehaltenem Kopf an.

Pia schluckte die wütenden Worte hinunter, die ihr plötzlich auf der Zunge lagen, setzte sich auf Alicas mit rosa Plüsch bezogenes Bett und zog die Knie an den Körper, um sie mit den Armen zu umschlingen und das Kinn darauf zu stützen; eine Haltung, die sie schon als kleines Kind angenommen hatte, wenn sie über irgendetwas nachdenken wollte. Esteban hatte sich immer gutmütig darüber lustig gemacht und sie ihre Denkerhaltung genannt, und Pia hatte ihm niemals widersprochen; auch wenn das nur die halbe Wahrheit war. Sie fühlte sich in dieser Haltung geborgen, sicher vor einer Welt, die mehr Gefahren für sie bereithielt, als sie auch nur ahnte.

»Du machst dir Sorgen um Jesus, habe ich recht?«, fragte Alica nach einer Weile. Pia registrierte beiläufig, dass sie ihre Zigarette in den Aschenbecher drückte und sich fast sofort eine weitere anzündete. Irgendwie mussten ihr schon wieder ein paar Minuten abhandengekommen sein, in denen sie einfach dagesessen und ins Leere gestarrt hatte. Wahrscheinlich war das auch der Grund, aus dem Alica sie nach Jesus fragte. Pia nahm an, dass Esteban sie beauftragt hatte, sie ein wenig *im*

Auge zu behalten. Sie wünschte, Alica würde sie einfach in Ruhe lassen.

»Sollte ich das nicht?«, fragte sie spröde.

»Doch«, antwortete Alica. »Aber du solltest dir keine Vorwürfe machen, Süße. Was passiert ist, ist nun mal passiert. Es ändert nichts, wenn du dich selbst fertigmachst, weißt du? Jesus wird es schon schaffen. Er ist stark.«

Das hatte auch Alvarez gesagt, und es war dasselbe, was Pia sich die ganze Zeit über einzureden versuchte. Es *durfte* gar nicht anders sein. Sie schwieg beharrlich weiter.

»Du hängst wirklich sehr an Jesus, wie?«, fragte Alica. »Ich meine: Ihr beide klebt schließlich zusammen wie Pech und Schwefel. Seid ihr ein Paar?«

»Ein Paar?«

»Du weißt, was ich meine. Tut ihr es?«

»Jesus und ich?« Beinahe hätte sie gelacht. »Nein.«

»He, Kleine, wir sind hier unter uns. Du musst mir nichts vormachen. Jesus war …« Sie verbesserte sich hastig. »… *ist* ein gesunder junger Mann, und du bist auch nicht gerade hässlich, um es einmal vorsichtig auszudrücken. Erzähl mir nicht, er hätte es niemals versucht.«

»Und wenn es ganz genauso ist?« Pia wusste zwar nicht, was Alica das anging – fragte sie sie etwa nach ihren Bettgeschichten mit Esteban? –, aber sie fuhr trotzdem fort: »Wir sind nur Freunde, das ist alles.« Genau genommen waren sie mehr, sehr viel mehr sogar. Pia hatte in ihm immer den großen Bruder gesehen, den sie niemals gehabt hatte, und er in ihr seine kleine Schwester. Jesus und sie? Das war lächerlich. Und er hatte tatsächlich niemals versucht, mehr für sie zu sein als ihr Freund und Beschützer …

… oder hatte er es, und sie hatte es nur niemals gemerkt, weil diese Möglichkeit so sehr jenseits ihrer Vorstellungskraft lag?

»Na ja, geht mich ja auch eigentlich nichts an«, sagte Alica, nachdem sie eine geraume Weile ihrem unbehaglichen Schweigen gelauscht hatte. »Ich dachte ja nur, dass ...« Sie unterbrach sich, runzelte die Stirn und drehte sich dann wieder zum Fenster, um hinauszusehen. Ihre Haltung drückte plötzliche Anspannung aus.

Pia war mit einem Satz aus dem Bett und mit zwei schnellen Schritten neben ihr. »Stimmt etwas nicht?«

Alica zuckte mit den Achseln und schwieg, und Pia schob sie kurzerhand zur Seite und beugte sich vor, um hinauszusehen. Auf den ersten Blick schien sich nichts verändert zu haben. Die Favela lag so dunkel und zugleich erleuchtet unter ihnen wie vorher. Ein Flugzeug donnerte in kaum zweihundert Metern Höhe vorbei und steuerte den Flughafen am anderen Ende der Stadt an, und für einen Moment übertönte das Dröhnen der angeblich ach so leisen Flüstertriebwerke jeden anderen Laut. Man konnte sogar den Luftzug des landenden Jumbos spüren. Als es endlich vorbei war, schien die Stille nur noch tiefer zu sein. Alles war ruhig.

Zu ruhig, begriff sie plötzlich. Soweit sie die Umgebung überblicken konnte, rührte sich rings um das Haus gar nichts.

Ihr Herz begann schneller zu schlagen. Sie lauschte in sich hinein und zugleich in die Schatten hinaus und spürte, dass etwas nicht stimmte.

»Was ist los?«, fragte Alica.

Pia hob erschrocken die Hand, um sie zum Schweigen zu bringen, und deutete aus der gleichen Bewegung heraus nach unten. Alica beugte sich gehorsam vor und folgte der Geste, aber ihr Gesichtsausdruck wurde nur noch fragender.

»Die Wache ist nicht mehr da«, sagte Pia, wobei sie ihre Stimme unwillkürlich zu einem Flüstern dämpfte.

»Und? Wahrscheinlich drehen sie nur eine Runde oder müssen aufs Klo.«

»Zu zweit?« Wahrscheinlich gab es noch ein Dutzend anderer logischer Erklärungen, aber Pias Beunruhigung explodierte regelrecht. Sie *wusste*, dass irgendetwas faul war, basta!

»Warte hier!«, sagte sie, während sie sich bereits vom Fenster abwandte und mit schnellen Schritten zur Tür ging. »Rühr dich nicht von der Stelle!«

»Aber klar doch«, schnaubte Alica. »Supergirl im Einsatz, wie konnte ich das bloß vergessen?«

Pia verdrehte die Augen, aber sie sparte es sich zu antworten. Alica hatte ja recht. »Also gut, aber dann sei wenigstens still ... und mach die verdammte Zigarette aus! Man riecht das Ding bis nach Miami!«

Behutsam öffnete sie die Tür, wobei sie die flache Hand gegen das Holz drückte, um jeden verräterischen Laut zu vermeiden. Alica schepperte hinter ihr herum, als hätte sie es darauf angelegt, nicht nur das ganze Haus, sondern auch noch die drei umliegenden Blocks zu wecken, aber sie drückte immerhin ihre Zigarette in den Aschenbecher und kam dann so leise näher, wie es auf ihren modischen Stöckelschuhen möglich war. Pia verdrehte noch einmal die Augen und sagte weiterhin nichts. Auch wenn es ihr schwerfiel.

Vorsichtig zog sie die Tür weiter auf und lauschte. Blasser Lichtschein drang aus dem Erdgeschoss herauf, und es war still. Auch hier viel zu still für ihren Geschmack.

Sie bedeutete Alica mit einer Geste (die diese ignorieren würde), zurückzubleiben, schlüpfte auf den Flur hinaus und blieb nach zwei Schritten stehen, um erneut zu lauschen. Sie hörte immer noch nichts, aber alle ihre Sinne schrien: Gefahr! Sie lauschte. Im ersten Moment war da rein gar nichts außer dem immer schneller werdenden Hämmern ihres eigenen Pulsschlags und des Heidenspektakels, den Alica bei ihrem Versuch veranstaltete, möglichst leise zu sein, aber dann ...

... geschah etwas mit ihren Sinnen.

Es war, als wäre tief in ihr ein unsichtbarer Schalter umgelegt worden, von dessen Existenz sie bisher noch nicht einmal etwas geahnt hatte. Plötzlich waren die Schatten dunkler, war das Licht heller, waren die Gerüche deutlicher und die Geräusche lauter. Ihre Sinne schienen regelrecht Amok zu laufen. Sie glaubte sogar, Alicas Herzschläge hinter sich zu hören und ihren nach Zigarettenrauch und Pfefferminz riechenden Atem zu spüren. Fast erschrocken drehte sie sich um, sah zu ihr zurück und stellte fest, dass sie noch mindestens drei Meter hinter ihr stand. Aber verdammt, sie *konnte* ihren Atem riechen! Was geschah hier?

Was?, formulierten Alicas Mund und ihr fragender Blick, ohne dass auch nur der mindeste Laut über ihre Lippen kam.

Nichts, antwortete Pia auf dieselbe lautlose Art. Sie schickte ein Stoßgebet zum Himmel, dass Alica die wortlose Kommunikation auch verstanden hatte, ging zur Treppe und blieb noch einmal kurz stehen, bevor sie den Fuß auf die erste Stufe setzte. Es kam ihr selbst fast unglaublich vor, aber sie konnte Atemzüge dort unten hören, Atemzüge von mindestens zwei, wenn nicht mehr Männern ... und einen sonderbaren Geruch vernehmen, fremdartig und zugleich auf eine sonderbare, erschreckende Art vertraut.

Sie machte einen einzelnen Schritt, zog den Fuß dann wieder zurück und streifte aus einem plötzlichen Impuls heraus die Schuhe ab, bevor sie ihren Weg fortsetzte. Die Atemzüge wurden deutlicher, und sie hörte ein gedämpftes Schleifen und Poltern. Ein Klirren. Metall?

Noch vorsichtiger bewegte sie sich weiter, hielt auf dem letzten Absatz an und versuchte, das nebelige Dunkel unter sich mit Blicken zu durchdringen. Geizig, wie Esteban war, brannte im Hausflur nur eine trübe Zehn-Watt-Birne, und das funzelige Licht reichte nicht einmal ihrem plötzlich auf so erstaunliche Weise gesteigerten Sehvermögen, mehr als vage Schatten und Umrisse zu erkennen. Immerhin sah sie, dass der verwinkelte Hausflur leer war. Eigentlich *spürte* sie es.

Die Tür zu Estebans Büro stand offen, und das Licht dahinter war heller. Pia lauschte einen Moment auf die diversen Geräusche, die an ihr Ohr drangen, und versuchte, die unterschiedlichen Richtungen zu bestimmen, aus denen sie kamen, aber so magisch scharf waren ihre Sinne denn doch noch nicht geworden. Immerhin war sie jetzt sicher, dass mindestens zwei Leute da waren, die hier nichts zu suchen hatten.

Hinter ihr polterte Alica die Treppe herunter (Pia nahm an, dass sie sich alle Mühe gab, leise zu sein, aber *leise* bedeutete für sie plötzlich etwas vollkommen anderes als noch vor wenigen Augenblicken), und Pia gestikulierte heftig mit beiden Händen, leiser zu sein, und legte dann das letzte halbe Dutzend Stufen auf nackten Füßen und vollkommen lautlos zurück. Irgendetwas polterte, aber das Geräusch kam aus einem der anderen Räume hier unten. Pia glitt auf Zehenspitzen durch den Flur und roch das Blut, noch bevor sie die Tür ganz aufgeschoben hatte und hindurchgehuscht war. Trotzdem konnte sie nur mit Mühe einen erschrockenen Schrei unterdrücken.

Esteban lag mit eingeschlagenem Schädel hinter seinem Schreibtisch, mit dem Gesicht nach unten in einer Lache seines eigenen Blutes. Er lebte noch – sie konnte seine Atemzüge hören –, war aber schwer verletzt. Sein Schreibtisch stand nicht mehr so, wie Pia es in Erinnerung hatte, und der fünfzig Jahre alte Bürostuhl würde seinen einundfünfzigsten Geburtstag nicht mehr erleben, denn er war in Stücke gebrochen.

Hinter ihr wurden klappernde Schritte laut, und dann kam Alica herein und hatte sich nicht ganz so gut in der Gewalt wie sie, denn sie erstarrte zwar für eine geschlagene Sekunde mitten in der Bewegung, schlug aber dann die Hand vor den

Mund, um einen kleinen, halblauten Schrei auszustoßen. Pias Versuch, es irgendwie zu verhindern, kam zu spät.

Die Reaktion erfolgte unmittelbar.

Hinter ihnen erscholl ein sonderbar rauer, gutturaler Schrei, dann näherten sich rasche, sehr schwere Schritte, begleitet von demselben metallenen Klirren, das sie gerade schon gehört hatte.

Sie dachte nicht mehr, sondern reagierte. Jeder Fluchtversuch wäre sinnlos gewesen, und in dem kleinen, fast leeren Raum gab es nichts, wo sie sich hätten verstecken können ... also ergriff sie Alica kurzerhand bei den Schultern und zerrte sie in die einzige Deckung, die es hier drinnen überhaupt gab, so lächerlich sie auch sein mochte: hinter die Tür und in den Schatten, den sie warf.

Nur einen Atemzug später stürmten zwei Männer herein, wie Pia sie sich bizarrer in diesem Moment kaum hätte vorstellen können: Beide waren sehr groß und hatten langes Haar, das schmutzig und verfilzt bis weit über den Rücken hing. Pia konnte nur eines der beiden Gesichter erkennen, das von einem mindestens ebenso ungepflegten Bart beherrscht wurde, und sie wusste, dass das des anderen genauso aussah. Es war nicht das erste Mal, dass sie Männer wie diese zu Gesicht bekam.

Es waren zwei der drei Kerle, die sie in dem unheimlichen Haus in den Schatten gesehen hatte. Der dritte rumorte irgendwo im Haus herum – sie konnte seine stampfenden Schritte und ein lautstarkes Klirren und Scheppern hören –, und aus der Nähe und bei Licht betrachtet, boten sie einen noch viel schlimmeren Anblick als vergangene Nacht. Sie waren tatsächlich in Felle gekleidet, die sie sich wie einfache Umhänge um die Schultern geschlungen hatten, und trugen darunter grobe Hosen ohne Taschen. Ihre Oberkörper und Füße waren ebenfalls nackt. Alles an ihnen starrte vor Schmutz, und ihre Gesichter waren mit barbarischen Tätowierungen übersät. Und das war auch das einzige Wort, das Pia im Zusammenhang mit ihnen passend erschien: Es waren Barbaren. So verrückt ihr der Gedanke auch vorkommen mochte. Beide waren bewaffnet, der eine mit etwas, das eine Machete hätte sein können, wäre der Griff nicht völlig falsch gewesen, der andere zu Pias fassungslosem Erstaunen mit einer Keule.

Hinter ihr erklang ein halb ersticktes Ächzen, und als Pia den Kopf drehte, wurde ihr klar, dass sie Alica noch immer die Hand auf den Mund presste und ihr kaum Luft zum Atmen ließ. Behutsam lockerte sie ihren Griff; allerdings erst, nachdem sie Alica einen warnenden Blick zugeworfen und diese mit einem angedeuteten Nicken darauf geantwortet hatte. Ein einziger verräterischer Laut, und es war um sie beide geschehen.

Nicht, dass das noch einen großen Unterschied machen würde. Sie standen vollkommen deckungslos an der Wand hinter der Tür. Sollte einer der Männer auch nur den Kopf drehen, dann *musste* er sie einfach sehen. Pia blickte sich instinktiv nach irgendetwas um, das sie als Waffe benutzen könnte, doch da war nichts. Sie wusste zwar, dass Esteban eine Pistole in seiner Schreibtischschublade verwahrte, aber das war eben das Problem: im Schreibtisch, und somit hätte sie genauso gut auf der Rückseite des Mondes liegen können. Es war vorbei. In einer Sekunde musste sich einer der beiden Eindringlinge umdrehen und sie sehen.

Es dauerte nicht einmal eine Sekunde.

Als wäre ihr Gedanke ein Stichwort gewesen, versetzte der größere der beiden Barbaren dem bewusstlosen Esteban einen frustrierten Tritt in die Seite und hob dann den Kopf, und Pia tat ganz instinktiv dasselbe, was sie schon einmal getan hatte: Sie griff nach den Schatten und verwandelte sie in einen schützenden Mantel, den sie dicht um Alica und sich wickelte. Der Barbar führte seine begonnene Bewegung zu Ende und sah sie an, aber auf seinem Gesicht erschien weder Überraschung noch Schrecken, sondern ... gar nichts.

Er sah sie nicht, begriff Pia. Er sah Alica und sie direkt an, aber er *sah sie nicht,* weil die Schatten sie vor seinem Blick verbargen!

Der Bursche versetzte Esteban einen weiteren, noch derberen Tritt und hob seine Machete, und Pia wartete mit angehaltenem Atem darauf, dass er seine schreckliche Waffe niedersausen ließ und Esteban endgültig tötete, aber dann gab er nur einen schnaubenden Grunzlaut von sich und wandte sich in einer Sprache an seinen Kameraden, die sich kaum artikulierter anhörte. Der andere lachte – wenigstens glaubte Pia, dass das raue Bellen so etwas wie ein Lachen sein sollte –, drehte sich einmal um sich selbst und ließ seinen Blick dabei aufmerksam durch den Raum gleiten. Er sah sie ebenso wenig wie der andere.

Etwas ... zupfte an dem unsichtbaren Mantel, der sie umgab. Pia spürte, wie die Schatten entgleiten wollten, griff hastig und fester danach und zog sie wieder enger um Alica und sich. Der Blick des Mannes wanderte weiter, ohne sie zu erfassen, und nachdem er seine Drehung beendet hatte, ging er zu einem der mit Akten und Papierstapeln vollgestopften Holzregale an der Wand und zertrümmerte es mit einem einzigen, wütenden Tritt. Sein Kamerad lachte noch einmal auf dieselbe bellende Art, stieg mit einem übertrieben ausholenden Schritt über den bewusstlosen Esteban hinweg und deutete zur Tür. Nach einer letzten, aus nur wenigen Worten in ihrer gutturalen Unsprache bestehenden Unterhaltung drehten sich beide um und gingen.

Und beinahe hätte es sogar geklappt.

Der Barbar mit der Keule verließ den Raum, sein Kamerad

folgte ihm dichtauf, blieb mitten in der Bewegung stehen – und sah sie an.

Pias Herz machte einen erschrockenen Sprung. Sie konnte spüren, wie Alica hinter ihr zusammenfuhr und ein gnädig gesonnenes Schicksal sie vor Schrecken einfach erstarren ließ. Der Barbar kam näher, stand jetzt kaum noch auf Armeslänge entfernt vor ihr und sah ihr direkt ins Gesicht. Sein Blick blieb leer, aber sie konnte sein Misstrauen beinahe riechen, und das Zupfen und Zerren an den Schatten nahm zu.

Dann begann er zu schnüffeln.

Pia war im ersten Moment einfach nur perplex. Auch aus der Nähe bot der Barbar keinen wirklich erfreulicheren Anblick als von Weitem, sondern schien ganz im Gegenteil mehr und mehr von seiner Menschlichkeit zu verlieren. Und er *schnüffelte* tatsächlich; wie ein Hund, der Witterung aufnahm.

Vielleicht roch er Alicas billiges Parfüm.

Pia konzentrierte sich wieder, hüllte den Mantel aus Schatten enger um sich und hielt den Atem an, und der Barbar zog noch einmal tief die Luft durch die Nase ein, machte ein leicht angewidertes Gesicht und trat einen Schritt zurück, und gerade als er sich endgültig umwenden und gehen wollte, gab Alica ein helles Wimmern von sich, und Pia konnte spüren, wie der Mantel aus beschützender Dunkelheit zerriss, der sie beide umgab.

Nicht, dass sie auch nur den leisesten Schimmer gehabt hätte, was sie da tat oder gar, *warum* – aber sie reagierte eindeutig schneller und mit einer Kaltblütigkeit, die sie selbst wohl am meisten überrascht hätte, hätte sie in diesem Moment einen Sekundenbruchteil Zeit gehabt, darüber nachzudenken. Der Barbar fuhr herum und machte einen halben Schritt auf sie zu, und jetzt *war* Erkennen in seinen Augen und so etwas wie eine Mischung aus Überraschung und wildem Triumph.

Es hielt genauso lange an, wie Pia brauchte, um ihm in nackter Todesangst beide Hände mit aller Kraft vor die Brust zu stoßen.

Sie hatte das Gefühl, dass ihre Handgelenke zu feinem Staub und Knochensplittern zerbröselten, aber die Wucht des doppelten Schlages reichte aus, um den Mann haltlos zurück- und mit solcher Gewalt gegen die Schreibtischkante taumeln zu lassen, dass das schwere Möbelstück in allen Fugen ächzte.

Draußen auf dem Flur erklang ein überraschter Schrei. Pia warf die Tür zu, registrierte mit grimmiger Zufriedenheit, dass sie auf halbem Wege gegen ein Hindernis prallte, das mit einem dumpfen Geräusch zu Boden fiel, und stürzte hinter dem Barbaren her. Mit einer einzigen fließenden Bewegung flankte sie über den Schreibtisch, riss die Schublade auf und stöhnte vor Enttäuschung laut, als sie sah, dass diese nichts außer einigen Papieren und irgendwelchem Kleinkram enthielt. Estebans Waffe musste in der anderen Schublade liegen. Fast schon verzweifelt fuhr sie herum, registrierte aus den Augenwinkeln, dass sich auch der Barbar längst wieder gefangen hatte und mit erschreckend behänden Bewegungen um den Tisch herumkam, und riss die zweite Schublade auf – allerdings nur zur Hälfte, dann krachte diese mit solcher Wucht gegen die Hüfte des Angreifers, dass er zum zweiten Mal ein schmerzerfülltes Grunzen ausstieß und wankte. Die Waffe lag ganz oben in der Schublade, aber der Griff war leer, das Magazin, falls es überhaupt geladen war, lag daneben. Esteban war eben ein vorsichtiger Mensch, gerade was den Umgang mit Waffen anging.

Allein der Gedanke, in die Schublade greifen, die Pistole und das Magazin herausnehmen und die Waffe anschließend auch noch laden, entsichern und auf Fred Feuersteins hässlichen Bruder richten zu wollen, war völlig lächerlich, aber welche Wahl hatte sie schon? Sie griff zu, und ganz wie sie es erwartet hatte, packte der Bursche seinerseits ihr Handgelenk, und das mit solcher Gewalt, dass ihr vor schierem Schmerz die Tränen in die Augen schossen.

Aber er griff unglaublicherweise nach ihrer *linken Hand*, nicht nach der, mit der sie nach der Pistole angelte.

Pia beschloss, sich später zu wundern und dieses unerwartete Himmelsgeschenk einfach anzunehmen, riss die Waffe heraus und knallte sie dem Burschen mit solcher Kraft ins Gesicht, dass sie hören konnte, wie sein Nasenbein mit einem trockenen Knacken brach. Heulend vor Schmerz ließ er ihren Arm los, schlug die Hände vors Gesicht und taumelte zwei Schritte zurück, und Pia griff hastig nach dem Magazin und sprang ihrerseits drei oder vier Schritte nach hinten, bevor sie es in den Griff rammte, den Sicherungshebel umlegte und beidhändig auf den Barbaren zielte.

»Beweg dich nicht!«, keuchte sie. »Einen Schritt näher, und du bist tot! Alica! Komm her zu mir!«

Der Angreifer reagierte gar nicht, sondern ließ nur die Hände sinken und funkelte sie beinahe hasserfüllt an, und auch Alica antwortete nicht. Als Pia einen Blick in ihre Richtung riskierte, sah sie, dass der zweite Mann ebenfalls wieder hereingekommen war und Alica von hinten gepackt und mit beiden Armen umschlungen hatte. Sie gab keinen Laut von sich, wahrscheinlich, weil ihr der brutale Griff einfach die Luft abschnürte, gebärdete sich aber wie wild und strampelte mit den Beinen.

Dann stampfte sie wuchtig mit dem rechten Fuß auf.

Ihr Stöckelabsatz durchbohrte den nackten Fuß des Angreifers mühelos und grub sich auch noch knirschend ein gutes Stück tief in die Fußbodenbretter.

Der Barbar brüllte vor Schmerz, ließ Alica los und krümmte sich, und sie war nicht nur geistesgegenwärtig genug, sich endgültig loszureißen, sondern auch aus dem Schuh zu schlüpfen und hastig an Pias Seite zu humpeln. Der Barbar brüllte noch lauter vor Wut und Schmerz, versuchte ihr zu folgen und fiel dann endgültig auf die Nase, anscheinend hatte er vergessen, dass sein Fuß noch am Boden festgenagelt war.

»Bleib hinter mir!«, stieß Pia hervor. »Gut gemacht. Und du rührst dich nicht von der Stelle, ist das klar?«

Der letzte Satz galt dem Barbaren, dem sie die Nase gebrochen hatte. Sie unterstrich ihre Warnung noch, indem sie die Waffe fester mit beiden Händen umgriff und mit durchgedrückten Armen und leicht gespreizten Beinen auf ihn zielte, eine Haltung, die eigentlich jeder erkennen musste, der schon einmal einen amerikanischen Action-Film gesehen hatte, die ihn aber nicht sonderlich zu beeindrucken schien. Er wischte sich mit dem Unterarm das Blut aus dem Gesicht, zog lautstark die Nase hoch – und legte dann unglaublicherweise seine Machete auf den Tisch, bevor er mit fliegenden Schritten und sehr grimmigem Gesicht näher kam. War der Kerl verrückt geworden?

»Bleib stehen!«, sagte Pia. »Bleib stehen, oder ich schieße! Ich meine es ernst!«

Er kam einen weiteren Schritt näher, und Pias Gedanken begannen sich schier zu überschlagen. Sie wollte nicht schießen. Sie konnte nicht auf einen Menschen schießen, nicht einmal jetzt, und vielleicht *verstand* der Kerl ja auch einfach nicht, was sie sagte. Sie hatte seine Sprache ja auch nicht verstanden. Hastig wich sie zusammen mit Alica so weit zurück, bis sie gegen die Wand prallten, senkte die Waffe und feuerte eine Kugel in den Boden unmittelbar vor seinen Füßen, als er noch drei Schritte entfernt war.

In der Enge des Zimmers dröhnte der Schuss wie die Explosion einer Handgranate. Der Mann prallte zurück, allerdings mehr überrascht als wirklich erschrocken; und wenn überhaupt galt sein Schrecken wohl eher dem unerwarteten Knall.

Kaum einen Atemzug später hatte er sich wieder gefangen und drang nur umso entschlossener auf sie ein.

Diesmal feuerte Pia nicht mehr auf den Fußboden.

Die Waffe war nicht besonders schwer, hatte keinen nennenswerten Rückstoß und auch kein besonders großes Kaliber. Die Kugel schlug in die Schulter des Barbaren und riss ihn zwar herum, schleuderte ihn jedoch nicht zu Boden und hielt ihn nicht einmal wirklich auf. Er keuchte vor Schmerz und Überraschung und sah plötzlich wirklich erschrocken aus, aber sein eigener Schwung brachte ihn weiter vorwärts. Pia wich ihm mit einer hastigen Bewegung aus, doch Alica war nicht schnell genug. Der Angreifer prallte hart gegen sie und riss sie mit sich zu Boden, als er endlich stürzte. Pia reagierte abermals mit einer Kaltblütigkeit, die sie selbst überraschte, versetzte ihm einen Tritt, der ihn von Alica hinunterrollen ließ, und zog die junge Frau grob auf die Füße. Beinahe gleichzeitig wirbelte sie herum und richtete die Pistole auf den anderen Kerl, der seinen Fuß jetzt zwar losgerissen hatte und halb aufgesprungen war, dann aber mitten in der Bewegung erstarrte. Möglicherweise hatten diese sonderbaren Männer noch nie in ihrem Leben eine Schusswaffe gesehen, aber sie besaßen zumindest eine schnelle Auffassungsgabe. Sein Blick flackerte zwei- oder dreimal zwischen dem unscheinbaren silbernen Degen in Pias Hand und seinem Kameraden hin und her, der sich stöhnend auf dem Boden wälzte und die Hand gegen seine heftig blutende Schulter presste, dann ließ er sich demonstrativ wieder auf die Knie hinabsinken.

Die Tür flog auf, und ein dritter Mann mit langem Haar, verfilztem Bart und einem wehenden Umhang stürzte herein. Er hatte die Schüsse gehört, aber anders als seine beiden Begleiter hatte er noch keine Ahnung, was der Lärm bedeutete.

Sein Pech. Pia schoss ihm ins Bein, sprang über ihn hinweg, noch während er mit einem überraschten Keuchen zusammenbrach, und zerrte Alica einfach hinter sich her. Ohne zurückzusehen, rannten sie durch den Flur und aus dem Haus, und hätte Alica nicht plötzlich in Panik aufgeschrien und sie jäh zurückgerissen, dann wäre Pia vielleicht direkt in das Schwert des vierten Barbaren gerannt, der unmittelbar vor dem Haus stand und auf sie wartete.

Sie konnte nicht sagen, wer erschrockener war. Seine Bewegung war wohl kaum mehr als ein Reflex gewesen, denn als die Schwertklinge gerade mal einen Fingerbreit neben ihr in den Türrahmen fuhr, erschien ein Ausdruck von purem Entsetzen in seinen Augen. Er hätte sie in diesem Moment ohne Probleme mit der anderen Hand packen und niederringen können, aber aus irgendeinem Grund verzichtete er darauf.

Pia kannte solche Hemmungen nicht.

Sie verzichtete zwar ihrerseits darauf abzudrücken, rammte ihm aber den Pistolenlauf mit solcher Wucht in den Leib, dass ihm die Luft wegblieb. Der Mann fiel nicht, sondern stolperte einen halben Schritt zurück, und Pia half mit einem wuchtigen Schulterstoß nach. Seine Hand ließ das Schwert los, das noch immer im Holz des Türrahmens steckte, und er kippte mit hektisch rudernden Armen nach hinten und fiel auf den Rücken. Sie wartete erst gar nicht, bis er sich wieder hochstemmte, steppte blitzschnell nach links und an ihm vorbei in die beschützende Dunkelheit hinein, wobei sie Alica einfach hinter sich herzerrte.

Die beiden kamen kaum ein halbes Dutzend Schritte weit, bevor Alica stolperte, das Gleichgewicht verlor und der Länge nach hinschlug. Pia ließ zwar ihre Hand früh genug los, um nicht mit ihr zu Boden gerissen zu werden, aber als sie stehen bleiben wollte, um sich zu ihr herumzudrehen, stolperte sie selbst über irgendetwas und fiel schwer auf die Knie. Beinahe hätte sie die Pistole fallen gelassen.

Es gelang ihr nicht nur, die Waffe zu behalten, sondern auch, die andere Hand auszustrecken und ihrem Sturz so die schlimmste Wucht zu nehmen, aber sie griff in irgendetwas Weiches, Großes, Warmes und widerlich Klebriges und musste einen plötzlichen Brechreiz unterdrücken, als ihr intensiver Blutgeruch in die Nase stieg.

»Ist ... dir was passiert?«, drang Alicas Stimme aus der Dunkelheit an ihr Ohr. Pia versuchte sie zu sehen oder wenigstens die Richtung auszumachen, aus der ihre Stimme kam, aber weder das eine noch das andere wollte ihr gelingen. So übertrieben scharf ihre Sinne gerade gewesen waren, so stumpf und unsensibel schienen sie plötzlich zu sein; als müsste sie den Preis für das bezahlen, was sie gerade vermeintlich geschenkt bekommen hatte.

»Nein«, antwortete sie. »Aber sprich verdammt noch mal leise! Und zieh den bescheuerten Schuh aus!« Sie wusste nicht einmal, ob Alica wirklich wegen ihres fehlenden Schuhs gestolpert war, aber der scharfe Tonfall zeigte Wirkung. Alica sagte nichts mehr, und irgendwie ... *spürte* Pia, wie sie sich beruhigte.

»Bleib, wo du bist!« Sie stand auf, fasste mit halb ausgestreckten Armen in die ungefähre Richtung, aus der Alicas Stimme kam, und ertastete plötzlich etwas, das sich nach ihrem Gesicht anfühlte. Die junge Frau stieß ein ärgerliches Schnauben aus.

»Alles in Ordnung mit dir?«, fragte Pia.

»Sicher.« Alica schnaubte lauter. »Hast du noch eine blödere Frage auf Lager?«

Pia musste zwar ein Lächeln unterdrücken, schob aber trotzdem mit der linken Hand die Pistole unter den Hosenbund und tastete mit der anderen weiter an Alicas Gesicht hinab, bis sie ihre Schulter und schließlich ihren Oberarm fühlte und sie mit sanfter Gewalt umdrehte. Sie wollte nicht, dass Alica die Leichen der beiden Männer sah, die Esteban zu Pias Schutz abkommandiert hatte. »Weiter.«

Während der ersten Schritte war sie vermutlich genauso blind wie Alica. Sie stolperte einfach los und hoffte, dass sie instinktiv die richtige Richtung wählte. Ihre Sinne funktionierten immer noch nicht. Sie sah kaum mehr als Schatten und war nicht sicher, ob das, was sie hörte, auch wirklich real war. Wahrscheinlich sah und hörte Alica in diesem Moment mehr als sie, aber Pia hatte nun einmal die Initiative übernommen und konnte jetzt nicht mehr zurück. Sie liefen weiter, stolperten nebeneinander und im gleichen Augenblick über die knöchelhohe Mauer aus weiß angestrichenen Steinen, die Estebans Grundstück begrenzte, und hasteten über die schlammige Straße. Hinter ihnen gellte ein Schrei durch die Nacht. Etwas knallte – kein Schuss, sondern ein anderer, dunklerer Laut –, und Schatten bewegten sich hektisch hin und her, schienen sich zu einem irrsinnigen Reigen zusammenzufinden und trieben wieder auseinander, bevor sie endgültig Gestalt annehmen konnten. Die Luft roch nach Schnee.

»Pia?«

Alica rüttelte so heftig an ihrer Schulter, dass ihre Zähne aufeinanderschlugen und es wehtat. Pia fegte ihre Hand zur Seite und funkelte sie an.

»Was soll der Unsinn?«

»Das frage ich dich«, antwortete Alica. »Du warst weggetreten. Ist alles in Ordnung?«

»Weggetreten?«

»Mindestens eine Minute«, bestätigte Alica. »Was ist los mit dir?«

»Nichts«, antwortete Pia unwirsch. Weggetreten? Aber sie hatte doch nur ... »Nichts«, sagte sie noch einmal. »Wir müssen weiter. Los!«

Alica sah sie zweifelnd an, beließ es aber bei einem wortlosen Achselzucken und machte eine fragende Geste. *Los,* begriff Pia, war im Prinzip eine gute Idee. Die Frage war nur, wohin. Und was sollte das heißen: Sie war eine Minute weggetreten gewesen?

Pia schüttelte den Gedanken mit einer neuerlichen Anstrengung ab, schenkte Alica ein flüchtiges, aber ehrlich gemeintes Lächeln und sah in die Richtung zurück, aus der sie gekommen waren. Augenscheinlich hatte Alica mit ihrer Behauptung recht, dass sie für eine Weile *abwesend* gewesen war. Sie hatten sich mindestens zwei- oder dreihundert Meter von Estebans Haus entfernt, und Pia konnte beim besten Willen nicht sagen, wie. Die unheimlichen Angreifer schienen sie nicht zu verfolgen.

»Und wohin gehen wir jetzt?«, fragte Alica.

Pia überlegte einen Moment. »Irgendwohin«, sagte sie schließlich. »Ganz egal. Nur zu niemandem, den wir kennen.«

»Warum nicht?«

»Weil sie uns da zuerst suchen werden.«

»Ja, wahrscheinlich«, sagte Alica, nachdem sie einen Moment lang stirnrunzelnd über dieses Argument nachgedacht hatte. »Und wohin gehen wir dann?«

Eine gute Frage, dachte Pia. Sie nahm sich fest vor, sie auch zu beantworten. Sobald ihr selbst die Antwort eingefallen war.

VI

Glaubst du, dass Esteban tot ist?«

Es war das dritte Mal innerhalb kurzer Zeit, dass Alica diese Frage stellte. Die beiden ersten Male hatte Pia sich mit viel Glück und hastig improvisierten Ausflüchten vor einer Antwort gedrückt, aber allmählich fielen ihr keine Ausreden mehr ein. Sie mussten inzwischen mindestens zwei oder drei Kilometer von Estebans Haus entfernt sein, und von ihren Verfolgern war immer noch keine Spur zu sehen. Pia war ziemlich sicher, dass sie sie abgehängt hatten. Sie selbst hatte jedenfalls schon lange keine Ahnung mehr, wo sie sich befanden.

»Ich glaube nicht«, antwortete sie mit einiger Verspätung. »Jedenfalls war er noch am Leben, als wir im Zimmer waren.«

»Aber da war so viel Blut!«

»Ich schätze, das meiste war von dem Kerl, dem du den Fuß perforiert hast«, antwortete Pia. Sie versuchte, eher amüsiert als besorgt zu klingen, und zu ihrer eigenen Überraschung gelang es ihr sogar. »Keine Sorge. Sie haben ihm eins übergebraten, und wahrscheinlich wird er morgen früh mit den schlimmsten Kopfschmerzen seines Lebens aufwachen, aber ich glaube nicht, dass er tot ist. Du kennst doch Esteban. Er hat einen harten Schädel.«

»Hoffentlich«, sagte Alica. »Wäre schade, wenn ihm was passiert wäre.«

Schade? Pia warf ihr einen leicht verwirrten Blick zu. Für jemanden, der seit fast einem Jahr Tisch und Bett mit Esteban teilte, war das eine eigenartige Formulierung, fand sie. Andererseits ging es sie nichts an.

»Übrigens, was ich vorhin gesagt habe, tut mir leid«, fuhr Alica fort, nachdem sie einige Minuten schweigend nebeneinander durch die verlassenen Straßen gegangen waren.

»Was?«

»Das mit Supergirl und so.« Alica bemühte sich, ein möglichst anerkennendes Gesicht zu machen. »Du warst wirklich gut. Wenn du nicht so cool reagiert hättest, dann hätten sie uns erwischt, da bin ich sicher.«

Pia auch, was aber nichts daran änderte, dass sie sich nach wie vor fragte, wie sie das überhaupt gemacht hatte. Sie hatte früh gelernt, sich ihrer Haut zu wehren, aber das vorhin war etwas vollkommen anderes gewesen. Alica hatte recht: Sie *hatte* sich wie Supergirl benommen, aber es wollte ihr einfach nicht gelingen, stolz darauf zu sein. Eigentlich erschreckte es sie ein bisschen.

»Verrätst du mir noch etwas?«, fragte Alica, als sie auch darauf nicht reagierte.

»Wenn du mir versprichst, danach die Klappe zu halten.«

Alica ignorierte das, genau wie Pia es erwartet hatte. »Als wir in Estebans Büro gestanden haben, hinter der Tür«, sagte sie. »Wie hast du das gemacht?«

Auf ganz genau diese Frage hatte Pia gewartet, und sie hatte sie auch befürchtet. Sie gewann noch ein paar Sekunden, indem sie Alica mit gespielter Ratlosigkeit ansah und fragte: »Was?«

»Der Kerl hat direkt in unsere Richtung geblickt«, sagte Alica. »Er hat keinen Meter vor uns gestanden, und er hat uns nicht einmal gesehen! Also, wie hast du das gemacht?«

»Ich habe gar nichts gemacht«, antwortete Pia. »Und ich habe keine Ahnung, was mit dem Kerl los war.«

»Verarsch mich nicht«, erwiderte Alica ernst. »Ich bin vielleicht nicht so helle wie du und Esteban, Süße, aber ich bin noch nicht ganz blöd. Ich weiß zwar nicht, was du gemacht hast, aber ich habe genau gespürt, *dass* du etwas gemacht hast. Also, was war's?«

»Ich habe nicht die geringste Ahnung«, antwortete Pia ehrlich. »Ich ... ich hatte einfach das Gefühl, dass es richtig war, und da habe ich es getan. Aber ich weiß weder, was, noch, wie.«

Alica starrte sie noch einen weiteren Herzschlag lang durchdringend an, doch sie schien zu spüren, dass Pia diesmal die Wahrheit sagte, denn sie ging nicht weiter auf das Thema ein, sondern nickte nur knapp, zog ihre Zigarettenpackung aus der Tasche und klappte sie auf.

»Lass das«, sagte Pia.

»Weil es ungesund ist?«, fragte Alica schnippisch. Aber sie steckte die Schachtel immerhin gehorsam wieder ein.

»Weil wir so wenig auffallen sollten wie möglich«, antwortete Pia.

»Ah ja, und da macht es einen Unterschied, ob ich rauche oder nicht. Weil eine anständige Frau ja in der Öffentlichkeit nicht raucht, nicht wahr?«

Vermutlich machte es keinen Unterschied, gestand Pia sich ein. Sie erregten auch so schon genug Aufsehen, zwei junge Frauen, beinahe noch Mädchen, die ziemlich leicht bekleidet mitten in der Nacht allein unterwegs waren, barfuß und in einer Gegend, in der sie sich auch tagsüber schon nicht besonders wohlgefühlt hätte. Das hier waren nicht die Favelas, wie sie die Stadtverwaltung gerne heraufbeschwor, wenn sie wieder einmal nach einem Vorwand suchte, ihre Bagger und Schlägertrupps der Polizei loszuschicken, aber auch nicht die, die man den Touristen zeigte (wenn man sie in gepanzerten Bussen mit kugelsicheren Scheiben herkarrte), sondern eine einfache Gegend mit noch einfacheren Häusern, die meisten davon klein und ärmlich, aber aus Stein gebaut statt aus Holz und Wellblech. Auf den Straßen lagen keine Abfälle, und nur in den allerwenigsten Häusern lebten gemeingefährliche Kriminelle, vermutete Pia ... aber um diese Uhrzeit und allein hätte sie sich nicht einmal im Stadtzentrum und auf der Hauptstraße wohlgefühlt. Es war nach drei. Seit zehn Minuten waren sie an keinem einzigen Haus vorbeigekommen, in dem noch Licht gebrannt hatte, und den letzten Menschen waren sie vor etwa zwanzig Minuten begegnet; genauer gesagt, aus dem Weg gegangen.

Trotzdem wurde sie das Gefühl nicht los, beobachtet zu werden. Ihre Hand tastete nicht zum ersten Mal nach der Waffe in ihrem Hosenbund und strich über den verchromten Griff. Die Pistole hatte ihnen beiden vor einer Stunde vermutlich das Leben gerettet, aber das Gefühl von Beruhigung oder gar Sicherheit, die sie ihr doch eigentlich vermitteln sollte, wollte sich einfach nicht einstellen.

»Hast du mittlerweile wenigstens eine Idee, wohin wir gehen?«, fragte Alica ... auch nicht zum ersten Mal.

Pia suchte nach einer Ausrede, die vermutlich noch fadenscheiniger war als die zuvor, doch in diesem Moment kam ihr das Schicksal zu Hilfe; oder die PanAm, Lufthansa, British Airways oder wem auch immer der Passagierjet gehörte, der im Tiefflug über die Dächer hereingedonnert kam und zur Landung ansetzte. Das Getöse machte nicht nur für eine oder zwei Minuten jede Unterhaltung unmöglich, sondern brachte Pia auch auf eine Idee.

»Hast du nicht gesagt, dass ihr früher direkt am Flughafen gewohnt habt?«, fragte sie, nachdem ihre Ohren aufgehört hatten zu klingeln.

Alica sah sie zwar ein wenig misstrauisch an, aber sie nickte.

»Dann gehen wir dorthin. Du hast doch bestimmt noch Freunde dort, oder?« Falls jemand wie Alica Freunde hatte.

»Ein paar«, antwortete Alica widerwillig. »He, ich werde ganz bestimmt keinen von meinen Freunden in diese Geschichte reinziehen! Du glaubst doch nicht, dass ich ihnen die Peraltas auf den Hals hetze!«

Pia glaubte schon lange nicht mehr, dass die drei sonderbaren Männer, vor denen sie geflohen waren, auch nur irgendetwas mit den Peraltas oder irgendeiner anderen Mafia-Familie zu tun hatten. Hier ging etwas vollkommen anderes vor.

»Wir ziehen sie nicht in irgendetwas rein«, sagte sie. »Aber wir brauchen jemanden, der uns hilft. Ein Versteck, und wenn es nur für heute Nacht ist. Morgen versuchen wir irgendwie, mit Esteban Verbindung aufzunehmen, und dann sehen wir weiter. Die Peraltas wissen doch gar nichts über dich. Und ganz bestimmt nichts über deine Freunde.«

Alica wirkte nicht überzeugt.

»Nur für heute Nacht«, sagte Pia. »Irgendwo müssen wir ja unterkriechen. Oder hast du Geld für ein Taxi oder ein Hotel dabei?«

Alica sah demonstrativ an sich herab. Abgesehen von sich selbst hatte sie so ziemlich nichts dabei; gar nicht davon zu reden, dass das nächste Taxi ebenso unerreichbar weit weg war wie das nächste Hotel. Schließlich hob sie widerwillig die Schultern, fuhr plötzlich zusammen und sah sich hastig nach rechts und links um, als ein Scheppern an ihr Ohr drang, gefolgt von einem lang anhaltenden Echo, das beinahe lauter zu sein schien als das eigentliche Geräusch. Zwei oder drei Atemzüge später huschte eine schwarze Katze vor ihnen über die Straße und verschwand wieder in der Dunkelheit.

Alica runzelte die Stirn. »War das jetzt von links nach rechts oder von rechts nach links?«, fragte sie.

»Was?«

»Bedeutet es nun Unglück, wenn einem eine schwarze Katze von links nach rechts über den Weg läuft oder von rechts nach links?«, wiederholte Alica.

»Das kommt ganz darauf an, wie laut man diese Frage stellt,

wenn man als Frau mitten in der Nacht allein in der schlimmsten Gegend von Rio de Janeiro unterwegs ist«, antwortete Pia ernsthaft.

»Aber ich bin doch gar nicht allein«, sagte Alica. Immerhin sagte sie es deutlich leiser. »Supergirl ist ja bei mir.«

Pia lächelte zwar pflichtschuldig, aber ihr Blick tastete gleichzeitig aufmerksam die Straße vor ihnen ab. Sie war ganz und gar nicht sicher, dass das Geräusch, das sie gehört hatten, tatsächlich nur von einer Katze verursacht worden war, ob sie nun von rechts nach links über die Straße gelaufen war oder von links nach rechts. Sie *wurden* beobachtet, das konnte sie fast körperlich spüren. Aber zu sehen war nichts.

»Was machen wir eigentlich, wenn Esteban tot ist?«, sagte Alica nach einer Weile. Sie waren wieder schweigend nebeneinanderher gegangen, und vielleicht stellte sie diese Frage nur, um die unheimlich hallenden Echos zu übertönen, die ihre nackten Füße auf der Straße erzeugten.

»Ist er nicht«, antwortete Pia ruppig.

»Ich weiß«, sagte Alica. »Aber *wenn.* Ich frage ja nur. Du kennst doch die Peraltas. Gut möglich, dass sie sich an ihm ausgelassen haben, weil sie uns nicht kriegen konnten.«

Pia kannte die Peraltas nicht, ebenso wenig wie Alica, und sie glaubte mit jeder Sekunde weniger, dass sie es überhaupt mit Leuten der Mafia-Familie zu tun hatten. Die drei Männer hatten es eindeutig auf sie abgesehen gehabt, aber es war ihnen nicht um irgendwelche Drogen oder gar *Geld* gegangen. Die Peraltas waren zwar ebenso brutal wie rücksichtslos, und sie waren echte Südamerikaner, was bedeutete, dass sie ziemlich komisch reagieren konnten, wenn es um das ging, was sie für ihre *Ehre* hielten ... aber so schnell nun auch wieder nicht.

Vielleicht war es Zeit, mit den Freundlichkeiten aufzuhören. »Die Frage ist wohl eher, was *du* machst, wenn Esteban irgendetwas zustoßen sollte«, sagte sie. Früh selbstständig geworden, war es ihr niemals schwergefallen, sich allein durchzuschlagen. Im Moment erschien es ihr zwar wenig ratsam, in das kleine, zweigeschossige Haus im Süden der Favelas zurückzukehren, das sie zusammen mit Jesus bewohnte, aber das bereitete ihr eigentlich die geringsten Sorgen.

»Ich?« Alica machte ein ehrlich überraschtes Gesicht. »Also, darüber ... habe ich noch gar nicht nachgedacht«, gestand sie.

Pia schenkte ihr einen fast mitleidigen Blick. »Hast du nicht? Wie lange bist du jetzt schon mit ihm zusammen?«

»Ein knappes Jahr. In einer Woche haben wir unser Jubiläum.«

»Dann gehörst du ja zu den Rekordhalterinnen«, sagte Pia. Das Scheppern wiederholte sich, etwas lauter jetzt, und diesmal huschte keine Katze über die Straße, gleich welcher Farbe. Pia versuchte das Geräusch irgendwie zu ignorieren. »Esteban hat es selten länger als ein Jahr mit einer Frau ausgehalten. Ich an deiner Stelle würde allmählich anfangen, mir Gedanken über meine Zukunft zu machen.«

»Das waren die anderen«, sagte Alica und machte eine zugleich überzeugte wie wegwerfende Geste. »Du willst mich doch nicht mit diesen kleinen Flittchen vergleichen, mit denen er vorher zusammen war? Ich habe ein paar Tricks auf Lager, um Esteban bei der Stange zu halten ...« – sie kicherte –, »... von denen du nicht einmal zu träumen wagst.«

Und von denen sie auch gar nichts wissen wollte. Pia beließ es bei einem weiteren schrägen Blick und ging ein wenig schneller. So wie sie Esteban kannte, würde er wahrscheinlich noch ihren Jahrestag abwarten und ihr einen Blumenstrauß geben, sein übliches großzügiges Abschiedsgeschenk, und sie dann in die Wüste schicken. Sie zerbrach sich den Kopf über eine möglichst diplomatische Art, Alica ihre Bedenken beizubringen, blieb dann stattdessen plötzlich stehen und zog die junge Frau blitzschnell in den Schatten eines Torbogens.

»Was …?«, keuchte Alica. Pia legte ihr schon wieder hastig die Hand über Mund und Nase und machte mit der anderen eine erschrockene Geste. Alica wollte ihre Hand zwar wegschieben, gab aber wenigstens keinen Laut mehr von sich.

Pia blieb etliche Sekunden völlig reglos und mit geschlossenen Augen stehen und lauschte. Sie versuchte, die übernatürliche Schärfe ihrer Sinne noch einmal herbeizuzwingen, aber im ersten Moment schien sie eher das Gegenteil zu erreichen. Sie hörte nur noch das schnelle Hämmern ihres eigenen Herzens, und die Nacht schien sich zu einer schwarzen Wand zu verdichten, hinter der sie rein gar nichts mehr sah.

»Was ist denn los?«, nuschelte Alica unter ihrer Hand hervor. Gottlob so leise, dass Pia die Worte eher erriet als verstand.

Statt zu antworten, nahm sie behutsam die Hand herunter und beugte sich noch behutsamer vor, um einen Blick zu riskieren. Alles war still. Die Häuser beiderseits der Straße lagen nach wie vor dunkel und still da, wie Mauern aus massiver Schwärze, hinter denen die Welt einfach aufgehört hatte zu existieren. Nichts rührte sich. In der ersten Sekunde.

In der zweiten erschien ein struppiger Schatten am Ende der Straße.

»Das … das kann doch nicht wahr sein!«, ächzte Alica. Pia hatte nicht einmal gemerkt, dass sie sich ebenfalls vorgebeugt hatte. »Wie haben die Kerle uns gefunden?«

Pia bedeutete ihr ganz instinktiv mit Gesten, still zu sein, aber ihr schoss dieselbe Frage durch den Kopf. Sie waren über eine Stunde kreuz und quer durch die Straßen gelaufen, zum Teil gerannt, und inzwischen hatten sie sich hoffnungslos verirrt. Es war ganz und gar unmöglich, dass jemand ihrer Spur gefolgt war.

Und doch war es so. Pia konnte die Gestalt nach wie vor nur als schwarzen Schatten erkennen, aber es gab nicht den geringsten Zweifel. Die Favelas wimmelten von schrägen Gestalten, doch sie kannte sonst niemanden, der in Fellumhängen umherlief und eine Keule am Gürtel trug.

»Und was tun wir jetzt?«, flüsterte Alica.

Auf jeden Fall keine dummen Fragen mehr stellen, dachte Pia. Ihr Blick tastete immer unsteter über die Straße, suchte nach einem Versteck oder einem Fluchtweg. Die Schatten wären tief genug gewesen, um sie vor jedem neugierigen Blick zu beschützen, hätten sie es mit normalen Verfolgern zu tun gehabt. Was sie nicht hatten, wie sich Pia eher betrübt als wirklich erschrocken eingestand. Sie tat wirklich gut daran, wenn sie allmählich damit anfing, diesen Kerlen mehr als ihre normalen menschlichen Sinne zuzubilligen. Vielleicht hatten sie ihre Spur ja tatsächlich gewittert wie Bluthunde, oder ihnen standen noch andere, viel unglaublichere Methoden zur Verfügung, ihre Beute aufzuspüren. Verrückt genug, aber warum das so war, darüber sollte sie sich vielleicht besser den Kopf zerbrechen, wenn sie ihnen endgültig entkommen waren. Falls sie ihnen entkamen. Pia war längst nicht mehr sicher, dass ihnen das Kunststück auch gelang.

Sie sah in die andere Richtung und war noch weniger sicher.

Auch dort war ein Schatten erschienen.

Eigentlich *spürte* sie seine Anwesenheit viel mehr, als dass sie ihn sah, aber sie *wusste* einfach, dass er da war. Basta!

Und das konnte nur eines bedeuten: Sie saßen in der Falle.

Ihr Blick suchte noch einmal die Schatten in beide Richtungen ab, versuchte ein Versteck zu finden, einen Durchlass, eines jener schmalen Gässchen, die es hier überall gab und die diese Gegend in ein Labyrinth verwandelten, in dem sich selbst ein Einheimischer hoffnungslos verirren konnte. Ausgerechnet hier schien es keine zu geben, und vielleicht war es nicht einmal Zufall, dass die beiden Männer gerade jetzt hier auftauchten.

Pia verbesserte sich in Gedanken. Nicht vielleicht. Es war *ganz bestimmt* kein Zufall.

Panik wollte sich in ihr breitmachen, aber das ließ sie nicht zu, sondern zwang sich ganz im Gegenteil zu noch größerer Ruhe. Es war nicht einmal lange her, dass sie und Jesus sich in einer ganz ähnlichen Situation befunden hatten. Gut, sie waren nicht von Steinzeitmenschen mit Keulen und Macheten verfolgt worden, aber Hernandez und seine Schläger waren im Grunde keinen Deut weniger gefährlich gewesen. Und eigentlich, das spürte sie, war sie ihnen nur entkommen, weil sie es einfach *wollte.*

Was für eine verrückte Idee!

»Ist deine Pistole noch geladen?«, fragte Alica nervös.

Pia nickte zwar, aber die bloße Vorstellung, die Waffe noch einmal benutzen zu sollen, erfüllte sie beinahe mit Entsetzen. Vorhin hatte sie geschossen, weil sie einfach keine andere Wahl mehr gehabt hatte und es um ihr nacktes Leben gegangen war, aber Alica erwartete anscheinend von ihr, dass sie auf die Männer feuerte, während sie näher kamen, und das war ein verdammter Unterschied!

Sie suchte – wider besseres Wissen und selbstverständlich vergebens – noch einmal nach einem Fluchtweg und registrierte beinahe ohne Überraschung, wie sich die beiden Schatten nahezu synchron in Bewegung setzten. Einer der beiden Männer humpelte, aber ihre Schadenfreude hielt sich in Grenzen. Ganz gleich, ob es der war, den sie angeschossen hatte, oder Alicas Opfer, der Anblick zeigte ihr, wie hart die Kerle waren. Vielleicht würde ihr gar nichts anderes übrig bleiben, als einen von ihnen zu erschießen. Oder auch beide.

Wortlos wandte sie sich um, tastete mit der flachen Hand an

einer unverputzten Ziegelsteinmauer entlang und blieb erst wieder stehen, als es vor ihnen hell wurde ... nun ja, oder wenigstens nicht mehr ganz dunkel war. Graues Zwielicht, das eher wie Nebel wirkte, zeigte ihnen einen jener winzigen Innenhöfe, wie sie für die Gebäude in dieser Gegend typisch waren: ein ungepflegtes Geviert von kaum fünf Schritten Ausdehnung in jede Richtung, schmale Fenster, hinter deren vorgelegten hölzernen Läden nur Dunkelheit war, und eine Metalltür mit einem kaum postkartengroßen, nichtsdestotrotz aber vergitterten Fensterchen in Augenhöhe. Verschwommene Umrisse längs der Wände mochten einfache Bänke oder Stühle sein, auf denen sich die Bewohner dieses Hauses tagsüber niederlassen konnten, und als Alica ihr folgte, stieß ihr Fuß gegen einen Blumenkübel, dessen Palmwedel protestierend raschelten. Alica machte ein angemessen betroffenes Gesicht, aber Pia sah nicht einmal zu ihr hin. Das Geräusch war nicht verräterisch. Die beiden Männer wussten längst, wo sie waren. Irgendetwas sagte ihr, dass sie das die ganze Zeit über gewusst hatten.

Sie ging zur Tür, drückte die Klinke herunter und fand sie erwartungsgemäß abgeschlossen vor. Das Haus dahinter war vollkommen ruhig, und die Stille war so total, dass sie nach einer weiteren Sekunde sogar die Atemzüge der Schlafenden hören konnte. Zwei Erwachsene und – mindestens – zwei Kinder, vielleicht mehr, eines davon noch sehr klein.

Sie trat zurück und sah sich aufmerksam um. Die hölzernen Läden aufzubrechen, sollte kein Problem sein, nicht einmal mit bloßen Händen, aber damit würde sie die Leute im Haus in Gefahr bringen, denn die Männer würden ihnen zweifellos auf demselben Weg folgen. Pia hatte nicht vergessen, was sie mit Esteban gemacht hatten, dessen einzige Verfehlung darin bestanden hatte, im falschen Moment am falschen Ort zu sein.

Ihr Blick huschte an der Wand neben Alica hoch und blieb an der überstehenden Dachkante hängen. Gute zwei Meter. Nicht mehr.

»Schaffst du das?«, fragte sie.

Alicas Blick sagte ganz eindeutig *Nein*, aber sie gab sich tapfer und nickte. »Wenn du mir die Räuberleiter machst.«

Es war etliche Jahre her, dass sie jemandem geholfen hatte, ein Hindernis auf diese Weise zu überwinden, aber ihnen blieb keine Zeit für lange Diskussionen. Pia lehnte sich mit dem Rücken gegen die Wand, verschränkte die Hände vor dem Schoß und spannte alle Muskeln an, als Alica nach ihren Schultern griff und gleichzeitig den Fuß in ihre Hände setzte. Auf dem ersten Stück ging es unerwartet gut. Alica war leichter, als sie angenommen hatte, und stellte sich sogar einigermaßen geschickt an ... aber das galt tatsächlich nur für das erste Stück und war wohl eher ein Versehen. Irgendwie gelang es ihr, mit beiden Füßen festen Halt auf Pias Schultern zu finden, doch damit hörte es dann auch schon auf. Pia wartete darauf, dass ihre Hände irgendwo oben an der Dachkante Halt fanden, und sie sich in die Höhe zog, doch stattdessen begann Alica plötzlich herumzustrampeln, und ihre Füße waren so ziemlich überall, nur nicht dort, wo sie sein sollten.

»Beeil dich, verdammt noch mal!«, presste sie zwischen zusammengebissenen Zähnen hervor. »Sie sind gleich hier!«

Das half nicht unbedingt. Alica schien zwar endlich irgendwo festen Halt gefunden zu haben und versuchte sich auf das Dach hinaufzuziehen, und zumindest ihr rechter Fuß verschwand von Pias Schulter – um eine Sekunde später in ihrem Gesicht zu landen. Dann kam Alica auf die grandiose Idee, ihr auf den Kopf zu steigen.

Pia hatte genug. Grob packte sie Alicas rechten Fuß, drehte sich herum, streckte die andere Hand nach ihrem Hinterteil aus und versetzte ihr einen Stoß, der sie regelrecht auf das

Dach hinaufkatapultierte. Alica quietschte protestierend, war aber wenigstens geistesgegenwärtig genug, um sich irgendwo festzuklammern, und Pia federte kurz in den Knien ein und sprang mit ausgestreckten Armen nach oben. Ihre Hände bekamen die morsche Dachrinne zu fassen, und das Wunder, auf das sie selbst kaum zu hoffen gewagt hatte, geschah: Die Kupferrinne ließ ein bedrohliches Ächzen und Knirschen hören und bog sich ein gutes Stück unter ihrem Gewicht durch, aber sie hielt. Mit den nackten Zehen an der Ziegelsteinmauer Halt suchend, zog sich Pia weiter in die Höhe und zwei schwere Herzschläge später neben Alica auf das Dach hinauf.

»Na, hat's Spaß gemacht?«, grollte Alica.

»Was?«

»Meinen Hintern zu betatschen. Ich meine, du bist zwar wirklich süß, aber deine Hand da unten ...«

Pia hatte nicht übel Lust, mit ihrer Hand noch etwas ganz anderes zu tun, doch sie beherrschte sich, stemmte sich stattdessen auf Hände und Knie hoch und kroch ein Stück von der Dachkante weg, bevor sie sich ganz aufrichtete. Das Dach verlief vor ihnen noch zwei oder drei Meter in gemäßigter Schräge, bevor es in eine weitere senkrechte Wand überging und sich ein Stockwerk höher fortsetzte. Wenn sie es bis dorthin schafften, hatten sie eine gute Chance.

Sie würdigte Alica keines Wortes, sondern ging los und registrierte erleichtert, dass jemand so freundlich gewesen war, Steigeisen in die Wand einzulassen. Wahrscheinlich hatte es in der unter ihnen auch welche gegeben, und sie hatten sie bei der herrschenden Dunkelheit bloß nicht gesehen.

Vorsichtshalber kletterte Pia diesmal als Erste hinauf. Das Dach, auf das sie gelangte, war flach und mit zerrissener zäher Pappe gedeckt, die so oft in der Sonnenhitze geschmolzen und wieder erstarrt war, dass sie wie ein schwarzer Sumpf aussah und sich auch so anfühlte. Jede ihrer Bewegungen verursachte schmatzende Geräusche und ein unangenehmes Ziehen auf der Haut, als sie sich auf den Bauch sinken ließ und dann rasch herumdrehte, um nach Alica zu sehen.

Diese überraschte sie schon wieder, denn sie folgte ihr dichtauf und mit solchem Geschick, dass Pia der böse Verdacht kam, ihre vermeintliche Unbeholfenheit gerade eben sei möglicherweise nur gespielt gewesen. Vielleicht fand Alica das Ganze hier ja irgendwie lustig. Pia griff trotzdem zu, um ihr auf dem letzten Stück zu helfen, zog sie zu sich herauf und aus der gleichen Bewegung heraus nach unten.

»Igitt!«, nörgelte Alica. »Was ist denn das für ein klebriges Zeugs?«

»Still!«, sagte Pia erschrocken. »Und rühr dich nicht!«

Alica sah schon wieder ein bisschen beleidigt aus, aber sie gehorchte immerhin. Nebeneinander flach auf dem Bauch liegend, sahen sie in die Dunkelheit hinunter.

Sie mussten nicht lange warten. Es verging weniger als eine Minute, bis eine Gestalt unter ihnen im Innenhof auftauchte. Sie war nur als flacher Schatten zu erkennen, aber an ihrer Hüfte schimmerte Metall, und Pia meinte so etwas wie einen schwachen Geruch nach Blut aufzufangen. Das musste der Bursche sein, dem sie in die Schulter geschossen hatte. So wie er sich bewegte, schien ihm die Verletzung nicht allzu viel auszumachen und ihn schon gar nicht zu behindern. Er stand einen Moment lang vollkommen reglos da, dann drehte er sich um, legte den Kopf in den Nacken und sah zu ihnen hoch.

Das ist vollkommen unmöglich!, dachte Pia hysterisch. Er hatte nicht einmal nach ihnen *gesucht*, sondern sah so direkt zu Alica und ihr hoch, als hätte er ganz genau gewusst, wo sie waren!

»Weg hier!«, sagte sie. »Schnell!« Es hatte keinen Sinn mehr, leise zu sein oder sich verstecken zu wollen. Begleitet von einem schmatzenden Laut sprang sie auf die Füße, riss Alica grob mit sich in die Höhe und fuhr herum. Hinter ihnen polterte es, dann hörten sie das Geräusch von zerbrechenden Dachschindeln, als der Kerl einfach an der Wand heraufsprang, die sie gerade so mühsam erstiegen hatten.

Pia rannte das erste Dutzend Schritte in die Nacht hinein, ohne auch nur einen Gedanken an die Richtung zu verschwenden, in die sie liefen. Jede Richtung war recht, solange sie in direkter Linie von ihrem Verfolger wegführte. Das Dach ging nach zehn oder zwölf Metern in ein zweites, teergedecktes Flachdach über, das zu einer einfachen Sonnenterrasse umgebaut worden war. Alica und sie pflügten wie ein lebender Wirbelsturm durch die billigen Plastikmöbel, sprangen auf ein weiteres, etwas tiefer gelegenes Flachdach hinab und jagten die Schräge eines der seltenen schiefergedeckten Dächer hinauf, um auf der anderen Seite kurzerhand herunterzurutschen. Pia wagte nicht, einen einzigen Blick über die Schulter zurückzuwerfen, aber das war auch nicht nötig. Ihr Verfolger war immer noch da, und er fiel keineswegs zurück, sondern holte langsam, aber stetig auf, wie das rhythmische Stampfen seiner Schritte hinter ihnen verriet. Allmählich begann sich so etwas wie echte Verzweiflung in Pia breitzumachen. Sie konnten dem Kerl nicht davonlaufen, und er und sein Begleiter hatten ihr zur Genüge bewiesen, wie unmöglich es war, sich vor ihnen zu verstecken. Ihre Hand glitt fast ohne ihr Zutun zu der Waffe in ihrem Hosenbund und prallte dann so heftig zurück, als hätte sie glühendes Eisen berührt. Nein. So weit war sie noch lange nicht.

Wenn sie weder vor dem Burschen davonlaufen noch sich vor ihm verstecken konnten, mussten sie eben jeden anderen Vorteil nutzen, der sich ihnen bot. Immerhin kannten sie sich in dieser Gegend (oder zumindest in einer Gegend *wie* dieser) aus und er nicht – das wusste sie mit einer Sicherheit, die einen zweifelnden Gedanken erst gar nicht aufkommen ließ. Vielleicht konnten sie ihre Ortskenntnisse in die Waagschale werfen und ihn einfach austricksen.

Sie setzten nebeneinander und mit einem gewagten Sprung über eine gut zwei Meter breite Lücke zwischen zwei Gebäuden hinweg (die schmalen Gassen, die sie vorhin vergeblich gesucht hatte, waren jetzt selbstverständlich da und taten ihr Möglichstes, um sie zu behindern), rasten über ein weiteres Dach und bogen im letzten Moment nach links ab, als vor ihnen ein schwarzer Abgrund aufklaffte; ein weiterer Innenhof, gerade groß genug, um eben *nicht* über ihn hinwegspringen zu können.

Aber der Anblick brachte Pia auf eine Idee. Ihre Lungen brannten bereits wie Feuer, und ihre Beine schienen mit jedem Schritt schwerer zu werden. Sie hatten allerhöchstens noch zwei oder drei Minuten, bis ihr entweder die Puste ausging oder ihre Verfolger sie einholten. Wahrscheinlich beides zugleich. Der Verzweiflung nahe, sah sie sich um, gewahrte einen hoffnungsvollen Umriss nur zwei oder drei Dächer vor ihnen und ein Stück links und deutete heftig gestikulierend in die entsprechende Richtung, während sie gleichzeitig versuchte, all ihre verbliebenen Kräfte zu mobilisieren und noch einmal schneller zu laufen. Alica ließ sich nicht anmerken, ob sie begriffen hatte oder nicht, aber sie folgte ihr klaglos.

Sie erreichten das übernächste Dach. Vor ihnen lag eine etwas hellere und vielleicht einen halben Meter tiefer gelegene Fläche, eingerahmt von einem bröckeligen Quadrat aus Betonsteinen, kaum so breit wie zwei nebeneinandergelegte Hände. Statt in gerader Linie über das Dach zu sprinten, schlug Pia flugs einen Haken und rannte über den schmalen Steg, ohne auch nur einen Gedanken an den Abgrund zu verschwenden, der daneben lauerte. Bis zur Straße hinab waren es knappe fünf Meter; wahrscheinlich kein tödlicher Sturz, aber wenn sie einen Fehltritt machte, konnte sie ebenso gut aufgeben und gleich auf den Killer warten.

Sie erreichte das nächste Dach, hatte rechts und links endlich wieder festen Boden vor sich und wagte es zum ersten Mal, einen Blick über die Schulter zurückzuwerfen. Alica stürmte kaum einen Meter hinter ihr heran, nahezu genauso schnell wie sie und mit einem Geschick und einer Sicherheit, die sie ihr niemals zugetraut hätte. Wieder auf festem Boden, schwenkte sie genau wie Pia nach links, und keine zehn Schritte hinter ihr stürmte eine langhaarige Gestalt mit wehendem Mantel heran. Ihr Vorsprung war deutlich kleiner, als Pia erwartet hatte.

Und *ganz genau* wie sie es erwartet hatte, verzichtete er darauf, den vermeintlichen Umweg nachzuvollziehen, den Alica und sie gemacht hatten, sondern folgte ihnen in direkter Linie über das Dach.

Oder das, was er für ein Dach hielt.

In der mondlosen Nacht waren die schwarzen Plastikplanen, mit denen der Innenhof abgedeckt war, praktisch nicht von der hier allgegenwärtigen Teerpappe zu unterscheiden, allerdings waren sie nicht annähernd so stabil. Und darunter auch kein Holz oder Beton, sondern nur ein dünnes Geflecht aus Draht, möglicherweise sogar nur Fäden. Pia hatte darauf gehofft, dass ihr Verfolger durch das improvisierte Sonnendach brechen und mit haltlos wirbelnden Armen in die Tiefe stürzen würde, aber er verschwand einfach, buchstäblich von einem Lidzucken auf das andere, und wo er sein sollte, gähnte jetzt ein metergroßes Loch in der Plastikplane. Nur den Bruchteil einer Sekunde später drang ein schwerer Aufprall an ihr Ohr, gefolgt von einem schmerzerfüllten Stöhnen.

»Wirklich clever«, sagte Alica. Ihr Atem ging ebenso schwer und rasch wie der Pias, aber sie klang zugleich äußerst zufrieden. »Und jetzt? Geben wir ihm den Rest?« Sie machte eine Kopfbewegung zu Pias Pistole.

»Der hat erst mal genug«, antwortete Pia. »So schnell läuft der niemandem mehr nach. Aber da war noch ein zweiter Kerl. Willst du hier warten, bis er auftaucht?«

Dieses Argument schien sogar Alica zu überzeugen, denn sie nickte, und dann konnte Pia trotz der Dunkelheit sehen, wie auch noch das allerletzte bisschen Farbe aus ihrem Gesicht wich. Sie war nicht einmal überrascht, als sie herumfuhr und die riesige Gestalt sah, die wie aus dem Nichts hinter ihnen aufgetaucht war.

Dass sie nicht erschrak, rettete ihr möglicherweise das Leben, zumindest für diesen Moment. Es war ganz genau wie vorhin in Estebans Büro: Sie dachte nicht, sondern *reagierte.* In der Dunkelheit konnte sie sein Gesicht zwar nicht erkennen (ganz davon abgesehen, dass die Kerle mit ihren verdreckten Bärten und tätowierten Gesichtern sowieso alle gleich aussahen), aber irgendwie wusste sie trotzdem, dass es der war, dem sie ins Bein geschossen hatte. Als er eine Hand ausstreckte, riss sie das Knie in die Höhe, womit er allerdings gerechnet zu haben schien, denn sein anderer Arm fuhr blitzartig herab, um seine edelsten Teile zu schützen.

Pia hatte jedoch gar nicht darauf gezielt. Ihr Knie knallte mit aller Gewalt, die sie nur aufbringen konnte, gegen die frische Schusswunde in seinem Oberschenkel.

Selbst ohne die Verletzung hätte es vermutlich sehr wehgetan. Der Treffer war so hart, dass Pia zurückprallte und ein betäubender Schmerz in ihrem Knie explodierte, der grelle Feuerlinien durch ihr gesamtes Bein schickte, aber das schien nichts gegen das zu sein, was Barney Geröllheimer empfand. Er brüllte vor Schmerz, kippte auf die Seite und krümmte sich am Boden. Pia reagierte auch diesmal, ohne zu denken. Bei jedem Schritt schien sich ein rot glühender Draht durch ihr Bein bis in die Hüfte hinaufzubohren, aber sie ergriff trotzdem Alicas Handgelenk und zerrte sie einfach mit sich auf das nächste Dach und das nächste und das wiederum nächste. Erst dann blieb sie stehen, ließ ihren Arm los und stützte beide Hände auf die Oberschenkel, während sie sich weit nach vorne beugte und keuchend nach Luft rang. Sie hatte das Gefühl, Feuer zu atmen. Gleichzeitig war ihr entsetzlich kalt.

»Donnerwetter«, keuchte Alica. »Das war ... saubere Arbeit. Das mit ... Supergirl nehme ich ... zurück. Die hätte wahrscheinlich Angst vor ... dir.«

Pia vergeudete nicht einmal einen Atemzug, um ihr zu antworten, sondern richtete sich mühsam auf und sah hinter sich. Der Kerl lag noch immer am Boden und krümmte sich. Augenscheinlich machte ihm der Tritt deutlich mehr zu schaffen als die Kugel, die sie ihm vorhin verpasst hatte. Ihr Knie jedenfalls fühlte sich an, als hätte sie gegen Beton geschlagen. Auch von dem zweiten Verfolger war im Moment nichts zu sehen. Pia hoffte inständig, dass er immer noch fünf Meter tiefer im Hof lag und seine Knochen sortierte.

»Bleibt nur noch einer«, stieß sie kurzatmig hervor.

Alica blinzelte. »Wie?«

»Sie waren zu dritt, schon vergessen?« Pia wollte in diesem Moment nichts mehr, als sich irgendwohin zu setzen und auszuruhen, und sei es nur einige wenige Sekunden, doch stattdessen machte sie eine müde Geste in die Dunkelheit hinein. »Los! Weiter! Vielleicht können wir sie ja irgendwie abschütteln.«

»So ganz allmählich wirst du mir unheimlich«, murmelte Alica, »weißt du das?« Trotzdem drehte sie sich gehorsam um und ging los, und auf den ersten Schritten war es Pia, die ihr folgte, und nicht umgekehrt. Ihr war immer noch kalt.

Offensichtlich war sie nicht die Einzige, die fror. Alica hatte eine deutliche Gänsehaut, und ihr Atem wehte als grauer Dampf vor ihrem Gesicht.

Und dann fiel Pia etwas auf, das noch sehr viel merkwürdiger war: Es war viel zu hell.

Die Nacht war nach wie vor mondlos, und der Himmel verbarg sich hinter einer geschlossenen Wolkendecke, aber die Dächer reflektierten das blasse Licht, als wären sie weiß lackiert, und diese Dächer selbst …

Es ging viel zu schnell, als dass sie auch nur eine Chance gehabt hätte zu reagieren. Alica war plötzlich weg, ebenso lautlos und jäh verschwunden wie der Barbar gerade, und im nächsten Moment gab der Boden unter Pias Füßen nach. Ganz instinktiv streckte sie die Hände aus und bekam auch tatsächlich irgendetwas zu fassen, aber es war nicht annähernd stabil genug, um sich daran festzuhalten.

Sie fiel, wenn auch nicht sehr tief. Dunkelheit hüllte sie ein, die seltsamerweise nach Stroh roch; sie hörte Alica schreien, dann schlug sie irgendwo auf.

Der Aufprall war unerwartet weich. Nicht so kalt wie das letzte Mal, als sie etwas ganz Ähnliches erlebt hatte, und deutlich sanfter, als wäre sie auf einen Heuboden gestürzt. Passend dazu kribbelte etwas in ihrer Nase, und sie musste niesen.

Erst danach öffnete Pia die Augen, sah nichts als Schatten rings um sich und legte den Kopf in den Nacken. Über ihnen (unangenehm weit über ihnen, mindestens drei oder vier Meter, schätzte sie) gähnte ein unregelmäßig geformtes Loch im Dach, über dem der seltsamste Nachthimmel zu sehen war, den sie jemals erblickt hatte. Eigentlich war er nicht wirklich zu sehen, denn er war zur Gänze mit bauchigen Wolken zugezogen, die niedrig genug zu hängen schienen, um sie mit dem ausgestreckten Arm zu berühren. Und sie waren *weiß*. Nicht schmutzig grau, als Wolken verkleideter Smog, wie sie es gewohnt war, solange sie sich zurückerinnern konnte, sondern weiß; von einer so strahlenden, reinen Farbe, wie Pia sie noch nie zuvor am Himmel gesehen hatte.

Neben ihr erscholl ein halb ersticktes Husten, dann raschelte es und dann hörte sie Alicas zornige Stimme: »Na, wunderbar! Das hast du wirklich sauber hingekriegt! Vielen herzlichen Dank auch!«

Statt zu antworten, was ohnehin völlig sinnlos gewesen wäre, richtete sich Pia weiter auf, versuchte sich das kribbelnde Zeug aus dem Gesicht zu wischen (es war tatsächlich Stroh) und schloss für ein paar Sekunden die Augen, um sich an die fast vollkommene Dunkelheit zu gewöhnen, die sie umgab.

Es funktionierte. Sie konnte jetzt immerhin erkennen, dass sie sich in einem sehr großen Raum befanden, der tatsächlich verblüffende Ähnlichkeit mit einem Heuboden hatte. Über ihnen ragte ein spitzer, aus schweren Balken gezimmerter Dachstuhl in die Höhe, und was ihrem Sturz die möglicherweise tödliche Wucht genommen hatte, das war wirklich eine dicke Schicht aus würzig riechendem Stroh, bestimmt einen Meter hoch. Irgendetwas raschelte, und als Pia erschrocken den Kopf drehte, sah sie einen Schatten mit einem langen nackten Schwanz davonhuschen.

»Igitt!«, sagte Alica. »Eine Ratte!«

Pia hoffte, dass es nur eine Ratte gewesen war.

»Wo zum Teufel sind wir eigentlich?«, schimpfte Alica. »Weißt du, wohin du uns geführt hast?«

»Ich weiß, wohin dieses Gespräch führt, wenn du nicht gleich die Klappe hältst«, sagte Pia ruhig.

Alica fauchte irgendeine Antwort, die Pia lieber nicht verstehen wollte, setzte sich mit einem lautstarken Rumoren auf … und ließ zu Pias absolutem Entsetzen ihr Zippo aufflammen!

Pia reagierte beinahe noch schneller als gerade beim Auftauchen des Barbaren, und diesmal war es auch gar nicht nötig zu denken. Mit einer entsetzten Bewegung schnellte sie herum, riss Alica das Feuerzeug aus der Hand und klappte es zu, und für die nächsten Sekunden hatte sie alle Hände voll damit zu tun, das gute Dutzend Funken (und auch die eine oder andere Flamme) mit eben diesen bloßen Händen auszuschlagen, die rings um Alica und sie herum im Stroh glommen.

»He!«, protestierte Alica. »So sehe ich nichts!«

»Was glaubst du, wie gut du erst siehst, wenn der ganze Laden hier in Flammen steht?«, fauchte Pia.

»In Flammen?«

»Das hier ist *Stroh!«*, sagte Pia. *»Trockenes Stroh!«*

»Oh!«, murmelte Alica.

»Ja, oh!« Pia setzte dazu an, das Feuerzeug einzustecken, überlegte es sich dann aber anders und gab es ihr zurück.

»Wieso liegt hier überhaupt Stroh herum?«, maulte Alica. »Und was *ist* das eigentlich hier, verdammt noch mal?«

Pia antwortete nicht sofort, sondern investierte die komplette nächste Minute, um jeden Quadratzentimeter rings um sie herum nach einem übersehenen Funken oder einem schwelenden Glutnest abzusuchen. Sie fand nichts. Wie es aussah, hatten sie noch einmal Glück gehabt.

Sie sagte auch danach nichts, sondern schenkte Alica nur einen bösen Blick (den diese in der Dunkelheit hier drinnen sowieso nicht sah), stand auf und versuchte sich zu orientieren. Abgesehen von den monströsen Balken und jeder Menge Stroh schien der Raum vollkommen leer zu sein. In der gegenüberliegenden Wand gab es etwas wie eine Tür. Pia ging hin, blieb zwei oder drei Schritte davor stehen und legte überrascht die Stirn in Falten.

An der Tür war eigentlich nichts Außergewöhnliches – oder wäre nichts gewesen, hätte sie sich in einem alten Schloss irgendwo in England befunden. Hier wirkte sie ziemlich deplatziert. Sie war gerade einmal anderthalb Meter hoch, aber fast genauso breit, bestand aus groben, unbehandelten Brettern und hatte schwere schmiedeeiserne Beschläge. Es gab weder einen Riegel noch eine Klinke, nur einen einfachen Holzklotz, und kein Schloss. Pia zögerte, sie zu öffnen, und bevor sie es tat, legte sie das Ohr gegen die Tür und lauschte. Sie registrierte Geräusche, ohne sie identifizieren zu können, zog die Tür schließlich mit einem unguten Gefühl auf, und ein Schwall unterschiedlicher Laute und verwirrender Gerüche drang zu ihnen herein. Blasses, flackerndes rotes und gelbes Licht und gemurmelte Stimmen. Pia winkte Alica zu sich und bedeutete ihr zugleich, leise zu sein.

»Was zum Geier ist denn das?«, entfuhr es Alica.

Natürlich viel zu laut, aber dieselbe Frage stellte Pia sich auch. Vor ihnen lag eine schmale, steil in die Tiefe führende Holztreppe. Grob verputzte Wände und eine niedrige Strohdecke vervollständigten das Gefühl, sich in einer Scheune zu befinden; das Allerunmöglichste jedoch war die *Länge* der Treppe. Schon der Heuboden, in den sie gestürzt waren, war eigentlich höher gewesen als das ganze Haus, über dessen Dach sie geflüchtet waren, und die Treppe führte noch einmal mindestens drei oder vier Meter weit nach unten. Was war hier los?

Pia wiederholte ihre mahnende Geste und schlich auf Zehenspitzen los, um möglichst wenige Geräusche zu verursachen, aber die ausgetretenen Holzstufen machten ihr einen Strich durch die Rechnung. Sie knarrten und knirschten so erbärmlich unter ihrem Gewicht, dass der Besitzer dieses Gebäudes ganz bestimmt keine Alarmanlage brauchte. Pia sah es zwar nicht, aber sie konnte Alicas breites Grinsen in der Dunkelheit neben sich spüren.

Die Treppe hielt noch eine weitere Überraschung für sie bereit. Sie endete nach einem guten Dutzend Stufen an einem Absatz, neben dem sich ein lang gestreckter Gang auftat, zu dunkel, um Einzelheiten zu erkennen, aber Pia meinte dennoch, etliche Türen in den Wänden rechts und links auszumachen. Vor ihnen führte die Treppe noch ein weiteres Stockwerk in die Tiefe. Der flackernde Lichtschein und die Geräusche murmelnder Stimmen wurden deutlicher. Ein Keller, dachte sie. Sie befanden sich in einem Keller. So einfach war das.

Und natürlich so falsch. Diese Erklärung hatte ungefähr so viele Löcher wie ein Fischernetz, aber sie war immer noch besser als alles andere, was ihr einfiel.

Sie überlegte kurz, eine der Türen vor sich auszuprobieren, besann sich dann eines Besseren und setzte ihren Weg die Treppe hinunter fort. Die Stufen quietschten hier nicht mehr so erbärmlich wie weiter oben, und Pia glaubte im allerersten Moment, es läge einfach daran, dass sich dieser Teil der Treppe in einem besseren Zustand befand als der obere. Dann trat auch Alica auf die Treppe, und das Knarren und Quaken musste noch bis ans andere Ende der Stadt zu hören sein, und Pia wurde klar, dass es an ihr gelegen hatte. Sie hatte ihre Art zu gehen ganz instinktiv dieser verdammten Treppe angepasst, um möglichst leise zu sein.

Sie stellte sich noch einmal dieselbe Frage wie gerade eben, aber diesmal wurde sie von einem intensiven Gefühl der Angst begleitet: Was geschah hier?

Was geschah mit ihr?

VII

Der Kerzenschein wurde heller, und auch das Geräusch der Stimmen nahm zu. Pia konnte die Worte nicht verstehen, aber der Ton der Unterhaltung schien eher freundlich zu sein und so ausgelassen und redselig, wie es angesichts der fortgeschrittenen Stunde zu erwarten gewesen war. Jetzt identifizierte sie auch den Geruch. Essen. Es roch nach Braten und frisch gebackenem Brot. Der Geruch ließ ihr das Wasser im Mund zusammenlaufen und erinnerte sie daran, dass sie seit nunmehr fast vierundzwanzig Stunden nichts mehr gegessen hatte. Was zum Teufel war das hier?, fragte sie sich zum wiederholten Mal. So eine Art unterirdisches Gasthaus für Nachtschwärmer?

Zumindest ein Teil dieser Vermutung stellte sich als zutreffend heraus, als sie das Ende der Treppe erreichte und so abrupt stehen blieb, dass Alica leicht gegen sie prallte.

Vor ihnen erstreckte sich ein weitläufiger, allerdings sehr niedriger Raum, dessen Decke von schweren Balken gestützt wurde. Fußboden und Wände bestanden ebenfalls aus Holz, und dasselbe galt für die Möbel; schwere, grob gezimmerte Tische und Hocker, die ohne sichtbares System, aber in großer Anzahl hier drinnen verteilt waren. Auf der anderen Seite des Raumes gab es etwas wie eine schlampig zusammengeschusterte Theke, die im Grunde nur aus drei bauchigen Fässern bestand, über die zwei Bretter gelegt worden waren. Ein gewaltiger Kamin, dessen prasselnde Flammen eindeutig mehr Ruß als Wärme und Licht verbreiteten, vervollständigte den Eindruck, sich in eine Kneipe verirrt zu haben, in der sich normalerweise nur Fantasy- und Mittelalter-Freaks trafen. Ein gutes Dutzend Kerzen versuchte vergebens, das dämmerige Halbdunkel zu vertreiben, das wie Nebel in der Luft hing. Und dann waren da die drei Männer, die an einem der niedrigen Tische saßen, sie anstarrten und von ihrem plötzlichen Auftauchen mindestens ebenso überrascht waren wie umgekehrt Pia von ihrem Anblick.

Alle drei waren fortgeschrittenen Alters, auch wenn Gesicht und Haarfarbe bei zwei von ihnen schwer zu erkennen waren, denn sie starrten vor Dreck. Der (etwas) sauberere hatte eine von schulterlangem grauem Haar eingerahmte Halbglatze, wog mindestens drei Zentner und trug schmutzstarrende Wildlederhosen, Schnürsandalen (ohne Socken) und eine speckige Weste über einem Rüschenhemd, das irgendwann zur Zeit der Dinosaurier einmal weiß gewesen sein mochte. Sein Gesicht glänzte mit seiner Weste um die Wette, und als er endlich seine Überraschung überwand und aufstand, schien er eher kleiner zu werden. Er reichte Pia allerhöchstens bis zum Kinn, war aber mindestens so fett sie Esteban.

»Wo bei Kronn kommt ihr denn her?«, polterte er.

»Hä?«, machte Alica.

Pia bedeutete ihr mit einer erschrockenen Geste, still zu sein, atmete tief ein und versuchte, die Augen vor allen Unmöglichkeiten zu verschließen, die dieser Raum für sie bereithielt, und sich ganz auf den Fettwanst zu konzentrieren. Er sah ziemlich verärgert aus und zugleich nicht so, als würde er viel Spaß verstehen.

So ruhig, wie sie es gerade noch konnte, deutete sie mit einer Kopfbewegung die Treppe hinauf. »Von dort«, sagte sie. »Aber es ist nicht so, wie es ...«

»Das sehe ich«, unterbrach sie der Dicke. Er kam mit kleinen, trippelnden Schritten näher, blieb keine zwei Meter vor ihnen stehen und stemmte die Fäuste in die wabbelnden Fettwülste, die seine Hüften verschlungen hatten. Ein bisschen erinnerte er sie sogar an Esteban, dachte Pia – wenn der ganz besonders schlechter Laune war.

»Raus mit der Sprache! Wer hat euch eingeschmuggelt? Teroc? Brasil?«

»Was brabbelt der Kerl da?«, fragte Alica.

Pia machte eine neuerliche, noch erschrockenere Geste und bemühte sich um ein angemessen verlegenes Lächeln in Richtung des Dicken. »Ich fürchte, diese Namen sagen uns nichts«, sagte sie betont. »Und es ist auch ... ähm ... ganz anders, als Sie vielleicht glauben.«

»Pia?«, murmelte Alica. Sie klang ein bisschen verwirrt.

Pia ignorierte sie.

»Ach, ist es das?«, fragte der Fettsack. »Ja, darauf wette ich! Wenn Teroc euch eingeschmuggelt hat, könnt ihr ihm sagen, dass er gleich zusammen mit euch auf die Straße fliegt! Ich dulde solche wie euch hier nicht. Das ist ein anständiges Haus!«

Solche wie euch. Pia wiederholte die Worte in Gedanken ein paarmal, aber es gelang ihr nicht, ihnen auch nur das winzigste bisschen von ihrem abfälligen Klang zu nehmen. Es war derselbe Ausdruck, den sie auch in den Augen des Dicken las, nur um etliches stärker. Da waren vor allem Verachtung und Zorn und – vielleicht – eine Spur von Neugier, und dann, als er den Blick von ihrem Gesicht löste und in das Alicas sah, möglicherweise so etwas wie sachte Verwirrung. Sein Gesicht verfinsterte sich allerdings nur umso mehr.

»Es ist wirklich ein bisschen anders, als es den Anschein hat«, sagte sie vorsichtig. »Ich meine: Ich weiß, das klingt jetzt wahrscheinlich komisch, aber eigentlich wollten wir gar nicht hierher. Und wir wollten Sie auch bestimmt nicht stören.« Wobei auch immer.

»Ja, darauf wette ich«, sagte der Dicke böse. »Und was bei Kronn wollt ihr dann?«

»Schmeichiebeidenrauschunkommwiedaher, Brasch«, lallte einer der beiden anderen Zecher. Er versuchte aufzustehen, stolperte über seine eigenen Füße und fiel der Länge nach hin. Sein Begleiter, ganz offensichtlich genauso betrunken wie er, aber immerhin klug genug, weder etwas sagen oder gar aufstehen zu wollen, starrte sie aus blutunterlaufenen Augen an. Er war genauso verdreckt und abgerissen gekleidet wie der Dicke, und er trug etwas am Gürtel, das verdammte Ähnlichkeit mit einem *Schwert* hatte.

»Pia, was ... was tust du da?«, fragte Alica nervös.

»Ich versuche unsere Hälse zu retten«, antwortete Pia verärgert, sah aber nicht zu ihr zurück, sondern starrte weiter Brasch an, um seinen Blick festzuhalten.

»Ich warte«, grollte der Fettsack.

»Also, wie gesagt, die Geschichte ist ein bisschen ... ähm ... kompliziert«, begann sie von Neuem. »Wir sind ... also, wir wollten eigentlich gar nicht hierher, und genau genommen ...«

»Ihr sagt mir jetzt auf der Stelle, wer euch mitgebracht hat, oder ich schmeiße die Kerle beide raus«, unterbrach sie Brasch. »Und euch beide überlasse ich der Wache, und ihr verbringt den Rest der Nacht im Karzer. Ihr wisst doch, dass ihr hier nichts zu suchen habt. Werdet ihr denn nie schlau?«

Karzer? Pia schwieg eine geschlagene Sekunde. Hatte er gerade *Karzer* gesagt? Sie ließ noch eine Sekunde verstreichen, in der sie darauf wartete, dass es hinter ihrer Stirn *klick* machte und sie sich ihres Irrtums bewusst wurde, aber das geschah nicht. Brasch starrte sie nur weiter finster an.

»Es ist eure Entscheidung«, sagte er.

»Bitte, Brasch«, sagte Pia. »Ich weiß ja, dass ...«

»Ich heiße Brack«, schnappte der Fettsack und warf dem Betrunkenen, der mittlerweile auf dem Fußboden eingeschlafen war und lautstark zu schnarchen begonnen hatte, einen zornigen Blick zu. »Und ich bin ein gutmütiger Mann, der nicht umsonst für seine Geduld und seine Großzügigkeit bekannt ist, aber wenn du jetzt nicht bald den Mund aufmachst, Mädchen, dann rufe ich tatsächlich die Wache. Du weißt doch, wie sie mit solchen wie euch im Karzer umgehen. Willst du das wirklich? Und wenn es dir schon egal ist, dann denk wenigstens an deine Freundin! *Der* macht das ganz bestimmt keinen Spaß!«

Pia wollte lieber gar nicht darüber nachdenken, was er mit dieser beunruhigenden Bemerkung genau meinte. Sie zählte in Gedanken langsam bis drei, atmete tief ein und setzte noch einmal und mit sehr ruhiger Stimme an: »Es tut mir wirklich leid, Brack. Ich kenne keinen Teroc, und Alica auch nicht, und den anderen Namen haben wir auch noch nie gehört. Ich kann Ihnen nicht erklären, wie wir hierhergekommen sind. Es ist eine ... ziemlich komplizierte Geschichte, und wir möchten Sie bestimmt nicht mit hineinziehen, schon in Ihrem eigenen Interesse. Ich schlage vor, Alica und ich entschuldigen uns einfach in aller Form bei Ihnen und gehen, und nichts ist passiert.« Sie bewegte sich wie zufällig so, dass ihre Bluse aufklappte und der Griff der verchromten Pistole sichtbar wurde, die sie darunter im Hosenbund trug. Brack entging das keineswegs, aber er sah allerhöchstens ein bisschen interessiert aus, nicht im Geringsten erschrocken.

»Gehen?«, wiederholte er. »Und ... wohin?«

Pia zögerte einen winzigen Moment, in dem sie einen nervösen Blick auf die eigentlich allergrößte Unmöglichkeit von allen hier warf: Die Dunkelheit draußen hatte sie zwar in schwarze Spiegel verwandelt, aber es waren ganz eindeutig *Fenster* ... mindestens zehn Meter unter der Erde?

»Dorthin?«

Brack riss die Augen auf. »Nach draußen? Ihr zwei? Zu dieser Stunde?«

»Was spricht dagegen?« Pia ließ ihre Hand demonstrativ über den Pistolengriff streichen und schloss ihre Bluse dann wieder. Brack wirkte immer noch nicht im Mindesten beeindruckt, aber jetzt gleichermaßen verwirrt wie auch ein bisschen amüsiert. »Ganz wie du meinst, Kleine.« Er trat demonstrativ zurück und machte eine einladende Geste zur Tür.

Pia wollte mittlerweile nur noch aus diesem Irrenhaus raus, und das so schnell wie möglich. Sie nickte nervös, bedeutete Alica mit einer wortlosen Geste, ihr zu folgen, und ging los. Brack grinste breit, aber sein Grinsen entgleiste mit jedem Schritt mehr, den sie sich der Tür näherten. Ganz offensichtlich rechnete er nicht damit, dass sie tatsächlich gingen. Seine beiden Gäste anscheinend auch nicht – zumindest der, der noch nicht eingeschlafen war. Seine Augen wurden groß, während sie sich der Tür näherten.

»Kannst du mir vielleicht sagen, was das gerade war?«, fragte Alica. »Ich meine: Ich muss ja vielleicht nicht alles wissen, Gott bewahre, aber ...«

»Da hast du vollkommen recht«, fiel ihr Pia ins Wort. »Du musst wirklich nicht alles wissen. Und was du wissen musst, das erkläre ich dir, sobald ...«

... sie ihre Sprache wiedergefunden hatte.

Sie hatte die Tür – mit erstaunlichem Kraftaufwand – aufgeschoben und war ins Freie und ganz automatisch einen Schritt weit auf die Straße hinausgetreten, und erst dann begriff Pia wirklich, was sie da sah. Oder auch nicht.

Alica trat hinter ihr aus dem Haus und stieß ein fast komisch klingendes Japsen aus. Pia ließ den schweren schmiedeeisernen Türgriff los, und die Tür fiel mit einem dumpfen Geräusch hinter ihnen zu. Nicht, dass sie es auch nur gehört hätten.

Pia schätzte, dass sie mindestens eine Minute lang nebeneinandergestanden haben mussten, vollkommen reglos und möglicherweise sogar ohne zu atmen, bevor Alica das Schweigen endlich brach.

»Wo ... wo ist die ... wo ist die Stadt geblieben?«

Pia sagte nichts. Wie auch? Außerdem war die Stadt noch da. Nur dass es nicht mehr die Favelas waren. Es war nicht einmal mehr Rio de Janeiro.

Vor ihnen erstreckte sich eine breite, schlammige Straße, die garantiert noch nie so etwas wie ein Pflaster gesehen hatte. Flankiert wurde sie von den sonderbarsten Häusern, die Pia jemals zu Gesicht bekommen hatte. Fast alle waren größer als die in den Favelas üblichen Gebäude, zwei-, manche dreigeschossig, wirkten aber sonderbar gedrungen, als wäre ein Riese über sie hinweggelaufen und hätte sie allesamt zusammengestaucht, ohne sie dabei zu beschädigen, und sie waren ausnahmslos mit demselben Stroh gedeckt, durch das Alica und sie gerade so unsanft gefallen waren. Nirgendwo brannte Licht, weder in den Häusern noch auf den Straßen (es gab keine Straßenlaternen, wie sie fast beiläufig registrierte), und es war schon beinahe unheimlich still.

Zudem war alles voller Schnee.

Pia blickte fassungslos auf die einzelne weiße Flocke, die wie in Zeitlupe an ihrem Gesicht vorüberschwebte und dann einfach verschwand, als sie in den grauen Dunst ihres Atems geriet. Erst dann spürte sie die bittere Kälte, die hier draußen herrschte. Ihre nackten Füße fühlten sich an, als stünde sie auf blankem Eis, und als sie an sich hinabsah, stellte sie fest, dass ganz genau das auch der Fall war. Es gab keinen Bürgersteig. Der Morast der Straße setzte sich übergangslos bis zum Haus fort, und er war halb gefroren und mit blitzenden Eisscherben gespickt.

»Pia«, sagte Alica mit leiser, übermäßig betonter Stimme. »Wo sind wir hier?«

»Ich habe nicht die geringste Ahnung«, flüsterte Pia. Vielleicht dachte sie es auch nur. Auf jeden Fall war es die Wahrheit. Einen Ort wie diesen hatte sie noch nie zuvor gesehen, außer auf alten Bildern und in Filmen. Sie hatte nicht einmal gewusst, dass es einen Ort wie diesen überhaupt gab.

Die Straßenlaternen waren nicht das Einzige, was fehlte. Es gab auch keine Satellitenschüsseln, Antennen, Strom- oder sonstige Leitungen, keine Briefkästen oder Hydranten und keines der tausend anderen Dinge, die sich so unauffällig in das Straßenbild jeder modernen Stadt (selbst der etwas zivilisierteren Bereiche der Favelas) gemogelt hatten, dass man sie eigentlich überhaupt erst registrierte – oder gerade eben nicht –, wenn sie nicht mehr da waren. Hier gab es nur Häuser.

Und damit es richtig spaßig wurde, Häuser, die aussahen, als hätte sie jemand direkt aus dem frühen Mittelalter hierhergeholt. Weit hinter den schneegepuderten spitzen Strohdächern glaubte sie eine gleichmäßig gezahnte Schattenlinie zu erkennen – eine zinnenbewehrte Stadtmauer?

»Ich träume«, murmelte Alica. »Das ... das alles träume ich doch nur, oder? Sind wir im Gruselkabinett gelandet oder in einer Filmkulisse?«

Pia setzte zu einer Antwort an, doch in diesem Moment drang ein gedämpftes, trotzdem aber unverkennbar metallenes Geräusch an ihr Ohr, und nahezu gleichzeitig brach sich ein verirrter Lichtstrahl aus Silber am Ende der Straße. Das war alles, was sie sah, aber ganz leise hörte sie auch schwere Schritte, und sie musste plötzlich wieder an Bracks sonderbare Worte von gerade denken. Es war nur ein Gefühl. Aber ein sehr, sehr schlechtes.

»Weg hier«, flüsterte sie. »Schnell.«

Alica sah sie nur verwirrt an, und Pia tat das Einzige, was ihr spontan einfiel – sie machte auf dem Absatz kehrt, drückte die Klinke herunter und zog Alica mit sich zurück ins Gasthaus.

Brack hatte wieder am Tisch Platz genommen, und auch der Betrunkene war wieder aufgestanden und auf den Hocker geklettert, wenn auch nur, um erneut nach vorne zu sinken und mit dem Gesicht in einer Bierlache einzuschlafen. Wenigstens hoffte Pia, dass es Bier war.

»Ach«, sagte er. »Das ging schnell!«

»Da ... da draußen ...«, stammelte Pia.

»Ist draußen, ja, ich weiß«, sagte Brack und trank schlürfend einen Schluck Bier.

»Ja, aber da waren auch ...«

»Hinter der Theke«, unterbrach sie Brack und machte eine entsprechende Kopfbewegung. »Im Boden ist eine Klappe.«

»Was hat er gesagt?«, murmelte Alica.

Statt Zeit mit einer Antwort zu verschwenden, legte Pia ihr beide Hände auf die Schultern und bugsierte sie unsanft vor sich her hinter die improvisierte Theke. Der Boden war hier mit feuchtem Stroh bedeckt, das alles andere als vertrauenerweckend roch, und sie musste einen Moment suchen, bis sie die Klappe entdeckte, von der der Fettsack gesprochen hatte. Die Klappe maß kaum fünfzig Zentimeter im Quadrat, hatte schwere eiserne Scharniere und einen noch schwereren Ring, an dem Pia sie mit einiger Mühe in die Höhe zog. Sie hatte eine Leiter oder Treppe erwartet, blickte aber nur in einen kaum kniehohen Keller, dessen Boden noch weit weniger appetitlich aussah als der hier oben.

»Beeil dich lieber, Mädchen«, sagte Brack. »Sie sind gleich da.«

Das ließ sich Pia nicht zweimal sagen. Da sie keine Lust auf weitere sinnlose Diskussionen hatte, schubste sie Alica kurzerhand in den Kriechkeller hinab, sprang hinterher und presste ihr rein prophylaktisch schon wieder die Hand auf Mund und Nase, während sie mit der anderen nach der Klappe angelte und diese über sich zuzog.

Keinen Moment zu früh. Sie schloss die Klappe nicht vollständig, sondern ließ sie einen halben Zentimeter weit offen, gerade genug, um durch den Spalt nach draußen spähen zu können, und kaum hatte sie es getan, wurde die Tür des Gasthauses aufgestoßen, und zwei schwere, mit zerschrammtem Metall beschlagene Stiefelpaare polterten herein.

»Brack!«, sagte eine raue Stimme. »So spät noch Gäste?«

»Mitnichten, Hauptmann«, antwortete Brack. Seine Stimme klang mit einem Mal vollkommen nüchtern. »Meine Cousins und ich sitzen hier nur noch ein bisschen beieinander.«

»So spät in der Nacht?«

»In der Tat, es ist spät geworden.« Sie konnte sehen, wie Brack aufstand und sich seine in Schnürsandalen steckenden Füße den beiden Stiefelpaaren näherten. »Wie die Zeit doch vergeht, wenn man ins Reden kommt und über alte Zeiten fabuliert.«

»Ist hier gerade jemand hereingekommen?« Neben den Stiefelpaaren senkte sich etwas zu Boden, das wie ein zu dick geratener Besenstiel aussah. Oder auch ein Speer.

»Hier?« Brack lachte. »Wer sollte sich denn hierher verirren? Die ersten Gäste seit Mitternacht seid Ihr, Hauptmann. Möchtet Ihr und Euer Begleiter einen Krug Bier? Oder einen heißen Becher Wein? Der hilft, die Kälte aus den Knochen zu vertreiben.«

»Und es ist ganz bestimmt niemand hereingekommen?«, beharrte der Hauptmann, ohne auch nur mit einem Wort auf Bracks Angebot einzugehen.

»Ganz bestimmt nicht«, antwortete Brack. »Ich gebe ja zu, dass ich ein wenig zu viel von meiner eigenen Ware probiert habe, aber so betrunken bin ich nun doch nicht. Ihr könnt Euch gerne hier umsehen, wenn Ihr wollt. Nur keine Hemmungen. Mein Haus steht ohnehin fast leer. Ich habe nur zwei Gäste, und die waren schon nach dem Abendessen so betrunken, dass ich meine liebe Mühe hatte, sie in ihre Zimmer hinaufzubekommen. Sie wachen bestimmt nicht auf.«

»Das ... wird nicht nötig sein«, antwortete der Hauptmann; allerdings erst nach gehöriger Verspätung und alles andere als überzeugt. Vielleicht hatte er einfach nur keine Lust, die steile Treppe hinaufzugehen. »Aber Ihr haltet die Augen offen und meldet, wenn Euch etwas auffällt.«

»Sicher.«

Die beiden Stiefelpaare polterten wieder hinaus, und Bracks schmutzige Füße folgten ihnen und blieben eine geraume Weile vor der Tür. Schließlich hörte Pia das Geräusch eines schweren Riegels, der vorgelegt wurde.

»Ihr könnt jetzt rauskommen, Mädchen«, sagte Brack.

Pia wuchtete die schwere Klappe nach oben, zog sich mit einer kraftvollen Bewegung aus dem Keller und griff hinter sich, um auch Alica hochzuhelfen, erntete aber nur einen zornigen Blick. Achselzuckend richtete sie sich endgültig auf und drehte sich zu Brack herum.

»Mädchen, Mädchen«, seufzte der Fettwanst. »Sagt mir einen einzigen vernünftigen Grund, aus dem ich meinen Hals riskiert habe, um für euch zu lügen.«

»Weil *ich* ansonsten gelogen und behauptet hätte, dass wir mit deinem Wissen hier sind?«, schlug Pia vor.

Einen Moment lang war sie fast sicher, den Bogen überspannt zu haben, denn in Bracks Augen blitzte es kurz und eindeutig wütend auf. Dann aber sah er eher verdutzt aus, und nach einem weiteren Atemzug lachte er sogar. »Ja, ich glaube, jetzt weiß ich es.«

Pia musste ein Lächeln unterdrücken. Erneut erinnerte Brack sie irgendwie an Esteban, auch wenn die beiden sich gar nicht ähnlich sahen; wenn man ihr Übergewicht einmal außer Acht ließ. »Danke«, sagte sie einfach.

»Wenn ihr euch bedanken wollt, dann sagt mir, wie ihr hergekommen seid«, antwortete Brack. Sein Lächeln war schon wieder erloschen. »Und welcher von diesen beiden Dummköpfen da oben auf die Idee gekommen ist, nicht nur meinen und eure Hälse zu riskieren, sondern auch noch die Zukunft meines Geschäfts.«

»Also, wie gesagt, das ist ...«

»Nicht so einfach zu erklären, ich weiß, ich weiß.« Brack winkte ab. »Jetzt kommt erst mal da raus und setzt euch. Ich nehme an, ihr habt nichts gegen einen Krug Bier einzuwenden? Auf Kosten des Hauses, versteht sich.«

Pia hatte sogar eine ganze Menge dagegen einzuwenden. Sie hatten schon viel zu viel Zeit verloren. »Ich weiß nicht, ob wir ...«, begann sie.

»Oh, ihr habt es eilig?«, grinste Brack. Er machte eine Geste zur Tür. »Nur zu. Ich bin sicher, der Hauptmann und sein Kamerad freuen sich über ein bisschen Gesellschaft. Die Nacht ist kalt. Da kommt einem jedes bisschen Wärme recht.«

»Hm«, machte Pia. Die Vorstellung, sich zu Brack und den beiden Betrunkenen an den Tisch zu setzen, rief nicht gerade Begeisterungsstürme in ihr hervor. Aber noch einmal nach draußen zu gehen ... »Warum nicht?«

»Irgendwie dachte ich mir, dass du das sagen würdest«, grinste Brack. Er schlurfte voraus, stieß den Betrunkenen unsanft zur Seite (er fiel prompt wieder vom Hocker und schlief ungerührt auf dem Boden weiter) und fuhr mit dem Hemdsärmel über den Tisch, vermutlich in der Absicht, ihn sauber zu wischen, nichtsdestoweniger aber mit dem Ergebnis, die Schweinerei nur weiter zu verteilen.

»Setz dich, Mädchen. Ich hole dir einen Becher Bier. Deiner Freundin auch, nehme ich an?« Er wartete ihre Antwort nicht ab, sondern verschwand kurzatmig schnaubend hinter der primitiven Theke, und Pia nahm widerstrebend Platz. Alica auch. Noch widerstrebender.

»Kannst du mir vielleicht verraten, was hier gespielt wird?«, fragte Alica.

»Das weiß ich selbst nicht genau«, antwortete Pia. »Hör doch einfach zu.«

»Sehr witzig«, nörgelte Alica.

Pia sah sie verständnislos an und war fast erleichtert, als Brack in diesem Moment zurückkam und zwei hölzerne Trinkbecher vor ihnen auf die Tischplatte knallte. Sie sahen aus wie zwei winzig kleine in der Mitte durchgeschnittene Fässer, komplett mit einem eisernen Reif, der in den Henkel überging. Ohne eine weitere Aufforderung abzuwarten, schenkte er ihnen aus einem bauchigen Krug ein, der auf dem Tisch stand, und machte eine aufmunternde Geste. Pia probierte vorsichtig, und Alica tat dasselbe und nahm dann einen fast schon unanständig großen Schluck.

»Das ist Bier«, sagte sie, nachdem sie sich den Schaum von den Lippen gewischt hatte. Brack runzelte die Stirn.

»Hat er doch gesagt«, antwortete Pia. Sie nippte noch einmal und musste zugeben, dass das Zeug gut schmeckte.

»Haha«, sagte Alica. »Hab ich dir schon gesagt, dass du echt lustig bist?«

Pia verstand immer weniger, was sie überhaupt meinte, und wandte sich wieder an Brack. »Vielen Dank! Das ist sehr freundlich von Ihnen. Und ich kann nur noch einmal sagen, dass es mir leidtut. Wir wollten Ihnen ganz bestimmt keine Schwierigkeiten bereiten.«

»Ich war gerade oben und habe mit Teroc und Brasil gesprochen, als deine Freundin und du draußen gewesen seid und die frische Luft genossen habt«, sagte Brack, ohne auf ihre Worte einzugehen. »Weißt du, was? Ich glaube fast, du sagst die Wahrheit. Die beiden sind so besoffen, dass sie sich nicht einmal mehr an ihre Namen erinnern. Also – wie seid ihr hier reingekommen?«

»Das ist wirklich eine lange Geschichte«, antwortete Pia ausweichend.

»Oh, wir haben Zeit«, sagte Brack. Er grinste weiter, aber seine Augen lachten nicht.

»Und wir wollen Sie wirklich nicht mit hineinziehen«, fuhr Pia behutsam fort. »Es könnte unter Umständen gefährlich werden. Ich möchte nicht, dass sie unseretwegen Ärger bekommen.«

»Gefährlicher, als diese Halsabschneider von der Wache zu belügen?« Brack schüttelte den Kopf. »Wohl kaum.«

»Sag mal – würde es dir viel ausmachen, mich an eurem vertraulichen Gespräch teilhaben zu lassen?«, fragte Alica leicht genervt.

»Was hat deine Freundin?«, fragte Brack.

»Ach, nichts«, antwortete Pia hastig. »Sie ist ein bisschen nervös, das ist alles. Wir sind …« Sie entschied spontan, so nahe bei der Wahrheit zu bleiben wie möglich, allein um sich nicht in Widersprüche zu verwickeln und diesen sonderbaren Brack nicht noch misstrauischer zu machen, als er ohnehin schon war. »Jemand war hinter uns her.«

»Ein unzufriedener Kunde?«

»Wir sind einfach gerannt«, fuhr sie fort, ohne auf diese mit großer Wahrscheinlichkeit anzüglich gemeinte Bemerkung einzugehen. Bracks Zähne waren zwar zum Gotterbarmen schlecht, aber vermutlich zog er es vor, sie noch eine Weile zu behalten. »Das hier war einfach das erstbeste Versteck, das wir gefunden haben.«

»Und da seid ihr durch die Hintertür rein«, vermutete Brack und gab sich auch gleich selbst die Antwort. »Hundertmal habe ich diesem Nichtsnutz gesagt, er soll alle Türen und Fenster kontrollieren, bevor er geht, und hundertmal hat er es nicht getan! Ich sollte ihn den Schweinen zum Fraß vorwerfen!«

»Wen?«

»Lasar, diesen Taugenichts!«, schnaubte Brack. »Er hat behauptet, er wäre Küchenjunge bei Hofe gewesen, um sich die Anstellung hier zu erschleichen! Wahrscheinlich hat er das Schloss noch nicht einmal von Weitem gesehen! Ich *werde* ihn den Schweinen zum Fraß vorwerfen!«

Küchenjunge?, dachte Pia. *Schloss?*

»Ich verstehe kein Wort«, sagte Alica scharf.

Pia auch nicht. Sie sah Brack abwartend an, und erneut stieg ihr der Duft von gebratenem Fleisch und Brot in die Nase, mit einem Mal so intensiv, dass ihr das Wasser im Mund zusammenlief und ihr Magen hörbar knurrte.

»Klingt so, als wärt ihr wirklich lange auf der Flucht gewesen«, sagte Brack feixend. »Warte einen Moment!« Er stand auf, verschwand hinter der Theke und einen Moment später in den Schatten dahinter. Pia hörte ihn irgendwo rumoren.

»So, also allmählich langt es mir!«, fauchte Alica. »Was. Ist. Hier. Los?«

»Das weiß ich genauso wenig wie du«, antwortete Pia, so ruhig sie konnte. »Aber sollte mich plötzlich ein Blitzstrahl göttlicher Eingebung treffen, dann bist du die Erste, der ich es mitteile, ganz bestimmt.«

Sie wäre nicht erstaunt gewesen, hätte Alica noch zorniger reagiert – eigentlich erwartete sie es sogar –, aber die junge Frau sah eher verletzt aus.

Wenigstens hielt sie die Klappe.

Brack kam zurück. Hätte Pia auch nur die geringsten Zweifel an dem gehabt, was er war, hätte spätestens dieser Anblick sie zerstreut. Er balancierte zwei flache Teller aus Metall auf einer Hand und dem Unterarm, und das mit einem solchen Geschick, wie es auf der ganzen Welt nur Kellner und Gastwirte können. Schwungvoll stellte er sie vor Alica und ihr ab, zauberte zwei Essbestecke – zweischneidige kurze Messer und sonderbar geformte Gabeln mit nur zwei Zinken – aus der schmierigen Tasche seiner Weste und wedelte auffordernd mit der anderen Hand. »Greift ruhig zu!«

Pia musste sich beherrschen, um sich nicht wie eine ausgehungerte Löwin auf den Teller zu stürzen, auf dem zwei dunkle Bratenscheiben und eine großzügige Portion eines ihr gänzlich unbekannten Gemüses lagen, außerdem gleich drei Scheiben des köstlich duftenden Brotes. Alles schwamm in einer dickflüssigen, fetten Soße, die beinahe noch besser roch.

»Nur zu«, wiederholte Brack. »Bloß keine Hemmungen, Mädchen. Es kostet nichts. Ist sowieso von gestern Abend übrig geblieben. Früher sind die Geschäfte besser gelaufen, aber ich habe mir immer noch nicht angewöhnt, kleinere Portionen zuzubereiten.«

Pia zögerte zwar noch einen letzten Moment, nahm dann aber das seltsame Besteck zur Hand und probierte vorsichtig.

Und nach dem ersten Bissen gab es kein Halten mehr.

Es war nicht nur der nagende Hunger. In den ersten Augenblicken fiel es ihr nicht einmal auf, und sie schob es ganz und gar darauf, vollkommen ausgehungert zu sein, doch bald stellte sie fest, dass es eher am Essen selbst lag. Sie konnte sich nicht erinnern, jemals etwas Köstlicheres zu sich genommen zu haben. Das Fleisch war frisch, zart wie Butter und trotzdem bissfest, das Brot kross und gerade weich genug, um nicht unangenehm auf der Zunge zu sein, und die Soße schmeckte nach nichts, was sie jemals probiert hätte. Aber absolut köstlich. Das Gemüse war ihr zwar immer noch fremd, doch es schmeckte einfach fantastisch. Sie leerte ihren Teller in Rekordzeit und ertappte sich dabei, einen fast schon gierigen Blick auf Alicas zu werfen, auf dem sich noch mehr als die Hälfte der ursprünglichen Portion befand.

Hastig sah sie weg und dann wieder zu Brack hin und wurde

mit einem breiten Grinsen und dem Anblick seiner erbärmlich schlechten Zähne belohnt.

»Na, das ist doch mal eine Freude«, sagte er.

»Hmwasch?«, fragte Pia mit vollem Mund.

»Zu sehen, wie es einem Gast schmeckt«, sagte er lachend. »Man könnte meinen, ihr wart eine Woche auf der Flucht.«

»Was sagt er?«, fragte Alica. Pia ignorierte sie.

»Ganschscholangewaresch …« Sie schluckte den letzten Bissen hinunter und setzte noch einmal an. »Ganz so lange war es nicht. Aber es war ziemlich anstrengend. Und das Essen ist wirklich köstlich«, beeilte sie sich hinzuzufügen.

»Ja, danke!« Brack verzog die Lippen zu einem plötzlich völlig humorlosen Lächeln. »Aber jetzt bist du mir ein paar Antworten schuldig, meine ich. Wer ist hinter euch her? Und warum?«

»Die Peraltas«, antwortete Pia. »Jedenfalls dachten wir das. Aber jetzt … bin ich nicht mehr ganz sicher.«

»Was erzählst du von den Peraltas?« Alica setzte sich stocksteif auf und wirkte alarmiert. Pia ignorierte sie weiter.

»Die Peraltas?« Brack sprach den Namen nicht nur auf eine sonderbare Art aus, sondern dachte auch sichtbar angestrengt über seinen Klang nach und schüttelte dann den Kopf. »Nie gehört. Was wollten sie von euch?«

»Sie glauben, wir hätten ihnen etwas gestohlen«, antwortete Pia. »Aber das stimmt nicht.«

»Natürlich nicht«, sagte Brack.

»He, was quatscht ihr da von den Peraltas?«, fragte Alica.

»Verdammt, hör doch einfach zu!«, fauchte Pia. Allmählich gingen ihr Alicas Albernheiten gehörig auf die Nerven.

»Würd ich ja gerne«, antwortete Alica. »Wenn ich auch nur ein Wort verstehen würde. Das wolltest du doch jetzt hören, oder? Dass ich dämlich bin.«

»Na ja, das mag sein«, antwortete Pia gepresst, »aber das

ändert nichts daran, dass du dich im Moment ziemlich albern benimmst, findest du nicht auch?«

»Nein«, sagte Alica.

»Wie ist dein Name, Mädchen?«, mischte sich Brack in leicht ärgerlichem Ton ein.

Pia, wollte Pia antworten. Stattdessen hörte sie sich zu ihrer eigenen Verblüffung sagen: »Gaylen.«

»Gaylen«, wiederholte Brack seufzend. »Ja natürlich. Was auch sonst?«

Pia starrte ihn mit einem Ausdruck von Fassungslosigkeit an, der einzig und allein ihr selbst galt. Gaylen? Warum um alles in der Welt hatte sie das gesagt? Gaylen, das war der Name, mit dem sie ihr seltsamer Verbündeter mit dem Silberhelm angesprochen hatte. Sie war sicher, ihn noch nie zuvor gehört zu haben, und noch nicht einmal sicher, ob es sich tatsächlich um einen Namen handelte, aber er war ihr so glatt und selbstverständlich über die Lippen gekommen, als wäre sie ihn zeit ihres Lebens gewöhnt.

Brack seufzte noch einmal und irgendwie resignierend, sah sie einen Moment lang fast erwartungsvoll an und deutete dann auf Alica. »Und deine seltsame Freundin?«

Pia musste trotz allem lächeln. Immerhin hatten sie gerade eine Gemeinsamkeit entdeckt: Sie beide fanden Alica seltsam. »Alica«, sagte sie.

»Alica«, wiederholte Brack. Er sprach es falsch aus, nicht wie *Alischah*, sondern mit einem harten, klackenden *k*.

»Wenn ihr zwei Hübschen wollt, dass ich ein bisschen spazieren gehe, während ihr über mich redet, dann musst du es nur sagen«, sagte Alica. Pia wandte widerwillig den Kopf und starrte sie an.

»Es ist nicht besonders höflich, in einer Sprache zu sprechen, die nicht alle am Tisch verstehen, Alica«, sagte Brack betont.

»Wie?«, machte Alica.

»Was?«, fragte Pia.

»Was ist mit deiner Freundin?«, fragte Brack. »Spricht sie unsere Sprache nicht?«

»Was brabbelt er da?«, fragte Alica.

»Wovon ... redest du?«, fragte Pia verwirrt. Sie war nicht einmal ganz sicher, wem diese Frage galt.

»Seid ihr Ausländerinnen?«, wollte Brack wissen.

»Was hat er gesagt?«, fragte Alica.

»Wenn ihr unsere Sprache nicht sprecht, dann müsst ihr wirklich von weit her kommen«, meinte Brack.

»Aber sie spricht doch ...«, begann Pia.

Und dann verstand sie ... oder auch nicht. Etwas wie eine unsichtbare Hand aus Eis mit viel zu vielen Fingern schien an ihrem Rückgrat entlangzustreichen. Fassungslos wandte sie sich zu Alica um.

»Du ... verstehst nichts von dem, was er sagt?«, fragte sie ungläubig.

»Stell dir vor, nein«, antwortete Alica in patzigem Ton. »Kann ja sein, dass du dieses Kauderwelsch verstehst, aber für mich ist es nichts als Blabla.«

»Was sagt sie?«, wollte Brack wissen. Er klang ein bisschen ungeduldig. Vielleicht schon wieder misstrauisch.

»Was hat er gesagt?«, fragte Alica.

Das drohte kompliziert zu werden. Pia verdrehte (innerlich) die Augen und zählte nicht zum ersten Mal lautlos bis drei, bevor sie antwortete. »Ja, wir haben hier offensichtlich ein kleines Sprachproblem.«

»Stimmt«, sagten Brack und Alica wie aus einem Mund.

»Ja, das scheint mir auch so«, seufzte Pia. Für einen Moment wurde es sehr still. Aber sie kam auch wieder in den zweifelhaften Genuss des (sehr unangenehmen) Gefühls, sowohl von Alica als auch von Brack durchdringend angestarrt zu werden. Von dem Betrunkenen am Tisch übrigens auch.

»Ihr ... ihr versteht euch nicht?«, vergewisserte sie sich noch einmal.

»Nein«, antworteten Alica und Brack unisono.

»Dann sollte ich vielleicht das Wichtigste übersetzen«, sagte sie zögernd. Oder wenigstens das, was sie selbst verstand.

»Das scheint mir eine gute Idee zu sein«, sagte Brack.

»Würde sich anbieten«, meinte Alica. Sie sah immer noch völlig fassungslos aus.

Pia wünschte sich weit, weit weg.

»Vielleicht«, wandte sie sich direkt an Brack, »können wir es für den Moment dabei belassen, dass wir fremd hier sind und in gewissen Schwierigkeiten stecken?«

Brack nickte. »Ja, stell dir vor: Darauf bin ich auch schon von selbst gekommen.«

Alicas Gesicht war ein einziges Fragezeichen.

»Die Geschichte ist wirklich kompliziert«, fuhr Pia fort, leise und nun wieder an Brack direkt gewandt. »Und ziemlich lang. Und wir wollen dich nicht in Schwierigkeiten bringen. Vielleicht wäre es tatsächlich das Beste, wenn wir einfach aufstehen und unserer Wege gehen.«

»Bestimmt sogar«, sagte Brack. »Wenn du das möchtest ... die Tür ist offen. Ihr könnt gerne gehen. Wohin auch immer ihr wollt.«

»Was hat er gesagt?«, fragte Alica. Ihre Stimme klang jetzt beinahe hysterisch.

»Nichts«, antwortete Pia rasch. »Nur dass wir noch ein bisschen bleiben können, wenn wir wollen.«

Alica wirkte erleichtert, und Brack legte die Stirn in noch tiefere Falten und nahm einen gewaltigen Schluck Bier. »Eigentlich nicht.«

Pia seufzte. Noch tiefer.

»Ja, das verstehe ich. Und ich verspreche dir, alle deine Fragen zu beantworten, Brack ...«

»Meine auch?«, fragte Alica.

»... soweit ich es kann. Aber dürfte ich vielleicht vorher ein paar Fragen an dich stellen?«

»Nur zu«, sagte Brack. Warum gefiel ihr der Blick eigentlich nicht mehr, mit dem er sie jetzt maß?

»Wo sind wir hier?«, fragte Pia. »Ich meine: dieses Gasthaus, diese Straße ... die ganze Stadt? Wie heißt sie?«

Brack zog die Augenbrauen zu einem missbilligenden »V« zusammen. »Hat dir jemand auf den Kopf geschlagen, Mädchen?«

»In letzter Zeit nicht«, antwortete Pia. »Obwohl es der eine oder andere versucht hat.«

»Ja, das scheint mir auch so«, sagte Brack. Er trank einen weiteren, noch größeren Schluck Bier, und Alica hob ihren eigenen Krug und versuchte mit grimmiger Entschlossenheit, ihn zu übertrumpfen. Pia konnte nicht sagen, ob es ihr gelang oder nicht, aber es brachte ihr immerhin einen anerkennenden Blick von Brack ein.

»Deine Freundin hat einen kräftigen Zug«, kommentierte er.

»Wenn das eine Anzüglichkeit war, lernt er mich kennen«, sagte Alica.

»War es nicht«, antwortete Pia hastig. Sie nahm an, dass Alica die Bemerkung sowieso eher als Kompliment aufgefasst hätte, verzichtete aber darauf, sie zu übersetzen.

»Du hast meine Frage nicht beantwortet«, wandte sie sich an Brack. »Diese Stadt. Wie heißt sie?«

»Und du hast mir immer noch nicht gesagt, wo ihr herkommt«, erwiderte Brack lächelnd. »Und jetzt sag bitte nicht schon wieder, dass das eine komplizierte Geschichte sei. Das habe ich mittlerweile begriffen.«

»Ist es aber«, seufzte Pia. Bracks Blick wurde bohrend. »Also gut, auch wenn es sich vielleicht verrückt anhört: Nimm einfach für den Moment an, wir wären vom Himmel gefallen.«

»Vom Himmel?«, wiederholte Brack.

»Oder aus den Wolken, meinetwegen«, sagte sie. Was der Wahrheit im Übrigen ziemlich nahekam. Näher, als ihr lieb war.

»Aus den Wolken.« Brack leerte seinen Becher, schenkte sich sofort nach und sah sie mit enttäuschter Miene an. Aber nicht nur. Da war noch etwas in seinem Blick, das ihr gar nicht gefiel. »Also gut, du willst nicht darüber sprechen. Das ist deine Sache. Aber es bleibt die Frage, was ich jetzt mit euch anfange.«

»Anfange?«, wiederholte Pia misstrauisch. Alica warf ihr einen leicht beunruhigten Blick zu, angelte nach dem Krug und schenkte sich selbst nach.

»Ich kann euch schließlich nicht einfach auf die Straße jagen, nicht wahr?«, erklärte Brack. »Vielleicht habe ich euch ja auch falsch eingeschätzt, und ihr kommt wirklich von weit her und kennt euch mit unseren Gesetzen nicht so gut aus, wie ihr es besser solltet.«

»So könnte man es nennen«, sagte Pia vorsichtig. Alica trank neben ihr mit so großen Schlucken, als hätte sie sich vorgenommen, Bracks Vorsprung innerhalb der nächsten sechzig Sekunden aufzuholen.

»Ihr wärt nicht die Einzigen, die Ärger bekämen, wenn die Wache euch aufgreift«, fuhr er fort. »Ich ebenfalls. Und wenn mir eines zuwider ist, dann ist es Ärger mit der Obrigkeit.«

»Wem nicht?«, fragte Pia. Alica hatte ihren Becher bereits wieder geleert und schenkte sich nach.

»Blabla«, sagte sie.

»Was meint sie?«, fragte Brack.

»Blablablablablablabla«, sagte Alica.

»Nichts Besonderes«, antwortete Pia rasch. »Sie ist nur ... ein bisschen durcheinander.«

»Bla«, stimmte ihr Alica zwischen zwei Schlucken zu.

»Ich mache euch einen Vorschlag«, sagte Brack. »Warum bleibt ihr nicht für den Rest der Nacht hier, und morgen bereden wir alles in Ruhe. Wie es aussieht, scheint ihr wirklich Probleme zu haben. Vielleicht kann ich euch helfen. Aber dazu brauchen wir alle einen klaren Kopf. Und du und deine Freundin seht recht müde aus, wenn du mir die Bemerkung gestattest.«

»Morgen?«, wiederholte Pia.

»Ihr könnt hierbleiben«, sagte Brack. »Die Hälfte der Zimmer steht sowieso leer. Ihr könnt das gleich oben bei der Treppe haben. Es hat ein großes Bett und ist warm.«

»Einfach so?«, erkundigte sich Pia. Nach allem, was sie bisher hier erlebt hatte, stimmte sie Bracks plötzliche Großzügigkeit misstrauisch. »Aber wir haben kein Geld. Wir können nicht für die Unterkunft bezahlen.«

»Ach was«, sagte Brack großmütig. »Mach dir darum keine Sorgen, Gaylen. Wir werden uns schon einig.«

Und ganz genau das war es, *worum* sich Pia plötzlich Sorgen machte.

VIII

Wahrscheinlich war am nächsten Morgen niemand überraschter als sie selbst, das Kitzeln von Sonnenlicht im Gesicht zu fühlen und sich in einem breiten und überaus bequemen Bett wiederzufinden. Es war aus Holz und sichtbar alt, aber in sehr gutem Zustand. Vier schwere gedrechselte Säulen trugen einen ebenfalls hölzernen Baldachin, der mit kunstvollen Schnitzereien übersät und mit goldenen Bordüren und Troddeln verziert war. Die Bettwäsche war ein wenig rau und roch auch nicht mehr ganz frisch, und Kissen und Decke knisterten, als sie sich bewegte, und schienen mit Stroh gefüllt zu sein. Vorsichtig drehte sie den Kopf und blickte in Alicas Gesicht. Die Schminke war verlaufen, und es wirkte teigig und ein bisschen aufgedunsen.

Also hatte sie doch nicht geträumt. Und wenn, dann schlecht.

Pia war immer noch nicht ganz sicher, was sie von dieser Erkenntnis halten sollte, und sie hätte am liebsten die Augen geschlossen und weitergeschlafen, um es später noch einmal zu versuchen. Vielleicht wachte sie das nächste Mal ja wirklich auf.

Unglückseligerweise funktionierte es nicht. Das Sonnenlicht, das durch die schmalen Fenster hereinfiel – und *selbstverständlich* so gezielt wie ein Laserspot in einer Diskothek genau in ihr Gesicht hämmerte –, bestand darauf, dass es heller Tag war, und das Bier vom vergangenen Abend machte sich bemerkbar. Widerwillig schlug sie die Augen zum zweiten Mal auf, fand sich noch immer in derselben und nach wie vor unmöglichen Umgebung wieder und schlug die raschelnde Decke zur Seite. Alica grunzte im Schlaf, drehte sich auf die andere Seite und begann lautstark zu schnarchen, und Pia sah sich ohne große Hoffnung im Zimmer um. Genau wie Brack behauptet hatte, war es groß und in einigermaßen sauberem Zustand, dennoch aber Lichtjahre von einem Vier-Sterne-all-inclusive-Hotel entfernt. Kein Satellitenfernsehen, keine Minibar. Und auch kein Bad.

Achselzuckend verließ sie das Zimmer, bedachte die anderen Türen auf dem Flur mit einem nachdenklichen Blick und schlurfte dann mit hängenden Schultern die Treppe hinunter. Geschäftige Geräusche und ein schrecklich unmelodisches Pfeifen zeigten ihr, dass sie nicht die Erste war, die die Sonne an diesem Morgen geweckt hatte. Brack stand hinter seiner improvisierten Theke, die bei Tageslicht betrachtet noch viel improvisierter aussah, tat irgendetwas mit dem Besteck, mit dem sie gestern Abend gegessen hatten, und zog überrascht die Augenbrauen hoch, als er sie erblickte.

»Holla!«, sagte er aufgeräumt. Wenn sie bedachte, dass es deutlich nach drei gewesen sein musste, als Alica und sie endlich nach oben gewankt waren, war er von geradezu unverschämt guter Laune. »Du bist ja schon wach.«

»Alica hat gestern Abend versucht, deine Biervorräte auszutrinken«, erinnerte Pia. »Nicht ich. Außerdem … also, ich suche …«

»Gleich hinter dem Haus.« Brack machte eine Kopfbewegung hinter sich. »Kannst es gar nicht verfehlen. Geh einfach dem Geruch nach.«

Pia lachte unecht und schlurfte an ihm vorbei, und wie sich zeigte, hatte Brack ganz und gar nicht gescherzt. Fünf Minuten später und mit einer radikal veränderten Einstellung zu den Segnungen der technischen Zivilisation – vor allem, was moderne Hygieneeinrichtungen anging – kehrte sie in ihr

Zimmer zurück und versetzte dem Bett einen wuchtigen Tritt, der das uralte Möbelstück nicht nur protestierend in allen Fugen ächzen, sondern auch Alicas Kopf mit einem Ruck in die Höhe schießen ließ.

»He!«, beschwerte sie sich. »Was fällt dir ...« Sie zog eine Grimasse, setzte sich sehr viel vorsichtiger ganz auf und betastete beide Schläfen mit den Fingerspitzen.

»Kopfschmerzen?«, fragte Pia scheinheilig.

Alica schenkte ihr einen bösen Blick und schauderte übertrieben, als ihre nackten Fußsohlen den Boden berührten. Brack hatte zwar behauptet, dass das Zimmer warm sei, aber das bezog sich offenbar nicht auf den Fußboden.

»Wo ist denn hier ...?«, begann Alica.

»Treppe runter«, sagte Pia. »Hinter der Theke und dann immer der Nase nach.«

Alica zog eine Grimasse, aber sie sparte sich jeden Kommentar und schlich wortlos aus dem Zimmer, und Pia wandte sich mit einem lautlosen Seufzen ab, um ans Fenster zu treten. Es war kaum so breit wie zwei nebeneinandergelegte Hände, aber sehr hoch, und was sie ganz automatisch für Glas gehalten hatte, stellte sich bei genauerem Hinsehen als eine Art durchsichtiges, aber recht stabiles Papier heraus. Der Anblick dahinter war keinen Deut weniger gespenstisch als in der vergangenen Nacht. Ganz im Gegenteil. Das helle Tageslicht sollte ihm etwas von seinem Schrecken nehmen, aber es hatte nur die Schatten vertrieben und zeigte ihr dafür unzählige andere Details, von denen sie kein einziges wirklich sehen wollte.

Die Häuser blieben so fremdartig und vertraut zugleich, wie Pia sie aus der vergangenen Nacht in Erinnerung hatte, aber die Straße war jetzt nicht mehr leer. Zahlreiche Personen waren allein auf dem schmalen Abschnitt zu sehen, den sie durch das Fenster überblicken konnte, Männer, Frauen und eine überraschend große Anzahl von Kindern, die an den Händen ihrer Eltern gingen, umhertollten oder auch fröhlich im Morast spielten, als herrschten draußen nicht Temperaturen irgendwo um den Gefrierpunkt. Die meisten Männer waren ähnlich gekleidet wie Brack und die beiden Betrunkenen von vergangener Nacht, zwei trugen eine Art Uniform, komplett mit Helm, Harnisch und Speer; als wären sie direkt aus einem Fantasy-Film entsprungen. Die meisten Frauen hatten weite Röcke und dazu passende hochgeschlossene Blusen an, die der Witterung entsprechend aus warmem Stoff zu bestehen schienen, und kleine Häubchen, die ihr Haar verbargen. Ein dreirädriger Karren, der von einem Esel oder einem sehr kleinen Pferd gezogen wurde, rumpelte vorüber, und auf der gegenüberliegenden Straßenseite gewahrte sie eine Art offenen Laden, der entweder Blumen oder ganz besonders buntes Gemüse feilbot. Der Anblick wirkte ungemein friedlich und zugleich so falsch, wie er nur sein konnte.

Pia hob den Kopf und sah über die spitzen Dächer hinweg, und aus ihrem verrückten Verdacht von vergangener Nacht wurde noch verrücktere Gewissheit. Nicht allzu weit entfernt erhob sich tatsächlich der zinnengekrönte Wehrgang einer Stadtmauer über die verschneiten Dächer. Sie konnte ein Stück eines wuchtigen Turms erkennen und eine in einen dicken Fellmantel gehüllte Gestalt, die darauf patrouillierte und sich in dem fast unmöglichen Kunststück versuchte, gleichzeitig das Gesicht aus dem Wind zu drehen und das Gebiet jenseits der Mauer im Auge zu behalten.

Kein Zweifel, sie waren nicht nur in der falschen Stadt gelandet, sondern auch in der falschen Zeit, und selbst wenn sich das völlig verrückt oder total abgedreht und ganz und gar unmöglich anhörte, es war so.

Pia schüttelte den Kopf und wollte sich schon vom Fenster abwenden, als eine Bewegung ihre Aufmerksamkeit erweckte.

Sie konnte nicht genau sagen, was daran falsch war, und presste stirnrunzelnd die Augen zu schmalen Schlitzen zusammen, um besser sehen zu können. Eine Gestalt stand dort unten und passte nicht ins Bild des gemächlichen Flanierens. Sie war deutlich größer als alle anderen, trug einen schlichten braunen Mantel mit einer hochgeschlagenen Kapuze, doch darunter waren deutlich sowohl der struppige Fellumhang als auch der mindestens genauso struppige Bart zu erkennen. Und sie konnte die hasserfüllten Blicke, die sie unter der Kapuze heraus trafen, mit fast körperlicher Intensität spüren.

Die Tür fiel ins Schloss, und Alica kam zurück. Ihrer Miene nach zu urteilen, hatte sie dasselbe Erfolgserlebnis mit den sanitären Anlagen gehabt, und sie funkelte Pia so wütend an, als wäre das alles hier ganz allein ihre Schuld. Von ihrem Standpunkt aus betrachtet, dachte Pia, war das ja gar nicht einmal so falsch.

»Und?«, fragte sie. »Erfolg gehabt?«

»Danke der Nachfrage«, maulte Alica. »Ich hatte eine reizende Unterhaltung mit Brack. Netter Kerl. Nur ein bisschen geschwätzig für meinen Geschmack.«

Pia warf einen weiteren, raschen Blick aus dem Fenster. Die Gestalt im Fellumhang war verschwunden. Aber die Erleichterung wollte sich nicht einstellen.

»Du verstehst ihn wirklich nicht«, sagte sie an Alica gewandt. Sie hoffte, dass die junge Frau ihr ihre Furcht nicht allzu deutlich ansah.

»Kein Wort.« Alica trat neben sie ans Fenster, warf einen Blick auf die Straße hinab und drehte sich dann so schnell weg, als hätte sie etwas durch und durch Entsetzliches gesehen. »Kannst du mir sagen, was für eine Sprache der Kerl eigentlich spricht?«

Pias Blick suchte noch einmal und noch aufmerksamer die

Straße ab, bevor sie antwortete. »Das ist das Problem«, sagte sie. »Er spricht keine fremde Sprache.«

»Was soll das heißen?«

»Genau das, was es heißt«, antwortete Pia ernst. »Ich verstehe ihn. Jedes Wort.«

»Ja, weil du seine Sprache beherrschst und ich …« Alica brach mitten im Satz ab und sah plötzlich ein bisschen erschrocken aus. »… nicht?«, murmelte sie.

»Er spricht keine fremde Sprache«, bestätigte Pia. »Du verstehst ihn nur nicht. Und er dich nicht.«

»Das ist doch lächerlich«, sagte Alica. »Und außerdem völlig unmöglich.«

»So wie das da?« Pia deutete auf das Fenster, aber Alica weigerte sich beharrlich, auch nur in die ungefähre Richtung zu sehen.

»Weißt du, was?«, fragte sie. »Das interessiert mich nicht. Dieser ganze verrückte Kram hier interessiert mich nicht. Ich will zurück, und das sofort!«

Pia musste an die unheimliche Gestalt unten auf der Straße denken und pflichtete ihr in Gedanken bei. »Sagst du mir auch, wie?«, fragte sie.

»Auf demselben Weg, auf dem wir gekommen sind«, antwortete Alica. Sie machte eine wedelnde Geste zur Zimmerdecke hinauf. »Das hätten wir schon gestern Abend machen sollen. Und jetzt erzähl mir bitte nicht, dass dort irgendwelche Verrückten mit Bärten und langen Messern auf uns warten, das weiß ich nämlich selbst. Aber sie sind mir allemal lieber als das hier.«

»Ihre langen Messer auch?«

»Du hast immer noch die Pistole, oder?«, schnappte Alica. »Wenn du dich nicht zu schießen traust, dann gib sie mir. Ich habe da weniger Hemmungen.«

Sie sprach es nicht aus, aber Pia überhörte keineswegs das,

was sie eigentlich damit sagen wollte: Sie wären gar nicht hier, wenn sie die Waffe benutzt und sich die Kerle damit vom Leib gehalten hätte.

Und auch damit hatte sie recht.

»Versuchen wir es«, sagte Pia.

Sie verließen das Zimmer, eilten die Treppe hinauf und blieben nebeneinander und wie vom Donner gerührt stehen, als sie den Heuboden betraten.

Alles war so wie in der vergangenen Nacht. Durch die Ritzen der zusammengebundenen Strohballen drang genug Licht herein, um Einzelheiten zu erkennen. Das Heu war da, das ihren Sturz aufgefangen hatte, die gewaltigen Dachbalken und das Stroh darüber … nur das Loch, durch das sie hereingefallen waren, gab es nicht mehr. Das Dach war vollkommen unbeschädigt.

»Eins muss man diesem Brack lassen«, murmelte Alica mit belegter Stimme. »Er ist schnell.«

Pia antwortete nicht einmal darauf. Sie wussten beide, dass Brack das Dach nicht repariert hatte. Die Strohballen waren uralt und schmutzig. Staubverklebte Spinnweben bildeten einen grauen Baldachin über ihren Köpfen. Nirgendwo war eine Beschädigung zu sehen oder eine kürzlich geflickte Stelle. In diesem Dach hatte es niemals ein Loch gegeben.

»Das ist vollkommen unmöglich«, sagte Alica.

»Ich weiß«, sagte Pia.

»Und wenn es unmöglich ist, muss es folglich eine andere Erklärung geben«, fuhr Alica ungerührt fort. »Sie haben uns erwischt. Der Killer hat uns beide erledigt, und wir sind tot, und das hier ist die Hölle.«

Der Gedanke, die komplette Ewigkeit zusammen mit Alica verbringen zu sollen, kam Pias Vorstellung von der Hölle schon ziemlich nahe, aber nachdem sie einen Augenblick darüber nachgedacht hatte, schüttelte sie dennoch den Kopf.

»Dann habe ich mir den Schädel eingeschlagen, und ich liege im Krankenhaus oder in der Gosse und fantasiere mir das alles hier nur zusammen«, sagte Alica.

»Wenn das hier nur eine Halluzination ist, wieso erleben wir sie dann beide?«, fragte Pia.

»Tun wir ja gar nicht«, antwortete Alica ernsthaft. »Das hier ist meine Halluzination, und du gehörst dazu.«

»Oder du zu meiner.«

Alica sah sie ein bisschen betroffen an und machte ein noch nachdenklicheres Gesicht. »Dann gibt es nur noch eine Erklärung«, sagte sie. »Du bist eine Hexe. Du hast uns hergezaubert. Also zaubere uns gefälligst wieder zurück.«

Hinter ihnen polterten schwere Schritte die Treppe herauf. Es war Brack, der schnaubend erst einmal innehielt und gegen den Türrahmen gelehnt nach Atem rang. »Da ... seid ihr ... ja«, stieß er kurzatmig hervor. »Ich habe euch überall gesucht. Was wollt ihr hier oben?«

Er legte den Kopf in den Nacken und nickte dann. »Ah ja, ich verstehe. Ihr seid ja vom Himmel gefallen, und jetzt sucht ihr einen Weg zurück.«

»So ungefähr«, antwortete Pia verdutzt.

»Aber lasst euch bloß nicht einfallen, mir etwa ein Loch ins Dach zu machen«, fuhr Brack todernst fort. In seinen Augen funkelte es jedoch amüsiert. »Und jetzt kommt nach unten. Ich habe das Frühstück vorbereitet.«

»Was hat er gesagt?«, fragte Alica.

»Nichts«, antwortete Pia. »Lass uns runtergehen. Es sei denn, du willst noch ein bisschen hier rumstehen und das Dach anstarren.«

Sie folgten Brack die beiden Treppen hinunter in den Schankraum, in dem es genauso verlockend roch wie vergangene Nacht. Auf einem Tisch wartete ein Korb mit frischem Brot und Obst, und in einer hölzernen Schale befand sich frische Milch. Pia lief beim bloßen Anblick schon wieder das Wasser im Mund zusammen, und auch Alica sah zum ersten Mal an diesem Morgen nicht mehr ganz so schlecht gelaunt aus.

Sie waren nicht die einzigen Gäste. An einem Tisch ganz am anderen Ende des Raumes saßen zwei Männer, beide hochgewachsen und dunkelhaarig und beide mit zerknitterten Kleidern und ebenso zerknitterten Gesichtern. Anscheinend war Alica nicht die Einzige, die gestern Abend versucht hatte, Bracks Biervorräten den Krieg zu erklären.

Sie sahen zwar müde aus, doch als Pia hereinkam, schraken sie regelrecht zusammen und starrten sie aus aufgerissenen Augen an. Einer von ihnen wollte etwas sagen, aber Brack kam ihm zuvor.

»Was immer dir auf der Zunge liegt, Teroc, lass es dort liegen«, schnappte er. »Es sei denn, du willst mir erklären, dass du deine Zeche endlich zahlst, die schon seit etlichen Tagen überfällig ist.«

Der mit Teroc Angesprochene klappte den Mund wieder zu, und er und sein Tischnachbar beugten sich hastig tiefer über ihr Frühstück, das im Übrigen weitaus einfacher zu sein schien als das, das Brack für sie vorbereitet hatte.

»Beachtet die beiden Dummköpfe gar nicht«, fuhr Brack an Alica und Pia gewandt fort. »Setzt euch und esst. Und dann besprechen wir, was mit euch zu geschehen hat.«

Pia musste an die Gestalt draußen auf der Straße denken.

»Was hat er gesagt?«, fragte Alica.

»Nichts«, antwortete Pia.

»Was sagt deine Freundin?«, wollte Brack wissen.

»Nichts«, erwiderte Pia.

»Deine Freundin ist wirklich erstaunlich«, sagte Brack, während er ebenfalls am Tisch Platz nahm und seine auffordernde Geste zum dritten Mal wiederholte. »Ich bin noch nie jemandem begegnet, der so viele Worte macht, um nichts zu sagen.«

»Was meint er?«, fragte Alica misstrauisch.

»Nichts«, sagte Pia. »Nur dass du dir dein Frühstück schmecken lassen sollst.«

»Genau genommen habe ich das nicht gesagt«, sagte Brack.

Pia zog es vor, darauf gar nichts mehr zu erwidern. Allmählich drohte die Sache wirklich kompliziert zu werden. Offensichtlich verstand weder Alica, was Brack sagte, noch umgekehrt Brack etwas von dem, was Alica sagte, ihre jeweiligen Antworten darauf aber sehr wohl. Vielleicht hatte Alica ja doch recht, und das alles hier war nur eine Halluzination. Wenn das stimmte, musste ihre Fantasie wirklich durchgeknallt sein.

Sie griff zu, und das Frühstück stellte sich zwar als weit einfacher als das verspätete Abendessen von gestern heraus, auf seine Art aber mindestens ebenso köstlich. Alica funkelte abwechselnd sie, Brack und die beiden Männer am Nebentisch mit verschiedenen Abstufungen von Feindseligkeit an, begann dann aber ebenfalls zu essen, und als Letzter griff auch Brack selbst zu. Sie frühstückten schweigend und ausgiebig, was zu einem Gutteil daran lag, dass das Essen so ausgezeichnet war. Pia vermisste ein wenig den starken Kaffee, den sie normalerweise brauchte, um richtig wach zu werden, aber das war auch der einzige (winzige) Wermutstropfen. Schließlich lehnte sie sich rundum zufrieden zurück und erinnerte sich gerade noch rechtzeitig daran, nicht auf einem Stuhl zu sitzen, sondern auf einem lehnenlosen Hocker, und brachte das Kunststück fertig, nicht hintenüberzufallen.

»Das war wirklich köstlich«, sagte sie. »Ich danke dir. Aber allmählich meldet sich mein schlechtes Gewissen.«

»Wieso?«

»Wir können nicht dafür bezahlen«, erinnerte Pia.

»Ist das klug, ihn auch noch mit der Nase darauf zu stoßen?«, fragte Alica.

»Was sagt deine Freundin?«, fragte Brack und antwortete gleich selbst. Anscheinend eine Angewohnheit von ihm. »Ach ja, ich weiß. Nichts.« Er schmunzelte. »Aber wenn es dich beruhigt: Es spielt keine Rolle. Die Geschäfte gehen zwar schlecht, aber eine Schale Milch für zwei hilflose Frauen habe ich immer noch übrig.«

Irgendwie hörte sich das für Pia so an, als spräche er von zwei streunenden Katzen, die sich in sein Haus verirrt hatten, und sie konnte selbst spüren, wie ihr Lächeln um mehrere Grade abkühlte.

»Was habt ihr jetzt vor?«, fragte Brack.

Von hier verschwinden, so schnell es geht, dachte Pia. Bevor der Kerl draußen noch die Idee hatte hereinzukommen. Laut sagte sie: »Uns erst einmal ein wenig umsehen. Und dann vielleicht einen Weg nach Hause finden.«

»Und wo genau ist dieses Zuhause?«, fragte Brack

Pia zögerte nur unmerklich. »Rio de Janeiro«, sagte sie. »Schon mal gehört?«

»Riodejanero?«, wiederholte Brack. »Ein eigenartiger Name. Nein. Ich würde mich daran erinnern, wenn ich ihn schon einmal gehört hätte. Es ist nicht in WeißWald, nehme ich an?«

»WeißWald?«

»Unser Land.« Brack machte eine ausholende Geste.

»WeißWald?«, fragte Pia noch einmal. Nun, das war für *ihren* Geschmack ein eigenartiger Name. »Und wie heißt diese Stadt?«

»WeißWald«, antwortete Brack. »Wie denn sonst?«

Pia seufzte. »Sollte ich überrascht sein zu erfahren, dass dein Gasthaus auch WeißWald heißt?«

»So vermessen wäre ich nie«, antwortete Brack lächelnd. »Das hier ist der Weiße Eber. Du stellst eine Menge Fragen, Mädchen.«

»Gaylen«, verbesserte ihn Pia und starrte ihn gleich darauf verdutzt an. Sie hatte sich auf diese Antwort konzentriert und sich fest vorgenommen, *Pia* zu sagen, nicht *Gaylen.* Aber sie hatte Gaylen gesagt. »Nicht *Mädchen.*«

»Und ich dachte, du bist hier fremd«, antwortete Brack amüsiert. »Ein wenig scheinst du unsere Bräuche ja doch zu kennen.«

Pia versuchte erst gar nicht, diese Bemerkung zu verstehen, und Alica fragte: »Wer ist diese Gaylen, von der du immerzu sprichst?«

»Ich«, antwortete Pia. »Aber das ist eine lange Geschichte.«

»Also gut, Gaylen«, seufzte Brack. »Wenn du darauf bestehst ... schade eigentlich. Ihr wollt also fort?«

Nein, eigentlich wollte sie das nicht. Wenn sie ehrlich war, hatte sie immer noch nicht die geringste Ahnung, wohin sie gehen sollten ... und wie auch? Sie hatte ja ebenso wenig Ahnung, wo sie waren. Aber der Verfolger war da. Er hatte nicht zufällig in ihre Richtung geblickt. Er wusste, wo sie waren. »Wenn du uns lässt.«

»Wenn ich euch lasse? Warum sollte ich euch hindern wollen? Das hier ist ein freies Land. Hier kann jeder tun und lassen, was er will, und hingehen oder bleiben, wo er will.«

»Das klang vergangene Nacht etwas anders«, erwiderte Pia, aber Brack machte nur eine abfällige Geste.

»Das war gestern Nacht. Wenn die Wache euch aufgegriffen hätte, dann würdet ihr jetzt im Karzer liegen.« Er grinste anzüglich. »Oder auch nicht. Aber liegen würdet ihr.«

Pia überging die Bemerkung ganz bewusst. »Das heißt, jetzt können wir gehen?«

»Gehen?«, fragte Alica erschrocken. »Wohin?«

»So?« Brack deutete auf sie, dann auf Alica und ihre praktisch nicht vorhandenen Kleider. »Ihr würdet binnen einer Stunde erfrieren.«

Alica schob ihren geleerten Teller zurück, kramte Zigaretten und Feuerzeug hervor und steckte sich eines der weißen Stäbchen zwischen die Lippen. Brack folgte ihren Bewegungen mit gerunzelter Stirn und wachsendem Staunen, und was dann geschah, hatte Pia beinahe erwartet. Alica ließ das Zippo aufflammen, und Brack riss mit einem erstaunten Ächzen die Augen auf. Einer der beiden Männer am Nebentisch sprang so erschrocken hoch, dass sein Schemel umfiel, und der zweite verschluckte sich an seinem Essen und begann zu husten.

»Was?«, fragte Alica, während sie einen ersten, tiefen Zug nahm und dann genießerisch die Augen schloss.

»Was ... tut deine Freundin da?«, fragte Brack fassungslos.

»Nichts«, antwortete Pia.

»Nichts? Nimm mich nicht auf den Arm, Mädchen!«

»Also gut, sie raucht«, sagte Pia. »Eine schlechte Angewohnheit, ich weiß. Tut mir leid, wenn der Gestank dich belästigt.«

»Wie bitte?«, fragte Alica.

Brack starrte sie und Pia abwechselnd an, schien etwas sagen zu wollen und schüttelte stattdessen nur den Kopf. Sein Blick irrte immer wieder zu dem mit Strasssteinchen besetzten Feuerzeug, das Alica vor sich auf die Tischplatte gelegt hatte, und schließlich streckte Pia die Hand aus, klappte den Deckel zurück und drehte das Zündrad. Bracks Augen wurden noch größer, als er die winzige gelbe Flamme auflodern sah.

»Bei Kronn!«, keuchte er. »Was ist das für ein Zauber?«

»Kein Zauber«, antwortete Pia. »Ein Feuerzeug.«

»Ein Feuer...zeug?«, wiederholte Brack gedehnt. So wie er das Wort aussprach, tat er es ganz bestimmt zum ersten Mal im Leben.

»He, das habe ich verstanden!«, sagte Alica. »Sag bloß, er hat noch nie ein Zippo gesehen!«

»Das hat nichts mit Zauberei zu tun«, fuhr Pia fort. »Da, wo wir herkommen, hat beinahe jeder so etwas. Es ist nichts

Besonderes.« Sie blies die Flamme aus, klappte den Deckel zu und legte das Feuerzeug zurück. Bracks Blick ließ es keinen Sekundenbruchteil los.

»Jeder besitzt so etwas?«, vergewisserte er sich ungläubig. »Dann müsst ihr wirklich aus einem sehr reichen Land kommen.«

»Wegen eines *Feuerzeugs?*«

»Aber es ist mit Edelsteinen besetzt!«, beharrte Brack. »Nur ein König könnte sich so etwas leisten!«

»Das sind keine Edelsteine«, antwortete Pia lächelnd. »Nur wertloser Strass.«

»He!«, protestierte Alica.

»Sie sind nicht echt?« Brack klang eher noch zweifelnder.

»Nur billiger Krempel«, bestätigte Pia.

Brack streckte die Hand nach dem Feuerzeug aus, zögerte aber und wartete Pias aufmunternden Blick ab, bevor er die Bewegung zu Ende führte und es ergriff, um es eindeutig bewundernd, fast schon ehrfürchtig hin und her zu drehen. »Wenn es eine Fälschung ist, dann ist sie hervorragend«, sagte er. »Ich glaube, selbst der Hofjuwelier würde darauf hereinfallen.« Sein Blick war ein bisschen gierig, fand Pia. »Und so etwas besitzt jeder bei euch?«

»Vielleicht nicht jeder«, schränkte Pia ein. »Aber jeder könnte eins haben, wenn er wirklich wollte. Sie sind nicht teuer.«

»Davon träumst du, Süße«, sagte Alica. »Das ist ein Geschenk von Esteban. Er lässt sich nicht lumpen.«

Pia sagte nichts dazu. Sie wusste, dass Esteban schon vor etlichen Jahren eine ganze LKW-Ladung der Dinger *gefunden* und einem talentierten jungen Goldschmied ein paar Euros gegeben hatte, damit er den Stempel *Made in China* entfernte. Seitdem verscherbelten seine Leute sie mit einem hübschen Gewinn an Touristen, die dämlich genug waren, die Fälschung nicht zu erkennen, und auch noch glaubten, ein gutes Geschäft zu machen – abzüglich der zwei Dutzend, die er für sich selbst zurückbehalten hatte.

Aber Alica hatte ja schließlich selbst gesagt, dass sie nicht alles wissen musste.

»Allmählich werde ich wirklich neugierig auf das Land, aus dem ihr kommt«, sagte Brack. Er drehte das Feuerzeug weiter zwischen den Fingern. Schließlich klappte er den Deckel auf und betrachtete interessiert den simplen Mechanismus. Pia ließ ihn noch einen Moment gewähren, dann nahm sie es ihm aus der Hand, drehte das Zündrad und ließ die Flamme zwei oder drei Sekunden lang brennen, bevor sie das Zippo zuklappte und demonstrativ an Alica zurückgab.

»Ein Wunder«, sagte Brack.

»Ein *technisches* Wunder«, sagte Pia. »Wenn auch nur ein ganz kleines.«

»Ich könnte ein reicher Mann werden, wenn ich genug von diesen *kleinen Wundern* hätte, um sie zu verkaufen«, sagte Brack, aber schon im nächsten Moment schüttelte er auch enttäuscht den Kopf. »Aber wenn eure Heimat so weit weg ist ...«

»Ziemlich weit, fürchte ich«, sagte Pia. »Womit wir beim Thema wären. Ich fürchte, wir müssen uns allmählich auf den Weg machen.« Sie wandte sich zu Alica um und versuchte ihr mit Blicken etwas zu signalisieren, das Brack besser nicht mitbekam. »Bist du reisefertig?«

Alica riss die Augen auf. »So, wie ich bin?«

»So, wie ihr seid, kommt ihr nicht weit«, sagte Brack, als hätte er jedes Wort verstanden. »Ihr braucht warme Sachen. Wartet hier! Ich will sehen, ob ich etwas Passendes für euch finde.«

Er wollte aufstehen, aber Alica machte eine hastige Geste und wandte sich direkt an Pia. »Was soll das?«

»Vertrau mir einfach«, sagte Pia. »Bitte!«

Alica setzte zu einer scharfen Antwort an, dann aber schien sie etwas in Pias Augen zu erkennen, sah plötzlich ein bisschen verunsichert aus und schüttelte den Kopf. »Frag ihn, wo ich mich fertig machen kann.«

»Fertig machen?«

»Waschen, ein bisschen herausputzen, stadtfein machen ... mein Gott, du weißt doch, was ich meine!« Sie schnippte ihre Zigarettenasche zu Boden. »Was Frauen eben so tun, bevor sie das Haus verlassen.«

»Alica möchte sich waschen«, sagte Pia. »Gibt es hier irgendwo Wasser?« Sie fragte erst gar nicht nach einem Bad oder etwas Vergleichbarem.

»Draußen im Hof ist ein Brunnen«, antwortete Brack.

Pia übersetzte, und Alica schauspielerte ein hoffnungslos übertriebenes Schaudern, das Pia nur zu gut nachvollziehen konnte. Draußen vor den Fenstern hatte es leicht zu schneien begonnen. Sie fror schon allein bei der bloßen Vorstellung, sich unter freiem Himmel und mit eisigem Brunnenwasser waschen zu sollen.

Dennoch stand Alica auf und verschwand hinter der Theke, und auch Brack erhob sich.

»Deine Freundin ist wirklich sonderbar«, sagte er und drehte sich ebenfalls um, um die Treppe hinaufzugehen. Pia blieb allein zurück. Sie sah in die Richtung, in der er verschwunden war, dann zur Theke und schließlich zu den beiden Gästen am Nachbartisch. Ganz wie sie erwartet hatte, starrten die beiden Männer sie an, unverhohlen neugierig, aber auch auf die gleiche, fast schon anzügliche Art, auf die Brack sie am vergangenen Abend gemustert hatte. Teroc wich ihrem Blick hastig aus, aber der andere grinste plötzlich breit und fuhr sich dann auf eine Art und Weise mit der Zungenspitze über die Lippen, die er vermutlich nicht überlebt hätte, wäre Jesus jetzt hier gewesen.

Der Gedanke stimmte sie traurig. Und er schürte ihr schlechtes Gewissen. Sie hatte seit Stunden nicht mehr an Jesus gedacht, und nach allem, was geschehen war, kam ihr das ein bisschen wie ein Verrat an ihm vor ... was natürlich Unsinn war. Aber seit wann scherten sich Gefühle um Logik?

Sie spürte, dass sie immer noch angestarrt wurde, stand auf und drehte sich dann mit einem Ruck herum. Teroc tat sein Möglichstes, um in den Teller hineinzukriechen, aber sein Kumpel grinste nur noch breiter.

»Kann ich dir irgendwie helfen?«, fragte Pia, während sie gemächlich auf ihn zuschlenderte.

»Ganz bestimmt sogar, Gaylen«, antwortete der Bursche. Sein Name war Brasil, wenn sie sich richtig erinnerte. So ungefähr, jedenfalls. »Falls wir uns über den Preis einig werden, heißt das.«

Gut, das konnte sie nun beim besten Willen nicht mehr nicht verstehen. Sie spürte, wie ihr die Zornesröte ins Gesicht schoss, aber der Bursche deutete das offensichtlich falsch. In seinen Augen glitzerte es gierig.

»Du hast doch nichts dagegen, wenn ich die Ware erst einmal prüfe?«, fragte er, streckte die Hand aus und griff nach Pias Hüfte, und Pia griff ihrerseits nach seinem Handgelenk, verdrehte es mit einem Ruck und bog dann seine Finger so weit zurück, wie sie es gerade noch konnte, ohne sie zu brechen.

»Mit dieser Hand?«, fragte sie lächelnd.

Der Bursche ächzte vor Schmerz, sank von seinem Hocker direkt auf die Knie und schien etwas sagen zu wollen, aber Pia hatte gar keine Lust, ihm zuzuhören. Sie verstärkte den Druck auf seine Hand noch einmal um eine Winzigkeit, und aus der geplanten Beschimpfung wurde ein noch lauteres Ächzen, dann ein Wimmern.

Pia bemerkte aus den Augenwinkeln, wie Teroc aufspringen

wollte, und warf ihm einen so eisigen Blick zu, dass er mitten in der Bewegung erstarrte und sich wieder zurücksinken ließ. Kluger Kerl.

»Es tut mir wirklich leid, Brasil«, fuhr sie in zuckersüßem Ton fort. »Aber ich fürchte, dass du meinen Preis nicht bezahlen kannst.«

»Hmpf!«, machte Brasil.

»Dann ist es jetzt wohl das Beste, wenn wir uns alle wieder setzen und dieses Gespräch einfach vergessen«, schlug Pia vor.

»Hrmmpfff!«, keuchte Brasil, und Pia beschloss, Gnade vor (Faust-)Recht walten zu lassen, ließ seine Hand los und trat vorsichtshalber einen Schritt zurück. Sie erkannte einen Feigling, wenn sie ihn sah, und Brasil war einer. Aber auch Feiglinge konnten gefährlich werden, wenn man den falschen Knopf drückte. Gerade Feiglinge.

Tatsächlich sprang der Bursche wütend auf die Füße ... und zog sich dann seinerseits einen halben Schritt vor ihr zurück. Möglicherweise lag es daran, dass er nahezu einen Kopf kleiner war als Pia. Sie war keine Riesin, aber immerhin beinahe eins achtzig, und der Bursche allerhöchstens anderthalb Meter.

»Genieß dein Frühstück«, sagte Pia lächelnd, drehte sich um und ging zu ihrem Tisch. Sie sah nicht zu ihm zurück, lauschte dafür umso konzentrierter. Sie konnte hören, wie er sich schwer auf den Hocker fallen ließ, und wagte es, sich etwas zu entspannen. Gleichzeitig belegte sie sich in Gedanken mit einer ganzen Anzahl sehr wenig damenhafter Bezeichnungen. Ihre Reaktion war ziemlich dumm gewesen; verständlich vielleicht, aber trotzdem dumm. Einmal ganz davon abgesehen, dass die Sache auch hätte ins Auge gehen können, wäre es im Moment wirklich besser, wenn sie so wenig Aufsehen erregten wie möglich.

Sie setzte sich wieder und hatte es kaum getan, als Brack die Treppe herunterkam. Er trug einen Mantel über dem linken Arm, einen zweiten über der Schulter und zwei Paar kurze Stiefel in der Hand. Mit einem selbstzufriedenen Lächeln steuerte er den Tisch an, schob mit dem Fuß einen Hocker zurück und zögerte dann plötzlich.

»Ist alles in Ordnung?«, fragte er.

Pia sah nun doch über die Schulter und zum Nachbartisch zurück. Teroc schien etwas ungemein Interessantes auf seinem Frühstücksteller entdeckt zu haben, Brasil hingegen funkelte sie fast hasserfüllt an und massierte seine gezerrte Hand, sagte aber immerhin nichts.

»Alles in Ordnung«, erwiderte sie.

»Na, dann ist es ja gut.« Brack ließ sich schwer auf den Hocker fallen, warf die beiden Mäntel einfach zu Boden und reichte ihr beide Paar Stiefel. »Hier. Die Größeren sollten dir passen.«

»Wie angegossen«, bestätigte Pia, nachdem sie den linken Stiefel anprobiert hatte. Er passte nicht nur, als wäre er von einem Schuhmachermeister eigens für sie angefertigt worden, sondern fühlte sich auch wunderbar weich und bequem an. Ohne es ausprobieren zu müssen, wusste sie, dass man in diesen Stiefeln sehr lange und sehr gut laufen konnte.

»Das will ich meinen«, sagte Brack. Er klang stolz. »Sie haben einem Waldläufer aus dem Süden gehört. Die Burschen haben das beste Schuhwerk. Man sagt, sie wären verzaubert und würden sich ihren Träger selbst aussuchen. Wenn sie sich einmal für jemanden entschieden haben, dann passen sie auch.«

»Und dieser Waldläufer ...?«

Brack lachte leise. »Der hatte eine Auseinandersetzung mit einem betrunkenen Hauptmann von der Stadtwache«, sagte er. »Sie sind schnell mit dem Messer bei der Hand.«

»Die Stadtwache?«

»Die Waldläufer«, antwortete Brack feixend. »Leider war der Hauptmann nicht allein.«

»Und jetzt braucht er keine Stiefel mehr«, vermutete Pia.

»Ich fürchte, er braucht jetzt gar nichts mehr«, bestätigte Brack. »Aber ich bin damals auf der Rechnung sitzen geblieben, und da habe ich eben seine Schuhe behalten. Ich hätte auch gerne das Messer behalten, aber das steckte im Hauptmann, und der wollte es sich nicht von mir herausziehen lassen.«

»Diese Schuhe müssen sehr wertvoll sein«, sagte Pia. »Ich kann sie nicht bezahlen.«

»Das ist auch nicht nötig«, antwortete Brack. »Wenn du allerdings darauf bestehst ... Ich möchte ja schließlich nicht, dass dir dein schlechtes Gewissen zu schaffen macht. Dieses Zauberding, das deiner Freundin gehört. Du hast völlig recht. Diese Stiefel sind wirklich sehr wertvoll.«

Pia seufzte, setzte dazu an, den Stiefel wieder auszuziehen, und Brack winkte hastig ab. »Lass gut sein, Mädchen. Ich schenke sie dir.« Er grinste schief. »Einen Versuch war es wert.«

Pia schlüpfte auch in den zweiten Stiefel und genoss für einen Moment einfach nur das Gefühl, wieder Schuhe an den Füßen zu haben, noch dazu solche. Sie waren nicht nur unglaublich bequem, sondern auch sehr warm, als wären sie mit Fell gefüttert. Magische Schuhe? Warum nicht?

Alica kam zurück, und Pia erlebte eine Überraschung. Sie hatte gesagt, dass sie sich waschen wollte, und das hatte sie ganz offensichtlich auch getan, aber dabei war es nicht geblieben. Sie hatte sich auch geschminkt.

»Wie hast du das gemacht?«, fragte sie erstaunt.

»Eine Dame geht nicht ohne ihr Notfallköfferchen aus dem Haus«, antwortete Alica grob, griff in die Hosentasche und zog ein flaches schwarzes Etui hervor. Pia versuchte erst gar nicht zu verstehen, wo sie das Ding versteckt gehabt hatte.

»Was ist mit deiner Freundin?«, fragte Brack. Er klang ein bisschen erschrocken. »Wieso malt sie sich das Gesicht an?«

»Was hat er gesagt?«, fragte Alica.

»Dass er es sehr hübsch findet«, antwortete Pia.

»Das habe ich eigentlich nicht gesagt«, sagte Brack.

»Ganz besonders hübsch sogar«, sagte Pia. »Hier. Probier die Schuhe an.« Sie reichte Alica das zweite Paar Stiefel. Es sah nicht annähernd so bequem aus wie das ihre und schien auch nicht wirklich zu passen, denn Alica zog eine Grimasse und linste fast neidisch auf Pias Füße hinunter.

»Tja, wer zu spät kommt ...«, sagte Pia. »Dafür hast du die erste Wahl bei der Garderobe.« Sie machte eine Geste auf die beiden Mäntel auf dem Fußboden.

»Ja, vielen Dank auch«, nörgelte Alica, hob dann die beiden Kleidungsstücke nacheinander auf und begutachtete sie. Einen großen Unterschied gab es nicht. Es handelte sich eher um schlichte Umhänge mit einer angesetzten Kapuze, beide aus sehr schwerem, warmem Stoff, und beide hatten ihre besten Tage offensichtlich schon länger hinter sich.

»Und du willst wirklich raus?«, fragte Alica. »Wohin denn?«

»Vertrau mir einfach«, sagte Pia noch einmal. »Ich weiß, was ich tue.« Aber wusste sie es wirklich?

»Wenn ihr dann so weit seid.« Brack stand auf und zauberte von irgendwoher einen dritten Umhang herbei, den er sich um die Schultern warf.

»Willst du uns loswerden?«, fragte Pia mit gutmütigem Spott.

»Nein«, antwortete Brack. »Aber es ist ein strammer Tagesmarsch bis zum nächsten Ort, gleich in welche Richtung. Wenn ihr vor Dunkelwerden dort sein wollt, dann solltet ihr nicht noch mehr Zeit verlieren.«

»Und das?« Pia deutete auf seinen Mantel.

»Ich begleite euch bis zum Tor«, antwortete Brack. »Ich kenne die Wache. Sie lassen euch durch, ohne zu viele Fragen zu stellen, wenn ich bei euch bin. Außerdem wollt ihr euch doch nicht schon auf dem Weg zum Stadttor verlaufen, oder? WeißWald ist groß.«

Er machte nicht den Eindruck, über diesen Entschluss diskutieren zu wollen, und im Grunde war es Pia nur recht, nicht ganz allein durch eine Stadt laufen zu müssen, die ihr vollkommen fremd und voller Menschen war, deren Sitten und Gebräuche sie nicht kannte und deren Sprache sie nicht einmal beide beherrschten. Außerdem war da noch die Gestalt, die sie gesehen hatte.

Teroc schien regelrecht in seinen Teller hineinzukriechen, als sie am Tisch vorbeigingen, aber Brasil beging den Fehler, ihr einen wütenden Blick zuzuwerfen. Brack versetzte ihm eine Kopfnuss, die ihn beinahe vom Hocker geworfen hätte.

IX

Kälte sprang sie an wie ein unsichtbares Raubtier, das die ganze Nacht über geduldig auf sie gewartet hatte, als sie das Haus verließen. Pias Atem schien nicht zu Dunst zu werden, sondern in winzige Eissplitter zu zerfallen, und die Luft war so kalt, dass sie sich wie vereistes Glas anfühlte, das gegen ihr Gesicht gepresst wurde. Hastig zog sie den Mantel enger um die Schultern und registrierte, dass Alica dasselbe tat. Einzig Brack schien die Kälte nichts auszumachen. Er machte sich nicht einmal die Mühe, seinen Mantel zu schließen.

Pia blieb etliche Sekunden lang stehen und sah sich aufmerksam um. Von der Gestalt, die das Haus beobachtet hatte, war nichts zu sehen (was rein gar nichts bedeutete, wie sie sich schmerzlich eingestand), und von hier unten aus betrachtet und ohne das störende Papier bot die Straße einen weit fantastischeren Anblick als vorhin vom Fenster ihres Zimmers aus. Sie sah hundertmal mehr Details, und kein einziges davon gefiel ihr.

Obwohl … eigentlich stimmte das nicht. So bizarr und unpassend es ihr auch selbst in diesem Moment noch vorkommen mochte, alles erschien ihr zugleich auf eine fast unheimliche Weise vertraut; ein Gefühl, als wäre sie in eine Heimat zurückgekehrt, die sie nie gekannt hatte.

»Wollen wir hier rumstehen, bis wir festgefroren sind?«, fragte Alica.

Pia blinzelte irritiert. Alicas Gesicht war bereits vor Kälte gerötet, und sie zitterte im eisigen Wind. »Wie?«

»Du stehst seit fünf Minuten da und starrst Löcher in die Luft«, behauptete Alica.

»Fünf Minuten?«

»Zehn. Sag ich doch. Mindestens.« Alica machte eine ebenso ungeduldige wie auffordernde Geste. »Können wir?«

Statt zu antworten, warf Pia Brack ein entsprechendes Nicken zu, und der dicke Wirt setzte sich gehorsam in Bewegung. Alica und sie folgten ihm nicht nur, sondern schlugen auch instinktiv die Kapuzen ihrer Umhänge hoch und senkten die Köpfe, um dem eisigen Wind zu entgehen, der ihnen wie mit unsichtbaren Messerklingen die Haut von den Gesichtern zu schneiden versuchte. Sie bewegten sich schnell durch die schlammigen Straßen, weit schneller als die meisten hier, die eher zu flanieren schienen, und sogar schneller als Brack, der immer wieder zurückfiel und einen kurzen Zwischenspurt einlegen musste, um zu ihnen aufzuholen; was er regelmäßig mit missbilligenden Blicken quittierte. Pia beschleunigte ihre Schritte dennoch fast instinktiv immer mehr. Sie wollte aus dieser verdammten Kälte raus. Und sie mussten aus dieser Stadt verschwinden, bevor ihr Verfolger sie einholte. Auf dem letzten Stück fegten sie regelrecht durch die schmalen Straßen, was ihnen den einen oder anderen verwunderten Blick einbrachte.

Schließlich erreichten sie die Stadtmauer und das Tor, und Brack bedeutete ihnen mit einem kurzatmigen Schnauben, stehen zu bleiben. Anscheinend war es hier nicht üblich, sich zu beeilen, und vermutlich fielen sie allein deshalb schon auf.

Aber längst nicht nur aus diesem Grund.

Was Pia schon gestern Abend bei Brack und vorhin bei Brasil aufgefallen war, das schien hier eher die Regel zu sein: Nahezu jeder, dem sie begegneten, gleich ob Mann oder Frau, war deutlich kleiner als sie. Selbst Alica, die ihr kaum bis zur Nasenspitze reichte, musste als groß gelten.

»Wartet hier«, sagte Brack japsend. »Ich bin gleich zurück.«

Er watschelte davon und näherte sich einem Mann in einer bunten Operettenuniform – Harnisch, Helm und Mantel –, der neben dem Tor an der Wand lehnte und sich halb gegen die Mauer, halb auf einen langen Speer stützte und ganz so aussah, als würde er im nächsten Moment im Stehen einschlafen. Daran änderte sich auch nichts, als Brack heftig zu gestikulieren begann und in ihre Richtung deutete.

»Ein freies Land, in dem jeder hingehen kann, wo er will, wie?«, schnaubte Alica.

Pia konnte ihr nur zustimmen, beschränkte sich aber auf ein wortloses Nicken. Noch aufmerksamer sah sie sich um und schlug schließlich sogar die Kapuze zurück, um mehr erkennen zu können.

Der Eindruck, sich in einer sorgsam restaurierten mittelalterlichen Stadt zu befinden, verstärkte sich … auch wenn in diesem Teil der Stadt das Wort *Festung* eher angebracht gewesen wäre. Direkt vor ihnen strebte eine mindestens sieben oder acht Meter hohe, aus grobem Naturstein erbaute Mauer empor, die von einem zinnengesäumten offenen Wehrgang gekrönt wurde, auf dem Männer in schweren Rüstungen und mit noch schwereren Mänteln patrouillierten. Pia fiel auf, dass sie nicht nur das Gelände außerhalb der Stadt im Auge behielten, sondern sich in regelmäßigen Abständen auch umdrehten und ihre Blicke misstrauisch über die Straßen wandern ließen. Und sie spürte regelrecht, wie gerade sie sehr aufmerksam und misstrauisch beäugt wurde. Vielleicht war es ihr helles Haar, das die Neugier der Männer erweckte. Niemand hier war barhäuptig, und alle schienen dunkelhaarig zu sein. Vielleicht fiel auch nur ihre Größe auf. Oder alles zusammen.

Pia verscheuchte den Gedanken und setzte ihre Beobachtung fort. Rechts und links des erstaunlich niedrigen Tores erhoben sich zwei wuchtige Türme, gut doppelt so hoch wie die Mauer und mit gedrungenen Schieferdächern, und als sie sich langsam herumdrehte, gewahrte sie über den Dächern hinter sich das passende Gegenstück: ein düsteres Bauwerk im Zentrum der Stadt, das aussah, als hätte man es aus einem Dutzend unterschiedlich hoher und breiter Türme wahllos zusammengefügt; wahrscheinlich die zentrale Festung dieser ach so freien Stadt. Vielleicht hätte sie sich mit Brack etwas ausführlicher über die genaue Bedeutung des Wortes *Freiheit* unterhalten sollen ...

Ein Vogel schrie. Pia sah ganz automatisch auf, blinzelte in eine weiße, unerwartet helle Sonne, die aus einem vollkommen wolkenlosen Himmel von schon beinahe unanständig kräftig blauer Färbung strahlte, und sah im ersten Moment eigentlich gar nichts. Dann gewahrte sie einen verschwommenen, dreieckigen Schatten, der hoch über der Stadt kreiste und in kleiner werdenden Spiralen tiefer zu steigen schien. Etwas an dem Anblick beunruhigte sie, doch sie konnte nicht sagen, was es war.

Brack kam zurück, mit rot gefrorenem Gesicht, aber anscheinend sehr zufrieden. »Ihr könnt gehen«, sagte er. »Ich habe meine Beziehungen spielen lassen und mit der Wache gesprochen.«

»Und wozu?« Pia sagte sich selbst, dass es sinnlos war, aber sie konnte sich diese Frage auch nicht verkneifen. »Ich meine: Wozu Beziehungen spielen lassen, wenn doch hier jeder hingehen kann, wo er will?«

»Übertreib es nicht, Mädchen«, sagte Brack ernst. »Immerhin riskiere ich Kopf und Kragen für euch.«

»Ich frage ja schon gar nicht mehr, was er gesagt hat«, sagte Alica.

»Gut«, antwortete Pia.

»Kommt, ich begleite euch noch bis durch das Tor«, sagte Brack, fuhr dann leicht zusammen und legte den Kopf mit einem Ruck in den Nacken. Sein Gesichtsausdruck verdüsterte sich schlagartig. Pia sah ebenfalls auf und bemerkte zweierlei: Der Vogel war näher gekommen und schwebte auf ausgebreiteten Flügeln nahezu reglos in der Luft über ihnen. Und jetzt erkannte sie ihn auch. Es war ein riesenhafter schwarzer Rabe.

»Verdammter Spion«, murmelte Brack.

»Wie meinst du das?«, fragte Pia alarmiert.

»Nichts.« Brack grinste plötzlich wieder und machte dann eine fast befehlende Geste. »Bedecke dein Haar, Mädchen. Draußen ist es kalt.«

Was glaubt er denn, was es hier ist?, dachte Pia verblüfft, zog aber trotzdem gehorsam die Kapuze hoch, schon um dem Wind etwas von seinem eisigen Biss zu nehmen. Nicht, dass es irgendetwas half.

Das Tor war zwar so niedrig, dass jeder, der es zu Pferde durchschreiten wollte, absitzen musste, dafür aber sehr breit und so lang, dass es fast wie ein kleiner Tunnel wirkte. Ihre Schritte erzeugten lang nachhallende, beinahe schon unheimlich klingende Echos in dem steinernen Gewölbe, und Pias Unbehagen stieg noch mehr, als sie einen Blick nach oben warf und die in regelmäßigen Abständen angebrachten Löcher in der Decke sah, durch die man im Falle eines Angriffs kochendes Pech oder Öl auf mögliche Eindringlinge schütten konnte. Am anderen Ende des Tunnels wartete nicht nur ein äußerst massives zweiflügeliges Tor, sondern auch ein aus fast handgelenkstarken eisernen Stäben gefertigtes Fallgatter. Wenn diese Stadt so friedlich war, fragte sie sich, warum war sie dann so hervorragend auf einen Angriff vorbereitet?

Und woher wusste sie eigentlich all diese Details?

Brack eilte auf dem letzten Stück wieder voraus, wechselte einige offensichtlich sehr erregte Worte mit einer zweiten Wache am anderen Ende des gemauerten Tunnels und gestikulierte ihnen dann zu, sich zu beeilen. Eingedenk dessen, was er gerade zu ihr gesagt hatte, zog Pia nicht nur die Kapuze weiter ins Gesicht, sondern senkte auch den Blick, als sie an der Wache vorbeigingen. Trotzdem konnte sie die Neugier und das Misstrauen des Mannes so deutlich spüren wie knisternde elektrische Spannung, die in der Luft lag.

»So, weiter kann ich euch nicht begleiten«, sagte Brack, nachdem sie aus dem Tor heraus und ein paar Schritte weit gegangen waren; vermutlich nicht durch Zufall gerade weit genug, um aus der Hörweite der Wache zu sein. »Ich muss schließlich ein Geschäft führen. Wenn ich diese beiden Halunken allein lasse, dann stehlen sie mir wahrscheinlich noch das letzte Hemd.«

Pia vermutete, dass Brack sein letztes und zugleich einziges Hemd auf dem Leib trug, und das seit mindestens zehn Jahren und ununterbrochen. »Das reicht auch«, sagte sie. »In welche Richtung müssen wir gehen, um …« Ja, *wohin eigentlich* zu kommen?

Alicas zornsprühender Blick formulierte ganz genau dieselbe Frage, und das Bild, das sich ihnen außerhalb der Stadtmauer bot, verlieh ihr noch dazu eine ganz besonders perfide Note. Pia konnte selbst nicht sagen, was sie erwartet hatte – eigentlich nichts –, aber der Anblick war durch und durch deprimierend.

Die Stadt erhob sich auf einer sanften Anhöhe, und das Gelände fiel in alle Richtungen leicht ab. Vielleicht einen oder anderthalb Kilometer entfernt begann ein Wald, dessen Bäume selbst aus der Entfernung betrachtet sonderbar gedrungen wirkten, fast verkrüppelt. Auf dem Weg dorthin wuchsen nur vereinzelte dürre Büsche, und es gab keinen Stein, der größer als ein Fußball gewesen wäre. Anscheinend hatte man das Gelände sorgsam gerodet, um in alle Richtungen freie Sicht zu haben.

»Verrätst du mir jetzt vielleicht, wohin wir eigentlich gehen?«, sagte Alica. »Und *warum* wir überhaupt gehen?«

»Ich dachte, du willst nach Hause?«, fragte Pia.

»Aber doch nicht *zu Fuß!*«, jammerte Alica.

»Und du weißt nicht genau, wie ihr dorthin kommt«, vermutete Brack.

Pia hob die Schultern. Die Vorstellung, allein und noch dazu bei diesen Temperaturen loszumarschieren – und tatsächlich ohne die geringste Ahnung, wohin überhaupt –, jagte ihr zwar einen kalten Schauer nach dem anderen über den Rücken, aber welche Wahl hatten sie schon? In der Stadt konnten sie nicht bleiben. Nicht, solange dieser Bursche hinter ihnen her war. Vielleicht hätte sie ihn doch erschießen sollen. Sie hob unglücklich die Schultern.

»Dann überlass es einfach deinen Schuhen«, sagte Brack lächelnd. »Die wissen den Weg schon.«

»Ja, sehr komisch«, murmelte Pia, vorsichtshalber aber so leise, dass nicht einmal Brack die Worte verstand. Er sah sie noch einen Herzschlag lang an, als wäre er nicht nur ganz sicher, dass sie noch etwas sagen wollte, sondern auch *was,* hob dann aber nur die Schultern und ging ohne ein weiteres Wort. Pia sah ihm nach, bis er in den Schatten des Torbogens verschwand, doch sie sah auch die zweite, hochgewachsene Gestalt, die sich ihm aus der Stadt heraus näherte, und schrak so heftig zusammen, dass es Alica nicht entging.

»Was hast du?«, fragte sie alarmiert.

Pia hob hastig die Hand, um sie zum Schweigen zu bringen, und sah der Gestalt mit klopfendem Herzen entgegen. Sie kam rasch näher, blieb dann jedoch stehen und begann mit dem Posten zu sprechen, und Pia erkannte ihren Irrtum. Es war nicht ihr hartnäckiger Verfolger. Erleichtert wandte sie sich zu Alica um und blickte in ein sehr, wirklich sehr zorniges Gesicht.

»Meinst du nicht, dass du mir allmählich verraten könntest, *was zum Teufel hier eigentlich los ist?*«, fauchte sie.

Ja, wahrscheinlich hatte sie recht. »Sie sind hier«, sagte Pia.

Alica riss die Augen auf. »Wer? Die Peraltas?«

»Die Männer, die hinter uns her waren«, antwortete Pia. »Ich habe einen von ihnen gesehen, heute Morgen, vor Bracks Haus.«

»Bist du sicher?«, fragte Alica. »Vielleicht hast du dich ja geirrt. Diese Kerle hier sehen doch alle total schräg aus.«

»Nicht so schräg«, erwiderte Pia. »Ich habe ihn erkannt. Und er mich.«

»Er ... dich?«, wiederholte Alica stockend. »Du meinst, er ... *sie* wissen, dass wir hier sind?«

»Der eine, den ich vorhin gesehen habe, ganz bestimmt«, antwortete Pia. »Oder glaubst du wirklich, dass er ganz zufällig vor dem Haus gestanden und noch zufälliger genau zu unserem Fenster hochgesehen hat?«

»Aber das ist vollkommen unmöglich«, beharrte Alica stur.

»Ich weiß«, antwortete Pia. »Genauso unmöglich wie das alles hier, nicht wahr? Aber wir sind nun einmal hier.«

»Ja, und wir haben nicht die leiseste Ahnung, wie wir zurückkommen sollen«, fügte Alica finster hinzu. »Verdammt, Pia, du hast uns hierhergebracht, also bring uns gefälligst auch wieder zurück! Mach irgendwas! Mach noch mal dieses Schattending, was immer es auch war, oder sonst was, aber *tu irgendetwas!*«

Das klang ebenso kindisch wie absurd, aber vielleicht hatte Alica ja den Nagel auf den Kopf getroffen, ohne es zu wissen. Irgendetwas *hatte* sie getan, um in diese sonderbare Welt zu gelangen, zweimal sogar, und vielleicht konnte sie es ja auch noch ein drittes Mal.

Was verlor sie schon, wenn sie es versuchte?

Pia schloss die Augen, konzentrierte sich und versuchte, das

Bild der Favelas vor ihrem inneren Auge heraufzubeschwören, die typischen schmalen Straßen und Gässchen, die einfachen Häuser und einfach gekleideten Bewohner, die typischen Geräusche und Gerüche, die tausend unterschiedlichen Sinneseindrücke und Einzelheiten, die zu der Welt gehörten, in der sie geboren und aufgewachsen war. Sie verwandte ihre ganze Kraft auf diese Erinnerung, und nach einer Weile glaubte sie tatsächlich etwas ... Vertrautes zu spüren. Sie konzentrierte sich noch mehr, lauschte in sich hinein und in die Welt hinaus, und sie glaubte sogar das Sonnenlicht auf dem Gesicht zu fühlen, die erstickende Hitze, die schon am Morgen über den Favelas lag und bis zum Mittag unerträglich werden würde, und den typischen Geruch zu spüren. Sie schaffte es. Sie schaffte es. Und öffnete die Augen.

»Ja. Ganz toll«, sagte Alica. Hinter ihr erstreckte sich eine öde, gerodete Ebene, die nach etwas mehr als einem Kilometer in einen halb erfrorenen Wald aus verkrüppelten Bäumen überging.

»Ich habe es versucht«, sagte Pia niedergeschlagen. Seltsam – sie hatten sich nicht von der Stelle gerührt, aber das Gefühl des Vertrauten war immer noch da.

»Tja, scheint nicht geklappt zu haben«, sagte Alica leichthin. »Und was jetzt? Du willst nicht im Ernst einfach losmarschieren? Wir wissen ja nicht einmal, wo wir sind! Lass uns in die Stadt zurückgehen! Ich weiß, dieser Kerl ist noch da, aber vielleicht finden wir jemanden, der uns hilft. Und du hast immer noch deine Pistole!«

Pia dachte einen Moment lang ernsthaft über diesen Vorschlag nach, doch dann schüttelte sie nur umso entschiedener den Kopf. »Es ist viel zu gefährlich«, sagte sie. »Die Kerle kennen sich hier aus, wir nicht. Und niemand wird uns helfen. Ich traue diesem Brack nicht.«

»Aber hier draußen ist es sicherer, wie?«

Pia entschied, das sinnlose Gespräch zu beenden, hob nur die Schultern und marschierte einfach los. Hinter ihr gab Alica einen empörten Laut von sich, doch nach ein paar Sekunden schloss sie zu ihr auf und marschierte in beleidigtem Schweigen neben ihr her.

Mit jedem Schritt, den sie sich von der Stadt entfernten, schien es kälter zu werden. Der Wind heulte wie eine Bande losgelassener Dämonen, und der Boden unter ihren Füßen war so steinhart gefroren, dass das Gehen mit jedem Schritt ein bisschen mühsamer zu werden schien; zumindest für Alica, die bald mehr neben ihr herstolperte, als dass sie ging. Pia hingegen kam überraschend gut voran. Die Stiefel, die sie trug, mochten ja nicht wirklich verzaubert sein (was für ein Unsinn!), aber sie waren ungemein bequem.

Dennoch war auch sie vollkommen außer Atem, als sie die ersten Bäume erreichten. Pia ging noch ein paar Schritte weiter, bis sie im Sichtschutz der Bäume waren, dann lehnte sie sich erschöpft gegen einen vereisten Stamm und schloss für einen Moment die Augen. Das einzige Geräusch, das sie hörte, waren Alicas keuchende Atemzüge, und zwischen den Baumstämmen schien es kälter zu sein als draußen auf der Ebene. Aber wenigstens waren sie aus dem Wind heraus.

Nach einer Weile zwang sie sich, die Augen zu öffnen und zur Stadt zurückzusehen. Ihr Mut sank. Sie hatten kaum einen Kilometer zurückgelegt – bergab! –, und Pia war jetzt schon vollkommen erschöpft und halb erfroren. Wie sich Alica fühlte, das wagte sie erst gar nicht zu fragen.

Als hätte sie ihre Gedanken gelesen, sagte Alica in weinerlichem Ton: »Und du bist wirklich sicher, dass das eine gute Idee war?«

Nein, ganz und gar nicht. Pia antwortete nicht, sondern ging die wenigen Schritte zum Waldrand zurück und wurde mit dem Anblick einer hochgewachsenen, in einen dunklen

Kapuzenmantel gehüllten Gestalt belohnt, die ganz genau in diesem Augenblick aus dem Tor trat. So viel zu ihrer Idee, den Kerl abschütteln zu können, indem sie die Stadt verließen.

»O verdammt!«, murmelte Alica neben ihr. Pia hatte nicht einmal gemerkt, dass sie ihr gefolgt war. »Du hast recht. Das ist der Kerl!«

Und nicht nur das, dachte Pia. Es war nicht nur *der Kerl,* er wusste auch ganz genau, wo sie waren. Sie befand sich viel zu weit entfernt, um mehr als Schatten unter seiner Kapuze zu erkennen, aber sie spürte seinen Blick wie die Berührung einer unangenehm warmen, trockenen Hand. Da war etwas Gieriges. Die absolute Entschlossenheit, sie einzuholen.

»Los!«, sagte sie. »Weiter!«

Kälte und Müdigkeit waren vergessen. Pia fuhr herum und stürmte los, so schnell es zwischen den dicht stehenden Bäumen überhaupt möglich war, und etwas sehr Seltsames geschah: Auf den ersten Schritten kostete es sie fast all ihre Kraft, auch nur einen Fuß vor den anderen zu setzen. Alles in ihr sträubte sich dagegen, tiefer in diesen finsteren Wald hineinzugehen, auch wenn sie noch so sicher war, dass auf der anderen Seite der Tod auf sie wartete.

Irgendwie gelang es ihr, diesen irrationalen Gedanken abzuschütteln und sich wieder ganz darauf zu konzentrieren, einen Weg zwischen den eng beieinanderstehenden Baumstämmen hindurch zu finden; was sich als gar nicht so einfach erwies. Es gab so gut wie kein Unterholz, und der Boden war hier weitaus ebener als draußen auf dem Hang, aber die Bäume traten immer dichter zusammen, und auch die Äste hingen bald so tief, dass sie sich immer öfter unter ihnen hindurchducken mussten. Trotzdem rannten sie eine geraume Weile, ohne langsamer zu werden, und Pia hätte vermutlich noch lange nicht angehalten, wäre Alica nicht irgendwann stehen geblieben und hätte sich erschöpft gegen einen eisverkrusteten Baumstamm gelehnt. Ihr Atem ging so schnell, dass sie nur noch japsen konnte. An ihrer Schläfe pochte eine Ader.

»Ich ... kann nicht ... mehr«, würgte sie hervor.

Etwas sagte Pia, dass sie es sich nicht leisten konnten anzuhalten. Ihr Verfolger würde ganz bestimmt keine Pause machen. Sie spürte eine Unruhe, die es ihr fast unmöglich machte stillzustehen. Aber sie konnten auch nicht weiter. Alica war am Ende.

»Also gut«, sagte sie. »Eine Minute. Aber nicht länger.«

Alica nickte dankbar, und Pia drehte sich voller Unbehagen einmal im Kreis und versuchte, mehr Einzelheiten von ihrer Umgebung auszumachen. Dieser Wald war wirklich beklemmend. Es war deutlich kälter, als es hier drinnen sein sollte, und die Schatten erschienen ihr unnatürlich tief. Außerdem war es zu still. Alles, was sie hörte, waren die gedämpften Laute, die Alica und sie verursachten, und ansonsten rein gar nichts.

Und dann waren da noch die Bäume.

Schon von Weitem hatten sie seltsam ausgesehen, aber aus der Nähe betrachtet waren sie schlichtweg unheimlich und vielleicht nicht einmal mehr richtige Bäume. Sie waren zu klein und die Stämme zu dick. Bisher hatte sie ganz instinktiv vorausgesetzt, dass der weiße Schimmer darauf Eis sei, aber es war etwas anderes, von dem sie nicht einmal wusste, was es war. Aber es sah ... *ungesund* aus.

Das Schlimmste waren die Äste. Mehr als alles andere erinnerten sie Pia an dünne, knochig-weiße Hände mit viel zu vielen Fingern und noch mehr Gelenken, die sich direkt nach ihnen auszustrecken schienen, und das aus allen Richtungen, ganz egal, wohin sie auch blicken mochte.

»Geht es wieder?«, wandte sie sich an Alica.

»Nein. Aber ich nehme an, das ist dir egal, oder?«

»Wenn du noch ein bisschen hierbleiben willst ...«, antwortete Pia und hob die Schultern. »Ist doch ganz kuschelig, oder?«

Alica schenkte ihr einen giftigen Blick und stieß sich von dem Baumstamm ab – oder wollte es wenigstens. Ihr Umhang hatte sich in einem der knorrigen Äste verfangen, und als sie sich loszureißen versuchte, zerrte sie sich ganz versehentlich die Kapuze vom Kopf, und prompt verhedderte sich auch ihr Haar in dem dürren weißen Gespinst des tief hängenden Astes, unter dem sie angehalten hatte. Erst als Pia rasch hinzutrat und ihr half, gelang es ihr überhaupt, sich zu befreien.

»So ein Mist!«, schimpfte sie. »Wirklich, eine ganz grandiose Idee hierherzukommen!«

Pia sagte vorsichtshalber nichts dazu, sondern zupfte Alica ein paar abgebrochene Äste aus dem Haar und beäugte misstrauisch den Zweig, in dem sie sich verfangen hatte. Seltsam ... sie hätte schwören können, dass der Ast vorher höher gehangen hatte, als Alica sich an den Baum lehnte.

»Lass uns weitergehen«, sagte sie nur. »Hier gefällt es mir nicht. Und pass auf, wo du hintrittst.«

»Sicher doch«, giftete Alica. »Insbesondere nicht in den falschen Wald.«

Aber das waren sie längst, dachte Pia schaudernd. Sie hätte auf Alica und ihre eigene innere Stimme hören sollen. Mit diesem Wald stimmte etwas nicht. Er war nicht nur unheimlich; er war *gefährlich.*

Sie hatten noch kein weiteres Dutzend Schritte gemacht, als sie erlebten, *wie* gefährlich.

Alica ging voraus, ganz einfach weil Pia instinktiv spürte, dass es besser war, sie im Auge zu behalten, und obwohl sie sich Mühe gab, den Bäumen nicht einmal nahe zu kommen, verfing sich ihr Umhang schon wieder in einem tief hängenden Ast. Fluchend versuchte sie sich loszureißen, verhedderte sich nur noch mehr und klang plötzlich eher erschrocken als zornig. Irgendetwas schien sich hinter und über ihr zu bewegen, aber zu schattenhaft und zu schnell, um es eindeutig zu erkennen.

Pia trat rasch hinzu, hielt Alicas wild fuhrwerkenden Arm fest und zog dann überrascht die Augenbrauen zusammen, als sie sah, wie hoffnungslos Alica sich in den wenigen Augenblicken verstrickt hatte. Einige der wie versteinertes totes Gedärm wirkenden Ranken hatten sich wie Schlangen um ihre Arme und Beine gewickelt und machten es ihr immer schwerer, sich überhaupt noch zu bewegen.

»Halt still!«, sagte Pia, während sie sich auf die Knie sinken ließ und zuerst zögerlich, dann immer fester zugriff, um die Ranken zu zerreißen. Es ging, kostete sie aber enorme Anstrengung. Ihre Hände waren zerschrammt und blutig, als sie Alica endlich aus dem Gewirr befreit hatte.

»Das ist doch nicht normal!«, beschwerte sich Alica. »Was zum Teufel ist denn das für ein Zeug?« Sie versuchte wütend zu klingen, doch es gelang ihr nicht, ihre Furcht zu überspielen.

»Das weiß ich nicht«, antwortete Pia nervös. »Weiter. Lauf!«

Unglückseligerweise reichte das nicht. Alica verfing sich noch mehrere Male in tief hängenden Ästen, die oft genug wie aus dem Nichts aufzutauchen schienen. Manchmal kam es Pia beinahe so vor, als würde das knorrige Geäst regelrecht nach Alica greifen, aber diesen Gedanken wollte sie gar nicht zu Ende denken.

Nach einer schieren Ewigkeit – jedenfalls kam es ihr so vor – schimmerte es vor ihnen wieder hell durch die Bäume, und allein dieser Anblick verlieh ihnen die Kraft, dieses Stück schneller zurückzulegen; auch wenn Alica auf den letzten Metern noch einmal im Geäst hängen blieb und einen großen Fetzen ihres Umhanges und ein paar Haarsträhnen bei dem

Versuch einbüßte, sich mit Pias Hilfe loszureißen. Endlich stolperten sie nebeneinander aus dem Wald. Pia erkannte die Gefahr und prallte mit einer erschrockenen Bewegung zurück, aber es war natürlich zu spät. Wie aus dem Nichts erschienen zwei, drei, schließlich vier Gestalten rings um sie herum, und noch bevor Pia auch nur richtig begriff, was geschah, hatten zwei von ihnen Alica bereits gepackt und zu Boden gerungen. Pia selbst entging den zupackenden Händen der anderen durch eine gedankenschnelle Bewegung und einen hastigen Schritt, mit dem sie wieder halb zwischen die vereisten Bäume zurückwich. Erstaunlicherweise verzichteten die beiden Männer darauf, ihr sofort nachzusetzen. Aber das änderte nicht viel. Einer der beiden Burschen, die Alica niedergerungen hatten, drehte ihr brutal den Arm auf den Rücken und hielt sie mit eiserner Kraft fest, während der andere in die Höhe sprang und sich zu seinen beiden Kumpanen gesellte. Alles ging unglaublich schnell, so schnell, dass Pia Mühe hatte, überhaupt zu begreifen, was hier eigentlich los war.

Dafür erlebte sie eine weitere Überraschung, als einer der drei Männer vor ihr seine Kapuze zurückschlug und sie sein Gesicht erkennen konnte. Sie war überzeugt gewesen, gleich in ein tätowiertes Antlitz zu blicken, das von einem verfilzten Bart eingerahmt wurde, aber das Gesicht, das unter der Kapuze zum Vorschein kam, war glatt rasiert und hatte nicht eine einzige Tätowierung. Trotzdem kannte sie es.

»Na, wenn das keine Überraschung ist«, sagte Brasil. »So schnell sieht man sich wieder. Obwohl ich es kaum noch zu hoffen gewagt hätte, als ich gesehen habe, welchen Weg ihr einschlagt.« Er schüttelte den Kopf. »Ihr müsst wirklich von weit her kommen ... oder völlig verrückt sein, durch den Schlingwald zu gehen.«

Pia versuchte nicht einmal zu verstehen, wovon er sprach, und Brasil schien auch keine Antwort erwartet zu haben, denn er wandte sich mit einem fragenden Blick an den Mann, der Alica gepackt hielt; oder es wenigstens versuchte. Sie wehrte sich mit so verzweifelter Kraft, dass er alle Mühe hatte, sie festzuhalten, obwohl er deutlich größer war als sie und ganz bestimmt sehr viel stärker. »Hast du es?«

Der Bursche hielt Alica jetzt nur noch mit einer Hand fest, griff mit der anderen unter ihren Mantel und begann wild herumzugrapschen. Alica warf blitzartig den Kopf in den Nacken und schlug ihm auf diese Weise die Nase blutig. Brasil machte eine zornige Handbewegung, woraufhin ein zweiter Mann dem Kerl zu Hilfe kam und Alica durchsuchte, während er sie nunmehr mit beiden Händen festhielt. Nach einem Moment richtete er sich wieder auf und gab Brasil Alicas Zippo.

»Ist es das?«

Brasil nahm das Feuerzeug mit einer fast schon ehrfürchtig wirkenden Bewegung entgegen und bestaunte es von allen Seiten. Pia hatte immer mehr Mühe zu glauben, was sie da sah.

»Moment mal«, murmelte sie. »Ihr macht das alles hier nur wegen eines *Feuerzeugs?*«

»Mitnichten, Gaylen«, antwortete Brasil, wobei er den Namen auf eine seltsame Weise betonte. »Auch wenn es sich schon für dieses Wunderding allein gelohnt hätte ... aber du hast natürlich recht. Es gibt da noch einen ... nun ja ... ungeklärten Punkt zwischen uns.«

Pia seufzte. Unter dem Mantel kroch ihre Hand zum Pistolengriff und tastete nach dem Sicherungsbügel. Sie wollte Brasil nicht erschießen. Aber vielleicht würde sie es müssen. Sie hatte den Burschen richtig eingeschätzt. Er *war* ein Feigling. Einer von der ganz besonders gefährlichen Sorte.

»He, das war doch nur ein Missverständnis«, sagte sie. »Ich bin sicher, wir finden einen Weg, wie wir unseren Streit beilegen können.«

»Ja, da bin ich auch sicher«, antwortete Brasil. Er winkte knapp, und der Mann links von ihm setzte sich in Bewegung und kam mit wiegenden Schritten auf sie zu. Für einen Einwohner von WeißWald war er sehr groß, was bedeutete, dass er ungefähr zwei Fingerbreit kleiner war als Pia, wenn auch ein gutes Stück kräftiger. Sie wartete, bis er fast heran war, dann zog sie die Pistole unter dem Umhang hervor, schlug ihm den Lauf quer über das Gesicht und packte den Burschen mit der anderen Hand am Schlafittchen, als er mit einem überraschten Ächzen zurückwankte. Den Schwung seiner eigenen Bewegung ausnutzend, schleuderte sie ihn einfach an sich vorbei und zwischen die Bäume, packte die Waffe dann mit beiden Händen und legte auf Brasil an.

»Ich habe hier noch ein Wunderding aus unserer Heimat«, sagte sie. »Möchtest du es auch haben?«

»Du verdammte …«, keuchte Brasil, senkte mit einem fast tierisch klingenden Knurren die Schultern und stürmte wie ein wütender Stier auf sie los.

Aus dieser Entfernung *konnte* Pia gar nicht danebenschießen.

Die Kugel traf seinen linken Oberarm, stanzte ein sauberes Loch in seinen Bizeps und riss ihn herum. Pia steppte einen halben Schritt zur Seite, um nicht umgeworfen zu werden, als er fiel, und richtete die Waffe auf den zweiten Mann. Der Bursche hatte wahrscheinlich noch nie im Leben eine Feuerwaffe gesehen, aber dafür umso besser, was Brasil zugestoßen war, und er war nicht dumm. Ohne auch nur einen Sekundenbruchteil zu zögern, wirbelte er auf dem Absatz herum und rannte davon. Pia trat rasch zu Alica hin und verpasste dem Kerl, der ihr den Arm auf den Rücken bog, einen Fußtritt auf die Nase, die ohnehin schon heftig blutete. Der Kerl heulte auf und ließ Alicas Arm los, und Alica stieß den Ellbogen mit aller Gewalt nach hinten. Zielsicher traf sie seine

Nase, und jetzt gab er endgültig auf und fiel bewusstlos hintenüber.

Noch bevor er im Schnee aufschlug, fuhr Pia schon wieder herum und richtete die Pistole auf Brasil. Der krümmte sich winselnd am Boden, presste die Hand gegen den blutenden Arm und stellte keine Gefahr mehr dar. Von dem Burschen, der sie zu packen versucht hatte, war überhaupt nichts mehr zu sehen. Vermutlich hatte auch er seine Chance genutzt und war weggelaufen, solange er es noch konnte.

»Pass auf den Kerl auf«, sagte sie, während sie sich ganz zu Brasil drehte.

»Worauf du dich verlassen kannst!«, versprach Alica grimmig. Dann erscholl ein dumpfes Geräusch, gefolgt von einem halblauten Stöhnen.

»So, und jetzt zu uns.« Pia ließ sich neben Brasil in die Hocke sinken, hielt ihn mit der Pistole in der rechten Hand in Schach und griff mit der anderen in seine Tasche, um ihm das Feuerzeug wieder wegzunehmen. Sie fand es, zusammen mit einem kleinen Lederbeutel, in dem es hörbar klimperte und den sie vorsichtshalber ebenfalls an sich nahm. Hinter ihr wiederholte sich das Ächzen; lauter.

»Du bist also der Meinung, zwischen uns gäbe es noch etwas zu klären?«

»Nein, gar nichts«, stieß Brasil zwischen zusammengebissenen Zähnen hervor. Seine Schulter blutete wirklich heftig. Pia war ein bisschen erstaunt, wie viel Schaden ein so kleines Kaliber doch anrichten konnte, wenn man sich nur genug Mühe gab. »Wirklich, wir sind jetzt ... quitt.«

»Nicht ganz«, sagte Pia. Hinter ihr erscholl ein noch lauteres Stöhnen, und sie sah zumindest so lange hinter sich, um zu erkennen, wie Alica dem halb bewusstlosen Burschen zum dritten Mal mit aller Kraft in den Leib trat.

»Lass ihn leben, Alica«, sagte sie.

»Muss ich?«, fragte Alica, während sie erneut und mit aller Gewalt zutrat. Pia konnte hören, wie eine seiner Rippen brach. Mindestens eine.

»Es wäre besser«, erwiderte Pia und sah, wie Brasil sich aufzurichten versuchte; vermutlich, um irgendetwas ziemlich Dummes zu tun. Sie brachte ihn auf andere Ideen, indem sie seinem durchschossenen Bizeps einen freundschaftlichen Klaps mit dem Pistolenlauf versetzte.

»Ich denke, wir werden uns einig«, sagte sie, nachdem Brasil aufgehört hatte zu schreien. »Du beantwortest mir ein paar Fragen, und wenn ich mit deinen Antworten zufrieden bin, dann lasse ich dich am Leben. Was hältst du davon?«

»Ein ... gerechter Vorschlag«, sagte Brasil gepresst. »Was ... willst du ... wissen?«

Pia tätschelte seinen Oberarm noch einmal mit dem Pistolenlauf, nur um ihn hinlänglich zu motivieren.

»He, das ist unfair!«, beschwerte sich Alica. »Wieso darfst du, und ich nicht?«

»Also gut, ein Mal«, seufzte Pia. »Aber nicht mehr.«

Sie wartete, bis das erstickte Ächzen hinter ihr verklungen war, dann wandte sie sich wieder an Brasil. »Wer hat euch geschickt?«, fragte sie. »Brack?«

»Nein!«, versicherte Brasil hastig. »Er hat nichts damit zu tun. Wirklich!«

Pia glaubte ihm. Sie traute Brack zwar immer noch nicht vollständig – wie denn, sie kannte ihn ja kaum –, aber sie konnte sich eigentlich auch nicht vorstellen, dass er etwas mit diesem hinterhältigen Überfall zu tun hatte. So dumm war er nicht.

»Dann wart ihr nur wegen des Feuerzeugs hinter uns her?«, vergewisserte sie sich.

»Ja«, antwortete Brasil hastig. »Und wegen ...«

»Ich kann es mir denken«, sagte Pia, als Brasil nicht weitersprach, sondern sie nur aus großen Augen anstarrte, die voller Furcht waren.

»Noch eine letzte Frage«, sagte sie. »Was weißt du über uns? Über Alica und mich?«

»Über euch? Nichts! Ich habe euch heute Morgen zum ersten Mal gesehen! Das ist die Wahrheit!«

»Schieß ihm auch noch in den anderen Arm«, sagte Alica. »Vielleicht wird er dann redseliger.« Pia konnte hören, wie sie abermals zutrat, und nahm sich vor, bei passender Gelegenheit einmal mit Alica über den Unterschied zwischen Notwehr und exzessiver Gewalt zu sprechen. Aber nicht jetzt.

»Hat sich irgendjemand in der Stadt nach uns erkundigt?«, fragte sie weiter. »Fragen gestellt oder sich komisch benommen?«

»Aber niemand kennt euch in der Stadt! Wer sollte denn nach euch fragen?«

Pia machte keinen Hehl aus ihrer Enttäuschung, aber sie glaubte auch zu spüren, dass Brasil jetzt die Wahrheit sagte. Mit einem bedauernden Achselzucken hob sie die Waffe, schmetterte ihm den Lauf gegen die Schläfe und stand auf, während er die Augen verdrehte und bewusstlos in den Schnee sank.

»Und? Was hat er gesagt?«, fragte Alica.

Pia überzeugte sich mit einem raschen Blick davon, dass Alicas lebender Punching-Ball noch atmete, und machte dann eine Geste in den Wald zurück. »Wir sollten weitergehen. Der andere Kerl ist bestimmt noch hinter uns her.« Und irgendwie konnte sie sich nicht vorstellen, dass er es ihnen so leicht machen würde. Brasil und seine Spießgesellen waren nichts als Amateure, aber der Kerl, den sie in der Stadt gesehen hatte, war ein Profi. »Nichts«, beantwortete sie dann mit einiger Verspätung Alicas Frage. »Jedenfalls hat Brack nichts damit zu tun.«

»Sagt er.«

»Ich glaube ihm.«

Alica machte ein zweifelndes Gesicht, griff unter ihren Mantel und zog die Zigarettenpackung heraus. Gleichzeitig streckte sie die andere Hand aus und machte eine Kopfbewegung auf das Zippo, das Pia immer noch in der Linken hielt. Sie reichte es ihr, schüttelte aber auch den Kopf.

»Du solltest dir die Dinger gut einteilen«, sagte sie mit einer Geste auf die Zigarettenschachtel. »Könnte sein, dass es bis zum nächsten Automaten ziemlich weit ist.«

Alica machte ein betroffenes Gesicht, hob aber dann die Schultern, setzte ihre Zigarette in Brand und nahm einen tiefen Zug. »Du hast ja recht, aber jetzt brauche ich eine.«

Pia hob nur die Schultern und sah sich unschlüssig um. Die kahle Ebene, die sie nach dem Verlassen der Stadt erwartet hatte, setzte sich auch auf dieser Seite jenseits des Waldstücks fort. Hier und da erhoben sich Bäume – einzeln oder in kleinen Gruppen, jeder verschneit, aber sie sahen wenigstens allesamt normal aus, nicht so gespenstisch wie die, die hinter ihnen lagen. Weit entfernt, gerade noch sichtbar, schimmerte ein dünnes silbernes Band, wie ein Feenhaar, das jemand achtlos fallen gelassen hatte; vielleicht ein zugefrorener Fluss. Die Spuren des Burschen, den sie hatten davonlaufen sehen, führten in gerader Linie von ihnen weg und verschwanden nach ein paar Dutzend Schritten im Schnee, und Pia war ziemlich sicher, dass er nicht zurückkommen würde. Das Entsetzen in seinen Augen war zu echt gewesen.

Doch da war noch immer der vierte Mann. Wahrscheinlich hatte sie ihm die Nase gebrochen, und er war erst einmal verschwunden, um seine Wunden zu lecken und den ersten Schrecken zu überwinden. Aber Pia hatte in seine Augen geblickt. Sie erkannte nicht nur einen Feigling, wenn sie ihn sah, sondern auch einen professionellen Schläger. Die Chancen, dass *er* zurückkam, standen gar nicht so schlecht. Vielleicht war es besser, sie fand ihn, bevor er sie fand.

Sie schob die Pistole wieder unter den Hosenbund zurück, blieb aber dennoch auf der Hut, während sie sich dem Waldrand näherte und die schwarzen Schatten zwischen den Bäumen aufmerksam mit Blicken absuchte. Nichts rührte sich, und sie war auch ziemlich sicher, dass der Bursche nicht in der Nähe war. Sie hätte es gespürt. Trotzdem machte sie einen weiteren Schritt und versuchte noch angestrengter, irgendetwas in der Dunkelheit vor sich zu erkennen. Vergeblich.

»Was tust du da?«, fragte Alica. Sie klang beunruhigt.

»Ich frage mich, wo er geblieben ist«, antwortete Pia.

»Du willst doch nicht etwa wieder da rein?«, flüsterte Alica. Jetzt klang sie eindeutig entsetzt.

Von *wollen* konnte gar keine Rede sein. Aber nicht nur einen, sondern gleich zwei unberechenbare Verfolger hinter sich zu wissen, das wollte sie noch sehr viel weniger.

Sie bedeutete Alica zurückzubleiben, legte vorsichtshalber die rechte Hand auf den Pistolengriff und trat mit zögernden kleinen Schritten zwischen die Bäume.

Brasils Mietschläger war nicht einmal fünf Meter weit gekommen. Er lag auf dem Boden, verkrümmt und in einer Haltung, die eigentlich kein Mensch aushalten konnte, und das hatte er offensichtlich auch nicht. Man musste kein Pathologe aus einer Fernsehserie sein, um zu erkennen, dass so ziemlich jeder einzelne Knochen in seinem Leib gebrochen war. Unzählige weiße Ranken hatten seinen Körper umschlungen, seine Haut aufgerissen und seine Glieder in Positionen und Winkel gezwungen, für die sie von der Natur nicht vorgesehen waren.

Hinter ihr keuchte Alica entsetzt. Natürlich war sie ihr gefolgt, und als Pia sich zu ihr umwandte, glaubte sie für den Bruchteil einer Sekunde, eine Bewegung zu sehen, nicht hinter oder über oder neben ihr, sondern irgendwie ... überall und zugleich nirgends.

»Großer Gott, was ist denn hier passiert?«, ächzte Alica. Sie starrte den Toten an, und Pia konnte das blanke Entsetzen sehr gut nachvollziehen, das sie in ihren weit aufgerissenen Augen las. Es war dasselbe Gefühl, das auch sie empfand. Der Mann war nicht einfach nur tot. Er sah aus wie das Opfer eines schrecklich schiefgegangenen Bondage-Experiments.

»Keine Ahnung«, antwortete sie. »Aber ich möchte eigentlich nicht hierbleiben und es herausfinden.« *Wie hatte Brasil diesen Ort genannt? Schlingwald?* »Du?«

Sie bekam keine Antwort. Alica war einfach zur Salzsäule erstarrt und blickte aus aufgerissenen Augen an ihr vorbei. Mit klopfendem Herzen drehte sich Pia herum.

Es gab tatsächlich zwei Verfolger. Der eine lag hinter ihr, der andere war der Neandertaler, dem sie ins Bein geschossen hatte, aber das war im Moment wahrscheinlich sein geringstes Problem.

Er stand keine fünf Meter von ihnen entfernt, das rechte Bein noch wie zu einem Schritt erhoben, mit ausgebreiteten Armen und eher erstauntem als wirklich entsetztem Gesichtsausdruck, obwohl er allen Grund dazu gehabt hätte. Die Äste hatten ihn nicht eingewickelt und zu Tode gequetscht wie Brasils glücklosen Gehilfen, sondern sich zu etwas zusammengefügt, das schon fast unheimliche Ähnlichkeit mit einem riesigen Spinnennetz hatte. Der Mann hing mit ausgestreckten Armen im Zentrum des grässlichen Gebildes, und seine Glieder, sein Körper, sein Hals und selbst sein Gesicht waren von Dutzenden spitzen Ästen durchbohrt worden.

»Hast du vielleicht etwas dagegen, wenn wir verschwinden?«, fragte Alica mit bebender Stimme.

Statt zu antworten, ergriff Pia ihre Hand und floh regelrecht mit ihr aus dem Wald. Es waren nur wenige Schritte, aber sie waren durch und durch entsetzlich und das Gespenstischste, das sie bis zu diesem Moment überhaupt erlebt hatte. Plötzlich war es rings um sie herum nicht mehr still. Überall raschelte und knisterte es, und da waren schattenhafte Bewegungen, wie unzählige Knochenfinger, die nach ihnen zu greifen versuchten, ihnen den Weg verwehrten und gefährliche Fallstricke und Hindernisse bildeten, aber jedes Mal im letzten Moment wieder zurückschnellten. Keine der unheimlichen Schlingen und Schemen berührte sie auch nur.

Trotzdem stürmten sie nicht nur aus dem Wald, sondern noch ein gutes Stück weiter, bevor sie es endlich wagten, anzuhalten und zurückzusehen.

Hinter ihnen rührte sich nichts. Der Waldrand lag so still und regungslos da wie eh und je.

Aber das war vielleicht das Unheimlichste überhaupt.

»Was war das, Pia?«, krächzte Alica. Sie hatte ihre Zigarette fallen gelassen und warf einen fast sehnsüchtigen Blick darauf, wagte es aber nicht, auch nur die zwei Schritte in Richtung Waldrand zurückzugehen, um sie aufzuheben. Ihr Gesicht war fast genauso weiß wie der Schnee, auf dem sie standen.

»Das will ich gar nicht wissen«, antwortete Pia ehrlich.

»Ich glaube, ich auch nicht«, sagte Alica nach einer Weile. Nach einer weiteren – sehr viel längeren – Weile fügte sie hinzu: »Und wohin gehen wir jetzt?«

»Ich glaube, ich überlasse meinen Schuhen nun die Entscheidung«, erwiderte Pia. Alica starrte sie nicht nur an, als zweifelte sie in diesem Moment an ihrem Verstand, sondern tat es ganz bestimmt auch.

Aber wenigstens Brack lächelte, als sie eine halbe Stunde später und bis auf die Knochen durchgefroren wieder in den Weißen Eber traten.

»Das hat jetzt aber länger gedauert, als ich erwartet hätte«, sagte er.

X

Eine weitere Stunde danach kehrte das Leben, kribbelnd und alles andere als angenehm, ganz allmählich wieder in Pias Finger- und Zehenspitzen zurück. Alica und sie saßen am Kamin, in dem Brack eigens für sie ein prasselndes Feuer entfacht hatte, das möglicherweise zum ersten Mal seit einem Jahrhundert die Kälte wirklich aus diesem Gemäuer vertrieb, zugleich aber auch die Luft hier drinnen derart verpestete, dass sie immer öfter husten mussten. Gesprochen hatten sie in der ganzen Zeit nicht besonders viel; am Anfang, weil ihre Gesichter und Lippen einfach zu steif gefroren waren, um ein vernünftiges Wort hervorzubringen; später, weil Pia einfach nicht nach Reden war. Alica anscheinend auch nicht, denn sie beschränkte sich darauf, Brack und sie abwechselnd mit bösen Blicken zu durchbohren, wobei Pia beim besten Willen nicht sagen konnte, wen sie zorniger anstarrte. Brack hatte sich Pias Bericht der Geschehnisse (bei dem sie ihren unheimlichen Verfolger aus der Steinzeit wohlweislich weggelassen hatte) mit gerunzelter Stirn angehört, erstaunlicherweise aber kein einziges Wort dazu gesagt und hantierte jetzt wieder lautstark in dem schmuddeligen Verschlag herum, von dem er behauptete, es wäre seine Küche. In der ganzen Zeit, in der sie hier saßen, war nicht ein einziger Gast in den Weißen Eber gekommen. Vielleicht war es in WeißWald ja nicht üblich, vormittags schon ins Gasthaus zu gehen.

Pia war es nur recht. Von Brack einmal abgesehen – noch immer wusste sie nicht wirklich, wie sie ihn einschätzen sollte –, hatte sie mit den Einwohnern dieser sonderbaren Stadt bisher nur schlechte Erfahrungen gemacht, und sie legte keinen besonderen Wert darauf, diese zu vertiefen. Mit ein bisschen Pech würde sie dazu ohnehin noch reichlich Gelegenheit finden. Ihre Hoffnungen, diesen gespenstischen Ort irgendwie verlassen zu können, schwanden praktisch mit jeder Minute, doch sie war noch weit davon entfernt, sich das selbst einzugestehen.

»Und?« Zu ihrem Erstaunen war es Alica, die das immer unangenehmer werdende Schweigen am Ende brach. »Schon irgendeine grandiose Idee, wie wir von hier wegkommen, Supergirl?«

»Das Wegkommen ist nicht das Problem«, antwortete Pia niedergeschlagen. »Die spannende Frage ist, *wohin.* Und nein, ich habe keine Idee.«

Alicas Blick wurde noch ärgerlicher. Anscheinend hatte sie das Schweigen nur gebrochen, um sich ein bisschen mit ihr zu zanken. Irgendwie konnte Pia das sogar verstehen, aber sie gedachte trotzdem nicht, sich darauf einzulassen. Wenn Sie überhaupt eine Chance nutzen wollten, um aus dieser verrückten Situation herauszukommen, dann nur, wenn wenigstens eine von ihnen einen kühlen Kopf behielt.

Was ja überhaupt kein Problem war, gestrandet in einer fremden Welt voller seltsamer Menschen mit noch seltsameren Sitten und Gebräuchen, in der es offensichtlich nicht mit rechten Dingen zuging und in der es mit Schwertern bewaffnete Stadtwachen gab, magische Schuhe und noch eine Menge anderer, noch komischerer Dinge. O ja, die menschenfressenden Bäume nicht zu vergessen.

Brack kam aus der Küche, einen Teller frisches Brot und einen Krug Bier und drei der winzigen Trinkfässchen in der Hand, die er auf einen Tisch stellte, und forderte sie dann mit einer Kopfbewegung auf, sich zu ihm zu setzen. Pia hatte eigentlich wenig Lust, ihren Platz am warmen Feuer aufzugeben, und noch weniger, den Tag mit Bier zu beginnen. Ihre innere Uhr verriet ihr, dass es noch nicht einmal Mittag war, aber das war natürlich Rio-de-Janeiro-Zeit. Außerdem duftete das Brot wirklich köstlich, und obwohl sie ausgiebig gefrühstückt hatte, lief ihr schon wieder das Wasser im Mund zusammen. Also stand sie auf und ließ sich nicht lange bitten, nach Kräften zuzugreifen, wenigstens, was das Brot anging. Von dem Bier trank sie nur ein paar winzige Schlucke, gerade genug, um das Brot hinunterzuspülen. Sie erinnerte sich noch zu gut an gestern Abend. Das Zeug war echt stark.

»Das mit dem Wald hättest du uns wirklich sagen müssen«, sagte sie nach einer Weile und eigentlich nur, um Brack überhaupt zum Reden zu bringen.

»Was?«, fragte er harmlos.

»Dass er ...« Sie suchte vergeblich nach den richtigen Worten und fuhr schließlich achselzuckend fort: »... Menschen frisst.«

»Genau genommen frisst er sie nicht«, verbesserte sie Brack.

»Nein. Er bringt sie nur um.« Pia nickte grimmig. »Was für ein Unterschied! Du hast es also gewusst?«

»Warum, glaubst du wohl, nennt man ihn Schlingwald, Mädchen?«, fragte Brack.

»Und du hast es nicht für nötig gehalten, uns davor zu warnen?«

»Jedermann kennt den Schlingwald«, erwiderte Brack, eher verwirrt als im Ton einer Verteidigung. »Außerdem habe ich dir die Stiefel gegeben.«

»Die Stiefel.« Pia blinzelte ein paarmal und erinnerte sich plötzlich an das sonderbare Unbehagen, das sie erfüllt hatte, als sie in den Wald hineingehen wollte. Tatsächlich hatten sie die ersten Schritte große Überwindung gekostet, fast als hätten sich ihre Füße in eine andere Richtung bewegen wollen als ihr Kopf. Oder vielleicht ihre Schuhe?

»Nun ja, es ist ja nichts passiert«, sagte Brack leichthin. »Aber ihr hattet wirklich großes Glück, deine Freundin und du. Nur sehr wenige Menschen überleben den Versuch, den Schlingwald zu durchqueren. Tatsächlich«, fügte er nach einem Moment und mit nachdenklich in Falten gelegter Stirn hinzu, »ist mir kein einziger Fall zu Ohren gekommen. Jedenfalls nicht zu meinen Lebzeiten.«

»Da haben wir wohl mächtiges Glück gehabt«, erwiderte Pia spöttisch. »Auf jeden Fall mehr als der arme Teufel, den ich zwischen die Bäume geschmissen habe.«

Brack machte eine wegwerfende Handbewegung. »Mach dir darüber keine Sorgen! Um den Dummkopf ist es nicht schade. Brasil treibt sich nur mit solchem Gelichter herum. Niemand wird ihm eine Träne nachweinen, glaub mir. Außerdem hat er es nicht besser verdient.«

»Weil er uns überfallen hat?«, fragte Pia. Sie war in diesem Punkt etwas anderer Meinung. Brasil und seine Kumpane hätten es vermutlich nicht dabei bewenden lassen, sie auszurauben, und das war alles andere als ein Spaß ... aber ihrer Meinung nach kein Verbrechen, das die Todesstrafe verdiente. Es machte ihr zu schaffen, den Mann getötet zu haben, auch wenn sie sich noch so oft sagte, dass das ganz bestimmt nicht in ihrer Absicht gelegen hatte.

»Nein«, antwortete Brack. »Weil er sich von einer Frau hat verprügeln lassen.«

Pia sah ihn verständnislos an. »Ich habe mich nur verteidigt.«

»Tun das alle Mädchen da, wo ihr herkommt?«, wollte Brack wissen.

»Nein. Aber manche schon. Hier etwa nicht?«

Brack blieb ihr die Antwort auf diese Frage schuldig, doch seine verwirrten Blicke sagten eigentlich schon genug. Pia musste plötzlich wieder daran denken, wie leicht es ihr im

Grunde gefallen war, Brasil und seine Schlägerbande zu überrumpeln. Vielleicht war es ja ganz genau das gewesen. Sie hatte sie überrumpelt. Die Männer waren schlichtweg nicht auf den Gedanken gekommen, dass sie sich verteidigen könnte!

»Wie gesagt, mach dir um diesen Dummkopf keine Sorgen.« Brack wiederholte seine wegwerfende Geste und wechselte das Thema. »Heute ist es auf jeden Fall zu spät, WeißWald noch zu verlassen und einen anderen Ort oder auch nur ein Gasthaus zu erreichen. Ihr werdet wohl oder übel noch bis morgen früh bleiben müssen.«

»Vielleicht sogar länger«, sagte Pia. Brack blickte fragend.

»Unser Aufbruch heute Morgen war vielleicht etwas ... überhastet«, sagte sie gedehnt. »Außerdem haben sich gewisse Dinge ... nun ja, geändert.«

»Geändert?«

Der Kerl ist nicht mehr da, der Alica und mir ans Leder wollte. Nein. Das wäre vielleicht keine so gute Idee. »Und da sind noch die Stiefel.«

Alica sah sie irritiert an, aber Brack nickte, als wäre diese Erklärung für ihn vollkommen ausreichend. »Das heißt, ihr bleibt vielleicht länger in WeißWald.«

»Nicht länger als unbedingt nötig«, antwortete Pia. Was immer das auch bedeuten mochte. »Aber wir müssen vielleicht doch noch für eine kleine Weile deine Gastfreundschaft in Anspruch nehmen. Keine Sorge«, fügte sie rasch hinzu, als Brack dazu ansetzen wollte, etwas zu sagen, »wir können für Essen und Unterkunft bezahlen.« Rasch zog sie den Lederbeutel hervor, den sie Brasil abgenommen hatte. Brack runzelte die Stirn, nahm ihn mit spitzen Fingern entgegen und grinste plötzlich. Ohne ein Wort der Erklärung zog er ihn auf, kramte zwei sonderbar geformte silberfarbene Münzen heraus und ließ sie in der Tasche verschwinden, bevor er ihr den Beutel zurückgab.

»Das war das, was Brasil mir noch schuldet«, sagte er. »Der Rest wird für eine Weile reichen. Danach sehen wir weiter.«

»Vielleicht finden wir eine Möglichkeit«, murmelte Pia. Ihr war nicht wohl bei diesen Worten.

»Eine Möglichkeit?«, wiederholte Brack. »Welche sollte das sein?«

»Das würde mich auch interessieren«, sagte Alica.

»Vielleicht können wir für dich arbeiten?«, schlug Pia vor.

»Bist du übergeschnappt?«, keuchte Alica.

»Nein«, antwortete Pia scharf. »Aber wir brauchen ein Dach über dem Kopf und Essen und Trinken, wenigstens so lange, bis wir wissen, wie wir wieder nach Hause kommen. Und ich hasse es, zu betteln oder Almosen anzunehmen.«

»Vielleicht findet sich ja noch der eine oder andere Blödmann, der uns auszurauben versucht«, sagte Alica. »Scheint sich ja zu lohnen.«

»Deine Einstellung ehrt dich, Mädchen«, sagte Brack, und seine Worte erinnerten Pia daran, dass er zwar Alicas Fragen nicht verstand, ihre Antworten darauf jedoch sehr wohl, »aber du weißt, dass das nicht möglich ist. Ich kann dich nicht für mich arbeiten lassen.«

»Und warum nicht?«, fragte Pia. »Es muss ja nicht für lange sein, und Alica und ich erwarten nicht einmal einen Lohn. Wir könnten in der Küche arbeiten oder hinter der Theke. Die Zimmer sauber halten und so weiter.«

»Du scheinst vorhin doch mehr abgekriegt zu haben, als ich dachte«, giftete Alica. »Sehe ich vielleicht aus wie ein Zimmermädchen?«

»Ich brauche keine Hilfskräfte«, sagte Brack. »Ich habe Lasar, und ganz davon abgesehen könntet ihr sowieso nicht hier arbeiten, wie du weißt.« Er lächelte schmerzlich. »Seht ihr vielleicht die Scharen von Gästen, die hereinstürmen? Diese

Zeiten sind vorbei, schon so lange, dass ich mich kaum noch daran erinnere, ob es sie je wirklich gegeben hat. Das bisschen Arbeit schaffe ich allein.«

»Was sagt er?«, fragte Alica misstrauisch.

»Dass er eine Klofrau sucht und du die Richtige dafür bist«, schnappte Pia.

»Was ist eine Klofrau?«, wollte Brack wissen. Vielleicht aber auch nicht, denn er gab ihr gar keine Gelegenheit zu antworten. »Ihr könnt erst einmal hierbleiben. Das Zimmer steht sowieso leer, und ihr esst wie die Spatzen. Wenn ihr wollt, dann helfe ich euch, eine Arbeit zu finden, und ihr könnt später für Speise und Unterkunft bezahlen.«

»Eine Arbeit?« Pia erschrak fast. Gut, sie hatte es vor wenigen Sekunden selbst angesprochen, aber das war doch etwas völlig anderes gewesen. Sich ein wenig nützlich zu machen und auf diese Weise für Essen und Unterkunft zu bezahlen, das war eine Sache ... aber sich eine richtige Arbeit suchen? Das ging ihr eindeutig zu schnell und hätte ihren Aufenthalt hier irgendwie ... *besiegelt.* Sie waren gerade einmal für einige wenige Stunden hier, und sie hatte wirklich nicht vor, sehr viele mehr daraus werden zu lassen.

Trotzdem nickte sie nach einigen weiteren Sekunden. »Warum nicht?«

»Was könnt ihr denn?«, fragte Brack, grinste dann wieder auf diese beinahe anzügliche Art, die Pia schon ein paarmal an ihm gesehen hatte, und schüttelte den Kopf. »Ich meine natürlich: Was kann deine Freundin? Dich unterzubringen ist bestimmt kein Problem. Aber welche Talente hat Alica?«

»Talente?«, wiederholte Pia.

»Talente«, bestätigte Brack. »Ich meine, was kann sie?«

»So ziemlich nichts«, vermutete Pia.

Alicas Augen wurden schmal. »Ich glaube, das habe ich verstanden.«

»Ich denke, wir werden schon etwas Passendes für sie finden«, sagte Brack. »Für ein Paar Hände, die kräftig zupacken können, findet sich in WeißWald immer eine Beschäftigung. Vielleicht sollte sie damit aufhören, sich das Gesicht bunt anzumalen. Ich werde sehen, was ich für sie tun kann.« Er stand auf. »Ich muss ohnehin gerade in die Richtung. Wenn du willst, dann kannst du mich begleiten, und ich lege ein gutes Wort für dich bei Malu ein ... obwohl es wahrscheinlich gar nicht nötig ist.«

»Jetzt?«, fragte Pia zweifelnd.

»Gibt es einen Grund zu warten?«

Eine ganze Menge Gründe sogar, dachte Pia. Allerdings nur sehr wenige, über die sie mit ihm reden wollte. Achselzuckend stand sie ebenfalls auf und griff nach dem Mantel, den sie achtlos neben dem Kamin auf den Boden geworfen hatte. Anscheinend war das hier so üblich.

»Was habt ihr vor?«, erkundigte sich Alica misstrauisch.

»Wir gehen auf Arbeitssuche«, antwortete Pia.

»Dann komme ich mit«, erwiderte Alica, während sie bereits aufstand und sich ebenfalls nach ihrem Umhang bückte. Als sie ihn aufhob, sah Pia noch einmal die Stelle, an der ein Fetzen Stoff herausgerissen war, und ein neuerlicher kalter Schauer lief ihr über den Rücken. Wie oft in wirklich gefährlichen Situationen wurde ihr erst im Nachhinein klar, *wie* knapp es gewesen war. Hätten sie auch nur ein ganz kleines bisschen weniger Glück gehabt, dann würden sie jetzt genauso zu Tode gequetscht oder aufgespießt zwischen den Bäumen des Schlingwalds liegen wie die beiden armen Teufel.

Irgendetwas an diesem Gedanken störte sie, aber er entglitt ihr, bevor sie ihn richtig fassen und konsequent zu Ende denken konnte.

»Das halte ich für keine gute Idee«, sagte Brack, der offensichtlich keine Übersetzung brauchte, um zu wissen, was Alica vorhatte. »Malus Haus ist kein Ort für jemanden wie deine Freundin.«

»Was sagt er?«

»Nichts.«

Brack grinste ausnahmsweise einmal nicht, sondern schüttelte noch ernster den Kopf. »Ich meine es ernst, Mädchen. Malu wird sie nicht einmal einlassen.«

»Dann wartet sie eben hier«, sagte Pia, obwohl sie sich die Antwort denken konnte.

Sie wurde nicht enttäuscht. »Davon träumst du, Süße«, sagte Alica. »Ich weiche keinen Schritt von deiner Seite, nur damit das klar ist.«

»Sei vernünftig, Alica«, seufzte Pia. »Wenn Brack sagt, dass es zu gefährlich ist ...«

»Das habe ich eigentlich nicht gesagt«, sagte Brack.

»... dann wollen wir ihm glauben«, fuhr sie unbeeindruckt fort. »Ich schätze, wir können ihm trauen.«

»Ich weiche keinen Schritt von deiner Seite«, beharrte Alica. »Was denkst du dir? Am Ende ... *beamst* du dich wieder zurück zu Esteban, und ich bleibe allein hier und kann sehen, wie ich zurechtkomme!«

Zwei oder drei Sekunden lang starrte Pia sie einfach nur verblüfft an. »Daran ... habe ich noch gar nicht gedacht«, sagte sie dann.

»Siehst du?« Alica machte ein ebenso grimmiges wie entschlossenes Gesicht und hüllte sich in ihren Mantel. »Du weißt eben auch nicht alles. Tut richtig gut zu sehen, dass sogar Lara Croft nicht unfehlbar zu sein scheint. Aber dazu hast du ja mich. Von nun an sind wir wie siamesische Zwillinge. Wo die eine hingeht, dahin geht auch die andere.« Sie machte eine Kopfbewegung zur Tür. »Können wir?«

Pia resignierte. Schon allein, weil Alica vollkommen recht hatte.

»Du hast deiner Freundin nicht gesagt, wohin wir gehen?«, fragte Brack.

»Doch«, antwortete Pia. »Aber sie besteht darauf, uns zu begleiten. Keine Angst. Sie kann schon allein auf sich aufpassen.«

Brack sah alles andere als überzeugt aus, doch er schien auch zu spüren, dass jeder weitere Widerspruch sinnlos sein musste. Er hob noch einmal die Schultern und wandte sich dann zum Gehen.

Erst als sie die Tür fast erreicht hatte, fiel ihr auf, dass er nicht einmal seinen Mantel übergeworfen hatte. Sie machte eine entsprechende Bemerkung, doch Brack winkte nur ab. »Es ist nicht sehr weit ... nur ein paar Straßen. Draußen ist es nicht besonders kalt. Ihr kommt wohl wirklich aus einem wärmeren Land, wie?«

Wenn man eine Stadt, deren Einwohner zum größten Teil nicht einmal wussten, was das Wort *Schnee* bedeutete, ein wärmeres Land nennen wollte, dann ja, dachte Pia. Sie beließ es einfach nur bei einem angedeuteten Heben der Schultern, nahm das Thema aber noch einmal auf, kaum dass sie aus dem Haus und wieder in den eisigen Wind hinausgetreten waren. Er kam ihr noch kälter vor als am Morgen.

»Wann wird es hier Sommer?«, fragte sie.

»Sommer?« Brack wiederholte das Wort, als müsste er über seine Bedeutung nachdenken.

»Sommer«, bestätigte Pia. »Die warme Jahreszeit.«

»Ich weiß, was Sommer bedeutet«, antwortete Brack leicht verschnupft. »Nun, es *ist* Sommer. Beinahe, jedenfalls.«

»Soll das heißen, sehr viel wärmer wird es hier nicht?«, murmelte Pia betroffen.

»Sehr selten«, antwortete Brack. »Aber dafür wird es im Winter sehr viel kälter.«

»Im Winter«, murmelte Pia und sah sich auf eine vollkommen neue Art um. *Und wie zum Teufel nannte er das hier?*

»Was hat er gesagt?« Alica klang ein bisschen beunruhigt.

»Oh, nichts«, sagte Pia. »Nur ein weiterer Grund, hier keine Wurzeln zu schlagen.« Sie wandte sich mit einem auffordernden Nicken an Brack. »Gehst du voraus?«

Brack grinste auf eine Art wissend, die Pia ganz und gar nicht gefiel. Sie musste eine Lösung für ihr Kommunikationsproblem finden, wenn die Geschichte hier länger dauerte.

Trotz der beißenden Kälte und obwohl er nur Sandalen an den nackten Füßen trug, schien es Brack nicht besonders eilig zu haben, sondern flanierte genauso gemächlich dahin wie alle anderen hier, und dieses Mal trieb ihn Pia nicht zur Eile an, sondern nutzte die Gelegenheit, um sich einen zweiten und möglicherweise besseren Eindruck von der Stadt zu verschaffen. Am Morgen war sie hauptsächlich mit Staunen beschäftigt gewesen und außerdem davon ausgegangen, dass sie diese Stadt sowieso niemals wiedersehen würde ... aber jetzt fragte sie sich, ob dieser Stein und Holz gewordene LSD-Trip vielleicht für längere Zeit zu Alicas und ihrer Heimat werden würde ... wenn nicht für immer. Was, wenn es ihr nicht gelang, das Wunder zu wiederholen, und sie für alle Zeiten hier gefangen blieben?

Nein, sie weigerte sich einfach, sich auch nur mit der bloßen Möglichkeit zu befassen.

Jedenfalls noch nicht.

Dieser Teil der Stadt unterschied sich von den Straßen, durch die sie am Morgen gekommen waren, wenn auch nicht sehr. Die Häuser waren nicht unbedingt kleiner, aber ein wenig ... schäbiger, nicht ganz so gepflegt, und die Menschen vielleicht einen Deut einfacher gekleidet. Die Unterschiede waren winzig, aber subtil, und die tiefer werdende Falte zwischen Alicas Augenbrauen zeigte, dass sie genauso gut wusste wie Pia, in was für einer Gegend sie sich befanden. Manche

Dinge waren offensichtlich überall gleich, ganz egal in welcher Welt.

»Was ist das da?« Pia deutete auf den monströsen Turm, der sich über die Häuser im Stadtzentrum von WeißWald erhob wie ein schwarzer Vulkan über einem postkartenkitschigen Städtchen, der nur darauf wartete auszubrechen.

»Der Turm des Hochkönigs«, antwortete Brack. »Aber das klingt jetzt einschüchternder, als es ist.«

»Weil er nicht so hoch ist?«

»Weil es schon lange keinen Hochkönig mehr gibt«, antwortete Brack lächelnd. »Er heißt nur noch so. Manche behaupten sogar, es hätte niemals einen gegeben. Das ist bloß noch ein Name. Angeblich stammt der Turm aus der Zeit der Elfenkriege ... falls sie überhaupt jemals stattgefunden haben. Heute lebt der Statthalter dort – wenn er zu Besuch in WeißWald ist. Was Kronn sei Dank nur selten vorkommt.«

»Dann steht der Turm leer?« Pia sah ein weiteres Mal hin und beantwortete ihre Frage in Gedanken gleich selbst: Nein. Hinter den schmalen Fenstern und an Drachenzähne erinnernden Zinnen des monströsen Bauwerkes rührte sich nichts. Sie sah nichts, keine Bewegung, nicht einmal die geringste Spur von Leben – aber etwas *war* dort. Sie konnte es spüren.

»Er gefällt mir nicht«, sagte sie.

»Er gefällt niemandem«, antwortete Brack. »Nicht einmal dem Statthalter. Du spürst es auch, nicht wahr?«

Pia sah ihn fragend an. Das Lächeln kehrte auf Bracks Gesicht zurück und wurde plötzlich noch gutmütiger. »O nein, es geht nicht nur dir so, keine Sorge. Dieser Turm macht jedermann Angst. Die Menschen spüren, was er wirklich ist.«

»Und was ist er?«

»Ein Überbleibsel aus einer lange zurückliegenden Zeit«, antwortete Brack. »Dunkle Magie. Als dieses Land noch von

Zauberern und Hexen beherrscht wurde, soll dieser Turm das Zentrum ihrer finsteren Macht gewesen sein. Manche glauben, dass man etwas davon noch heute in seinen Mauern spürt.«

»Du auch?«

»Irgendetwas ist da, so viel ist klar«, antwortete Brack. »Aber vielleicht haben diese Mauern einfach zu viele Schmerzen und zu viel Leid gesehen, und es sind nur die Tränen der Erschlagenen und die Schreie der Gefolterten, die den Stein dieser Wände nicht zur Ruhe kommen lassen.« Er deutete nach vorne. »Wir sind da. Der Elfenturm.«

»Elfenturm?« War das jetzt vom Turm des Hochkönigs ein Auf- oder Abstieg?, überlegte Pia. In der Richtung, in die Bracks ausgestreckte Hand wies, sah sie jedenfalls keinerlei *Turm*, sondern nur ein zweigeschossiges Gebäude mit schmalen Fenstern, und die einzige Elfe, die sie sah, war ein ebenso ungelenk wie anzüglich gemaltes, pummeliges Etwas mit bunten Libellenflügeln auf einem hölzernen Schild über der Tür des Hauses. Manche Dinge, dachte sie noch einmal, waren ganz offensichtlich wirklich überall auf der Welt gleich. Auf allen Welten. Das Papier der Fenster war rot.

»Elfenturm?«, fragte auch Alica. »Ja, das passt.«

Brack schüttelte den Kopf, doch er versuchte nicht noch einmal, Pia von ihrem Entschluss abzubringen, sondern ging mit raschen Schritten voraus und klopfte gegen die Tür. Sie war niedrig, selbst für hiesige Verhältnisse, aber äußerst massiv, und hatte ein kaum handflächengroßes vergittertes Fensterchen in Augenhöhe. In Bracks Augenhöhe.

Brack klopfte noch zweimal, bis die Klappe geöffnet wurde und ein dunkles Augenpaar zu ihnen heraussah. »Brack?« Die dazu passende Stimme klang müde. »Was willst du hier? Es ist noch viel zu früh. Außerdem hast du noch Schulden von …«

»Deswegen komme ich nicht, Malu«, sagte Brack. »Mach auf! Ich habe jemanden mitgebracht, den du ganz bestimmt kennenlernen willst.«

Er trat zur Seite, damit die Besitzerin des Augenpaares Alica und Pia sehen konnte. Einen Moment lang herrschte vollkommene Stille, dann hörten sie das Geräusch eines schweren Riegels, der hastig zurückgezogen wurde, und die Tür flog nach außen.

Dahinter stand die fetteste Frau, der Pia jemals begegnet war.

Sie reichte ihr nicht einmal ganz bis zum Kinn, war aber so beleibt, dass sie fast wie eine Kugel auf Beinen aussah. Selbst Brack wirkte schlank neben ihr. Das schwere Wollkleid, das sie trug, schien zwar eigens für jemanden ihrer Statur geschneidert worden zu sein, schaffte es aber trotzdem nicht, ihre Leibesfülle und ihren gewaltigen Busen zu bändigen. Sie hatte lockiges, bis weit über die Schultern fallendes Haar, das vermutlich gut ausgesehen hätte, wäre es schwarz, blond oder auch brünett gewesen. Leider war es grau, strähnig und begann schon sichtbar dünner zu werden, sodass es einiger coiffeurtechnischer Kunstgriffe bedurft hatte, um die beginnende Halbglatze zu kaschieren. Noch ein, zwei Jahre, schätzte Pia, und auch der geschickteste Friseur würde vor dieser Herausforderung kapitulieren müssen.

Das dazugehörige Gesicht war rund und pausbäckig und hätte allein deshalb gutmütig wirken sollen, tat es allerdings nicht, sondern hatte etwas ganz und gar Verschlagenes, das Malu schlagartig ungefähr doppelt so viele Sprossen auf Pias Sympathieleiter herunterpurzeln ließ, wie diese überhaupt zählte.

Brack machte eine Geste auf Pia. »Das ist ...«

»Ich sehe, wer das ist«, unterbrach ihn Malu, ohne dass der Blick ihrer weit aufgerissenen Augen Pias Gesicht auch nur für einen Sekundenbruchteil losgelassen hätte. »Das ist ... unglaublich.« Ihr Blick tastete hungrig über Pias Gesicht, ihre Haare und ihre Statur, obwohl sie sie unter dem unförmigen Umhang kaum erkennen konnte, und vor allem immer wieder über ihr Haar.

»Das Mädchen sucht Arbeit«, sagte Brack. »Und da ich weiß, was für ein weiches Herz sich hinter deiner rosigen Schale verbirgt, Malu, habe ich mich gefragt, ob du ihr vielleicht helfen kannst.«

Malu schien seine Worte gar nicht gehört zu haben, sondern starrte Pia weiter auf eine Art an, die ihr mit jedem Atemzug weniger gefiel. Eigentlich wartete sie nur noch darauf, dass die alte Vettel zu sabbern begann.

»Was geht hier eigentlich vor?«, erkundigte sich Alica. »Ich meine, du weißt schon, was das hier ist?«

»Natürlich«, antwortete Pia. An Brack gewandt und mit einem eindeutig verunglückten Lächeln fügte sie hinzu: »Ich fürchte, hier liegt ein kleines Missverständnis vor.«

»Das glaube ich weniger«, sagte Alica.

Malu starrte sie kurz und stirnrunzelnd an, wandte sich aber sofort wieder zu Pia um und zwang sich zu einem Lächeln, das sie selbst möglicherweise sogar für echt hielt. »Also, das wird sich ganz bestimmt aufklären lassen«, sagte sie. »Komm doch erst einmal rein, Kleines. Du erfrierst ja noch hier draußen in der Kälte.«

Sie ließ ihr keine Zeit, irgendetwas darauf zu erwidern, packte sie kurzerhand am Arm und zog sie mit sich. Als Alica ihnen folgen wollte, schüttelte sie herrisch den Kopf und machte eine abwehrende Geste mit der freien Hand. »Das geht nicht. Solche wie du haben hier keinen Zutritt.«

»Bisher war ich doch *solche wie du«*, murmelte Pia. Sowohl Alica als auch Malu sahen sie reichlich verdattert an, und zumindest Alica schien nach einigen Augenblicken ihre Sprache wiederzufinden und holte tief Luft. Brack kam der bevorstehenden Explosion zuvor, indem er sich hastig einmischte.

»Mach einfach eine Ausnahme, Malu«, bat er. »Die beiden sind fremd in der Stadt und kennen unsere Gebräuche noch nicht. Sie gehen überall zusammen hin.«

»Nicht hierher«, beharrte Malu streng.

»Selbstverständlich nicht«, sagte Brack rasch. »Aber dein Geschäft ist doch noch gar nicht geöffnet. Niemand wird sie sehen. Und heute Abend kommt sie ganz bestimmt nicht mit.«

Niemand kommt heute Abend hierher, dachte Pia. *Und ich schon gar nicht.* Sie schwieg jedoch, und zu ihrer Erleichterung hielt Alica den Mund, auch wenn sich ihr Gesicht nicht um einen Deut aufhellte. Täuschte sie sich, oder waren die Blicke, mit denen sie sie musterte, jetzt eindeutig schadenfroh?

»Also gut«, sagte Malu widerwillig. »Aber das ist eine Ausnahme, und ich tue es nur deinetwegen. Und Kronn soll dich holen, wenn du irgendjemandem auch nur ein Sterbenswörtchen erzählst!«

»Bestimmt nicht«, versprach Brack. »Bei meinem Leben!«

Malu sah ihn auf eine Art an, als wäre sie durchaus geneigt, ihn beim Wort zu nehmen, aber schließlich setzten sie ihren Weg fort. Sie schlug den schweren, dunkelroten, samtigen Vorhang zur Seite, der sich einen halben Schritt hinter der Tür befand und nicht nur als Windfang diente, sondern auch als Schutz vor allzu neugierigen Blicken. Dahinter erstreckte sich ein großer Raum, der auf den ersten Blick Ähnlichkeit mit Bracks Gaststube hatte, auch wenn hier alles weitaus gepflegter und sauberer war. In den Fenstern befand sich dasselbe durchsichtige Papier anstelle von Glas, nur war es hier rot eingefärbt, und statt lehnenloser Hocker gab es mit zerschlissenem rotem Plüsch bezogene Sessel, die genug Platz für zwei boten; zumindest wenn sie aufeinandersaßen.

»Hübsch«, sagte Alica. Malu warf ihr einen schrägen Blick zu, und Pia verzichtete vorsichtshalber darauf, die Bemerkung zu übersetzen.

»Setzt euch, Kinder!« Malu ließ endlich Pias Arm los und wedelte aufgeräumt mit beiden Händen. »Ich hole euch gleich etwas zu trinken und muss noch das ... noch ein paar Dinge erledigen.«

Sie verschwand, bevor Pia auch nur einen Ton herausbrachte. Pia sah sich weiter mit gemischten Gefühlen um und fragte sich, was zum Teufel sie hier eigentlich *tat.*

Alica steuerte den Kamin an. Zwar brannte kein Feuer darin, aber Pia folgte ihr trotzdem und nahm auf einem der roten Plüschsessel davor Platz. Alica warf dem erkalteten Kamin einen demonstrativ sehnsüchtigen Blick zu und zog dann noch demonstrativer den Umhang enger um die Schultern, aber Brack ignorierte beides. Ihm schienen die Temperaturen hier drinnen tatsächlich nichts auszumachen.

»Ihr kommt wirklich aus einem sehr warmen Land, wie?«, fragte er. »Ich werde Malu bitten, den Kamin für euch anzuzünden.«

»Das Feuer bei dir«, vermutete Pia. »Du hast es nur unseretwegen angemacht, habe ich recht?«

»Ich kann zwei hilflose junge Frauen wie euch doch nicht einfach erfrieren lassen«, antwortete er amüsiert.

»Aber es war schon an, als wir gekommen sind«, sagte Pia.

Brack antwortete nicht darauf, doch Alica wirkte plötzlich schon wieder ein bisschen alarmiert. Auch wenn sie nur die Hälfte des Gespräches verstand – es war in diesem speziellen Fall wahrscheinlich nicht besonders schwer, sich den Rest zusammenzureimen.

»Du hast gewusst, dass wir zurückkommen«, vermutete Pia.

Brack schwieg beharrlich weiter.

»Woher?«, wollte Pia wissen.

»Wohin hättet ihr schon gehen sollen?«, fragte Brack. »Es gibt im Umkreis von hundert Tagesmärschen keine größere Stadt als WeißWal, und somit auch nichts, was besser wäre als hier. Im Westen, Süden und Osten leben die Barbarenstämme, die euch bei lebendigem Leibe auffressen würden, und im Norden sind die Berge. Wenn ihr sie überqueren wollt, dann müsst ihr sie vor dem ersten Schnee erreichen, und dazu ist es bereits zu spät.«

»Vor dem ersten Schnee?« Pia machte eine Kopfbewegung zum Fenster. »Und wie nennst du das da?«

»Vor dem ersten *richtigen* Schnee«, ergänzte Brack lächelnd und schüttelte den Kopf. »Ich weiß nicht, woher ihr kommt und wo eure Heimat liegt, aber wo immer es ist, ihr müsst das nächste Frühjahr abwarten, bevor ihr euch auf den Weg dorthin machen könnt.«

»Und es ist dir nicht in den Sinn gekommen, uns das vorher zu sagen?«, fragte Pia.

»Du siehst nicht aus wie jemand, der einen guten Rat von einem völlig Fremden annimmt, Mädchen«, antwortete Brack ungerührt. »Eher wie jemand, der seine eigenen Erfahrungen machen muss. Und ich dachte mir, dass du klug genug bist, um auf deine Schuhe zu hören.«

Gegen ihren Willen musste Pia lächeln. Brack lag ganz richtig – vielleicht nicht, was die Schuhe anging, aber ganz sicher mit dem Rest.

»Was hat er gesagt?«, wollte Alica wissen.

»Dass wir möglicherweise noch ein bisschen hierbleiben müssen«, sagte Pia.

»Wie?«, ächzte Alica.

»Nicht allzu lange«, fügte sie hastig hinzu.

»Nur bis zum nächsten Frühjahr«, sagte Brack.

»Sag ich doch«, sagte Pia. »Nur eine kleine Weile.« *Bis zum nächsten Frühjahr? Beinahe ein halbes Jahr?* Großer Gott, wie sollte sie *das* Alica beibringen?

Sie war fast erleichtert, als Malu zurückkam und ein großes Silbertablett mit Trinkbechern und einem Krug darauf vor ihnen abstellte. »Bitte entschuldigt, dass es so lange gedauert hat«, sagte sie. »Aber es ist noch früh. Die Küchenmägde schlafen noch, und bevor ich selbst alles gefunden habe …« Sie deutete ein Achselzucken an und machte eine einladende Geste zum Krug – der außer Brack niemand nachkam –, bevor sie sich neben Pia in die Hocke sinken ließ und sie unverhohlen neugierig anstarrte. Ganz wie gerade draußen vor der Tür galt ihr besonderes Interesse ihrem Haar, an dem sie sich augenscheinlich gar nicht sattsehen konnte.

»Das ist eine fantastische Arbeit«, sagte sie schließlich. »Verrätst du mir, wer sie gemacht hat?«

Pia verstand nicht, was sie meinte, und sah sie nur fragend an.

»Darf ich?« Malu wartete ihre Antwort nicht ab, sondern griff nach einer Strähne ihres silberblonden Haares, rieb sie zwischen den Fingern und riss dann ungläubig die Augen auf.

»Das … das ist echt!«

»Natürlich ist es das.« Pia schob ihre Hand sanft, aber nachdrücklich weg. »Was sollte es denn sonst sein?«

Malu starrte sie noch fassungsloser an, stand plötzlich auf und machte einen raschen Schritt zurück. »Das ist unglaublich«, sagte sie noch einmal.

»Habe ich zu viel versprochen?«, fragte Brack.

»Und du suchst Arbeit, Gaylen«, murmelte Malu. Das war keine Frage. Ihre Augen leuchteten eindeutig gierig.

Pia konnte sich nicht erinnern, Malu ihren Namen genannt zu haben, aber sie verzichtete auch darauf, ihren richtigen Namen zu nennen. Vermutlich hätte sie sich sowieso wieder als Gaylen vorgestellt, ganz egal, wie sehr sie auch versuchte, es nicht zu tun. »Nicht diese Art von Arbeit, Malu«, sagte sie betont. »Hier liegt anscheinend ein Missverständnis vor.« Alica kicherte.

Für zwei oder drei Sekunden sah Malu ebenso verwirrt wie enttäuscht aus, doch dann kicherte auch sie und sah für einen Moment aus wie eine listige alte Hexe. »Ich verstehe. Du willst den Preis in die Höhe treiben. Aber das ist gar nicht nötig. Ich bin dafür bekannt, meine Mädchen anständig zu behandeln und gut zu bezahlen.«

»Das stimmt«, sagte Brack.

»Und bei deinem Aussehen kann ich praktisch verlangen, was ich will«, fuhr Malu fort. »Die Kerle werden sich darum prügeln, jeden Preis bezahlen zu dürfen.«

Pia zählte in Gedanken langsam bis drei. Sie musste sich beherrschen, um Malu nicht eine ganz andere Erfahrung zuteilwerden zu lassen – nämlich die, wie es war, von einem ihrer Mädchen schlecht behandelt zu werden. Ihre Stimme klang schon fast gefährlich leise, als sie antwortete.

»Es tut mir wirklich leid, Malu. Das alles ist ein Missverständnis. Brack kann nichts dafür. Er wusste nur, dass ich Arbeit suche. Aber nicht diese Art von Arbeit.«

»Und das ist dein letztes Wort?«, fragte Malu. Pia hatte natürlich damit gerechnet, dass sie weiter hartnäckig blieb, auch zornig werden würde, doch als sie zur Antwort nickte, machte Malu nur ein enttäuschtes Gesicht und seufzte dann leise.

»Das ist wirklich schade«, sagte sie. »Aber vielleicht überlegst du es dir ja. Darf ich dich noch um etwas bitten?«

»Solange es keine Probearbeit ist.«

Malu tat so, als hätte sie das nicht gehört. »Ich hätte zu gerne, dass die Mädchen dich sehen«, sagte sie. »Nur damit sie sich in Zukunft vielleicht ein bisschen mehr anstrengen.«

»Wie?«, murmelte Pia, aber Malu musste das als eindeutiges *Ja* verstanden haben, denn sie fuhr bereits herum und hüpfte wie ein zu groß geratener Gummiball die Treppe hinauf. Pia sah ihr verwirrt nach, bis sie am oberen Ende verschwunden war, drehte sich dann um und begegnete Alicas breitem Grinsen.

»Was ist so komisch?«, fragte sie gepresst.

»Ach, so ziemlich alles«, antwortete Alica. »So schwer ist diese Sprache gar nicht zu verstehen, wenn man sich ein bisschen Mühe gibt. Du weißt schon, wofür sie dich hält?«

»Keine Ahnung«, behauptete Pia.

»Ich frage mich allmählich«, fuhr Alica fort und gab sich nicht die geringste Mühe, ihre Schadenfreude zu verhehlen, »ob *Gaylen* wirklich ein Name ist oder vielleicht für etwas ganz anderes steht.«

»Solltest du dich da nicht besser auskennen?«, fragte Pia giftig. »Ich meine: Das ist doch eher dein Fachgebiet, oder?«

Alica war nicht beleidigt, sondern griente nur noch unverschämter, und in diesem Moment kam auch schon Malu zurück, was vielleicht der einzige Grund war, aus dem das Gespräch nicht weiter eskalierte. Pias Blick streifte Brack, während sie sich zu ihr herumdrehte. Er schien sich köstlich zu amüsieren. Genau wie Alica verstand auch er nur jeweils die eine Hälfte der Unterhaltung, und genau wie ihr schien es ihm nicht schwerzufallen, sich den Rest dazuzudenken.

Malu kam nicht allein, sondern in Begleitung dreier junger, hellhaariger Frauen, von denen eine müder aussah als die andere. Alle waren in einfache weiße Gewänder gekleidet, die ein bisschen Ähnlichkeit mit altmodischen Nachthemden hatten und aus zerschlissener Seide bestanden. Sie waren schlank, für die hiesigen Verhältnisse recht groß und starrten Pia aus noch größeren Augen an. Und es waren die ersten

Menschen hier, denen sie begegnete, die langes, bis weit über die Schultern fallendes, glattes Haar hatten.

Noch bevor sie auch nur bis auf fünf Meter herangekommen waren, sah Pia, dass es falsch war; nicht gefärbt, sondern Perücken, und absolut miese noch dazu. Gebleichtes Pferdehaar, schätzte sie. Kein Wunder, dass Malu so begeistert von ihr gewesen war.

Und alle drei sahen aus wie sie.

Natürlich nicht wirklich wie sie. Zwei von ihnen sahen ihr nicht einmal ähnlich, und auch die dritte allerhöchstens vage. Sie war deutlich kleiner, aber von kräftigerem Wuchs (eine war ein richtiges kleines Pummelchen). Alle drei trugen so schlecht sitzende Perücken, dass man ihren eigenen, dunklen Haaransatz darunter deutlich erkennen konnte. Sie wirkten wie schlechte Kopien.

»Was ... bedeutet das?«, murmelte Pia.

»Gaylen?«, sagte Malu strahlend. »Das sind meine Gaylens. Mädchen? Seht sie euch gut an. So muss ein Mädchen aussehen, um die Männer zu verzaubern!«

Pia hatte genug und stand auf. »Das ...«

»Würdest du den Mantel öffnen und dich einmal drehen?«, bat Malu.

»Wenn ich mich begaffen lassen möchte«, antwortete Pia eisig, »dann verkaufe ich Eintrittskarten. Ich denke, wir gehen jetzt besser.«

Die drei Aushilfs-Gaylens starrten sie weiter an, und Malu wirkte wieder enttäuscht. Vielleicht hatte sie insgeheim gehofft, dass sie es sich noch einmal anders überlegte, wenn sie sah, wie groß der Unterschied zwischen ihr und diesen Möchtegerns war.

»Nun, falls du es dir doch noch anders überlegen solltest«, sagte sie, »kannst du jederzeit herkommen. Für dich habe ich hier immer Platz. Und hör nicht auf das, was dieser alte

Dummkopf Brack dir vielleicht erzählt. Meine Mädchen werden hier gut behandelt.«

Pia sagte gar nichts mehr, sondern drehte sich mit einem Ruck um und stürmte regelrecht nach draußen. Sie war nicht nur wütend, sie war ... schockiert, aufgewühlt und bis auf den Grund ihrer Seele vollkommen verunsichert. *Was zum Teufel ging hier vor?*

Es verging noch eine geraume Weile, bis Alica und Brack ihr folgten; zwei Minuten mindestens, wenn nicht mehr. Alicas Grinsen war immer noch so breit und unverschämt schadenfroh wie gerade eben, und Brack sah ein bisschen mitgenommen aus. Vermutlich hatte er bis jetzt gebraucht, um Malu wieder zu beruhigen.

»Du hast das gewusst!«, fuhr sie ihn an, bevor er auch nur den Mund aufbekam, um etwas zu sagen.

»Natürlich habe ich das gewusst«, antwortete Brack. »Warum sonst hätte ich dich wohl herbringen sollen?«

»Und was sollte das?«, fauchte Pia.

»Ich dachte mir, es wäre der einfachste Weg, es dir zu zeigen.«

»Mir *was* zu zeigen?«

Brack wollte antworten, sah dann aber zur anderen Straßenseite hinüber und wirkte plötzlich wieder leicht besorgt. Pia folgte seinem Blick und gewahrte zwei Männer in den albernen Operettenuniformen der Stadtwache, die dort patrouillierten. Sie konnte nicht sagen, ob es dieselben waren wie vergangene Nacht, doch sie hatten im Schritt innegehalten und schauten jetzt so direkt zu ihnen her, dass es unmöglich ein Zufall sein konnte.

»Deine Kapuze«, sagte Brack.

Pia schlug rasch die Kapuze hoch, senkte den Blick und versuchte auch, die Schultern ein wenig hängen zu lassen, um etwas kleiner zu erscheinen. Das konnte die beiden Männer unmöglich täuschen – schließlich hatten sie sie ja bereits gesehen –, aber nach einem Moment setzten sie ihren Weg dennoch fort.

»Und was hatte das jetzt zu bedeuten?«, fragte Alica.

Pia stellte dieselbe Frage Brack, und er antwortete mit einem humorlosen Verziehen der Lippen: »Man sieht es hier nicht gerne, wenn jemand wie du offen auf der Straße herumläuft.«

»Jemand wie ich?«

»Gaylen.«

»Verdammt noch mal, ich heiße nicht Gaylen!«, fauchte Pia. »Ich heiße Gaylen!« Vor lauter Hilflosigkeit schossen ihr beinahe die Tränen in die Augen.

»Sie meint natürlich Pia«, sagte Alica. Brack sah sie verstört an, und Alica legte die flache Hand auf ihre Brust. »Ich Alica«, sagte sie betont, berührte Pia am Arm und sagte: »Sie Pia.« Dann berührte sie Bracks Arm. »Du Freitag.«

Brack blinzelte nur noch verwirrter, und Alicas Grinsen wurde so breit, dass sie eigentlich schon Gefahr lief, ihre eigenen Ohrläppchen zu verschlucken.

»Ich glaube, es gibt ein paar Dinge, über die wir uns unterhalten sollten«, seufzte Brack.

XI

Das Feuer im Kamin war schon fast heruntergebrannt, als sie in den Weißen Eber zurückkehrten. Zu Hause in Rio de Janeiro hätte sie die Temperaturen hier drinnen als unangenehm kühl empfunden, wenn nicht kalt, doch als sie aus dem eisigen Wind ins Haus traten, kam es Pia im ersten Moment eindeutig behaglich vor. Sie eilte trotzdem sofort zum Kamin und ließ sich daneben in die Hocke sinken, um ein paar frische Scheite ins Feuer zu werfen. Alica gesellte sich zu ihr, bedachte sie mit dem ersten Lächeln des Tages (zumindest dem ersten, das nicht schadenfroh gemeint war) und rieb demonstrativ fröstelnd die Hände über den heruntergebrannten Flammen aneinander. Hinter ihnen japste Brack hörbar, und eine fremde, beinahe schon empört klingende Stimme sagte: »Was bei Kronn tust du da? Willst du uns braten, oder …«

Pia stand auf, drehte sich um und schlug in der gleichen Bewegung ihre Kapuze zurück. Die Stimme brach mit einem überraschten Laut ab. Sie gehörte zu einem schmalgesichtigen Burschen, der nicht nur durch seinen kleinen Wuchs und die ausgemergelte Gestalt eindeutig wie ein Kind aussah. Er war so blass, dass Pia jenseits allen Zweifels wusste, er kämpfte mit einer schweren Krankheit – oder hatte sie gerade überwunden. Das einzig Lebendige an ihm schienen in diesem Moment die Augen zu sein, die Pia ganz eindeutig entsetzt anstarrten. Sie kramte einen Moment in ihrem Gedächtnis und erinnerte sich. Das musste Lasar sein, der Küchenjunge, von dem Brack gesprochen hatte. Wobei die Betonung eindeutig auf *Junge* lag.

»Guten Morgen, Lasar«, sagte sie. »Klapp den Mund wieder zu! Es ist ein bisschen anders, als es den Anschein hat.«

»Was ...«, brachte Lasar irgendwie heraus, »... machst du denn hier?«

»Frag Brack«, antwortete Pia. »Er erklärt es dir.«

Lasar klappte den Mund nicht zu, sondern eher noch weiter auf, und Brack fuhr ihn in ungehaltenem Ton an: »Was stehst du da und hältst Maulaffen feil? Hast du nichts zu tun, du Nichtsnutz?«

Der unglückselige Junge starrte Alica und sie (aber eigentlich nur sie) noch eine oder zwei Sekunden lang aus aufgerissenen Augen an, dann fuhr er auf dem Absatz herum und floh regelrecht aus der Gaststube.

»Und du glaubst immer noch, dass es eine gute Idee war, sich bei ihm um Arbeit zu bewerben?«, fragte Alica. Sie streifte ihren Mantel ab, nahm so nahe am Kamin Platz, wie es überhaupt nur möglich war, und starrte die frischen Holzscheite an, als müsste sie es nur angestrengt genug tun, damit sie rascher Feuer fingen.

»Diese Burschen brauchen eine harte Hand, sonst schlafen sie am Ende noch im Stehen ein«, grummelte Brack, machte dann aber eine wegwerfende Handbewegung und ließ sich auf den letzten freien Hocker am Kamin sinken. Er verkniff sich jede entsprechende Bemerkung, aber Pia spürte, wie unangenehm ihm die Wärme war.

»Also gut«, sagte er. »Jetzt, wo wir das hinter uns haben, nehme ich an, dass du eine Menge Fragen an mich hast, Gay...«, er verbesserte sich, »Mädchen.«

»Pia«, sagte Alica. »Ihr Name ist Pia.«

Brack runzelte angestrengt die Stirn und sah sie ein paarmal abwechselnd an. »Ist das dein Name? Pia?«

Pia nickte. Sie hütete sich, auch nur ein Wort zu sagen.

»Pia«, wiederholte Brack. »Also, *Pia*. Wer seid ihr wirklich, und wo kommt ihr her? Und vor allem, was wollt ihr hier?«

»Erklär mir erst, was es mit diesem Gaylen-Unsinn auf sich hat«, antwortete Pia. Wäre es nicht viel zu aufwendig (und so ganz nebenbei vollkommen unmöglich) gewesen, sie hätte gewettet, dass Brack diese ganze Scharade nur inszeniert hatte, um sich über sie lustig zu machen.

Brack sah allerdings nicht besonders amüsiert aus. Er starrte sie im Gegenteil so durchdringend ernst an, wie Pia es nur selten erlebt hatte, seit sie ihn kannte. »Du hast wirklich keine Ahnung, wie?«, fragte er schließlich.

»Nein.«

»Da, wo du herkommst, habt ihr noch nie von Gaylen gehört? Von der richtigen Gaylen?«

»Ich bin die richtige Gaylen«, sagte Pia, instinktiv und ohne dass sie in der Lage gewesen wäre, die Worte zurückzuhalten. Alica riss die Augen auf und wirkte regelrecht schockiert, und auch Brack sah einen Moment lang eindeutig erschrocken aus. Etwas in seinem Blick ... änderte sich, auf eine Art, die Pia beinahe Angst machte. Er schien sich eine Frage zu stellen und die Antwort dann in Gedanken fast verunsichert von sich zu weisen.

»Gut, dann die *andere* Gaylen, *Pia*«, sagte er betont. »Du hast noch nie von ihr gehört?«

Pia hatte noch nie von *irgendeiner* Gaylen gehört. Aber sie schüttelte nur stumm den Kopf.

»Wenn es wirklich die Wahrheit ist, dann wirst du ein paar Probleme bekommen«, sagte Brack. Die Vorstellung schien ihn zu amüsieren. »Es ist nur eine Legende. Um ehrlich zu sein, hätte ich bis letzte Nacht nicht geglaubt, dass es jemanden wie dich überhaupt gibt. Aber die Welt ist groß und steckt anscheinend nicht nur voller Wunder und Gefahren, sondern auch immer wieder voller Überraschungen.«

Pia nickte zustimmend – das konnte er laut sagen –, aber sie machte auch eine kleine, ungeduldige Geste fortzufahren.

»Nun, Pia«, sagte Brack, als müsste er sich selbst zur Ordnung gemahnen. »Es ist nur eine Geschichte, so alt, dass niemand mehr weiß, wer sie zuerst erzählt hat. Eine Geschichte aus der Zeit der Elfenkriege.«

»Elfenkriege?« Pia riss erstaunt die Augen auf, bemerkte Alicas ratlosen Blick und übersetzte mit knappen Worten, was Brack gesagt hatte. Brack geduldete sich, bis sie fertig war, und das tat er auch während des Rests der Geschichte, bei dem Pia in unregelmäßigen Abständen genauso verfuhr.

»Eine alte Geschichte«, wiederholte Brack. »Man sagt, sie wäre noch älter als der Turm des Hochkönigs.«

»Anscheinend gibt es hier eine Menge alter Geschichten«, sagte Pia. Elfenkriege? Dieses Wort hatte er vorhin schon einmal benutzt, und es kam ihr jetzt so unwirklich und zugleich so vertraut vor wie beim ersten Mal.

»O ja, die gibt es«, bestätigte Brack mit einem sonderbaren, fast wehleidigen Lächeln. »Wir leben in einer harten Welt, und das Leben der Menschen ist noch härter. Was soll ihnen den Alltag erträglich machen, wenn nicht Geschichten von einer anderen Zeit und vielleicht einem besseren Leben?«

Pia übersetzte, und Brack geduldete sich, anscheinend sogar froh, sich sammeln zu können, bevor er fortfuhr.

»Es soll sich vor der Zeit der Hochkönige zugetragen haben. Unser Land lag im Krieg mit den Elfen, einem ebenso grausamen wie hochmütigen Volk magisch begabter Wesen, die auf ihren lebenden Schiffen über den großen Ozean gekommen sind, um das Land zu unterjochen und den Menschen ihre Seelen zu rauben.«

»Aber nicht die Elfen von dem Schild überm Eingang zum Elfenturm, oder?«, fragte Alica, nachdem Pia übersetzt – oder, um genauer zu sein, Bracks Worte Buchstabe für Buchstabe wiederholt – hatte.

Brack lachte. »Nein. Gewiss nicht. Obwohl ...«

»Obwohl?«, wiederholte Pia, als Brack nicht weitersprach.

»Der Name kommt schon aus dieser Zeit«, sagte er. »Die Menschen hier neigen dazu, sich über Dinge lustig zu machen, die sie im Grunde doch zu Tode erschrecken sollten.«

»Nicht nur bei euch«, sagte Pia.

»Vielleicht muss das so sein, wollen sie nicht an diesem Schrecken zerbrechen«, sagte Brack. »Der Krieg währte lange, wie die Legende behauptet, über viele Generationen. Keine Seite konnte den endgültigen Sieg erringen. Die Elfen waren ein Volk gewaltiger Krieger und noch mächtigerer Zauberer, doch auch unsere Männer waren tapfer, unsere Zauberer stark, und so wogte der Kampf hin und her. Über unzählige Jahre brachte er Leid und Tod über die Menschen unserer Welt und Feuer und Vernichtung über ihre Städte und Burgen. Und vielleicht wäre es weitere Tausend Jahre so geblieben, und unsere beiden Welten hätten sich in einem endlosen Krieg gegenseitig zerfleischt ...«

»Wäre Gaylen nicht gewesen«, vermutete Pia.

»Wäre Gaylen nicht gewesen«, bestätigte Brack. »Wenn auch ganz gewiss nicht absichtlich. Das Kriegsglück, so berichtet die Legende, begann sich zu wenden, als sich ein Stamm abtrünniger Elfen auf unsere Seite schlug.« Er deutete zum Fenster. »Aus ihrem Geschlecht ging der erste Hochkönig hervor. Sie waren es, die den Turm erbauten. Und zugleich andere Festungen, überall im Land.«

»Und Gaylen war eine von ihnen?«, vermutete Pia.

»Ein Dunkelelf?« Brack schüttelte den Kopf. »O nein! Ganz im Gegenteil. Es war den Elfen trotz allem zuwider, Krieg gegen ihre Brüder und Schwestern zu führen, also sandten sie ihre mächtigste Zauberin aus. Prinzessin Gaylen.«

»Prinzessin?«, wiederholte Pia.

»Wie gesagt: Die Elfen waren ein Volk gewaltiger Magier. Und Prinzessin Gaylen war ihre mächtigste Magierin. Sie allein wäre stark genug gewesen, den Hochkönig und vielleicht sogar das ganze Volk der Dunkelelfen auszulöschen, doch sie kam in Frieden, um zu verhandeln, nicht, um zu töten.«

»Und was ist geschehen?«, fragte Pia.

»Sie wurde getäuscht. Der Hochkönig empfing sie in Frieden, wie es schien, doch in Wahrheit stellte er ihr eine Falle, die sie all ihrer magischen Kräfte beraubte; und um sie noch weiter zu demütigen und dem Volk der Elfen seine Verachtung zu zeigen, nahm der Hochkönig ihr zwar all ihre Zauberkräfte, aber nicht das Leben. Er zwang sie ...«

»... im Bordell zu arbeiten«, vermutete Alica, nachdem Pia übersetzt hatte.

»Ja«, bestätigte Brack. »Ein jeder konnte sie haben, ganz gleich ob von edlem Geblüt oder der geringste Tagelöhner, Dieb oder Räuber. Und jedes Mal, wenn Gaylen sich weigerte, einem Mann zu Diensten zu sein, ließ der Hochkönig hundert Kriegsgefangene vor ihren Augen hinrichten. Am Schluss, so heißt es, ertrug sie es nicht mehr und nahm sich das Leben.«

»Das ist ... eine ziemlich traurige Geschichte«, sagte Pia betroffen. Und sie *sagte* es nicht nur so. Bracks Worte, so theatralisch sie auch geklungen hatten – während er sprach, hatten sich seine Stimme und auch seine Wortwahl fast unmerklich verändert; er erzählte nicht einfach, er *rezitierte* –, stimmten sie traurig. Es waren nicht *seine* Worte, die er wiedergab, sondern die einer uralten Legende. Aber eben nicht *nur* einer Legende. Da war eine Wahrhaftigkeit in seinen Worten, die sie schaudern ließ. Sie glaubte den Schmerz der Frau zu spüren, die ihren Namen trug, die entsetzlichen Qualen, die ihr Körper und ihre Seele ausgestanden hatten.

»Aber ich verstehe trotzdem nicht ...«

»Die Geschichte ist noch nicht zu Ende«, unterbrach sie Brack. »Der Krieg endete mit Gaylens Tod, denn mit ihr erlosch auch der größte Teil der Magie der Elfen. Ihre lebenden Schiffe fuhren nicht mehr, ihre Drachen flogen nicht mehr, und der Krieg war vorbei. Die letzten Elfenkrieger flohen, doch sie prophezeiten, dass Gaylen eines Tages wiederkehren würde, wiedergeboren und stärker und mächtiger als zuvor. Sie prophezeiten den Tag, an dem Prinzessin Gaylen zurückkehrt, und mit ihr die Kraft des alten Elfenzaubers. Daraufhin befahl der Hochkönig, dass fortan alle Frauen in den Freudenhäusern helles Haar zu tragen hätten und groß wie eine Elfe sein müssten. Auf diese Weise zeigen wir den Elfen noch heute unsere Verachtung.«

»Reizender Zeitgenosse«, sagte Alica, nachdem Pia übersetzt hatte. Sie versuchte zu lachen, aber es misslang, und auch der flapsige Ton ihrer Stimme verfehlte seine Wirkung. Ihr Blick irrte immer wieder zu Pias Gesicht und Haar.

»Und dieser Hochkönig und die Dunkelelfen?«, fragte Pia. »Was ist mit ihnen passiert?«

»Niemand weiß das«, antwortete Brack. »Sie verschwanden einfach. Manche sagen, dass Gaylens Tod auch ihnen den Untergang brachte, denn letzten Endes war sie der Quell der Elfenmagie, und auch die Dunkelelfen entstammen demselben Volk. Andere sagen, man kann ihre Stimmen hören, wenn man nach Dunkelwerden in den Turm des Hochkönigs geht, und manchmal auch ihre Schatten sehen.« Er lachte. »Du weißt ja, wie das mit Legenden ist, Mädchen. Die Menschen erzählen sie wieder und wieder und wieder, und jedes Mal dichten sie ein kleines bisschen dazu, bis niemand mehr weiß, was wirklich war. Ich glaube nicht an Geister.«

Nein, dachte Pia. *Nur an verzauberte Schuhe und menschenfressende Bäume.*

»Du hast gefragt«, sagte Brack. Es klang fast entschuldigend.

»Elfenprinzessin?«, murmelte Alica.

Pia tat so, als hätte sie es nicht gehört. »Es ist ja nur eine Legende«, sagte sie leichthin. »Aber sie erklärt manches.«

»Und für dich mit erheblichen Konsequenzen, Pia.« Brack machte ein ernstes Gesicht. »Niemand wird dich ernsthaft für die wiedergeborene Gaylen halten, aber du erregst Aufsehen. Ganz abgesehen davon, dass dir niemand eine Anstellung geben wird.«

»Außer Malu.«

»Außer Malu.« Brack grinste knapp und wurde sofort wieder ernst. »Man wird Fragen stellen. Man wird *euch* Fragen stellen.«

»So wie du.«

»So wie ich«, bestätigte Brack. »Woher kommt ihr?«

Pia sah ihn lange an. Bestimmt eine Minute. »Das ist wirklich nicht so leicht zu erklären«, sagte sie schließlich. »Aber nicht aus der Elfenwelt, wenn es das ist, was dich beunruhigt.« Sie seufzte. »Ich wollte, es wäre so einfach.«

»Einfach?«

»Nun ja, dann würde ich einen Zauberspruch aufsagen, und wir wären wieder zu Hause. So ...«

»Wenn ihr wieder zurückwollt, dann wäre es von Nutzen, wenn ihr wüsstet, wohin«, erwiderte Brack leicht amüsiert. Sein Blick blieb jedoch ernst.

»Wenn ich das wüsste«, murmelte Pia. »Ich kann es dir nicht sagen. Nicht, weil ich es nicht will. Es ... geht nicht.«

Zu ihrem Erstaunen nahm Brack diese Antwort hin, ohne noch einmal nachzufragen; vielleicht weil sie in so selbstverständlichem Ton hervorgebracht worden war. Er sah fast ein bisschen enttäuscht aus, aber das war auch alles. Und einen Moment lang dachte sie tatsächlich darüber nach, ihm die Wahrheit zu erzählen. Was hatte sie zu verlieren – einmal davon abgesehen, dass er sowieso kein Wort glauben würde. Wie auch?

Natürlich tat sie es nicht, sondern rettete sich in ein weiteres verunglücktes Lächeln.

»Das ist die verrückteste Geschichte, die ich je gehört habe«, sagte Alica.

»Abgesehen von der von zwei jungen Frauen, die durch ein Dach gefallen sind und sich in einer vollkommen fremden ...«, um ein Haar hätte sie *Welt* gesagt und erinnerte sich gerade noch im letzten Moment daran, dass Brack ja jedes Wort verstand, »... Stadt wiedergefunden haben, nicht wahr?«

Alica blickte sie nur aus großen Augen an, aber Brack wirkte plötzlich wieder ein bisschen nachdenklich, fast misstrauisch. Sie war jetzt sehr froh, ihrer Eingebung, ihm die ganze Geschichte zu erzählen, nicht gefolgt zu sein. *Elfen?*

»Gut.« Brack schlug sich mit der flachen Hand auf den Oberschenkel, dass es klatschte. »Ich werde sehen, was ich für euch tun kann.«

»Und du meinst, das wäre nötig?«

»Einen Freund zu haben, ist niemals unnötig, nicht wahr? Aber macht euch keine Sorgen. Wenn ihr euch an ein paar einfache Regeln haltet, werdet ihr keine Probleme bekommen. Hier in WeißWald stellen wir nicht viele Fragen.«

»Auch nicht, wenn man so aussieht wie ich?«, fragte Pia geradeheraus.

»Doch«, antwortete Brack genauso offen. »Und aus ebendiesem Grund sollten wir uns ein paar gute Antworten überlegen.« Er dachte einen Moment angestrengt nach und stand dann mit einer plötzlichen Bewegung auf. »Es gibt da jemanden, mit dem ich reden könnte. Wenn es mir gelingt, ihn zu überzeugen, erledigen sich alle anderen Probleme vielleicht von selbst.«

»Und wer soll das sein?«, fragte Pia.

»Istvan, der Kommandant der Stadtwache«, antwortete Brack.

»Derselben Stadtwache, vor der du uns gestern Abend gewarnt hast?«

»Das war etwas anderes«, behauptete Brack. »Da wusste ich nicht, wer ihr wirklich seid. Es ist den Gaylens verboten, nach Dunkelwerden in ihrer ... ähm ... Berufskleidung auf die Straße zu gehen. Die Wache will die Stadt sauber halten.«

»Wenn sie nicht gerade selbst bei Malu einkehren«, vermutete Pia.

»Ich muss mit Istvan reden«, beharrte Brack. »Wahrscheinlich hat er bereits von euch gehört. Besser, ich gehe zu ihm, bevor er zu mir kommt. Macht euch keine Sorgen. Er ist kein besonders angenehmer Mann, aber auch kein Dummkopf, und er ist gerecht. Wenn er erfährt, wer ihr seid, kann euch nichts mehr passieren.«

»Solange wir nicht nach Dunkelwerden auf die Straße gehen«, vermutete Pia.

»Du könntest dir das Haar schneiden und färben«, sagte Brack. »Aber das wäre eine Schande. Nein. Lass mich mit Istvan reden. Hast du noch Brasils Börse?«

»Natürlich.«

»Gut. Möglich, dass du sie brauchst.«

»Weil dieser Istvan ein so ehrlicher Mann ist?«

»Das ist er«, antwortete Brack ein bisschen verwirrt. »Bezahlt ihr dort, wo ihr herkommt, nicht für eure Sicherheit?«

Pia zuckte nur mit den Schultern.

»Ich gehe und rede mit ihm«, erklärte Brack. »Gut möglich, dass er gleich mit mir zurückkommt. Geht also nicht weg. Und überlegt euch eine gute Geschichte, wie ihr hergekommen seid.« Er wandte sich um, blieb nach einem Schritt jedoch stehen und machte kehrt, um einen Moment lang nachdenklich auf die Stiefel hinabzusehen, die sie immer noch trug. »Das wäre eine mögliche Erklärung.«

»Die Stiefel?«

»Immer noch glaubhafter, als durch ein Dach gefallen zu sein, in dem es nicht einmal ein Loch gibt, nicht wahr?«

Also hatte er gehört, was sie gerade zu Alica gesagt hatte. Natürlich hatte er es gehört. Pia nickte.

»Dann wartet hier. Wenn ihr hungrig seid, sagt Lasar Bescheid. Er ist ein Faulpelz und Nichtsnutz, aber ein ganz passabler Koch. Er kann euch etwas zu essen machen. Ich bin bald zurück.« Und damit ging er.

»Elfenprinzessin, wie?«, murmelte Alica noch einmal, nachdem er die Tür hinter sich zugezogen hatte – selbstverständlich auch diesmal ohne seinen Mantel anzuziehen.

»Lass den Quatsch«, sagte Pia ärgerlich. »Wir haben im Moment andere Probleme, oder?«

Alica machte eine beleidigte Schnute und setzte zu einer vermutlich noch beleidigteren Antwort an, doch da schepperte es hinter ihnen, und als sie beide herumfuhren, sahen sie gerade noch einen Schatten hinter der Theke verschwinden. Eine Tür klappte zu.

»Vielleicht gehen wir besser nach oben und reden dort weiter«, sagte Pia. Sie konnte Bracks Gehilfen ja verstehen, gerade nach der Geschichte, die sie gehört hatten, aber sie hatte ganz bestimmt keine Lust, jetzt auch noch auf Lasar Rücksicht zu nehmen und jedes Wort auf die Goldwaage legen zu müssen.

Sie gingen nach oben, erstaunlicherweise ohne dass Alica irgendetwas sagte oder auch nur eine spitze Bemerkung von sich gab. Aber das änderte sich schlagartig, kaum dass sie die Tür hinter sich zugezogen hatte. »Jetzt komm bloß nicht auf die Idee, dir diesen ganzen Quatsch zu Kopf steigen zu lassen. Ich werde ganz bestimmt nicht *Prinzessin* zu dir sagen. Und auf einen Hofknicks kannst du warten, bis du grün im Gesicht bist!«

Pia verzog eher schmerzlich als amüsiert die Lippen, ging zum Fenster und sah auf die Straße hinab, bevor sie antwortete. Unten hatte sich nichts verändert. »Und wenn an dieser Geschichte etwas dran ist?«

»Dass du eine wiedergeborene Elfenprinzessin bist?« Alica lachte. »Mach dich nicht lächerlich!«

»Natürlich nicht«, antwortete Pia. »Aber ich …« Sie ließ den Satz unbeendet und sah fast eine Minute lang auf die Straße hinab, bevor sie weitersprach. Alles dort unten war so bizarr, so fremd und zugleich auf eine durch und durch unheimliche Weise vertraut. Und dasselbe galt für das, was Brack vorhin erzählt hatte.

»Aber dieser ganze … Zauberkram.«

»Magie. *Buhuhuhuh*«, machte Alica. Pia konnte hören, wie sie mit den Armen wedelte. »Schwarzer Zauber. Vielleicht sollten wir uns eines von diesen lebenden Elfenschiffen organisieren und damit nach Hause fahren.«

»Das kann kein Zufall sein«, beharrte Pia. »Dieser Kerl, der uns vor Hernandez und seinen Schlägern gerettet hat … er hat mich Gaylen genannt.«

»War es ein Dunkelelf oder einer von den Guten?«, spöttelte Alica.

Pia ging gar nicht darauf ein. »Dieser Turm. Du hast gehört, was Brack darüber erzählt hat. Wir sollten ihn uns ansehen.«

»Der Turm des Hochkönigs?« Alica machte ein abfälliges Geräusch. »Du glaubst diesen ganzen Humbug?«

Pia dachte weniger an das, was Brack über jenes unheimliche Gebäude erzählt hatte, als an das, was der Anblick seiner schwarzen Mauern und himmelstürmenden Türme in ihr ausgelöst hatte. In diesem Gebäude *war* irgendetwas.

»Ich werde ihn mir auf jeden Fall ansehen«, sagte sie. »Am besten noch heute.«

»Du spinnst«, sagte Alica. »Da kriegen mich keine zehn Pferde rein.« Sie zog eine Grimasse und schauderte übertrieben.

»Dann haben wir ein Problem«, antwortete Pia. »Hast du nicht selbst gesagt, du würdest überall hingehen, wo ich auch hingehe? Und ich *werde* mir diesen Turm ansehen.«

»Du bist doch ...«

»Oder willst du hierbleiben?«, fuhr Pia ungerührt fort.

Darauf antwortete Alica gar nicht mehr. Aber Alica wäre nicht Alica gewesen, hätte sie so schnell aufgegeben. »Also gut«, versuchte sie es nach einer Weile noch einmal. »Auch wenn ich mich selbst frage, ob ich allmählich den Verstand verliere: Tun wir einfach für ein paar Minuten so, als würde ich diesen ganzen Gespensterkram glauben.«

»Ich habe nichts von Gespenstern gesagt«, sagte Pia.

»Du glaubst aber nicht im Ernst, dass du irgendetwas mit dieser Elfenprinzessin zu tun hast, oder?«, fuhr Alica fort.

»Nein«, antwortete Pia. Sie klang nicht wirklich überzeugt. »Aber das ist auch gar nicht nötig. Vielleicht reicht es ja, wenn jemand anders das glaubt.«

»Dein geheimnisvoller Retter? Der Ritter auf dem weißen Pferd?«

»Er hatte kein Pferd. Immerhin hat er mich mit diesem Namen angesprochen«, erinnerte Pia, wobei sie sorgsam vermied, Gaylen zu sagen. Sie hob die Hand, als sie spürte, dass Alica widersprechen wollte. »Lass mich den Gedanken zu Ende spinnen.«

»Spinnen trifft es ganz gut.«

»Was, wenn er mich einfach verwechselt hat?«, fuhr sie ungerührt fort. »Ich weiß, es klingt verrückt, aber das gilt schließlich für die ganze Geschichte hier. Was, wenn das alles einfach nur eine völlig aberwitzige Verwechslung ist?«

»Oder auch nicht, und du bist diese verschollene Elfenprinzessin?«, stichelte Alica. »Könnte doch sein, oder? Also, immerhin ... wenn man's genau nimmt, dann könntest du es schon sein. Du siehst aus wie sie, und du weißt selbst nicht genau, wer du bist. Esteban hat mir verraten, dass du ein Findelkind bist. Die verschollene Elfenprinzessin, die von ihren Eltern in eine fremde Welt gebracht wurde. Und in eine besonders sichere dazu. Einen besseren Ort für ein Kind als die Favelas gibt es ja schließlich kaum ... jedenfalls solange die Idioten von der Stadtverwaltung nicht wieder ein paar Killerkommandos losschicken, die Jagd auf Slumkinder machen.«

»Jaja, ist schon gut«, sagte Pia.

»Andererseits könnte ich es auch sein«, sinnierte Alica.

Pia drehte sich zu ihr um und sah sie fragend an.

»Doch, doch.« Alica nickte heftig. »Ich bin auch ein Waisenkind, genau wie du. Wusstest du das nicht? Ich habe keine Ahnung, wer meine Eltern sind. Allerdings bin ich im Gegensatz zu dir in einem dreckigen Waisenhaus am Rande der Favelas aufgewachsen, in dem es keinen Strom und nur kaltes Wasser gegeben hat und nicht einmal jeden Tag etwas zu essen.«

»Mir bricht das Herz.«

»Braucht es nicht«, sagte Alica. »Ich wollte dir nur zeigen, wie leicht man sich etwas zusammenreimen kann, wenn man will.«

Pia versuchte, sie zornig anzufunkeln, doch es gelang ihr nicht. Für ihren Geschmack hatte Alica in letzter Zeit eindeutig ein bisschen zu oft recht, wenn es um solche Dinge ging. Nach einigen weiteren, endlosen Sekunden, in denen sie sie nur mit einer Mischung aus Trauer und einem immer stärker werdenden Ärger, der viel mehr ihr selbst als der jungen Frau galt, angestarrt hatte, hob sie die Schultern und sagte noch einmal: »Ich werde ihn mir ansehen. Jetzt.«

»Jetzt?«, wiederholte Alica. »Ich kann mich täuschen, aber

hat Brack uns nicht befohlen, hier auf ihn und Istvan zu warten?«

»Ich kann mich ebenfalls täuschen«, erwiderte Pia, »aber seit wann lässt du dir von irgendjemandem etwas befehlen?«

»Netter Versuch«, sagte Alica. »Aber so, wie die Dinge liegen, sollten wir im Moment vielleicht besser …«

»Es ist deine Entscheidung«, unterbrach sie Pia. Ohne ein weiteres Wort und mit schon etwas mehr als nur *sanfter* Gewalt schob sie Alica aus dem Weg, öffnete die Tür und war schon halb die Treppe hinunter, bevor Alica ihre Überraschung überwand und sich ihr anschloss.

»Dann sei wenigstens so vernünftig, und nimm das hier«, sagte sie. Pia hielt zwar nicht im Schritt inne, sah aber zu ihr zurück und bemerkte einen hellen Stofffetzen, mit dem Alica aufgeregt herumwedelte. Er sah aus, als hätte sie ihn aus der Bettwäsche herausgerissen – was sie wahrscheinlich getan hatte. Pia hätte nicht übel Lust gehabt, ihn als Knebel zu verwenden, um sie damit endlich zum Schweigen zu bringen, verstand aber, was Alica meinte, und musste ihr – wieder einmal – widerwillig im Stillen recht geben. Am Fuße der Treppe angelangt, entriss sie ihr den Fetzen, raffte mit der linken Hand ihre Haare zusammen und versuchte ihn mit der anderen unter dem Kinn zu knoten, um ein Kopftuch zu improvisieren. Erst als Alica ihr half, gelang es ihr wirklich.

Lasar tauchte wieder aus den Schatten hinter der Theke auf und starrte sie genauso fasziniert und erschrocken wie vorhin an, aber er sah zugleich auch ziemlich unglücklich aus, fand Pia. Sie gab ihm keine Gelegenheit, auch nur ein einziges Wort zu sagen, sondern schlug die Kapuze ihres Umhanges hoch und riss die Tür auf. Blindlings stürmte sie los, überquerte die Straße fast zur Gänze und blieb erst wieder stehen, als sie sich schon einen halben Block vom Weißen Eber entfernt hatte. Alica holte zu ihr auf und machte ein Gesicht, als ärgerte sie sich über ein ganz besonders störrisches Kind, sparte sich aber zu Pias Erleichterung jeden Kommentar.

Wahrscheinlich hätte sie ihr auch dieses Mal recht geben müssen.

Erst jetzt spürte sie die Kälte, die die Stadt in ihrem eisigen Griff hatte. Der Boden, auf dem sie standen, war hart gefroren (und das sollte der Sommer sein, von dem Brack gesprochen hatte?), und selbst das Luftholen begann schon wieder wehzutun.

Außerdem wurden sie auch diesmal angestarrt.

Pia fragte sich, ob es vielleicht an ihrer für die Menschen in dieser Stadt so ungewohnten Eile lag oder ob ihre und Alicas Größe auffielen – oder die Neuigkeit von ihrem Auftauchen hier bereits die Runde gemacht hatte. Mindestens ein Dutzend Männer und Frauen blickten sie an, auch wenn sie hastig wieder wegsahen oder so taten, als wären sie in ein intensives Gespräch mit einem anderen oder die Betrachtung der Auslagen eines der zahlreichen kleinen Geschäfte vertieft, die die Straße säumten. Die Kinder – deren große Anzahl ihr abermals auffiel – kannten solche Hemmungen nicht und starrten sie unverhohlen neugierig, manche aber auch eindeutig erschrocken aus großen Augen an. Ein vor Schmutz starrendes Kind, dessen Geschlecht unter der dicken Dreckschicht auf seinem Gesicht nicht einmal zu erraten war, deutete heftig gestikulierend in ihre Richtung und fuhr dann auf dem Absatz herum, um schreiend davonzulaufen.

»Ja, das muss ungefähr das sein, was Brack sich unter dem Wort *unauffällig* vorgestellt hat«, sinnierte Alica und quittierte Pias ärgerlichen Blick mit einem bekräftigenden Nicken. Gleichzeitig schlang sie den Umhang enger um die Schultern und schauspielerte ein übertriebenes Frösteln. »Aber gegen einen gemütlichen Spaziergang im hellen Sonnenschein wird er sicherlich nichts einzuwenden haben.«

Pia sparte sich jeden Kommentar, zog aber beinahe ohne ihr eigenes Zutun die Kapuze ein wenig tiefer ins Gesicht und setzte endlich ihren Weg fort, langsamer und ohne irgendeine bestimmte Richtung zu wählen. Ebenfalls ohne ihr Zutun und beinahe ohne sich dessen bewusst zu sein, suchte ihr Blick die Fassaden der Häuser rechts und links der Straße ab, vor allem aber die Silhouetten der anderen Spaziergänger, um sich zu überzeugen, dass tatsächlich keiner unter ihnen war, der vielleicht durch Größe und Wuchs aus der Masse herausstach, oder unter dessen Mantel sich vielleicht ein struppiger Fellumhang verbarg, ein hässliches Gesicht oder ein noch hässlicheres Schwert.

Erst danach hob sie den Blick, ließ ihn aufmerksam über die spitzen Dächer der strohgedeckten Häuser vor ihnen schweifen und fixierte dann den schwarzen Koloss im Herzen der Stadt. Sie hatte das Gefühl, jetzt weiter davon entfernt zu sein als am Morgen (obwohl das natürlich ganz und gar unmöglich war), und damit nicht genug, kam er ihr auch noch düsterer vor, die Schatten tiefer, das Schwarz seiner zyklopischen Wände intensiver. Vielleicht hatte Alica ja recht. Vielleicht war es keine gute Idee, dorthin zu gehen.

Sie verscheuchte diesen albernen Gedanken, ohne ihn jedoch ganz loszuwerden, während sie sich mühsam dem hier üblichen gemächlichen Schlendern anpassten und mit gesenktem Kopf und noch weiter gesenkten Schultern ihren Weg durch die schmalen, oft genug hoffnungslos verwinkelten Gässchen und Straßen WeißWalds suchten. Dann und wann hob Pia den Blick, um den schwarzen Turm vor ihnen zu fixieren, die meiste Zeit über war er allerdings starr zu Boden gerichtet; eine für ihre Begriffe geradezu demütigende Art, sich zu bewegen, aber ihre innere Stimme riet ihr immer drängender, wenigstens insoweit auf Alicas Warnung zu hören und nicht noch mehr Aufsehen zu erregen, als sie es ohnehin schon getan hatten.

Alica setzte dazu an, etwas zu sagen (von dem Pia mutmaßte, dass sie es nicht hören wollte), doch in diesem Moment brach vor ihnen etwas wie ein kleiner Tumult aus. Überrascht und alarmiert zugleich blieben sie stehen, aber die Aufregung und das Stimmengewirr galten nicht ihnen. Ein in zerfetzte Lumpen gekleidetes Kind schoss aus einem der schmalen Gässchen gleich vor ihnen heraus, rannte im Zickzack über die Straße und verschwand zwischen den Häusern auf der gegenüberliegenden Seite. Nur einen Atemzug später rannten zwei Soldaten der Stadtwache hinter ihm her, mit wehenden Mänteln und drohend erhobenen Speeren.

»Keine Chance«, sagte Alica schadenfroh. »Den holen sie nie ein.«

Pia überlegte einen Moment, was das Kind wohl getan haben mochte, um von zwei bewaffneten Männern verfolgt zu werden, die auch ganz den Eindruck machten, als würden sie ihre Waffen benutzen, sollten sie seiner habhaft werden ... was aber nicht sehr wahrscheinlich war. Pia hatte aus ihrer eigenen Jugend genug Erfahrung in solchen Dingen, um zu wissen, dass der Knirps ihnen entkommen würde. Ein flüchtiges Lächeln stahl sich auf ihre Lippen, als sie weitergingen. Wahrscheinlich, dachte sie, hatte sich der Knirps nichts Schlimmeres zu Schulden kommen lassen, als einen Apfel zu stehlen oder einen etwas zu derben Scherz zu machen, aber manche Dinge, dachte sie nicht zum ersten Mal, waren offensichtlich tatsächlich in allen Welten gleich. Irgendwie hatte der Gedanke etwas Beruhigendes.

Als sie ihren Weg fortsetzten, fiel Pia etwas auf, das sie zuvor vielleicht registriert, aber nicht wirklich begriffen hatte. Abgesehen von allem anderen gab es zwischen WeißWald und den Favelas (und eigentlich jeder anderen Stadt, die sie kannte) einen fundamentalen Unterschied: Je mehr sie sich dem Stadtzentrum näherten, desto kleiner und ärmlicher schienen die Gebäude zu werden, nicht einfach nur älter und einfacher, sondern verwahrloster. Mehr als eines stand leer, wie man auf den ersten Blick erkannte, und alles hier wirkte ... schmuddeliger. Seltsam.

Dann traten sie zwischen den letzten Häusern heraus, und der Grund wurde ihr klar, ohne dass sie ihn zunächst wirklich in Worte fassen konnte oder es auch nur gewollt hätte. Vor ihnen lag der Turm des Hochkönigs. Der schwarze Koloss reckte sich noch deutlich höher über die Dächer der Stadt, als es von Weitem den Anschein gehabt hatte, und auch aus der Nähe betrachtet verlor der Anblick nichts von seiner unheimlichen Wirkung. Der Stein seiner Wände war vollkommen schwarz; ein Schwarz von einer Tiefe, wie sie es selten zu Gesicht bekommen hatte, fast als saugte es das Sonnenlicht auf, um ihm alles Warme und Lebendige zu nehmen. Dieses Bauwerk schien nur Kälte auszustrahlen. Es war beinahe unmöglich, seine genaue Form zu bestimmen, denn es schien kein wirklich zentrales Gebäude zu geben, sondern nur eine wie zusammengedrückt wirkende Ansammlung unterschiedlich hoher und starker Türme und Türmchen, Erker und Vorsprünge, zinnengesäumter Dächer und Wehrgänge.

»Wer immer das Ding gebaut hat, muss gehörig einen an der Klatsche gehabt haben«, sagte Alica.

Pia lächelte flüchtig, auch wenn ihr wirklich nicht nach Lachen zumute war. Sie hätte es anders ausgedrückt, aber Alica hatte es auf den Punkt gebracht. Das Gebäude sah aus, als wäre es einem Fiebertraum entsprungen oder auf dem Reißbrett eines Architekten entstanden, der tatsächlich gehörig *einen an der Klatsche* gehabt hatte.

»Jetzt weiß ich auch, warum hier niemand lebt«, fuhr Alica fort. »Mir würde die Nachbarschaft auch nicht gefallen.«

Pia nickte auch dazu nur wortlos und musste sich überwinden weiterzugehen. Im ersten Moment glaubte sie, es wären wieder ihre magischen Stiefel, die ihr mitteilen wollten, dass es keine wirklich gute Idee war, diese Richtung einzuschlagen, doch das war nicht der Fall. Etwas in ihr sträubte sich. Dieser Turm flößte ihr Angst ein. Sie zwang sich trotzdem, nicht nur weiterzugehen, sondern ihre Schritte sogar noch zu beschleunigen; und sei es bloß, um nicht vor sich selbst als Feigling dazustehen.

Der Turm überragte sämtliche Gebäude WeißWalds um ein Vielfaches, und die anderen Häuser hielten respektvollen Abstand zu ihm, als hätten es die Menschen hier angstvoll vermieden, auch nur im Schatten dieses zyklopischen Dinges zu siedeln. Es gab einen gut hundert Meter messenden, vollkommen freien Streifen ringsum, und zwischen ihm und dem eigentlichen Turm klaffte ein nahezu halb so breiter und erschreckend tiefer Graben, über den eine schmale steinerne Brücke mit einem kaum hüfthohen gemauerten Geländer führte. Pia gab ihrer inneren Stimme gar nicht erst die Gelegenheit, gegen ihr weiteres Vorhaben zu protestieren, sondern ging im Gegenteil noch schneller über die Brücke und hielt erst an, als sie wieder festen Boden unter den Füßen hatten und das Tor vor ihnen lag. Es war ebenso gigantisch und größenwahnsinnig wie das gesamte Gebäude, ein zweiflügeliges Monstrum aus gewaltigen Balken, die ebenso schwarz und lichtschluckend waren wie der Stein, der sie umgab, und mit uralten, zum größten Teil bis zur Unkenntlichkeit verwitterten Schnitzereien verziert. Pia konnte keine Möglichkeit entdecken, es zu öffnen, worüber sie tief in sich beinahe erleichtert war. So musste sie wenigstens keine Ausrede suchen, um es nicht zu tun.

»Gut, jetzt haben wir ihn uns angesehen«, sagte Alica nervös. »Können wir dann wieder gehen?« Das *Wir hätten gar nicht herkommen sollen* sparte sie sich, aber Pia hörte es trotzdem.

Statt zu antworten, trat sie zwei Schritte zurück und schlang während der Bewegung ihren Umhang enger um die Schultern. Sie versuchte sich einzureden, ihr plötzliches Frösteln läge nur an der Kälte, die ganz WeißWald in ihrem eisigen Griff hatte, wusste aber, dass das nicht stimmte. Es war dieses Tor. Der schwarze Stein, der eine Kälte ganz anderer Art ausstrahlte, gegen die keine noch so warme Kleidung Schutz bot.

Dann erfasste ihr Blick etwas über dem Tor, und sie vergaß die Kälte, den schwarzen Basalt und selbst Alica neben sich. Pia glaubte zu spüren, wie ihr Herz stockte und dann schneller und hektischer weiterschlug.

In den tonnenschweren Firststein des Torgewölbes war das Porträt eines Mannes eingemeißelt. Eines Mannes, den sie kannte. Schmale, edle Züge, eine aristokratische Nase und wache, sehr durchdringende Augen, die mit einer Mischung aus unverhohlenem Spott und einer angeborenen Verachtung auf sie herabzublicken schienen. Es war ein sehr kräftiges Gesicht, überlebensgroß und genau wie der Rest dieses Gebäudes uralt und verwittert, und dennoch strahlte es eine unheimliche Lebendigkeit aus.

»Was ist los mit dir?« Offensichtlich hatte sie sich nicht annähernd so gut in der Gewalt gehabt, wie sie glaubte, denn Alica sah sie eindeutig alarmiert an. Ihr Blick folgte dem Pias und kehrte dann noch alarmierter wieder zu ihrem Gesicht zurück. »Sag nicht, dass ...?«

»Das ist Eirann, der Hochkönig der Dunkelelfen«, sagte eine sehr verärgert klingende Stimme hinter ihnen, »jedenfalls so, wie ihn sich der Künstler vorgestellt haben mag, der dieses Porträt lange nach seinem Tod über dem Tor angebracht hat. Und was bei Kronn habt ihr hier zu suchen? Hatte ich euch nicht gebeten, im Weißen Eber auf mich zu warten?«

»Das ist eine dumme Angewohnheit von uns, weißt du?«,

sagte Alica. »Wir reagieren allergisch auf Befehle.« Offensichtlich hatte sie zwar nicht Bracks Worte, wohl aber deren Sinn verstanden. Der Wirt beachtete sie gar nicht, sondern starrte Pia an und hatte dabei sichtlich Mühe, seinen Ärger nur auf seine Worte zu beschränken.

»Wollt ihr euch mit Gewalt Ärger einhandeln? Was sucht ihr hier?«

Pia sagte gar nichts, sondern starrte abermals zu dem gemeißelten Porträt über dem Tor hinauf, das den Hochkönig der Dunkelelfen zeigte ... und zugleich den Mann, der Jesus und sie vor Hernandez gerettet hatte.

»Eirann?«, murmelte sie.

Brack zuckte ärgerlich mit den Schultern. »Das soll sein Name gewesen sein. Riskierst du Kopf und Kragen, weil du dich für eine alte Legende interessierst?« Er hinderte sie mit einer entsprechend ärgerlichen Handbewegung daran, zu antworten. »Was soll das?«

Pia starrte weiter das in den Stein geschlagene Gesicht an. Die Ähnlichkeit war nicht vollkommen. Zeit und Erosion hatten ihre Spuren in dem uralten Stein hinterlassen, und jetzt, als sie genauer hinsah, erkannte sie doch den einen oder anderen Unterschied. Der Mann dort oben sah älter aus, härter und erfahrener, und auch wenn es dem vor langer Zeit gestorbenen Künstler auf beinahe unheimliche Weise gelungen war, einen Ausdruck von Leben in den toten Stein zu bannen, schien dieses Antlitz trotzdem etwas auszustrahlen, das auf unmöglich in Worte zu fassende Weise noch kälter war als der eisige Wind, der in ihr Gesicht blies.

»Willst du jetzt weiter hier stehen und gaffen, oder kommt ihr mit mir zurück, und ich versuche Istvan irgendwie zu beruhigen?«, polterte Brack. »Ich bin allerdings nicht sicher, ob es mir gelingt.«

Pia riss sich mit einer spürbaren Anstrengung von dem

unheimlichen Anblick los, rang sich zu einem angedeuteten Nicken durch und machte eine entsprechende Geste. Brack starrte sie noch zwei oder drei Sekunden zornig an, dann aber drehte er sich auf dem Absatz herum und stampfte davon. Alica und sie folgten ihm. Über ihnen schrie ein Rabe.

XII

Das Feuer im Kamin war schon wieder heruntergebrannt, doch Lasar legte gerade frisches Holz nach, als sie eintraten. Das Gasthaus war nicht mehr leer. Beiderseits der Tür standen zwei Männer in den schweren Wollmänteln und silberfarbenen Harnischen der Stadtwache. Beide hatten ihre Helme abgesetzt und der eine seinen Speer nachlässig gegen die Wand gelehnt; der andere aber umklammerte seinen Speer mit beiden Händen und so fest, als wäre gerade eine Horde Waffen schwingender Barbaren hereingestürmt, nicht zwei harmlose junge Frauen.

Pia konnte einen spöttischen Blick in seine Richtung nicht ganz unterdrücken, was Brack nicht entging. Er reagierte mit einer eindeutig erschrockenen Grimasse, sagte jedoch mit ruhiger Stimme und einer deutenden Geste auf einen der Tische: »Das ist Istvan, der Kommandant der Stadtwache.«

Istvan musste die Worte gehört haben, denn bis auf das gelegentliche Knacken eines brennenden Holzscheits war es nahezu vollkommen still hier drinnen, aber er reagierte nicht, und Pia und Alica folgten Bracks neuerlicher, jetzt eindeutig ungeduldiger Geste und traten an den Tisch heran. Pia bedachte den schlanken, dunkelhaarigen Mann, der ein kantiges Gesicht und durchdringende Augen hatte und ihr für den Kommandanten einer kompletten Stadt beinahe ein bisschen zu jung vorkam, nur mit einem knappen Nicken und immerhin der Andeutung eines Lächelns, während Alica ihr Möglichstes tat, um einfach durch ihn hindurchzustarren. Istvan zog kurz die linke Augenbraue hoch, doch sein einziger

Kommentar – an Brack gewandt – bestand aus einem angedeuteten Schulterzucken und den Worten: »Ihr wart lange weg, Brack.«

Brack begann unbehaglich mit den Händen zu ringen. Pia sah ihm an, wie viel Überwindung es ihn kostete, Alica und sie nicht mit vorwurfsvollen Blicken zu durchbohren. »Es tut mir leid, Erhabener«, sagte er nervös. »Ich musste erst eine Weile ... nach ihnen suchen. Ihr wisst ja – WeißWald ist ein Labyrinth für den, der sich hier nicht auskennt.« Er gestikulierte übertrieben in Pias Richtung. »Das ist ...«

»Ja, ich weiß, wer das ist«, unterbrach ihn Istvan. Sein Blick suchte Pias Gesicht und verharrte darauf. »Man kann es sehen.«

»Ich bin Gaylen«, sagte Pia. Eigentlich hatte sie Pia sagen wollen. Istvan starrte sie weiter aus seinen durchdringenden Augen an, und Pia begriff eines mit vollkommener Klarheit: Diesem Mann etwas vorzumachen würde sehr schwer sein. Sie deutete auf Alica. »Meine Freundin Alica. Sie spricht Eure Sprache nicht. Aber ich kann für sie übersetzen.«

Istvan ließ sich nicht anmerken, was er von diesen Worten hielt, sondern bedeutete ihnen nur mit einer stummen Geste, Platz zu nehmen, und Pia gehorchte. Alica tat unaufgefordert dasselbe. Istvan würdigte sie nicht einmal eines Blickes.

Brack nahm ebenfalls Platz und machte eine herrische Geste in Lasars Richtung, der immer noch mit demselben Holzscheit beschäftigt war und sich so auffällig darum bemühte, unauffällig zu sein, dass es schon fast lächerlich war. »Bring Bier, Faulpelz!«

Der Junge verschwand, und Istvan wartete, bis das Geräusch der Tür hinter der Theke zu hören war, dann wandte er sich erneut und mit misstrauischer Miene direkt an Pia. »Dein Name ist also Gaylen«, sagte er. Pia versuchte vergeblich, sich selbst einzureden, dass ihr die bohrenden Blicke nichts ausmachten.

»Ja«, sagte sie. Istvan schwieg, und sie spürte, dass er von ihr erwartete, von sich aus weiterzusprechen. Brack, der sich so gesetzt hatte, dass Istvan sein Gesicht nicht sehen konnte, versuchte ihr mit Blicken etwas zu signalisieren, doch sie wusste nicht, was. Schließlich fuhr sie fort: »Und mein Name ist *wirklich* Gaylen. Ich meine ... Brack hat mir erzählt, was es damit bei Euch auf sich hat. Das ist ... sonderbar. Und ziemlich peinlich.«

»So?«, fragte Istvan.

»Da, wo wir herkommen, ist dieser Name eher eine Auszeichnung«, erklärte Pia.

»Da, wo ihr herkommt«, wiederholte Istvan.

Pia spürte, wie dünn das Eis war, auf dem sie sich bewegte. Sie konnte es knistern hören. »Eine kleine Insel im östlichen Meer«, sagte sie. »Ihr habt bestimmt noch nie davon gehört. Favela.«

»Nein«, antwortete Istvan. »Aber das hat nichts zu bedeuten. Das östliche Meer ist groß, und die Küste ist weit. Niemand kennt alle Inseln, die es dort gibt. Wie sollte ich also den Namen einer bestimmten Insel kennen?« *Falls es sie überhaupt gibt,* fügte sein Blick unübersehbar hinzu. »Und was führt euch her, so weit weg von eurer Heimat?«

»Wir wollten nicht hierher«, antwortete Pia, wie sie selbst spürte, eindeutig zu hastig. Verdammt, warum hatte Brack auch so schnell mit diesem Istvan zurückkommen müssen? Sie hatte nicht einmal ansatzweise Zeit gehabt, sich eine Geschichte zurechtzulegen!

Jetzt würde sie improvisieren müssen.

»Meine Freundin und ich waren auf einer Wallfahrt«, sagte sie. »Wir wollten nach Florida, das ist die heilige Insel unseres Volkes.«

»Von der zweifellos hier auch noch nie jemand etwas gehört hat«, vermutete Istvan. Er runzelte die Stirn.

»Unser Schiff geriet in einen Sturm«, sagte Pia. »Wir haben Schiffbruch erlitten.«

»Wo?«, fragte Istvan. Brack verdrehte die Augen. Der Ausdruck auf seinem Gesicht näherte sich allmählich echter Verzweiflung.

»An der Küste.« Pia lächelte hastig und bemühte sich noch heftiger um ein angemessen verlegenes Gesicht, als sich Istvans Stirnrunzeln vertiefte. »Ich weiß, das klingt ... seltsam, aber Alica und ich verstehen nichts von der Seefahrt und noch weniger von Eurem Land. Der Sturm war schrecklich. Viele Tage hat er unser Schiff gebeutelt, und am Ende hat er es gegen die Klippen geworfen. Das Schiff ist gesunken, und Alica und ich waren die einzigen Überlebenden, fürchte ich. Wir sind tagelang umhergeirrt.« Sie registrierte, wie sich Bracks Gesichtsausdruck von *beinahe* zu *echtem* Entsetzen änderte, und erinnerte sich gerade noch daran, was er Alica und ihr über die Geografie dieses Landes erzählt hatte. »Ein paarmal haben wir Menschen gesehen, aber wir haben es nicht gewagt, uns ihnen zu zeigen.«

»Warum?«, fragte Istvan.

»Sie waren ... unheimlich«, antwortete Pia zögernd und bemühte sich um ein angemessenes Schaudern. »Ich glaube, es waren Wilde. Schreckliche Gestalten in Fellen und mit Waffen.«

Istvan blickte an sich selbst hinab, genauer gesagt auf den schweren Fellmantel, den er sich um die Schultern geschlungen hatte, und den breiten Ledergürtel, aus dem der reich verzierte Griff eines Schwertes ragte. »Dann wart ihr sehr klug, euch ihnen nicht zu zeigen«, sagte er. »Manche dieser Barbarenstämme sind nicht unbedingt für ihre Gastfreundschaft berühmt.« Pia konnte nicht sagen, ob er ihr diese improvisierte Ausrede glaubte oder nicht. Er forderte sie nur mit einer Geste auf weiterzusprechen.

»Wir sind tagelang umhergeirrt, bis wir schließlich Eure Stadt aus der Ferne gesehen haben. Viel länger«, fügte sie mit einem neuerlichen und noch übertriebeneren Schaudern hinzu, »hätten wir es wahrscheinlich nicht ausgehalten. Euer Land ist kalt. Jedenfalls für unsere Begriffe.«

Brack signalisierte ihr ein Nicken mit den Augen. *Gut.*

Oder auch nicht. »Wenn eure Heimat so weit entfernt ist und ihr so rein gar nichts über uns wisst, wieso sprichst du dann unsere Sprache so gut?«, fragte Istvan in beinahe harmlosem Tonfall.

»Weil es auch unsere Sprache ist«, antwortete Pia. »Alica hier stammt nicht aus unserem Land. Sie war Sklavin im Haus meiner Mutter.«

Alicas Augen schossen unsichtbare Blitze deutlich über der Hunderttausend-Volt-Marke in ihre Richtung, aber sie sagte nichts. Pia bedankte sich im Stillen dafür, breitete sich aber ebenso lautlos auf das vor, was Alica sagen würde, sobald sie wieder allein wären. Istvan sah sie jetzt eindeutig ungeduldig an, doch gerade als Pia weitersprechen wollte (genauer gesagt: sich noch den Kopf zerbrach, was sie wohl als Nächstes sagen sollte), ging die Tür auf und niemand anders als Brasil kam herein. Er trug den linken Arm in einer schmuddeligen Schlinge, und die ebenfalls linke Hälfte seines Gesichtes sah aus, als wäre er gegen einen Brückenpfeiler gerannt. Mehrmals.

Alica riss die Augen auf und sprang so hastig in die Höhe, dass ihr Schemel umfiel, und Pias Hand zuckte unwillkürlich zu der Pistole, die sie unter ihrem Umhang im Hosenbund trug. Istvan blinzelte. Die beiden Wächter, die die Tür flankierten, maßen Brasil mit allerhöchstens gelindem Interesse, und auch Brasil selbst reagierte vollkommen anders, als Pia es erwartet hätte. Er stockte zwar für einen Moment im Schritt, als er sie erblickte, machte dann aber nur ein finsteres Gesicht und schlurfte zu demselben Tisch, an dem er heute Morgen gesessen und gefrühstückt hatte.

»Setz dich wieder, Mädchen«, sagte Brack, an Alica gewandt.

Alica schien seine Worte gar nicht gehört zu haben, und wenn, ignorierte sie sie. Sie trat nur einen weiteren Schritt vom Tisch zurück und spannte sich sichtbar an. »Das ist ...«

Brack wiederholte seine Geste, sich wieder zu setzen. Er wandte sich direkt an Pia. »Sag deiner Freundin, sie soll sich setzen. Es ist alles in Ordnung.«

»So?«

Brack setzte zu einer weiteren Erklärung an, drehte sich stattdessen jedoch schnaubend auf seinem Schemel herum, warf Brasil einen raschen, aber eindeutig mahnenden Blick zu und wandte sich dann an Istvan. »Wie Ihr seht, sie sind mit unseren Sitten und Gebräuchen wirklich nicht vertraut.«

»Gehört es zu Euren Sitten und Gebräuchen, dass sich die Gäste gegenseitig überfallen und ausrauben?«, fragte Pia. Die Worte taten ihr fast sofort wieder leid, denn Brack starrte sie regelrecht entsetzt an, und auch Istvans Miene verdüsterte sich.

»Natürlich nicht«, sagte er. »Brack hat mir auf dem Weg hierher erzählt, was passiert ist.«

»Dann wisst Ihr auch, dass dieser Mann versucht hat, meine Freundin und mich zu überfallen«, antwortete Pia. Sie hatte mit jeder Sekunde mehr das Gefühl, dass es besser wäre, jetzt vielleicht gar nichts mehr zu sagen, aber sie konnte die Worte auch nicht zurückhalten. Brasil musterte sie über die Entfernung finster aus einem gesunden und einem fast zur Gänze zugeschwollenen Auge, in denen die blanke Mordlust loderte.

»Aber dieser Überfall fand außerhalb der Stadtmauern WeißWalds statt, richtig?«, vergewisserte sich Istvan.

Pia nickte.

»Siehst du«, fuhr Istvan fort. Er hob beiläufig die Schultern. »Selbstverständlich steht jeder unter dem Schutz unserer Gesetze, der sich innerhalb der Stadtmauern aufhält. Was er draußen tut, geht uns nichts an.«

Pia starrte ihn aus ungläubig aufgerissenen Augen an. »Soll das heißen ...«, murmelte sie.

»Ja, das soll es heißen«, sagte Istvan. »Ihr scheint wirklich aus einem sehr fernen Land zu stammen.« Er machte eine unwillige Handbewegung, als Pia etwas darauf erwidern wollte, warf Alica einen weiteren, jetzt schon beinahe eisigen Blick zu und wartete, bis sie ihren Hocker aufgehoben und wieder darauf Platz genommen hatte.

»Aber wir wollten über eure Heimat sprechen, Gaylen. Und den Grund, aus dem ihr hier seid.«

Das wollte Pia ganz und gar nicht und schwieg.

»Ihr seid also rein zufällig nach WeißWald gekommen«, setzte Istvan neu an, als ihm klar wurde, dass sie nicht von sich aus weitersprechen würde.

»Nein«, antwortete Pia. Sie streckte die Beine aus, sodass Istvan ihre Stiefel sehen konnte. »Ein Geschenk meiner Mutter. Sie meinte, eines Tages könnten sie mir vielleicht von Nutzen sein. Sie haben mich hergeführt.«

Istvan starrte ihre Stiefel an. Lange. Sehr lange. Alica tat dasselbe, und ihr Gesicht war ein einziges Fragezeichen.

Schließlich nickte der Statthalter. »Deine Mutter scheint mir eine sehr kluge Frau zu sein. Und zugleich sehr dumm, dich auf einen solchen Namen zu taufen.« Er machte eine herrische Geste, zum Zeichen, dass er keine Antwort hören wollte. »Gleichwie. Das ist eine sehr ... bemerkenswerte Geschichte, die du da erzählst, Gaylen. Und was habt ihr jetzt vor?«

»Wir wollen wieder nach Hause«, antwortete Pia. »Sobald es das Wetter zulässt, gehen wir zur Küste und versuchen ein Schiff zu finden, das uns zurück in unsere Heimat bringt.« Sie wollte es nicht, aber ihr Blick irrte ganz von selbst wieder zum Nachbartisch und tastete über Brasils zerschlagenes Gesicht. Lasar hatte ihm mittlerweile einen Krug Bier gebracht, und er trank mit kleinen, vorsichtigen Schlucken. Vermutlich tat ihm jede Bewegung weh. Wenigstens hoffte Pia, dass es so war.

»Dann müsst ihr bis zum nächsten Frühjahr warten«, sagte Istvan. Pia versuchte vergeblich, in seiner Miene zu lesen. Sein Gesicht war wie Stein. »Es ist ein weiter Weg bis zur Küste. Ihr werdet keinen Kapitän finden, der sich auf unbekannte Gewässer hinauswagt, wenn die ersten Herbststürme bevorstehen. Nicht ohne Entgelt.«

»Wir haben Geld.« Brack schenkte ihr einen weiteren, verstohlenen Blick, der vorsichtige Erleichterung signalisierte, und Pia zog den Lederbeutel unter dem Mantel hervor, den sie Brasil abgenommen hatte, und legte ihn vor sich auf den Tisch. Brasil starrte sie hasserfüllt an. Istvan nahm den Beutel, warf einen Blick hinein und schüttelte den Kopf.

»Das wird nicht ausreichen, um ein Schiff zu bezahlen.«

»Meine Familie ist nicht arm«, sagte Pia. »Den Kapitän, der uns nach Hause bringt, wird eine großzügige Belohnung erwarten.«

»Trotzdem müsst ihr bis zum Frühjahr hierbleiben«, antwortete Istvan. Er machte keine Anstalten, ihr den Geldbeutel zurückzugeben, sondern schloss die Finger darum. »Was sagen deine Schuhe dazu?«

»Sie haben mich hergebracht«, erwiderte Pia. »Bislang wollen sie nicht wieder weg.«

»Dann solltest du auf sie hören.« Der Lederbeutel verschwand wie weggezaubert unter Istvans Mantel, und Alica legte gleichermaßen missbilligend wie überrascht die Stirn in Falten. Pia schickte ein Stoßgebet zum Himmel, dass sie wenigstens in diesem Moment klug genug war, die Klappe zu halten. »Wenigstens so lange, bis ich mir darüber klar geworden bin, was ich von deiner Geschichte zu halten habe«, fügte Istvan hinzu. Obwohl er nicht einmal in ihre Richtung gesehen hatte, schien er Alicas Blicke zu spüren, denn er wandte langsam den Kopf und sah sie ebenso stumm wie herausfordernd an.

Eine Herausforderung, die Alica nur zu gerne annehmen würde, wie Pia wusste.

Brack schien das wohl ebenso zu sehen, denn er fragte fast hastig: »Dann können sie bleiben?«

»Vorerst«, antwortete Istvan, wenn auch erst nach einer kurzen, unangenehmen Pause. »Aber wovon wollen sie leben?« Der Blick, mit dem er Pia dabei maß, war nicht mehr anzüglich zu nennen. Dafür hätte man ein neues Wort erfinden müssen.

»Das wird schon«, sagte Brack hastig. »Ich habe bereits darüber nachgedacht. Vorerst können sie bei mir wohnen. Alica kann in der Küche helfen, und Gaylen ...« Er hob die Schultern. Der Blick, den er Pia verstohlen zuzuwerfen versuchte, wurde beinahe flehend. »Vielleicht sollten wir damit beginnen, sie nicht mehr *Gaylen* zu nennen.«

»Aber das ist doch ihr Name?«, sagte Istvan lächelnd.

»Schon, aber es könnte doch zu gewissen ...«, Brack bemühte sich um ein verlegenes Gesicht und ein ebensolches angedeutetes Schulterzucken, »... peinlichen Verwechslungen führen. Du hast einen zweiten Vornamen, wie du mir vorhin verraten hast?«

Pia beließ es bei einem Nicken. Hätte sie versucht, ihren Namen zu nennen, hätte sie doch wieder nur Gaylen gesagt.

»Pia«, sagte Brack. »Das war er doch, oder?«

Sie nickte auch jetzt nur wortlos. Istvan runzelte die Stirn, und Brack wirkte schon wieder ein wenig hilflos, raffte sich aber zu einem Lächeln auf. »Und wir werden ein wenig an ihrem Aussehen verändern müssen.«

Pia konnte Istvan regelrecht ansehen, wie es hinter seiner Stirn arbeitete. Sie war nicht imstande, seine Gedanken nachzuvollziehen, aber ziemlich sicher, dass sie ihr ganz bestimmt nicht gefallen würden.

Am Nebentisch leerte Brasil lautstark seinen Bierkrug, rülpste noch lauter und stand umständlich auf, um mit leicht unsicher wirkenden Schritten um den Tisch herumzugehen und schließlich hinter der Theke zu verschwinden. So, wie er sich bewegte, hätte man meinen können, dass ihn dieser eine Krug Bier schon betrunken gemacht hatte, in Wahrheit aber, das wusste Pia, bereitete ihm vermutlich jede noch so kleine Bewegung Schmerzen.

Auch Alica hatte Brasil keinen Sekundenbruchteil aus den Augen gelassen, jetzt aber wandte sie sich mit leicht verärgertem Gesichtsausdruck an Pia. »Was sucht der Kerl hier?«

»Was sagt deine Sklavin?«, fragte Istvan, und Pia war plötzlich sehr froh, dass Alica seine Worte nicht verstand.

»Sie wundert sich ein wenig, dass er hier ist«, antwortete sie diplomatisch. Istvan legte fragend den Kopf auf die Seite, und sie fügte fast hastig hinzu: »Nach allem, was heute Morgen passiert ist, hätte ich eher damit gerechnet, dass er uns ... nun ja, aus dem Weg geht.«

»Warum sollte er?«, fragte Istvan. »Er wohnt hier.«

Alica blickte nur noch fragender, und Pia wandte sich ehrlich überrascht an Brack. »Ist das wahr?« Ohne Bracks Antwort abzuwarten, übersetzte sie Istvans Antwort für Alica, die noch verstörter wirkte. Erst danach wurde sie vom Wirt mit einem leicht verwunderten Nicken belohnt.

»Ich kann mir meine Gäste nicht aussuchen«, sagte er.

»Womit wir wieder beim Thema wären«, mischte sich Istvan ein. Er klang jetzt ein bisschen ungeduldig. »Ihr scheint gewisse Schwierigkeiten zu haben, euch an unserer Gesetze und Regeln zu halten.« Pia wollte antworten, doch Istvan brachte sie mit einer harschen Geste zum Verstummen. Eine der Regeln, mit denen sie garantiert die eine oder andere Schwierigkeit bekommen würde, war offensichtlich die, nach der Gespräche hier geführt wurden. »Was immer zwischen Brasil und euch auch vorgefallen sein mag, solange es sich außerhalb der Stadtmauern WeißWalds abgespielt hat, spielt es keine Rolle. Weder für ihn noch für euch. Er wird euch nichts antun, dafür stehe ich mit dem Wort des Stadtkommandanten gerade.« Er sah sie an, und nach zwei oder drei Atemzügen verstand Pia, was er von ihr erwartete, und nickte. Das schien Istvan allerdings nicht auszureichen, denn er machte eine entsprechende Geste zu Alica hin, und Pia wiederholte seine Worte. Der Ausdruck auf Alicas Gesicht wurde zu purer Fassungslosigkeit, und auch Istvan sah ein wenig verwirrt aus, die erwartete Übersetzung mit genau denselben Worten zu hören, die er selbst gerade ausgesprochen hatte.

»Du«, fügte Istvan, an Brack gewandt und in fast schon ein wenig drohend klingendem Tonfall hinzu, »bist mir dafür verantwortlich, dass auch Brasil das nicht vergisst. Wenn er noch einmal Ärger macht, könnte es gut sein, dass er den Sommer über ein anderes Quartier bezieht.«

Brack beeilte sich zu nicken. Alica sah den Stadtkommandanten auf eine sehr sonderbare Art an, schürzte dann die Lippen und stand fast gemächlich auf. Istvan schien etwas sagen zu wollen, entschied sich dann aber anders und runzelte nur die Stirn, als die junge Frau langsam um den Tisch herumging und in derselben Richtung verschwand wie Brasil. Pia fragte sich leicht besorgt, was sie dort draußen wollte.

»Sie ist also deine Sklavin«, fuhr Istvan fort, nachdem Alica gegangen war. Er schüttelte den Kopf. »Ist es bei euch üblich, dass sich Sklavinnen das Gesicht bunt anmalen?«

»Ähm ... nicht alle«, antwortete Pia unsicher. »Es hat etwas mit ihrem Status zu tun. Je geringer er ist, desto mehr schminken sie sich. Damit man sie von den freien Frauen bei uns unterscheiden kann.« Jetzt war sie wirklich *sehr* froh, dass Alica nicht mehr in Hörweite war.

Istvans Gesichtsausdruck ließ nicht erkennen, was er von dieser Antwort hielt oder ob er sie überhaupt glaubte, aber er ging auch mit keinem weiteren Wort darauf ein, sondern starrte sie nur noch einen weiteren endlosen Herzschlag lang an und stand dann mit einer irgendwie mühsam wirkenden Bewegung auf. Pia konnte im letzten Moment den Impuls unterdrücken, aus lauter Höflichkeit ebenfalls aufzustehen. Selbst jetzt, wo Istvan sich vor sie hingestellt hatte, konnte sie ihm beinahe auf gleicher Höhe in die Augen sehen. Istvan hätte es vermutlich nicht geschätzt, den Kopf in den Nacken legen zu müssen, um weiter mit ihr zu reden. Warum mussten die Leute hier auch alle so klein sein?

»Also gut, Brack«, sagte der Stadtkommandant. »Ich muss in Ruhe nachdenken, wie wir weiter verfahren, und so lange bist du mir für diese beiden Frauen verantwortlich.«

»Selbstverständlich«, sagte Brack hastig. »Macht Euch keine Sorgen, Istvan.«

»Nein, gewiss nicht«, erwiderte Istvan. »Wenn überhaupt, dann solltest du dir Sorgen machen. Dein Gasthaus sollte nicht noch einmal in Verruf geraten. Anderenfalls müsste ich mir ernsthaft überlegen, es zu schließen.«

Und mit diesen – zweifellos sorgsam gewählten – Worten drehte er sich endgültig um und verließ zusammen mit den beiden Wachsoldaten den Schankraum. Ein eisiger Windstoß fauchte herein und ließ Pia unter ihrem Mantel frösteln, als die Männer die Tür hinter sich zuzogen.

Brack starrte die geschlossene Tür noch eine geraume Weile an. Pia konnte seine Sorge spüren. Bei diesem Besuch war es nicht nur um Alica und sie gegangen. Die Spannung zwischen den beiden Männern war unübersehbar gewesen. Etwas war zwischen ihnen vorgefallen; etwas gar nicht Gutes, und Brack war ganz zweifellos nicht der Sieger dabei gewesen. Sie wollte etwas sagen, einfach nur um die unangenehme Stille zu unterbrechen, aber Brack bedeutete ihr nur ein Kopfschütteln mit den Augen und starrte weiter die Tür an, als wäre er fest davon überzeugt, Istvan im nächsten Moment zurückkommen zu sehen.

Stattdessen ging die Tür hinter der Theke auf, und Alica kehrte zurück. Etwas wie die Andeutung eines nicht ganz unterdrückten, sehr zufriedenen Lächelns lag auf ihren Lippen, und als sie näher kam, fiel Pia auf, dass sie sich die Knöchel der rechten Hand mit der linken massierte.

»Wo bist du gewesen?«, fragte sie alarmiert.

»Oh, nur ein bisschen draußen, frische Luft schnappen«, antwortete Alica. »Ist unser Besuch schon gegangen?«

Brack sah sie einen Moment lang verwirrt an, und Pia hoffte schon, dass dieser Ausdruck nur seinem Versuch entsprang, Alicas für ihn unverständliche Worte zu verstehen, dann aber erschien etwas anderes in seinem Blick, und er sprang hastig auf und verschwand beinahe schon rennend hinter der Theke.

»Du hast nicht etwa … ?«, begann Pia.

»Was?«, fragte Alica harmlos. »Ich habe mich nur ein bisschen mit Brasil unterhalten. Eigentlich ist er ein ganz netter Kerl … wenn man die richtigen Argumente hat.«

Pia verzichtete darauf, irgendetwas zu erwidern. Sie bedeutete Alica mit einer Kopfbewegung, sich wieder zu setzen, und überzeugte sich dann mit einem schnellen Blick in die Runde, dass sie allein waren. Wenn Lasar sie belauschte, dann tat er es so geschickt, dass sie nichts davon bemerkte. »Ich fürchte, das wird allmählich kompliziert«, sagte sie.

Alica schnaubte. »Wir sollten von hier verschwinden, bevor es etwas ganz anderes wird als nur kompliziert.«

»Gute Idee«, stimmte ihr Pia zu. »Und wohin?«

Alica setzte zu einer sichtlich noch schärferen Antwort an, aber dann schien sie sich daran zu erinnern, was heute Morgen passiert war, und machte nur ein ärgerliches Gesicht.

»Wo wir gerade von kompliziert sprechen«, fuhr sie fort, »täusche ich mich, oder hast du diesem Halsabschneider gerade unser ganzes Geld gegeben?«

»Genau genommen hat er es sich genommen«, antwortete Pia.

»Und wovon«, fragte Alica, »sollen wir jetzt leben?« Sie schien zumindest eine der örtlichen Gewohnheiten bereits angenommen zu haben, nämlich die, Fragen zu stellen und sie auch gleich selbst zu beantworten. »Wir könnten natürlich einen kleinen Ausflug nach draußen machen und darauf hoffen, dass ein weiterer Blödmann auf die Idee kommt, uns zu überfallen. Scheint sich ja zu lohnen.« Sie machte ein noch ärgerlicheres Geräusch. »Nur falls es dir nicht aufgefallen ist, Süße – wir sind jetzt pleite.«

Bevor Pia antworten konnte, kam Brack zurück. Er wirkte gleichermaßen erschrocken wie zornig.

»Was hast du getan?«, wandte er sich an Alica.

Alica sah ihn an, lächelte und hob dann in einer perfekt geschauspielerten Ich-verstehe-dich-leider-nicht-Geste die Schultern. Brack wirkte nur noch zorniger.

»Schon gut«, sagte Pia hastig. »Ich rede mit ihr.«

»Ach?«, fragte Alica harmlos. »Worüber?«

»Das würde ich dir auch raten«, sagte Brack aufgebracht. »Du hast Istvan gehört. Er ist für die Sicherheit hier in WeißWald verantwortlich, und er nimmt diese Aufgabe sehr ernst.«

»Und er ist nicht unbedingt dein Freund«, vermutete Pia.

»Istvan ist niemandes Freund«, antwortete Brack. »Nicht einmal sein eigener. Dass er euch gestattet, vorerst hierzubleiben, ist schon beinahe mehr, als ich erwartet habe. Und er hat dir nicht geglaubt.«

»Die Geschichte von meiner Heimat?«, vermutete Pia.

»Kein Wort«, bestätigte Brack. »Danke Kronn dafür, dass er nicht weiß, wo ich euch vorhin aufgegriffen habe. Wenn er es erfährt, findet ihr euch schneller im Kerker wieder, als ihr euch das nur vorstellen könnt.«

»Der Turm des Hochkönigs? Ich wusste nicht, dass es verboten ist, dorthin zu gehen.«

»Das ist es auch nicht«, sagte Brack. »Aber niemand geht dorthin. Es ist ein schlechter Ort. Die Menschen fürchten ihn. Istvan könnte auf falsche Gedanken kommen, wenn er erfährt, dass ihr euch dafür interessiert.«

»Wir sind fremd hier«, erinnerte Pia. »Wir interessieren uns für alles.«

Aus irgendeinem Grund schienen diese Worte Brack eher zu erschrecken, statt zu beruhigen. »Und das solltet ihr noch viel weniger sagen.« Er machte eine Bewegung, wie um sich zu setzen, überlegte es sich dann anders und trat lediglich auf die andere Seite des Tisches, weiter weg vom Kamin, dessen Wärme ihm offensichtlich unangenehm war. »Ihr habt Istvan gehört. Ihr seid jetzt meine Gäste, und damit bin ich für euch verantwortlich. Für alles, was ihr tut oder sagt. Wenn du mir also Schwierigkeiten machen willst, dann nur weiter so.«

Natürlich war das nichts anderes als ein durchsichtiger Versuch, an ihr schlechtes Gewissen zu appellieren, wie Pia sehr wohl begriff – aber er funktionierte. »Das liegt nicht in meiner Absicht.« Alica setzte schon wieder dazu an, etwas zu sagen, und Pia fuhr eine Spur lauter fort: »Vielleicht ist es das Beste, wenn Alica und ich jetzt auf unser Zimmer gehen und uns eine Weile beraten.«

»Beraten?«, fragte Alica. »Worüber?«

Pia ignorierte sie.

»Das ist vielleicht eine gute Idee«, sagte Brack. »Ich ... muss auch über das eine oder andere nachdenken. Vielleicht ist es am besten, wenn ihr nach oben geht.« Sein Blick irrte zur Theke, genauer gesagt zu der Tür, die sich in den Schatten dahinter verbarg. Er versuchte, es sich nicht anmerken zu lassen, aber Pia entging seine Besorgnis keineswegs.

»Das passiert nicht noch einmal«, versprach sie. »Und was Brasil angeht ...«

»Mach dir um diesen Dummkopf keine Sorgen«, unterbrach sie Brack. Er unterstrich seine Worte mit einer wegwerfenden Geste, die Pias Meinung nach ein bisschen zu überzeugt ausfiel. »Ich habe ihm klargemacht, dass es besser für ihn ist, wenn er diesen kleinen Zwischenfall ... äh ... vergisst. Ich kann mir nicht vorstellen, dass ihm daran gelegen ist, wenn ganz WeißWald davon erfährt.«

Pia lächelte zwar flüchtig, dennoch war sie ziemlich sicher, dass Alica draußen auf dem Hof gerade nicht nur Brasil mit Füßen getreten hatte. Sie signalisierte Brack noch einmal mit einem stummen Blick, sich um die Angelegenheit zu kümmern, bedeutete Alica mit einer sehr viel unwilligeren Geste vorauszugehen und steuerte dann die Treppe an. Alica tat zwar ihr Möglichstes, um sie mit Blicken aufzuspießen, aber sie gehorchte ihr auch.

Bis sie ihr Zimmer im ersten Stockwerk erreicht hatten, hieß das. »Sklavin, wie?«, fauchte sie. Die Worte gingen beinahe in dem Knall unter, mit dem sie die Tür hinter sich zuwarf.

»Das ... hast du verstanden?«, murmelte Pia betroffen.

»Ich verstehe jedes Wort, das Ihr sagt, Prinzessin Gaylen«, erinnerte Alica spöttisch. Der Blick, mit dem sie Pia dabei maß, war allerdings alles andere als das. Sie brodelte vor Wut.

Ein bisschen konnte Pia ihre Reaktion ja sogar verstehen, fand sie aber zugleich auch hoffnungslos übertrieben. »Alica, bitte«, sagte sie, so ruhig sie konnte. »Meinst du nicht, dass wir im Moment Wichtigeres zu tun haben, als uns über diesen Unsinn zu streiten?«

»Ganz wie Ihr befehlt, Prinzessin«, erwiderte Alica und machte einen übertriebenen Hofknicks. Ziemlich gekonnt, fand Pia.

»Das Ganze hier könnte in einer Katastrophe enden«, sagte sie ernst. »Das ist dir doch klar, oder?«

»*Könnte?*«, ächzte Alica. Sie machte eine empört wirkende Geste zum Fenster hin. »Also, wenn du das da draußen nicht als *Katastrophe* bezeichnest, dann müssen wir uns vielleicht erst einmal über die genaue Bedeutung dieses Wortes unterhalten!«

»Damit hast du vollkommen recht«, sagte Pia.

»Ach?«

»Aber es wird nicht besser, wenn wir uns gegenseitig an die Kehle gehen«, fuhr sie fort. »Wir müssen jetzt vor allem einen klaren Kopf bewahren. Du hast diesen Istvan gesehen, und du hast gehört, was er gesagt hat.«

»Gehört schon, aber nicht verstanden«, entgegnete Alica. »Dafür habe ich umso deutlicher gesehen, wie er dich angestarrt hat.«

»Was meinst du damit?«

»Noch nie mit einem Blinden gesprochen?«

»Wie?«, fragte Pia verwirrt.

»Der hätte es dir erklären können«, fuhr Alica mit einem bekräftigenden Nicken fort. »Wenn der eine Sinn ausfällt, dann werden die anderen dafür umso schärfer.« Sie machte eine kreisende Bewegung mit dem Zeigefinger zum Ohr. »Ich bin im Moment vielleicht ein bisschen taub, aber noch lange nicht blind!« Alica machte ein obszönes Geräusch. »Der Kerl hat dich mit Blicken doch regelrecht ausgezogen! Und jetzt erzähl mir bitte nicht, das wäre dir gar nicht aufgefallen!«

Aber das war es nicht. Istvan *hatte* sie sonderbar angesehen, das stimmte ... doch ganz und gar nicht so, wie Alica anzunehmen schien. Außerdem ... Pia sah an sich hinab und schüttelte den Kopf, um ihre eigene Einschätzung noch einmal zu bekräftigen. Sie bot im Moment nun wirklich keinen verführerischen Anblick. Der zerschlissene Umhang, den sie trug, hätte bei ihnen zu Hause allenfalls noch Verwendung als Hundedecke gefunden (für einen Hund, den dessen Besitzer nicht besonders leiden konnte), und darüber hinaus verbarg er ihre Figur nicht nur vollständig, sondern entstellte sie regelrecht. Sie trug noch immer das Kopftuch, das das Schönste an ihr – ihr Haar – versteckte, und obwohl sie nicht in einen Spiegel gesehen hatte, wusste sie einfach, dass ihr Gesicht ebenso müde wie schmutzig aussah. Ihre Finger waren aufgerissen und verschorft, und die dunklen Ränder unter ihren Fingernägeln waren zu einem Gutteil eingetrocknetes Blut, von dem sie selbst nicht genau sagen konnte, von wem es stammte. Die Säume ihrer Jeans, die darunter hervorlugten, waren zerrissen, völlig verdreckt. Vielleicht hatte Istvan vorhin ja gar nicht ihre *Stiefel* so nachdenklich angestarrt ...

Dann wurde ihr klar, was für einen Unsinn sie dachte, und sie musste selbst darüber lachen.

»Was ist so komisch?«, wollte Alica wissen.

»Nichts«, antwortete Pia. Ihr Lächeln erlosch so schnell, wie es gekommen war, und ließ ein Gefühl von Leere zurück, das beinahe körperlich wehtat. »Nichts«, sagte sie noch einmal, streifte den Umhang ab und warf ihn achtlos aufs Bett, während sie wieder an das schmale Fenster trat und hinausblickte.

Das Bild dort unten hatte sich nicht verändert, allenfalls der Anteil von Weiß darin war größer geworden. Es hatte den ganzen Vormittag über leicht geschneit, und die Straßen waren jetzt von einer dünnen Schicht aus gefrorenem Morast bedeckt, die das lautlose weiße Rieseln vom Himmel schneller erneuerte, als die wenigen Passanten, die es im Moment dort unten gab, sie zertreten konnten. Pias Blicke tasteten beinahe ohne ihr Zutun kurz und prüfend jede einzelne Gestalt ab, aber sie erblickte nichts Verdächtiges.

In Wahrheit sah sie weder die bizarr geformten schmalen Häuser noch die kleinwüchsigen Gestalten, die sich zwischen ihnen bewegten. Viel … *unheimlicher* war das, was sie spürte.

Es war genau wie beim ersten Mal, als sie an diesem Fenster gestanden und hinausgeblickt hatte, nur war das Gefühl jetzt ungleich intensiver, und sie war sich seines sehr viel bewusster. Sie war noch nie hier gewesen. Noch vor einem Tag hätte sie nicht einmal von einem solchen Ort *geträumt*. Und doch war ihr alles hier vertraut; nicht in der Art eines Ortes, den sie kannte, aber eines Ortes, an den sie *gehörte*. So absurd es ihr selbst vorkam: Sie fühlte sich hier *zu Hause*.

Und wenn alles wahr ist?, dachte sie. *Wenn Prinzessin Gaylen und ich …*

Zornig auf sich selbst drehte sie sich mit einem Ruck vom Fenster weg und brach den Gedanken ab, der erstens vollkommen unsinnig war und den sie zweitens auch gar nicht denken *wollte*.

Alica deutete ihre Reaktion falsch: »Sag nicht, da ist schon wieder einer von den Kerlen.«

Pia verstand auf Anhieb nicht einmal, wovon sie sprach. Dann schüttelte sie umso heftiger den Kopf. »Nein. Keine Angst. Sie sind nicht hier.«

»Und woher willst du das wissen?«, fragte Alica.

Weil ich es spüren würde. Was voll und ganz der Wahrheit entsprach ... aber Alica diese Antwort zu geben, hätte die fruchtlose Diskussion von heute Morgen nur wieder neu entfacht. Sie hob die Schultern. »Warum hätte der Kerl uns allein verfolgen sollen, wenn seine Kumpels hier wären?«

»Vielleicht hat er uns ja einfach unterschätzt. Zwei hilflose junge Frauen, die es ganz bestimmt nicht mit einem gestandenen Mann aufnehmen können?« Alica lachte, leise und ohne echten Humor. »Und jetzt ist er tot. Dumm gelaufen.«

Dieses Mal stimmte Pia nicht in ihr Lächeln ein. Doch sie konnte Alica verstehen. Der Fremde hätte sie umgebracht, ohne mit der Wimper zu zucken – oder ihnen Schlimmeres angetan –, und sie hatte ihn ja nicht einmal selbst getötet. Warum fühlte sie sich dann so, als *hätte* sie es getan?

»Vielleicht sollten wir zuerst einmal herausfinden, wer die Kerle überhaupt sind und was sie von dir wollen.« Alica gähnte ungeniert, ließ den Umhang mit einer achtlosen Bewegung von den Schultern zu Boden gleiten und setzte sich auf das vom Morgen noch ungemachte Bett. Als Pia sich wieder zum Fenster drehte, konnte sie hören, wie sie sich nach hinten sinken ließ und noch einmal und noch ausgiebiger gähnte.

»Woher willst du eigentlich so genau wissen, dass sie hinter *mir* her sind und nicht hinter dir?«

»Weil ich niemandem zwei Millionen geklaut habe«, antwortete Alica. »Außerdem: Wer ist denn hier die verschollene Elfenprinzessin? Du oder ich?«

»Ich«, antwortete Pia. »Aber nur, wenn du dann auch wirklich meine Sklavin bist.«

Sie bekam keine Antwort, und als sie sich nach einigen Sekunden wieder vom Fenster abwandte, sah sie, dass Alica eingeschlafen war, in derselben unbequemen Haltung, in der sie sich gerade zurückgelehnt hatte: beide Füße noch auf dem Boden und mit überdehntem Nacken. Wenn sie in dieser Haltung länger als ein paar Minuten schlief, dann würde sie mit grässlichen Rücken- und Nackenschmerzen aufwachen und vermutlich noch schlechter gelaunt sein. Kopfschüttelnd und mit einem leisen Lächeln auf den Lippen, dessen sie sich nicht einmal bewusst war, bugsierte Pia sie in eine Position, aus der sie wenigstens nicht mit dem Gefühl aufwachen würde, eine Woche auf einer mittelalterlichen Streckbank verbracht zu haben; und das so behutsam, dass Alica dabei nicht wach wurde. Sie bewunderte Alica beinahe dafür, sich in einem Moment wie diesem einfach hinlegen und schlafen zu können, als wäre gar nichts geschehen, empfand zugleich aber auch einen dünnen Stich von Neid. Sie selbst würde wahrscheinlich für die nächsten drei Monate kein Auge mehr zutun können …

XIII

Oder vielleicht doch, denn das Nächste, was sie empfand, war ein leises Erstaunen darüber, wo das Licht geblieben war. Es war dunkel im Zimmer. Die Sonne musste untergegangen sein. Alica schnarchte leise neben ihr, und sie hatte sich nicht nur im Schlaf umgedreht, sondern auch den Arm über ihre Brust gelegt; ihre Finger befanden sich an einer Stelle, an der sie absolut nichts zu suchen hatten. Ihr erster Impuls war, sie wegzuschubsen, aber dann griff sie ganz im Gegenteil sehr behutsam nach ihrem Handgelenk und hob ihren Arm vorsichtig von sich herunter. Erst in diesem Moment wurde Pia klar, dass sie nicht allein waren.

Die Tür war aufgegangen. Stimmengewirr, Gelächter und die typischen Geräusche einer Kneipe drangen aus dem Erdgeschoss herauf, und in dem flackernden Licht zeichnete sich eine schmale, nicht besonders große Gestalt ab, die unter der Tür erschienen war und Alica und sie anstarrte. Irgendwie spürte Pia, dass sie schon eine geraume Weile dort stand; eine Vorstellung, die ihr umso unangenehmer war, als sich Alica in diesem Moment unruhig im Schlaf bewegte und schon wieder nach ihr griff. Das Erste, worum sie Brack gleich morgen früh bitten würde, war ein Zimmer mit zwei separaten Betten.

Oder besser gleich ein eigenes Zimmer.

»Erhabene?«, fragte eine schüchterne Stimme. Der Schatten unter der Tür bewegte sich unbehaglich. Pia blinzelte, stemmte sich umständlich auf die Ellbogen hoch und kramte in ihrem Gedächtnis. *Erhabene?* Das letzte Mal, dass jemand sie so genannt hatte, war genau … nirgendwann gewesen. *Erhabene?*

»Was?«, nuschelte sie noch ein bisschen schlaftrunken.

Der Schatten unter der Tür bewegte sich erneut und noch unbehaglicher; aber sie konnte seinen Blick spüren.

»Ich … also … Bitte verzeiht die Störung, Erhabene, aber Brack hat mich geschickt, um Euch zu holen.«

Erhabene? Euch?, wiederholte Pia träge in Gedanken. Anscheinend war sie immer noch nicht ganz wach und träumte sich diesen ganzen Humbug nur zusammen. Erst dann erkannte sie die Gestalt unter der Tür, nicht weil sich ihre Augen an das Licht gewöhnt hätten, sondern weil sie so klein und schmalschultrig wie ein Kind war und die Auswahl der Leute hier, die Alica und sie kannten, nicht besonders groß. »Lasar?«

Der Küchenjunge nickte hektisch und kam einen einzelnen Schritt näher, blieb dann aber erschrocken wieder stehen, als wäre ihm plötzlich klar geworden, was für einen ungeheuerlichen Frevel zu begehen er im Begriff war. Pia stemmte sich weiter hoch, schwang die Beine vom Bett und war plötzlich froh, nicht nur komplett angezogen, sondern auch mit den Stiefeln an den Füßen eingeschlafen zu sein. Selbst durch die dicken Sohlen hindurch konnte sie spüren, wie kalt der Boden war.

»Brack?«, wiederholte sie. Wer zum Teufel war noch einmal Brack? Dann klärten sich ihre Gedanken endgültig, und Pia verabschiedete sich mit einem lautlosen Seufzen von der Hoffnung, nur einen schlechten Traum gehabt zu haben.

»Er hat nach Euch geschickt«, bestätigte Lasar. »Ich wollte Euch nicht stören. Ich habe ihn darauf hingewiesen, dass Ihr vielleicht schlaft, aber er …«

Pia machte eine wegwerfende Geste. »Geschenkt.«

Der Junge sah sie nur verständnislos an. »Ich meine damit, es macht nichts«, fügte Pia erklärend hinzu und hatte zugleich alle Mühe, ein herzhaftes Gähnen zu unterdrücken. »Hat er gesagt, was er von mir will?«

»Nein«, versicherte Lasar hastig. »Nur, dass ich Euch und Eure Sklavin holen soll.«

Pia warf einen raschen Blick auf das Bett und die *Sklavin,* die darauf lag und ungerührt weiterschnarchte, und war wieder einmal froh, dass Alica nicht jedes Wort verstand, das hier gesprochen wurde. »Ich fürchte, sie ist im Moment ziemlich erschöpft. Wir sollten sie noch eine Weile schlafen lassen.«

»Aber Brack ...«, begann Lasar.

»... wird wohl auch mit mir vorliebnehmen«, unterbrach ihn Pia. Sie reckte sich ausgiebig, trat ans Fenster und warf einen mäßig interessierten Blick hinaus. Sie hatte nicht erwartet, irgendetwas Außergewöhnliches zu sehen, und wurde auch nicht enttäuscht. Die Stadt lag ebenso dunkel und still da wie vergangene Nacht, als Alica und sie aus dem Haus getreten waren. Nur hinter sehr wenigen Fenstern brannten noch vereinzelte Lichter, und selbst hier drinnen meinte man die Stille spüren zu können, die über den Straßen lag. Aber vielleicht war das ja schon außergewöhnlich, dachte sie. Trotz allem spürte sie, dass sie nicht allzu lange geschlafen hatte; die Sonne war wohl erst vor kurzer Zeit untergegangen. Dort draußen war es jedoch so dunkel und still, als wäre Mitternacht schon längst vorbei. Die Leute in WeißWald schienen tatsächlich mit den Hühnern ins Bett zu gehen.

Falls es hier so etwas wie Hühner gab.

Sie wandte sich vom Fenster ab, reckte sich noch einmal ungeniert und ausgiebig und wurde sich erneut der Tatsache bewusst, angestarrt zu werden. Fast erschrocken ließ sie die Arme sinken und drehte sich halb herum. Lasar war einen weiteren Schritt ins Zimmer hereingekommen und wieder stehen geblieben. Sein Gesicht war in dem schwachen Licht kaum zu erkennen. Trotzdem spürte sie, wie er sie anstarrte, und irgendetwas sagte ihr, dass das nicht nur daran lag, dass sie sich gekonnt vor der einzigen Lichtquelle im Raum geräkelt und ihm ihre Silhouette dabei deutlicher gezeigt hatte, als sie eigentlich wollte.

»Was?«, fragte sie harmlos.

»Euer ... Euer Haar, Erhabene«, stammelte Lasar.

»Was ist damit?« Pia griff nach einer Strähne ihres langen blonden Haares, ließ sie durch die Finger gleiten und machte dann ein vage überraschtes Gesicht. »Es ist noch da.«

Lasar nahm die sanfte Ironie in ihren Worten gar nicht zur Kenntnis; Pia bezweifelte plötzlich auch, dass er sie überhaupt begriffen hatte. Der Junge wirkte mit jedem Moment nervöser. Sie sah ihn fragend an, und Lasar machte einen halben zögernden Schritt. »Darf ich ... ich meine, ich weiß, es steht mir nicht zu, aber ...«

»Aber was?«, fragte Pia. Sie nickte aufmunternd. »Nur zu. Was möchtest du?«

Lasar nahm sichtlich all seinen Mut zusammen. »Darf ich es anfassen?«, brachte er irgendwie heraus.

»Anfassen?«, wiederholte Pia überrascht.

»Bitte verzeiht, Erhabene!«, stieß Lasar hervor. Er musste ihren überraschten Tonfall vollkommen falsch gedeutet haben, senkte den Blick und begann mit den Füßen zu scharren. »Ich weiß, es steht mir nicht zu, und ich ...«

»Nur zu«, sagte Pia lächelnd. Eine so heftige Welle von Mitleid ergriff sie, dass sie sich tatsächlich beherrschen musste, um den Jungen nicht tröstend in die Arme zu schließen, als sie sah, wie er sich regelrecht vor Scham zu winden begann, diesen ungeheuerlichen Wunsch überhaupt geäußert zu haben. Lasar hob den Kopf und blickte sie nun eindeutig fassungslos an, und Pia unterstrich ihre Worte mit einer entsprechenden auffordernden Geste und dem sanftmütigsten Lächeln, das sie nur zustande brachte. Lasar machte tatsächlich einen weiteren halben Schritt und blieb dann wieder stehen, offensichtlich erschrocken über seinen eigenen Mut. Erst als Pia ihre aufmunternde Bewegung mit beiden Händen und heftiger wiederholte, wagte er es, näher zu kommen, streckte unsicher den Arm aus und griff schließlich mit spitzen Fingern nach derselben Strähne, die sie gerade selbst betastet hatte und immer noch zwischen den Fingern hielt.

Sie konnte nicht sagen, welche Reaktion sie erwartet hatte – vermutlich keine –, aber Lasar erstarrte für einen Moment regelrecht vor Ehrfurcht. Seine Hand begann so heftig zu zittern, dass ihm die Haarsträhne um ein Haar entglitten wäre, dann sah er ihr aus großen Augen direkt ins Gesicht, und seine Stimme sank zu einem Flüstern herab. »Es ... es ist echt.«

»Natürlich ist es das«, erwiderte Pia lächelnd. »Was hast du erwartet?«

»Dann ... dann seid Ihr ...?«

»O nein, ich bin gar nichts Besonderes«, unterbrach ihn Pia. »Da, wo ich herkomme, haben viele Frauen solches Haar. Manche Männer«, fügte sie nach einer winzigen Pause hinzu, »übrigens auch.«

Lasar starrte sie weiter aus großen Augen an, und obwohl sich an der Mischung aus Ehrfurcht und mühsam unterdrückter Angst auf seinem Gesicht rein gar nichts zu ändern schien, hatte sie plötzlich das Gefühl, etwas Falsches gesagt zu haben. Nach einer weiteren Sekunde ließ er ihr Haar los und prallte zurück.

»Brack verlangt nach Euch«, sagte er, lauter und mit veränderter Stimme und jetzt wieder ohne sie direkt anzusehen. »Das sollte ich Euch nur sagen.« Und damit fuhr er auf dem Absatz herum und verließ beinahe fluchtartig das Zimmer.

Pia sah ihm verwirrt nach. Der Lärm und das Stimmengewirr aus dem Erdgeschoss schienen lauter zu werden, jetzt, wo sie allein war, und sie verstand die Reaktion des Jungen mit jedem Augenblick weniger. Was hatte sie falsch gemacht?

Sie würde es nicht herausfinden, wenn sie hier herumstand und die offene Tür anstarrte. Pia zögerte, sah auf die schlafende Alica hinab und überlegte, sie vielleicht zu wecken – schließlich hatte Lasar unmissverständlich gesagt, dass Brack sie *beide* sprechen wollte, und vielleicht war es ja wirklich etwas Wichtiges –, beschloss dann aber, sie weiterschlafen zu lassen, und machte sich auf den Weg nach unten.

Das Stimmengewirr und der Lärm offensichtlich zahlreicher Zecher nahmen weiter zu, als sie die Treppe hinunterging, und als sie weit genug gekommen war, um einen Blick in die Gaststube zu werfen, erlebte sie eine Überraschung. Nach allem, was sie gestern gesehen und heute von Brack und Lasar gehört hatte, hätte sie erwartet, den Wirt allein oder höchstens mit einem oder zwei seiner Stammgäste (möglicherweise Brasil) anzutreffen, aber das Gasthaus war erstaunlich gut besucht. Ihr Blick begegnete dem Bracks, und das strahlende Lächeln auf seinem runden Gesicht belehrte sie eines Besseren. Und wenn nicht das, dann die beinahe vollkommene Stille, die mit einem Male einkehrte.

»Gaylen!« Der dickbäuchige Wirt kam mit kleinen, fast schon watschelnd wirkenden Schritten auf sie zu und gestikulierte aufgeregt mit beiden Armen. »Wo ist deine Sklavin?«

Pia verzichtete darauf, ihn zu verbessern (nahm sich aber fest vor, noch einmal über dieses Thema mit ihm zu reden, und zwar *bevor* Alica erwachte und vielleicht doch lernte, das eine oder andere Wort der hiesigen Sprache zu verstehen), und sah Brack nur stirnrunzelnd und ein bisschen alarmiert an. Es war noch immer unnatürlich still. Alle starrten sie an, was sie nach allem, was sie bisher hier erlebt hatte, eigentlich gar nicht hätte überraschen dürfen, es aber tat, und das auf eine ganz und gar nicht angenehme Art.

»Sie hält Siesta«, sagte sie. Brack blickte ein bisschen hilflos, und sie fügte erklärend hinzu: »Eine Sitte aus unserer Heimat. Sie ist müde. Du wolltest mich sprechen?«

»Eher deine Sklavin«, antwortete Brack. »Wenn du sie holen willst . . .«

Pia blickte ihn nur weiter fragend und noch ein bisschen durchdringender an, und Brack hob die Schultern. »Du siehst, es ist viel zu tun. Ich fürchte, ich brauche ihre Hilfe.«

Es dauerte noch einmal einen Moment, bis Pia wirklich begriff. Dann drehte sie den Kopf nach rechts und links und sah sich noch einmal und jetzt sehr viel aufmerksamer in dem fast schon überfüllten Schankraum um. Ausnahmslos jeder, der ihrem Blick begegnete, sah hastig weg oder setzte sein gerade unterbrochenes Gespräch mit seinem Tischnachbarn fort, aber ihr war trotzdem klar, dass sie eben eine weitere Gemeinsamkeit zwischen WeißWald und ihrer Heimatstadt entdeckt hatte. Neuigkeiten machten hier offensichtlich sehr schnell die Runde. Sie musste Brack nicht fragen, um zu wissen, dass all diese Männer nur ihretwegen gekommen waren.

»Hast du uns nicht heute Morgen noch selbst erzählt, dass du keine Hilfe brauchst?«

Brack lächelte ein wenig gequält, ergriff sie am Oberarm und zog die Hand dann fast erschrocken wieder zurück, als Pia stirnrunzelnd auf seine Finger hinabblickte. Ohne sie ein weiteres Mal anzurühren, bugsierte er sie heftig gestikulierend und mit einem immer verlegener werdenden Lächeln durch den Schankraum und hinter die improvisierte Theke. Deren Anblick unterschied sich radikal von dem, den sie gestern geboten hatte: Zahlreiche halb gefüllte Bierkrüge standen herum, benutzte Teller mit oder ohne Essensreste, schmutziges Besteck (von dem sie nicht ganz sicher war, ob es bereits gebraucht war) und Lachen von ausgeschüttetem Bier und klebrigem Wein bildeten ein einziges unappetitliches Chaos.

Brack hatte vollkommen recht, dachte Pia. Er *brauchte* Hilfe. Aber von ihr?

Sie wurde immer noch angestarrt, und es war immer noch sehr leise, auch wenn das eine oder andere Gespräch wieder aufgenommen worden war. Ihr Gefühl, sich im Fokus der allgemeinen Aufmerksamkeit zu befinden, wurde mit jedem Moment unangenehmer.

»Ich bin keine Kellnerin«, sagte sie. *Und schon gar keine Putzfrau.*

»Aber das ... weiß ich doch«, antwortete Brack hastig. Sie hatte ganz unwillkürlich leise gesprochen, aber er gestikulierte ihr trotzdem verstohlen zu, noch leiser zu sein, und versuchte ihr mit einem noch verstohleneren Blick, dasselbe zu signalisieren. »Deswegen wollte ich auch mit deiner Sklavin reden.«

»Alica ist meine Freundin«, verbesserte ihn Pia. *Nun ja, ungefähr wenigstens.*

»Du ... ähm ... brauchst gar nichts zu tun«, fuhr Brack fort. Er schien jetzt mit jedem Wort nervöser zu werden. Vielleicht war Pia ja nicht die Einzige, die das Gefühl hatte, aus zwei Dutzend neugierigen Augenpaaren angestarrt zu werden. »Vielleicht reicht es schon, wenn du ...«

»Ja?«, fragte Pia, als er nicht weitersprach, sondern nur unbehaglich von einem Fuß auf den anderen zu treten begann.

»Also es ... es würde wahrscheinlich reichen, wenn du ... einfach nur hier bist«, stammelte Brack. Mit einem Male schien es ihm ebenso schwerzufallen, ihrem Blick standzuhalten, wie gerade oben Lasar.

»Wenn ich nur hier bin? Sonst nichts?«

»Sonst nichts!«, versicherte Brack hastig. Er machte eine nervöse Geste auf das Durcheinander auf, unter und hinter der Theke. Etwas knirschte unter seinen Sandalen, als er sich bewegte. »Lasar kann das hier aufräumen, wenn die Gäste weg sind. Der faule Bursche tut sowieso viel zu wenig.«

Der *faule Bursche* tauchte gerade in diesem Moment hinter ihr auf, in jeder Hand gleich drei gefüllte Bierkrüge, unter deren Last er sichtbar wankte, und Brack nutzte die Gelegenheit, ihm einen drohenden Blick zuzuwerfen, woraufhin er sich noch mehr zu beeilen versuchte.

»Und ich soll einfach nur hier rumstehen?«, fragte Pia noch einmal, noch ein bisschen misstrauischer. Sie musste Brack schon ziemlich falsch einschätzen, wenn er in Wahrheit nicht doch ein wenig mehr von ihr erwartete, aber sie wollte, dass er es aussprach.

Brack ergriff sie noch einmal (und sehr viel vorsichtiger) am Arm und führte sie ein paar Schritte weiter hinter die Theke. Ein Dutzend Gesichter folgten der Bewegung, und Pia konnte regelrecht sehen, wie die dazu passende Anzahl von Ohren gespitzt wurde. Brack klang jetzt nicht nur nervös, sondern beinahe schon ängstlich. »All diese Männer sind nur gekommen, um dich zu sehen, Gaylen.«

»Was für eine Überraschung«, antwortete Pia kühl. »Und du hast nicht etwa dafür gesorgt, dass ein völlig haltloses Gerücht die Runde macht, in dem eine plötzlich wiederaufgetauchte Elfenprinzessin eine Rolle spielt?«

Brack versuchte mit wenig Überzeugung, den zu Unrecht Beschuldigten zu spielen. »Ich?«, hauchte er. »So etwas würde ich niemals tun!«

»Natürlich nicht«, sagte Pia. »Wie komme ich nur auf die Idee?«

Einer der Gäste verlangte lautstark nach mehr Bier, und Brack drehte sich widerwillig um und begann einen Krug nachzufüllen, in dem sich noch ein längst schal gewordener Rest befand. Pia sah ihm einen Moment lang kopfschüttelnd zu, nahm ihm den Krug dann wortlos weg und schüttete seinen Inhalt auf den Boden, bevor sie ihn unter den hölzernen Zapfhahn hielt und neu zu füllen begann. Brack betrachtete das verschüttete Bier, als wäre es sein Herzblut, sparte sich – fast zu Pias Erstaunen – aber jeden Kommentar. Pia hielt den Krug etwas weniger schräg, um eine möglichst große Schaumkrone zu bekommen; wenn auch mit einem Ergebnis, das weder Brack noch sie wirklich überzeugte.

»Kein Wunder, dass du Taschendiebin geworden bist«, sagte eine spöttische Stimme hinter ihr. »Als Kellnerin wärst du wahrscheinlich elend verhungert.« Alica nahm ihr kopfschüttelnd den Krug aus den Händen und hielt ihn gerade und ein deutliches Stück tiefer unter den Hahn. Diesmal bildete sich eine appetitliche Schaumkrone, bei deren Anblick Brack anerkennend nickte. Erst dann sah sie sich demonstrativ in der Runde um und fragte: »Was ist denn hier eigentlich los?«

»WeißWald hat eine neue Attraktion, wie es aussieht«, erklärte Pia säuerlich.

Alica reichte den Krug an Brack weiter, der ihn zwar entgegennahm, aber nur achtlos auf die Theke stellte und Lasar einen bösen Blick zuwarf, ihn abzuholen. Als er Alica einen neuen Krug reichen wollte, ignorierte sie ihn. »Und was genau bedeutet das?«, fragte sie.

»WeißWald ist ein Dorf«, sagte Brack. »Und die Leute sind neugierig. Ist das da, wo du herkommst, etwa anders?« Bevor Pia antworten konnte, drehte er sich mit einer wieselflinken Bewegung um und eilte zu Lasar, der gerade dabei war, eine Hand voll Münzen von einem Gast einzustreichen, der unweit der Tür saß. »Was soll das, du Tölpel?«, polterte er los, ohne dass ganz klar wurde, wen genau er eigentlich damit meinte. »Das Bier kostet zehn Kreuzer, nicht sieben!«

»Aber gestern noch ...«, protestierte der Gast.

»Das war gestern!«, fiel ihm Brack unwirsch ins Wort. »Wenn es dir hier zu teuer ist, dann geh ruhig woandershin!«

»Manche Dinge sind anscheinend tatsächlich überall gleich«, seufzte Alica. Noch leiser und mit einem irgendwie hilflos wirkenden Stirnrunzeln fügte sie hinzu: »Was zum Teufel ist hier los? Sag mir nicht, die sind alle nur deinetwegen hier!«

»Nein«, verbesserte sie Pia. »Unseretwegen.«

Brack kam zurück. »Es tut mir leid, wenn ich euch um Hilfe bitten muss, aber ihr seht ja, was hier los ist.« Er maß den Krug, den Alica so gekonnt gefüllt hatte, mit einem anerkennenden Blick. »Du machst das gut. Hast du Übung in so etwas?«

»Was hat er gesagt?«, wollte Alica wissen.

»Dass er dir den doppelten Lohn zahlt, wenn du ihm ein bisschen zur Hand gehst«, antwortete Pia.

»Also, eigentlich habe ich das nicht gesagt!«, protestierte Brack. »Vereinbart mit Istvan war, dass deine Freundin für Kost und Logis arbeitet.«

»Na, das ist doch mal ein Wort«, sagte Alica.

»Sie verlangt das Dreifache«, übersetzte Pia kreativ.

Brack ächzte. »Das ist Erpressung!«

»Er ist einverstanden«, sagte Pia.

»Aber heute Morgen ...!«, protestierte Brack.

»... war heute Morgen«, unterbrach ihn Pia. »Ist das etwa hier anders als da, wo ich herkomme?«

Brack starrte sie beinahe feindselig an. »Gut«, grollte er schließlich. »Aber dann ...«

»Dann?«, fragte Pia, als er nicht weitersprach, sondern plötzlich noch nervöser wirkte. Außerdem schien er nicht mehr so recht zu wissen, wohin mit seinem Blick.

»Vielleicht könntest du ... also, ein wenig an deiner Kleidung ändern.«

»Meiner Kleidung?«, wiederholte Pia. »Was gefällt dir daran nicht?«

»Nichts«, sagte Brack hastig. »Sie ist ... ähm ... interessant. Ein wenig exotisch vielleicht, aber interessant.«

Pia antwortete nicht gleich, sondern sah einen Moment lang nachdenklich an sich hinab. Sie trug – genau wie Alica – die Kleidung, in der sie hier angekommen war: Jeans, eine leichte Sommerbluse und eine noch leichtere Lederjacke, die einzig und allein modischen Sinn machte (und selbst in diesem Punkt war Alica vermutlich anderer Meinung) und auf gar keinen Fall den klimatischen Bedingungen hier angepasst war. Dennoch war sie bisher nicht einmal auf die *Idee* gekommen, sie gegen irgendetwas Einheimisches auszutauschen.

Schon gar nicht gegen etwas, das Brack herausgesucht hatte.

»Und was genau schwebt dir vor?«, fragte sie lauernd.

»Oh, wirklich nichts ... äh ... Außergewöhnliches«, versicherte Brack. »Es ist nur ... ich möchte nicht, dass du am Ende Ärger bekommst ...«

»Oder du«, vermutete Pia.

»Oder ich«, bestätigte Brack. »Es ist eben so, dass die Männer ... nun ja ... etwas anderes erwartet haben.«

Ja, das kann ich mir denken, dachte Pia böse. Sie schwieg.

»Vielleicht finde ich etwas Passendes für dich.«

»Bist du nebenbei auch noch Schneider?«, fragte Pia.

»Ich habe ein Gasthaus«, erinnerte Brack. »Da bleibt schon mal das eine oder andere liegen. Kommst du eben mit mir?«

Pia zögerte gerade lange genug, um Alicas Misstrauen zu wecken. »Soll ich vorsichtshalber mitkommen?«, schlug sie vor.

»Nicht nötig«, sagte Pia. »Aber wenn ich in fünf Minuten nicht zurück bin, dann solltest du nachkommen und sehen, ob unser geschätzter Gastgeber Hilfe braucht.«

Sie folgte Brack – der ja ihre Hälfte des Gesprächs verstanden hatte, sich aber nicht anmerken ließ, was er davon hielt – zurück zur Treppe und ins erste Stockwerk hinauf, wo er das letzte Zimmer auf dem langen Flur ansteuerte, auf dem auch ihre Unterkunft lag. Pia hatte erwartet, dass er das größte und luxuriöseste Zimmer im Weißen Eber bewohnte, aber das genaue Gegenteil war der Fall. Das Zimmer war winzig, ein asymmetrischer Verschlag, der auf der einen Seite eine angesetzte Dachschräge hatte, sodass nicht einmal dieser knappe Raum zur Gänze nutzbar war. Es stank. Das winzige Fensterchen war so verdreckt, dass selbst das wenige Licht grau wirkte, und Bracks zerwühltes Bett bot einen Anblick, den sie lieber gar nicht so genau sehen wollte.

»Hier!« Brack deutete auf eine eisenbeschlagene Truhe, die einen nicht unbeträchtlichen Teil des vorhandenen Platzes einnahm. »Da drinnen findest du alles, was die Leute hier so im Laufe der Zeit vergessen haben. Ich bin sicher, dass dir etwas davon passt. Und deiner ... äh ... Freundin auch. Aber such du dir zuerst etwas heraus.«

Er klappte den Deckel hoch und sah sie erwartungsvoll an.

Pia rührte sich nicht.

»Worauf ...?«, begann Brack, fuhr dann ganz leicht zusammen und hatte es plötzlich sehr eilig, das Zimmer zu verlassen. Pia wartete, bis er die Tür hinter sich zugezogen hatte, und suchte vergeblich nach einem Riegel oder irgendeiner anderen Möglichkeit, die Tür abzuschließen. Schließlich trat sie an die Truhe heran, betrachtete die unordentlich hineingestopften Kleider mit leicht angewidertem Gesichtsausdruck und begann einen Moment lang lustlos darin zu graben, bevor sie mit beiden Händen zugriff und die Lumpen auf Bracks Bett warf.

Das Wort traf Bracks gesammelte Schätze ganz gut, denn das meiste war tatsächlich kaum mehr als Lumpen; Mäntel, Umhänge und Röcke, die ebenso heruntergekommen aussahen, wie sie rochen. Manches davon würde sie nicht einmal mit der Kneifzange anfassen, und auch der kleine verbleibende Rest rief nicht unbedingt Begeisterungsstürme in ihr wach.

Schließlich entschied sie sich für ein schlichtes weißes Kleid, das aus einem kratzig aussehenden Stoff bestand (der sich als genau das herausstellte, als sie es überzog) und wie ein Sack an ihr herunterhing. Es gab keinen Spiegel in Bracks Zimmer, aber Pia schätzte, dass sie ungefähr so schick aussah wie eine Wurstpelle. Wenigstens fühlte sie sich so.

Es klopfte. »Darf ich ... hereinkommen?«, drang Bracks Stimme durch das morsche Holz.

Pia zögerte nicht nur zu antworten, sondern suchte auch zuerst aufmerksam die Tür nach einem Schlüsselloch oder irgendeiner anderen Öffnung ab, durch die Brack sie möglicherweise beobachtet haben konnte, während sie sich umzog. Aber da war nichts. Vielleicht tat sie Brack ja unrecht.

Was ihm allerdings nur recht geschah, wenn er ernsthaft von ihr erwartete, *so etwas* zu tragen.

Das Klopfen wiederholte sich. Statt zu antworten, ging sie hin und riss die Tür auf, und Brack prallte erschrocken zurück, fing sich aber sofort wieder und maß sie mit einem langen Blick von Kopf bis Fuß. Ein einziges falsches Wort, dachte sie, und er würde es bitter bereuen – sobald er wieder zu sich gekommen war, hieß das.

»Perfekt«, sagte Brack.

»Ich weiß«, nörgelte Pia. »Aber in deiner Lumpensammlung war ...« Sie stockte. Blinzelte. »Wie?«

»Ja, ich weiß, du bist wahrscheinlich Besseres gewohnt, da, wo du herkommst, aber für den Moment wird es genügen«, sagte Brack. »Ich schicke Lasar gleich morgen früh auf den Markt, um Stoff zu kaufen, doch für heute Abend reicht das sicher. Es steht dir gut.«

»Gut?«, wiederholte Pia zweifelnd. Sie sah noch zweifelnder an sich hinab. Der Stoff dieses prachtvollen Kleidchens fühlte sich nicht nur ungefähr so weich und anschmiegsam an wie Schmirgelpapier, er bedeckte auch nahezu jeden Quadratzentimeter ihres Körpers. Dass der Saum nicht bis zum Boden reichte, lag einzig daran, dass seine ehemalige Besitzerin ein gutes Stück kleiner gewesen sein musste als sie. Die Ärmel bedeckten noch einen Großteil ihrer Handflächen, und das Dekolleté zeichnete sich vor allem durch Nichtexistenz aus. Alles oberhalb des Halses hing in Fetzen, aber wenn man diese Fetzen in Gedanken vervollständigte, dann kam man auf etwas, das ziemliche Ähnlichkeit mit einem spätmittelalterlichen Rüschenkragen hatte, wie ihn Geistliche und später reiche Kaufleute getragen hatten.

»Das ist ... äh ...«

»Für heute Abend wird es reichen«, sagte Brack noch einmal. »Ich habe nicht damit gerechnet, dass so viele Gäste kommen.«

»Natürlich nicht. Deshalb hast du ja auch jedem in der Stadt erzählt, dass Alica und ich hier sind, nicht wahr?«

»Nicht jedem!«, versicherte Brack.

Nein, dachte Pia. *Vermutlich nicht. Nur jedem, den du kennst.* Gegen ihren Willen musste sie lachen. »Also komm! Sorgen wir für ein bisschen Umsatz in deiner Kaschemme! Wahrscheinlich sind wir dir das schuldig.«

XIV

Der nächste Morgen begann mit einer für Pia fast erschreckenden Erfahrung: Es war das zweite Mal hintereinander, dass sie mit dem ersten Licht des neuen Tages ganz von selbst wach wurde, obwohl ihr der vergangene Abend (beziehungsweise die Nacht) noch gehörig in den Knochen steckte. Sie hatte es irgendwann aufgegeben, ständig auf ihre innere Uhr zu sehen und sich zu fragen, wer zuerst schlappmachen würde: die Meute trinkfester Gäste, die immer betrunkener und lauter wurde und dem Weißen Eber einen Umsatz bescherte, der wahrscheinlich größer war als der der zurückliegenden drei Monate zusammen, oder sie.

Brack hatte nicht einmal viel von ihr verlangt; im Grunde nicht mehr, als hinter der Theke zu stehen, sich von den Gästen begaffen zu lassen und dann und wann einen Krug Bier zu füllen, den Alica und Lasar dann an die Tische brachten, während Brack selbst seine Aufgabe eher darin sah, mit den Gästen zu tratschen und immer wieder viel zu laut und viel zu unecht zu lachen und Unmengen von Münzen einzustreichen. Irgendwann, vielleicht gegen drei oder noch später, hatte er den letzten Zecher vor die Tür gesetzt, und sie war zu Tode erschöpft nach oben gewankt und praktisch auf der Stelle eingeschlafen.

Trotzdem erwachte sie mit dem ersten Sonnenstrahl, der durch das schmale Fenster fiel. Und nicht nur das. Sie fühlte sich noch immer wie gerädert und hatte zu allem Überfluss hämmernde Kopfschmerzen, aber tief in sich verspürte sie das absurde Wissen, dass es *richtig* war, so früh aufzustehen.

Nein, diese Welt bekam ihr ganz eindeutig nicht.

Sie schloss noch einmal die Augen, versuchte, erneut einzuschlafen und wieder in ihrer ganz normalen, gewohnten Welt aufzuwachen, in der die größte Absurdität vielleicht im Anblick Jesus' bestand, der ein Buch las, oder allenfalls in dem Alicas, die mit ihm darüber diskutierte (nein, *das* war eindeutig zu albern), gab es schließlich auf und krabbelte müde aus dem Bett. Zu Tode erschöpft, wie sie gestern gewesen war, hatte sie sich nicht mehr die Mühe gemacht, das Kleid oder auch nur die Stiefel auszuziehen, sodass ihr zwar kühl, aber wenigstens nicht unerträglich kalt war. Mit einem müden Blick auf die andere Betthälfte überzeugte sie sich davon, dass Alica tatsächlich schon vor ihr aufgestanden sein musste, fuhr sich noch müder mit beiden Händen durchs Gesicht und machte auf dem Weg zur Tür einen kurzen Bogen am Fenster vorbei. Wider besseres Wissen und gegen jede Logik klammerte sie sich daran, mit dem Anblick einer heruntergekommenen, von schmalen, aus Wellblech, Holz und Bauabfällen errichteten Hütten flankierten Straße belohnt zu werden, und sie war tatsächlich auf eine trotzige Art enttäuscht, als sie stattdessen die spitzen Dächer WeißWalds sah. Der Schnee darauf schien mehr geworden zu sein. Und ihre Stimmung sank noch weiter, als sie zum ersten Mal bewusst registrierte, dass zwar jedes einzelne Haus einen Kamin hatte, sich aber aus kaum einem davon Rauch kräuselte. Gut, dann war das hier eben doch kein Albtraum.

Oder einer, aus dem sie einfach nicht aufwachen konnte.

Müde schlurfte sie die Treppe hinunter, registrierte eher beiläufig, dass Alica mit Brack am Tisch saß, schon wieder einen Krug Bier in der einen und eine brennende Zigarette in der anderen Hand hielt und unverschämterweise geradezu provozierend frisch und ausgeruht wirkte. Als sie sie sah, hob sie die Hand und gestikulierte heftig, sich zu ihnen zu setzen.

»Pia! Ich wollte dich gerade wecken! Setz dich zu uns. Ich brauche eine Übersetzerin!«

Pia nuschelte eine Antwort, die sie selbst nicht verstand, schlurfte an ihr und Brack vorbei und stellte sich wenige Augenblicke später tapfer nicht nur der Herausforderung der mittelalterlichen Toilette, sondern auch der noch sehr viel größeren, sich mit eiskaltem Wasser zu waschen – und das war wörtlich zu verstehen. Auf dem Eimer, der an einem Seil über dem altmodischen Ziehbrunnen hing, hatte sich tatsächlich eine dünne Eisschicht gebildet, die knisternd zerbrach, als Pia zwei Hände voll Wasser daraus schöpfte und sich ins Gesicht schüttete. Danach sah sie vermutlich alles andere als frisch oder gar sorgfältig gewaschen aus, aber der Schock hatte sie endgültig geweckt.

Zurück im Schankraum, steuerte sie den Tisch an, an dem Brack und Alica saßen. In dem Kamin dahinter brannte ein prasselndes Feuer, und Alica war rücksichtsvoll genug, ihren Stuhl – der den Flammen am nächsten war – freizugeben und sich auf einen anderen zu setzen, sodass Pia zumindest die Illusion von Wärme genießen konnte, als sie sich darauf niedersinken ließ.

»Gut siehst du aus«, begann sie feixend und nahm einen tiefen Zug aus ihrer Zigarette. »Und da soll noch mal einer sagen, dass ehrliche Arbeit schadet. Dir scheint sie zu bekommen.«

Pia hatte keine Ahnung, worauf Alica mit ihrer Stichelei hinauswollte, und es interessierte sie auch nicht. Ohne sonderliche Überraschung registrierte sie, dass einer der beiden ihre Abwesenheit genutzt hatte, um einen weiteren Krug Bier auf den Tisch zu stellen, aber sie nippte nur gerade ausgiebig genug daran, um ihre Lippen zu befeuchten und den schlechten Geschmack des Schlafs aus ihrem Mund gegen den kaum weniger schlechten des starken Gebräus einzutauschen. Sie sehnte sich nach einer Tasse starken Kaffee.

»Ich hoffe, du hast gut geschlafen«, begann Brack.

Pia warf ihm einen schrägen Blick zu und schwieg. Ihrer bescheidenen Meinung nach war es noch viel zu früh für Small Talk, aber das lag auch ganz gewiss nicht in Bracks Absicht ... Er wollte auf etwas Bestimmtes hinaus. »Jedenfalls sehr tief«, antwortete sie widerwillig. »Was war das gestern Abend?«

»Gestern Abend?« Brack schien alle Mühe zu haben, ein breites Grinsen zu unterdrücken. »Ich habe Rücksicht auf dich und deine Freundin genommen und die Tür noch nicht aufgemacht. Die ersten Gäste waren schon da.«

Pia blinzelte. Der Schock des kalten Wassers ließ bereits nach, und sie musste schon wieder gegen die Müdigkeit ankämpfen, die in rasch aufeinanderfolgenden Schüben zurückkehrte und sie daran erinnerte, dass sie gerade einmal (sie lauschte in sich hinein und erschrak. Großer Gott!), gerade einmal vier Stunden geschlafen hatte. Und sie wunderte sich, dass sie kaum die Augen offen halten konnte?

»Scheint ja gestern Abend ein voller Erfolg gewesen zu sein«, sagte Alica, als Pia Brack nicht den Gefallen tat, auf das Stichwort zu reagieren, das er ihr gegeben hatte, sondern ihn nur müde ansah.

»Ach?«, murmelte sie.

»Wenn ich deinen neuen Freund richtig verstanden habe«, fuhr Alica aufgeräumt fort, »dann sind die meisten nur deinetwegen gekommen. Wie es aussieht, hat der Weiße Eber eine neue Attraktion.«

»Toll«, maulte Pia. »Davon habe ich immer geträumt, weißt du?«

»Hätte schlimmer kommen können«, antwortete Alica leichthin. Sie nahm den unwiderruflich letzten Zug aus ihrer Zigarette, bei dem die Glut schon den Rand des Filters berührte, bedachte den Glimmstengel mit einem wehleidigen

Blick und schnippte ihn dann zielsicher einen halben Meter neben den Kamin.

»Denk daran, was dieser Istvan gesagt hat«, fuhr sie fort, während Brack ihr einen anklagenden Blick zuwarf und sich dann ächzend nach der Kippe bückte, um sie in die Flammen zu werfen. »Die Leute hier sehen es nicht gern, wenn man nichts tut. Wir brauchen einen Job.«

Pia konnte sich nicht daran erinnern, dass Istvan das gesagt hatte, doch bevor sie antworten konnte, mischte sich Brack ein.

»Was sagt deine Freundin von Istvan?«

»Ich dachte, du verstehst unsere Sprache nicht?«

»Den Namen habe ich verstanden«, antwortete Brack. »Und er ist ein gutes Stichwort. Ich habe heute Morgen mit Istvan gesprochen.«

Heute Morgen? Pia warf dem Wirt einen missmutigen Blick zu. *Heute Morgen? Schlafen die Leute hier eigentlich nie?* Sie maß Brack mit neuer Aufmerksamkeit und stellte ohne große Überraschung fest, dass er genauso unverschämt wach und ausgeruht aussah wie Alica. Sie beschloss, das beiden persönlich übel zu nehmen.

»Er war da«, bestätigte Brack. »Jemand hat ihm wohl zugetragen, dass du gestern hier im Weißen Eber gearbeitet hast.«

»Ich habe ausgeholfen«, verbesserte ihn Pia betont. »Ausnahmsweise.«

Brack ignorierte das. »Vermutlich ein neidischer Konkurrent«, fuhr er Grimassen schneidend fort. »Die Welt ist schlecht, und die Menschen hier sind viel großzügiger mit ihrem Neid als mit Freundlichkeiten. Aber ich nehme an, das ist dort, wo du herkommst, auch nicht anders.«

Pia machte sich nicht einmal die Mühe, darauf zu antworten.

»Ich konnte ihn überzeugen, vorerst nichts zu unternehmen«, fuhr Brack fort. »Wir müssen natürlich ein wenig an deinem ... äh ... Äußeren arbeiten.«

An meinem Äußeren? Pia blickte an sich hinab und suchte vergeblich nach irgendeinem Argument, um ihm zu widersprechen. Das Kleid war nicht besser geworden, weil sie darin geschlafen hatte, und ihr fiel erst jetzt, im hellen Tageslicht, auf, wie schmutzig und abgetragen es wirklich aussah. Eigentlich kam es schon einem kleinen Wunder gleich, dass es ihr nicht bei der kleinsten Bewegung am Leib auseinanderfiel. Außerdem war es an einigen besonders prekären Stellen so verschlissen, dass es schon beinahe durchsichtig war.

»Hm«, machte sie.

»Gefällt unserem Wohltäter und Beschützer etwa dein Outfit nicht?«, stichelte Alica. Pia schenkte ihr einen bösen Blick.

»Heute ist Markttag, wie es der Zufall will«, fuhr Brack fort. »Wenn ich eure Maße hätte, dann würde ich auf den Markt gehen und ein neues Kleid für dich und eines für deine Freundin kaufen.«

Pia starrte ihn an und wartete darauf, dass er vorschlug, besagte Maße gleich persönlich abzunehmen, aber so lebensmüde war er anscheinend doch nicht.

»Andererseits«, fuhr er fort, »dürfte es schwer sein, für jemanden eurer Größe ein Kleid auf dem Markt zu finden. Vielleicht sollten wir einfach Stoff kaufen, und ihr schneidert euch selbst etwas Passendes.«

»Schneidern?«, wiederholte Pia fast entsetzt.

Alica riss die Augen auf. »Was hat er gesagt?«

Pia übersetzte, und Alica machte ein noch ungläubigeres Gesicht. »Schneidern? Sehe ich aus wie eine sizilianische Gastarbeitermama?«

Das übersetzte Pia vorsichtshalber nicht. »Das ... wird sich zeigen«, sagte sie ausweichend. »Vielleicht sollten wir selbst auf den Markt gehen und Stoff kaufen«, schlug sie vor.

»Stoff kaufen«, wiederholte Alica.

Brack wirkte nicht begeistert. »Ich weiß nicht, ob ...«, begann er.

»... du uns allein auf die Straße lassen sollst?«, fiel ihm Pia ins Wort. Vielleicht waren diese Worte nicht besonders klug gewählt und ganz bestimmt alles andere als diplomatisch, aber sie drückten ganz genau das aus, was sie in diesem Moment empfand.

Brack war bisher freundlich zu ihnen gewesen und für seine Verhältnisse vermutlich sogar außergewöhnlich großzügig ... dennoch traute Pia ihm nicht völlig. Sie kannte Typen wie Brack. Er mochte es ehrlich meinen – in diesem Moment –, aber er war auch ein Schlitzohr – und musste es wohl sein, um in einer Welt wie dieser überleben zu können – und letzten Endes auf seinen persönlichen Vorteil bedacht. Eine interessante Kombination im Zusammenhang mit dem, was er gerade über die Menschen in seiner Stadt gesagt hatte.

Und darüber hinaus ein ziemlich guter Schauspieler. Der Ausdruck von Verletztheit, mit dem er auf ihre Worte reagierte, hätte sie um ein Haar überzeugt.

»Ihr könnt gehen, wohin immer ihr wollt«, erklärte er leicht verschnupft. »Das hier ist eine freie Stadt, in der jeder tun und lassen kann ...«

»... was er will, und hingehen oder bleiben, wo er will, und so weiter, ja, ich weiß«, unterbrach ihn Pia. »Aber es gefällt dir nicht, habe ich recht?«

»Nein«, gestand Brack unumwunden. »Und ich dachte, du würdest das verstehen.«

»Nimm einfach an, ich wäre ein bisschen begriffsstutzig«, antwortete Pia und fragte sich im Stillen, ob sie es vielleicht war. Alica maß sie aus spöttisch funkelnden Augen, griff nach ihrer Zigarettenschachtel und klappte sie auf und mit einem lautlosen, aber tiefen Seufzen wieder zu, als sie sah, dass sie nur noch fünf Zigaretten enthielt.

»Du weißt, wofür die Menschen hier dich halten«, sagte Brack. »Ich weiß, dass dir das wahrscheinlich unrecht tut, aber es ist nun einmal so. Es könnte ein wenig ... unangenehm für dich werden, wenn du dich draußen zeigst.«

»Du meinst, die Leute würden mich anstarren«, vermutete Pia. Brack nickte, und sie fügte hinzu: »So wie gestern Abend?«

»Da warst du immerhin hier, und ich konnte auf dich aufpassen«, antwortete er trocken. Dennoch spürte sie, dass es noch einen anderen Grund für ihn gab, Alica und sie nicht wegzulassen.

»Du kannst uns ja begleiten«, fügte sie hinzu. Alica legte vielsagend die Stirn in Falten, sagte aber immer noch nichts, und nach einer kleinen Weile schüttelte Brack den Kopf.

»Das ist vielleicht eine noch schlechtere Idee«, sagte er. »Auf der anderen Seite ... möglicherweise solltest du tatsächlich anfangen, WeißWald ein wenig besser kennenzulernen. Immerhin werdet ihr bis zum Frühjahr bleiben, und das ist eine lange Zeit ...« Er überlegte einen Moment angestrengt und kam dann zu einem Entschluss. »Ich gebe euch Lasar mit.«

»Als Aufpasser?«

»Um eure Fragen zu beantworten. Ihr werdet bestimmt eine Menge davon haben. Und um dafür zu sorgen, dass ihr nicht von jedem Händler auf dem Markt übers Ohr gehauen werdet. Das sind alles Banditen, müsst ihr wissen.«

»Na, dann können wir ja von Glück sagen, dass wir an den einzigen ehrlichen Geschäftsmann der Stadt geraten sind«, erwiderte Pia – vorsichtshalber so leise, dass Brack die Worte nicht verstand. Oder vielleicht doch, denn er warf ihr einige schräge Blicke zu, bevor er den Kopf in den Nacken legte und brüllte, so laut er nur konnte: »Lasar, du nichtsnutziger, überflüssiger Fresser! Hör auf, dich irgendwo rumzudrücken, und geh nach oben! Hol die Mäntel der Erhabenen und ihrer Freundin, und dann begleitest du sie auf den Markt! Und Kronn sei dir gnädig, wenn du dich wieder übervorteilen lässt oder gar etwas für dich abzweigst!«

Lasar zeigte sich nicht, aber über ihren Köpfen polterten plötzlich Schritte, und Brack machte eine ernste Geste und ein dazu passendes noch ernsteres Gesicht. »Du solltest dein Haar besser bedecken, Pia. Und auch die Kleidung deiner Freundin ist ... vielleicht nicht unbedingt in der Öffentlichkeit angemessen.«

Alica sah sie fragend an, aber Pia zog es vor, auch das besser nicht zu übersetzen.

»Ihr werdet Geld brauchen«, fuhr Brack fort, stand auf und kam einen Moment später mit einem Lederbeutel zurück, aus dem er eine Anzahl Münzen nahm, die er vor ihr auf den Tisch legte, sie einen Atemzug lang stirnrunzelnd ansah, um dann drei oder vier davon wieder wegzunehmen und in den Beutel zurückzuwerfen. »Das wird reichen, um Stoff für zwei Kleider zu kaufen. Lasar wird euch bei den Preisen behilflich sein. Ich strecke euch die Summe vor. Schließlich müsst ihr anständig gekleidet sein, wenn ihr in einem Haus wie dem meinen arbeiten wollt.«

Pia konnte sich beim besten Willen nicht erinnern, irgendeine Zusage in dieser Richtung gemacht zu haben, griff aber trotzdem nach den Münzen und schloss die Hand darum. »Du musst uns nichts vorstrecken«, sagte sie freundlich. »Ich hasse es, Schulden zu haben. Da, wo wir herkommen, nennt man so etwas Arbeitskleidung. Wenn wir zurück sind, reden wir darüber, was du Alica und mir für den gestrigen Abend schuldest.«

»Aber ...«, begann Brack.

»Wir müssen natürlich nicht für dich arbeiten, wenn dir unsere Kleider nicht gefallen«, fuhr Pia lächelnd fort und streckte die Hand aus, wie um ihm sein Geld zurückzugeben.

Brack starrte ihre Hand ungefähr so begeistert an, als hielte sie eine abgezogene Handgranate. »Kann es sein, dass ich dich unterschätzt habe?«, fragte er schließlich.

»Ganz bestimmt sogar«, antwortete Pia, »aber mach dir nichts draus. Du bist nicht der Erste, dem das passiert.«

Lasar kam zurück, Alicas und ihren Mantel über dem einen und einen dritten, viel zu dünnen und hoffnungslos zerschlissenen Umhang über dem anderen Arm. Er wich ihrem Blick aus.

Pia stand auf, schlüpfte in ihren Mantel und überzeugte sich davon, dass ihre Haare bis auf die letzte Strähne unter dem improvisierten Kopftuch verborgen waren, bevor sie die Kapuze hochschlug und sich zur Tür wandte, was sich als gar nicht so einfach erwies. Sie würde ihr Spesenkonto um einen weiteren Betrag strapazieren müssen, um sich eine anständige Kopfbedeckung zu beschaffen.

Die Kälte, die sie draußen erwartete, schien noch grimmiger geworden zu sein; aber das war eine Täuschung, der sie nicht nur jetzt, sondern auch an jedem der folgenden Tage erliegen sollte, die sie noch in WeißWald verbringen würden; und das würden eine Menge sein. Jetzt jedoch war sie felsenfest davon überzeugt, dass sich die Natur ganz bewusst gegen Alica und sie (vor allem gegen sie) verschworen hatte, um sie noch ein bisschen mehr zu quälen. Weil sie ja noch nicht genug am Hals hatten.

Sie blieb stehen und wartete, bis Alica und als Letzter Lasar auf die Straße herausgetreten waren. Mit einem ganz und gar *nicht* schuldbewussten Gefühl von Schadenfreude registrierte sie, wie Alica unter der Kälte zusammenfuhr und ganz automatisch versuchte, einen Mantelkragen hochzuschlagen, den es nicht gab.

»Du hast Brack gehört«, wandte sie sich an Lasar. »Bring uns zum Markt! Geh voraus ... bitte!«

Lasar hastete ein paar Schritte weiter, blieb dann stehen und sah ein bisschen hilflos zu ihr zurück. »Erhabene?«, murmelte er.

Pia schluckte alles hinunter, was ihr zu dieser nervigen Anrede auf der Zunge lag. »Geh voraus«, sagte sie nur noch einmal.

»Aber das ... tue ich doch.« Der Junge wirkte jetzt so hilflos, dass er ihr beinahe leidtat. Aber nur beinahe.

»Ja, das stimmt. Aber nicht weit genug.«

»Und wie weit ... soll ich vorausgehen?«, fragte er schüchtern.

»Nicht sehr weit. Nur gerade bis außer Hörweite.«

Lasar wirkte nun vollkommen hilflos, aber nach einer weiteren Sekunde verstand er doch, drehte sich auf dem Absatz um und ging weiter. Pia und Alica schlossen sich ihm an.

»Irgendwann in nicht allzu ferner Zukunft«, sagte Alica, »muss ich die Sprache dieser netten Leute hier lernen.« Das war nicht nur eine Feststellung, sondern eine Frage. Wenn auch eine, die Pia ganz und gar nicht hören wollte. Und noch sehr viel weniger beantworten.

»Ich hoffe, dass das nicht nötig ist«, sagte sie leise. Lasar ging zwar gehorsam ein halbes Dutzend Schritte vor ihnen her, aber vielleicht waren die Ohren der Leute hier ja so scharf wie sie selbst klein. »Wir müssen verschwinden. Besser heute als morgen.«

»Ich verstehe«, sagte Alica spöttisch. »Deshalb gehen wir ja jetzt auch auf den Markt, um Stoff zu kaufen und uns einzukleiden.«

»Und um Informationen zu bekommen«, fügte Pia hinzu.

Alica sah sie fragend an.

»Wir müssen bis zum Frühjahr hierbleiben, habe ich recht?«

Alica nickte.

»Und woher wissen wir das?«, fragte Pia. »Außer von Brack, meine ich?«

»Von niemandem, aber …«

»Dann wird es vielleicht Zeit, dass wir es uns von *jemandem* bestätigen lassen«, fuhr Pia fort.

»Und dazu gehen wir auf den Markt?«

»Nein«, antwortete Pia. »Ja. Ach verdammt, ich …« *weiß es nicht?* Das wäre die ehrliche Antwort gewesen. Aber einmal ganz davon abgesehen, dass sie bei Alica bestimmt nicht gut angekommen wäre, hätte sie sich damit selbst eingestanden, dass sie mit ihrem Latein ziemlich am Ende war und sich einfach nur hilflos fühlte. So hilflos, dass es fast körperlich wehtat.

»Du weißt schon, warum unser Wohltäter uns den Jungen mitgegeben hat?«

Alica reagierte mit einer sonderbaren Mischung aus einem zaghaften Nicken und einem Schulterzucken. »Weil er uns nicht traut?« Sie machte eine wiegende Kopfbewegung. »Du meinst, er hat Angst, wir könnten einfach verschwinden? Aber wo sollten wir hingehen?« Sie schauspielerte ein absichtlich übertriebenes Frösteln, wohl um an die Szene vom vergangenen Morgen zu erinnern – was ganz und gar nicht nötig gewesen wäre. Pia hatte die schrecklichen Minuten im Schlingwald so wenig vergessen wie sie.

Eine Weile gingen sie in unbehaglichem Schweigen nebeneinanderher, jede mit ihren eigenen, vornehmlich düsteren Gedanken beschäftigt. Pia war noch immer von jenem quälenden Gefühl der Hilflosigkeit erfüllt. Und dazu fühlte sie sich nach wie vor körperlich müde und zerschlagen, was vielleicht der ganz banale Grund für das psychische Loch war, auf das sie zusteuerte. Es war nicht so, dass sie körperliche Arbeit nicht gewohnt gewesen wäre – ganz im Gegenteil –, aber der gestrige Abend war trotz aller bizarren Requisiten auf eine erschreckende Art *normal* gewesen. Sie war aus ihrer gewohnten Umgebung, ihrem Leben, ja, ihrer *Welt* herausgerissen worden und hatte sich nach kaum vierundzwanzig Stunden wie ganz selbstverständlich in eine andere eingefügt, tat Dinge und überlegte Möglichkeiten, als gehörte sie hierher und bereitete sich darauf vor, den Rest ihres Lebens in dieser verrückten Stadt zuzubringen.

Und nicht zum ersten Male hatte sie das Gefühl, dass das auch richtig war.

Der Gedanke weckte ihren Trotz. Vielleicht stimmte es. Vielleicht fanden sie nie wieder den Weg zurück, und vielleicht würden Alica und sie hierbleiben und sich irgendwie mit alldem arrangieren müssen – aber nicht, bevor sie alles in ihrer Macht Stehende versucht und ausprobiert hatte zurückzukehren.

Lasar blieb plötzlich stehen und drehte sich mit einer fast schuldbewusst wirkenden Bewegung zu ihr herum. Er sah zugleich auch ein bisschen verwirrt aus – vielleicht fragte er sich ja, dachte Pia, wieso sie ihm befohlen hatte vorauszugehen, damit Alica und sie sich in Ruhe unterhalten konnten, was sie aber nicht getan hatten –, raffte dann all seinen Mut zusammen und wartete, bis sie sich ihm auf zwei Schritte genähert hatten und ebenfalls stehen blieben. »Der Marktplatz ist dort vorne, Erhabene«, begann er mit einer wedelnden Geste die Straße hinab. Pias Blick folgte ihr, und sie konnte dort ganz und gar nichts Außergewöhnliches erkennen; sah man einmal von der ganzen Stadt ab. Als er weitersprechen wollte, hob sie rasch die Hand.

»Tu mir einen Gefallen und hör mit diesem dummen *Erhabene* auf. Mein Name ist ...«

Sie sprach nicht weiter, sondern biss sich beinahe erschrocken auf die Unterlippe, und Alica kam ihr zu Hilfe. »Pia«, sagte sie.

»Pia?« Lasar wiederholte den Namen mit derselben vollkommen falschen Betonung, wie Brack es gestern getan hatte, und er sprach die Frage, die ihn am meisten beschäftigte, nicht laut aus, aber Pia konnte sie deutlich auf seinem Gesicht ablesen: *Warum nennst du dich dann selbst Gaylen?*

»Das hat ... religiöse Gründe«, improvisierte sie. »Da, wo ich herkomme, darf nur ich meinen wirklichen Namen benutzen. Andere müssen mich mit dem ansprechen, den Alica gerade genannt hat.«

Lasar starrte sie nun vollkommen fassungslos an, und Pia überlegte, ob er es tat, weil er sich in diesem Moment ernsthaft fragte, ob sie vielleicht seine Gedanken lesen konnte, oder eher, weil er diese Erklärung genauso bescheuert fand, wie sie in ihren eigenen Ohren klang. Andererseits hätte er vermutlich auch dann nicht widersprochen, wenn sie von ihm verlangt hätte, den Rest des Weges auf den Händen zu laufen und dabei ein Lied zu pfeifen. Sie bedeutete ihm mit einer wortlosen Geste weiterzugehen.

»An diesem Gaylen-Ding«, sagte Alica spöttisch, »müssen wir noch arbeiten.«

Pia pflichtete ihr zumindest in Gedanken bei, antwortete aber nicht laut, schon weil sich Lasar jetzt wieder in ihrer Hörweite befand und so demonstrativ nicht in ihre Richtung blickte, dass es fast rührend war (sie aber ganz bestimmt aufmerksam belauschte). Nur einen Augenblick später hatten sie eine Straßenkreuzung erreicht, und sie blieb abermals überrascht stehen.

Erst jetzt fiel ihr auf, dass sie sich nicht in Richtung Stadtmitte bewegt hatten, wo sie einen Marktplatz ganz instinktiv vermutet hätte, sondern in die entgegengesetzte. Vor ihnen lag die Stadtmauer, wenn auch ein anderer Teil, in dem es kein Tor und nur einen einzelnen, wuchtigen Turm gab.

Die Häuser reichten hier nicht bis direkt an die Stadtmauer heran, sondern ließen einen unregelmäßigen Halbkreis von sicherlich zwei- oder dreihundert Schritten Durchmesser frei, auf dem sich ein buntes Durcheinander aus Marktständen, Zelten, offenen Karren und hastig zusammengezimmerten Buden erhob. Ein emsiges, dennoch aber sonderbar gedämpft wirkendes Stimmengewirr schlug ihnen entgegen, und all die bunten Farben und die hektische Betriebsamkeit, die Pia bisher in dieser seltsamen Stadt vermisst hatte, schienen sich an genau diesem Ort versammelt zu haben. Sie sah Dutzende einfacher Karren, auf denen Gemüse und Blumen, Fleisch und Obst, Brot und Kuchen und andere Backwaren feilgeboten wurden, aber auch Stände mit Stoffen, Töpfen und Tiegeln, Werkzeugen und Dingen des täglichen Gebrauchs, viele davon vertraut, andere so fremdartig, dass sie nicht einmal mehr versuchte, ihre Bestimmung zu erraten. Zwischen all den Karren, Wagen und Verkaufsständen erhob sich auch eine Anzahl schreiend bunter Zelte, manche davon winzig, andere so groß, dass spielend zwei oder drei Dutzend Menschen darin Platz gefunden hätten. Nur einen halben Steinwurf entfernt gewahrte sie etwas, das ihr auf sonderbar melancholische Weise vertraut war: einen aus einer hastig improvisierten Umzäunung bestehenden Kreis, in dem Kinder auf Ponys reiten konnten, die von ihren Eltern langsam im Schritttempo am Zaumzeug geführt wurden. Ein gutes Stück dahinter, aber deutlich zu erkennen, hatten Schausteller eine kleine Bühne improvisiert und gaben irgendetwas zum Besten, was bei der kleinen Zuschauermenge, die sich darum versammelt hatte, zu schallendem Gelächter führte. Wie um das Bild abzurunden, identifizierte sie jetzt unter all dem Lärm, Durcheinander und Stimmengewirr etwas, das in ihren Ohren zwar vollkommen unvertraut und einfach nur nach misstönendem Lärm klang, vermutlich aber Musik sein sollte. Brack hatte von einem Markt gesprochen. Für ihren Geschmack war es eher ein *Jahrmarkt.* Aber vielleicht machte das für die Leute hier ja gar keinen Unterschied.

Lasar ließ Alica und ihr hinlänglich Zeit, den unerwarteten Anblick zu verarbeiten, bevor er gerade dezent genug von einem Fuß auf den anderen zu treten begann, um nicht aufdringlich oder gar strafend zu wirken, seine Ungeduld aber dennoch kundzutun. Pia wedelte nur knapp mit der Hand. »Geh voraus!«

Sie hatte nicht gesagt, wohin, doch das schien der Junge auch gar nicht erwartet zu haben. Er eilte weiter, blieb nach fünf oder sechs Schritten wieder stehen und überzeugte sich mit einem raschen Blick davon, dass sie ihm auch folgten, eilte ein weiteres Stück voraus und blieb noch einmal stehen, bis er es schließlich aufgab und darauf wartete, dass sie ganz zu ihm aufschlossen. Pia fand dieses Benehmen zunächst ziemlich albern, doch nachdem sie nur ein kleines Stück in die schmalen Gassen zwischen den Verkaufsständen und Karren eingedrungen waren, musste sie ihm im Stillen recht geben. Außer den bunten Zelten, Schaustellern und unterschiedlichen Musikanten, die sich gegenseitig zu überbrüllen versuchten, hatte dieser angebliche Markt noch etwas mit einer Kirmes gemeinsam, wie sie sie kannte: Er wimmelte nur so von Menschen, und obwohl Alica und sie die meisten hier fast um Haupteslänge überragten, hätten sie sich in der dicht gedrängten Menge wahrscheinlich schon nach wenigen Schritten verloren, hätte Lasar nicht so aufmerksam darauf geachtet, dass sie zusammenblieben. Sie tat etwas, was sie unter normalen Umständen verabscheut hätte: Ihre Hand suchte die Alicas und schloss sich fest um ihre Finger – was ihr einen sehr überraschten Blick der jungen Frau eintrug. Alica protestierte jedoch nicht, sondern griff ganz im Gegenteil ihrerseits fester zu.

Sie waren gekommen, um Stoff zu kaufen – und natürlich um diese Stadt und ihre Bewohner kennenzulernen –, doch das hatte Pia schon nach dem ersten Dutzend Schritten beinahe vergessen. Sie war ein Stadtkind und durch die Umgebung, in der sie aufgewachsen war, viele Menschen auf engem Raum gewohnt, sodass ihr das Gedränge und Geschiebe nichts ausmachte, hatte Dinge wie Jahrmarkt, Kirmes oder gar den Karneval aber bisher instinktiv verabscheut. Sie mochte keine angeordnete Fröhlichkeit, und sie hasste es, wenn andere ihre angeborene Fluchtdistanz unterschritten und ihr näher als bis auf Armeslänge kamen. Dieser Anblick hier aber schlug sie sofort in seinen Bann. Alles war viel bunter, viel lauter und viel aufdringlicher, als sie es je erlebt hatte, aber da war etwas Vertrautes, noch einmal und in noch viel stärkerem Maße als bisher, das Gefühl, hierherzugehören, hier zu Hause zu sein.

Darüber hinaus gab es wirklich eine Menge interessanter Dinge zu entdecken. Ließ sie alle ihre komplizierten und verwirrenden Gefühle einfach beiseite (was ihr natürlich nicht gelang, aber sie versuchte es), dann war dies sicherlich einer der bemerkenswertesten Orte, an denen sie jemals gewesen war. Ein bisschen kam sie sich vor wie auf einer jener albernen Mittelalter-Shows, die sie noch viel grässlicher fand als die ohnehin nervigen Volksfeste und Karnevalsveranstaltungen, die Rio de Janeiro sowohl mit der Regelmäßigkeit als auch mit der Unerbittlichkeit von Naturkatastrophen heimsuchten und auf denen sie zwei- oder dreimal gewesen war, um Jesus einen Gefallen zu tun. Es war hier sogar noch lauter, enger und aufdringlicher (von der grässlichen Musik und den tausenderlei nicht immer angenehmen Gerüchen, die über ihnen zusammenschlugen, gar nicht zu reden), doch dieser Ort hatte etwas, das all diese Nachteile nicht nur ausglich, sondern ihn schon fast wieder angenehm machte, sosehr sie diese Erkenntnis auch selbst verwirrte. Er hatte Authentizität. Nichts hier war gespielt. Nichts war billig nachgemacht oder existierte nur um des Effektes willen. Das hier war echt, und sie begriff, dass man diesen Unterschied wohl nur spürte, wenn man es wirklich erlebt hatte.

Außerdem wurden Alica und sie schon wieder von allen angestarrt, aber damit hatte sie gerechnet und sich innerlich darauf vorbereitet, sodass es ihr schon beinahe überraschend leichtfiel, es hinzunehmen. Sie versuchte, sich auf die angebotenen Waren, die Marktstände und deren Besitzer zu konzentrieren. Vieles von dem, was sie sah, war ihr vertraut, denn manche Dinge ändern sich einfach nie. Manches war fremdartig und interessant und einiges auch abstoßend, vor allem wenn es um das ging, was die Leute hier offensichtlich zu essen pflegten. Von Hygienevorschriften schien man nicht allzu viel zu halten (falls es das Wort hier überhaupt gab), und zwei- oder dreimal kam sie sich vor wie in einer chinesischen Garküche, bei der man sich unwillkürlich fragte, ob es nicht vielleicht ästhetischer (und gesünder) wäre, den Koch zu essen statt dem, was er in seiner Pfanne brutzelte.

Pia schüttelte den albernen Gedanken ab, als sie nicht nur Lasars Blick schon wieder auf sich spürte, sondern auch seine Ungeduld. Er wagte es nicht, auch nur eine entsprechende Bemerkung zu machen, aber sie fühlte seine Nervosität. Vielleicht hatte die ja einen Grund. Wenn dieser Ort hier so viel mit seinen Gegenstücken in ihrer Heimat gemein hatte, wie es aussah, dann trieben sich hier vielleicht nicht nur ehrbare Bürger herum …

Sie schloss ganz instinktiv die andere Hand noch fester um die Münzen, die Brack ihr gegeben hatte, bedeutete Lasar mit einem Blick vorauszugehen und folgte ihm durch das Gewirr aus Menschen und überfüllten Gässchen auf einen anderen Teil des Jahrmarkts, wo keine Lebensmittel, Blumen oder Küchengeräte (jedenfalls vermutete sie es, auch wenn manches davon ihrer Meinung nach ganz passables mittelalterliches Folterwerkzeug abgegeben hätte) angeboten wurden, sondern eher die Art von Waren, derentwegen sie eigentlich hergekommen waren: Kleider, Schuhe und Stoffe.

Lasar führte sie zielsicher zu einem großen, aus drei flachen Karren mit überdimensionierten Rädern und geschickt drapierten Stoffbahnen improvisierten Stand mit Kleidern, Mänteln, Blusen und Schals und anderen Kleidungsstücken. Drei junge Frauen standen hinter ihren Auslagen und versuchten ebenso lautstark wie gestenreich, die Aufmerksamkeit potenzieller Kunden auf ihre Waren zu lenken. Gleich zwei von ihnen stürzten sich mit dem untrüglichen Gespür ihrer Spezies auf Pia, kaum dass sie auch nur einen vorsichtigen Blick aus den Augenwinkeln auf ihre Auslagen geworfen hatte; aber zumindest einer der beiden verschlug es die Sprache, als sie den Kopf in den Nacken legen musste, um ihr ins Gesicht zu sehen. Pia sagte nichts dazu, sondern gönnte sich den kleinen Luxus, den Moment einfach zu genießen.

Die andere fand ihre Fassung rascher wieder. »Lass mich raten«, begann sie in professionell vertraulichem Ton. »Du suchst ein neues Kleid, habe ich recht?«

Das war ein ungemein scharfsinniger Schluss, fand Pia, vor allem für jemanden, der nichts anderes verkaufte als Kleider. Bevor sie antwortete, ließ sie ihren Blick prüfend über die auf groben hölzernen Bügeln aufgereihten Kleider und Röcke hinter ihr schweifen. Eines erschien ihr hässlicher als das andere. Diplomatisch ausgedrückt.

»Sieht man das so deutlich?«, fragte sie und ahmte unbewusst eine von Bracks Angewohnheiten nach, indem sie ihre eigene Frage gleich in Gedanken selbst beantwortete: ganz eindeutig *ja.* Ihr schäbiger Umhang vermochte den zerschlissenen Fetzen darunter nicht wirklich zu verbergen, sondern musste die kundigen Blicke der Händlerin im Gegenteil wohl eher noch darauf aufmerksam machen, dass sie wortwörtlich in Lumpen gekleidet hergekommen war.

Ihr dunkelhaariges Gegenüber – eine junge Frau, kaum älter als sie, die vermutlich recht hübsch gewesen wäre, wäre sie zwanzig Zentimeter größer und ebenso viele Pfunde leichter gewesen – lächelte nur diplomatisch, signalisierte aber mit ihren Blicken etwas ganz anderes, und Pia trat noch einen Schritt näher an den Stand heran, um die ausgestellten *Kostbarkeiten* einer zweiten und etwas gründlicheren Inspektion zu unterziehen. Das Ergebnis fiel beinahe noch deprimierender aus als beim ersten Mal. Wenn es überhaupt noch eines Beweises dafür bedurft hätte, dass es Alica und sie in eine vollkommen fremde Welt verschlagen hatte, dann wären es diese Kleider gewesen. So etwas *konnte* doch niemand ernsthaft anziehen wollen!

Pia nahm (fast) alles zurück, was sie gestern Abend über das Kleid gedacht hatte, auf das sie in Bracks Truhe gestoßen war. Verglichen mit den schweren einheitlich grauen, braunen oder schwarzen … *Säcken,* die sie jetzt sah, war das Ding geradezu sexy.

»Vielleicht war das mit dem Schneidern doch keine so schlechte Idee von dir«, sagte Alica neben ihr. Sie wirkte regelrecht schockiert, und auch wenn die junge Frau auf der anderen Seite des Wagens ihre Worte nicht verstand, schien ihr der Ausdruck auf Alicas Gesicht doch genug zu sagen.

»Gefällt deiner Freundin unser Angebot nicht?«, fragte sie mit perfekt gespielter Enttäuschung. Pia fiel auf, dass sie einen raschen, aber sehr beredten Blick mit den beiden anderen Frauen tauschte, aber sie dachte sich nichts dabei.

»Nein, das ist es nicht«, sagte sie hastig. »Sie sind sehr

hübsch, aber ... ich fürchte, dass mir nichts davon passen wird.«

»Ja, deine Größe ist ... wirklich ungewöhnlich«, pflichtete ihr die junge Frau bei. »Es muss schwer für dich sein, auch nur irgendetwas Passendes zu finden.« *Heute Morgen,* fügte ihr Blick hinzu, *ist es dir jedenfalls nicht gelungen.* »Aber du hast Glück. Meine Schwester ist eine ganz ausgezeichnete Schneiderin. Alles, was du hier siehst, hat sie gemacht.«

»Ja, das ist ... beeindruckend«, murmelte Pia.

Die Verkäuferin zog mit einer routinierten Bewegung den Wagen zur Seite und gestikulierte ihr mit der anderen Hand zu, durch den Spalt zu treten. »Kommt einfach rein und sucht euch irgendwas aus, was euch gefällt. Bis morgen früh sind die Kleider in eurer Größe fertig.«

»Was hat sie gesagt?«, fragte Alica und winkte ab, noch bevor Pia auch nur Luft holen konnte, um zu antworten. »Nein, lass gut sein. Ich kann es mir denken. Aber das ist doch nicht dein Ernst, oder?«

Natürlich war es das nicht ... doch wie es aussah, blieb ihnen kaum eine andere Wahl. Sie waren an verschiedenen Ständen und Buden vorbeigekommen, und auch wenn sie nur mit einem Auge hingesehen hatte, wäre ihr garantiert aufgefallen, wenn sich das Angebot dort deutlich von diesem Schreckenskabinett hier unterschieden hätte. Sie antwortete nicht gleich, sondern sah sich stirnrunzelnd und sehr aufmerksam um, wobei ihr Augenmerk vor allem den Kleidern der Frauen ringsum galt. Sie unterschieden sich kaum von den hier ausgestellten Schmuckstücken, und wenn, dann allenfalls dadurch, dass sie ein wenig abgetragener und zerschlissener wirkten.

Anscheinend war sie mit ihrer Beobachtung nicht allein. »Erklär mich meinetwegen für verrückt«, sagte Alica, »aber das hier scheint tatsächlich der letzte Schrei zu sein ... wobei die Betonung eindeutig auf *Schrei* liegt, wenn du mich fragst.«

»Was sagt deine Freundin?«, fragte die Pummelige.

»Dass uns leider nicht so viel Zeit bleibt«, antwortete Pia. »Wir brauchen die Kleider schneller. Aber ihr verkauft doch sicher auch Stoffe.«

Ihr Gegenüber machte keinen Hehl aus ihrer Enttäuschung. Doch sie fing sich auch fast sofort wieder. »Die besten überhaupt«, antwortete sie. »Und die größte Auswahl in der ganzen Stadt. Warte einen Moment! Ich hole dir ein paar Muster.«

Sie verschwand, ohne ihre Antwort abgewartet zu haben. Pia wünschte sich längst, nicht ausgerechnet an diesem Stand haltgemacht zu haben. Die junge Frau, die sie bediente, bemühte sich zwar nach Kräften, sie wie eine ganz normale Kundin zu behandeln, aber es blieb hauptsächlich bei dem gut gemeinten Versuch, und die beiden anderen versuchten nicht einmal, Alica und sie nicht ganz unverhohlen anzugaffen. Konnte es sein, dass mittlerweile jeder in dieser Stadt wusste, wer Alica und sie waren?

Vielleicht lag es an diesem Gedanken, dass das Gefühl, beobachtet zu werden, plötzlich regelrecht in ihr explodierte. Rasch drehte sie sich um und sah gerade noch einen Schatten davonhuschen, viel zu schnell, um ihn zu erkennen, aber auch nicht schnell genug, um nicht zu sehen, dass irgendetwas an ihm anders war. Sie konnte nicht einmal sagen, was.

»Was ist los?«, fragte Alica alarmiert.

»Nichts«, antwortete Pia.

Alica wirkte keineswegs überzeugt, sondern suchte nun ihrerseits aus eng zusammengekniffenen Augen die Menge ab, doch in diesem Moment kam die Marktfrau zurück und brachte die versprochenen Muster. Allerdings waren es keine Stoffballen, sondern nur eine Hand voll roh aus größeren Stücken herausgerissene Fetzen, die für Pias Geschmack auch ganz gut als Putzlappen durchgegangen wären. Sie waren rau wie Sackleinen und mindestens ebenso schwer. Pia schätzte, dass man ein Bajonett brauchte, um irgendetwas daraus zu nähen.

»Sind das …?«, begann sie.

»Unsere besten Stoffe, ja«, bestätigte die junge Frau. »Ich sage es gleich, sie sind nicht billig, aber dafür von ausgezeichneter Qualität. Du wirst im Umkreis von zehn Tagesreisen nichts Besseres finden. Ein Kleid aus diesem Stoff hält mindestens fünf Jahre, wenn nicht zehn.«

Was genau das war, wovon sie schon immer geträumt hatte: fünf Jahre in demselben Kleid herumzulaufen, und noch dazu in *so einem*. Sie versuchte sich zu einem Lächeln zu zwingen, aber es fiel ihr wirklich schwer.

»Was ist denn das da hinten?« Alica deutete auf ein helles Bündel, das hinter den drei Verkäuferinnen auf dem Boden lag.

»Das?« Die junge Frau machte eine wegwerfende Handbewegung. »Ach, das ist nichts. Nur ein paar alte Fetzen. Wir benutzen sie zum Saubermachen, oder wenn eine von uns …« Sie lächelte, flüchtig und zugleich auch ein bisschen verlegen. »… du weißt schon.«

»Zeig sie mir!«, verlangte Pia.

»Aber das ist wirklich nur …«

»Bitte!«, fügte Pia hinzu, und das in einem Ton, der aus dem Wort eindeutig einen Befehl machte.

Das Lächeln blieb auf dem Gesicht der jungen Marktfrau, doch es war jetzt nur noch eine Maske. Mit einer abgehackten Bewegung wandte sie sich um, klaubte das Bündel vom Boden auf und knallte es regelrecht vor ihr hin. »Wie ich gesagt habe: nur ein paar alte Fetzen. Sie hätten gar nicht hier liegen sollen.«

Pia hatte noch immer das Gefühl, angestarrt zu werden, aber diesmal gestattete sie sich nicht, ihm nachzugeben und sich schon wieder erschrocken umzusehen. Stattdessen begutachtete sie den Stoff, der zumindest schmuddelig genug war, um der Beschreibung zu entsprechen, die seine Besitzerin abgegeben hatte.

Trotzdem kam er dem, was Pia unter der Bezeichnung Stoff verstand, noch am nächsten. »Das nehmen wir«, sagte sie.

Die Marktfrau wirkte regelrecht empört. »Aber das ist wirklich nur ...«

»Pack es zusammen«, sagte Pia. »Und alles, was wir sonst noch brauchen. Nadel, Faden und so weiter. Lasar wird dich bezahlen.«

Sie reichte dem Jungen das Geld, das Brack ihr gegeben hatte. Einen einzigen Augenblick lang schien sich noch einmal so etwas wie Widerspruch im Gesicht der Marktfrau zu regen, dann zuckte sie mit den Schultern und begann aus dem unordentlichen Stoffbündel ein anderes, nicht minder unordentliches zu kneten. Die Mischung aus Interesse und Gier auf ihrem Gesicht machte endgültig reiner Verachtung Platz.

Jemand zupfte an ihrem Umhang. Pia drehte sich halb um und senkte schon ganz automatisch den Blick und dann noch einmal und noch weiter, denn vor ihr stand jemand, der deutlich kleiner war, als sie ohnehin erwartet hatte.

Das Kind zupfte zum zweiten Mal an ihrem Umhang, fuhr dann auf dem Absatz herum und verschwand in der Menge. Vielleicht hatte es versucht, sie zu bestehlen, oder es hatte die sonderbare Fremde, von der die ganze Stadt sprach, einfach nur einmal anfassen wollen.

Pia lächelte flüchtig und drehte sich wieder herum, folgte dem Kind aber weiter mit Blicken. Zu ihrem Erstaunen wurde es nach wenigen Schritten langsamer, blieb dann ganz stehen und rannte erst weiter, nachdem es sich davon überzeugt hatte, dass sie es auch wirklich sah. Seltsam.

Pia wandte sich erneut dem Stand zu. Lasar hatte mittlerweile damit begonnen, heftig um den Preis des Stoffbündels zu feilschen, dessen wahrer Wert von seiner Besitzerin erst in diesem Moment wirklich erkannt worden zu sein schien. Pia hörte nur mit halbem Ohr hin, aber allein der Tonfall machte ihr klar, dass sich die Sache wohl noch eine Weile hinziehen würde. Schon wieder etwas, dachte sie, das anscheinend zu allen Zeiten und in allen Welten gleich war.

»Du hast das Zeug tatsächlich gekauft?«, vergewisserte sich Alica.

»Wenn du hier irgendwo etwas Besseres siehst, dann lass es mich wissen«, sagte Pia.

Alica durchbohrte sie regelrecht mit Blicken, und Pia legte nur aus einem Gefühl heraus den Kopf in den Nacken und blinzelte in den Himmel hinauf. Er war wolkenlos und von einem so strahlenden Blau, als hätte ihn jemand nur zu dem einzigen Zweck in dieser Farbe angemalt, um sich über die grausame Kälte lustig zu machen.

Vielleicht konnte sie den kreuzförmigen schwarzen Schatten deshalb umso besser erkennen, der über ihnen kreiste und sie aus tückisch funkelnden Augen beobachtete.

»Seht nicht so auffällig dorthin, Erha…, Gaylen«, sagte Lasar. Pia warf ihm einen strafenden Blick zu, und er verbesserte sich hastig: »Pia.«

»Warum nicht?« Pia erinnerte sich, den riesigen schwarzen Vogel schon einmal gesehen zu haben, wusste aber im ersten Moment nicht mehr, wann. Dann fiel es ihr wieder ein. »Warum hat Brack ihn *verdammter Spion* genannt?«

Lasar machte eine wegwerfende Geste und versuchte möglichst beiläufig zu klingen. »Das ist nur ein alter Aberglaube«, sagte er.

»Ein alter Aberglaube?« Pia hatte plötzlich ein sehr, wirklich sehr schlechtes Gefühl. Anders als gestern kam der Vogel nicht näher, sondern hielt seine Position hoch über den Dächern der Stadt, doch sie konnte seinen Blick spüren; fast so intensiv wie eine Berührung. »Erzähl mir davon.«

»Eiranns Raben«, antwortete Lasar. »Es heißt, der König der Dunkelelfen habe ein Paar magischer Raben gehabt, die seine Augen und Ohren gewesen seien. Was sie sahen, das sah auch er, und was sie hörten, das konnte auch er hören. So blieb ihm nichts verborgen, was im Land getan und gesprochen wurde.«

»Und seither mögen die Leute hier Raben nicht mehr besonders«, vermutete Pia. Ihr Mund war plötzlich so trocken, dass sie beinahe Mühe hatte, überhaupt zu reden. Sie musste an ein Paar anderer Raben denken, das sie vor kaum zwei Tagen gesehen hatte.

»Niemand glaubt heute mehr an diesen Unfug«, behauptete Lasar nervös. »Na ja ... außer Brack vielleicht.«

Wenn niemand mehr an diese Legende glaubt, dachte Pia, *warum war er dann gerade so sehr darauf bedacht, dass ich diesen* harmlosen Vogel *nicht anstarre?* Aber sie kam nicht dazu, die Frage laut zu stellen, denn in diesem Moment zupfte es erneut an ihrem Mantel. Das Kind war zurück, wirbelte genauso schnell herum und davon wie beim ersten Mal und blieb auch jetzt wieder nach einem Dutzend Schritten stehen, um sich davon zu überzeugen, dass Pia es auch wirklich sah. Erst dann lief es weiter.

Und es war nicht etwa so, dass Pia sich aus irgendeinem Grund entschied, ihm zu folgen.

Das taten ihre Schuhe für sie.

XV

Sie war schon ungefähr ein oder zwei Dutzend Schritte weit gekommen, bevor Alica sie einholte und derb am Arm zurückriss. »He, was soll das?«, beschwerte sie sich. »Wenn wir uns in diesem Durcheinander hier aus den Augen verlieren, finden wir uns nie wieder!«

Pia machte sich mit sanfter Gewalt los. »Immer vorausgesetzt, du kniest dich hin, damit ich dich nicht sehe«, erwiderte sie spöttisch, ging aber trotzdem weiter und sah Alica nicht einmal an, sondern versuchte konzentriert, das Kind nicht aus den Augen zu verlieren. Was ihr nicht sonderlich schwerfiel, denn der Knirps lief immer nur einige wenige Schritte weiter und blieb dann wieder stehen, um zu ihr zurückzublicken; ein bisschen kam er ihr vor wie ein abgerichteter Hund, der gekommen war, um seinen Besitzer auf etwas ungemein Wichtiges aufmerksam zu machen.

»Hat der Zwerg dich etwa bestohlen?« Alica war ihrem Blick gefolgt.

»Bestohlen?« Pia sah demonstrativ an sich herab. Nachdem sie Lasar die wenigen Münzen ausgehändigt hatte, gab es nicht mehr viel, was man ihr hätte wegnehmen können. Außerdem war es noch nie jemandem gelungen, sie zu bestehlen. Alica sollte das eigentlich wissen. Kopfschüttelnd ging sie weiter, nicht nur, weil auch das Kind wieder ein paar Schritte zurückgelegt hatte und jetzt eindeutig ungeduldig zu ihr hinsah, sondern auch, weil sie einfach nicht stillstehen konnte. Alica begann hektisch mit beiden Armen zu gestikulieren und sagte irgendetwas, aber Pia hörte gar nicht mehr hin, sondern ging nun schneller, um zu ihrem kleinwüchsigen Führer aufzuschließen. Das Kind begann seinerseits zu rennen, bog in eine Seitengasse ab und legte einen kurzen Zwischenspurt ein, bei dem es mit unglaublichem Geschick zwischen all den flanierenden Menschen hindurchflitzte, ohne einen von ihnen auch nur zu berühren. Pia folgte ihm nahezu genauso schnell, wenn auch deutlich weniger elegant. Sie kam sich ein bisschen vor wie ein Wal, der durch eine Schule aus Delfinen pflügte. Sie war jetzt sicher, dass das Kind sie irgendwo hinführen wollte. Und zumindest ihre Schuhe schienen auch der Meinung zu sein, dass es richtig war, ihm zu folgen.

Dabei sah sie eine Menge Dinge, die zwar auf den ersten Blick auf diese Mischung von mittelalterlichem Markt und Rummel zu passen schienen, auf den zweiten aber ... zumindest *merkwürdig* waren: Feuerspucker und Jongleure, Gaukler und Seiltänzer (ungefähr vierzig Zentimeter über dem Boden) und in einem aus daumendicken Eisenstäben gefertigten Käfig etwas, das bei flüchtigem Hinsehen an einen Bären erinnerte, obwohl ihr irgendetwas sagte, dass es etwas gänzlich anderes war. Einmal kamen sie sogar an einem großen Zelt vorbei, hinter dessen offenem Eingang ein prachtvoller weißer Hengst angebunden war, dem jemand mit großer Kunstfertigkeit ein Paar riesiger weißer Flügel angeklebt hatte. Es sah so echt aus, dass Pia mitten im Schritt innehielt und ungläubig die Augen aufriss. Gern wäre sie hingegangen, um den vermeintlichen Pegasus näher in Augenschein zu nehmen, aber der Junge war schon wieder stehen geblieben, sah ungeduldig in ihre Richtung und ging dann weiter. Pia folgte ihm schweren Herzens, um den Anschluss nicht zu verlieren.

Das neckische Spielchen wiederholte sich noch zwei- oder dreimal: Sie holte auf, fiel zurück und holte wieder auf, und fast ohne es zu bemerken, erreichten sie auf diese Weise das andere Ende des Marktplatzes, das von der hoch aufstrebenden Stadtmauer begrenzt wurde. Alica versuchte die ganze Zeit, sie zum Umkehren zu bewegen, was ihr aber ebenso wenig gelang, wie ganz zu ihr aufzuschließen. Erst als Pia stehen blieb, langte sie keuchend – und sichtlich verärgert – neben ihr an und fasste sie beinahe schon herrisch mit der Hand am Oberarm.

»Verzeiht, wenn es Eurer unwürdigen Sklavin nicht gelungen ist, mit Euch Schritt zu halten, Durchlaucht«, stieß sie kurzatmig hervor. Dann wurde sie schlagartig ernst. Ihre Stimme wurde leiser und klang jetzt auch deutlich beunruhigt. »Hältst du das für eine gute Idee hierherzukommen?«

Pia hätte ihr gerne widersprochen, aber sie konnte es nicht. Während der letzten Minuten war sie so auf ihren vermeintlichen Führer konzentriert gewesen, dass ihr gar nicht aufgefallen war, wie sehr sich ihre Umgebung verändert hatte. Dafür sah sie es jetzt umso deutlicher. Die Gassen waren enger, die Verkaufsstände, Karren und Buden kleiner und schäbiger, das Angebot deutlich ärmlicher. Auch hier wimmelte es von Menschen, doch ihre Zahl hatte deutlich abgenommen, und die Blicke, die sie immer noch ununterbrochen und aus allen Richtungen trafen, waren vielleicht nicht mehr bloß neugierig und überrascht. Dieser Teil des Jahrmarkts war deutlich dunkler, was nicht nur an dem gewaltigen Schatten lag, den die Stadtmauer warf. Alica hatte recht, flüsterte ihr die Stimme ihrer Vernunft zu. Es war vielleicht keine gute Idee gewesen hierherzukommen.

Aber statt auf sie zu hören, streifte sie abermals Alicas Hand ab und ging weiter hinter dem Kind her.

Es war erneut vorausgelaufen und dann wieder stehen geblieben. Hinter ihm erhob sich ein rundes, ausladendes Zelt, das vor sehr langer Zeit einmal prächtig ausgesehen haben mochte, jetzt aber nur noch schäbig war. Ehemals bunte Wimpel mit nahezu vollkommen verblassten Farben hingen wie traurig gebrochene Papageienflügel an seinen Flanken herab, der Stoff war an unzähligen Stellen geflickt und mit mehr gutem Willen als wirklichem Können repariert, und auf der linken Seite gab es einen großen Brandfleck, als hätte jemand vor nicht allzu langer Zeit versucht, das Zelt samt seinen Bewohnern anzuzünden.

»Du willst doch nicht etwa dort rein?«, murmelte Alica. »Also, nichts gegen deinen Mut. Du musst mir nichts beweisen, aber ...«

Sie verstummte, als Pia ganz offensichtlich gar nicht daran dachte, auf ihre Warnung zu hören, sondern ganz im Gegenteil schneller ging. Das Kind hatte sich immer noch nicht von der Stelle gerührt, doch als Pia es fast erreicht hatte, wirbelte es wieder herum und verschwand hinter dem schmalen Eingang. Pia versuchte in dem Sekundenbruchteil, den es dafür brauchte, einen Blick ins Innere des Zeltes zu werfen, sah aber nichts als vages rötliches Licht und durcheinanderhuschende Schatten.

Gerade als sie die Hand nach der Zeltplane ausstrecken wollte, kam auch Lasar bei ihnen an. Er war vollkommen außer Atem und trug ein unordentlich zusammengedrücktes, helles Bündel unter dem Arm. »Das solltet Ihr nicht tun, Erhabene«, stieß er hervor. »Das hier ist kein guter Ort.«

Pias Stiefel wollten weitergehen. Es kostete sie spürbare Überwindung, stehen zu bleiben und sich halb zu dem Jungen umzudrehen. »Wieso?«

Lasar warf einen ebenso raschen wie eindeutig beunruhigten Blick in die Runde, bevor er antwortete. »Ich kann hier nicht für Eure Sicherheit garantieren.«

Pia blinzelte, maß den kaum anderthalb Meter großen, schmächtigen Jungen mit einem beredten Blick und beließ es darüber hinaus bei einem Schulterzucken. Ohne ein weiteres Wort schlug sie die Zeltplane zur Seite und trat ein. Sie war nicht überrascht, als Alica ihr folgte, und noch viel weniger, als Lasar es nicht tat.

Das Innere des Zeltes erweckte auf den ersten Blick den schon fast unheimlichen Eindruck, deutlich größer als sein Äußeres zu sein, was wohl an der schwachen, aber äußerst geschickt eingesetzten Beleuchtung lag. Vielleicht auch daran, dass es bis auf einen niedrigen Tisch mit zwei noch kleineren dreibeinigen Schemeln vollkommen leer war. Erneut fiel ihr auf, dass jegliches Mobiliar hier gerade eine Winzigkeit zu klein war, um *richtig* auszusehen. Das knappe Dutzend ruhig brennender roter Kerzen erzeugte eine Atmosphäre, die irgendwo zwischen anheimelnd und unheimlich lag, und die junge Frau, die an dem kleinen Tisch saß und ihr unverhohlen neugierig entgegensah, verstärkte dieses Gefühl noch. Sie hatte langes, bis weit über die Schultern fallendes, gelocktes Haar (erst jetzt, bei ihrem Anblick, wurde Pia klar, dass es überhaupt die erste Frau in WeißWald war, die sie ohne Kopfbedeckung sah – wenn sie Malu und ihr zweifelhaftes Etablissement einmal außen vor ließ), ein schmales Gesicht und ebenso schmale, gepflegte Hände mit nicht ganz so gepflegten Fingernägeln. Das war alles, was Pia von ihrer Gestalt erkennen konnte. Der Rest verbarg sich unter dem hier üblichen unförmigen ... Etwas, von dem die Bewohner dieser Stadt glaubten, es wäre Kleidung. Das vielleicht Sonderbarste an ihr waren die Augen. Sie waren hell, wach und blickten durchdringend genug, dass es sich eigentlich unangenehm hätte anfühlen müssen, was es aber nicht tat. Pia konnte sich nicht dagegen wehren – sie fühlte sich sofort von dieser Frau eingenommen.

»So, jetzt hast du alles gesehen«, sagte Alica neben ihr. »Können wir wieder gehen?« Ohne dass es ihr wahrscheinlich selbst bewusst war, hatte sie ihre Stimme zu einem Flüstern gesenkt, aber Pia entging das sachte Zittern darin trotzdem nicht.

Sie ignorierte sie, trat mit zwei raschen Schritten an den Tisch heran und fragte sich beiläufig, wo das Kind geblieben war, das sie hierhergeführt hatte. Hier drinnen war es jedenfalls nicht, und es gab auch absolut nichts, wo es sich hätte verstecken können. Doch der Gedanke entglitt ihr, noch bevor sie ihn ganz zu Ende denken konnte.

»Setzt Euch, Erhabene!« Die dunkelhaarige Frau machte eine knappe Geste, von der Pia nicht ganz sicher war, ob sie befehlend oder einladend sein sollte. Jedenfalls gehorchte sie ihr. Der Blick der seltsam durchdringenden Augen ließ sie keine Sekunde los.

»Pia, was tust du da?« Alica war stehen geblieben, und aus irgendeinem Grund war Pia sicher, dass sie es einfach nicht wagte, sich dem Tisch und ihrer seltsamen Gastgeberin weiter zu nähern.

»Eure Begleiterin scheint mich zu fürchten«, fuhr die junge Frau fort. Ein flüchtiges Lächeln huschte über ihre vollen Lippen und verschwand augenblicklich wieder. »Das ist nicht nötig.« Bei den letzten Worten schien fast so etwas wie Trauer in ihrer Stimme mitzuschwingen.

»Was soll das heißen, nicht nötig?«, ereiferte sich Alica. »Ich bin schließlich ...« Sie brach ab, schwieg ein paar Sekunden, und als sie weitersprach, klang ihre Stimme regelrecht fassungslos. »He! Wieso verstehe ich Sie?«

»Weil ich die Dinge so sehe, wie sie sind«, antwortete die Dunkelhaarige, wobei Pia nicht sagen konnte, ob diese Worte ihr oder Alica galten.

»Wer sind Sie?«, murmelte sie.

»Ich bin Valoren«, antwortete ihr Gegenüber. »Jedenfalls ist das der Name, unter dem man mich in diesem Teil des Landes kennt. Ihr seid Gaylen.« Zum ersten Mal ließ ihr Blick Pia los und suchte Alica. »Und du bist Alica.«

Alica ächzte halblaut, und Pia wiederholte den Namen, den

die Dunkelhaarige genannt hatte, ein paarmal in Gedanken. Valoren ... das klang sonderbar, fremdartig und zugleich vertraut ... und so falsch, wie es überhaupt nur ging. Ein Name, wie man ihn vielleicht in einem Fantasy-Roman las (in keinem besonders guten) oder in den Credits eines (ebenso mittelmäßigen) Hollywood-Filmes. Niemand hieß so.

Als hätte sie ihre Gedanken gelesen, lächelte Valoren, und etwas in ihrem Blick wurde weich. »Das ist nicht mein wirklicher Name«, sagte sie. »Aber hier und jetzt mag er genügen.«

»Und was ...« ... willst du von mir?, wollte sie fragen. Stattdessen hörte sie sich fast zu ihrer eigenen Überraschung den Satz beenden: »... will ich von dir?«

Diesmal machte ihr Valorens angedeutetes Lächeln beinahe ein bisschen Angst, denn sie tat es auf eine Art, als hätte sie nicht nur gewusst, was Pia sagen würde, sondern es gewollt. »Vielleicht erfahren, warum du hergeschickt worden bist.«

»Hergelockt trifft es wohl besser«, sagte Alica, bevor Pia antworten konnte. »Dieser kleine Balg gehört doch zu dir, habe ich recht?«

Die Frau mit dem Elfennamen lächelte nur weiter und sah Pia stumm aus ihren hellen, so sonderbar wissenden Augen an, doch so schnell gab Alica nicht auf. Offensichtlich hatte sie nicht nur ihre Überraschung, sondern auch ihre Scheu überwunden, denn sie kam nun näher und blieb nicht nur hinter Pia stehen, sondern legte ihr auch in einer eindeutig beschützenden Geste die Hand auf die Schulter.

»Du bist so eine Art Wahrsagerin, habe ich recht?«, sagte sie. »Wo ist deine Kristallkugel?«

»Alica. Lass es!«, sagte Pia leise.

»Davon träumst du«, schnappte Alica. »Du fällst doch nicht wirklich auf diesen Unfug rein?«

»Immerhin kennt sie unsere Namen«, gab Pia zu bedenken. Sie wollte zu Alica hochsehen, aber es ging nicht. Der Blick dieser unheimlichen Augen hielt sie fest, jedoch war an diesem Gefühl erstaunlicherweise rein gar nichts Erschreckendes oder gar Bedrohliches.

»Kunststück!«, sagte Alica abfällig. »Wahrscheinlich weiß mittlerweile jeder in der Stadt, wie wir heißen und wo wir herkommen. Brack ist die schlimmste Tratsche, der ich je begegnet bin.«

»Er ist ein aufrechter Mann«, sagte Valoren, »soweit ein Mann hier aufrecht sein kann und dabei überlebt. Ihr könnt ihm trauen ... wenn auch nicht allzu weit.«

»Warum hast du mich gerufen?«, fragte Pia.

»Dreimal darfst du raten«, sagte Alica. »Aber ich muss dich enttäuschen, ehrwürdige Wie-auch-immer. Wir haben kein Geld. Bei uns ist nichts zu holen. Du kannst also mit deinem Hokuspokus aufhören.«

Die Wahrsagerin nahm Alicas Worte gar nicht zur Kenntnis, sondern beantwortete Pias Frage. »Um deine Fragen zu beantworten. Du musst sie nur stellen.«

»Au ja, jetzt kommt das«, sagte Alica abfällig. »Wenn man nicht weiterweiß, dann rettet man sich in ein bisschen esoterisches Blabla, nicht wahr?«

»Verdammt, Alica, halt endlich die Klappe!«, sagte Pia. »Ich will mit ihr reden.«

Alica wäre nicht Alica gewesen, hätte sie nicht mit einem trotzigen Schnauben auf diese Worte reagiert – aber sie gehorchte auch und verbiss sich zumindest in diesem Moment eine weitere patzige Antwort.

»Du weißt also, wer wir sind«, begann Pia, »und wie wir hierherkamen.«

»Warum stellst du keine Fragen, deren Antworten du noch nicht kennst?«, erwiderte Valoren.

Vielleicht hatte Alica ja recht, dachte Pia, und das alles war nichts als – wie hatte sie es genannt? Esoterisches Blabla? Sie waren nicht gerade im seriösesten Teil des Marktes, und vielleicht war das alles hier nichts als geschickte Effekthascherei. Eine Antwort wie diese hätte eigentlich Wasser auf Alicas Mühlen sein müssen, aber seltsamerweise ließ sie die Gelegenheit ungenutzt verstreichen, und auch ihr selbst wollte es einfach nicht gelingen, Valoren als das zu sehen, was sie zumindest Alicas Meinung nach war. Diese Frau strahlte eine ... *Wahrhaftigkeit* aus, der sie sich einfach nicht entziehen konnte.

»Bevor wir fortfahren, solltest du wissen, dass wir ...«

»... kein Geld haben, um mich zu bezahlen?«, fiel ihr Valoren sanft ins Wort. »Keine Sorge. Du bist nicht deswegen hier.«

»Weshalb dann?«

»Du solltest gar nicht hier sein.«

»Das ist vermutlich wahr, aber keine Antwort«, sagte Pia.

»Das ist wahr, Erhabene.« Valoren senkte demütig das Haupt, und auch mit dieser Bewegung war es wie mit allem anderem hier: Sie sollte lächerlich oder wenigstens aufgesetzt wirken, tat es jedoch nicht. Alles hier wirkte auf eine Art *echt*, die sie weder in Worte noch in Gedanken kleiden konnte, die aber keinen Zweifel zuließ.

»Was tue ich hier?«, fragte sie noch einmal. »Nicht in diesem Zelt, meine ich.« Schatten flüsterten rings um sie herum, und in der Dunkelheit begannen sich Dinge zu regen, die nicht da, ihr aber dennoch vertraut waren.

»Das ist schon eine bessere Frage«, sagte Valoren. »Aber ich weiß die Antwort nicht.«

»Ich dachte, du weißt alle Antworten auf alle Fragen«, sagte Alica spöttisch. »Oder bessert sich dein Gedächtnis vielleicht schlagartig, wenn ich nach draußen gehe und nachsehe, ob Lasar noch ein paar Münzen übrig hat?«

Valoren lächelte. »Eure Freundin ist eine tapfere junge

Frau. Ihr könnt Euch glücklich schätzen, eine solche Weggefährtin zu haben. Gebt gut auf sie acht! Sie wird noch eine wichtige Rolle bei dem spielen, was vor Euch liegt.«

»Darauf kannst du Gift nehmen«, sagte Alica grimmig. »Als Erstes sorge ich dafür, dass dieser Spuk hier aufhört. Gibt es hier so etwas wie Polizei?«

Statt ihre Frage zu beantworten, fuhr Valoren an Pia gewandt fort: »Nicht alle Fragen sind bereits beantwortet. Ich sehe die Dinge, wie sie sind, und die, die noch nicht sind, so wie sie sein sollten. Aber manchmal entwickeln sie sich anders.«

Alica verdrehte die Augen, und Pia fragte sich, ob sie nicht vielleicht doch recht hatte. Das war genau die Art von Antwort, die Alica vorausgesagt hätte: eine Menge wohlklingender Worte, die im Grunde gar nichts bedeuteten.

»Aber ich kann Euch sagen, dass Ihr nicht hier sein solltet, Erhabene«, fuhr Valoren fort.

»Wie wahr!«, spöttelte Alica.

Pia spürte, wie sich ihre Geduld ganz allmählich dem Ende entgegenneigte, aber Valoren reagierte auch jetzt wieder nur mit einem geduldigen Lächeln.

»Nicht hier? Du meinst, nicht in diesem Zelt, sondern in WeißWald, nehme ich an.«

»Nein«, antwortete Valoren. »Auf dieser Seite. Die Zeit ist noch nicht reif. Nicht für dich und nicht für uns. Noch lange nicht.«

Pia wünschte sich, diese sonderbare Frau würde endlich aufhören, in Rätseln zu sprechen. »Wenn du mit *dieser Seite* diese ganze verrückte Geschichte hier meinst«, sagte sie mit einem wehmütigen Lächeln, »dann stimmt das wohl. Glaub mir, ich würde lieber heute als morgen wieder nach Hause, und Alica auch, aber wir wissen nicht, wie.« Sie legte fragend den Kopf auf die Seite. »Wenn du uns sagen kannst, wie, dann würde sich wahrscheinlich sogar Alica bei dir bedanken.«

»Auf demselben Wege, auf dem ihr hergekommen seid«, antwortete Valoren.

»Ja, genau das ist die Art von Antwort, die ich erwartet habe«, sagte Alica. »Nur immer hübsch schwammig bleiben. Bloß nie etwas sagen, worauf man dich festnageln könnte, nicht wahr?« Sie schnaubte. »Weißt du was, Va-lo-ren? Da, wo wir herkommen, könntest du Karriere machen. Bei uns wimmelt es nur so von Hirnis, die darauf warten, sich so einen Brei anzuhören. Echt.«

Pia brachte sie mit einer ärgerlichen Geste zum Schweigen. »Du meinst, *ich* habe das gemacht?«, flüsterte sie.

»Also doch!«, sagte Alica.

»Nutzt die Kraft Eures Blutes, Erhabene«, antwortete Valoren ernst.

»Und wie?«

»Wie soll ich diese Frage beantworten, wenn Ihr selbst sie nicht einmal stellen könnt?«

»Sag ich doch«, meinte Alica böse. »Blabla.«

»Ihr werdet lernen, die Kraft Eures Blutes zu nutzen, Erhabene«, antwortete Valoren. »Mehr zu sagen, steht mir nicht zu – ganz davon abgesehen, dass ich es gar nicht könnte.«

»Obwohl du alles weißt?«, fragte Alica.

»Ich weiß die Antworten«, erwiderte Valoren. »Doch längst nicht alle Fragen sind bereits gestellt. Manche sollte man vielleicht nicht stellen.«

»Blabla«, sagte Alica ernsthaft.

»Und wenn ...« Pia unterbrach sich, versuchte wenigstens den Anschein von Ordnung in das Chaos hinter ihrer Stirn zu zwingen und setzte dann noch einmal neu an: »Kannst du uns sagen, wie wir wieder nach Hause kommen?«

Nach Hause? Aber du bist *zu Hause.* Valorens Blick sagte das so deutlich, dass Pia einen Moment lang fest davon überzeugt war, sie hätte es laut ausgesprochen. »Es heißt, es gebe Orte, wo die Nebel zwischen den Welten weniger dicht seien als an anderen«, sagte Valoren.

»Ach, *heißt* es das?«, fragte Alica betont.

»Früher gab es viele solcher Orte, Orte voller Magie und großer Macht, doch heute sind sie selten geworden.«

Benutzt das Tor, Erhabene! »Und ich nehme nicht an, dass es einen solchen ... *Ort* hier in WeißWald gibt?«, fragte Pia.

Valoren zögerte vielleicht den Bruchteil einer Sekunde zu lange, um ihre Antwort so zweifelsfrei glaubhaft zu machen wie alles andere, was sie zuvor gesagt hatte. Und wenn man es genau nahm, antwortete sie eigentlich gar nicht. »Die Magie wird schwächer in diesem Land. Es geschieht langsam, und die Menschen merken es kaum, aber der alte Zauber erlischt, mit jedem Jahr ein wenig mehr. Die alten Zeiten gehen, und die neuen kommen. Wer will sagen, ob sie besser oder schlimmer sind?«

»Du?«, schlug Alica vor. »Wo du doch alles weißt?«

»Das ist keine Antwort auf meine Frage«, sagte Pia. Es fiel ihr sonderbar schwer, die Worte auszusprechen. Irgendwie hatte sie das Gefühl, dass es ihr nicht *zustand*, so mit Valoren zu reden.

Dennoch nickte Valoren nur. »Das ist wahr. Doch selbst wenn es einen solchen Ort in den Mauern WeißWalds gäbe, wäre es viel zu gefährlich, ihn zu betreten.«

»Du meinst den Turm des Hochkönigs«, sagte Pia.

Diesmal dauerte Valorens Schweigen noch länger, und es war Pia, als stellte sie ihr in diesem zeitlosen Moment eine Frage, die sie auf dieselbe lautlose Weise beantwortete, ohne sie auch nur gehört zu haben; aber trotzdem richtig. Die Schatten bewegten sich hektischer, und ihr Flüstern wurde lauter. Etwas wie dürre Spinnenbeine aus Eis schien an Pias Seele zu kratzen. »Es wäre Euer Tod, dorthin zu gehen«, sagte Valoren schließlich. »Und ...« Sie brach ab, hob mit einer fast erschrocken aussehenden Bewegung den Kopf und schien einen Augenblick in sich hineinzulauschen.

»Stimmt etwas nicht?«, fragte Pia alarmiert.

»Nein«, antwortete Valoren. »Ich meine: doch. Es ist alles in Ordnung. Ich hatte bloß gehofft, dass uns ein wenig mehr Zeit bleibt, das ist alles.«

»Zeit wofür?«, fragte Pia.

»Ich bin nur eine einfache Seherin, Erhabene«, antwortete Valoren. »Wenn ich Eure Ankunft gespürt habe, dann werden andere vielleicht auch davon wissen. Ihr solltet nicht hierbleiben.«

Ich sollte gar nicht hier sein, dachte Pia. »In deinem Zelt?«

»In dieser Stadt.«

Warum war sie eigentlich nicht überrascht? »Wir können nicht weg«, sagte sie.

»Nein? Könnt Ihr nicht?«

»Wohin denn?«, fragte sie. »Wir kennen nur diese Stadt ... und nicht einmal die wirklich. Und wenigstens Brack sagt, dass wir vor dem nächsten Frühjahr nirgendwohin können.«

»Sagt er das?«

»Stimmt es etwa nicht?«, fragte Alica.

»Er hat euch sicher nicht belogen«, antwortete Valoren. »Nach allem, was ich über ihn gehört habe, ist er ein ehrlicher Mann. Aber er weiß nicht alles. Eigentlich«, fügte sie nach einem unmerklichen Zögern und mit einem unmöglich zu deutenden Achselzucken hinzu, »weiß er so gut wie nichts.«

»Das heißt, es gibt einen Weg hier heraus?«, fragte Alica scharf. Jede Spur von Spott oder Häme war aus ihrer Stimme verschwunden.

»Das Land ist groß und voller Gefahren«, erwiderte Valoren. »In diesem Punkt hat Brack die Wahrheit gesagt. Auch was den bevorstehenden Winter angeht.«

»Und ich dachte, jetzt käme erst einmal der Sommer?«, sagte Alica.

»Das ist wahr.« Valoren nickte. »Die Sommer in diesem Land sind kurz, und sie werden kürzer mit jedem Jahr, das vergeht. Brack hat recht, was die Gefahren angeht, von denen er gesprochen hat. Aber er weiß eben nicht alles.«

»Und du könntest uns helfen, einen dieser ... *anderen Wege* zu finden?«, fragte Pia direkt.

Valoren zögerte jetzt spürbar, und Pia war sogar sicher, dass sie es ganz bewusst tat, um ihr klarzumachen, wie schwer es ihr fiel weiterzusprechen. »Ihr müsstet mir vertrauen, Erhabene«, sagte sie. »Ich weiß, das ist viel verlangt. Ich bin eine vollkommen Fremde für Euch, und Eure Freundin traut mir nicht. Aber Ihr müsst mir glauben, dass Ihr in Gefahr seid, wenn Ihr länger in dieser Stadt bleibt.«

»Stell dir vor, darauf sind wir auch schon ganz von selbst gekommen«, sagte Alica.

Pia brachte sie mit einer unwilligen Geste zum Schweigen. »In welcher Gefahr?«

Bevor sie antwortete, sah Valoren noch einmal rasch auf dieselbe, in gleichem Maße nachdenklich wie alarmiert wirkende Art zum Ausgang des Zeltes hin. »Die Kunde von Eurer Rückkehr hat sich bereits herumgesprochen«, sagte sie. »Hier in der Stadt, und bald werden es auch andere wissen.«

»Was wissen?«, fragte Pia. »Ich bin nicht die, für die mich alle hier zu halten scheinen.« Sie versuchte zu lachen, aber es verunglückte. »Ich meine: Ich wüsste es, wenn ich eine Elfenprinzessin wäre und über Zauberkräfte verfügen könnte, meinst du nicht auch?«

»Seid Ihr da sicher, *Gaylen*?«, gab Valoren zurück, wobei sie ihren Namen auf sonderbare Weise betonte, hob aber zugleich die Hand und schüttelte sacht den Kopf, um sie am Antworten zu hindern. »Vielleicht seid Ihr es, vielleicht nicht. Ich fürchte, das spielt im Moment keine besondere Rolle. Nicht für Euch.«

»Wieso?«, wollte Alica wissen.

»Weil es reicht, wenn andere glauben, dass Ihr diejenige seid, deren Rückkehr sie erwarten.« Valoren sprach jetzt eine Winzigkeit schneller, und auch wenn ihr sanftes Lächeln und der Ausdruck in ihren sonderbaren Augen vollkommen unverändert blieben, spürte Pia doch die plötzliche Nervosität, die von ihr Besitz ergriffen hatte. »Wir ziehen morgen bei Sonnenaufgang weiter«, fuhr sie fort. »Es wäre zu gefährlich, wenn Ihr mich begleitet. Die Männer der Stadtwache wüssten sofort, wo sie Euch zu suchen hätten. Aber ich werde jemanden schicken, der Euch hilft. Drei Tage vor dem nächsten Vollmond ist Viehmarkt. Ein Mann wird eine Karawane mit Rindern bringen. Sein Name ist Ter Lion. Wenn Ihr Euch entschließt, mir zu vertrauen, dann nehmt Kontakt mit ihm auf. Er wird Euch an einen sicheren Ort bringen. Aber sprecht nicht selbst mit ihm, das wäre zu gefährlich. Schickt Eure Freundin oder den Jungen, der Euch begleitet. Ihr könnt ihm trauen.«

Pia war nicht ganz klar, wen sie damit meinte – den Fremden, von dem sie gesprochen hatte, oder Lasar. Hatte Bracks angeblicher Küchenjunge sie vielleicht sogar hierhergebracht? Sie überlegte ernsthaft, eine entsprechende Frage zu stellen, doch da wurde es draußen vor dem Zelt laut. Aufgeregte Stimmen und schnelle, schwere Schritte näherten sich, und sie glaubte Lasar etwas rufen zu hören. Ganz instinktiv drehte sie sich auf dem schmalen Schemel zum Ausgang, und auch Alica fuhr herum und spannte sich. Im nächsten Moment wurde die Zeltplane grob zur Seite geschlagen, und eine Gestalt in einem schweren Fellmantel, Harnisch, Helm und mit einem Speer in der Hand stürmte herein. Pia schnappte einen flüchtigen Eindruck von Lasar auf, der sein Stoffbündel fallen gelassen hatte und mit heftig wedelnden Armen versuchte, einen zweiten Soldaten der Stadtwache aufzuhalten, aber einfach beiseitegestoßen wurde. Sie sprang auf und wich dann ganz automatisch einen halben Schritt zurück, als der Krieger, der ihr zwar kaum bis zur Schulter reichte und nicht unbedingt wie der Mutigste aussah, dafür aber umso entschlossener, das zu tun, weshalb auch immer er hier war, seinen Speer auf sie richtete. Sie stieß gegen den Tisch, woraufhin zwei der Kerzen, die darauf standen, umfielen und erloschen, und der eisige Windzug, der mit den beiden Soldaten hereingefaucht war, brachte auch die anderen zum Flackern. Tanzende Schatten erfüllten das Zelt, und irgendetwas schien davonzuhuschen.

»Was hat das zu bedeuten?«, wandte sie sich an den Soldaten. Sie hatte ihn anfahren wollen, aber ihre Stimme zitterte so stark, dass sie sich selbst dafür verfluchte.

Der Soldat beantwortete ihre Frage nicht, sondern sah sich mit wilden Blicken im Zelt um. »Wo ist sie?«

»Von wem ...?«, begann Pia und brach dann verwirrt mitten im Wort ab. Um dem Speer auszuweichen, dessen Spitze unerbittlich auf ihr Gesicht zielte, hatte sie einen weiteren Schritt zur Seite gemacht und sich dabei halb umgedreht. Weit genug jedenfalls, um zu sehen, dass Alica und sie mit den beiden Soldaten allein im Zelt waren. Valoren war verschwunden.

»Die Hexe!«, herrschte sie der Soldat an. »Wo ist sie geblieben?«

»Das wüsste ich auch gern«, murmelte Alica neben ihr. Sie klang vollkommen fassungslos und damit ungefähr so, wie auch Pia sich fühlte. Von dem Moment an, in dem der Mann hereingestürmt war, bis jetzt waren kaum mehr als zwei oder höchstens drei Sekunden verstrichen, und das Zelt hatte keinen zweiten Ausgang. Dass Valoren an ihnen und den beiden Männern vorbeigekommen sein und unbemerkt das Zelt verlassen haben sollte, war ganz und gar ausgeschlossen.

Trotzdem war sie nicht mehr da.

»Die Hexe!«, sagte der Soldat noch einmal. »Wohin ist sie gegangen? Sie war hier! Ich weiß das!«

»Ich verstehe nicht genau, wovon du sprichst.« Pia war noch immer vollkommen verwirrt, hatte sich jetzt aber so weit in der Gewalt, um dem Impuls zu widerstehen, einen weiteren Schritt vor der fuchtelnden Speerspitze zurückzuweichen, und auch ihre Stimme klang schon wieder halbwegs sicher. Der Soldat blickte aus funkelnden Augen zu ihr hoch und versuchte mutig auszusehen, aber er war es nicht. Seine Hand umklammerte den Speerschaft viel zu fest, und er hatte die Kiefer so heftig aufeinandergepresst, dass Pia seine Zähne knirschen hören konnte. Trotzdem beging sie nicht den Fehler, ihn zu unterschätzen. Ganz im Gegenteil. Feinde, die Angst hatten, waren nur zu oft die gefährlichsten.

»Ich habe doch gesehen, dass sie …«, begann er, und Pia schnitt ihm mit einer ruhigen, aber sehr bestimmten Geste das Wort ab.

»Du musst dich täuschen«, sagte sie. »Hier ist niemand. Niemand außer uns.«

»Sie war hier!«, beharrte der Mann nervös.

»Nicht, seit wir hereingekommen sind«, erwiderte Pia. »Meine Freundin und ich waren neugierig, und wir wollten für einen Moment aus der Kälte heraus. Hätten wir das nicht gedurft? Ich entschuldige mich, wenn wir etwas Verbotenes getan haben. Wir kennen uns mit euren Gebräuchen noch nicht so gut aus.«

Alica starrte immer noch abwechselnd sie, die beiden Männer und das völlig leere Zelt ringsum an, und Pia trat einen weiteren vorsichtigen Schritt zur Seite und machte zugleich eine deutende Geste mit beiden Händen. »Du siehst es doch selbst.« So wie sie. Und sie konnte es immer noch nicht glauben. Wo war Valoren?

»Das kann nicht sein!«, beharrte der Soldat. »Das ist Zauberei! Schwarze Magie und Hexenwerk!«

»Ja, das muss es wohl sein«, antwortete Pia spöttisch – was

ein Fehler war. Die Worte klangen sogar in ihren eigenen Ohren eher unheimlich, und Alica starrte sie für eine Sekunde beinahe entsetzt an. Der Soldat tat dasselbe, und sie konnte sehen, wie die Furcht in seinen Augen regelrecht explodierte. Dann senkte er zwar den Speer ein wenig, sodass er jetzt nicht mehr genau auf ihr Gesicht deutete (dafür auf ihr Herz, was für ein prachtvoller Tausch!), schüttelte aber nur den Kopf und machte ein noch grimmigeres Gesicht.

»Das ist übler Zauber!«, behauptete er. »Was habt ihr damit zu tun?«

»Nichts«, beteuerte Pia. »Ich sagte doch, hier drinnen war niemand, als wir ...«

Der Mann schnitt ihr mit einer rüden Geste das Wort ab. »Genug!«, fauchte er. »Ich will kein Wort mehr hören!« Er tauschte einen raschen, bezeichnenden Blick mit seinem Begleiter, der bisher kein Wort gesagt und auch seine Waffe nicht auf sie oder Alica gerichtet hatte, aber mindestens genauso nervös und erschrocken aussah wie er, dann machte er mit der freien Hand eine wedelnde Geste zum Ausgang. »Ihr werdet uns begleiten! Sollen andere entscheiden, was mit euch zu geschehen hat!«

Pia war klug genug, nicht zu widersprechen, sondern nur mit einem Nicken zu antworten und sich zum Ausgang zu wenden.

»Würdest du mir freundlicherweise verraten, was hier los ist?«, fragte Alica kläglich.

»Ach, nichts Besonderes«, erwiderte Pia. »Ich schätze, wir sind gerade verhaftet worden.«

»Verhaftet?«, wiederholte Alica verwirrt. »Weswegen?«

Pia überlegte eine Sekunde. »Hexerei?«, schlug sie dann vor.

XVI

Ich bin enttäuscht«, sagte Istvan und gab sich redliche Mühe, eine dazu passende Leichenbittermiene zu machen. »Enttäuscht und sogar ein bisschen ärgerlich, Gaylen. Ich hatte gehofft, dass wir uns wiedersehen, aber nicht so bald und auch nicht unter solchen Umständen.«

Pia schluckte alles hinunter, was ihr dazu auf der Zunge lag. Das Gespräch hatte schon vor einer Weile begonnen, sich im Kreis zu drehen, und es gab nicht mehr viel, was einer von ihnen nicht bereits in der einen oder anderen Form – und meistens mehrmals – gesagt hatte. Die Soldaten hatten sie schnurstracks zurück in den Weißen Eber gebracht, und Istvans Nachrichtendienst schien hervorragend zu funktionieren, denn der Kommandant der Stadtwache hatte sie bereits erwartet, und er war alles andere als guter Laune gewesen. Während der zurückliegenden halben Stunde hatte er praktisch ununterbrochen geredet, und nur sehr wenig von dem, was er gesagt hatte, war angenehm gewesen. Eigentlich gar nichts.

»Aber das war bestimmt nicht ihre Schuld«, sagte Brack, auch nicht zum ersten Mal. »Sie wissen nichts von unseren Sitten und Gebräuchen. Wenn überhaupt, dann ist es Lasars Schuld! Der dumme Bengel hätte sie niemals auf den Gauklermarkt bringen dürfen! Ich werde ihn so windelweich prügeln, dass er sich nicht mehr an seinen eigenen Namen erinnert!«

»Lasar kann nichts dafür«, sagte Pia. »Es war ganz allein meine Schuld. Er hat versucht, uns zurückzuhalten, aber ich habe nicht auf ihn gehört.«

Istvan seufzte tief und sah noch ein bisschen trauriger aus – doch Pia entging auch nicht das tückische Funkeln, das er tief in seinen Augen zu verbergen suchte. »Es ehrt dich, dass du den Jungen schützen willst. Aber Brack hat recht. Er hätte nicht zulassen dürfen, dass ihr dorthin geht. Das ist kein Ort für eine Frau.«

»Und was ist so schlimm daran?«, fragte Pia.

»Ihr hättet zu Schaden kommen können«, antwortete Istvan.

»Im Zelt einer Wahrsagerin?«, fragte Pia spöttisch und hätte sich im nächsten Moment am liebsten auf die Zunge gebissen. Istvan sparte sich die Frage, woher sie das eigentlich wissen wollte, wenn das Zelt doch angeblich von Anfang an leer gewesen war, aber sie konnte sie deutlich auf seinem Gesicht lesen.

»Das ist kein Ort für eine Frau«, beharrte er. »Ihr hättet zu Schaden kommen können, und das wäre auf meine Männer zurückgefallen und damit auf mich. So mancher, der dorthin gegangen ist, wurde nie wieder gesehen.«

»Ich möchte trotzdem nicht, dass der Junge bestraft wird«, sagte sie noch einmal. »Er hat alles getan, uns daran zu hindern, diesen Teil des Marktes zu betreten.«

»Da liegen mir andere Informationen vor«, antwortete Istvan kühl. So dumm, nicht zu wissen, dass er damit praktisch zugab, seine Männer hatten Alica und sie beobachtet, konnte er eigentlich gar nicht sein, dachte Pia. Vielleicht war es ihm egal, und vielleicht nicht nur das, vielleicht *wollte* er, dass sie es wussten. Was sie nicht einmal überraschte. Weder Alica noch sie hatten nur eine Sekunde lang daran geglaubt, dass die beiden Soldaten ganz zufällig im Zelt der Wahrsagerin aufgetaucht waren.

»Dennoch will ich Gnade vor Recht ergehen lassen«, fuhr Istvan fort, »und deine Bitte erfüllen – dieses eine und einzige Mal.« Er maß Brack mit einem Blick, der ebenso befehlend wie gelangweilt zugleich wirkte. »Du wirst dem Jungen nichts tun.«

Brack hütete sich zu antworten, sondern nickte nur knapp und tat so, als wäre die Hitze des prasselnden Kaminfeuers der einzige Grund, aus dem er immer unbehaglicher auf seinem Schemel herumrutschte.

»Gut.« Istvan seufzte noch einmal und auf eine bewusst abschließende Art und erhob sich. »Dann verlasse ich mich darauf, dass wir uns das nächste Mal sehen, wenn du mir ein Bier oder eine Mahlzeit servierst.«

Pia sagte nichts dazu, machte aber eine rasche Geste, als er sich umwenden wollte. »Noch eine Frage, wenn es Euch nichts ausmacht.«

Istvans Miene machte sehr deutlich, *dass* es ihm etwas ausmachte, doch er nickte trotzdem und ließ sich noch einmal auf den Schemel sinken.

»Da ist etwas, was mich die ganze Zeit beschäftigt«, sagte sie. »Etwas, was Eure Soldaten gesagt haben.«

»Sie waren doch nicht etwa unverschämt zu dir?«

Außer dass der eine mir fast den Speer ins Auge gestochen hätte? Kaum. »Nein«, sagte sie. »Ihr Benehmen war tadellos. Aber der Mann hat von … Zauberei gesprochen. Und schwarzer Magie.«

Istvan sagte nichts dazu, doch etwas in seinem Blick änderte sich.

»So etwas wie Zauberei gibt es nicht wirklich, oder?«, fragte sie.

Der Stadtkommandant schwieg weiter, aber er sah jetzt regelrecht alarmiert aus, und auch Brack wirkte immer nervöser.

»Warum stellst du diese Frage?«, wollte Istvan schließlich wissen.

Pia hob die Schultern. »Vielleicht, um mir nicht noch mehr

Ärger einzuhandeln? Es ist leicht, etwas Verbotenes zu tun, wenn man nicht weiß, was erlaubt ist.«

»Eine weise Erkenntnis«, sagte Istvan. »Schade nur, dass sie dir nicht ein bisschen früher gekommen ist. Aber um deine Frage zu beantworten: Dunkle Mächte und Anhänger der verbotenen Künste gibt es überall, auch hier. Wir sind stolz darauf, WeißWald bisher vor diesen üblen Mächten beschützt zu haben, und das soll auch so bleiben.«

Was war das?, dachte sie. *Eine Drohung?*

»Haltet euch fern von Orten, die ihr nicht kennt«, sagte Istvan ernst. »Wenn ihr Fragen habt, wendet euch an Brack oder einen meiner Männer.« Er überlegte einen Moment, dann nickte er, als wäre er in Gedanken zu einem Entschluss gekommen, und machte eine Handbewegung zur Tür hin. »Ich werde zur Sicherheit zwei Männer draußen postieren, die alle deine Fragen beantworten und dich dorthin bringen, wohin du willst. Geh nicht allein aus dem Haus!«

Pia musste sich auf die Zunge beißen, um nicht zu antworten. Außerdem hätte sie sich am liebsten selbst geohrfeigt. Also gut, sie hatte gefragt ... mit dem Ergebnis, dass Istvan Alica und sie ganz beiläufig unter Hausarrest gestellt hatte. Und dem fast schon verzweifelten Ausdruck in Bracks Augen nach zu schließen, konnte sie vermutlich noch von Glück sagen, dass sie dieses Gespräch hier führten und nicht in Ketten liegend in irgendeinem dunklen und nassen Kellerverlies.

»Geh bitte mit deiner Freundin auf euer Zimmer«, fuhr Istvan fort. »Ich habe noch ein paar Dinge mit Brack zu besprechen.«

»Die mich nichts angehen?«

Für den Bruchteil eines Augenblicks blitzte Wut in Istvans Augen auf, aber er beherrschte sich und schüttelte nur knapp den Kopf. »Die dich vermutlich nicht interessieren.«

Pia stand ohne einen weiteren Kommentar auf, biss sich noch heftiger auf die Lippen und bedeutete Alica mit einem stummen Wink, ihr zu folgen. Sie wäre gerne stolz erhobenen Hauptes und vor allem *langsam* die Treppe hinaufgegangen, doch das eine wollte ihr so wenig gelingen wie das andere.

»Verrätst du mir, was da unten gerade los war?«, fragte Alica, nachdem sie die Tür hinter sich geschlossen hatte.

Pia überlegte einen Moment, Alicas Unkenntnis der Sprache auszunutzen und ihr eine Version der Geschichte zu erzählen, bei der sie selbst ein bisschen besser wegkam, entschied sich aber dann, bei der Wahrheit zu bleiben und nichts zu beschönigen. Entgegen ihrer Erwartung unterbrach Alica sie weder, noch explodierte sie, als sie zum Schluss gekommen war.

»Hausarrest?«, sagte sie nur. »Das hat er gesagt?«

»Nicht direkt«, antwortete Pia. »Aber es läuft darauf hinaus, oder?«

Statt etwas zu sagen, ging Alica zum Fenster und blickte einen Moment hinaus. »Tatsächlich«, murmelte sie dann. »Da unten stehen zwei von seinen Männern und beobachten das Haus.« Sie drehte sich herum und stützte sich lässig mit den Handballen auf dem Fensterbrett ab. »Aber eigentlich hat sich nicht viel geändert. Vorher haben sie uns heimlich beobachtet. Jetzt tun sie es ganz offen. Wo ist da der Unterschied?«

Pia war noch immer sprachlos, dass Alica die Gelegenheit nicht nutzte, ihr eine Standpauke zu halten – aber vielleicht hatte sie ja auch gespürt, dass sie das schon längst selbst getan hatte. Sie konnte nur mit den Achseln zucken.

»Es war trotzdem nicht besonders clever, ihn auch noch mit der Nase daraufzustoßen.« Die alte Alica war wieder da. »Warum hast du das getan?«

»Weil ich es wissen wollte«, antwortete Pia. »Du hast doch gehört, was Valoren gesagt hat.«

»Und du glaubst diesen Unsinn?«, fragte Alica. »All dieses Gerede von Magie und den Nebeln des Schicksals und – wie war das? Die Kraft deines Blutes?« Sie kniff misstrauisch ein Auge zusammen. »Jetzt mal ehrlich, Süße. Denkst du eigentlich selbst, dass du diese Prinzessin bist?«

»Dafür, dass ich knappe tausend Jahre alt bin, habe ich mich doch gut gehalten, oder?«, witzelte Pia lahm.

Alica blieb ernst. »Und wenn es so wäre?«

»Ich würde sagen, dann sitzen wir bis hierhin in der ...« – sie legte die flache Hand unter das Kinn – »... im Schlamassel.«

»Du meinst wegen dem, was diese Valoren gesagt hat?« Alica lachte abfällig. »Ich weiß nicht, wer diese komische Tussi war, aber wir kennen sie nicht, und ihr Ruf scheint bestenfalls zweifelhaft zu sein. Eigentlich haben wir keinen Grund, ihr zu glauben.«

»Und keinen, es nicht zu tun.«

Alica seufzte. »Ich versuche ja nur zu begreifen, was hier los ist.«

»Willkommen im Klub!«

»Ich gebe es ja ungern zu«, fuhr Alica fort. »Aber in einem Punkt hatte sie recht. Ob du nun die richtige Gaylen bist oder nicht, ist ziemlich gleichgültig, solange genug andere glauben, du wärst es.«

»Dann sollten wir hoffen, *dass* ich die richtige Gaylen bin. Vielleicht entdecke ich ja doch noch meine Zauberkräfte und hole uns hier raus.« Nur dass es nicht so einfach sein würde. Sie glaubte nicht, dass Valoren *das* gemeint hatte, als sie von der *Macht ihres Blutes* gesprochen hatte. Manchmal hingegen glaubte sie etwas tief in sich zu spüren, etwas wie ein lautloses Wispern tief am Grund ihrer Seele, eine uralte Stimme, die noch ältere Geschichten zu erzählen versuchte, die Pia nie gehört hatte, aber trotzdem kannte.

»Das ist sehr witzig.« Alica klang nicht amüsiert. »Nur falls es dir entgangen sein sollte, Prinzessin: Wir sind noch nicht einmal zwei Tage hier, und wir haben schon jede Menge Ärger am Hals. Kein schlechter Durchschnitt. Wenn es so weitergeht, brauchen wir maximal eine Woche, um einen Krieg auszulösen.«

Das wiederum fand Pia nicht komisch, und sie sagte es auch.

Alica, die anscheinend gerade unter einem ganz besonders heftigen Anfall von Vernunft litt, seufzte: »Vielleicht ... aber meine Nerven sind zurzeit nicht die besten, weißt du?«

»Meine auch nicht«, antwortete Pia mit einem müden Lächeln. »Ich versuche doch nur einen Weg hier heraus zu finden. Was, wenn Valoren die Wahrheit gesagt hat?«

»Dass du die richtige Gaylen bist?«

Einen Moment lang starrte sie geradewegs durch Alica hindurch ins Leere und trat dann neben ihr ans Fenster.

Die Straße bot den gewohnten fast mittelalterlichen Anblick, nur dass die Leute hier alle eine Spur zu klein zu sein schienen und die Häuser ... *falsch*, ohne dass sie den Finger auf diesen Unterschied legen konnte. Sie fragte sich, ob sie sich jemals an diesen Anblick gewöhnen würde, und erschrak dann vor ihrem eigenen Gedanken. Sie hatte ganz bestimmt nicht die Absicht, lange genug hierzubleiben, um sich an *irgendetwas* zu gewöhnen.

Die Tür ging auf, und Brack kam herein, ohne sich mit einer unnötigen Kleinigkeit wie Anklopfen aufzuhalten. »Istvan ist weg«, sagte er. »Er war ziemlich ärgerlich.«

»Das tut mir leid«, sagte Pia. »Wir wollten nicht, dass du Ärger bekommst.«

»Den bin ich gewohnt«, erwiderte Brack und machte eine wegwerfende Geste. »Er war sogar außergewöhnlich sanftmütig – für seine Verhältnisse. Du scheinst ihn beeindruckt zu haben.«

»Und es war wirklich ganz allein meine Schuld«, fuhr Pia fort. »Lasar konnte nichts dafür.«

Brack schüttelte seufzend den Kopf. »Man könnte fast meinen, du wärst tatsächlich die richtige Gaylen. Du machst dir mehr Sorgen um diesen dummen Bengel als um dich selbst, wie? Aber keine Angst, ich werde ihm nichts tun ... auch wenn ich ihm eigentlich das Fell über die Ohren ziehen sollte. Wart ihr wenigstens erfolgreich?«

»Erfolgreich?«

»Ihr seid losgegangen, um ein Kleid zu kaufen«, erinnerte Brack. »Ich hoffe doch, ihr habt mein Geld gut angelegt.«

»Wir haben Stoff gekauft«, antwortete Pia. Sie erinnerte sich, dass Lasar das Bündel fallen gelassen hatte, und hoffte inständig für ihn, dass er geistesgegenwärtig genug gewesen war, es wieder aufzuheben.

»Stoff«, wiederholte Brack. »Und ihr könnt nähen, nehme ich an?« Wie es seine Art war, wartete er ihre Antwort gar nicht erst ab. »Wie es der Zufall will, kenne ich eine gute Schneiderin, die mir noch den einen oder anderen Gefallen schuldet. Ich werde sie rufen lassen. Ich kann euch schließlich nicht in Lumpen herumlaufen lassen, wenn unsere Gäste kommen.«

»Nun, das ist etwas, worüber wir ... sprechen müssen«, sagte Pia zögernd.

Brack legte den Kopf auf die Seite und sah plötzlich schon wieder ein bisschen misstrauisch aus, enthielt sich aber jeder Antwort. Alica blinzelte.

»Also gestern Abend«, fuhr Pia fort, »da ... ähm ... also, wir haben dir gerne geholfen, schon weil wir es dir schließlich auch irgendwie schuldig sind ...«

»Wie wahr!«, sagte Brack.

»Aber ich glaube trotzdem nicht, dass das auf Dauer der richtige Job für mich ist«, fuhr Pia fort.

»Dschobb?«

»Die richtige Arbeit«, erklärte Pia.

»Die richtige Arbeit«, wiederholte Brack. »Und was wäre die richtige Arbeit für dich, deiner Meinung nach?« Er gab ihr keine Gelegenheit zu antworten. »Ich verstehe dich, Gaylen. Und ich wollte, ich wüsste eine bessere Lösung ... aber ich sage es gerne noch einmal: Niemand hier wird dich einstellen. Wenn du es allerdings vorziehst, Istvans Gastfreundschaft in Anspruch zu nehmen ...« Er ließ den Satz unvollendet und hob die Schultern.

»Nein, natürlich nicht«, seufzte Pia.

»Warum warten wir nicht einfach ein paar Tage und reden dann noch einmal darüber?«, schlug Brack vor. »Wenn es dir dann immer noch nicht zusagt, denken wir gemeinsam über eine andere Lösung nach.«

Pia schwieg. Was hätte sie auch sagen sollen? Die Alternative zum Weißen Eber waren wahrscheinlich Istvans gemütliche *Fremdenzimmer*. Und sie *waren* es ihm schuldig.

Schließlich nickte sie. »Ein fairer Vorschlag.«

»*Was* ist ein fairer Vorschlag?«, erkundigte sich Alica misstrauisch. Weder Brack noch Pia sahen sie auch nur an.

»Dann werde ich jetzt gehen und nach der Schneiderin schicken«, sagte Brack. Er ließ sogar noch eine Sekunde verstreichen, in der er ihr die Gelegenheit gab zu widersprechen, aber dann wandte er sich zum Gehen. Gerade als er die Hand nach der Tür ausstreckte, rief Pia ihn zurück.

»Noch eine Frage, Brack.«

Schlagartig machte sich wieder Misstrauen auf Bracks Zügen breit. »Ja?«

»Es hat nichts mit der Schneiderin zu tun oder heute Abend«, sagte sie hastig. »Ich wollte nur wissen, wann der nächste Vollmond ist.«

»Vollmond?«, wiederholte Brack. »Warum willst du das wissen?«

»Nur so«, erwiderte Pia. »Es hat ... religiöse Gründe.«

»Religiöse Gründe.«

»Die Vollmondnacht ist für uns sehr wichtig«, erklärte Pia ernsthaft. »Wir müssen gewisse Riten vollziehen, um unseren religiösen Pflichten Genüge zu tun.«

Darauf sagte Brack gar nichts mehr, aber er maß sie mit einem Blick, der seine Gedanken ziemlich klarmachte. Der Ausdruck »religiöse Gründe« und sie passten irgendwie nicht zusammen. Dann runzelte er die Stirn. »In ... achtzehn Tagen«, sagte er nach kurzem Überlegen. »Neunzehn, wenn du den heutigen mitzählst.«

»Danke«, antwortete Pia.

Brack sah sie an und wartete ganz offensichtlich auf eine weitergehende Erklärung, aber Pia lächelte unerschütterlich weiter, und schließlich hob er nur noch einmal die Schultern und ging.

»Religiöse Gründe?«, wiederholte Alica, als sie allein waren. »Was sollte denn der Schwachsinn?«

»War das Erste, was mir einfiel«, sagte Pia. »Oder hätte ich ihm sagen sollen, dass unser Fluchthelfer drei Tage vor dem nächsten Vollmond eintrifft?«

Alica dachte einen Moment angestrengt nach und nickte schließlich. »Du meinst diesen Kuhhändler, von dem Valoren gesprochen hat ... wie war noch mal sein Name? Terion?«

»So ähnlich«, sagte Pia.

»Aber du willst das doch nicht wirklich tun?«, fuhr Alica fort. »Ich meine: Du ... *Wir* kennen diese Valoren doch gar nicht, und von ihrem sogenannten Vertrauensmann wissen wir noch viel weniger! Was ist, wenn der Kerl sich als halbseiden herausstellt? Am Ende ist er ein Sklavenhändler oder so was, der unschuldige junge Frauen verschleppt!«

»Na, dann kann dir ja gar nichts passieren«, antwortete Pia spöttisch.

Alica schenkte ihr zwar einen bösen Blick, blieb aber darüber hinaus vollkommen ernst. »Ich verstehe ja, dass du Brack und vor allem unserem Freund Istvan gegenüber so deine Zweifel hegst. Aber ist es klug, einer vollkommen Fremden unser Leben anzuvertrauen? Oder, um genauer zu sein, dem Bekannten einer vollkommen Fremden, von dem wir rein gar nichts wissen?«

»Nein«, gestand Pia. Aber das war nur das, was sie laut sagte. Was sie fühlte, war das genaue Gegenteil. Sie wusste einfach, sie konnte Valoren trauen, ohne dass es einen Grund dafür gab, aber auch, ohne dass es den geringsten Zweifel an diesem Wissen gegeben hätte.

»Hast du eine bessere Idee?«, fragte sie. »Willst du vielleicht hier als Kellnerin arbeiten und auf das nächste Frühjahr warten?«

»Und warum nicht?«

»Und dann?«

»Dann?«

»Dann«, bestätigte Pia. »Verlassen wir dann die Stadt und chartern ein Schiff, das uns zurück zu einer Insel bringt, die es gar nicht gibt?«

»Natürlich nicht!«, fauchte Alica. »Aber vielleicht sollten wir erst einmal herausfinden, was hier wirklich los ist, bevor wir uns blind ins nächste Abenteuer stürzen ... o ja, und du solltest dich ab und zu daran erinnern, dass ich die Einzige hier bin, die man nicht versteht.«

Pia sah sie nur verständnislos an, und Alica machte eine Kopfbewegung zur Tür, die Brack hinter sich offen gelassen hatte. Sie glaubte einen Schatten davonhuschen zu sehen und das gedämpfte Geräusch leichter Schritte zu hören.

»Lasar«, sagte Alica. »Ich fürchte, er hat alles gehört. Wenigstens das, was *du* gesagt hast.«

»Verdammt!« Pia investierte noch eine geschlagene Sekunde

dafür, Alica angemessen zornig anzufunkeln, dann fuhr sie auf dem Absatz herum und raste hinter dem Jungen her.

Obwohl sie immer zwei Stufen auf einmal nahm und das letzte Viertel der Treppe mit einem einzigen Satz überwand, kam sie gerade noch rechtzeitig genug im Schankraum an, um zu sehen, wie die schmale Tür hinter der Theke zufiel und Brack ein verdutztes Gesicht machte – das noch viel verdutzter wurde, als sie auf ihn zufegte und er gerade mal einen hastigen Schritt zur Seite machen konnte, um nicht über den Haufen gerannt zu werden.

»Aber du weißt doch, dass du nicht ...«

Der Rest des Satzes ging im Knall der Tür unter, als Pia auf den Hof hinausstürmte.

Diesmal kam sie immerhin rechtzeitig genug, um zu sehen, wie Lasar über die mannshohe Mauer auf die andere Seite des kleinen Innenhofes verschwand.

Pia schritt nur umso schneller aus, hob die Arme und überwand das Hindernis ohne die geringste Mühe und nicht nur eleganter, sondern auch deutlich schneller als Lasar vor ihr. Manchmal war es eben doch ganz praktisch, in Liliput gestrandet zu sein.

Sie gelangte in eine selbst für hiesige Verhältnisse schmale Gasse zwischen zwei Häusern, in der es dunkel war und erbärmlich stank. Der Wind fing sich zwischen den vereisten Mauern und schnitt so mühelos durch ihren Umhang, als wäre er gar nicht da. Von Lasar war selbstverständlich keine Spur zu sehen.

Pia überlegte eine Sekunde lang. Wenn sie sich nach links wandte, kam sie zurück zu dem, was sich hier Hauptstraße nannte. Dorthin würde sich Lasar wohl kaum gewandt haben – zumal die beiden Posten noch dort standen, die Istvan zu ihrer *Sicherheit* zurückgelassen hatte –, also wandte sie sich nach rechts, begann nach zwei Schritten zu rennen und erreichte nach einem Dutzend weiterer eine zweite Mauer, die die Gasse abschloss und die sie noch müheloser überwand als die erste.

Belohnt wurde sie mit dem Anblick eines vollkommen fassungslosen Lasars, der schwer atmend an einer Mauer lehnte und offensichtlich mit allem gerechnet hatte, nur nicht damit, sie sozusagen mit einem großen Schritt über die Mauer hinwegtreten zu sehen, über die er selbst gerade so mühevoll geklettert war.

»Hi!«, sagte Pia.

Lasar klappte den Mund auf und brachte immerhin ein komisch klingendes Krächzen heraus.

»Entschuldige«, sagte Pia. »Da, wo ich herkomme, heißt das so viel wie hallo, guten Tag, wie geht's ... such dir irgendwas aus.«

Lasar starrte sie nur noch erschrockener an.

»Womit wir beim Thema wären«, fuhr Pia fort. »Da, wo ich herkomme.«

Lasars Augen wurden noch größer, und nun erschien eindeutig ein Ausdruck von Angst darin.

»Du hast gehört, was ich gerade zu Alica gesagt habe, nicht wahr?«, vermutete sie.

Die Angst in Lasars Augen explodierte regelrecht. »Ich habe nicht gelauscht, Erhabene!«, versicherte er.

»Sagen wir: nicht absichtlich«, sagte Pia. »Und hör mit diesem Erhabene-Unsinn auf.«

»Wie Ihr befehlt, Erhabene«, antwortete Lasar.

»Aber du hast gehört, was ich gesagt habe«, beharrte sie.

Lasar schwieg.

»Das über das Schiff und die Insel, von der wir kommen.«

Lasar schwieg weiter.

»Wirst du mich verraten?«, fragte Pia geradeheraus.

»Bestimmt nicht«, versicherte Lasar hastig. »An wen ... ich meine, warum sollte ich denn ...«

»Immerhin weißt du, dass wir Istvan nicht die Wahrheit gesagt haben«, fuhr Pia fort.

Lasar hob die Schultern, als wäre es nicht nur das Selbstverständlichste von der Welt, Istvan zu belügen, sondern nicht einmal der Rede wert. Dann lächelte er. »Er glaubt Euch sowieso nicht, Erhabene. Niemand hat je von dieser Insel gehört.«

»Die Welt ist groß.«

»Und woher kommt Ihr, Erhabene?«

Wenn ich das nur selbst genau wüsste, dachte Pia niedergeschlagen. Laut sagte sie: »Das ist nicht die Frage, Lasar. Ich weiß nicht einmal genau, wo wir sind. Oder wie wir von hier wegkommen.« Ohne viel Hoffnung fügte sie hinzu: »Du weißt es nicht zufällig?«

Lasar sah sie nur traurig an.

»Kann ich mich darauf verlassen, dass du niemandem verrätst, was du gerade gehört hast?«, fragte sie.

»Selbstverständlich, Erhabene. Ich würde nie etwas tun, was Euch schaden könnte.«

Nein, natürlich nicht, dachte Pia. Lasar war in dieser ganzen Stadt vermutlich der Letzte, der ihr schaden würde.

Und wahrscheinlich der einzige wirkliche Freund, den sie hatte. »Wenn wir schon einmal hier draußen sind und uns die Zehen abfrieren, dann könntest du mir auch ein bisschen was von der Stadt zeigen, oder?«, schlug sie vor. Sogar ihr selbst kam ihr Lächeln eher gezwungen vor, und Lasar wirkte nur noch verwirrter. »Die ... Stadt zeigen?«

»Wir sind hier fremd«, erinnerte Pia. »Bis auf den Weißen Eber und den Marktplatz kennen wir eigentlich nichts.«

»Sehr viel mehr gibt es auch nicht zu ...«, begann Lasar, druckste einen Moment herum und sah dann einen imaginären Punkt irgendwo hinter ihr an. »Istvan will nicht, dass Ihr das Haus verlasst«, sagte er schließlich.

»Ja, und was Istvan und die Stadtwache sagen, daran muss man sich ja schließlich halten, nicht wahr?«, sagte Pia spöttisch.

Irgendwie gelang es Lasar, noch einen weiteren Augenblick völlig verwirrt auszusehen – doch dann konnte auch er ein dünnes Grinsen nicht mehr unterdrücken. »Was genau wollt Ihr sehen, Erhabene?«

»Alles?«, schlug Pia vor.

Für *alles* reichte es natürlich nicht, aber nachdem er seine Überraschung endlich überwunden und eingesehen hatte, dass sie es durchaus ernst meinte, gab er sich redliche Mühe, ihrem Wunsch zu entsprechen und eine improvisierte *Sightseeingtour* auf die Beine zu stellen. Gute zwei Stunden lang führte er sie kreuz und quer durch die verwinkelten Gassen WeißWalds, um ihr alles von Wichtigkeit zu zeigen: das Rathaus, die Straße der Händler, die Kaserne der Stadtwache und das Gefängnis, das kleine (und besonders übel riechende) Viertel, in dem sich die winzigen Werkstätten und Geschäfte der unterschiedlichsten Handwerker aneinanderdrängten, zwei oder drei der gut zwei Dutzend Tempel und Kirchen, in denen die Einwohner WeißWalds ebenso vielen unterschiedlichen Religionen huldigten, den winzigen Viehmarkt, jetzt verwaist, und hundert andere Dinge, von denen er annahm, dass sie sie interessierten. Pia schwirrte bald der Kopf von dem Gehörten, und sie hatte die Hälfte von dem, was er ihr zeigte, schon wieder vergessen, noch bevor sie sich auf den Rückweg machten. Es interessierte sie auch nicht wirklich.

Immerhin gewann sie einen allgemeinen Eindruck der Stadt, der sich mit ihren Erwartungen deckte und gleichzeitig doch vollkommen anders war. WeißWald war genau das, als was sie es auf den ersten Blick eingeschätzt hatte: eine mittelalterliche Stadt, die noch ungefähr eine Million Jahre von der Entdeckung der Dampfmaschine entfernt war, schmutzig, klein und finster und übel riechend. Der hervorstechende Charakterzug der Menschen hier schien Misstrauen zu sein; zumindest wenn sie die Blicke richtig deutete, mit denen sie unentwegt beäugt wurde. Und zugleich kam ihr alles hier mit jedem Moment bekannter vor, wie ein Ort, an dem sie zwar noch nie zuvor gewesen war, von dem sie aber schon so oft und so viel gehört hatte, dass es praktisch keinen Unterschied mehr machte.

Und vor allem fiel ihr eines auf: So klein und rückständig WeißWald sein mochte, war die Stadt doch vollkommen autark. Wenn auch zum Teil auf einem geradezu erschreckend primitiven Niveau, gab es hier doch alles, was die Bewohner der Stadt brauchten. Alles, vielleicht bis auf …

»Wovon lebt ihr?«, fragte sie. Sie befanden sich bereits auf dem Rückweg. Wenn sie ihrem Orientierungssinn noch vertrauen konnte, dann musste der Weiße Eber nach der nächsten oder übernächsten Abzweigung vor ihnen auftauchen, zusammen mit zwei vermutlich höchst verdutzt dreinblickenden Wachen. »Ich meine: Treibt ihr Landwirtschaft? Gibt es Bauernhöfe und Felder außerhalb der Stadtmauern?«

Lasar sah nachdenklich zu ihr hoch, mit einem Ausdruck, der ihr viel zu ernst für einen Jungen seines Alters schien. »Ihr wollt herausfinden, ob es außerhalb der Stadtmauern einen Ort gibt, an dem Ihr Euch verstecken könnt«, sagte er, schüttelte praktisch sofort den Kopf und schaltete seinen Gesichtsausdruck von unangemessen erwachsen auf noch unangemessener besorgt. »WeißWald ist die einzige Stadt im Umkreis vieler Tagesmärsche. Es gibt ein paar Gasthäuser, aber die werden von der Garde kontrolliert. Ihr würdet nicht weit kommen, wenn Ihr zu fliehen versuchtet. Und danach würde Istvan Euch bis zum Frühjahr in den Kerker werfen.«

Fliehen? Warum überraschte es sie eigentlich nicht, dass Lasar ausgerechnet dieses Wort benutzte? »Ich dachte, jeder könnte hier kommen und gehen, wie er will?«

»Hat Brack Euch das erzählt?«, fragte Lasar und beantwortete seine Frage auch diesmal gleich selbst, indem er heftig den Kopf schüttelte. »Innerhalb der Stadtmauern vielleicht, wenn man nicht gerade ...«

»... aussieht wie ich«, führte Pia den Satz zu Ende, als Lasar nicht weitersprach, sondern nur die Unterlippe zwischen die Zähne zog und plötzlich sehr verlegen aussah. Er nickte. Pia spürte genau, dass er es eigentlich nicht bei diesem Nicken belassen wollte und da noch mehr war – sehr viel mehr –, aber sie spürte ebenso deutlich, dass er nicht antworten würde, wenn sie eine entsprechende Frage stellte. Ganz plötzlich wurde ihr klar, dass sie den armen Jungen quälte, und ihr schlechtes Gewissen meldete sich.

»Du hast meine Frage nicht beantwortet, sagte sie. »Woher kommen die Lebensmittel für all diese Leute hier? Um Ackerbau zu betreiben, ist es wahrscheinlich viel zu kalt.«

»Es gibt ein paar Höfe im Süden«, bestätigte Lasar. »Aber Ihr habt recht, Erhabene.«

»*Du*«, verbesserte ihn Pia.

»Du hast recht, Erhabene«, sagte Lasar gehorsam. »Die Sommer sind kurz hier, und die Ernten würden nicht ausreichen, um uns alle satt zu machen.«

»Wovon lebt ihr dann?«

»Wir treiben Handel«, erklärte Lasar unüberhörbar stolz. »WeißWalds Handwerker und Waffenschmiede sind berühmt für die Qualität ihrer Ware. Und unsere Soldaten sorgen überall im Land für Ruhe und Ordnung. Die anderen Städte und Dörfer zahlen dafür Tribut.«

Ja, das passt, dachte Pia. Ganz genauso hatte sie Istvan eingeschätzt.

»Dann ist die Stadtwache nicht nur eine Garde, die hier in WeißWald für Ordnung sorgt?«

»Wir haben eine Armee«, bestätigte Lasar. »Sie ist nicht groß, aber ihre Schlagkraft ist gefürchtet. Selbst die Orks aus dem Süden ergreifen die Flucht, wenn Istvans Truppen auftauchen.«

Pia starrte ihn an. »Orks?«, wiederholte sie.

»Orks«, bestätigte der Junge ernst. »Aber macht Euch keine Sorgen. Sie wagen sich nicht einmal in die Nähe der Stadt. Das letzte Mal, dass sie in diesem Teil des Landes gesehen wurden, muss über hundert Jahre her sein.«

»Orks?«, murmelte Pia noch einmal. Dann lächelte sie nervös. »Na ja, warum auch nicht?« Immerhin hatte sie eine leibhaftige Wahrsagerin gesehen, einen Elfenkrieger und menschenfressende Bäume ... o ja, und den Pegasus nicht zu vergessen. Warum also nicht auch ein paar *Orks?*

Was immer das sein mochte.

Lasar wirkte nun vollends verstört, und Pia war ganz sicher nicht die Einzige, die ein deutliches Gefühl von Erleichterung verspürte, als sie um die nächste Abzweigung bogen und der Weiße Eber vor ihnen lag. Sie würde sich noch mal mit Lasar unterhalten müssen, über eine Menge Dinge und sehr ausführlich ... aber nicht jetzt, sondern später; vielleicht wenn er aufgehört hatte, vor Ehrfurcht innerlich zur Salzsäule zu erstarren, sobald sie auch nur in seiner Nähe war. Bei der Ehrfurcht, die er ihr gegenüber empfand, dachte Pia, lag die Betonung wohl ganz eindeutig auf der zweiten Hälfte des Wortes ... Aber was erwartete sie? Spätestens seit ihrem Gespräch mit Valoren war ihr klar geworden, dass sie für manche hier nicht einfach nur ein Unikum war, sondern fast so etwas wie eine Göttin. Und Lasar gehörte ganz eindeutig zu diesen *manchen.*

Ohne das *fast.*

Die beiden wachhabenden Soldaten vor dem Weißen Eber

reagierten ganz genauso, wie sie es erwartet hatte: beide fuhren so heftig zusammen, als hätten sie einen elektrischen Schlag bekommen. Der Größere ließ vor Schreck beinahe seinen Speer fallen, und der andere starrte sie aus hervorquellenden Augen an, als hätte er ein Gespenst erblickt. Pia machte extra einen Umweg, um so nahe wie möglich an ihnen vorbeizugehen, und zauberte das verschmitzteste Lächeln auf ihr Gesicht, das sie zustande brachte.

»Keine Angst, Jungs«, sagte sie augenzwinkernd. »Ich verrate eurem Boss nicht, dass ich euch ausgetrickst habe.« *Und schon gar nicht, wie.*

Obwohl das nun wirklich kein Kunststück gewesen war.

»Das war jetzt ... vielleicht nicht besonders klug, Er ... Gaylen«, sagte Lasar – vorsichtshalber allerdings erst, nachdem sie wieder außer Hörweite der Männer waren.

»Warum?«, erkundigte sich Pia harmlos.

»Man sollte sich die Männer der Stadtwache nicht zum Feind machen.«

»Du meinst, noch mehr, als ich es schon getan habe?« Pia lachte leise. »Ich wüsste nicht, wie.«

Lasar kam nicht dazu, irgendetwas zu erwidern, denn in diesem Moment flog die Tür des Weißen Ebers auf. Eine ebenso kleinwüchsige wie wohlbeleibte Frau schoss wie eine lebende Kanonenkugel heraus und hätte Lasar und sie um ein Haar über den Haufen gerannt. Ihr Gesicht war rot vor Zorn, und als sie Pias angesichtig wurde, blitzte es in ihren Augen nur noch zorniger auf. Pia warf ihr einen verwirrten Blick hinterher, hob die Schultern und trat ein.

Gleich hinter der Tür wartete ein vollkommen aufgelöster Brack auf sie. Er rang verzweifelt mit den Händen, war aber so fassungslos, dass er kein einziges Wort herausbekam.

Es war auch nicht nötig.

»Alica?«, vermutete sie seufzend.

Brack nickte nur, und Pia ging mit schnellen Schritten an ihm vorbei und die Treppe hinauf.

Alica saß im Schneidersitz auf dem Bett, umgeben von einem Wust von Stoff, Spitzensäumen, Nadeln, Garnrollen und anderen Schneiderutensilien. Als Pia die Tür hinter sich zuschob, registrierte sie aus den Augenwinkeln eine Schere, die einen guten Zentimeter tief in dem Holz steckte. Sie fragte vorsichtshalber nicht, wie sie dorthin gekommen war.

»Was hast du mit der armen Frau gemacht?«, erkundigte sie sich stattdessen.

»Der Schneiderin?«, fragte Alica. »Jedenfalls nehme ich an, dass es die Schneiderin war, von der Brack gesprochen hat. Die Unterhaltung war ein bisschen einseitig, weißt du?«

Pia schluckte die scharfe Antwort hinunter, die ihr auf der Zunge lag, streifte stattdessen Umhang und Kopftuch ab und bedachte die Schere in der Tür mit einem zweiten und noch nachdenklicheren Blick. Sie war nicht sicher, ob sie überhaupt wissen wollte, was genau sich hier abgespielt hatte.

»Wenn du schon da stehst, dann mach dich nützlich und gib mir das Ding«, sagte Alica. »Ich fürchte, ich muss hier die eine oder andere kleine Korrektur vornehmen.«

Pia zog die Schere mit einiger Mühe aus der Tür, reichte sie ihr und bedachte das Durcheinander auf dem Bett mit einem zweifelnden Stirnrunzeln. Es sah nicht nach etwas aus, das einmal ein Kleid werden sollte, sondern einfach nur nach ...

»Ja. Dasselbe habe ich auch gedacht, als ich gesehen habe, was die Alte mit diesem Stoff vorhatte«, sagte Alica bekümmert. »So etwas ...« Sie tat so, als müsste sie nach den richtigen Worten suchen, ohne sie zu finden. »*Por Deus!* Was tragen die Leute hier für Sachen? In so einem ... *Sack* würde ich nicht einmal freiwillig zum Schafott gehen!«

»In welcher Kleidung *würdest* du denn freiwillig aufs Schafott steigen?«, erkundigte sich Pia.

Alica schnitt ihr eine Grimasse, und Pia ging an ihr vorbei und trat ans Fenster. Die beiden Männer standen immer noch auf der anderen Straßenseite, aber ihrem heftigen Gestikulieren nach zu schließen, hatten sie aufgehört zu dösen und waren in einen handfesten Streit verstrickt. Vermutlich warfen sie sich jetzt gegenseitig vor, nicht richtig aufgepasst zu haben, dachte Pia amüsiert, nur für den Fall, dass Istvan doch von ihrem kleinen Ausflug erfuhr und sie sich gegenseitig die Schuld in die Schuhe schieben mussten.

»Die Leute hier haben ein Problem«, fuhr Alica fort.

»Dich?«

Alica ignorierte das. »Entweder haben hier alle schon krankhafte Angst vor Sonnenbrand, oder sie ekeln sich vor dem Anblick nackter Haut. Du hättest das Kleid sehen sollen, das sie für mich zusammenschneidern wollte! Völlig beknackt! Bloß keinen Quadratmillimeter Haut zeigen!«

»Es ist kalt hier«, gab Pia zu bedenken. »Da ist warme Kleidung ganz angemessen.«

»Das hier hat nichts mit *warmer Kleidung* zu tun«, behauptete Alica. »Das ist ... *krank!* Und du hättest sehen müssen, wie sie ausgeflippt ist, als ich nur ein paar Kleinigkeiten ändern wollte!«

Pia konnte sich ziemlich gut vorstellen, was Alica unter ein *paar Kleinigkeiten* verstand. »Wir sollten uns vielleicht den Sitten und Gebräuchen hier anpassen«, sagte sie vorsichtig.

»Ich laufe bestimmt nicht in *so was* rum!«

»Vielleicht finden wir ja einen goldenen Mittelweg.«

»Keine Angst, Prinzesschen«, spöttelte Alica. »Ich nehme ein paar kleine Änderungen vor, aber du musst nicht im Tanga rumlaufen. Lass mich nur machen.«

»Weil du ja eine so begnadete Schneiderin bist«, vermutete Pia.

»*Jeder* ist eine bessere Schneiderin als diese alte Kuh«, sagte Alica überzeugt. »Keine Bange. Ich wollte ja nur die *Andeutung* eines Ausschnitts machen und den Saum vielleicht hoch genug, um die Knöchel zu sehen. Großer Gott, gegen die Typen hier ist der Papst ja der reinste Porno-Star!«

»Übertreib es nicht«, seufzte Pia.

»Bestimmt nicht! Aber du könntest mir ein bisschen zur Hand gehen. Wir haben nicht mehr allzu viel Zeit. Wenn ich Brack richtig verstanden habe, dann dauert es nicht mehr lange, bis die ersten Gäste kommen.«

»Ich werde nicht als Bedienung arbeiten«, erinnerte Pia.

»Bist du da sicher? Ich habe nachgedacht, weißt du? Bis zum nächsten Vollmond sind es noch fast drei Wochen. Ich halte es zwar für eine Schnapsidee, aber meinetwegen sprechen wir eben wenigstens mit diesem Kuhtreiber.«

Pia drehte sich vom Fenster weg und sah sie fragend an.

»He, ich sage nicht, dass es eine gute Idee ist!«, wiederholte Alica hastig. »Aber irgendetwas müssen wir tun, oder? Es sei denn, es gefällt dir an diesem beschaulichen Fleckchen so sehr, dass du dich häuslich einrichten und deinen Lebensabend hier verbringen willst.«

Darauf antwortete Pia gar nicht.

»Dacht ich's mir doch«, sagte Alica. »Also gut, Durchlaucht. Wenn Ihr Eurer unwürdigen Sklavin vielleicht einige Sekunden Eurer kostbaren Zeit schenken würdet, dann ...«

»Hör mit dem Quatsch auf«, sagte Pia, und Alica fuhr vollkommen ungerührt fort:

»... würde diese vielleicht den Vorschlag machen, dass wir es einfach schrittweise angehen.«

»Wie meinst du das?«

»Wir treffen uns mit diesem sogenannten Mittelsmann«, antwortete Alica. »In achtzehn Tagen, genauer gesagt fünfzehn, wenn Valoren nicht gelogen hat und Vollmond hier dasselbe bedeutet wie bei uns. So oder so müssen wir irgendwie eine Weile durchhalten, oder? Und bis es so weit ist, nutzen wir die Zeit und versuchen möglichst viel über das herauszufinden, was hier wirklich vor sich geht.«

»Was hier vor sich geht?«

Alica machte ein beleidigtes Gesicht. »He, ich bin vielleicht nicht so schlau wie eine Elfenprinzessin, aber das heißt noch lange nicht, dass ich ganz blöd bin«, sagte sie. »Sogar mir ist aufgefallen, dass hier irgendetwas nicht mit rechten Dingen zugeht. Es sei denn, die Stadtverwaltung von Rio hätte ganz unbemerkt ein paar wirklich *drastische* Umbauarbeiten durchgeführt.«

»Entschuldige«, sagte Pia. »Ich wollte nicht ...«

»Geschenkt«, unterbrach sie Alica. Dann grinste sie. »Aber wenn Ihr Euer schlechtes Gewissen beruhigen wollt, Majestät, dann seid doch so überaus großmütig und schwingt Euren wohlgeformten Hintern hierher und helft mir, aus diesem Müll hier etwas zusammenzubasteln, das wenigstens *Ähnlichkeit* mit einem Kleid hat.«

Pia seufzte zwar innerlich (schneidern? *Sie?*), setzte sich aber gehorsam neben Alica auf die Bettkante und griff zögernd nach den ausgebreiteten Stoffstreifen. Der *Abfallstoff,* den sie auf dem Markt erstanden hatten, war noch das ansehnlichste Stück. Alles andere – von dem sie vermutete, dass die Schneiderin es mitgebracht und in ihrem Zorn einfach nur vergessen hatte – eignete sich nach Pias Dafürhalten allerhöchstens, um Säcke daraus zu schneidern; wenn man es nicht besonders gut mit seinen Kartoffeln meinte. Und was das angefangene Kleid anging, das sie unordentlich zusammengeknüllt neben dem Bett auf dem Boden fand ... nun, sie konnte Alicas Reaktion plötzlich ein bisschen besser verstehen.

»Mach dir keine Sorgen«, sagte Alica aufmunternd. »Das sieht schlimmer aus, als es ist. Mit ein bisschen gutem Willen und Fantasie kriegen wir das schon hin. Ich trenne es auf und schneidere es aus dem anderen Stoff nach … natürlich nicht genauso, keine Panik.«

Pia sah sie noch misstrauischer an. Wenn Alica sagte, sie solle sich keine Sorgen machen, dann *war* das im Allgemeinen schon Grund genug, sich zu sorgen …

»Ich dachte, du kannst nicht nähen«, sagte sie.

»Kann ich auch nicht«, antwortete Alica fröhlich. »Ich muss es nur nachmachen … na ja, und vielleicht das eine oder andere Detail ändern. Hier könnte zum Beispiel ein Ausschnitt hin – nur ein ganz kleiner, züchtiger, keine Panik – und wenn wir hier und hier und da etwas wegnehmen, dann bekommt dieser Leichensack vielleicht sogar so etwas Ähnliches wie eine Taille. So schwer kann das doch gar nicht sein.«

Das klang so erschreckend optimistisch, dass Pias Sorge neue Nahrung bekam, doch sie reagierte nur mit einem leicht verunglückten Lächeln und machte sich tapfer ans Werk.

Natürlich funktionierte es nicht. Sie gaben zwar ihr Bestes, aber wie sich zeigte, hatte Alica keineswegs übertrieben, als sie behauptete, nichts vom Schneidern zu verstehen. Etliche Meter zerschnittenen Stoffes und schiefer Nähte, ein halbes Dutzend abgebrochene Nadeln und mindestens genauso viele zerstochene Fingerkuppen später kam Brack zurück und erklärte, dass die ersten Gäste eingetroffen seien und ihre Hilfe unten hinter der Theke benötigt werde. Das kurze Gespräch vorhin über dieses Thema schien er vollkommen vergessen zu haben. Vielleicht ignorierte er ja prinzipiell Antworten, die er sich nicht selbst gab. Pia protestierte jedoch nicht. Einerseits ahnte sie, dass es sowieso sinnlos sein würde, und andererseits erschien ihr nach der zurückliegenden Stunde die Vorstellung gar nicht einmal mehr so schlimm, den Rest des Tages hinter der Theke zu verbringen.

XVII

Entgegen ihrer eigenen Erwartung war Pia am Ende dieses Tages (der genauso lang und anstrengend gewesen war, wie sie es befürchtet hatte) nicht nur nach wenigen Augenblicken eingeschlafen, sondern erwachte am nächsten Morgen auch wieder von selbst mit dem ersten Sonnenstrahl, und das ausgeruht und so frisch, wie sie sich schon lange nicht mehr gefühlt hatte. Und wieder lag Alica nicht mehr neben ihr. Als Pia mit der Hand über das Bett tastete, fühlte sich das Laken so kalt wie Eis an und ein bisschen feucht. Alica musste schon vor einer ganzen Weile aufgestanden sein.

Sie stand auf, stellte sich der allmorgendlichen Herausforderung, sich unter freiem Himmel und mit Wasser zu waschen, von dem sie erst einmal eine Eisschicht hacken musste, und begriff, dass es Dinge gab, an die sie sich weder gewöhnen konnte noch wollte. Vielleicht würde sie etwas wie die Zentralheizung neu erfinden und damit zum WeißWalder Äquivalent einer Multimillionärin werden.

Erst als sie in den Schankraum zurückkam, fiel ihr auf, dass Alica an einem der Tische saß. Sie war nicht allein, sondern in ein hauptsächlich aus heftigem Gestikulieren und Grimassenschneiden bestehendes Gespräch mit einer dicklichen Frau vertieft, in der Pia zu ihrer Überraschung niemand anders als die Schneiderin erkannte, die gestern so wütend aus dem Haus gerannt war.

»Sieht so aus, als hätte deine Freundin ein kleines Wunder vollbracht, nicht wahr?«, fragte Brack, der in diesem Moment die Treppe herunterkam und schon wieder geradezu unverschämt ausgeruht und frisch aussah. Alica sah kurz auf und lächelte, bedeutete ihr aber zugleich mit einem Blick, nicht näher zu kommen. Pia antwortete auf dieselbe lautlose Art und warf zugleich einen neugierigen Blick auf das Durcheinander auf dem Tisch vor ihr; die kläglichen Ergebnisse ihres gestrigen Versuchs, sich als Hobby-Schneiderinnen zu betätigen.

»Ich habe Aressa noch nie so wütend erlebt wie gestern«, fuhr Brack fort. »Kronn allein weiß, wie es deiner Freundin gelungen ist, sie wieder zu besänftigen.« Er trat hinter die Theke und hob ein Tablett mit kleinen Tonbechern darauf, die er mit einem nicht besonders sauber wirkenden Lappen (und ohne einen Tropfen Wasser) zu polieren begann. Pia trat nach kurzem Zögern neben ihn, nahm ihm den Lappen ab und versuchte wenigstens die Flecken wieder zu entfernen, die er gerade selbst fabriziert hatte.

Sie entdeckte eine Schale mit Wasser auf der Theke, tauchte das Tuch hinein und wrang es sorgfältig aus, bevor sie daranging, die Trinkbecher noch einmal auszuwischen. Brack sah ein bisschen verwirrt aus, fast als wäre ihm nicht ganz klar, was sie da tat.

»Wie war das Geschäft gestern Abend?«, fragte sie – obwohl sie sich flüchtig erinnerte, dabei gewesen zu sein, und die Antwort somit kannte.

»Es waren mehr Gäste da als am Tag zuvor, sagte Brack ernst und zog ein Gesicht, als könnte er sich kaum eine größere Katastrophe vorstellen. Dann grinste er plötzlich wieder. »Und heute Abend kommen wahrscheinlich noch mehr Gäste. Ich habe Lasar losgeschickt, um Bier zu holen. Gestern Abend wäre es mir schon beinahe ausgegangen.«

»Mir bricht das Herz«, sagte Pia spöttisch. Sie würde mit Alica reden müssen. Ihre Idee, mit Brack über eine Umsatzbeteiligung zu verhandeln, war vielleicht nicht die schlechteste.

Sie sprachen noch eine kurze Weile über Belanglosigkeiten, dann verschwand Brack in einem Nebenraum und kam mit einem riesigen geflochtenen Korb zurück, in dem sich ungefähr hundert weitere Trinkgefäße aus Ton befanden. Sie sahen nicht so aus, als wären sie jemals sauber gemacht worden, seit sie den Brennofen verlassen hatten. Pia seufzte tief.

Sie war halb damit fertig, als Alica und die Schneiderin ihr einseitiges Gespräch beendeten. Die dicke Frau räumte Stoff und Nähutensilien zusammen, stopfte alles in einen grauen Leinenbeutel und verließ sichtlich gut gelaunt das Lokal. Alica kam mit sehr zufriedenem Gesichtsausdruck herangeschlendert. »Einen Piccolo bitte«, sagte sie. »Und ein Glas frisch gepressten Orangensaft.«

Pia zog die linke Augenbraue hoch und schwieg.

»Ich nehme das meiste von dem zurück, was ich gestern über Aressa gesagt habe«, fuhr Alica fort. »So schlimm ist sie eigentlich gar nicht.«

»Und du hast über Nacht die Sprache hier gelernt?«, erkundigte sich Pia.

»So schwer ist es gar nicht, sich auch ohne Worte zu verständigen. Wenn zwei Künstler zusammenarbeiten, dann sind Worte nicht unbedingt nötig.«

»Künstler?«, wiederholte Pia, während sie weiter ihre Trinkbecher polierte.

»Künstler«, bestätigte Alica. Sie wedelte mit einem Tuch, das sie bisher hinter dem Rücken verborgen gehalten hatte. »Hier. Ein Geschenk von Aressa für dich.«

Pia betrachtete das Tuch stirnrunzelnd. Ein helles Stück Stoff, rechteckig und vielleicht ein wenig asymmetrisch geschnitten und kunstvoll mit Spitze umsäumt. Und? Was war daran so besonders?

»Ein neues Kopftuch für dich«, sagte Alica, der ihr fragender Blick nicht entgangen war. »Leg es an, und dann knotest du es genau so und so und so ...« Ihre Hände taten irgendetwas unter Pias Kinn, das sie nicht erkennen konnte, das aber ziemlich kitzelte. »Und wenn du jetzt den Kopf nach hinten wirfst und das Kinn bewegst, dann fällt es ganz zufällig hinunter und man sieht deine Haare. Probier es aus.«

Pia fand allein den Vorschlag albern, aber sie tat ihr den Gefallen, und es funktionierte tatsächlich. Der Knoten, den Alica angebracht hatte, löste sich anscheinend ganz von selbst, und ihr Haar ergoss sich wie ein weißblonder Wasserfall aus Seide über ihre Schultern. »Und?«

»Und?«, wiederholte Alica verblüfft. »Kleines, was glaubst du wohl, warum die Leute hierherkommen? Um Bracks überteuertes Bier zu genießen?« Sie schüttelte heftig den Kopf. »Betrunkene sehen die Jungs hier genug, schätze ich. Eine leibhaftige Elfenprinzessin schon seltener.«

Es dauerte noch einen Moment, bevor Pia begriff. »Und jetzt meinst du, ich sollte öfter mal mein Kopftuch verlieren?«, vermutete sie.

»Nicht öfter mal«, antwortete Alica. »Einmal am Abend, höchstens zweimal. Man muss die Jungs doch schließlich bei Laune halten.«

»Ich verstehe«, sagte Pia, hob den Kopf und sah aufmerksam nach rechts und links.

»Was suchst du?«, fragte Alica.

»Eine passende Stelle, an der wir die Stange anbringen können«, antwortete Pia. »Aber zuerst muss sich Brack um die Theke kümmern. Auf dem wackeligen Ding tanze ich bestimmt nicht.«

Alicas Miene verfinsterte sich. »He, jetzt bleib mal auf dem Teppich, Süße! Ich erwarte schließlich nicht, dass du hier einen Striptease hinlegst ...«

»Noch nicht?«

»... einmal ganz davon abgesehen, dass Istvan der Schreckliche das niemals zulassen würde. Die Leute hier sind ziemlich komisch, was das angeht. Aber irgendwas müssen wir schließlich tun, um über die Runden zu kommen, oder?«

»Wir?«

»Wir«, bestätigte Alica. »Du bist nun mal diejenige von uns, die wie Galadriel aussieht. Ich habe nichts dagegen, dass du deine Zauberkräfte entfesselst und uns nach Hause bringst, aber bis es so weit ist, müssen wir von irgendwas leben. Die Leute wollen dich sehen, also stehst du einfach hier und siehst toll aus, und ich bin deine Managerin.«

»Managerin?«

»Für die üblichen fünfzig Prozent«, bestätigte Alica.

»Fünfzig Prozent? Das ist ...«

»Viel zu wenig, ich weiß, normalerweise nehme ich mindestens siebzig.« Alica grinste flüchtig, wurde dann wieder ernst und wechselte das Thema. »Wenn du mit deiner Arbeit fertig bist, dann könntest du mich auf den Markt begleiten«, sagte sie.

»Auf den Markt? Um diese Zeit?« Pia ließ den Becher sinken, den sie gerade polierte.

»Die guten Leute hier stehen früh auf«, bestätigte Alica. »Und ich will sehen, ob ich noch einen Rest von dem Stoff ergattern kann, den wir gestern gekauft haben. Aressa hat zwar fast der Schlag getroffen, als sie meine Entwürfe gesehen hat, aber nachdem sie wieder zu Atem gekommen ist, haben sie ihr gar nicht mal so schlecht gefallen, glaube ich.« Sie blinzelte verschwörerisch. »Wer weiß, vielleicht kreieren wir am Ende ja noch eine neue Mode, wenn die guten Leute hier erst einmal begreifen, dass sie nicht sofort ein Strahl göttlicher Verbannung trifft, wenn sie mehr als zwei Quadratzentimeter nackter Haut zeigen.«

Pia bezweifelte das. Sie bezweifelte auch, dass es eine gute Idee war, noch einmal auf den Markt zu gehen, aber sie kannte

Alica inzwischen gut genug, um zu wissen, wie sinnlos es war, sie von etwas abbringen zu wollen, was sie sich einmal in den Kopf gesetzt hatte.

Außerdem war es vermutlich immer noch besser, als hier zu bleiben und weiter Becher zu putzen.

Und es gab auf dem Markt den einen oder anderen Stand, den sie sich noch einmal genauer ansehen wollte; auch wenn sie bezweifelte, ob Istvans Wachen das zulassen würden. Sie war nicht einmal sicher, dass sie Alica und ihr gestatten würden, den Weißen Eber überhaupt zu verlassen.

Zumindest in diesem Punkt jedoch erlebte sie eine Überraschung ... Die beiden Männer standen nicht nur noch immer auf der dem Eingang gegenüberliegenden Straßenseite, sondern es handelte sich tatsächlich um dieselben Männer wie gestern, und somit kam sie in den Genuss, zum ersten Mal zwei Einwohner WeißWalds zu sehen, die nicht nur müde waren, sondern wortwörtlich Mühe hatten, nicht im Stehen und auf ihre Speere gestützt einzuschlafen. Vielleicht hatte Istvan ja doch von ihrer kleinen *Verfehlung* von gestern erfahren und sie zur Strafe dazu verdonnert, eine zweite Wache zu schieben.

Vielleicht war er auch einfach nur ein Widerling.

So oder so, die beiden Gardisten versuchten nicht, sie am Verlassen des Weißen Ebers zu hindern, schlossen sich ihnen an und folgten ihnen mit einem knappen Dutzend Schritten Abstand, als sie sich auf den Weg zum Marktplatz machten. Pia war im ersten Moment ein wenig verärgert darüber, aber dieses Gefühl entsprang wohl nur reiner Gewohnheit – sie mochte es eben nicht, wenn sie beobachtet und gegängelt wurde.

Obwohl sie dieses Mal keinen Führer dabeihatten, bereitete es ihr nicht die geringste Schwierigkeit, den Weg zum Marktplatz zu finden. WeißWald war ihr nach wie vor fremd, und seine verwinkelten schmalen Gassen kamen ihr mehr denn je vor wie ein Labyrinth, in dem man sich schon durch bloßes Hinsehen verirren konnte ... aber sie fand ihren Weg trotzdem mit fast schon traumwandlerischer Sicherheit. Alica sagte nichts dazu, doch die komischen Blicke, mit denen sie sie maß, blieben Pia keineswegs verborgen.

Mit dem Markt war es wie mit der gesamten Stadt: Auch hier waren die meisten schon auf den Beinen, die nervöse Hektik von gestern fehlte jedoch fast vollkommen. Ganz WeißWald schien zu gähnen und müde die Glieder zu strecken, und Pia hätte gerne dasselbe getan – um sich anschließend in ein warmes Bett zu kuscheln und für die nächsten zehn oder zwölf Tage durchzuschlafen. Leider war das nächste wirklich warme Bett etliche Dutzend Meilen und eine ganze Welt entfernt.

Sie fand den Stand vom vergangenen Tag nach kurzem Suchen wieder. Nur eine der drei jungen Frauen war da, und sie sah sehr müde aus, schien sie aber sofort wiederzuerkennen.

Ihr Gesicht hellte sich auf, und jegliche Spur von Müdigkeit verschwand schlagartig unter einem durch und durch professionellen Lächeln. »Ah, da seid ihr ja wieder!«, sagte sie. »Das scheint mir ein gutes Zeichen zu sein, dass ihr wiederkommt. Ihr wart also mit unserer Ware zufrieden? Was kann ich heute für euch tun?«

»Wie wäre es mit einem doppelten Espresso?, schlug Pia vor. »Oder einem Milchkaffee?«

»Und einer Stange Marlboro«, fügte Alica hinzu. »Red, nicht die Lights.«

Die Marktfrau blinzelte irritiert, und Pia machte eine rasche Handbewegung. »Es geht um den Stoff, den wir gestern gekauft haben«, sagte sie.

»Ich habe euch gesagt, dass er ...«

»Du verstehst mich falsch«, sagte Pia rasch. »Wir hätten gerne noch mehr davon. Einen ganzen Ballen, wenn es geht.«

»Mehr?«, wiederholte die Marktfrau verwirrt. »Aber du weißt, dass er minderwertig ist?«

Pia wollte antworten, doch Alica kam ihr zuvor, indem sie unter ihren Mantel griff und einen schmalen Stoffbeutel hervorzog, in dem es hörbar klimperte, als sie ihn bewegte. Pia dachte vorsichtshalber erst gar nicht darüber nach, woher er stammen mochte. Die Marktfrau zog flüchtig die Augenbrauen zusammen, lächelte aber im nächsten Moment schon wieder und verschwand hinter ihrem Stand.

»Siehst du?«, sagte Alica. »Es *gibt* eine universelle Sprache, die jeder versteht.«

Bevor Pia antworten konnte, kam die Marktfrau zurück, beladen mit einem ganzen Ballen des merkwürdigen weißen Stoffs, den sie gestern Abend erstanden hatten. Auf ihrem Gesicht lag ein Ausdruck, den Pia nur zu gut kannte. Sie hatte ihn oft genug gesehen, auch wenn es ihr vorkam, als wäre das in einem anderen Leben gewesen: das nicht vollkommen unterdrückte zufriedene Grinsen eines Straßenhändlers, der einen leichtgläubigen Touristen an der Angel hatte, dem er irgendeinen vollkommen überteuerten Schrott andrehen wollte. »Ich sage euch noch einmal, dass dieser Stoff von minderer Qualität und eigentlich zu nichts zu gebrauchen ist«, sagte sie, während sie den Ballen ächzend vor sich ablud. »Aber wenn ihr ihn unbedingt haben wollt ... ich bin ehrlich gesagt froh, das Zeug loszuwerden. Deswegen gebe ich ihn euch für fünf Kupferstücke.«

»Was sagt sie?«, fragte Alica.

»Dass sie uns einen Sonderpreis macht«, antwortete Pia. »Fünf Stücke ... was immer das sein mag.«

»Also will sie in Wahrheit drei, und ich werde ihr eines bieten«, sagte Alica.

»Du willst mit ihr feilschen?«, fragte Pia.

»Warum nicht?«

»Ohne ihre Sprache zu sprechen?«

»Also *dafür* braucht man das wirklich nicht zu können«, antwortete Alica feixend und kramte eine einzelne Münze aus ihrem Beutel, um sie mit einer fast zeremoniellen Bewegung vor sich auf den Stoffballen zu legen.

»Also, ich weiß nicht, ob das eine so gute Idee ...«, begann Pia.

Alica unterbrach sie mit einer Handbewegung. »Lass mich nur machen, Piaschätzchen«, sagte sie. »Ich komme hier schon klar. Warum siehst du dich nicht einfach ein bisschen um? Aber lauf nicht zu weit weg. Nicht, dass wir am Ende wieder verhaftet werden.«

Pia schluckte die scharfe Antwort hinunter, die ihr auf der Zunge lag, und beließ es bei einem angedeuteten Schulterzucken. Wenn Alica sich unbedingt blamieren wollte, wer war sie denn, sie davon abhalten zu wollen? Und schließlich war sie ja auch nicht nur hergekommen, um Stoff zu kaufen.

Sie trat ein paar Schritte zurück und sah eine Weile zu, wie Alica mit Händen und Füßen zu gestikulieren begann, schüttelte schließlich den Kopf und warf ihren beiden übermüdeten Begleitern einen wenig hoffnungsvollen Blick zu. Die beiden sahen so erschöpft aus, dass sie ihr ehrlich leidtaten – aber sie glaubte dennoch nicht, dass es ihr gelingen würde, ihnen irgendwie zu entwischen, ohne sich ganz offen auf einen Wettlauf mit ihnen einzulassen. Und der Markt war zu dieser frühen Stunde nicht annähernd so gut besucht wie gestern. Keine Chance, unerkannt in der Menge unterzutauchen. Also, warum nicht ganz offen?

Sie überzeugte sich mit einem Blick davon, dass Alica damit beschäftigt war, mit der jungen Händlerin zu feilschen (und es wahrscheinlich auch noch eine geraume Weile bleiben würde), und wandte sich dann in die Richtung, in die sie der Junge gestern gelockt hatte. Diesmal hatte sie keinen Führer, und der Marktplatz kam ihr beinahe noch unübersichtlicher und verwirrender vor als bei ihrem ersten Besuch; als hätten sich sämtliche Dimensionen und Winkel seither auf geheimnisvolle Weise verschoben. War sie bei der zweiten oder dritten Gasse abgebogen? Und danach?

Natürlich war es wie immer: Je angestrengter sie darüber nachdachte, desto weniger vermochte sie sich zu erinnern. Also versuchte sie es auf gut Glück. Verirren konnte sie sich jedenfalls kaum. Im schlimmsten Fall gab es ja jemanden, der sie zurückbringen würde, denn einer der beiden Gardisten folgte ihr in mittlerem Abstand.

Ausnahmsweise war das Glück einmal auf ihrer Seite. Sie fand das Zelt der Wahrsagerin zwar nicht – ganz einfach, weil es nicht mehr da war –, erreichte aber schon nach wenigen Minuten die Stelle, an der es gestanden hatte. Über Nacht hatte es leicht geschneit, und vor ihr markierte ein gut fünf Schritte durchmessender Kreis aus unberührtem Weiß im allgegenwärtigen Matsch die Stelle, an der es gestanden hatte. Pia war enttäuscht, obwohl sie sich selbst einzureden versuchte, dass sie gar keinen Grund dafür hatte. Selbst wenn Valoren noch da gewesen wäre, hätte ihr schweigsamer Begleiter wohl kaum zugelassen, dass sie noch einmal mit ihr sprach.

Sie blieb noch einen Moment lang unschlüssig stehen, dann machte sie kehrt und ging so gerade und schnell auf ihrer eigenen Spur zurück, dass ihr Bewacher einen hastigen Schritt zur Seite machte, wohl aus Angst, dass sie ihn ansonsten einfach über den Haufen rennen würde. Pia hätte sich um ein Haar ganz automatisch bei ihm entschuldigt, es gelang ihr aber, diesen Impuls im letzten Moment zu unterdrücken. Schließlich konnte man es mit dem guten Willen auch übertreiben.

Sie war schon auf halbem Weg zurück zu Alica, als ihr Blick an einem großen, bunt und golden verzierten Zelt hängen blieb. Zunächst konnte sie nichts damit anfangen, aber dann erinnerte sie sich: Es war das Zelt, in dem sie gestern den nachgemachten Pegasus gesehen hatte. Neugierig (und davon überzeugt, dass ihr Schatten sie sowieso daran hindern würde) trat sie näher heran und stellte fest, dass der Eingang verschlossen war. Dahinter war kein Laut zu hören, doch sie erkannte Stallgeruch, und da war noch etwas: ein unsichtbarer Hauch, den sie weder spüren noch hören oder riechen konnte und der etwas tief in ihr zu berühren schien.

Pia zog noch einmal prüfend an der Plane – sie war von innen verschlossen und bewegte sich nicht –, warf einen Blick über die Schulter zurück und stellte fest, dass ihr Bewacher augenscheinlich nichts gegen das hatte, was sie tat. Er stand einfach da, hatte sich auf seinen Speer gestützt und versuchte, nicht im Stehen einzuschlafen.

Sie zog noch einmal an der Plane, wartete vergebens auf irgendeine Reaktion und ging schließlich um das Zelt herum. Dahinter erwartete sie ein Anblick, der ihr auf sonderbare Weise trotz aller Fremdartigkeit vertraut vorkam: ein kleiner, halbrunder Platz, der von der Rückseite des Zeltes, zwei kleinen, an einfache Wohnwagen erinnernden Gefährten und einem etwas größeren Wagen gebildet wurde, auf dem sich ein aus schweren Eisenstäben bestehender Gitterkäfig erhob. Etwas bewegte sich darin, aber Pia konnte nicht genau erkennen, was es war. Alles war mit einer dünnen Schicht aus frisch gefallenem Schnee überpudert, und sowohl die Wagen als auch das halbe Dutzend stämmiger Ponys, das in ein paar Schritten Abstand angebunden stand, waren gerade eine Spur zu klein, um ihr nicht sofort das Wort *niedlich* zu entlocken. Von dem verkleideten Pferd von gestern war nichts zu sehen.

Pia wollte schon kehrtmachen und zu Alica zurücklaufen, als ihr eine schmale Öffnung an der Rückseite des Zeltes auffiel; kein zweiter Eingang, sondern einfach eine beschädigte Stelle, die schlampig geflickt und vor langer Zeit wieder aufgegangen war. Sie ging hin, bückte sich vorsichtig hindurch und fand sich in fast vollkommener Dunkelheit wieder. Im ersten Moment sah sie rein gar nichts, aber sie hörte ein gedämpftes Schnauben, und der Stallgeruch, den sie schon draußen wahrgenommen hatte, war hier drinnen ungleich stärker; ein warmes Aroma nach Heu und Stroh und frischem Pferdemist, das nicht annähernd so unangenehm war, wie sie es sich vorgestellt hätte, hätte man es ihr beschrieben. Etwas bewegte sich in den Schatten vor ihr, und plötzlich war auch jenes sonderbare Gefühl von gerade eben wieder da, so als würde sie irgendetwas tief am Grund ihrer Seele berühren.

Ihre Augen gewöhnten sich allmählich an die Dunkelheit, und die Schatten flossen zu einem hellen Schemen zusammen. Pia spürte, dass sie angestarrt wurde, aber es war nichts Unangenehmes an diesem Gefühl. Nach einer Weile spürte sie nicht nur, sondern *sah,* dass sie aufmerksam angestarrt wurde, aus einem Paar sanfter rehbrauner Augen, das in ein weißes Pferdegesicht eingebettet war. Nur waren es keine Pferdeaugen. Das hieß, selbstverständlich waren es Pferdeaugen, und zwar die mit Abstand wunderschönsten, die sie jemals gesehen hatte, aber sie waren zugleich auch mehr, sehr viel mehr. Da war eine Klugheit, die weit über die eines Tieres hinausging, aber auch nicht die eines Menschen war, sondern ... anders. Zarter. Verwundbarer.

Ohne dass sie sich der Bewegung selbst bewusst gewesen wäre – geschweige denn etwas dagegen hätte tun können –, ging sie zu dem angebundenen Pferd hin und streckte die Hand aus, um dem Hengst über die Nüstern zu streicheln, wagte es jedoch nicht, die Bewegung auch wirklich zu Ende zu führen, weil sie irgendwie das Gefühl hatte, dass sie unangemessen gewesen wäre. Vielleicht weil im Blick des Hengstes noch mehr war, jetzt, als sie ihm aus der Nähe begegnete.

Schmerz. Schmerz und eine unendlich tiefe Trauer, viel zu schlimm, als dass sie ihre Größe auch nur annähernd erfassen konnte.

»Was haben sie dir angetan, mein Freund?«, murmelte Pia.

Der Hengst schnaubte, wie um ihre Frage zu beantworten, und nun war er es, der seinen Kopf gegen ihre Hand stieß, als wollte er sie aufmuntern statt umgekehrt. Seine Haut fühlte sich rau und irgendwie ein bisschen fiebrig an, auch wenn Pia nicht einmal wusste, was bei einem Pferd die normale Temperatur war.

Ihre Augen gewöhnten sich immer besser an das schwache Licht, sodass sie nun erkennen konnte, in welch erbärmlichem Zustand sich der Hengst befand. Er musste einmal ein wirklich prachtvolles Tier gewesen sein, riesig – nicht nur für die Verhältnisse dieser Welt, sondern selbst für Pia – und muskulös; ein Tier, das so aussah, als wäre das Wort *Stolz* eigens erfunden worden, um es zu beschreiben.

Jetzt bot es einen Anblick des Jammers. Es war so schrecklich abgemagert, dass man nicht nur seine Rippen unter der Haut sehen konnte, sondern es nahezu unter seinem eigenen Gewicht zusammenzubrechen drohte. Sein Fell war stumpf, begann überall auszufallen und war mit zahlreichen entzündeten Wunden übersät – und noch sehr viel mehr schlecht verheilten Narben. Der Besitzer dieses schrecklichen Etablissements hatte es nicht einmal für nötig befunden, ihm die riesigen künstlichen Flügel abzunehmen, die den Hengst mit ihrem Gewicht zusätzlich zu Boden zu reißen versuchten.

»Was für ein Ungeheuer ...?«, murmelte Pia, trat mit einem raschen Schritt an die Seite des Hengstes und streckte die Hand aus, um nach dem Tragegestell zu suchen, an dem die

Flügelattrappen befestigt waren. Doch sie führte auch diese Bewegung nicht zu Ende.

Da war kein Tragegestell.

Die Flügel waren echt.

Pia stand eine geschlagene Minute einfach nur da und starrte die gewaltigen Flügel an, die jetzt traurig, möglicherweise sogar gebrochen zu Boden hingen, ausgebreitet aber eine Spannweite von mindestens sechs oder sieben Metern haben und einen geradezu fantastischen Anblick bieten mussten.

Flügel.

Echte Flügel.

Vor ihr stand ein leibhaftiger Pegasus!

»Aber das ist doch ... unmöglich«, murmelte sie schließlich. Ihre Stimme klang selbst in ihren eigenen Ohren fremd und belegt. Hätte sie in diesem Moment einen Spiegel gehabt, dann hätte sie wahrscheinlich in ein Gesicht geblickt, das ebenso bleich wie das Fell des fahlen Hengstes gewesen wäre.

Das Tier schnaubte, und Pia riss sich mit einiger Mühe vom Anblick der unmöglichen Flügel los und streckte nun doch die Hand aus, um sein edles Gesicht zu berühren, nicht auf die Art, wie man ein Tier gestreichelt hätte, sondern mit einer durch und durch freundschaftlichen Geste.

Der Hengst schnaubte erneut. Seine Ohren bewegten sich aufmerksam, und wieder begegnete sie dem Blick seiner großen, so beunruhigend wissenden Augen. Aber diesmal verstand sie den Schmerz besser, den sie darin las. Es waren nicht nur die Schläge und der Hunger, die er erdulden musste. Viel schlimmer war das Gefangensein. Sie stand einem Geschöpf gegenüber, das für die Freiheit geschaffen war, für die unendlichen Weiten der Steppe und die noch viel unendlicheren Weiten des Himmels.

Kalte Wut ergriff Pia. Mit einer raschen Bewegung ließ sie

sich in die Hocke sinken und versuchte das Seil aufzuknoten, mit dem die Vorderläufe des Hengstes zusammengebunden waren, als hinter ihr eine scharfe Stimme fragte: »Was bei Kronn tust du da?«

Pia drehte sich in der Hocke herum und fand ihr Gesicht auf gleicher Höhe mit dem einer selbst für hiesige Verhältnisse kleinen (und außergewöhnlich hässlichen) Frau, die wie aus dem Nichts aufgetaucht war und sie so wütend anfunkelte, dass sie vermutlich erschrocken zurückgeprallt wäre, wäre sie in diesem Moment nicht selbst noch viel wütender gewesen.

»Wir haben noch geschlossen, und außerhalb der Öffnungszeiten hat hier drinnen niemand etwas zu ...«

»Ist das dein Pferd?«, unterbrach Pia sie kühl.

Die grauhaarige Frau stemmte herausfordernd die Fäuste in die Hüften. »Ich wüsste nicht, was dich das ...«

»Ich habe dich gefragt, ob das dein Tier ist«, fiel ihr Pia erneut ins Wort; nicht einmal wirklich lauter, aber hörbar schärfer. Die Grauhaarige sog zwar hörbar die Luft zwischen den Zähnen ein, aber irgendetwas an Pias verändertem Ton musste sie wohl gewarnt haben, denn sie antwortete nicht sofort, und als sie es nach ein paar Sekunden schließlich doch tat, fehlte ihren Worten gerade jene winzige Spur von Sicherheit, die sie wirklich überzeugend gemacht hätte.

»Und wenn es so wäre?«

Bevor sie etwas erwiderte, stand Pia auf und registrierte zufrieden das fast unmerkliche Zusammenzucken der Grauhaarigen, als sie sah, *wie* weit sie über ihr aufragte. »Dann würde ich bezweifeln, dass das die Wahrheit ist«, sagte sie.

Die Grauhaarige setzte zu einer wütenden Antwort an, doch bevor sie dazu kam, ging eine schmale Klappe hinter ihr in der Zeltplane auf, und ein schäbig gekleideter Mann trat ein. Er hatte ein verlebtes Gesicht und war ebenso groß wie die Grauhaarige klein, aber so dürr, dass Pia sich nicht gewundert hätte, hätte sie seine Knochen klappern gehört. »Gibt es ein Problem, Nani?«, fragte er.

»Das kannst du wohl sagen!«, schimpfte die Grauhaarige. Diese ...«

»Gib acht, was du sagst, Nani«, unterbrach sie der Mann, wandte sich dann direkt an Pia und zwang sich zu einem wenig überzeugenden Lächeln.

»Ich bin Kerenetat«, sagte er, »der Besitzer dieses Unternehmens. Was kann ich für Euch tun?«

»Mir dieselbe Frage beantworten, die ich deiner Frau schon gestellt habe.« Pia deutete auf den Hengst. »Woher kommt dieses Tier?«

»Flammenhuf?« Kerenetat tat geschmeichelt. »Nun, ich sehe, Ihr versteht etwas von Pferden«, sagte er. »Gefällt er Euch denn?«

»Das würde er zweifellos, wenn ihr ihn nicht fast zu Tode geschunden hättet«, antwortete Pia kühl.

»Ich bitte Euch!«, sagte Kerenetat. Nani gab ein abfälliges Geräusch von sich, und ihr Mann fuhr fort: »Diese Tiere sind sehr schwer zu halten, wie Ihr vielleicht wisst. Und mein Unternehmen wirft nicht genug ab, um eine große Koppel anzuschaffen oder einen Stall und eine Menge Pfleger.«

»Ein wenig Freiheit würde vielleicht schon genügen.« Flammenhuf wieherte leise und zustimmend, und Kerenetat fiel es nun sichtbar schwer, weiter die Fassung zu bewahren. Irgendwie gelang es ihm.

»Ich wüsste zwar nicht, was Euch das anginge«, sagte er, »aber dies hier ist *Flammenhuf.*«

Er schien zu erwarten, dass dieser Name Pia etwas sagte, was aber nicht der Fall war. Sie sah ihn nur weiter kühl an, und schließlich fuhr er fort: »Der *echte* Flammenhuf. Nicht irgendeine weiße Mähre, der jemand ein Paar künstlicher Flügel angeklebt hat! Wo sollte er hingehen?«

»Ich glaube, überall wäre besser als hier«, antwortete Pia.

»Er würde sofort wieder eingefangen oder gar getötet werden«, behauptete Kerenetat. »Und bei den meisten hätte er es nicht so gut wie bei Nani und mir!« Er machte ein seltsames Geräusch, das sich nicht besonders angenehm anhörte. »Und jetzt muss ich Euch bitten zu gehen. Wir haben noch viel zu tun, bevor die nächste Vorstellung beginnt.«

Pia schluckte alles hinunter, was ihr auf der Zunge lag, und verzichtete sogar darauf, ihrem ersten Impuls nachzugeben und den Kerl einfach in der Mitte durchzubrechen. Einen Moment lang starrte sie ihn einfach nur an. Dann tat sie etwas, von dem sie ziemlich sicher war, dass sie es später bereuen würde. Trotzdem spürte sie, dass es in diesem Moment das Richtige war: Bevor sie antwortete, wandte sie sich zum Ausgang und schlug die Plane zurück, sodass helles Licht ins Zelt drang. Kerenetats Augen wurden groß, und Nani sog fast entsetzt die Luft zwischen den Zähnen ein. Pia musterte die beiden kühl und nacheinander, dann schlug sie die Kapuze ihres Umhangs zurück, ließ ganz bewusst zwei oder drei weitere Sekunden verstreichen und löste dann auch den Knoten ihres Kopftuchs.

Diesmal gelang es weder Nani noch ihrem Mann, ein erschrockenes Keuchen zu unterdrücken.

»Ich fürchte, es wird keine weitere Vorstellung mehr geben«, sagte sie ruhig. »Ihr werdet dieses Tier auf der Stelle losbinden.«

Flammenhuf wieherte leise. Seine großen, schlaff herunterhängenden Flügel bewegten sich unruhig und verursachten dabei ein Geräusch, das ihr einen eisigen Schauer über den Rücken laufen ließ.

Jetzt, bei Licht betrachtet, sah sie erst, in welchem bemitleidenswerten Zustand sich das Tier wirklich befand. So schlaff und kraftlos, wie seine Flügel zu Boden hingen, schien es kaum vorstellbar, dass diese Schwingen jemals in der Lage gewesen sein sollten, ein Tier dieser Größe in die Luft zu heben. Und der Schmerz, den sie in seinen Augen las, wurde für einen Moment zu ihrem eigenen und explodierte regelrecht. Sie empfand nichts als Kummer. Und das Gefühl eines unendlich großen Verlustes. Alles, was das Leben dieses Geschöpfes ausgemacht hatte, war ihm genommen worden. Es existierte noch, aber es *lebte* nicht mehr. Jede Stunde, die es weiter in dieser Hölle verbrachte, verlängerte seine Qual.

»Wer ... wer seid Ihr?«, stammelte Kerenetat schließlich.

Pia wollte antworten, doch Nani kam ihr zuvor. »Ich weiß, wer das ist!«, keifte sie. Ihr Zeigefinger stieß anklagend wie ein knochiger Dolch in Pias Richtung »Das ist die Betrügerin, von der alle erzählen! Sie gibt sich für die wiedergekehrte Gaylen aus, aber Kronn allein weiß, wer sie wirklich ist!«

»Bindet ihn los!«, verlangte Pia noch einmal.

Der dürre Mann fand seine Fassung nun endgültig wieder. »Selbst wenn ich das tun würde – was ich ganz gewiss nicht werde –, würde ich ihm damit nicht die Freiheit schenken, sondern nur den Tod.«

Pia fragte sich, ob er vielleicht recht haben mochte. Der Hengst sah nicht so aus, als könnte er mehr als ein Dutzend Schritte aus eigener Kraft gehen, ganz zu schweigen vom Fliegen. Sie machte trotzdem eine befehlende Geste auf die zusammengebundenen Vorderhufe des Tieres. »Bindest du ihn los, oder zwingst du mich, es selbst zu tun?«

»Ich glaube nicht, dass Ihr mich dazu zwingen könnt«, sagte Kerenetat kalt. »Dieses Tier ist mein legitimes Eigentum, und hier in WeißWald herrschen noch immer Recht und Ordnung, soviel ich weiß!«

»Wirf sie raus, Keri!«, verlangte Nani. »Sie ist nichts als eine kleine Betrügerin!«

»Was ist hier los?«, fragte eine scharfe Stimme vom Eingang

her. Pia fuhr erschrocken herum und war zum ersten Mal erleichtert, einen von Istvans Soldaten zu erblicken; den Mann, der sie vom Stoffstand hierherbegleitet hatte. Er sah nervös aus, und er fühlte sich sichtlich unwohl in seiner Haut.

»Gut, dass Ihr kommt, Herr!«, sagte Nani. »Diese Betrügerin verlangt, dass wir unseren Hengst herausgeben! Dabei ist er unser rechtmäßiges Eigentum!«

»Was ... hat das zu bedeuten?«, fragte der Gardist verwirrt.

»Werft sie raus!«, keifte Nani. »Sie hat hier nichts zu suchen! Und uns schon gar nichts zu befehlen!«

Auch wenn der Gardist nach wie vor so hilflos aussah, dass er ihr beinahe schon leidtat, vermutete Pia doch bekümmert, dass er schlussendlich genau so entscheiden würde.

Wortlos trat sie zu ihm, zog den Dolch aus seinem Gürtel und brachte ihn mit einem eisigen Blick zum Verstummen, als er protestieren wollte.

Noch immer schweigend ging sie vor Flammenhufs Vorderläufen in die Hocke und durchtrennte das morsche Seil, das sie zusammenband. Nani ächzte, als hätte die Messerklinge sie selbst verletzt, versuchte ganz instinktiv (und zu spät) Pias Hand zurückzureißen, dabei stieß sie der Hengst so unsanft mit der Schnauze an, dass sie mit einem überraschten kleinen Schrei nach hinten stolperte und mit einem zweiten – deutlich lauteren – Schrei auf ihrem wohlgepolsterten Hinterteil landete. Dann geschahen mehrere Dinge gleichzeitig:

Kerenetat kam anscheinend auf die Idee, sich als Gentleman der alten Schule zu erweisen und seine Ehegattin zu verteidigen. Nani kreischte, als hätte der Hengst sie nicht einfach nur umgeschubst, sondern ihr jeden Knochen im Leib gebrochen. Der Posten sagte irgendetwas, was niemanden interessierte, und Pia ließ gedankenschnell den Dolch fallen, nur um nicht ganz aus Versehen jemanden umzubringen, und hob gleichzeitig den linken Arm, um Kerenetat abzuwehren.

Und Flammenhuf explodierte.

Seine Vorderhufe zischten so dicht an Pias Gesicht vorbei, dass sie sich nicht nur einbildete, den scharfen Luftzug zu spüren, trafen Kerenetats Brust mit solcher Gewalt, dass sie *hören* konnte, wie seine Rippen brachen, und katapultierten ihn regelrecht aus dem Zelt. Praktisch gleichzeitig bäumte sich der Hengst auf, stieß ein schrilles Wiehern aus und schlug mit den Flügeln, die mit einem Mal gar nicht mehr schwach und kraftlos wirkten. Seine rechte Schwinge traf den Gardisten vor die Brust und ließ ihn mit einem erstickten Keuchen rücklings aus dem Zelt taumeln, das sich eine halbe Sekunde später komplett um einen halben Meter in die Höhe hob und sich dann rings um sie herum zusammenfaltete, von einem gewaltigen Hieb der anderen Schwinge getroffen.

Das alles dauerte ungefähr eine halbe Sekunde.

Pia brauchte die andere Hälfte, um instinktiv den Kopf zwischen die Schultern zu ziehen, und dann eine weitere, um sich neu zu orientieren ... was auch nötig war, denn ihre Umgebung hatte sich radikal verändert.

Das Zelt war verschwunden beziehungsweise zu einem unförmigen Haufen aus Stoff geworden, unter dem sich irgendetwas bewegte und mit einer schrillen Stimme keifte, die der Nanis ähnelte. Kerenetat lag irgendwo, erschreckend weit weg, auf der anderen Seite des Platzes, spuckte mal Blut und schrie dann wieder aus Leibeskräften, und der Wachsoldat war vollkommen verschwunden. Flammenhuf hatte sich endgültig losgerissen und trabte schnaubend und zornig wiehernd im Kreis. Mehrere Männer waren herbeigeeilt – vermutlich schon zuvor angelockt vom Geschrei und der Aufregung, die aus dem Zelt gedrungen waren – und versuchten den Hengst zu bändigen, wurden aber von seinen heftig schnappenden Zähnen und ausschlagenden Hufen auf respektvollem Abstand gehalten. Überall waren Schreie zu hören, und hastig trappelnde Schritte näherten sich.

Pia rappelte sich benommen auf, suchte nach dem Wachsoldaten und entdeckte ihn nur ein paar Schritte entfernt. Er hatte sich aufgesetzt und wirkte eher verdattert als verletzt – was man von Flammenhufs unglückseligem Besitzer nicht sagen konnte. Er hatte aufgehört zu schreien und wälzte sich jetzt stöhnend in einer allmählich größer werdenden Lache seines eigenen Blutes, das ihm nicht nur aus Mund und Nase, sondern auch aus den Ohren schoss. Der Anblick schnürte ihr schier die Kehle zu. Der Kerl war war ihr alles andere als sympathisch gewesen, und sie hätte ihm einen kleinen Denkzettel gegönnt (vielleicht auch einen etwas größeren, da war sie nicht wählerisch), aber sie begriff, dass er wirklich sehr schwer verletzt war, möglicherweise sterben würde. Und das hatte sie ganz gewiss nicht gewollt.

Pia überzeugte sich mit einem raschen Blick davon, dass es dem Hengst auch weiterhin gelang, die Männer auf Abstand zu halten, die ihn wieder einzufangen versuchten, ging zum Verletzten und ließ sich neben ihm auf die Knie sinken. Kerenetat wimmerte leise. Schaumiges hellrotes Blut quoll aus seinem Mund, und sie konnte riechen, dass er die Kontrolle über alle seine Körperfunktionen verloren hatte. Er war nicht nur schwer verletzt, begriff sie schaudernd. Er starb. Jetzt. Und irgendwie war es ihre Schuld.

Ohne dass sie selbst genau hätte sagen können, was sie eigentlich tat, beugte sie sich vor, legte die Hand auf seine Stirn und lauschte in ihn hinein.

Sein Schmerz explodierte in ihr wie ihr eigener. Etwas in ihm war zerbrochen und wühlte nun wie abgebrochene Messerklingen in seinem Leib, und sie konnte beinahe sehen, wie seine Lebensflamme – die ihr Ende ohnehin fast erreicht hatte – kleiner und blasser wurde. Es war nicht nur die Verletzung. Nicht nur der grausame Schmerz, den ihm zerschmetterte Knochen und zerrissene Organe bereiteten. Darunter war etwas anderes, Schlimmeres, eine schleichende Fäule, die seit Jahren in ihm fraß und ihn verzehrte. Und etwas ... regte sich in Pia, griff wie mit einer unsichtbaren warmen Hand in den Sterbenden hinein und linderte seinen Schmerz. Es lag nicht in ihrer Macht, ihn zu retten. Die Verletzungen waren zu schwer, der Schaden viel zu groß, als dass irgendeine Macht dieser Welt sie noch heilen konnten. Aber sie betäubte seinen Schmerz, schon weil es in diesem Moment auch ihr eigener war und sie sich nicht erinnern konnte, jemals solche Pein erlebt zu haben, berührte etwas tief in seiner Seele und löschte auch die Furcht aus, die ihn quälte. Kerenetats Wimmern erstarb. Seine Augen, die trüb vor Schmerz gewesen waren, klärten sich, und an die Stelle der Furcht darin trat ein Ausdruck unendlich großen Erstaunens.

»Ihr seid ...«

»Nicht sprechen«, unterbrach ihn Pia. »Versuch nicht zu reden. Das strengt dich zu sehr an.« Sie kam sich bei diesen Worten beinahe lächerlich vor. Was hatte er schon zu verlieren außer ein paar Sekunden, in denen der Schmerz vielleicht die einzige Verbindung war, die er noch zum Leben hatte?

»Ihr ...«, stöhnte Kerenetat. Noch mehr und helleres Blut quoll über seine Lippen, und der Rest dessen, was er hatte sagen wollen, ging in einem qualvollen Hustenanfall unter. Pia spürte, wie der Schmerz zurückkam, griff abermals in ihn hinein und betäubte ihn endgültig.

Plötzlich wurden hinter ihr Schritte laut, dann gellte ein spitzer Schrei auf, und Kerenetats Frau stieß sie so grob zur Seite, dass sie in der Hocke das Gleichgewicht verlor und halb in die Blutlache stürzte, in der der Sterbende lag.

»*Keri!*«, rief Nani. »*Bei Kronn, Keri!* Was hat sie dir angetan?« Schreiend warf sie sich über ihren sterbenden Mann, schloss ihn in die Arme und presste ihn an sich. »Keri! Sie hat dich getötet! Bei Kronn! Sie hat ihn umgebracht!«

Pia stemmte sich mühsam hoch und wäre in der Pfütze aus glitschigem Blut beinahe wieder ausgeglitten. Erschrocken registrierte sie, wie sich die Aufmerksamkeit der Menschen ringsum von dem immer noch aufgeregt im Kreis laufenden Hengst auf sie hin verlagerte. Vier oder fünf Männer kamen näher, und auf den meisten Gesichtern war im ersten Moment nichts als Verwirrung und Schrecken zu erkennen, hier und da aber auch Zorn.

»Nani, ich habe nicht …«, begann sie, doch die kleinwüchsige Frau unterbrach sie, indem sie mit einer blutbesudelten Hand auf sie deutete und noch einmal und noch lauter schrie:

»*Sie hat ihn umgebracht! Sie …*«

Kerenetat hob mühsam eine Hand und versuchte ihren Arm hinunterzudrücken. Seine Kraft reichte dazu nicht mehr aus, doch Nani hörte zumindest auf zu schreien und wandte das Gesicht wieder ihrem Mann zu. Pia fühlte sich entsetzlich. Sie wollte etwas sagen, aber ihre Kehle war plötzlich wie zugeschnürt, und ihr Herz schlug immer schneller und heftiger. Mühsam stand sie auf und blickte auf ihre Hände hinab, die rot von Kerenetats noch warmem Blut waren. Es war nicht ihre Schuld, versuchte sie sich einzuhämmern. Der Hengst hatte den Mann getötet, nicht sie. Aber es waren *ihre* Hände, an denen sein Blut klebte, nicht nur wortwörtlich, sondern auch und vielleicht umso mehr im übertragenen Sinne. Wenn sie nicht gekommen wäre, wenn sie sich nicht in Dinge eingemischt hätte, die sie rein gar nichts angingen, wäre all das nicht passiert.

»Das … es tut mir leid«, murmelte sie. »Das wollte ich nicht.«

Nani warf ihr einen hasserfüllten Blick zu, aber sie sagte nichts, sondern beugte sich nur noch tiefer über ihren sterbenden Mann, dessen Lippen sich lautlos zu bewegen schienen, als versuchte er ihr etwas zu sagen, ohne dass seine Kraft dafür noch reichte.

Jemand berührte sie sacht an der Schulter. Pia fuhr erschrocken herum und blickte ins Gesicht des Gardisten, der aufgestanden und unbemerkt näher gekommen war. »Vielleicht wäre es besser, wenn wir jetzt gehen«, sagte er unsicher.

Die Menschenmenge, die sie umgab, war mittlerweile auf mindestens ein Dutzend angewachsen und wurde immer noch größer. Die meisten starrten sie einfach nur an – um präzise zu sein, eigentlich ihr *Haar* –, aber in etlichen Gesichtern waren auch Zorn und Wut zu lesen, und zumindest in einem Augenpaar blanker Hass.

»Ich ... war das nicht«, murmelte sie lahm.

»Ich weiß«, antwortete der Soldat. »Aber es wäre trotzdem besser, wenn wir gehen.«

Wenn es dafür nicht zu spät war, dachte Pia. Die Menge wuchs immer rascher. Es mussten schon mindestens zwei Dutzend Männer sein, die sie wie eine lebende Mauer umgaben, und sie konnte spüren, wie die Stimmung kippte. Und was sollten sie auch denken? Keiner von ihnen war im Zelt dabei gewesen. Sie sahen nur das Blut an ihren Händen und auf ihrem Mantel, den sterbenden Mann und seine Frau, die sich über ihn beugte und sie beschuldigte. Der Soldat hatte recht. Sie mussten weg hier. Schnell.

Pia drehte sich herum und blieb nach einem einzigen Schritt wieder stehen, als ihr gleich zwei kleinwüchsige, aber kräftig gebaute Männer den Weg vertraten. Beide waren bewaffnet, und einer blickte grimmiger drein als der andere.

»Was hast du mit Naninaranats Mann gemacht?«, grollte der Größere. Andere Stimmen murmelten drohend, und das

Gefühl von Gefahr wurde so intensiv, dass Pia fast meinte, es anfassen zu können.

»Ich habe gar nichts gemacht«, antwortete Pia, so ruhig sie konnte. »Es war ein Unfall.« Als wäre sie nicht die letzte Person in gleich zwei Welten, von der sie Beistand erwarten konnte, sah sie zu Nani hin, aber die blickte nicht einmal in ihre Richtung, sondern hatte sich noch tiefer über ihren Mann gebeugt und ihr Ohr ganz dicht an seinen Mund gebracht, um zu lauschen. Seine Lippen bewegten sich, ohne dass Pia irgendetwas hörte, und er hustete Blut, das Nanis Wange und Kinn besudelte.

»Ein Unfall, so?«, fuhr der Kerl fort. Zwei weitere Burschen gesellten sich zu ihm, und Pia spürte, wie auch hinter ihr mindestens zwei Männer auftauchten, wenn nicht mehr. »Für mich sieht es eher so aus, als hättest du versucht, ihnen Flammenhuf zu stehlen.«

»Für mich auch«, pflichtete ihm eine Stimme aus der Menge bei.

»Das reicht!« Der Soldat trat mit einem schnellen Schritt zwischen sie und die Männer und legte demonstrativ die rechte Hand auf den Schwertgriff, während sich die andere fester um den Stiel seiner Hellebarde schloss. »Verschwindet! Diese Frau steht unter Istvans persönlichem Schutz.«

Was niemanden sonderlich zu beeindrucken schien. Der Kreis aus bewaffneten Männern schloss sich nur noch enger um sie.

»Sie hat einen von uns umgebracht«, fuhr der Mann fort, der zuerst gesprochen hatte.

»Das hat sie nicht«, antwortete der Soldat. »Es war so, wie sie gesagt hat. Der Hengst hat ihn getreten. Ich war dabei und habe es gesehen.«

»Trotzdem ist einer von uns ums Leben gekommen«, beharrte der Mann. »Und so etwas regeln wir hier unter uns.

Geh aus dem Weg, wenn du nicht auch zu Schaden kommen willst!«

»Lasst sie in Ruhe!«

Pia war nicht die Einzige, die sich verwirrt herumdrehte und ein erstauntes Gesicht machte, als Nanis Stimme erscholl. Sie war laut und durchdringend und schrill wie immer, aber etwas war anders geworden, ohne dass Pia sagen konnte, was. Nani kniete noch immer neben Kerenetat, dessen Kopf zur Seite gerollt war. Seine Augen waren geschlossen, und in dem rosafarbenen Schaum vor seinem Mund erschienen keine frischen Bläschen mehr. Als Pia genauer hinsah, stellte sie fest, dass seine Brust aufgehört hatte, sich zu heben und zu senken. Er war tot.

»Was hast du gesagt?«, fragte der Redeführer.

»Lasst sie in Ruhe«, sagte Nani noch einmal. »Sie sagt die Wahrheit. Es war ein Unfall.« Fast zärtlich zog sie den Arm unter Kerenetats Nacken hervor, stand auf und kam mit langsamen Schritten auf Pia zu. Ihr Gesicht war leer, ohne jeglichen Ausdruck, aber in ihren Augen war etwas Neues erschienen. Wo Pia vorher Hass und grenzenlosen Schmerz gesehen hatte, da war nun ... Staunen? Ehrfurcht? Was um alles in der Welt hatte Kerenetat ihr mit seinen letzten Atemzügen gesagt?

»Flammenhuf hat sich losgerissen. Keri wollte ihn festhalten, und da hat er ausgetreten. Sie trifft keine Schuld.«

Pia konnte sie nur fassungslos anstarren. »Aber ich ...«

»Es war nicht Eure Schuld, Herrin«, fuhr Nani fort. »Was ich gesagt habe, tut mir leid. Ich war von Sinnen vor Schmerz. Bitte vergebt mir!«

»Gerade hast du gesagt, dass sie ihn umgebracht hat«, beharrte der Mann vor Pia misstrauisch.

»Ja, und das war falsch«, antwortete Nani, ohne ihn auch nur anzusehen. »Und jetzt helft mir, diesen verdammten Gaul wieder einzufangen, damit Keri nicht ganz umsonst gestorben ist.«

»Wir sollten jetzt wirklich gehen«, murmelte der Gardist. *Solange wir es noch können.*

Pia antwortete mit einem angedeuteten Nicken und drehte sich erzwungen ruhig herum. Sie hatte sich getäuscht. Hinter ihr standen nicht zwei, sondern fünf Männer, die ausnahmslos bewaffnet waren, ihr aber gehorsam Platz machten – auch wenn sie spürte, dass es wohl eher aus Verwirrung geschah denn aus Respekt. Wahrscheinlich waren ihr Beschützer und sie gut beraten, wenn sie von hier verschwanden, bevor sich die Überraschung der Menge legte oder sich Nani doch noch eines Besseren besann.

Rasch, aber ohne zu rennen, gingen sie bis zur nächsten Gasse. Der Soldat beschleunigte seine Schritte noch einmal und bedeutete ihr mit ungeduldigen Blicken, es ihm gleichzutun, doch genau in diesem Moment erscholl hinter ihr ein schrilles Wiehern, und Pia blieb nicht nur stehen, sondern machte sogar kehrt und ging wieder ein paar Schritte zurück.

Etliche Männer hatten sich bereits darangemacht, Nanis Bitte zu erfüllen, und den geflügelten Hengst eingekreist. Keiner war dumm genug, seinen schnappenden Zähnen oder gar den tödlichen Hufen zu nahe zu kommen, aber sie bildeten mit ausgebreiteten Armen einen Kreis, der sich allmählich zusammenzog, um dem Tier auf diese Weise die Bewegungsfreiheit zu nehmen. Zwei oder drei andere Männer kamen mit Seilen angelaufen. Sie würden den Hengst wieder einfangen, begriff Pia, und der Gedanke bohrte sich wie ein glühender Dolch in ihr Herz. Sie kam sich vor, als hätte sie einen Freund verraten, und der Gedanke, dass es rein gar nichts gab, was sie tun konnte, machte es noch schlimmer.

»Wir sollten gehen«, drängte der Soldat. »Bitte!«

Pia nickte zwar, machte aber ganz im Gegenteil einen weiteren Schritt zurück. Sie wünschte, sie könnte irgendetwas tun, um diesem trotz allem immer noch prachtvollen Tier die Freiheit wiederzugeben, doch das lag nicht in ihrer Macht.

Der lebende Belagerungsring um Flammenhuf hatte sich mittlerweile weit genug zusammengezogen, um beinahe die Spitzen seiner gewaltigen Schwingen zu berühren, und die anderen Männer hatten Schlaufen in ihre Seile geknüpft, begannen diese wie Lassos zu schwingen und näherten sich ihm aus verschiedenen Richtungen. Flammenhuf warf mit einem zornigen Wiehern den Kopf in den Nacken und scharrte drohend mit dem Vorderlauf, aber Pia wusste, dass er keine Chance hatte. »Sie werden ihn wieder einfangen«, sagte sie bitter.

»Ja«, bestätigte der Soldat. »Es ist besser so.«

»Besser?«, wiederholte Pia empört.

»Der Mann hatte recht, weißt du? Er würde nicht überleben, selbst wenn ihm die Flucht gelänge. Sie würden ihn jagen und töten.«

»Aber er könnte ihnen doch einfach davonfliegen!«

»Fliegen?« Der Soldat sah sie verblüfft an. »Wie kommst du darauf, dass er fliegen kann?«

»Weil er Flügel hat?«

Der Ausdruck von Verblüffung auf dem Gesicht ihres Gegenübers nahm weiter zu. »Aber wer hätte jemals ein Pferd fliegen sehen?«

»Das ist kein Pferd, sondern ein Pegasus«, antwortete Pia.

»Ja. Und sie haben Flügel«, bestätigte der Mann. »Aber sie können nicht fliegen. Niemand weiß, warum das so ist ... vielleicht nur eine Laune der Natur.«

»Aber Flammenhuf ...«

»Flammenhuf«, unterbrach sie der Gardist, »ist eine Legende. Es soll vor vielen Hundert Jahren einen mächtigen Hengst gegeben haben, den König der Pegasi. Die Legende sagt, dass er tatsächlich fliegen konnte, denn er war ein magisches Wesen, dessen Vorfahren aus dem Land der Elfen jenseits des großen Ozeans kamen. Einen Pegasus findest du auf jedem Jahrmarkt. Und natürlich ist es jedes Mal der echte Flammenhuf.«

»Und wenn er es wirklich ist?«

Der Soldat lächelte milde. »Ich glaube nicht, dass es ihn je gegeben hat«, sagte er. »Und selbst wenn, so muss er seit vielen Hundert Jahren tot sein.«

Die Männer schwangen ihre Lassos und gingen jetzt gleichzeitig und sehr langsam auf den geflügelten Hengst zu. Das Tier scharrte immer nervöser mit den Vorderhufen, und sein Schnauben klang nun eindeutig drohend. Seine Flügel zuckten, als versuchte es tatsächlich, sie zu heben und damit zu fliegen.

Das erste Lasso wurde in seine Richtung geworfen. Flammenhuf wich ihm ohne Mühe aus, aber damit hatten die Männer gerechnet. Drei weitere Lassos flogen in seine Richtung. Eines wickelte sich um seine Vorderhufe, gerade als er sich aufbäumte und abermals mit den Flügeln zu schlagen versuchte – diesmal immerhin kräftig genug, um zwei der Männer von den Füßen zu schleudern. Die beiden anderen Schlingen senkten sich präzise über seinen Kopf und zogen sich blitzartig zusammen.

Was dann geschah, überraschte nicht nur Pia.

Die drei Männer waren zwar klein, aber kräftig, und sie wussten ganz offensichtlich, was sie taten, denn sie fuhren augenblicklich herum und begannen mit aller Macht und in unterschiedliche Richtungen zu ziehen. Kein noch so wildes Tier hätte diesem dreifachen Angriff widerstanden.

Flammenhuf widerstand ihm nicht nur.

Er griff seinerseits an.

Der Hengst stieg mit einem schrillen Wiehern noch weiter auf die Hinterläufe, zerriss mit einer anscheinend mühelosen Bewegung das Seil, das sich um seine Vorderhufe gewickelt hatte, und warf den Kopf in den Nacken. Die beiden Männer, deren Lassos sich um seinen Hals geschlungen hatten, wurden einfach von den Füßen gerissen und segelten in hohem Bogen durch die Luft. Einer landete fünf oder sechs Meter entfernt schwer auf dem harten Kopfsteinpflaster und blieb reglos liegen. Der andere flog sich überschlagend über Flammenhufs Rücken hinweg, und der riesige Pegasus schlug mit den Flügeln und schmetterte ihn wie einen zu groß geratenen Tischtennisball davon. Hätte Pia nicht das Geräusch brechender Knochen gehört, als er meterweit entfernt aufschlug, hätte es beinahe komisch ausgesehen.

Ein Chor erschrockener Schreie wurde laut. Gut die Hälfte der Männer ergriff auf der Stelle die Flucht, der Rest blieb einfach stehen und starrte den tobenden Pegasus fassungslos an. Nur einer war mutig (oder dumm) genug, um Flammenhuf mit bloßen Händen anzugreifen, und bezahlte diesen Entschluss mit dem Leben, als der Hengst ihm mit den Vorderhufen den Schädel zertrümmerte.

Flammenhuf wieherte triumphierend, fuhr auf den Hinterläufen herum und galoppierte wie ein von der Sehne geschnellter Pfeil los. Seine Flügel peitschten, schleuderten Menschen und Zelte wie Spielzeuge aus dem Weg und bewegten sich immer schneller …

… und hoben ihn in die Luft!

Im ersten Moment sah es aus wie ein besonders weiter Satz, an dessen Ende die eisenbeschlagenen Hufe des Hengstes tatsächlich Funken aus dem Stein schlugen. Doch diesem ersten Satz folgte ein zweiter, größerer, und dann ein dritter, an dessen Ende das Tier nicht mehr den Boden berührte, sondern sich mit einem kraftvollen Flügelschlag endgültig in die Höhe schwang.

Und im nächsten Augenblick schon war der Hengst hinter den Zinnen der Stadtmauer verschwunden.

»Nur eine Legende, wie?«, flüsterte Pia. Ihr Herz schlug langsam, aber sehr hart, und tief in ihr schien ein weiteres Teil eines ebenso komplizierten wie gigantischen Puzzles an seinen Platz zu rutschen und dort einzurasten. Nicht mehr lange, das spürte sie, und sie würde das Bild zur Gänze erkennen können.

Der Soldat war sehr blass geworden. Es dauerte einige Zeit, bis er etwas sagte, und auch dann war es keine direkte Antwort auf ihre Bemerkung. »Wir sollten jetzt wirklich gehen«, murmelte er.

Pia widersprach ihm nicht.

XVIII

Wenn es irgendetwas gab, was Pia noch mehr überraschte als der Anblick eines Pferdes, das mit den Flügeln schlug und über die Stadtmauer flog, dann war es vielleicht der Umstand, dass niemand den Zwischenfall erwähnte; weder an diesem noch an einem der darauffolgenden Tage. Natürlich traf Alica beinahe der Schlag, als sie mit blutigen Händen und Kleidern zu ihr zurückkam, aber nachdem sie sich erst einmal davon überzeugt hatte, dass es nicht ihr Blut war, und Pia ihr erzählt hatte, was gerade passiert war, schien sie sich eher Sorgen um ihren Geisteszustand zu machen.

Pia rechnete damit, spätestens eine halbe Stunde nach ihrer Rückkehr in den Weißen Eber wieder das Vergnügen einer ernsten Unterhaltung mit Istvan zu haben. Aber er kam weder nach einer halben noch nach einer ganzen Stunde und auch nicht nach zwei oder drei. Niemand kam, und auch Brack schien nichts erfahren zu haben ... entweder war er ein begnadeter Schauspieler, oder Vorfälle wie diese standen in WeißWald auf der Tagesordnung und waren es deshalb nicht einmal wert, um darüber zu reden. Später an diesem Tag kamen die ersten Gäste, und auch sie erwähnten Flammenhufs spektakuläre Flucht nicht mit einem einzigen Wort. Dasselbe galt für den Tag danach und für den danach und den darauffolgenden, bis Pia den bizarren Zwischenfall schon beinahe zu vergessen begann – und sich fragte, ob das alles tatsächlich passiert war oder sie vielleicht schon wieder einer Illusion aufsaß, mit der ihre durchgeknallte Fantasie sie zum Narren hielt.

Das mit Abstand Dramatischste, was in den nächsten acht Tagen geschah, war ein weiterer Besuch Aressas, die jene Kleider brachte, die sie nach Alicas Entwürfen angefertigt hatte. Die Kleider – und vor allem Alicas Kopftuch, dessen Zauberknoten Pia nach anfänglichem Zögern nun jeden Abend einoder zweimal benutzte – taten ihren Dienst, so altmodisch sie auch aussehen mochten. Der Weiße Eber war stets bis auf den letzten Platz besetzt, und die Anzahl der Gäste, die Brack abweisen musste, stieg täglich. Istvan ließ sich nur ein einziges Mal blicken, und das nicht zu einer Inspektion oder um sie wieder einmal ein bisschen zu bedrohen und unter Druck zu setzen, sondern als ganz normaler Gast, der aß und eine Menge Bier trank und lange nach Mitternacht leicht angetrunken nach Hause wankte.

Nach und nach begann sich Pia an das Leben im Weißen Eber zu gewöhnen. Sie fand es weder besonders angenehm, noch erlaubte sie sich gar, es zu akzeptieren, aber sie verfiel doch – ob sie es wollte oder nicht – in eine schleichende Routine, von der sie spürte, wie gefährlich sie war. Und um wie viel gefährlicher sie noch werden würde, wenn sie zu lange hierblieb.

Bis zu dem Tag, an dem Valorens Vertrauensmann zu ihnen kommen sollte (Pia musste sich eingestehen, dass sie seinen Namen völlig vergessen hatte), würden noch drei Nächte vergehen, und Pia wusste, dass sie spätestens dann eine Entscheidung fällen musste, selbst wenn diese nur darin bestand, ob sie zu diesem Treffen ging oder nicht.

Es wurde ein sehr langer Tag; und eine sehr kurze Nacht. Schon lange bevor die kurze Dämmerung hereinbrach und das geschäftige Leben und Treiben in den Straßen von Weiß-Wald einem umso stilleren Feierabend wich, war der Weiße Eber bis auf den letzten Platz gefüllt. Brack, der aus dem Grinsen gar nicht mehr herauskam, musste nicht nur bald wieder die ersten Gäste wegschicken, sondern erhöhte gleich noch einmal die Bierpreise, was zwar zu einem allgemeinen Murren und Protestieren führte, aber nicht dazu, dass auch nur ein einziger Gast das Lokal verließ.

Genau wie an den Tagen zuvor waren die Gäste wohl weniger von Bracks überteuertem Bier oder reichhaltigem Essen angelockt worden – so vorzüglich es zugegebenermaßen auch sein mochte –, sondern sie wollten Alica und sie (und vor allem *sie*) sehen. Besser gesagt: sie begaffen wie ein seltenes Tier im Zoo oder eine besonders skurrile Attraktion in einer Freak-Show. Der Gedanke ärgerte Pia über die Maßen, doch irgendwann stellte sie fest, dass er zwar ohne Zweifel frustrierend, erniedrigend und ganz eindeutig demütigend war, aber auch in keinster Weise hilfreich. Dazu kam, dass ihr kaum noch Energie blieb, an irgendetwas anderes zu denken, auch wenn Alica und Lasar ohnehin das allermeiste erledigten und die Gäste bedienten, Bestellungen aufnahmen, Geld einstrichen oder hastig sauber machten, wenn einer der Gäste seinen Platz für Nachrückende räumte. Schließlich hörte sie auf, abwechselnd mit dem Schicksal zu hadern und sich selbst leidzutun, und konzentrierte sich ausschließlich auf ihre Arbeit.

Die sie voll und ganz in Anspruch nahm, wie sich zeigte. Brack verkaufte sein Bier beinahe schneller, als sie es in Krüge füllen konnte, und ein- oder zweimal *eindeutig* schneller, als Lasar in der Lage war, ein neues Fass hereinzurollen und anzustechen.

Erst eine Stunde vor Mitternacht begann es ein wenig ruhiger zu werden. Der Schankraum war noch immer bis auf den letzten Platz besetzt, aber Brack musste immerhin nicht mehr Gäste wegschicken, als er einließ, und Alica fand zum ersten Mal an diesem Abend Zeit, zu ihr hinter die Theke zu kommen und sich erschöpft gegen die schlampig gezimmerte Konstruktion zu lehnen.

»Allmählich frage ich mich, ob du nicht recht gehabt hast«, seufzte sie.

Pia füllte erst pedantisch den Bierkrug voll und stellte ihn auf die Theke, bevor sie sich zu ihr herumdrehte. »Womit?«

»Dass es eine Schnapsidee war, hier als Kellnerin anzuheuern«, sagte sie. »Noch so ein Tag, und ich kippe aus den Latschen. Meine Füße bringen mich ja jetzt schon um.«

»Es war deine Idee.«

Alica bedankte sich mit einem ärgerlichen Blick, seufzte aber nur und kramte ihre zerknautschte Zigarettenschachtel unter dem Umhang hervor, ließ ihr Feuerzeug aufschnappen und schloss genießerisch die Augen, während sie einen ersten, tiefen Zug nahm. Pia registrierte beiläufig, dass für einen Moment alle Gespräche im Raum verstummten – und nicht alle Blicke, die Alica (und vor allem ihr Zippo) trafen, waren nur erstaunt oder erschrocken.

»Ah«, seufzte Alica noch einmal. »Das habe ich jetzt gebraucht.«

Pia linste in ihre Packung und runzelte dann die Stirn. In den vergangenen Tagen hatte Alica in puncto Rauchen eine schier unglaubliche Disziplin an den Tag gelegt, dennoch neigten sich ihre Vorräte nun erbarmungslos dem Ende zu. »Noch zwei Stück«, sagte Pia. »Sieht so aus, als müsstest du dir eines deiner kleinen Laster in allernächster Zukunft abgewöhnen.«

»Und das freut dich, wie?«, grollte Alica.

»Keineswegs. Aber Zigaretten werden bald nicht das Einzige sein, was uns fehlt.«

Alica wirkte ein bisschen erschrocken, doch nach einer Sekunde hob sie nur die Schultern, schnippte ihre Zigarettenasche auf den Boden und nahm einen weiteren und noch tieferen Zug. »Wahrscheinlich hast du recht«, seufzte sie. »Hast du zufällig auch eine geniale Idee, was wir daran ändern könnten?«

»Das Rauchen aufgeben?«, schlug Pia vor.

»Abgelehnt«, sagte Alica »Vielleicht finde ich ja einen Ersatz. Ich habe auf dem Markt ein paar Pflanzen entdeckt, die fast wie Tabak aussehen. Ich werde mir gleich morgen etwas davon besorgen und ein bisschen herumexperimentieren.«

»Ja, eine hervorragende Idee«, antwortete Pia. »Ich meine: Wir sind zwar nicht freiwillig hier, aber wir sind trotzdem so etwas wie Botschafterinnen aus einer anderen Welt, oder? Und was ist das Erste, was wir ihnen bringen? Lungenkrebs und Herzinfarkt.«

»Genauso haben sich die Ureinwohner Nordamerikas auch an denen gerächt, die ihnen ihr Land gestohlen haben, wenn ich mich richtig erinnere«, antwortete Alica ungerührt. »Hat doch funktioniert. Ich schätze, wenn man die Zahl der Nikotintoten gegen die der abgeschlachteten Indianer aufrechnet, machen die Apachen einen guten Schnitt.«

Pia wollte etwas erwidern, aber in diesem Moment ging die Tür auf, und der Anblick des Trios, das hereinkam, ließ sie die alberne Diskussion auf der Stelle vergessen.

Alle drei waren Männer, aber das war auch schon fast alles, was Pia über sie sagen konnte, und im Grunde war auch das nur eine Vermutung, die sich auf ihre langen knallroten Bärte stützte. Sie waren zu kunstvollen Zöpfen geflochten und reichten fast bis auf den Boden, obwohl sie gerade einmal einen knappen Meter lang waren; und damit fast so lang wie ihre Träger.

»Das sind ...!«, ächzte Alica und riss ungläubig die Augen auf

»Zwerge«, sagte Brack. Er klang fast erschrocken. »Starrt sie nicht so an, bei Kronn! So etwas mögen sie gar nicht!«

Alica starrte das seltsame Trio einfach weiter an, genau wie Pia, und damit waren sie nicht allein. *Jeder* hier drinnen hatte sich soeben zur Tür gewandt. Bierkrüge waren auf halbem Wege zu offenen Mündern erstarrt, und für einen winzigen Moment wurde es so still, dass man die berühmte Stecknadel hätte fallen hören können. Die meisten Gesichter sahen genauso erschrocken aus, wie Brack sich angehört hatte.

Dann warf der letzte Neuankömmling die Tür mit einem Knall hinter sich zu, und das Leben im Schankraum lief weiter, als hätte jemand nur kurz eine imaginäre Pause-Taste gedrückt und gleich wieder losgelassen.

»Bier!«, flüsterte Brack hastig. »Rasch, Mädchen! Drei frische Krüge Bier, und achte darauf, dass sie auch ganz voll sind!«

Die drei grotesken Gestalten steuerten einen Tisch an, dessen momentane Besitzer es sehr eilig hatten, von ihren Schemeln hochzuspringen und ihre Plätze zu räumen. Es war nicht bloß ihre Größe, die sie so sonderbar fremdartig und vertraut zugleich erscheinen ließ. Keiner von ihnen reichte Pia auch nur bis zur Brust, aber sie waren fast genauso breit wie hoch, und auch ihre übrigen Proportionen stimmten nicht. Arme und Beine waren zu kurz, die Köpfe dafür entschieden zu groß; sie wirkten wie Liliputaner – Liliputaner allerdings, die sich vorwiegend von Steroiden ernährten. Ihre Hände waren Pranken, und die schwieligen Stummelfinger sahen aus, als hätten sie keine Probleme damit, Eisenbahnschwellen zu zerbrechen. Was Pia unter ihren Bärten und dem wild wuchernden Haar von ihren Gesichtern erkennen konnte, wirkte wie aus grobem Stein gemeißelt. Gekleidet waren alle drei in zerschlissene Kapuzenmäntel und schwere Stiefel, und als sie sich bewegten, klirrte und schepperte es unter ihrer Kleidung. Pia musste nicht fragen, um zu wissen, dass sie bewaffnet waren, und das vermutlich nicht bloß mit Messern.

Die drei nahmen Platz, und Brack erschien wie hingezaubert nicht nur neben ihnen, sondern scheuchte auch mit einer unwilligen Geste den letzten Zecher davon, der keine Anstalten machte, seinen Platz zu räumen, sondern die drei abgebrochenen Riesen nur mit offenem Mund anstarrte.

»Zwerge«, murmelte Alica. Sie klang immer noch völlig fassungslos. »Das ... das sind ... leibhaftige ... Zwerge!«

»Stell dir vor, das ist mir auch schon aufgefallen«, antwortete Pia, aber der belegte Klang ihrer Stimme nahm ihren Worten die spöttische Wirkung.

»Aber das ist vollkommen unmöglich«, beharrte Alica.

»Wie so manches andere hier?«

»Das meine ich nicht.« Alica sog so aufgeregt an ihrer Zigarette, dass ihr Gesicht kurzzeitig hinter einer graublauen Rauchwolke verschwand. Pia hustete demonstrativ, was sie aber gar nicht zur Kenntnis nahm. Stattdessen begann Alica aufgeregt mit beiden Händen zu wedeln. »Das sind Zwerge! Ich wundere mich kein bisschen, dass es hier so was gibt. Ich würde mich nicht einmal wundern, wenn gleich ein leibhaftiger Drache reinschneien würde.«

»Und was ist es dann?«, fragte Pia. Sie behielt Brack und seine drei neuen Gäste aufmerksam im Auge. Wer immer diese Zwerge auch waren, sie mussten wirklich sehr einflussreich sein; oder gefährlich. Pia konnte sich nicht erinnern, Brack jemals so unterwürfig gesehen zu haben. Nicht einmal in Istvans Gegenwart.

»Es fällt dir tatsächlich nicht auf?«, fragte Alica. »Das sind nicht einfach nur Zwerge! Sie haben lange Bärte und rotes Haar, sind klein und grob und laut ...«

»Das ist mir aufgefallen«, sagte Pia.

»... und sie sehen ganz genauso aus, wie wir uns Zwerge in einer Welt der Elfen und Feen vorgestellt hätten, oder?«

Pia dachte an ein edel geschnittenes blasses Gesicht unter einem spitzen Silberhelm und einen geflügelten weißen Hengst. »Und?«

»Das kann doch kein Zufall sein«, beharrte Alica. »Verdammt, hier stimmt doch was nicht!«

»Und was soll das sein?«

»Sag du es mir«, antwortete Alica. »Du bist hier die Elfenprinzessin, nicht ich.«

Pia war beinahe dankbar, dass Brack in diesem Moment zurückkam – auch wenn er ein sehr finsteres Gesicht machte und noch immer ziemlich erschrocken aussah, vielleicht auch verängstigt. »Wo bleibt das Bier, bei Kronn?«, polterte er. »Soll ich unsere Gäste noch länger warten lassen?«

Pia beeilte sich, rasch hintereinander drei Krüge Bier zu zapfen; ganz wie Brack es gerade gesagt hatte, ohne Schaum, dafür aber randvoll. Als Alica danach greifen wollte, schüttelte Brack den Kopf.

»Nein«, sagte er. »Die Zwerge möchten, dass du sie bedienst.«

»Ich dachte, wir hätten eine Vereinbarung«, widersprach Pia.

»Das haben wir auch«, antwortete Brack hastig. »Es ist auch nur eine Ausnahme, mein Wort darauf. Aber wenn ein Zwerg etwas will, dann tut man besser daran, ihm seinen Wunsch zu erfüllen.«

»Weil sie so gut zahlen«, vermutete Pia.

Bracks Miene wurde noch einmal deutlich bekümmerter. »Ich fürchte, sie werden gar nicht zahlen«, sagte er betrübt. »Ich danke Kronn auf den Knien, sollte mein Lokal noch in einem Stück sein, wenn sie gehen. Nach ihrem letzten Besuch hat es eine Woche gedauert, bis ich wieder Gäste empfangen konnte.«

»Wenn es so ist, warum wirfst du sie nicht einfach raus?«

»Rauswerfen?«, wiederholte Brack. »Man merkt wirklich, dass du von weit her kommst, Mädchen. Niemand legt sich mit Zwergen an.« Er wedelte ungeduldig mit der Hand, als Pia widersprechen wollte. »Jetzt geh und bring ihnen ihr Bier, bevor sie ungeduldig werden und du vorgeführt bekommst, warum ich so wenig erfreut über ihren Besuch bin.«

Und das sollte sie also motivieren? Pia überlegte ernsthaft, Brack mit blumigen Worten zu erklären, wohin er sich die drei Bierkrüge stecken könne, aber dann sah sie den Ausdruck in seinen Augen und begriff, dass er wirklich Angst hatte.

Achselzuckend versuchte sie, die drei Krüge gleichzeitig zu ergreifen, scheiterte kläglich an diesem Vorhaben und nickte dankbar, als Alica ihr beisprang und wenigstens einen der Krüge ergriff. Zusammen trugen sie sie zum Tisch.

Die allgemeinen Gespräche und Unterhaltungen hatten längst wieder eingesetzt, aber etwas hatte sich geändert. Pia hätte schon blind und taub sein müssen, um nicht zu merken, dass wirklich *jeder* hier drinnen versuchte, Alica und die drei Zwerge – und vor allem *sie* – möglichst unauffällig im Auge zu behalten, während sie sich dem Tisch näherte. Sie selbst versuchte dasselbe (wenn auch alles andere als unauffällig) mit den beiden Bierkrügen, um auch ja keinen Tropfen zu verschütten. Es gelang ihr nicht ganz, aber immerhin lud sie das meiste auf dem Tisch ab, und die drei Zwerge schienen ihr die wenigen verschütteten Tropfen nicht übel zu nehmen; wenigstens ihrem breiten Grinsen nach zu schließen, bei dem sie Alica und ihr die mit Abstand schlechtesten Gebisse präsentierten, die sie jemals zu Gesicht bekommen hatten. Alica knallte ihren Krug schwungvoll auf den Tisch, machte auf dem Absatz kehrt und blieb nach einem einzigen Schritt wieder stehen, um sie fragend anzusehen.

Pia hätte gern dasselbe getan, aber einer der Zwerge streckte rasch den Arm aus und legte ihr seine schwielige Pranke auf die

Hüfte. Pia fuhr innerlich zusammen, als sie schon bei dieser flüchtigen Berührung spürte, wie stark diese Hand war.

»Warte doch noch einen kleinen Moment, schönes Kind.«

»Nimm die Hand da weg, Gimli«, sagte Pia. »Jedenfalls, wenn du sie behalten möchtest.«

»Gimli«, wiederholte der Zwerg. »Das ist nicht mein Name, schönes Kind ... aber du kannst mich natürlich gerne so nennen, wenn du möchtest.«

Okay, es *gab* einen Unterschied zwischen diesen Zwergen und denen aus gewissen Romanen und Hollywood-Filmen.

»Ist alles in Ordnung?«, fragte Alica.

»Ja«, antwortete Pia. »Geh und hilf Brack. Ich regle das hier schon.« Sie wartete, bis Alica – widerwillig – gegangen war, und wandte sich dann in verändertem und bewusst ruhigem Ton an den Zwerg. Obwohl sie sich ganz auf ihn konzentrierte, konnte sie spüren, dass die beiden anderen sie anstarrten.

»Bitte nehmt die Hand weg, geehrter Gast! Es ist nicht erlaubt, dass die Gäste das Personal anfassen.«

»Nicht umsonst, nehme ich an«, sagte der Zwerg anzüglich – nahm die Hand zwar herunter, fixierte ihren Blick aber auf eine Weise, die es ihr unmöglich machte, sich einfach umzudrehen und zu gehen. Und sie sehnsüchtig an die Pistole denken ließ, die oben in ihrem Zimmer unter der Matratze lag.

»Bleib doch noch einen Moment, schönes Kind«, fuhr der Zwerg fort. »Wie ist dein Name?«

Pia schwieg.

»Du musst die sein, von der alle reden. Habe ich recht?«

»Ich weiß nicht, was man erzählt«, antwortete Pia. »Und wer sind *alle*?«

»Alle eben. Ich bin Graukeil. Und du?«

»Gaylen«, antwortete Pia. »Das wolltest du doch hören,

oder? Und nun muss ich wieder an die Arbeit. Du siehst ja selbst, wie viel ich zu tun habe.«

»Und wenn ich auf deiner Gesellschaft bestehe?«, fragte Graukeil. Täuschte sie sich, oder klang er plötzlich ein bisschen drohend?

»Dann müsste ich höflich, aber entschieden ablehnen, Graukeil«, sagte sie.

»Weil du was Besonderes bist«, vermutete Graukeil. Jetzt *klang* er drohend, und zwar ganz eindeutig. »Aber weißt du, schönes Kind, für meine Brüder und mich ist das Besondere gerade gut genug. Und du willst deinem Herrn doch keinen Ärger bereiten, oder?«

»Brack ist nicht mein Herr«, antwortete Pia kühl. »Ich helfe nur ein wenig aus, weil hier so viel zu tun ist. Wenn du mich also jetzt bitte entschuldigen würdest.«

»Bleib, habe ich gesagt!« Graukeils Hand schloss sich blitzschnell und mit der Kraft eines Schraubstocks um ihr Handgelenk, und Pia hätte hinterher selbst nicht sagen können, worauf sie im Endeffekt reagierte – auf die Tatsache des Angriffes an sich oder den unerwartet heftigen Schmerz, den er ihr mit seinem brutalen Griff zufügte. Graukeil versuchte sie zu sich herab auf seinen Schoß zu zerren, aber Pia tat ganz genau das Gegenteil von dem, was er erwartete und die allermeisten Frauen an ihrer Stelle vermutlich getan hätten: Statt sich gegen seinen Griff zu wehren oder gar den Versuch zu starten, sich loszureißen, bewegte sie sich auf ihn zu und versetzte ihm einen kraftvollen Stoß, der ihn um ein Haar rücklings von seinem Schemel geschleudert hätte. Irgendwie gelang es Graukeil, sein Gleichgewicht nicht nur wiederzufinden, sondern auch mit einem zornigen Grunzen auf die Füße zu springen, und Pia half der Entwicklung noch ein bisschen nach, indem sie ihn mit beiden Händen am Bart packte und kraftvoll zu sich heraufriss – allerdings nicht ganz, sondern gerade hoch genug, um ihm das rechte Knie mit aller Gewalt ins Gesicht zu rammen.

Der Zwerg grunzte vor Schmerz und Zorn, und es war ein Gefühl, als hätte sie ihr Knie gegen massiven Beton geschlagen; aber sie hörte auch ein befriedigendes Knirschen. Als Graukeil nach hinten stolperte und beide Hände gegen das Gesicht schlug, war das leuchtende Rot darauf nicht nur sein Bart und das verfilzte Haar.

Pia sprang blitzartig zurück und bemerkte aus den Augenwinkeln, wie die beiden anderen Zwerge in die Höhe schnellten und unter ihre Mäntel griffen, aber Graukeil hatte sich bereits wieder gefangen und machte eine blitzschnelle abwehrende Geste. »Nicht«, zischte er. »Ich brauche keine Hilfe, um ein dummes Kind zurechtzuweisen.«

Mittlerweile waren auch alle anderen Gäste aufgesprungen, und Pia registrierte beiläufig, dass in so manchen Händen wie hingezaubert Waffen erschienen waren: Messer, kurze Knüppel und in einem Fall sogar ein kurzes Schwert. Offensichtlich gingen auch die Bewohner WeißWalds nie ohne das Nötigste aus dem Haus.

Allerdings machte keiner von ihnen auch nur die geringsten Anstalten, ihr zu helfen.

»Ich bitte Euch, verehrter Herr!«, stammelte Brack. »Das war doch gewiss nur eine kleine Ungeschicklichkeit, die ...«

Er brach mitten im Satz ab, als einer der beiden anderen Zwerge an Pia vorbei- und auf ihn zutrat, und Graukeil zog eine Grimasse und spuckte einen Zahn aus. »Deine kleine Ungeschicklichkeit hat mich einen Zahn gekostet, Kleine«, sagte er und fing schon wieder an zu grinsen. »Da wirst du dir aber was ganz Besonderes einfallen lassen müssen, um das wiedergutzumachen.«

»Brack hat recht«, sagte Pia hastig. »Ich wollte das nicht. Es tut mir leid. Ich entschuldige mich.«

»Das wird nicht reichen, fürchte ich«, erwiderte der Zwerg. Er kam feixend näher und breitete die Arme aus, aber sein Blick blieb wach. Er würde nicht noch einmal den Fehler begehen, sie zu unterschätzen, begriff Pia – und sie sollte sich hüten, dasselbe zu tun. Der Knirps reichte ihr vielleicht gerade mal bis zur Taille, aber sie hatte gespürt, wie stark er war – sehr viel stärker als ein normaler Mann und erst recht stärker als sie –, und er hatte ganz gewiss keine Hemmungen, ihr wehzutun.

Warum also sollte sie sie haben?

»Ich habe keine Waffe«, sagte sie.

»Ich auch nicht«, antwortete Graukeil und warf sich im selben Moment mit ausgebreiteten Armen auf sie. Pia federte ansatzlos in die Höhe und schlug einen kompletten Salto über seinen Kopf, wobei sie um ein Haar mit der niedrigen Decke der Schankstube kollidiert wäre. Graukeil stürmte mit einem überraschten Knurren unter ihr hindurch. Pia kam mühelos auf beiden Füßen auf und nutzte ihren Schwung, um nach hinten auszutreten. Sie traf, verlor nun doch das Gleichgewicht und konnte ihren Sturz mit hastig ausgestreckten Armen in einen ungeschickten Liegestütz verwandeln. Mit einer fließenden Bewegung sprang sie hoch und sah gerade noch, wie Graukeil gegen Bracks improvisierte Theke krachte.

»Bei Kronn, ich flehe euch an!«, jammerte Brack. »Mein Lokal! Wollt ihr mich ruinieren?«

Niemand beachtete ihn. Graukeil rappelte sich mit einem Knurren auf, das an das eines ausgehungerten Wolfes erinnerte, pflückte sich ein paar Splitter eines zerbrochenen Krugs aus dem Bart und starrte sie aus Augen an, in denen nunmehr echte Mordlust funkelte. Sie hatte ihren zweiten Fehler gemacht, begriff Pia. Vielleicht wäre sie – wortwörtlich – mit einem blauen Auge davongekommen, hätte sie sich nicht gewehrt. Jetzt konnte sie von Glück sagen, wenn sie die nächsten zehn Sekunden überlebte.

Und vielleicht noch nicht einmal diese.

Graukeil stürmte mit gesenktem Schädel heran und rechnete möglicherweise damit, dass sie noch einmal denselben Trick versuchen würde, denn er hatte die Arme halb erhoben und die Hände ausgestreckt, wie um nach etwas zu greifen, das sich über ihm befand.

Pia griff stattdessen nach seinen Handgelenken, ließ sich nach hinten fallen und zog blitzschnell die Knie an den Körper, um den Zwerg in hohem Bogen über sich hinwegzukatapultieren. Graukeil kreischte vor Überraschung und Wut, flog mit wirbelnden Armen und Beinen quer durch den Schankraum und prallte gegen zwei bewaffnete Männer, die in diesem Moment durch die Tür hereinkamen. In einem einzigen Wust aus Körpern und ineinander verstrickten Gliedmaßen gingen sie zu Boden.

Pia registrierte eine Bewegung aus den Augenwinkeln, fuhr herum und sah einen zweiten Zwerg auf sich zustürmen, doch ihre Reaktion kam zu spät. Der Zwerg prallte mit der Gewalt einer durchgehenden Planierraupe gegen sie, warf sie zu Boden und versuchte ihr die Faust ins Gesicht zu schlagen. Pia riss im letzten Moment den Kopf zur Seite, registrierte mit einer Mischung aus kaltem Entsetzen und schierer Panik, wie die Faust eines der massiven Fußbodenbretter neben ihr zertrümmerte, und schlug dem Angreifer die Handkante gegen den Kehlkopf. Der Zwerg japste nach Luft, kippte von ihr herunter und fasste sich mit beiden Händen an den Hals. Noch während sie sich herumrollte, sah sie den dritten Zwerg auf sich zukommen. Er hatte eine Waffe gezogen, einen kurzstieligen Hammer, dessen reich verzierter Kopf schwerer sein musste als ihr eigener.

Pia empfing ihn mit einem schräg nach oben geführten Tritt, der bei den meisten anderen Angreifern das Knie getroffen hätte. Da der Knirps aber kaum größer als ein Kind war, erwischte sie ihn ein gutes Stück höher und an einer sehr viel empfindlicheren Stelle. Pia konnte sich gerade noch zur Seite rollen, als er stocksteif nach vorn kippte und wie ein gefällter Baum neben ihr niederkrachte. Sofort sprang sie auf die Füße, wirbelte herum und ging mit halb ausgebreiteten Armen und leicht gespreizten Beinen in eine stabile Verteidigungsposition.

Keinen Moment zu früh, wie es aussah. Graukeil hatte seine diversen Gliedmaßen wieder eingesammelt und eingerenkt. Im ersten Moment glaubte Pia, dass er noch immer auf den Knien hockte, dann wurde ihr klar, dass sie nur auf seine vermeintliche Kleinwüchsigkeit hereingefallen war. Er stand bereits wieder aufrecht und zog etwas unter seinem Mantel hervor, das er vermutlich für ein Schwert hielt, das in Pias Augen aber allerhöchstens ein langes Messer war. Trotzdem sah es verdammt scharf aus.

»Das ist genug«, sagte eine scharfe Stimme von der Tür aus.

Pia erwartete, einen der beiden Männer zu erblicken, auf die sie den Zwerg geworfen hatte, aber die lagen noch immer benommen am Boden. Es war Istvan, der zusammen mit zwei weiteren Soldaten der Stadtgarde unter der Tür aufgetaucht war und etwas in der Hand hielt, das wirklich wie ein Schwert aussah.

»Es ist genug«, sagte er noch einmal. »Ich dulde nicht, dass hier Blut vergossen wird. Auch nicht von Euch, Gamma Graukeil!«

Einen Moment lang hatte es den Anschein, als würde der Zwerg seine Worte einfach ignorieren und sich auf Pia stürzen, aber dann ließ er seine Waffe ein wenig sinken und drehte sich zu Istvan, um ihn wütend anzufunkeln. »Diese kleine Dirne hat ...«

»Ich habe gesehen, was sie getan hat, edler Graukeil«, unterbrach ihn Istvan. »Und auch, wie es dazu gekommen ist. Mir ist es jedenfalls so vorgekommen, als hätte sie sich nur verteidigt.«

»Misch dich nicht ein!«, grollte der Zwerg. »Niemand schlägt mich ungestraft. Und schon gar keine Frau!«

»Ich verstehe«, sagte Istvan kühl. »Nun, wenn das so ist, dann will ich Euch natürlich nicht im Weg stehen. Weder Euch noch Euren Kameraden. Seid Ihr sicher, dass Ihr keine Hilfe braucht? Ich meine: Immerhin seid Ihr nur zu dritt, und sie ist unbewaffnet.«

Jemand lachte und hörte sofort wieder damit auf, als der Zwerg einen eisigen Blick in seine Richtung abschoss. Graukeil zögerte noch einen halben Atemzug lang, dann ließ er sein Messer unter dem Mantel verschwinden und funkelte Pia und den Kommandanten der Stadtwache nacheinander und gleichermaßen wütend an. »Damit ist die Sache nicht erledigt«, grollte er. »Verlasst euch darauf!«

Er gab seinen beiden Begleitern einen Wink, woraufhin sie sich an seine Seite schleppten und zu dritt hinaushumpelten. Istvan schloss die Tür hinter ihnen und warf einen sehr langen, aufmerksamen Blick durch das schmale Fenster daneben, bevor endlich auch er seine Waffe einsteckte und sich wieder herumdrehte. Er wirkte erleichterter, als er sich den Anschein zu geben versuchte.

»So, genug jetzt!« Brack klatschte lautstark in die Hände. »Setzt euch und trinkt weiter!« Er nutzte die Gelegenheit gleich, um Lasar anzufahren und gleichzeitig mit beiden Händen zu der umgeworfenen Theke zu gestikulieren. »Was stehst du da rum und hältst Maulaffen feil, du elender Nichtsnutz? Räum das auf und hol ein frisches Fass Bier! Unsere Gäste sind durstig!«

Lasar wollte sich unverzüglich an die Arbeit machen, aber Istvan hielt ihn mit einer knappen Geste zurück. »Das wird nicht nötig sein«, sagte er.

Brack schluckte trocken. »Herr?«

»Es ist spät geworden«, sagte Istvan. »Geht nach Hause! Ihr

alle habt doch Weib und Kinder, die zu Hause auf euch warten. Und morgen früh wartet die Arbeit. Also lasst es genug für heute sein und geht. Jetzt.«

»Aber die meisten haben noch nicht bezahlt, und ...«, begann Brack kläglich und verstummte sofort wieder, als Istvan ihm einen eisigen Blick zuwarf.

Etliche Gäste murrten zwar, doch keiner wagte es, laut zu protestieren oder sich Istvans Anordnung gar zu widersetzen. Rasch und schon fast diszipliniert verließen sie den Weißen Eber ... allerdings nicht, ohne dass jeder Einzelne Pia im Vorbeigehen einen zugleich verwirrten wie faszinierten (oder auch gierigen) Blick zugeworfen hätte.

Erst als der letzte Gast den Schankraum verlassen und Istvan persönlich die Tür hinter ihm geschlossen hatte, wurde ihr klar, warum das so war. Istvan bückte sich und hob etwas auf, was sie erst in diesem Moment als ihr improvisiertes Kopftuch erkannte. Es musste ihr beim Kampf mit den Zwergen heruntergefallen sein, sodass ihr Haar jetzt offen über ihre Schultern und den Rücken fiel.

Rasch nahm sie es entgegen, knotete es ungeschickt um ihren Kopf und versuchte mit wenig Erfolg, ihre Haare komplett darunter zu verbergen. Istvan ließ sie eine Weile gewähren, dann machte er eine unwillige Geste und deutete aus der gleichen Bewegung heraus auf den am nächsten stehenden Tisch. »Setz dich!«

Pia gehorchte. Istvan setzte sich zu ihr, und Alica nahm unaufgefordert bei ihnen Platz, was der Stadtkommandant zwar mit einem missbilligenden Stirnrunzeln kommentierte, ansonsten aber gar nicht.

»Das war eine beeindruckende Vorstellung«, begann Istvan. »Hast du dazu irgendetwas zu sagen?«

»Dass er Glück hat, noch am Leben zu sein?«, fragte Pia.

Istvan lächelte das humorloseste Lächeln, das sie jemals

gesehen hatte. »Ja, auf diesen Gedanken könnte man beinahe kommen. Du weißt, welcher Ruf den Zwergen aus Ostengaard vorauseilt?«

»Dass sie ungehobelte Klötze sind, die es an guter Kinderstube mangeln lassen?«, vermutete Pia.

Diesmal wirkte Istvans Lächeln beinahe echt, aber der Ausdruck von Sorge in seinem Blick nahm eher noch zu. »Das auch, ja«, räumte er ein. »Aber man sagt auch, dass Leute, die in Streit mit ihnen geraten, die unangenehme Gemeinsamkeit entwickeln, spurlos zu verschwinden ... wenn sie Glück haben.«

Pia zog es vor, den letzten Teil seiner Antwort zu ignorieren. »Dann ist es ja gut, dass ich nicht in Streit mit ihnen geraten bin«, sagte sie. »*Sie* haben mit dem Ärger angefangen.«

»Das ist die Wahrheit, Istvan!«, versicherte Brack. Er kam mit einem Krug Bier an den Tisch, stellte ihn vor Istvan ab und machte eine wedelnde Handbewegung zu der Tür, durch die die drei Zwerge verschwunden waren. »Ich habe es genau gesehen! Gamma Graukeil hat sie ...«

»Gamma Graukeil«, fiel ihm Istvan ins Wort, »ist ein übler Raufbold und Säufer, aber das sind sie schließlich alle, diese Dreckwühler aus Ostengaard.«

»Dann wundert es mich ein wenig, dass sie sich so ungeschoren hier bewegen können«, sagte Pia. Ihre innere Stimme riet ihr dringend, jetzt besser die Klappe zu halten, aber sie fuhr trotzdem fort: »Ich meine, wo die Stadtgarde doch angeblich dafür sorgt, dass es hier ruhig und gesittet zugeht.«

Brack japste nach Luft, und auch Alica, die bisher kein Wort gesagt hatte, runzelte ein bisschen erschrocken die Stirn. Aber Istvan lächelte nur. »Man merkt in der Tat, dass du von weit her kommst«, sagte er. »Unser Verhältnis zum Volk der Zwerge ist ... etwas kompliziert. Aber wo wir schon einmal dabei sind: Warum hast du uns verschwiegen, dass du eine Kriegerin bist?«

Weil ich es selbst nicht wusste?, dachte Pia. Istvan sah sie an, als hätte sie die Worte laut ausgesprochen, und Pia rettete sich in ein beiläufiges Achselzucken und die Behauptung: »Ich bin keine Kriegerin. Aber ich habe gelernt, mich meiner Haut zu wehren. Da, wo ich herkomme, lernen das alle.«

»Dann scheint ihr mir ein sehr wehrhaftes Volk zu sein«, sagte Istvan nachdenklich. »Vielleicht eines, über das man genauer nachdenken sollte.«

»Wir sind ein sehr friedliches Volk«, antwortete Pia. »Wir haben nicht einmal eine Armee.«

Istvan lächelte dünn. »Nach dem, was ich gerade gesehen habe, braucht ihr die ja wohl auch nicht.«

»Den Frieden zu lieben, bedeutet nicht, dass man automatisch wehrlos sein muss«, erwiderte Pia.

»Das ist wohl wahr«, gestand Istvan lächelnd, wurde aber sofort wieder ernst. »Du solltest diese Sache nicht auf die leichte Schulter nehmen«, fuhr er fort. »Keiner meiner Krieger hätte es gewagt, drei Zwerge zugleich herauszufordern.«

Genau genommen hatte sie das auch nicht. Und *ganz* genau genommen hatte sie Gamma Graukeil und seine beiden Begleiter auch nicht wirklich besiegt, sondern schlichtweg überrumpelt. Die drei hatten einfach nicht damit gerechnet, dass sie sich so heftig zur Wehr setzen würde.

Eigentlich hatte sie das auch selbst nicht getan.

»Ich hatte einfach nur Glück«, sagte sie wahrheitsgemäß.

»Ja, vermutlich«, antwortete Istvan. »Nur fürchte ich, dass Gamma Graukeil das etwas anders sehen wird. Nicht, dass ich nicht der Meinung wäre, er und diese beiden anderen Trunkenbolde hätten die Abreibung nicht verdient ... aber diese Zwerge aus Ostengaard haben ein paar komische Gebräuche. Einer davon besagt, dass eine erlittene Schmach nur mit Blut gesühnt werden kann. Na ja, und von einer Frau verprügelt zu werden – noch dazu in aller Öffentlichkeit –, stellt wohl so ziemlich die schlimmste Schmach dar, die sich Gamma Graukeil nur denken kann. Ich werde natürlich versuchen, mit ihm zu reden, und ihm sagen, wer du bist und wie wenig du von unseren Sitten und Gepflogenheiten weißt – aber du solltest trotzdem sehr vorsichtig sein, solange die drei in der Stadt sind.«

»Ich kann mich täuschen«, sagte Pia, »aber haben Alica und ich Euch nicht für unseren Schutz bezahlt?«

»Den ihr bekommen werdet«, antwortete Istvan ruhig. »Die beiden Männer draußen vor der Tür werden weiter ein Auge auf den Weißen Eber werfen, und ich selbst rede mit den Zwergen. Aber sie sind unberechenbar. Sei besser vorsichtig!«

Pia musste sich auf die Zunge beißen, um Istvan nicht die Antwort zu geben, die ihm für diese Unverschämtheit zustand. Sie hob nur die Schultern.

»Darüber hinaus«, fuhr Istvan fort, nunmehr an Brack gewandt, der noch immer neben ihm stand und vor Nervosität von einem Bein auf das andere trat, »beginne ich mich allmählich zu fragen, ob es nicht ein Fehler war, mein Einverständnis zu diesem ... Arrangement zu geben. Du hattest mir versprochen, dass es keinen Ärger gibt, Brack.«

»Aber das war doch nicht meine Schuld!«, protestierte Brack. »Und auch nicht die Gaylens! Die Zwerge ...«

»Ich muss darüber nachdenken«, unterbrach ihn Istvan. »Vorerst bleibt alles so, wie es ist, aber es kann sein, dass ich unsere Übereinkunft überdenken muss. Vor allem, wenn es zu weiteren ... Zwischenfällen kommen sollte, die dazu angetan sind, die öffentliche Ruhe und Ordnung zu stören.«

»Die Zwerge haben mit dem Streit angefangen«, erinnerte Pia, aber Istvan schüttelte nur den Kopf.

»Das allein ist es nicht«, sagte er. »Es gab auch vorher schon ... gewisse Beschwerden.«

»Beschwerden? Worüber?«

Statt zu antworten, warf Istvan Brack einen bezeichnenden Blick zu, und der schmerbäuchige Wirt begann plötzlich nervös zu lächeln und trat noch unruhiger von einem Bein auf das andere.

»Es war ein ziemlich aufregender Abend, Pia«, sagte er. »Warum ... äh ... geht ihr, deine Freundin und du nicht nach oben und ruht euch aus? Es sind sowieso keine Gäste mehr da, und ihr habt für heute wirklich genug gearbeitet. Lasar kann hier aufräumen.«

Pia verstand. »Ganz wie du meinst«, sagte sie, stand auf und bedeutete Alica mit einer entsprechenden Kopfbewegung, dasselbe zu tun. Sie rechnete mit Widerspruch, doch Alica überraschte sie, indem sie kommentarlos aufstand und sogar als Erste zur Treppe ging.

»Dann sehen wir uns morgen früh«, sagte sie. Brack nickte wortlos (und jetzt sehr nervös), und Istvan erwiderte gar nichts, sondern sah sie nur eisig an, und schließlich drehte sie sich mit einem Ruck um und folgte Alica.

Das Zimmer war nicht so dunkel und kalt, wie sie es in Erinnerung hatte, sondern noch sehr viel dunkler und kälter. Ihr Atem kondensierte zu grauem Dampf vor ihrem Gesicht, und die einzelne Kerze, die Alica angezündet hatte, schien die Dunkelheit ringsum eher noch zu betonen. Selbst Alica war kaum mehr als ein verschwommener Schemen, und sie konnte sie eigentlich nur an ihrer Bewegung erkennen.

Und natürlich an ihrem Tonfall.

»Würden es Durchlaucht in ihrer unermesslichen Güte vielleicht über sich bringen, ihre unwürdige Dienerin darüber aufzuklären, was da unten gerade passiert ist?«, fragte sie.

»Hör mit dem Scheiß auf, ja?«, sagte Pia gereizt, beantwortete Alicas Frage aber trotzdem: »Ich schätze, Istvan der Schreckliche versucht gerade, seinen Anteil an Bracks Umsatz ein bisschen zu erhöhen.«

»Stell dir vor, das ist mir auch schon aufgefallen. Aber das meine ich nicht. Nicht, dass es mich etwas anginge, Gott bewahre, aber hättest du mir nicht trotzdem verraten können, dass du den siebenundvierzigsten Dan im Mikado hast?«

»Hab ich nicht«, antwortete Pia. »Ich habe mich einfach nur gewehrt, das ist alles.«

Sie ging zum Bett, dachte eine halbe Sekunde darüber nach, wenigstens den Mantel abzustreifen, und entschied sich dann dagegen. Es war so bitterkalt hier drinnen, dass sie das Gefühl hatte, gemahlenes Eis zu atmen.

»Moment mal«, sagte Alica. »Du willst dich doch jetzt nicht einfach hinlegen und schlafen, oder?«

Wahrscheinlich würde sie es gar nicht können. »Ja.«

»Was für eine tolle Idee!«, nörgelte Alica.

Pia legte sich hin, rollte sich in die viel zu dünne Decke und versuchte, nicht allzu laut mit den Zähnen zu klappern. Alica grummelte noch eine Weile herum, aber irgendwann gab sie es auf, löschte die Kerze und kroch auf der anderen Seite unter die Decke. Pia glaubte ihre Gänsehaut geradezu *hören* zu können.

»Diese ganze Geschichte ist doch vollkommen beknackt«, murrte sie.

Pia konnte ihr nur zustimmen, aber sie tat es vorsichtshalber lautlos und nur für sich, denn sie wollte wenigstens so tun, als wäre sie bereits eingeschlafen. Sie war noch immer aufgewühlt und so nervös, dass sie meinte, das Adrenalin richtiggehend schmecken zu können, trotzdem wollte sie jetzt nicht mit Alica sprechen. Weder mit ihr noch sonst jemandem. Da war zu viel, über das sie erst einmal nachdenken musste.

Es schien zu funktionieren. Alica rollte sich noch ein paar Minuten unruhig hin und her und versuchte zwei- oder dreimal ein Gespräch in Gang zu bringen, aber irgendwann gab sie auf, und ihre Atemzüge wurden ruhiger und flacher. Gerade als Pia glaubte, sie wäre endgültig eingeschlafen, vernahm sie erneut ihre Stimme.

»Schläfst du schon?«

»Tief und fest«, antwortete Pia. »Und es wäre nett, wenn du mich nicht wecken würdest.«

»Tu ich nicht«, versprach Alica. »Aber ich bin einfach noch viel zu aufgeregt, um jetzt so einfach schlafen zu können.«

»Ich nicht«, murmelte Pia.

»Also, ich bin immer noch ganz platt, wie du die drei Burschen abgefertigt hast«, fuhr Alica ungerührt fort. »Ich meine: Ich wusste ja, dass du dich wehren kannst, aber das?«

»Eigentlich waren es ja nur anderthalb«, nuschelte Pia. »Und ich bin jetzt wirklich müde, weißt du?«

»Ja, sicher«, sagte Alica. »Entschuldige, ich wollte dich wirklich nicht wecken. Ich bin eben nur ...«

Pia hörte, wie sie sich neben ihr bewegte, dann berührte Alicas Hand sie sanft und warm zwischen den Schulterblättern. Im ersten Moment war sie einfach nur überrascht, und ihr erster Impuls war, sie abzuschütteln. Aber sie tat es nicht, denn die Berührung war zwar ungewohnt, aber auch auf eine seltsame Art angenehm. Sie war nicht nur warm, sondern ließ auch einen prickelnden Schauer über ihren Rücken rieseln. Pia war noch nicht ganz sicher, was sie davon halten sollte.

»Ich habe starke Frauen schon immer bewundert, weißt du?«, fuhr Alica in ihrem Bemühen fort, sie nicht zu wecken. »Und wenn ich ehrlich sein soll, dann habe ich dich immer ein bisschen beneidet, weißt du das?«

»Nein«, antwortete Pia. »Erzähl mir doch davon – morgen früh.«

Alica lachte leise. Ihre Fingerspitzen begannen kleine kreisende Bewegungen zwischen ihren Schulterblättern zu vollführen, und aus dem Prickeln wurde ... etwas anderes.

»Lass das!«, murmelte sie.

»He, ich mach dir nichts vor«, sagte Alica, »ich fand es immer schon toll, wie du so ganz allein zurechtkommst, ohne auf irgendjemanden angewiesen zu sein oder vor irgendwem Angst zu haben.« Ihre Hand begann langsam an Pias Rücken hinabzuwandern, und sie rückte näher, sodass Pia die Wärme ihres Körpers fühlen konnte.

»Was glaubst du, was du da tust?«, fragte sie.

»He, komm schon«, antwortete Alica und drängte sich noch ein wenig dichter an sie. Pia konnte hören, wie ihr Atem schneller ging. »Du willst mir doch nicht erzählen, dass du jetzt schlafen willst?«

»Und was sollte ich stattdessen tun, deiner Meinung nach?«, fragte Pia.

Anstelle einer Antwort verschwand Alicas Hand zwar von ihrem Rücken, war aber dafür plötzlich an einer Stelle, an der sie ganz und gar nichts zu suchen hatte ... auch wenn einem Teil von ihr die Berührung ganz und gar nicht so unangenehm war, wie sie es eigentlich sein sollte.

»Komm schon«, flüsterte Alicas Stimme an ihrem Ohr. Ihr Atem strich warm über ihren Nacken und ihr Gesicht, und etwas in ihr reagierte auf diese Berührung. »Ich meine: Wir sitzen hier vielleicht für eine ziemlich lange Zeit fest, und es gibt niemanden, den wir kennen oder dem wir vertrauen könnten. Und du bist doch nicht prüde, oder? Ich meine, du bist wirklich hübsch, und ich bin eine gesunde junge Frau, und ...«

»Nicht mehr lange, wenn du die Hand da nicht wegtust«, sagte Pia.

Alica zog beleidigt die Hand zurück. Aber sie hielt wenigstens die Klappe.

XIX

Nein, sie war nicht überrascht, am nächsten Morgen allein aufzuwachen. Gegen alle Erwartungen war sie praktisch sofort eingedämmert und hatte wie ein Stein geschlafen, und als sie die Augen aufschlug, war Alica fort. Pia dachte mit einem sachten schlechten Gewissen an gestern Abend zurück; wobei ihr sonderbarerweise am meisten die rüde Art zu schaffen machte, auf die sie Alica zurückgewiesen hatte. Nicht dass sie irgendetwas in dieser Art ernsthaft in Betracht gezogen hätte (auch wenn sie zugeben musste, dass Alica ganz niedlich aussah, vor allem im Vergleich mit allen anderen weiblichen Wesen, denen sie bisher hier begegnet war; von den männlichen Einwohnern Liliputs gar nicht zu reden), aber es tat ihr dennoch ein wenig leid, sie *so* grob zurückgewiesen zu haben.

Verschlafen setzte sie sich auf und reckte sich ausgiebig. Sie gönnte sich noch ein paar Sekunden, in denen sie einfach dasaß, den undeutlichen Stimmen aus dem Erdgeschoss lauschte, ohne auch nur ein einziges Wort zu verstehen, und darauf wartete, dass sie endlich aus diesem Albtraum erwachte oder dass wenigstens das Gefühl bleierner Schwere aus ihren Gliedern wich. Schließlich sah sie ein, dass keines von beidem geschehen würde, und stand widerwillig auf, um sich nach unten zu schleppen und sich der allmorgendlichen Herausforderung des Toilettengangs zu stellen.

Pia vergaß sowohl ihre Angst vor dem kalten Wasser als auch ihre Müdigkeit, als sie die Gaststube betrat und sah, wem die aufgebrachten Stimmen gehörten. Da waren Brack und Lasar auf der einen und Istvan und eine kleinwüchsige Frau mit rosigem Gesicht und stechenden Augen auf der anderen Seite. Es dauerte einen Moment, bis Pia sie erkannte, aber dann verschwand schlagartig auch der allerletzte Rest von Müdigkeit.

Es war Malu.

»Ah, Gaylen«, begrüßte sie Brack. Er versuchte erfreut auszusehen, wirkte aber schrecklich verunsichert und nervös. »Gut, dass du kommst! Gerade wollte ich Lasar schicken, um dich zu wecken. Es tut mir leid, dass es noch so früh ist, aber …«

»Was ist hier los?«, fragte Pia alarmiert.

Brack sah nur noch verstörter aus und begann zusätzlich mit den Händen zu ringen, und Alica sagte: »Sieht so aus, als wäre dein kleiner Stunt von gestern Abend nicht besonders gut angekommen.« Pia hatte sie bis zu diesem Moment noch nicht einmal bemerkt, was nicht nur daran lag, dass Brack, Istvan und die anderen vor der Theke am anderen Ende des Schankraumes standen, während sie selbst wieder an ihrem Lieblingsplatz vor dem Kamin saß (in dem im Übrigen kein Feuer brannte), sondern auch daran, dass Alica sich in ihrem Schemel zusammengekauert hatte und ganz gegen ihre sonstige Art intensiv versuchte, so zu tun, als wäre sie gar nicht da.

»Wie meinst du das?«, fragte Pia.

»Anscheinend hat unseren Freunden dein Rekord im Zwergenweitwurf doch nicht so gut gefallen«, antwortete Alica, ohne sie dabei direkt anzusehen.

»Hat sie recht?«, wandte sie sich an Istvan. Der Kommandant der Stadtwache runzelte fragend die Stirn, und Pia erinnerte sich wieder daran, dass er Alicas Worte ja nicht verstehen konnte. »Seid Ihr wegen gestern Abend hier?«, fügte sie erklärend hinzu, während sie zugleich Malu mit einem fragenden, ein ganz kleines bisschen auch feindselig-misstrauischen Blick maß. »Wegen Gamma Graukeil und den anderen?«

»Bitte, Gaylen, setz dich«, sagte Istvan. Er unterstrich seine Bitte mit einer Handbewegung, die eindeutig einen Befehl daraus machte. Das allein wäre schon beinahe Grund genug für Pia gewesen, der Aufforderung eben *nicht* nachzukommen, doch in diesem Moment registrierte sie noch etwas, was ihr bis jetzt völlig entgangen war. Ihre beiden Leibwächter waren wieder da (es waren immer noch dieselben, die anscheinend tatsächlich keinen Schlaf brauchten), und diesmal warteten sie nicht draußen vor dem Haus, sondern standen vor der halb geöffneten Tür; zwar beide in einer Haltung, die deutlich machte, wie wenig wohl sie sich in diesem Moment in ihrer Haut fühlten, zugleich aber auch bedrohlich. Hätte sie noch irgendeinen Zweifel daran gehabt, spätestens dieser Anblick hätte sie überzeugt, dass Istvan nicht zu einem Freundschaftsbesuch gekommen war. Lautlos und mit einem trotzigen Schulterzucken, für das sie sich beinahe selbst hasste, setzte sie sich. Istvan nahm ihr gegenüber Platz, während Malu mit raschen Schritten um den Tisch herumging und sich hinter ihr aufstellte. Pia konnte nur mit Mühe den Impuls unterdrücken, den Kopf zu drehen und sie ärgerlich anzufunkeln.

»Ich nehme nicht an, dass Ihr aus reiner Freundschaft gekommen seid«, begann sie übergangslos. »Was ist passiert?«

»Das kannst du dir nicht denken?«, gab Istvan zurück. Pia fiel es immer schwerer, seinem Blick standzuhalten. Etwas war darin, das sie erschreckte.

»Nein«, antwortete sie.

»Lass dich nicht von ihm ins Bockshorn jagen«, sagte Alica. »Ich habe zwar nicht verstanden, worum es ging, aber ...«

»Wenn deine Sklavin nicht in unserer Sprache reden kann«, sagte Istvan eisig, »dann sollte sie besser schweigen.«

»Was hat er gesagt?«, fragte Alica.

»Nichts.« Pia machte eine rasche Geste, still zu sein, und Alica wäre nicht Alica gewesen, hätte sie nicht zumindest noch ein trotziges Schnauben hervorgestoßen, aber sie schien den Ernst der Situation durchaus zu begreifen, denn sie schwieg.

»Du hast mich gefragt, warum ich hier bin«, begann Istvan, »und ich hätte geglaubt, dass du dir das denken kannst.«

»Es ist wegen der Zwerge, habe ich recht?«

Istvan nickte.

»Aber gestern Nacht habt Ihr noch gesagt ...«

»Gestern Nacht«, fiel ihr Istvan ins Wort, »war gestern Nacht. Die Dinge ändern sich. Und ich ... habe über das eine oder andere nachgedacht. Ich glaube, ich habe einen Fehler gemacht.«

Pia konnte sich gerade noch verkneifen zu antworten, dass diesen Fehler eher seine Eltern gemacht hatten, und das schon vor ziemlich vielen Jahren. Sie sah ihn nur fragend an.

»Ich war zu großzügig«, fuhr Istvan fort. »Ich kann dir nicht allein die Schuld daran geben. Es wäre ungerecht. Ich hatte von Anfang an kein gutes Gefühl, und ich hätte auf dieses Gefühl hören sollen.«

Pia hörte, wie sich Malu hinter ihr bewegte, und ihr entging auch keineswegs der rasche (und alles andere als verstohlene) Blick, den Istvan mit ihr tauschte, bevor er weitersprach. »Ich habe es Brack bereits gesagt, aber ich bin froh, dass ich es dir auch selbst mitteilen kann. Es war noch nie meine Art, andere vorzuschicken und sie schlechte Nachrichten überbringen zu lassen.«

»Schlechte Nachrichten?«, wiederholte Pia. Sie hatte eine ungefähre Vorstellung davon, wie diese *schlechten Nachrichten* aussahen, aber sie wollte, dass er es aussprach und ihr dabei in die Augen sah.

»Ich fürchte, ich muss die Zusage rückgängig machen, die ich Brack und dir gegeben habe.«

»Welche Zusage?«, fragte Pia.

»Das alles hier«, antwortete Istvan. Er machte eine ausholende Handbewegung, die das gesamte Lokal einschloss. »Ich dachte, es wäre eine gute Idee, Brack ein beschützendes Auge auf dich und deine Freundin werfen zu lassen und auf diese Weise gleichzeitig dafür zu sorgen, dass ihr ein Dach über dem Kopf habt und nicht etwa in Gefahr geratet oder gar in schlechte Gesellschaft.«

Pia dachte einen Moment lang über diese Reihenfolge nach und tat die Frage dann mit einem gedanklichen Schulterzucken ab. Wahrscheinlich meinte er es ganz genau so. »Und jetzt ist das nicht mehr so?«

»Wie gesagt, manche Dinge ändern sich. Manche Ideen scheinen auf den ersten Blick gut und stellen sich im Nachhinein als schlecht heraus.«

»Vor allem, wenn man sie lange genug mit Malu diskutiert«, vermutete Pia.

Istvan brachte das Kunststück fertig, nicht nur nicht zu Malu aufzublicken, sondern auch vollkommen überzeugend ein verwirrtes Gesicht zu machen, als wüsste er mit dieser Frage im allerersten Moment nichts anzufangen. Dann lächelte er flüchtig. »O nein«, sagte er. »Malu hat nichts damit zu tun. Wir sind uns zufällig auf dem Weg begegnet, das ist alles.«

»Rein zufällig«, sagte Pia. »Und weil ihr so gute Freunde seid, habt ihr beschlossen, ein kleines Stück zusammen zu gehen, nicht wahr?«

Istvan machte nur ein unwilliges Gesicht, fuhr aber mit immer noch ehrlich bedauernd klingender Stimme fort:

»Ich war mir über die Konsequenzen eures Hierseins nicht im Klaren. Seit deine Sklavin und du in der Stadt seid ...«

»Wenn es um gestern Abend geht ...«, begann Pia, und diesmal unterbrach Istvan sie in zwar immer noch nachsichtigem, aber hörbar lauterem Ton:

»Es geht nicht um gestern Nacht. Nicht nur.«

»Die Zwerge haben mit dem Streit angefangen«, sprang ihr Brack bei. »Dafür gibt es drei Dutzend Zeugen.«

Istvan seufzte. »Wir alle kennen Gamma Graukeil und seine Saufkumpane zur Genüge und wissen, wie sie sind. Aber es geht nicht nur um die Zwerge.« Er lächelte flüchtig. »Es gibt wohl niemanden in der Stadt, der sich nicht insgeheim schon lange gewünscht hätte, dass ihnen einmal jemand ihre Grenzen aufzeigt.«

»Warum habt Ihr das dann nicht schon längst getan?«, erkundigte sich Pia. Istvans Miene verdüsterte sich ein ganz kleines bisschen, und ihre innere Stimme gemahnte sie zur Vorsicht. Istvan hatte ohnehin schon eine Menge von seiner sowieso nur aufgesetzten Freundlichkeit verloren, und sie tat sich gar keinen, dem Stadtkommandanten dafür aber möglicherweise einen umso größeren Gefallen, wenn sie ihm einen Grund gab, auch noch den Rest von seiner geschauspielerten Nettigkeit aufzugeben. Pia rettete sich in ein leicht verlegen wirkendes Lächeln und fuhr mit einem fragenden Blick und einer angedeuteten Geste in die Runde fort: »Ich habe gestern Abend gesehen, wie wenig beliebt diese Zwerge hier zu sein scheinen. Und wie streitsüchtig sie sind.«

»Und wie stark«, fügte Malu hinter ihr hinzu.

Pia tat so, als hätte sie das nicht gehört.

»Das ist wahr«, sagte Istvan. »Aber darum geht es nicht. Gamma Graukeil ist ein übler Schläger und Saufbold, aber tief im Grunde seines Herzens ist er doch ein vernünftiger Mann. Ich konnte ihn davon überzeugen, dass es sich nicht lohnt, in dieser Angelegenheit irgendetwas zu unternehmen.«

»Das klingt jetzt nicht unbedingt nach einem Kompliment für mich«, gab Pia zurück. Die lautlose Stimme in ihr wurde immer hysterischer. Sie versuchte ihr klarzumachen, dass sie dabei war, sich um Kopf und Kragen zu reden, und Pia fiel beim besten Willen kein Argument ein, das dagegensprach.

»Ihr seid fremd hier und kennt weder unser Leben noch unsere Sitten und Gebräuche«, fuhr Istvan fort. »Aus diesem

Grund könnt ihr auch nicht verstehen, was der gestrige Zwischenfall unter Umständen bedeuten könnte.«

»Nein, das verstehe ich in der Tat nicht«, antwortete Pia, noch immer lächelnd, dennoch aber zugleich hörbar ernster. »Ich will ehrlich zu Euch sein, Istvan: Ich habe Euch nie für einen Mann gehalten, den ich zum Freund haben möchte. Aber ich habe Euch immer für einen Mann gehalten, der seine Aufgabe ernst nimmt und zu seinem Wort steht.«

Sie sah nicht hin, doch sie konnte spüren, wie sich Malu hinter ihr versteifte, und Bracks erschrockenes Stirnrunzeln entging ihr ebenso wenig. Istvans Blick wurde noch ein bisschen lauernder.

»Wenn ich mich richtig erinnere«, fuhr sie fort, »dann haben Alica und ich Euch eine nicht ganz so kleine Summe bezahlt, damit Ihr und Eure Männer für unsere Sicherheit sorgt.« Istvan wollte auffahren, doch Pia hob rasch die Hand und sprach mit einem angedeuteten Kopfschütteln und einem bewusst kühlen Lächeln weiter: »In unserer Heimat ist so etwas nicht üblich. Dort, wo wir herkommen, sorgt die Obrigkeit für Ordnung und Ruhe, ohne dass die Menschen extra dafür bezahlen müssen. Wenn es bei euch anders ist, so müssen wir das akzeptieren. Aber wir *haben* bezahlt, und dennoch war gestern Abend niemand zur Stelle, als ich Hilfe nötig gehabt hätte.«

Aus dem unbehaglichen Ausdruck auf Bracks Gesicht wurde pures Entsetzen, und sie konnte hören, wie Malu hinter ihr scharf die Luft durch die Nase einzog. Selbst Alica riss die Augen auf und starrte sie ungläubig an. Nur Istvan reagierte ganz anders, als sie befürchtet hatte: Sein Blick wurde für einen kurzen Moment nahezu durchbohrend, und seine Hände, die bisher flach nebeneinander auf der Tischplatte gelegen hatten, umklammerten für die Dauer eines halben Herzschlages die Tischkante so fest, als wollte er das Möbelstück einfach zerbrechen. Dann aber lächelte er verzeihend und schüttelte fast sanft den Kopf.

»Ich hatte nicht den Eindruck, als wäret ihr unbedingt auf Hilfe angewiesen«, erwiderte er. »Um ganz ehrlich zu sein: Ich bin bis jetzt nicht ganz sicher, *wem* meine Männer und ich wirklich zu Hilfe gekommen sind.«

Das hätte eigentlich nicht funktionieren sollen. Den Trick, Kritik durch eine plumpe Schmeichelei zu entkräften, hatte Pia schon gelernt, bevor sie überhaupt richtig sprechen konnte, und es in einer Situation wie dieser zu versuchen, grenzte beinahe an eine Beleidigung. Aber es funktionierte dennoch; Pia ertappte sich bei einem knappen, geschmeichelten Lächeln – und das Wissen, wie unsinnig diese Behauptung in Wahrheit war, änderte rein gar nichts daran. Sie hatte die Zwerge überrumpelt, denn diese hatten mit allem gerechnet, nur nicht mit einer so heftigen Gegenwehr oder gar damit, dass sie ihrerseits zum Angriff übergehen könnte. Hätte der ungleiche Kampf auch nur wenige Augenblicke länger gedauert, dann säße sie jetzt vermutlich nicht hier.

»Aber darum geht es nicht?«, vermutete sie.

»Wie gesagt: Ich konnte Gamma Graukeil und seine Begleiter beruhigen«, fuhr Istvan fort. »Aber darum geht es wirklich nicht. Es geht um dich. Um dich und deine Sklavin.«

»Das habe ich verstanden«, sagte Alica.

Pia sah sie überrascht an.

»Das letzte Wort hieß *Sklavin*, habe ich recht?«, vergewisserte sich Alica. Sie machte ein grimmiges Gesicht. »Manche Worte merke ich mir.«

»Und was haben wir so Schreckliches getan?«, wandte sich Pia mühsam beherrscht wieder an Istvan. »Außer dass ich mich gewehrt habe, meine ich. Wenn ich damit gegen ein Gesetz verstoßen haben sollte, dann bedauere ich es. Ich wusste nicht, dass es einer Frau nicht gestattet ist, ihre Ehre zu verteidigen.«

Istvans Blick wurde noch ein bisschen bohrender, und Pia begann sich nun allmählich wirkliche Sorgen um Bracks Tischkante zu machen, doch seine Stimme blieb ruhig. »Ihr stört die Ordnung hier in der Stadt, Gaylen.« Er hob rasch die Hand, als sie widersprechen wollte. »Wenn das, was du über eure Heimat erzählst, die Wahrheit ist, dann müssen die Menschen dort sehr glücklich und sehr zufrieden sein. Hier ist es so, dass die Menschen für ihre Sicherheit bezahlen. Sie bezahlen mich, und ich nehme diese Aufgabe ernst. Gestern Abend habe ich das bewiesen. Ihr habt dafür bezahlt, dass wir euch beschützen. Doch auch die anderen hier bezahlen für diesen Schutz, und ich bin ihnen dasselbe schuldig wie deiner Sklavin und dir.«

»Warum sagst du es nicht, wie es ist, Istvan?«, fragte Malu hinter ihr. Pia setzte nun doch dazu an, sich halb herumzudrehen und ihr einen zornigen Blick zu gönnen, doch Malu nahm ihr die Mühe ab, indem sie mit schnellen Schritten um den Tisch kam und sich jetzt unmittelbar hinter Istvan aufstellte. Obwohl sie selbst für hiesige Verhältnisse so klein war, dass sie den Stadtkommandanten sogar im Stehen kaum überragte, legte sie ihm die Hand auf die Schulter, eine Geste, die in den Augen aller anderen hier vielleicht einfach freundschaftlich oder vertraut wirkte. In denen Pias war sie eindeutig besitzergreifend, und sie zweifelte keinen Sekundenbruchteil daran, dass sie es auch sein sollte.

»Seit sie und ihre Sklavin hier sind, ist alles durcheinander«, fuhr Malu fort. »Sie sorgt für Unruhe. Nichts ist mehr so, wie es sein sollte.«

»Du meinst, du spürst die Konkurrenz?«, fragte Pia gelassen.

»Als ob es mir darum ginge!«, begehrte Malu auf. Ihr Blick behauptete das Gegenteil. »Ihr stört das Leben in der Stadt. Die Männer gehen nur noch ins Wirtshaus, um euch zu begaffen. Morgens sind sie müde, schlecht gelaunt und verkatert, weil sie bis tief in die Nacht hier sitzen, und am Abend können sie ihre Arbeit gar nicht schnell genug liegen lassen, um wieder hierherzukommen. Die Frauen beschweren sich, weil sie ihre Männer kaum noch sehen, und wenn, dann sind sie betrunken oder schwärmen von der Elfenprinzessin aus dem Osten.«

»Und dir bleiben die Kunden weg?«, vermutete Pia.

Malu wollte auffahren, doch diesmal war sie es, die von Istvan mit einer raschen Geste zum Schweigen gebracht wurde. »Auch das«, antwortete er, nickend und mit einem knappen und nicht mehr ganz unterdrückten Lächeln, das aber nur Pia sah und Malu nicht. »Doch das allein wäre für mich kein Grund hierherzukommen. Malu hat völlig recht. Ganz Weiß-Wald steht kopf, seit du und deine Sklavin hier seid. Das muss aufhören.«

»Aber Istvan!«, mischte sich Brack ein. Selbst in seiner Stimme war jetzt eine hörbare Spur von Verzweiflung. »Wir waren uns doch einig, dass ...«

»Wie gesagt«, unterbrach ihn Istvan kühl. »Manchmal ändern sich Dinge.«

»Und was genau bedeutet das jetzt?«, fragte Pia geradeheraus. »Nur damit mich meine Erinnerung nicht täuscht: Wart Ihr es nicht, der darauf bestanden hat, dass wir uns eine Arbeit suchen und irgendwo unterkommen?«

Sie behielt Istvan bei diesen Worten aufmerksam im Auge, registrierte aber trotzdem das kurze, fast triumphierende Aufblitzen in Malus Blick.

»Vorerst noch nichts«, antwortete Istvan. »Ich muss gründlich darüber nachdenken, was jetzt weiter geschieht. Ich bin hergekommen, um euch zu warnen. Noch ein einziger Zwischenfall wie der gestern Abend – oder der vor einigen Tagen auf dem Markt –, und ich muss mir überlegen, ob ich euch weiter gestatten kann, in WeißWald zu bleiben.«

Der Zwischenfall auf dem Markt? Pia war nicht ganz klar, wovon Istvan sprach: ihrem Besuch in Valorens Zelt oder Flammenhufs Flucht. Sie zog es vor, nicht danach zu fragen. »Weiter in WeißWald zu bleiben?«, wiederholte sie. »Ihr meint, Ihr würdet uns aus der Stadt werfen?« Istvan schwieg. »Und wohin sollen wir gehen?«

Istvan schwieg beharrlich weiter.

»Niemand wird euch aus der Stadt werfen, mein Kind«, sagte Malu an seiner Stelle. »Doch ihr müsst aufhören, die Ordnung der Dinge zu stören. Dieser Verfall der Sitten muss ein Ende haben.«

Pia wollte es nicht, aber sie riss ungläubig die Augen auf und starrte die Bordellbesitzerin an. *Verfall der Sitten? Ausgerechnet aus ihrem Mund?*

»Schau dich bloß an, wie du aussiehst!«, fuhr Malu fort. Sie wedelte aufgeregt mit der Hand. »Einem jeden anständigen Mann müssen schlechte Gedanken kommen, wenn er dich nur ansieht!«

Pia tat ihr den Gefallen, an sich selbst hinabzublicken. Auch sie war der Meinung, dass sie einen seltsamen Anblick bot: Seit sie hergekommen waren, hatten Alica und sie sich angewöhnt, in ihren Kleidern zu schlafen, weil es einfach zu kalt war, um sich nur auf die erbärmlich dünne Decke zu verlassen, die auf dem Bett lag. Ihr war so kalt, dass sie dicht davorstand, mit den Zähnen zu klappern, und ihr Atem als grauer Dunst vor ihrem Gesicht erschien, wenn sie sprach. Die Kleider, die Aressa für Alica und sie geschneidert hatte, mochten für hiesige Verhältnisse ja verführerisch aussehen (auch wenn sich in Rio de Janeiro vermutlich eine militante Nonne geweigert hätte, so etwas zu tragen), gleichzeitig bezahlte sie für diese modische Entgleisung damit, noch mehr zu frieren. Und dass sie seit einer Woche in diesem Fetzen schlief, hatte ihn nicht unbedingt besser gemacht. Allerdings glaubte sie gar nicht, dass

Malu *das* gemeint hatte. Sie hob wieder den Kopf und sah die Zwergin fragend und mit dem eisigsten Lächeln an, das sie zustande brachte. Malu ihrerseits starrte zurück, und es vergingen noch einmal Sekunden, bis Pia begriff, was genau sie so erzürnte.

Was sie allerdings nur noch zorniger machte.

Sie erinnerte sich schwach, gestern Abend sogar mit Kopftuch schlafen gegangen zu sein, aber irgendwann im Laufe der Nacht musste es ihr wohl hinuntergerutscht sein, und sie hatte es bisher nicht einmal bemerkt. Malu starrte aber eindeutig ihr Haar an. Trotzig ließ Pia eine dünne weißblonde Strähne durch die Finger gleiten. In Malus Augen blitzte es erneut und jetzt schon beinahe hasserfüllt auf, während sich auf Istvans Gesicht ein vollkommen anderer Ausdruck abzeichnete; allerdings nur für den Bruchteil einer Sekunde, bevor er von einem heftigen Schuldbewusstsein und daraus resultierendem Zorn abgelöst wurde.

»Ich bitte Euch, Istvan«, sagte Brack. Er begann immer heftiger mit den Händen zu ringen, und sein Blick irrte unstet zwischen Istvans und Pias Gesicht hin und her, wobei er sorgsam darauf achtete, Malu gar nicht anzusehen. »Wir sind doch alle vernünftige Menschen. Es wird uns sicher möglich sein, eine Lösung zu finden, mit der alle zufrieden sind.« Er fuhr sich nervös mit der Zungenspitze über die Lippen. »Ich gebe zu, es ist meine Schuld. Ich hätte besser darauf achtgeben sollen. Ihr und ihrer Freundin sind unsere Gebräuche nicht bekannt. Was uns anzüglich oder unsittlich erscheinen mag, das ist dort, wo sie herkommen, vielleicht ganz normal, und umgekehrt.«

»Das mag sein«, sagte Malu schneidend. »Nur dass wir hier nicht da sind, wo sie und ihre Freundin herkommen.«

Istvan brachte sie mit einer unwilligen Geste zum Schweigen, die er gleichzeitig benutzte, um ihre Hand wie zufällig von seiner Schulter zu schütteln. Malu dankte es ihm mit einem zornigen Blick, der noch um einiges wütender wurde, als sie dem schadenfrohen Funkeln in Pias Augen begegnete.

»Worauf willst du hinaus?«, wandte er sich an Brack.

»Ich verbürge mich dafür, dass so etwas nicht wieder vorkommt«, sagte Brack. Er versuchte ruhig zu klingen, erreichte damit aber eher das genaue Gegenteil. »Ich werde den Weißen Eber um Mitternacht schließen, und ich werde ein paar Leute einstellen, die darauf achten, dass hier niemand mehr Schwierigkeiten macht.«

»Das können meine Männer übernehmen«, sagte Istvan; vielleicht eine Spur zu schnell, um in Pia nicht den bösen Verdacht aufkommen zu lassen, dass er nur auf dieses Stichwort gewartet hatte. Seine Männer würden diesen Job gerne übernehmen, vermutete sie. Gegen angemessene Bezahlung.

»Das ... wäre sehr freundlich von Euch«, antwortete Brack nervös.

»Und ich werde zwei weitere Männer abstellen, die euch auf Schritt und Tritt bewachen«, fuhr Istvan fort, direkt an Pia gewandt. »Jedenfalls, solange sich Graukeil und die anderen noch in der Stadt befinden.« Er deutete auf Brack, ohne dass sein Blick Pias Gesicht dabei losließ. »Brack wird auch die Kosten dafür übernehmen müssen, die nicht unbeträchtlich sind. Also solltest du dich ein wenig dankbar ihm gegenüber erweisen.«

Ihm oder dir?, dachte Pia. Die Frage, wie genau er sich diese *Dankbarkeit* vorstellte, konnte sie sich gerade noch verkneifen, aber Istvan musste sie wohl irgendwie auf ihrem Gesicht gelesen haben, denn sein Blick kühlte um mehrere Grade ab.

»Und nur, damit dir der Ernst der Situation bewusst wird: Was immer auch geschieht, solange ihr weiter unter Bracks Obhut steht, ich werde *ihn* dafür verantwortlich machen und keine Ausreden gelten lassen.«

»Ich verstehe Euren plötzlichen Sinneswandel nicht ganz«,

sagte Pia. »Wir haben nur getan, was Ihr selbst von uns verlangt habt. Wir wollten niemandem Ärger bereiten. Brack nicht und Euch schon gar nicht.«

»Niemand macht euch einen Vorwurf«, antwortete Istvan. »Im Gegenteil. WeißWald ist stolz auf seine Gastfreundschaft und darauf, dass sich Fremde in seinen Mauern sicher fühlen können. Aber das kann und wird nicht dazu führen, dass die Sicherheit seiner Bewohner oder die öffentliche Ordnung darunter leiden.«

»Und was sollen wir Eurer Meinung nach tun?«, fragte Pia vorsichtig.

»Nichts, solange keine weiteren Vorfälle geschehen«, antwortete Istvan. Er stand auf. »Ich bin nicht hierhergekommen, um dir und deiner Sklavin zu drohen, Gaylen. Sieh es als Warnung an. Ich gestehe es ungern ein, aber Malu hat recht. Seit ihr hier seid, breitet sich Unruhe in der Stadt aus. Das muss aufhören.«

»Und wenn nicht?«, fragte Pia. Sie deutete ein Achselzucken an. »Natürlich werden Alica und ich alles tun, was Ihr von uns verlangt, schon um Brack keinen Ärger zu bereiten – und uns auch nicht. Aber es wäre ja immerhin möglich, dass jemand es darauf anlegt, uns Ärger zu machen.«

»Das ist durchaus denkbar«, gab Istvan unumwunden zu. »Ihr müsst eben vorsichtig sein.«

»Oder du überdenkst noch einmal das Angebot, das ich dir und deiner Freundin gemacht habe«, fügte Malu hinzu. »Mein Haus steht dir jederzeit offen.«

»Ich bin keine ...«, begehrte Pia auf, doch Malu hob rasch die Hand und unterbrach sie mit einer entsprechenden Bewegung und einem fast überzeugenden Lächeln.

»Aber das weiß ich doch, mein Kind«, sagte sie. »Mir wäre nie auch nur der Gedanke gekommen, mich mit einem solchen Ansinnen an dich zu wenden. Natürlich sollst du nicht unseren Gästen zu Diensten sein ... jedenfalls nicht so, wie du zu glauben scheinst.«

»Und wie dann?«, erkundigte sich Pia misstrauisch.

»Es würde vollkommen reichen, wenn du da bist«, antwortete Malu ruhig. »Ich will dir nichts vormachen. Dazu mag ich dich zu sehr, und du bist viel zu klug, als dass es Sinn hätte, es auch nur zu versuchen.«

»Das stimmt«, antwortete Pia kühl.

»Natürlich bin ich daran interessiert, dass du für mich arbeitest«, gestand Malu lächelnd. »So, wie ich es Brack schon mehrmals gesagt habe. Deine Anwesenheit allein würde schon reichen, um mehr Kunden anzulocken. Reiche Kunden, nicht die armen Schlucker, die hier ihre letzten Heller zusammenkratzen, um einen Krug verdünntes Bier bezahlen zu können. Ich würde euch besser bezahlen, ihr hättet ein eigenes Zimmer mit einem Kamin und so viel Brennholz, wie ihr nur wollt – und ich könnte besser für eure Sicherheit garantieren.«

»Besser als Brack und Istvans Soldaten?«

»Ein Haus, in dem nur wenige Besucher ein und aus gehen«, antwortete Malu, »ist leichter zu bewachen als eines mit vielen Gästen.«

Brack wollte auffahren, doch Istvan brachte ihn mit einem eisigen Blick zum Verstummen. »So weit ist es noch nicht«, sagte er. »Wir werden jetzt gehen, und ich verlasse mich darauf, dass ich nur als Gast zurückkommen muss.«

»Darauf habt Ihr mein Wort«, versicherte Brack hastig.

Istvans Antwort bestand nur in einem verächtlichen Verziehen der Lippen. Einen halben Atemzug lang durchbohrte er Pia noch regelrecht mit Blicken, dann drehte er sich um und verließ zusammen mit Malu den Schankraum. Zu Pias leiser Überraschung gingen auch die beiden Soldaten, wenn auch zweifellos nur bis zur anderen Straßenseite, um dort wieder ihre Posten zu beziehen.

»Und jetzt, wo wir sozusagen unter uns sind«, sagte Alica, »würde es dir etwas ausmachen, deiner unwürdigen Sklavin zu erklären, was das alles gerade zu bedeuten hatte?«

Pia erklärte es ihr mit knappen Worten, und Alicas Miene verdüsterte sich noch einmal um mehrere Zehnerpotenzen. Mit funkelnden Augen wandte sie sich an Brack.

»Ist das wahr?«

Brack schauspielerte einen fast perfekten verständnislosen Blick, und Pia übersetzte vollkommen überflüssigerweise: »Ist es wahr, was Malu gesagt hat? Dass sie schon ein paarmal hier gewesen ist?«

Brack nickte widerwillig.

»Und warum hast du uns nichts davon gesagt?«, fragte Pia.

»Ich konnte mir nicht vorstellen, dass ihr ihren Vorschlag annehmen würdet«, antwortete er lahm.

»Oder hattest du eher Angst, wir könnten es tun?«, fragte sie.

»Hättet ihr es?«, fragte Brack ruhig.

»Nein«, antwortete Pia. »Aber vielleicht hätten Alica und ich diese Entscheidung gern selbst getroffen.«

»Es ... tut mir leid«, sagte Brack. »Ich war egoistisch, aber es ging mir nicht nur um mich. Malu ist nicht zu trauen.«

»Du meinst, sie hat gelogen, als sie behauptet hat, uns besser beschützen zu können als Istvan und du?«

Brack schüttelte den Kopf und lächelte das humorloseste Lächeln, das man sich nur vorstellen konnte. »Nein. Wenn es in dieser Stadt jemanden gibt, der euch beschützen kann, dann ist es Malu. Ich hätte es wissen müssen.«

»*Was* hättest du wissen müssen?«, fragte Pia.

»Dass es keinen Sinn hat, sich gegen sie zu stellen«, antwortete Brack. Er klang ein bisschen bitter. »Sie bekommt immer, was sie will.«

»Von Istvan jedenfalls, wie es aussieht«, sagte Pia, doch Brack schüttelte nur den Kopf.

»Nicht nur von Istvan. Es gibt niemanden in der Stadt, der sie nicht fürchten würde.«

Es dauerte noch einen kurzen Moment, aber dann begriff Pia. »Du meinst, der Elfenturm ist nicht das Einzige, worüber sie herrscht?«

Brack lachte noch einmal und noch humorloser. »Es gibt manche hier in der Stadt, die behaupten, sie wäre die wahre Herrscherin über WeißWald«, sagte er.

»Und?«, fragte Pia. »Ist das die Wahrheit?«

»Es ist übertrieben«, sagte Brack. »Aber vielleicht nicht allzu sehr. Auch wenn Istvan es nicht zugeben würde, gibt es nicht nur ehrliche Menschen hier.«

»Und Malu gehört dazu?«

»Malu?« Brack schüttelte noch einmal und noch heftiger den Kopf. »O nein. Sie würde nie etwas tun, was nicht Recht und Gesetz entspricht. Sie ist eine vorbildliche Bürgerin.«

»Die ein Freudenhaus leitet.«

»Jemand muss es tun«, erwiderte er schulterzuckend. »Und, wie gesagt: Sie hat sich nie etwas zu Schulden kommen lassen.

»Ja, da bin ich sicher«, sagte Pia. »Sie selbst würde vielleicht niemals etwas tun, was Istvans Missfallen erregt oder gegen eure Gesetze verstößt. Aber sie kennt genügend Leute, die es für sie erledigen.«

Brack sah sie einen Atemzug lang mit undeutbarem Ausdruck an, dann stahl sich ein dünnes, rasch vergängliches Lächeln auf seine Lippen. »Das klingt, als gäbe es auch dort, wo ihr herkommt, Menschen wie Malu.«

»Und Istvan«, fügte Pia hinzu. Jetzt war sie es, die kurz und sehr bitter lächelte. »Ich glaube, solche Menschen gibt es überall. Ja, ich kenne sie.«

»Also, ich bin ja die Letzte, die kein Verständnis dafür hat, dass ihr zwei Süßen Geheimnisse vor mir habt«, mischte sich

Alica ein. »Trotzdem würde ich gern an eurem kleinen Gespräch teilhaben.«

Pia stand nicht der Sinn danach, auf Alicas Albernheiten einzugehen. Sie übersetzte verkürzt, aber vollkommen korrekt, was Brack ihr gerade erzählt hatte, und Alica nickte, als hätte sie nichts anderes erwartet.

»Na prima«, nörgelte sie. »Da hätten wir ja eigentlich auch gleich zu Hause bleiben können. Wo genau ist jetzt der Unterschied zwischen den Peraltas und Malu?«

»Malu schießt nicht auf uns«, sagte Pia. Ganz sicher, dass das auch so bleiben würde, war sie jedoch nicht, und Alica schien es wohl ganz ähnlich zu ergehen. Sie schürzte nur die Lippen, machte ein unanständiges Geräusch und warf dann einen sehnsüchtigen Blick auf den erloschenen Kamin. Brack folgte ihrer Kopfbewegung, drehte sich ächzend auf seinem Schemel herum und machte eine knappe, befehlende Geste. Pia erinnerte sich erst in diesem Moment wieder an Lasar, der die ganze Zeit über dabei gewesen war, sich aber wohlweislich mucksmäuschenstill im Hintergrund gehalten hatte. Jetzt eilte er zum Kamin, legte eine Hand voll Reisig auf die kalt gewordene Asche, die von der vergangenen Nacht übrig geblieben war, und griff in die Tasche seiner zerschlissenen Weste, um zwei winzige, abgenutzte Feuersteine hervorzukramen. Alica beobachtete ihn einen Moment lang stirnrunzelnd und nahm dann ihr Feuerzeug heraus, doch sie kam nicht einmal dazu, den Deckel des Zippo aufzuklappen; bevor Lasar seine Feuersteine benutzt und schon mit dem ersten Versuch ein winziges Flämmchen produziert hatte, das er geschickt anblies. Alica sah ein bisschen beleidigt aus, beließ es aber bei einem Schulterzucken und wandte sich an Brack, während sie das Feuerzeug wieder einsteckte.

»Und was genau bedeutet das jetzt für uns?«

Pia übersetzte, und Brack sagte düster:

»Ich weiß es nicht. Solange nichts passiert, wird es Istvan schwerfallen, einen Grund zu finden, um das Wort zu brechen, das er mir gegeben hat.«

»Solange nichts passiert«, wiederholte Pia. Sie lächelte freudlos. »Wieso habe ich nur das Gefühl, *dass* etwas passieren wird?«

»Nicht, solange ihr das Haus nicht verlasst und ich darauf achte, wer hereinkommt und wer nicht.«

»So wie die Zwerge gestern Abend?«, fragte Alica, nachdem Pia übersetzt hatte.

Brack musste wohl irgendwie begriffen haben, was sie gesagt hatte, auch ohne dass Pia übersetzte. »Das war etwas anderes«, behauptete er. »Niemand wagt es, Gamma Graukeil abzuweisen, wenn er Einlass begehrt.«

»Ja, das schien mir auch so«, bestätigte Pia. »Selbst Istvan scheint sie zu fürchten. Sind sie wirklich so schlimm?«

»Gamma Graukeil ist ein übler Schläger und Raufbold. Du hast Glück, dass du noch lebst, Mädchen.«

Gamma Graukeil ... Pia wiederholte den Namen und wunderte sich ein bisschen über das vertraute Echo, das er tief in ihr wachrief. Dabei war sie ganz sicher, ihn noch nie zuvor gehört zu haben. Und wie auch?

»Aber nicht alle Zwerge sind wie Graukeil und seine Kumpane«, antwortete Brack. »Aus den Minen von Ostengaard kommt das allermeiste Erz in diesem Teil des Landes. Streit mit den Zwergen würde kaum Krieg bedeuten, möglicherweise aber steigende Preise.«

»Und davor hat Istvan mehr Angst als vor einem Krieg«, vermutete Pia, »weil das seinen Gewinn schmälern könnte.«

Brack antwortete nur mit einem Grinsen.

»Es tut mir trotzdem leid«, sagte Pia noch einmal. »Ich wollte dir keinen Ärger bereiten.«

»Er wäre größer, wenn du jetzt tot wärst«, sagte Brack ernst.

Dann grinste er plötzlich wieder. »Und heute Abend kommen wahrscheinlich noch mehr Gäste, weil sie hoffen, eine kostenlose Sondervorstellung zu bekommen.« Er musste wohl ahnen, was Pia darauf antworten würde, denn er machte eine rasche Bewegung, als wollte er sein Gesicht schützen, falls sie etwa auf die Idee kommen sollte, ihn zu schlagen, grinste zugleich aber noch breiter und sogar beinahe überzeugend. »Lass mich ein wenig nachdenken. Ich weiß, ich bin darin nicht so gut wie du, aber ich kenne Istvan, und ich habe vielleicht auch noch den einen oder anderen Trick auf Lager.«

Das klang sehr viel mehr nach etwas, woran er glauben *wollte,* als nach wirklicher Überzeugung, fand Pia, doch sie war viel zu verwirrt, um irgendetwas wirklich Intelligentes entgegnen zu können. Sie hob nur die Schultern und lächelte ebenso unecht wie Brack, und nach einem weiteren quälend langen Moment stand er auf und ging.

Pia blickte ihm kopfschüttelnd nach. »Das darf doch alles nicht wahr sein«, murmelte sie. Sie wollte wütend werden, aber es gelang ihr nicht. Sie war einfach nur niedergeschlagen. »Noch drei Tage, und ... und dann kommt uns diese ... diese gierige *Puffmutter* dazwischen!«

»Drei Tage bis was?«, fragte Alica.

»Bis zum Viehmarkt. Schon vergessen?«

»Du willst wirklich dorthin gehen?«, fragte Alica. »Zu einer Verabredung mit jemandem, den wir nicht kennen und ... und an dessen Namen du dich nicht einmal mehr erinnerst?«

»Fällt dir etwas Besseres ein?«

Alica sah sie eine ganze Weile lang nachdenklich an. Dann nickte sie. »Ich glaube schon.«

XX

Vor zehn Minuten war die Sonne untergegangen – vor *genau* zehn Minuten, wenigstens ihre innere Uhr funktionierte noch –, und wenn sie geglaubt hatte, dass es in WeißWald tagsüber bitterkalt war, dann musste sie für das, was sie jetzt empfand, wahrscheinlich ein neues Wort erfinden. Die Luft war so frostig, dass Pia schon überlegt hatte, das Atmen einzustellen und sie stattdessen zu lutschen, außerdem war es beinahe unheimlich still – sah man von dem Gelächter, den schrillen Stimmen und der noch schrilleren atonalen Musik (wenn es überhaupt Musik war) ab, die durch die geschlossene Tür des Elfenturms drangen.

Außerdem würde Brack der Schlag treffen, wenn er an ihre Tür klopfte (was ungefähr in diesem Moment der Fall sein musste) und feststellte, dass sie nicht mehr da waren.

»Ich halte das immer noch für keine gute Idee«, sagte Pia – nicht zum ersten Mal, seit sie den Weißen Eber verlassen hatten –, obwohl sie noch gar nicht genau wusste, wie Alicas Plan überhaupt aussah. Sie hatte auch nicht zum ersten Mal das Gefühl, dass es eigentlich Alicas Part war, diese Worte auszusprechen; und zwar mit haargenau derselben nörgeligen Betonung, die ihr an Alica so auf die Nerven ging.

»Ist es auch nicht«, antwortete Alica. »Aber wir hatten einen Deal, oder? Du bringst mich hier rein, und dafür erzähle ich Brack nicht, was du wirklich vorhast ... obwohl ich es eigentlich sollte.«

»So?«

Alica nickte heftig. »Das ist Wahnsinn. Wenn ich wirklich

deine Freundin wäre, dann müsste ich eigentlich alles in meiner Macht Stehende tun, um dich davon abzuhalten.«

»Wie gut, dass du es nicht bist«, sagte Pia spitz. Sie deutete auf den Eingang des Elfenturms. »Gehen wir?«

Sie machten nur einen einzigen Schritt, dann prallte Alica erschrocken zurück und zog sie hastig mit sich in den Schatten eines überhängenden Stockwerkes. Kaum einen Atemzug später drangen gedämpfte Stimmen an ihr Ohr, die sich halblaut unterhielten. Mattes Licht brach sich auf silberfarbenem Metall.

»Was bei Kronn ...?«, mummelte Pia. »Ich denke, du hast die Wachen abgelenkt?«

»Habe ich auch«, behauptete Alica. »Das müssen andere sein. Vielleicht die normale Patrouille ... und wenn du noch ein ganz klein bisschen lauter sprichst, dann können wir auch gleich eine Leuchtrakete abschießen!« Sie funkelte sie wütend an, aber auch ein bisschen irritiert, und es dauerte nur einen winzigen Moment, bis Pia der Grund dafür klar wurde. Was hatte sie gerade gesagt? *Was bei Kronn?*

Sie warteten, bis die Wachen vorübergegangen und in einer Seitenstraße verschwunden waren, nicht wirklich mit angehaltenem Atem, aber beinahe, und Pia gab auch dann noch fast eine Minute zu, bevor sie es wagte, auch nur erleichtert aufzuatmen, einen zögernden Schritt aus den Schatten herauszutun und sich umzusehen. Alles war wieder still.

»Das war knapp«, sagte Alica. »Wenn sie uns gesehen hätten ...«

»Dann wüssten wir jetzt, ob unser Geld gut angelegt war«, bestätigte Pia. »Schutzgeld zu bezahlen bedeutet nicht unbedingt, dass man auch Schutz bekommt.« Pia bedauerte ihre Worte schon, bevor sie sie auch nur ganz zu Ende ausgesprochen hatte. In diesem Punkt war Alica ein wenig empfindlich, und um die Geschichte auch noch richtig lustig zu machen: vollkommen zu Recht.

Sie deutete auf den Elfenturm. »Bist du ganz sicher?«, fragte sie.

»Wenn du ganz sicher bist.«

Gut, dieses Gespräch brachte nichts. Sie war von Alicas Idee (die sie immer noch nicht genau kannte) genauso wenig begeistert wie umgekehrt Alica von ihrer (von der sie eigentlich ebenso wenig wusste), aber darüber hatten sie sich so ziemlich den ganzen Nachmittag und auch noch auf dem Weg hierher gestritten. Sie hatten entschieden, beides zu tun oder gar nichts. Und das eine war im Grunde so schlecht wie das andere.

Sie näherten sich zum zweiten Mal dem Eingang des Elfenturms, und Pia versuchte ein letztes Mal, an Alicas Vernunft zu appellieren. »War es nicht eigentlich deine Idee, mir nicht mehr von der Seite zu weichen, solange wir hier sind?«

»Du kannst gerne bei mir bleiben«, antwortete Alica, ohne langsamer zu werden. »Wäre mir sowieso lieber.«

»Und was ist, wenn es passiert, während du dort drinnen bist?«, fragte sie. »Ich meine: Stell dir nur vor, du bist da drinnen, und ausgerechnet in diesem Moment *beame* ich mich zurück.«

»Glaub ich nicht«, antwortete Alica. »Außerdem kenne ich dich. Du würdest sofort irgendwo ein fliegendes Einhorn oder einen Drachen organisieren und mich nachholen.«

Pia setzte zu einer ärgerlichen Antwort an, doch Alica kam ihr zuvor, indem sie die Hand hob und wuchtig gegen die Tür klopfte. Die vergitterte Klappe darin flog so schnell auf, als hätte jemand auf der anderen Seite nur darauf gewartet. Ein dunkles Augenpaar starrte zu ihnen hoch. »Was ist denn … *Gaylen!*«

Die Klappe wurde mit einem Knall zugeworfen, der im

Geräusch des Riegels unterging, und Pia begriff erst jetzt, dass Alica zwar angeklopft, aber ganz gezielt so neben der Tür Aufstellung genommen hatte, dass Malu *sie* sehen musste, wenn sie ihr Fensterchen aufmachte.

»Gaylen! Wie schön! Ich wusste, dass du kommst! Was für eine Freude! Komm rein! Rasch!«

Malu verzichtete immerhin darauf, sie vor lauter überschwänglicher Freude einfach niederzuwalzen, was ihr bei ihrer Leibesfülle ohne Weiteres möglich gewesen wäre, doch sie zerrte sie so ungestüm mit sich ins Haus, dass Pia alle Mühe hatte, nicht von den Füßen gerissen zu werden; und noch mehr Mühe, ihrerseits Alicas Arm zu ergreifen und sie hinter sich herzuziehen.

»Das ist wirklich eine Überraschung!«, sprudelte Malu los. »Ich habe gehofft, dass du kommst, aber so schnell und ...« Sie blieb nicht nur stehen, sondern brach auch mitten im Wort ab. »Was soll das?«, fragte sie. Ihr Blick wurde anklagend, während er sich auf Alica richtete. »Ich dachte, ich hätte deutlich gesagt, dass ...«

»Ich gehe ohne Alica nirgendwo hin«, unterbrach sie Pia. »Hat Brack dir das nicht gesagt? Aber wir können wieder umkehren, wenn du es wünschst.«

Malu rang einen Moment mit sich, nickte dann widerwillig und hob den Arm, um den Samtvorhang hinter der Tür zurückzuschlagen, doch Pia hielt sie noch einmal zurück.

»Ich bin nicht aus dem Grund hier, den du anzunehmen scheinst«, sagte sie.

Jetzt war zum ersten Mal ein deutlicher Ausdruck von Misstrauen auf Malus rundem Gesicht zu sehen. »Weshalb dann?«

Pia deutete auf Alica. »Meine Freundin möchte dir einen Vorschlag machen.«

»Deine Freundin?« Malu wirkte nicht mehr misstrauisch, sondern eindeutig fassungslos. »Sie ...«

»Nicht so, wie du denkst«, sagte Pia rasch.

»Sondern?«

»Warum lässt du uns nicht ein, und wir reden in aller Ruhe darüber?«

Malu zögerte. »Sagtest du nicht, sie spricht unsere Sprache nicht?«, erkundigte sie sich, während sie Alica unübersehbar misstrauisch und ablehnend von Kopf bis Fuß maß.

»Deshalb begleite ich sie ja auch«, antwortete Pia. »Für den Fall, dass ihr eine Übersetzerin braucht.«

Malu schwieg, aber Pia konnte sehen, wie es hinter ihrer Stirn arbeitete. Was immer Alica von ihr wollte, interessierte sie nicht im Mindesten. Aber sie wollte *sie* nicht gehen lassen. Vermutlich hoffte sie noch immer, sie irgendwie überreden zu können, in ihrem Etablissement zu arbeiten.

Nach dem, was Pia am ersten Tag von ihrem lebenden Inventar gesehen hatte, konnte sie es auch gut verstehen.

»Also gut«, seufzte Malu schließlich. »Ich werde Ärger bekommen, vor allem mit meinen Gästen, aber ich dulde es deinetwegen. Also kommt!«

Sie schlug den Vorhang beiseite. Stimmen und Gelächter wurden lauter, und das Quaken entpuppte sich tatsächlich als grässliche Musik. Passend zu den roten Papierfenstern brannte ein gutes Dutzend roter Kerzen, und ein schwerer, fast schon betäubender Geruch hing in der Luft; irgendein aufdringliches Parfüm, das Malu überreichlich verwendet hatte, um den Grundgestank dieser Räumlichkeiten zu überdecken. Neben dem Kamin, in dem trotz der grausamen Kälte draußen nur ein bescheidenes Feuer brannte, saßen zwei Musiker, die fremdartig anmutenden Instrumenten noch fremdartiger klingende Töne entlockten. Alle drei Mädchen waren da, zusammen mit ebenso vielen Kunden. Als Malu und Pia eintraten, erstarben sämtliche Aktivitäten im Raum für einen Moment – zu ihrer Erleichterung auch die der Musikanten –, und ein halbes Dutzend neugieriger Gesichter wandte sich in ihre Richtung. Dann trat Alica hinter ihnen ein.

Eine der Gaylens stieß einen erschrockenen, spitzen Schrei aus und fand sich eine halbe Sekunde später ziemlich unsanft auf dem Fußboden wieder, als sich der Gast, auf dessen Schoß sie gerade noch gesessen hatte, in einen wirbelnden Schatten verwandelte und dann so schnell davonstürzte, dass er beinahe über seine eigenen Füße gestolpert wäre. Pia hatte einen flüchtigen Eindruck von angstvoll aufgerissenen Augen und einer dick bandagierten Schulter, dann war die Gestalt irgendwo am oberen Ende der Treppe verschwunden, und sie hörten nur noch ein gewaltiges Scheppern und Poltern.

Malu legte ärgerlich die Stirn in Falten, griff nach dem Mädchen und riss es reichlich unsanft in die Höhe. »Hat er bezahlt?«, fauchte sie

»Nein, Herrin«, antwortete die pummelige Gaylen. Ihre Perücke war verrutscht und drohte ihr vom Kopf zu fallen. »Wir sind ja noch gar nicht ...«

Weiter kam sie nicht. Malu ohrfeigte sie, blitzschnell und so hart, dass sie zurückstolperte und haltlos in den Sessel plumpste, in dem Brasil zuvor gesessen hatte. Malu holte aus und hätte sie womöglich noch fester geschlagen, wäre Pia ihr nicht blitzschnell gefolgt, um ihre Hand zurückzureißen.

»Und ich dachte, du behandelst deine Mädchen gut«, sagte sie.

»Einer der Punkte, über die wir reden müssen«, fügte Alica hinzu.

Malu riss ihren Arm los – oder versuchte es wenigstens –, und Pia hielt sie gerade lange genug fest, um ihr klarzumachen, dass sie einzig und allein freikam, weil sie es zuließ. Pia war nicht einmal außergewöhnlich stark (wenn auch alles andere als schwach), aber mit ihren und Alicas Körperkräften verhielt es sich so wie mit ihrer Größe: Sie waren den Einwohnern von WeißWald hoffnungslos überlegen. Pia hatte in den vergangenen Tagen längst begriffen, dass sie Brasil und seine Bande keineswegs nur besiegt hatten, weil diese so ganz und gar nicht mit irgendeiner Gegenwehr gerechnet hatten.

»Das dumme Ding hat es nicht besser verdient!«, schimpfte Malu. »Hundertmal habe ich ihnen gesagt, dass sie zuerst bezahlt werden müssen. Wenn sie nicht hören kann, dann ...«

»... muss sie eben fühlen?«, fragte Pia eisig. »Ich verstehe.«

»Aber so war das doch gar nicht ...«, begehrte Malu auf, brach dann mitten im Satz ab und zwang sich sogar zu einem Lächeln; oder etwas, was sie dafür hielt. »Du hast natürlich vollkommen recht. Wie konnte ich mich nur so hinreißen lassen? Es tut mir leid.«

Pia starrte sie weiter eisig an, und Malu schien plötzlich noch nervöser zu werden, wischte sich fahrig mit dem Handrücken über den Mund und drehte sich dann zu dem Mädchen herum. »Entschuldige, Kind«, sagte sie. »Das war ungerecht von mir.« Sie streckte die Hand nach dem Mädchen aus. Im ersten Moment zuckte es fast erschrocken zurück, und im zweiten starrte es Malus Hand bloß fassungslos an; als könnte es sich einfach nicht vorstellen, dass sie sich nach ihm ausstreckte, um ihm zu helfen.

»Komm, Kind«, sagte Malu in zuckersüßem Ton. »Geh und ruh dich eine Stunde aus! Auf den Schrecken hin hast du dir das verdient.« Sie wartete, bis das vollkommen überraschte Mädchen ihre Hand ergriffen hatte und aufgestanden war, dann wandte sie sich wieder zu Pia um, und ihr Lächeln wurde sogar beinahe überzeugend. »Du bist also gekommen«, sagte sie, wie um das Gespräch noch einmal von vorne zu beginnen.

»Nach deinem Besuch gestern Abend bleibt uns ja wohl kaum eine große Wahl«, erwiderte Pia kühl.

»Mein Besuch?« Malu heuchelte perfekte Verwirrung.

»Gestern Abend. Du warst zusammen mit Istvan im Weißen Eber. Erinnerst du dich?«

»Istvan?« Malu runzelte die Stirn und nickte schließlich. »Oh, jetzt verstehe ich. Dem Kommandanten der Stadtwache, nicht, wahr? War er auch dort? Ich habe ihn gar nicht gesehen. Seit du dort bist, herrscht im Weißen Eber ja reger Betrieb, wie man hört. Brack kann zufrieden sein.«

Pia musste sich beherrschen, um ihren Zorn hinunterzuschlucken. »Man hört auch, dass sich das vielleicht bald wieder ändert.«

»So?« Malus Lächeln kühlte um mehrere Grade ab und wurde zugleich deutlich verschlagener. »Hört man das? Na ja, die Leute reden viel Unsinn. Ist das da, wo du herkommst, etwa anders?«

»Ich hätte dir einen Vorschlag zu machen«, sagte Pia. »Gibt es einen Ort, wo wir in Ruhe reden können?«

Malu nickte, deutete die Treppe hinauf und setzte sich ohne ein weiteres Wort in Bewegung. Als Pia und Alica ihr folgten, fiel Pia auf, wie still es immer noch war. Die Mädchen und ihre verbliebenen Kunden hatten innegehalten, womit auch immer sie gerade beschäftigt gewesen waren, und starrten sie an.

Gut, so viel also zum Thema *unauffällig*.

Malu führte sie in ein winziges, karg eingerichtetes Zimmer, das nur ein handtuchbreites Fenster und nicht einmal einen Kamin hatte. Selbst hier drinnen war es so kalt, dass ihr Atem als grauer Dampf vor ihren Gesichtern erschien.

»Warum nimmst du nicht dieses hässliche Kopftuch ab, mein Kind?«, begann Malu, nachdem sie die Tür sorgfältig hinter sich zugedrückt und sich so davor aufgebaut hatte, als wäre sie wild entschlossen, Pia nur noch über ihre Leiche wieder hinausgehen zu lassen. Ein Vorschlag, über den nachzudenken sich möglicherweise lohnte. »Dein Haar ist doch wirklich das Schönste an dir. Du solltest es nicht verstecken. Jedenfalls nicht hier drinnen.«

»Das lohnt sich nicht«, sagte Pia. »Ich werde nicht lange bleiben.«

Malu blinzelte. »Aber ich dachte …«

»Ich bin gekommen, um dir einen Vorschlag zu machen, nicht, um für dich zu arbeiten.«

»Nicht?«, wiederholte Malu enttäuscht.

Pia machte eine Kopfbewegung auf Alica hin. »Meine Freundin würde gerne für dich arbeiten.«

»Deine …?« Malu starrte in Alicas Gesicht hinauf und war für einen Moment sichtlich sprachlos. »Ich fürchte, das wird nicht so leicht sein«, sagte sie schließlich. »Deine Freundin ist ein hübsches Ding, aber ein Mädchen wie sie …«

»Nicht so, wie du denkst«, unterbrach sie Pia.

»Nicht so, wie ich denke«, wiederholte Malu. Sie verstand jetzt gar nichts mehr.

»Alica kennt sich in deinem Gewerbe ein wenig aus …«

»He!«, sagte Alica.

»– wenn auch nicht so, wie es sich jetzt vielleicht anhört«, fuhr Pia ruhig fort. »Eher von der … administrativen Seite, wenn du verstehst, was ich meine.«

»Ja«, sagte Malu und schüttelte heftig den Kopf.

»Warum sagst du ihr nicht einfach, dass ich ihr helfen kann, ihren Laden auf Vordermann zu bringen?«, fragte Alica.

»Genau das versuche ich ja«, antwortete Pia ärgerlich.

»Was versuchst du?«, fragte Malu misstrauisch.

»Einen Weg zu finden, der für uns beide von Vorteil ist«, antwortete Pia. »Ich werde bestimmt nicht für dich arbeiten. Schon gar nicht diese Art von Arbeit.«

»Ich könnte dich zwingen«, erwiderte Malu unverblümt. Auch noch die allerletzte Spur des Lächelns war mittlerweile von ihrem Gesicht verschwunden.

»Mit Gewalt?« Pia schüttelte den Kopf. »Kaum.«

»Du wirst bei deinem Aussehen keine andere Arbeit finden«, sagte Malu, ohne direkt auf ihre Frage einzugehen. »Und dabei wird dir dein albernes Kopftuch auch nicht viel helfen. Du musst essen, und du brauchst ein Dach über dem Kopf. Wie willst du das alles bezahlen, ohne Arbeit?«

»Ich habe auch schon darüber nachgedacht, weißt du? Vielleicht hast du recht, und mir bleibt tatsächlich nichts anderes übrig, wenn ich nicht verhungern will.« Pia machte ein bekümmertes Gesicht, und in Malus Augen erschien schon wieder ein gieriges Funkeln.

»Aber wenn ich das schon muss, was sollte mich daran hindern, ein eigenes Geschäft aufzumachen, statt für dich zu arbeiten?«, fuhr Pia nach einer ganz genau bemessenen Pause fort.

Malu blinzelte. Eine Sekunde lang wirkte sie schockiert, aber dann schüttelte sie nur umso heftiger den Kopf. »Was für ein Unsinn! Istvan würde das nie und nimmer zulassen.«

»Du meinst denselben Istvan, den du gar nicht kennst?«, fragte Pia. »Nun, es käme auf einen Versuch an, nicht wahr? Vor allem, wenn ich ihm und den Männern seiner Stadtwache einen Sonderpreis machen würde ... aber keine Sorge, ich habe nichts dergleichen vor. Es sei denn – wie hast du es gerade selbst genannt? –, ich hätte keine andere Wahl.«

Malus Augen wurden schmal. »Was willst du?«

»Dir ein Angebot machen.« Sie deutete erneut auf Alica. »Lass meine Freundin dich beraten. Ich verspreche dir, dass sich dein Umsatz verdoppelt, wenn du auf sie hörst. Glaub mir, sie versteht etwas davon.«

»Sie spricht ja nicht einmal unsere Sprache!«, schnaubte Malu.

»Lass sie einfach eine Nacht hier. Wenn du mit ihren Vorschlägen nicht zufrieden bist, dann musst du ja nichts zahlen.«

»Zahlen?«, wiederholte Malu schockiert.

»Wenn sich dein Umsatz verbessert, reden wir über eine angemessene Vergütung. Keine Sorge, wir sind nicht gierig.«

»Ich schon«, sagte Alica.

»Das ist lächerlich!«, sagte Malu. Aber sie klang schon nicht mehr ganz so überzeugt wie bisher, und Pia spürte, dass sie gewonnen hatte. Wenigstens für den Moment. Und wenn Alica wirklich wusste, was sie tat.

»Lass sie einfach heute Nacht hier«, wiederholte sie. »Keine Sorge, sie wird den Betrieb nicht stören. Sie will sich nur dein Geschäft ansehen und dir vielleicht ein paar Vorschläge machen. Ich komme später zurück, und wir reden darüber. Ganz unverbindlich.«

»Zurück?«, fragte Malu. »Du willst wieder hinaus auf die Straße? Es ist bereits dunkel!«

»Ich fürchte mich nicht vor der Dunkelheit«, sagte Pia leichthin. »Und keine Angst, ich bin durchaus in der Lage, auf mich aufzupassen. Aber du kannst mich gerne begleiten, kein Problem.«

»Dich begleiten?«, fragte Malu misstrauisch. »Wohin?«

»Ich habe noch etwas zu erledigen«, antwortete Pia. »Aber es wird nicht allzu lange dauern. In ein paar Stunden bin ich zurück. Möchtest du, dass Alica so lange hierbleibt und sich ein wenig umsieht, oder sollen wir wieder gehen?«

»Mir bleibt ja wohl keine andere Wahl«, sagte Malu spröde.

»Stimmt«, antwortete Pia. Sie wandte sich nun direkt an Alica. »Dann komme ich zurück, sobald ich kann.«

»Schlimmstenfalls auf einem fliegenden Einhorn«, antwortete Alica, wurde aber sofort wieder ernst. »Mir wäre es lieber, wenn du gar nicht gehen würdest.«

»Dann bis später«, sagte Pia, diesmal zu Malu, drehte sich rasch um und verließ das Zimmer, bevor Alica noch Gelegenheit finden konnte, einen weiteren Einwand vorzubringen, möglicherweise einen, den sie nicht so leicht entkräften oder einfach ignorieren konnte. Ein halbes Dutzend neugieriger Gesichter starrte ihr vom unteren Ende der Treppe aus entgegen, aber niemand hatte den Mut, ihr den Weg zu vertreten oder sie gar aufzuhalten. Ungehindert erreichte sie die Tür, trat hindurch und schlug in der gleichen Bewegung ihre Kapuze hoch, in der sie auf die Straße hinaus- und praktisch sofort in den nächsten Schatten trat.

So weit der leichtere Teil. Hoffentlich.

Pia verharrte eine geraume Weile reglos im Schatten und sah zur Tür des Elfenturms hin, doch diese blieb geschlossen. Niemand kam heraus, um sie zu verfolgen.

Sie überlegte kurz, ob das ein gutes oder ein schlechtes Zeichen war, kam aber zu keinem eindeutigen Ergebnis und tröstete sich schließlich damit, dass Alica selbst auf sich aufpassen konnte. Wenn sie sich um jemanden Sorgen machen sollte, dann vermutlich eher um Malu.

Ihr Blick tastete über die Fassaden der Häuser. Nur hinter sehr wenigen Fenstern brannte noch Licht. Hier in WeißWald gingen die Leute früh zu Bett – einmal abgesehen von einigen wenigen Ausnahmen, wie man sie an jedem Ort und zu allen Zeiten findet –, und sie war auch fast sicher, dass niemand Alica und sie gesehen hatte. Trotzdem wartete sie noch etliche Minuten reglos, bis schließlich das Geräusch schwerer, gleichmäßiger Schritte an ihr Ohr drang. Wenige Augenblicke später tauchten zwei bewaffnete Gestalten auf der anderen Seite der schmalen Straße auf und gingen langsam vorüber. Genau in Höhe des Elfenturms blieben die Männer stehen und debattierten einen Moment miteinander, setzten ihren Weg aber schließlich fort. Pia atmete erleichtert auf. Das hätte ihr noch gefehlt, dass die Wache ausgerechnet jetzt auf die Idee käme, auf ein Schäferstündchen bei Malu einzukehren. Wenn Alica erst einmal Gelegenheit gehabt hatte, sich umzusehen und den einen oder anderen Verbesserungsvorschlag zu machen (oder auch gleich in die Tat umzusetzen), würde Malu sich bestimmt von ihren Qualitäten überzeugen lassen; doch zornig und frustriert, wie sie im Augenblick vermutlich noch war ...

Aber der gefährliche Moment war vorüber. Die Wache setzte ihren Weg fort, und Pia gab noch einmal eine Minute zu, bevor sie aus ihrem Versteck schlüpfte und in die entgegengesetzte Richtung davonhuschte.

XXI

Obwohl sie den Weg nicht zum ersten Mal ging, kam er Pia diesmal nicht nur weiter vor, sie brauchte auch deutlich länger, um die Entfernung bis zum Turm des Hochkönigs zurückzulegen, denn sie blieb immer wieder stehen, um zu lauschen und ihren Blick aufmerksam über die Fassaden der dunkel daliegenden Häuser und die noch dunkleren Fenster tasten zu lassen, obwohl ihr Verstand ihr sagte, dass das ganz und gar nicht notwendig war. Die guten Leute in den Häusern ringsum schliefen längst, und die nicht ganz so guten gingen ihren eigenen Geschäften nach. Pia hätte gespürt, wenn irgendjemand sie beobachten würde. Und sollte jemand dumm genug sein, sie überfallen zu wollen … nun, sie hatte immer noch ihre Pistole und zehn Schuss im Magazin.

Genau wie beim ersten Mal zögerte sie unmerklich, als sie die freie Fläche vor dem Turm erreichte. In der Nacht wirkte der Anblick beinahe noch unheimlicher, und für einen ganz kurzen Moment meldete sich ihre Vernunft zurück, die hartnäckig nicht nur darauf bestand, dass sie dort oben rein gar nichts finden würde außer eben einem verschlossenen Tor – und sollte es ihr tatsächlich gelingen, irgendwie in dieses alte Gemäuer hineinzukommen, vermutlich nichts als Staub, Spinnweben, unzählige leer stehende Räume und noch mehr Staub und Spinnweben.

Aber wen interessierte schon die Stimme der Vernunft? Hätte diese etwas zu sagen, dann wäre Pia gar nicht hier.

Sie schob ihre Bedenken mit einer bewussten Anstrengung beiseite und sah sich noch einmal sichernd um, dann huschte sie geduckt und sehr schnell über den vollkommen deckungslosen Streifen zwischen den letzten Gebäuden und der Brücke, bevor sie sich hinter die hüfthohe Mauer duckte. Mit angehaltenem Atem lauschte sie, doch da war nichts. Rings um sie herum herrschte eine fast schon gespenstische Stille. Diesmal hatte sie niemand gesehen. Vermutlich ließen selbst die Wachen diesen Teil der Stadt auf ihren nächtlichen Patrouillen aus. Pia konnte es ihnen nicht verdenken. Auch ihr machte dieses Monstrum aus Stein gewordener Schwärze Angst.

Aber wenn sie auch nur die geringste Chance haben wollte, jemals wieder nach Hause zu kommen, dann musste sie dorthin, so einfach war das.

Sie blieb noch weitere endlose Atemzüge wie zur Salzsäule erstarrt im Schatten der Mauer hocken – wie sie sich selbst weiszumachen versuchte, um wirklich sicherzugehen, von niemandem beobachtet zu werden, in Wahrheit aber aus keinem anderen Grund als dem, ihre Angst zu überwinden –, bevor sie sich erhob und geduckt die vierzig oder fünfzig Schritte bis zum eigentlichen Tor zurücklegte. Mit schon wieder heftig klopfendem Herzen erreichte sie es, blieb stehen, legte den Kopf in den Nacken und erlebte eine weitere Überraschung.

Doch sie konnte beim besten Willen nicht sagen, ob sie angenehm war.

Die Nacht war ebenso dunkel wie der Tag hell, an dem sie das erste Mal hier gewesen war, und trotzdem konnte sie das gemeißelte Steingesicht des tausend Jahre alten Hochkönigs genauso deutlich erkennen. So unheimlich und Licht verzehrend, wie der schwarze Stein im hellen Sonnenlicht ausgesehen hatte, schien er jetzt das blasse Sternenlicht zu reflektieren, mehr noch: Es schien fast, als *leuchtete* der schwarze Basalt wie unter einem geheimnisvollen inneren Feuer. Die steinernen Pupillen starrten so mitleidlos und kalt wie seit einem Millennium auf sie herab, und Pia fiel abermals und noch sehr viel deutlicher die Ähnlichkeit mit ihrem geheimnisvollen Retter auf. Vielleicht war es nicht genau dasselbe Gesicht. *Ganz bestimmt* war es nicht genau dasselbe Gesicht, aber die Ähnlichkeit war dennoch frappierend. Wenn dieses Relief nicht den Mann zeigte, der sie zweimal vor Hernandez gerettet hatte, dann seinen Vater, Bruder oder einen anderen sehr nahen Verwandten.

Pia schüttelte diesen ebenso unsinnigen wie im Moment ganz und gar nicht hilfreichen Gedanken ab, riss ihren Blick mit großer Anstrengung von den gemeißelten Elfenaugen los und konzentrierte sich stattdessen auf das Tor. Das praktisch nicht vorhandene Licht, das sie bisher so zuverlässig beschützt hatte, erwies sich nun als Nachteil. Das gewaltige Tor war wenig mehr als eine Wand aus ineinanderfließenden Schatten. Der seltsame Leuchteffekt beschränkte sich leider nur auf das gemeißelte Gesicht des Hochkönigs, und das riesige Schloss war praktisch unsichtbar. Doch auch wenn es das nicht gewesen wäre, was hätte es ihr genutzt? Sie hatte keinen Schlüssel. Niemand hatte einen Schlüssel. Den hatte jemand vor gut tausend Jahren verbummelt.

Pia gestattete sich nicht, in Mutlosigkeit zu verfallen, sondern trat einen weiteren Schritt zurück und ließ ihren Blick an der nahtlosen Wand hinaufwandern. Das nächste Fenster befand sich in mindestens sechs oder sieben Metern Höhe, vollkommen unerreichbar, und war eigentlich kein Fenster, sondern eine bessere Schießscharte, durch die sie vermutlich nicht einmal hindurchgepasst hätte.

»Ich würde passen«, sagte eine Stimme hinter ihr.

Pia fuhr wie elektrisiert zusammen und herum und griff gleichzeitig unter dem Umhang nach ihrer Waffe.

Nicht einmal fünf Schritte hinter ihr war eine Gestalt aufgetaucht, schwarz wie ein Scherenschnitt in der Nacht und so lautlos wie ein Geist. Selbst jetzt, wo sie wusste, dass er da war, fiel es ihr schwer, ihn wirklich mit Blicken zu fixieren.

»Lasar?«

Der Schatten bewegte sich und wurde raschelnd von einem Umriss zu einem Körper mit Tiefe und Substanz, jedoch noch immer ohne Gesicht. Aber sie kannte die Stimme. »Lasar?«, fragte sie noch einmal. »Was tust du denn hier?«

»Es tut mir leid, Erha...«, er verbesserte sich hastig, »Gay..., *Pia*. Ich wollte Euch nicht nachspionieren, aber ...«

»Warum tust du es dann?«, fragte Pia. Wie um alles in der Welt kam er hierher? Und wieso hatte sie ihn nicht bemerkt?

»Es tut mir leid«, sagte Lasar noch einmal. »Ich wollte das nicht. Aber Brack ...«

»... hat darauf bestanden, ich verstehe.« Pia war nicht ganz sicher, ob sie Lasar glauben sollte.

»Es tut mir leid«, stammelte Lasar zum dritten Mal.

»Ja, das glaube ich dir«, seufzte Pia. Das war sogar ehrlich gemeint, auch wenn sie nicht zu sagen vermochte, *was* Lasar so unendlich leidtat. Dass er ihr nachgeschlichen war oder dass sie ihn gesehen hatte. »Und wie lange verfolgst du uns schon?«

Lasar schwieg, aber das war Antwort genug.

»Ich passe da oben durch«, sagte er. Pia reagierte nur mit einem verständnislosen Blick, und der Junge deutete mit beiden Armen an der Wand hinauf. »Das Fenster. Ich glaube, ich passe durch.« Er lächelte ebenso unecht wie verlegen. »Ich ... habe Euren Blick bemerkt. Ihr wollt dorthinein, nicht wahr? Ich könnte durch das Fenster klettern und versuchen, die Tür von innen zu öffnen.«

»Und du hast unter deinem Mantel auch ein Paar Fledermausflügel versteckt, mit denen du dorthinauf fliegen kannst, nehme ich an.«

»Ich kann nach oben klettern«, behauptete Lasar.

An einer Wand, die so glatt war wie ein Spiegel?

»Ich kann das«, versicherte Lasar, als hätte er ihre Gedanken gelesen. »Ich bin ein guter Kletterer.«

Pia sagte gar nichts mehr. Sie trat nur einen halben Schritt zur Seite und machte eine auffordernde Geste. Der Junge zögerte keinen Sekundenbruchteil, sondern rannte schon fast an ihr vorbei, und zumindest im ersten Moment hatte sie den Eindruck, dass er genauso schnell an der Wand hinauflief.

Natürlich stimmte das nicht – aber Lasar hatte wohl eher untertrieben. Er war nicht nur ein guter Kletterer, sondern krabbelte so schnell und geschickt wie eine menschengroße Fliege an der Wand empor und erreichte die erste Schießscharte bereits wenige Augenblicke später. Gleich darauf war er verschwunden.

Pia war noch immer viel zu perplex (und auch ein bisschen wütend auf Brack), um wirklich zu verstehen, was hier gerade passierte. Brack ließ sie also beobachten? Was fiel diesem Mistkerl eigentlich ein, sich als schlauer zu erweisen, als sie ihn eingeschätzt hatte?

Etwas schepperte, dann erscholl ein sehr schweres, lang nachhallendes Klacken, und in der Wand aus Schatten vor ihr erschien ein senkrechter schwarzer Riss, der sich knirschend zu einer fingerbreiten Linie erweiterte. Pia griff instinktiv zu, zog und zerrte mit aller Kraft und blickte plötzlich in ein schmales, sehr verängstigt aussehendes Gesicht.

»Es tut mir leid, Erhabe…, Pia«, stotterte Lasar. »Ich habe nicht sofort herausgefunden, wie die Tür funktioniert. Da war ein Riegel, aber …«

»Schon gut. Und hör endlich auf, dich dauernd zu entschuldigen.« Pia schob ihn einfach aus dem Weg und schlüpfte durch den Türspalt. Dahinter erwartete sie nichts als Dunkelheit. Und die Mutter aller Modergerüche.

»Wartet hier!« Lasar verschwand wie ein Schatten, der mit der Dunkelheit verschmolz, hantierte einen kurzen Moment alles andere als leise irgendwo vor ihr herum und kam dann zurück, eine armlange Fackel in der Hand. Ohne ein Wort zu sagen, ließ er sich auf ein Knie sinken, legte die Fackel auf den Boden und kramte zwei Feuersteine aus der Tasche, die er hektisch (und vollkommen ergebnislos) aneinanderzuschlagen begann.

Pia ließ ihn eine kleine Weile gewähren, dann zog sie Alicas Zippo hervor, entzündete es und hielt die Flamme an die Fackel, bevor sie sie aufhob. Diese fing sofort Feuer und brannte mit einer ruhigen hellblauen Flamme, die erstaunlich viel Licht verbreitete. Leider trotzdem nicht annähernd genug.

»Gut gemacht«, sagte sie.

»Oh, das war nichts Besonderes«, antwortete Lasar bescheiden. »Die Dinger liegen hier überall rum.«

Pia bedachte ihn nur mit einem wortlosen Blick, hob die Fackel höher – obwohl sie eine Menge Licht spendete, sah sie weiterhin so gut wie nichts, nur schwarze Schatten auf fast ebenso schwarzem Untergrund – und wandte sich dann noch einmal zum Tor um. So schwer es von außen gewesen war, es aufzuziehen, so leicht ließ es sich von innen wieder schließen. Das Klacken wiederholte sich, lauter und von einem drei-, vier-, fünffach nachhallenden Echo begleitet. Pia fühlte ein kurzes eisiges Frösteln, dessen sie sich nicht erwehren konnte, obwohl es vollkommen irrational war.

»Ich hoffe, du kriegst die Tür noch einmal auf«, murmelte sie.

»Das ist kein Problem«, sagte Lasar. »Ich kann ...«

Er sprach nicht weiter, und Pia senkte die Fackel weit genug, um sein ziemlich schuldbewusst aussehendes Gesicht zu erkennen. »Du warst schon einmal hier«, sagte sie.

Lasar schwieg.

»Schon mehr als einmal.«

»Ja«, antwortete der Junge widerstrebend; und so schuldbewusst, dass Pia Mühe hatte, nicht die Hand auszustrecken und ihm tröstend damit den Kopf zu tätscheln. Dennoch fügte sie hinzu: »Und Brack hat dich auch nicht geschickt.«

Lasar sagte gar nichts dazu.

»Keine Angst. Er erfährt nichts davon. Jedenfalls nicht von mir.«

»Wir können nicht hierbleiben«, sagte Lasar. »Brack hat gesagt ...«

»Ja, ich kann mir vorstellen, was er gesagt hat«, fiel ihm Pia ins Wort. Sie hob die Fackel ein wenig höher, und das Licht sprang mit kleinen, sonderbar mechanisch anmutenden Rucken eine Treppe hinauf, die ebenso schnell wieder in der Dunkelheit verschwand, wie sie daraus aufgetaucht war, ohne ihr wirklich mehr von ihrer Umgebung zu offenbaren. Aber sie spürte, dass sie sich in einem sehr großen Raum befanden.

»Er hat mich nicht wirklich geschickt«, gestand Lasar. »Aber er hat mir aufgetragen, auf Euch aufzupassen. Gleich am zweiten Tag.« Pia sah ihn auffordernd an, und er fügte nach einer winzigen Pause und in hörbar verlegenerem Ton hinzu: »Und darauf zu achten, dass Ihr nicht hierhergeht.«

Also hatte er zumindest geahnt, dass sie noch einmal herkommen würde. Aber warum erstaunte sie das eigentlich? Brack war alles andere als dumm, das hatte sie schon längst begriffen. Dann begriff sie noch etwas, nämlich ihren eigenen Denkfehler: Warum *wollte* Brack eigentlich nicht, dass sie hierherkam?

»Er hat dir also befohlen, auf mich aufzupassen und dafür zu sorgen, dass ich diesem Turm nicht zu nahe komme«, wiederholte sie. »Aber nicht heute Abend.«

Lasar nickte stumm. Sein Gesicht schien lediglich aus großen, angsterfüllten Augen zu bestehen.

»Dann haben wir ein Problem«, sagte Pia. »Du könntest ihm sagen, dass du mich hier gesehen hast. Aber dann müsstest du ihm auch erklären, wie ich überhaupt hereingekommen bin.« Sie kam sich ein bisschen schäbig bei diesen Worten vor, aber es machte ihr zugleich auch nicht das Geringste aus hinzuzufügen: »*Ich* habe die Tür nicht aufgemacht.«

»Das stimmt«, sagte Lasar nervös.

»Schon gut.« Pia winkte großmütig ab. Vielleicht wurde es Zeit, die Peitsche zusammenzurollen und das Zuckerbrot herauszuholen. »Ich behalte dein kleines Geheimnis für mich, und dafür vergisst du, dass du mich hier gesehen hast ... und wie ich hereingekommen bin.«

Lasar sah sie weiter aus großen Augen an. Also gut, allzu viel Zucker war anscheinend nicht auf dem Brot gewesen. Aber schließlich nickte er.

»Dann geh voraus«, sagte Pia.

»Voraus?«

Pia machte eine ungeduldige Geste mit der Fackel und wünschte sich sofort, es nicht getan zu haben, noch bevor diese ganz zu Ende war, denn das Licht erfüllte den Raum mit undeutlich huschender Bewegung und springenden Schatten und schuf Leben, wo keines war und auch keines sein sollte.

»Wenn du schon hier gewesen bist, dann kennst du dich doch aus, oder?«

»Nein, ich ...«

»Auf jeden Fall besser als ich«, beharrte Pia. »Also geh voraus! Spiel noch mal den Fremdenführer!«

Es war zu dunkel, um den Ausdruck auf Lasars Gesicht wirklich zu erkennen, und die Schatten narrten sie zusätzlich. Doch Pia konnte seine Furcht beinahe riechen. »Aber Brack hat mir aufgetragen ...«, begann er kläglich.

»Mir ein bisschen nachzuspionieren«, unterbrach ihn Pia. »Ich weiß. Das hast du ja nun auch getan, also bist du deinen

Pflichten nachgekommen. Und jetzt richtet eine Dame eine Bitte an dich, und es wäre nett, wenn du sie erfüllen würdest.« Ihre Stimme wurde weicher, und sie zwang ein Lächeln auf ihre Lippen, von dem sie wenigstens hoffte, dass Lasar es sah. »Es wäre wirklich nett von dir.«

»Aber ich kenne mich ja auch nicht aus«, behauptete Lasar. »Ich war ein paarmal hier, aber niemals sehr weit. Eigentlich kenne ich nur diese Halle und zwei oder drei angrenzende Räume.«

»Dann kennst du genau eine Halle und zwei oder drei Räume mehr als ich«, sagte Pia. »Also, geh voraus ... du weißt nicht zufällig, wo der Lichtschalter ist?«

Lasar starrte sie verdattert an, und Pia machte eine wegwerfende Geste. Der Junge zögerte noch einen spürbaren Moment, dann verschwand er und kam mit einer zweiten Fackel zurück. Dafür, dass er so selten hier gewesen war, dachte Pia, kannte er sich ziemlich gut aus.

»Wie lange steht dieser Turm schon hier?«, fragte sie. »Seit tausend Jahren?«

Lasar verstand sofort, was sie meinte. »Die ... die Dinger liegen hier überall herum«, improvisierte er. »Angeblich wartet der Thron auf die Rückkehr seines Besitzers.«

»Na, jetzt bin ich ja da«, witzelte Pia.

Lasar lächelte nicht, und auch Pia wünschte sich fast, das nicht gesagt zu haben. Ihre Worte riefen ein sonderbares Echo hervor, nicht in der Welt des Sicht- oder Hörbaren, sondern auf einer anderen, viel tiefer liegenden Ebene; als seufzte der schwarze Stein rings um sie herum ebenso tief wie lautlos.

Vielleicht nur, um sich von diesem unsinnigen Gedanken abzulenken, nahm sie Lasar die Fackel aus der Hand und schnupperte daran, bevor sie sie mit ihrer eigenen in Brand setzte. Das Öl, mit dem das Ende des kurzen Knüppels getränkt war, roch ebenso frisch wie verbrannt. Diese Fackel war keine tausend Jahre alt. Nicht einmal tausend Stunden.

Sie behielt ihre Erkenntnis für sich, gab ihm die Fackel zurück und bedeutete ihm mit einer stummen Geste, vorauszugehen. Sie selbst hob ihre eigene Fackel höher und sah sich aufmerksam um, während sie ihm folgte.

Der Raum war so groß, dass auch das Licht von zwei Fackeln nicht einmal annähernd ausreichte, um ihn zu erleuchten. Die Decke, eine erstaunliche frei tragende Ebene ohne stützende Gewölbe oder gar Pfeiler, erhob sich unmöglich hoch über ihren Köpfen, eigentlich höher, als sie diesen Teil des Gebäudes überhaupt in Erinnerung hatte. Boden, Wände und Decke bestanden aus denselben Licht fressenden schwarzen Steinen wie die Außenmauern, und sie schienen auch den Fackelschein so zu schlucken wie das Sonnenlicht draußen. Nicht ein einziger Lichtreflex wurde zurückgeworfen. Selbst als sie sich (nach einer eigentlich unmöglich großen Anzahl von Schritten) der gegenüberliegenden Wand näherten, fiel es ihr schwer, Einzelheiten zu erkennen, als gäbe es hier drinnen irgendetwas, das ihre Sinne verwirrte.

Ganz am Rande des Lichtkreises sah sie etwas, das die unteren Stufen einer gewaltigen Treppe zu sein schienen, und machte Lasar mit einer fragenden Geste darauf aufmerksam, doch der Junge schüttelte nur fast erschrocken den Kopf. »Dort gehen wir … ich nie hinauf«, sagte er.

Wir? Interessant. Sie bedeutete ihm weiterzugehen, und die beiden erreichten einen mindestens zwei Meter hohen und beinahe genauso breiten, halbrunden Durchgang. Irgendwann vor unzähligen Jahren musste es tatsächlich einmal eine richtige Tür gewesen sein, doch jetzt waren davon nur noch rostige Angeln übrig, die aussahen, als würden sie bei der geringsten Berührung zu rotem Staub zerfallen. In den steinernen Rahmen waren verwirrende Symbole und Bilder eingemeißelt, doch sie waren so verwittert, dass Pia nach einem ersten Blick nicht einmal mehr versuchte sie zu erkennen.

Der Gang dahinter war ebenso düster und unheimlich wie alles hier, hatte aber trotz des halbrunden Eingangs eine gerade Decke, und auch seine Wände waren mit Symbolen und kunstvollen Reliefarbeiten übersät, ebenso verwittert und unkenntlich wie die draußen. Pia hatte allenfalls einen flüchtigen Eindruck von zahllosen Porträts, Halb- und Basrelief-Arbeiten, die Reiter, Jagd- und Schlachtszenen und alle möglichen Fabelwesen darstellten. Sie blieb nicht stehen, versuchte aber trotzdem möglichst viele Einzelheiten zu erkennen – ohne großen Erfolg. Die Bilder flößten ihr Unbehagen ein, das war alles, was sie sagen konnte.

Sie passierten eine weitere, noch sehr viel niedrigere Tür, und Pia fiel auf, dass Lasar jetzt unwillkürlich eine Winzigkeit schneller ging. Pia jedoch blieb stehen und trat mit gesenktem Kopf und noch weiter gesenkter Fackel hindurch.

»Da ist nichts«, sagte Lasar hastig. »Nur eine leere Kammer.«

Pia ging gar nicht darauf ein, sondern sah sich ohne sonderliche Überraschung in der Kammer um, die alles andere als klein war und schon gar nicht leer. Allein der Geruch hatte ihr verraten, was sie finden würde. Auf dem Boden lag Stroh in unterschiedlichen Graden der Verwesung. Decken und schmuddelige Stofffetzen bildeten ein Dutzend ärmlicher Lagerstätten. Es roch nach schlecht gewordenen Lebensmitteln, saurem Schweiß und anderen, noch unangenehmeren Dingen. In der Mitte der Kammer gab es eine improvisierte Feuerstelle, oberhalb der die Decke eine dicke Rußschicht aufwies. Kaputte Metallteile lagen herum, und ihr Fuß stieß gegen einen ehemals wohl weißen Stoffstreifen, der jetzt mit hässlich eingetrocknetem Blut besudelt war.

»So, du bist also noch nie hier gewesen«, sagte sie. »Oder nur sehr selten.«

»Schon lange nicht mehr«, antwortete Lasar und begann unbehaglich von einem Fuß auf den anderen zu treten.

»Was ist das hier?«

»Ein Versteck«, antwortete Lasar. »Aber ich weiß nicht, wer hier lebt.«

Pia legte fragend den Kopf schräg.

»Früher war ich öfter hier«, gestand Lasar nach einer weiteren endlosen Sekunde voller unbehaglichem Schweigen, in der er darauf gewartet hatte, dass ihr Blick ihn losließ, was er nicht tat. »Aber seit ich für Brack arbeite, komme ich nur noch selten. Hier verstecken sich viele vor der Stadtwache.«

»Weil sie sich nicht hereinwagt«, vermutete Pia. »*Wer* versteckt sich hier?«

»Die Kinder. Die, die die Wache jagt.«

Pia musste sich schon wieder eines eisigen Fröstelns erwehren; nicht nur, weil es so kalt und dunkel und feucht war. Der erbarmungswürdige Anblick, der sich ihr bot, erzählte eine eigene Geschichte, die sie sehr traurig stimmte, aber die sie auch an andere nicht minder schlimme Geschichten aus ihrer Heimat erinnerte. Schmuddelige Verstecke unter der Erde oder in Abbruchhäusern, deren Fenster sorgsam verschlossen waren, um auch ja keinen verräterischen Lichtstrahl hinausdringen zu lassen; ärmliche Refugien, in denen sich die Kinderbanden der Favelas vor den Killerkommandos der Polizei versteckten.

»Du warst früher in einer Kinderbande«, vermutete sie.

Lasar blieb ihr die Antwort auf diese Frage schuldig, was sie nicht weiter verwunderte.

»Wie viele Kinder leben hier?«

»Ich weiß es nicht«, antwortete Lasar. »Wirklich nicht. Ich bin seit Jahren nicht mehr hier gewesen. Vielleicht ein Dutzend. Manchmal mehr. Aber keine Angst. Sie werden uns nichts tun.«

Vermutlich nicht, dachte Pia. Wenn es hier so war wie in ihrer Heimat, dann waren die Bewohner dieses Verstecks längst geflohen oder beobachteten sie allenfalls aus sicherer Entfernung. Sie konnten es sich nicht leisten aufzufallen. Oder auch nur bemerkt zu werden.

»Komm weiter«, sagte sie, noch immer auf dieselbe unbestimmte Art traurig. »Zeig mir den Rest!«

Sie passierten zwei weitere Räume, die sich allenfalls in der Größe von der ersten Kammer unterschieden, gingen eine kurze, aus nur drei Stufen bestehende Treppe hinauf und standen dann vor einem weiteren Torbogen, in dem es tatsächlich noch eine Tür gab, ein riesiges schwarzes Monstrum, das mit rostigen Metallbändern verstärkt worden war und aussah, als wöge es mindestens eine Tonne. Pia rechnete damit, dass Lasar die Gelegenheit ergreifen und kehrtmachen würde, aber er gab ihr nur seine Fackel, packte mit beiden Händen zu und wuchtete die Tür mit erheblicher Anstrengung auf. Dahinter wartete lastende Schwärze.

»Was ist das?«

Lasar nahm seine Fackel wieder entgegen und hob die Schultern. »Eine alte Waffenkammer, glaube ich. Weiter haben wir den Turm nie erforscht. Wir haben es nicht gewagt. Es heißt, er wäre verwünscht.«

Pia trat wortlos neben ihm durch die Tür und fand sich in einer sechseckigen Kammer wieder, in deren Wände zahlreiche unterschiedlich große und tiefe Nischen eingelassen waren. Zunächst sah sie nichts als Staub und Schmutz und uraltes Metall, aber ihr wurde auch rasch klar, warum Lasar diesen Raum als Waffenkammer bezeichnet hatte. Hier lagen überall Rüstungsteile, Waffen, eingedrückte Harnische, zerbrochene Schwerter und gesplitterte Bögen und Pfeile, abgebrochene Speere und verbogene Hellebarden und unzählige andere, ausnahmslos rostige und zerstörte Waffen und Kriegsutensilien. Sie überlegte einen Moment, den Raum nach etwas zu durchsuchen, was sich noch in halbwegs brauchbarem Zustand befand und sich mitzunehmen lohnte, dachte den Gedanken aber nicht einmal ganz zu Ende. Das hatten wahrscheinlich schon Generationen von Kindern besorgt. Hier gab es ganz bestimmt nichts, was das Mitnehmen noch wert gewesen wäre.

Trotzdem trat sie an eine der Nischen heran und streckte die Hand nach dem verbeulten Harnisch aus, der darin aufgestellt war. Es war ein sonderbares, durch und durch unheimliches Gefühl. Das ehemals silberfarbene Metall war stumpf und fleckig geworden, seine Oberfläche porös wie uraltes Gusseisen. Was auf den ersten Blick wie die Spuren der Jahrhunderte aussah, das offenbarte sich auf den zweiten als Folgen gewaltsamer Beschädigungen: schwerer Hiebe und mit erbarmungsloser Kraft geführter Stiche und Schläge, vor denen dieser Harnisch seinen Träger beschützt hatte.

Am Ende hatte dieser Schutz nicht gereicht.

Die Erkenntnis kam blitzartig und mit absoluter Gewissheit: Der ehemalige Besitzer dieser Rüstung war tot, gestorben vor Hunderten und Hunderten von Jahren, und er war einen grausamen Tod in der Schlacht gestorben; ein Ende, so grässlich, dass sie das Echo seiner entsetzlichen Schreie nach all den Jahren noch in dem zerschrammten Metall hören konnte.

Und was für den ehemaligen Besitzer dieses Harnischs galt, galt genauso für jedes einzelne andere Stück in diesem Raum, jeden Helm, jedes zerbrochene Schwert, jeden gesplitterten Pfeil und jede abgebrochene Dolchklinge. An all diesen Waffen klebte Blut, sie konnte es spüren. Etwas in ihr reagierte auf all den Schmerz und das endlose Leid, das diese Waffen gesehen und verursacht hatten. Sie fühlte sich schuldig. Nicht, weil sie etwas mit diesem Grauen und sinnlosen Sterben zu tun hatte, sondern ganz einfach, weil sie noch lebte, weil ihr dieses Leid und die Qualen erspart worden waren. Es war ein vollkommen irrationales Gefühl, grundlos und dumm, doch es wurde mit jedem Atemzug stärker, als hätten die körperlos flüsternden Stimmen hier drinnen ihre Anwesenheit bemerkt und versuchten alle gleichzeitig, sich Gehör zu verschaffen. Pia wollte sich dagegen wehren, doch es gelang ihr nicht. Das Gefühl, Schuld an irgendetwas zu tragen, wurde ganz im Gegenteil mit jedem Moment stärker.

»Wenn Ihr dann ... wenn *du* dann alles gesehen hast, sollten wir vielleicht wieder gehen«, sagte Lasar nervös. »Warum ... was suchst du eigentlich hier?«

Diesmal blieb sie ihm die Antwort auf seine Frage schuldig, nicht weil sie selbst nicht wusste, warum sie hergekommen war, sondern weil sie gehofft hatte ...

Ja, was eigentlich?

Pia hob die Schultern, drehte sich mit einem Ruck herum und bedeutete Lasar zu gehen. Er schloss die Tür der alten Waffenkammer sorgsam hinter ihnen, und Pia ließ ihn gewähren. Aus irgendeinem Grund hatte sie das Gefühl, dass es richtig war.

Das lautlose Flüstern klang plötzlich enttäuscht, und die Stimmen wurden leiser, verstummten jedoch nicht ganz.

Deutlich schneller, als sie gekommen waren, führte Lasar sie wieder zurück in die große Halle, und er beschleunigte seine Schritte sogar noch und steuerte das Tor an, das irgendwo unsichtbar vor ihnen in der Dunkelheit lag. Pia passte sich seinem Tempo ganz instinktiv an, doch dann blieb sie abrupt stehen, drehte sich halb herum und hob die Fackel höher. Sonderbar kantige Lichtreflexe sprangen die Stufen der gewaltigen Freitreppe hinauf und verschmolzen mit den Schatten an ihrem oberen Ende.

»Worauf wartest du?«, fragte Lasar nervös.

Statt zu antworten, hob sie die Fackel noch höher und machte einen Schritt auf die Treppe zu. Die Dunkelheit dort oben war so massiv wie eine Mauer, aber Pia war dennoch sicher, irgendwo dahinter eine Bewegung wahrgenommen zu haben.

»Was ist dort oben?«

»Nichts. Gar nichts«, versicherte Lasar hastig und in einem Ton, der Pia davon überzeugte, dass er dort oben so ziemlich alles vermutete, nur nicht *nichts*.

»Ich war niemals dort oben«, beteuerte Lasar. *Das* wiederum glaubte sie ihm. »Niemand geht dorthinauf. Es heißt, in den Sälen spuken die Geister der Getöteten.«

»Die Geister der Getöteten?«

»Hier drinnen fand die letzte große Schlacht statt«, antwortete Lasar. »Es heißt, die Elfen hätten sich hier in diesem Turm verschanzt, um ihren letzten Widerstand zu leisten.«

»Heißt es das, oder war es so?« *Und* welche *Elfen überhaupt?* Pia wartete nicht auf eine Antwort, sondern ging weiter. Die Geister der Getöteten? Wohl eher ziemlich kleine und vor Schmutz starrende Geister, die aus großen Augen und mit klopfenden Herzen zu ihnen herabstarrten und sich fragten, wann zum Teufel – nein, verbesserte sie sich in Gedanken: *bei Kronn* – die frechen Eindringlinge endlich verschwanden, damit sie wieder in ihre Verstecke zurückkehren konnten.

Aber dort oben war auch noch mehr ...

Sie machte einen weiteren Schritt, und jetzt war eindeutig ein Klang von Entsetzen in Lasars Stimme: »Geh nicht dorthinauf! Es ist gefährlich!«

»Und woher willst du das wissen, wenn noch niemand dort oben gewesen ist?«, fragte Pia.

»Weil keiner, der jemals hinaufging, je zurückgekommen ist«, antwortete Lasar.

Das war ein Argument, das sie immerhin im Schritt stocken ließ. Wenn auch nur für einen Atemzug.

»Bleib einfach hier und warte auf mich, wenn du Angst hast«, sagte sie. »Wenn ich nach zwanzig Minuten noch nicht zurück bin, dann haben mich vermutlich die Geister gefressen, und du kannst nach Hause gehen.«

Das sollte witzig klingen, tat es aber nicht, nicht einmal in ihren eigenen Ohren. Ihre innere Stimme beharrte immer lauter darauf, dass sie auf Lasar hören und von hier verschwinden sollte, solange es noch ging, aber stattdessen setzte sie ihren Weg fort und blieb nur am Fuße der Treppe noch einmal kurz stehen, um ihre Fackel zu heben. Weitere Stufen tauchten flackernd aus der Dunkelheit auf und verschwanden wieder. Sie ging weiter.

Pia zählte die Stufen, kam irgendwo zwischen dreißig und vierzig durcheinander und gab mit einem gedanklichen Achselzucken auf. Wozu auch? Diese Treppe war schon jetzt höher, als die ganze Halle sein konnte, wozu also einer Unmöglichkeit noch eine weitere hinzufügen?

Irgendwann erreichte sie das obere Ende der Treppe, einen breiten, halbmondförmigen Absatz ohne Geländer, blieb noch einmal stehen und blickte zu Lasar hinab. Sie erschrak, als sie sah, wie tief sich seine Fackel unter ihr befand; und wie winzig sie war. Diese Treppe war eindeutig höher, als sie sein konnte, basta!

Und jemand war hier, das konnte sie spüren. Jemand starrte sie an. Plötzlich war sie ganz und gar nicht mehr sicher, dass es nur ein paar Kinder sein sollten, die sie aus den Schatten heraus beobachteten.

Es gab nur eine einzige Tür, sodass ihr die Wahl nicht schwerfiel. Schnell und mit heftig klopfendem Herzen ging sie weiter, trat hindurch und fand sich auf einer weiteren, wenn auch sehr viel schmaleren Treppe wieder. Sie folgte ihr eine vollkommen unmögliche Anzahl von Stufen weit in die Höhe hinauf und gelangte schließlich in einen fensterlosen Gang aus schwarzem Stein. Mehrere Türen zweigten von ihm ab, doch Pia zögerte nicht einmal einen Sekundenbruchteil, die richtige zu wählen, durchquerte einen vollkommen leeren Raum ohne Fenster und überwand noch eine Treppe. Und so ging es weiter. Sie durchschritt Räume voller Staub und Spinnweben, durchquerte Säle, die so leer waren, dass nicht einmal die Dunkelheit darin Platz zu finden schien, ein Labyrinth aus Fluchten, Katakomben voller uralter Möbel, die schon durch den bloßen Luftzug ihres Vorübergehens zu Staub zerfielen, und noch mehr Kammern, Treppen und Säle. Während der ganzen Zeit musste Pia sich nicht einmal orientieren, sondern fand ihren Weg mit so traumwandlerischer Sicherheit, als wäre sie in diesem lichtlosen, kalten Labyrinth aufgewachsen.

Und schließlich betrat sie den Thronsaal.

Sie wusste es, noch bevor sie die gewaltige, offen stehende Tür durchschritt und sich das Licht der Fackel auf uraltem Silber und erblindetem Gold brach, lautlose Explosionen aus Licht in tausend Jahre altem Kristall und bunten Farbenregen aus noch älterem Edelstein aufflammen ließ. Sie hatte das Herz des Turmes erreicht. Vor ihr lag der Thronsaal des Hochkönigs.

Pia blieb eine kleine Ewigkeit unter der Tür stehen und versuchte den unglaublichen Anblick in sich aufzunehmen. Der Raum war gigantisch, mindestens so groß wie die riesige Halle unten, wenn nicht größer, und genau wie sie hatte er nur sehr wenige schießschartenähnliche Fenster, durch die selbst tagsüber kaum Licht hereinfallen konnte.

Trotzdem war es nicht dunkel. Das Licht der Fackel brach sich auf Hunderten glänzenden Flächen aus Metall, Glas oder Kristall, sodass sie zwar keine Einzelheiten erkennen konnte, aber immerhin einen allgemeinen Eindruck des Saales bekam – der schlichtweg atemberaubend war. Verrottete Möbel, mit staubverkrusteten Spinnweben verhangen wie mit alten grauen Segeln, bildeten ein Labyrinth aus Schatten und Hindernissen, und etwas, das gar nicht da war, schien sich zu bewegen.

Warum war sie hergekommen? Pia weigerte sich, an einen Zufall zu glauben – dafür war dieses Gebäude einfach zu groß –, und sie hatte diesen Gedanken auch kaum gedacht, da schienen sich ihre Füße wie von selbst in Bewegung zu setzen. Sie versuchte nicht, sich dem Willen ihrer magischen Stiefel zu widersetzen, sondern ließ sich einfach treiben, hielt aber nach wenigen Schritten schon wieder an, um sich umzusehen.

Auch hier gab es überall Waffen, als wäre dieser Raum einzig zu dem Zweck erschaffen worden, die Bestimmung des ganzen Gebäudes als Festung und Fanal der Wehrhaftigkeit zu unterstreichen: An den Wänden hingen gekreuzte Speere und Schwerter, runde, viereckige oder auch ganz und gar asymmetrische Schilde, und überall standen Rüstungen, zum Teil aus schwerem, mit metallenen Nieten und Platten verstärktem Leder, zum Teil aus blind gewordenem Metall, das irgendwann einmal silberfarben gewesen sein mochte. Alles Metall hier war zerschrammt, die Schwertklingen rostig und von uraltem eingetrocknetem Blut besudelt, aber längst nicht so hoffnungslos zerstört wie das, was sie in der Waffenkammer gesehen hatte. Ganz instinktiv lauschte Pia auf die flüsternden Stimmen der Toten in ihrem Inneren, doch sie hörte nichts.

Zentraler Punkt des gesamten Raumes, dessen ganze Architektur darauf ausgelegt war, Blicke und Aufmerksamkeit aller Eintretenden darauf zu lenken, war ein gewaltiger schwarzer Thron, der aussah, als wäre er direkt aus dem natürlich gewachsenen Fels des Bodens herausgemeißelt worden; oder gewachsen. Selbst ein Riese musste darauf klein und verloren aussehen. Die Armlehnen und die wuchtige Rückenlehne waren mit düsteren Symbolen übersät, Schlangen, Drachen und anderen, noch sehr viel unangenehmer anzuschauenden Dingen, und ein gewaltiger Drachenschädel mit aufgerissenem Maul schien jeden zu bedrohen, der sich dem Thron näherte.

Pia hatte nichts dergleichen vor. Schon allein dieses monströse Möbel anzusehen bereitete ihr körperliches Unbehagen. Außerdem hatte sie etwas entdeckt, das ihre Neugier in weitaus stärkerem Maße weckte. Die Wand hinter dem Thron war voll von Bildern und kunstvoll gemeißelten Reliefarbeiten wie alles hier drinnen, aber sie befanden sich in weitaus besserem Zustand als alles, was sie bisher gesehen hatte.

Etwas scharrte, ein Geräusch wie Schritte irgendwo hinter ihr, vielleicht auch ein Schleifen. Pia fuhr erschrocken herum, hob die Fackel höher und spürte, wie ihr Herz schneller zu schlagen begann. Aber die einzige Bewegung, die sie sah, waren die tanzenden Lichtreflexe ihrer Fackel und das hundertfache optische Echo, das sie in all den schimmernden Flächen ringsum erzeugten.

Und mehr war da auch nicht gewesen.

Pia rief sich in Gedanken zur Ordnung. Als Nächstes würde sie noch Kettenrasseln hören. Ihre Nerven schleiften offensichtlich über den Fußboden … aber das war in einer Umgebung wie dieser schließlich auch kein Wunder.

Sie lauschte noch einmal – nichts –, drehte sich wieder herum und trat dann dichter an die Reliefarbeiten heran, wobei sie einen respektvollen Bogen um den schwarzen Thron und das aufgerissene Drachenmaul schlug. Auch wenn sie wusste, dass es ganz und gar unmöglich war, konnte sie sich des Eindrucks nicht erwehren, dass der Blick des steinernen Drachen ihr misstrauisch folgte.

Ärgerlich verscheuchte sie den Gedanken und versuchte sich ganz auf die Bilder zu konzentrieren. Auf den ersten Blick wirkten sie einfach nur verwirrend, eine schier unglaubliche Anzahl winziger gemeißelter Kunstwerke, von denen eines perfekter ausgeführt war als das andere und an denen die Zeit unglaublicherweise fast spurlos vorübergegangen zu sein schien. Aber nach einer Weile glaubte sie doch so etwas wie ein System in diesem vermeintlichen Chaos zu erkennen, und dann, einmal darauf aufmerksam geworden, fiel es ihr sogar erstaunlich leicht, all die künstlerischen Details und Übertreibungen auszublenden, und ihr wurde klar, was sie da wirklich sah.

Das gigantische Relief erzählte eine Geschichte.

Die Geschichte der Elfenkriege.

Pia machte noch einmal kehrt und ging zum Anfang des Reliefs zurück. Das flackernde Licht der Fackel offenbarte ihr nicht nur jedes winzige Detail, sondern erfüllte die Bilder auch mit Bewegung und der unheimlichen Illusion von Leben. Sie sah die Geschichte der Elfenkriege, verkürzt, heroisiert und alles andere als objektiv dargestellt, und trotzdem, wie sie einfach wusste, zumindest in der Abfolge richtig. Es begann mit der ersten Landung der fremden Krieger, die auf ihren unheimlichen lebenden Schiffen über das Meer aus dem Osten gekommen waren, hochgewachsene Gestalten in schimmernden Rüstungen und mit hohen, spitzen Helmen und tödlichen Schwertern, die Leid und Chaos über das Land und seine Bewohner brachten. Sie sah brennende Städte und sterbende Menschen, Leid in tausendfacher Gestalt, gewaltige Schlachten, heroische Krieger und grässliche Niederlagen, dann schließlich die Wende, die mit der Ankunft weiterer lebender Schiffe voller spitz behelmter Gestalten aus dem Osten einherging. Der Krieg entflammte neu, mehr Schlachten wurden geschlagen, mehr Städte brannten, und Ströme von Blut färbten die Flüsse rot. Und schließlich das Erscheinen Prinzessin Gaylens und der Verrat des Hochkönigs, genau wie Brack es ihnen berichtet hatte.

Aber damit hörte die Geschichte nicht auf.

Der Krieg endete, die Elfen verschwanden wieder in ihrem unbekannten Reich hinter dem Ozean, doch das Relief erzählte die Geschichte zu Ende und zeigte nicht nur die Vergangenheit, sondern auch die Zukunft.

Es zeigte sie selbst.

Pia stand lange, sehr lange vollkommen reglos da und starrte das in Stein gemeißelte Bild an, das eine junge Frau in einem schlichten, hellen Gewand zeigte, die die Hände nach etwas wie einem riesenhaften Diamanten ausstreckte, der auf einem steinernen Tisch vor ihr lag. Zahlreiche Männer in schimmernden Rüstungen mit spitzen Helmen knieten in demütiger Haltung vor ihr, und etwas … würde geschehen, wenn sie den Kristall berührte, etwas Gewaltiges und Furchteinflößendes, das die Geschichte der Welt grundlegend verändern musste. Diesmal war es keine innere Stimme, die Pia diese Erkenntnis zuflüsterte. Das Wissen war in diesem Bild. Irgendwie war es dem Künstler, der es erschaffen hatte, gelungen, mehr in seine Arbeit zu bannen, als ihre Linien zeigten. Sie sah, was geschehen würde, wenn Gaylen zurückkam.

Wenn … *sie* zurückkam?

Pia versuchte vergeblich, diesen Gedanken als so lächerlich abzutun, wie er war. Es gelang ihr nicht. Das Relief machte ihr Angst, mehr Angst als irgendetwas zuvor.

Mit einer Kraftanstrengung, die ihre Möglichkeiten fast überstieg, zwang sie ihre Gedanken wieder in die Wirklichkeit zurück und sich selbst, das Bild mit anderen Augen zu betrachten. Es zeigte eine junge Frau, die tatsächlich sie sein könnte, genauso gut aber auch eine beliebige andere Frau: schlank und hochgewachsen, mit für die Menschen hier völlig untypischem langem Haar, das bis weit über ihren Rücken fiel. Ihr Gesicht war so stilisiert, dass es buchstäblich jede sein könnte.

Pia, die wiedergeborene Elfenprinzessin Gaylen ... lächerlich!

Aber warum machte ihr das Bild dann solche Angst?

Weil du eine hysterische blöde Ziege bist, antwortete sie sich selbst. Das Waisenkind aus den Favelas, das sich als die seit tausend Jahren verschollene Elfenprinzessin entpuppte? Ja, das klang logisch.

Das Schleifen, das sie schon einmal gehört hatte, wiederholte sich jetzt, und ein Hauch völlig anderer, körperloser Kälte streifte ihre Seele. Pia fuhr blitzartig auf dem Absatz herum –

und erstarrte mitten in der Bewegung.

Sie war nicht mehr allein. Mehrere gespenstisch bleiche Gestalten hatten den Thronsaal betreten, allesamt hochgewachsen – sehr viel größer als sie – und in lange schwarze Mäntel gekleidet, unter denen silberne Rüstungen und lange Schwerter blitzten. Sie trugen spitze, ebenfalls silberne Helme auf den Köpfen und hatten schmale, edel geschnittene Gesichter.

Und außerdem waren sie durchsichtig.

Es waren Gespenster.

Pia schloss die Augen, zählte in Gedanken ganz langsam bis zehn und sah wieder hin. Nichts hatte sich verändert. Die Gespenster waren immer noch da, und es waren sogar mehr geworden. Jetzt waren es mindestens ein Dutzend Gestalten, die den ehemaligen Thronsaal bevölkerten, flackernde Schemen, durch die das Licht drang, die manchmal da zu sein schienen, manchmal nicht und manchmal irgendetwas dazwischen. Es wurden immer mehr, zwei Dutzend, dann drei, vier ... bis der Thronsaal vor lautlosen Schemen überzuquellen schien. Sie bewegten sich durcheinander, standen zu zweit oder in Gruppen da, redeten und stritten, aber Pia hörte nicht den mindesten Laut, als betrachtete sie einen uralten Film ohne Ton. Alles vollzog sich in gespenstischer Lautlosigkeit, doch sie spürte, dass sie Zeugin von etwas sehr Wichtigem wurde. Etwas geschah hier (oder war geschehen?), das von großer Bedeutung war.

»Wer... seid ihr?«, murmelte sie stockend. »Was wollt ihr?«

Sie hatte die Worte fast ohne ihr Zutun gesprochen, und das Allerletzte, womit sie gerechnet hätte, wäre eine Reaktion der Gespenster gewesen.

Aber sie erfolgte.

Ihre lautlosen Gespräche verstummten. Die flackernden Gestalten erstarrten mitten in der Bewegung, und für die Dauer eines einzelnen, unendlichen Herzschlages schien selbst die Zeit innezuhalten.

Was bestimmt nur Zufall war. Ganz gewiss. Es *konnte* gar nichts anderes sein.

Und vielleicht war es das ja, denn schon im nächsten Moment wandten sich die Gespenster wieder dem zu, was auch immer sie gerade getan hatten, und Pia blieb einerseits Zeit, erleichtert aufzuatmen, und andererseits, sich selbst in Gedanken mit ein paar wenig schmeichelhaften Bezeichnungen zu belegen, was ihren Mut und ihre Leichtgläubigkeit anging, bevor sie einen neuerlichen, noch viel kälteren Hauch spürte, der ihre Seele zu Eis erstarren ließ, und dann den Blick unsichtbarer Augen zwischen den Schulterblättern. Sie presste die Hände so fest zusammen, dass die Knöchel knackten, als sie sich langsam herumdrehte, und sah sich nach irgendetwas um, das sich als Waffe gebrauchen ließ.

Aber ein Gespenst anzugreifen wäre wohl auch ziemlich sinnlos gewesen.

Selbst wenn dieses Gespenst nur wenige Schritte hinter ihr auf dem Thron saß und sie anstarrte. Und diesmal war sie ganz sicher, dass es kein Zufall war.

Es war Eirann, der Hochkönig der Dunkelelfen. Sie hätte ihn auch dann erkannt, wenn sie sein Gesicht nicht über dem Tor draußen gesehen hätte. Es war das Gesicht des Fremden, der sie zweimal gerettet hatte, und zugleich auch wieder nicht, denn dieses Antlitz war älter, unendlich viel erfahrener und härter. Sie konnte nicht sagen, ob der Ausdruck in seinen Augen bloße Härte oder schon Gnadenlosigkeit war. Wahrscheinlich waren diese Unterschiede ohnehin verschwommen im Laufe der Äonen, die diese Augen erblickt haben mussten.

Obwohl er saß, konnte sie erkennen, dass Eirann sehr groß sein musste, nicht nur für einen Bewohner dieser Welt, sondern überhaupt; mindestens zwei Meter, wenn nicht mehr, und der spitze Silberhelm ließ ihn noch viel größer erscheinen, sodass er selbst auf dem monströsen schwarzen Thron noch beeindruckend wirkte. Er trug einen schweren Mantel, der seine Gestalt umfloss wie ein Paar riesiger schwarzer Fledermausflügel, und einen schimmernden Brustharnisch, in dem ein sich aufbäumendes geflügeltes Pferd eingraviert war. Quer über seinen Knien lag ein mindestens anderthalb Meter langes Breitschwert mit einem wuchtigen Goldgriff, dessen Klinge aus Kristall oder Glas zu bestehen schien.

»Eirann?«, murmelte sie.

In dem edlen Gesicht des Dunkelelfen regte sich kein Muskel, aber etwas änderte sich in seinem Blick. Bisher hatte er sie einfach nur angestarrt, jetzt erschien allmählich etwas wie Erkennen darin.

Und dann …

Zorn. Ein so abgrundtiefer, gnadenloser Hass, dass sie wie unter einem Hieb zurücktaumelte, eingehüllt in einen Mantel unsichtbarer verzehrender Kälte, als hätte der bloße Blick dieser uralten Augen jegliche Wärme und alles Leben in ihrer unmittelbaren Nähe ausgelöscht. Es war eine Gnadenlosigkeit, die die Grenzen des Vorstellbaren überstieg, und ein Hass, der ein Jahrtausend lang Zeit gehabt hatte, sich an sich selbst zu nähren. Alles drehte sich um sie. Angst explodierte wie eine eisige Flamme in ihrem Herzen und löschte auch das letzte bisschen Wärme aus, und es wurde noch schlimmer, als die flackernde Gestalt das Schwert vom Schoß nahm, aufstand und die freie Hand nach ihr ausstreckte. Diese steckte in einem schweren, mit silberfarbenem Metall verstärkten Handschuh und hatte so wenig Substanz wie der Rest der Gestalt, und doch wusste Pia, dass etwas ganz und gar Entsetzliches geschehen würde, wenn diese Hand sie berührte. Etwas, das tausendmal schrecklicher war als der Tod.

Mit einem Schrei prallte sie zurück, stolperte und stieß gegen einen tausend Jahre alten Tisch, der unter ihrem Anprall zu Staub zerfiel. Sie fiel, sprang wieder auf die Füße, noch bevor sich die jahrhundertealte Staubwolke ganz entfalten konnte, wirbelte auf dem Absatz herum und gewahrte eine Bewegung aus den Augenwinkeln, der sie mit einem blitzartigen Haken auswich. Etwas wie ein Schrei gellte in ihren Ohren, schrill und unmenschlich spitz und laut, dann packte eine Hand ihren Oberarm, und Pia reagierte ganz instinktiv, indem sie das dazugehörige Handgelenk ergriff und mit einem harten Ruck herumdrehte. Der Schrei klang jetzt eindeutig entsetzt und brach dann mit einem Japsen ab, als Lasar schwer auf dem Rücken aufschlug. Die linke Hand, die mit versteiftem Zeige- und Mittelfinger zu einem tödlichen Stich gegen seine Augen ausgeholt hatte, konnte sie gerade noch im letzten Moment zurückreißen.

»Lasar?«, murmelte sie erschrocken. »Aber was …« Pia hob mit einem Ruck den Kopf und starrte den Thron an. Er war leer, nur mit dem Staub eines Jahrtausends bedeckt. Sie war vollkommen allein. »… tust du denn hier?«

Lasar arbeitete sich stöhnend halb auf die Ellbogen hoch.

Er hatte seine Fackel fallen gelassen, und das bisschen Licht, das es jetzt noch gab, reichte gerade aus, um seine Angst zu erkennen.

Es dauerte eine geschlagene Sekunde, bis Pia begriff, dass er nicht ihr Gesicht, sondern ihre linke Hand anstarrte, die noch immer wie zum tödlichen Stich erhoben war. Hastig und eindeutig schuldbewusst ließ sie den Arm sinken und fragte sich zugleich verblüfft, woher sie diesen ebenso tödlichen wie brutalen Schlag kannte; und vor allem, wieso sie so ganz instinktiv dazu angesetzt hatte, ihn zu führen.

»Habe ich dir wehgetan?« Was für eine blöde Frage!

»Nein«, log Lasar. »Alles in Ordnung.« Was ihn allerdings nicht daran hinderte, sich von ihr aufhelfen zu lassen. Er ließ es sogar zu, dass sie sich zuerst nach ihrer und dann seiner eigenen Fackel bückte und ihm die deutlich weiter heruntergebrannte reichte. Danach drehte sie sich einmal – sehr langsam – im Kreis und sah sich um. Die einzige Bewegung, die sie sah, war Staub, der im Fackelschein tanzte.

Keine Gespenster.

Kein Eirann.

»Ist alles in Ordnung?«, fragte Lasar.

Sollte *sie* nicht eigentlich *ihm* diese Frage stellen? »Mir geht es gut«, sagte sie. »Aber was tust du überhaupt hier? Wolltest du nicht unten in der Halle auf mich warten?« *Weil du zu feige warst, mich zu begleiten?*

»Ihr seid nicht … *du* bist nicht gekommen, und da habe ich angefangen, mir Sorgen um dich zu machen.«

»Und hast mich gesucht?« *Obwohl du so große Angst vor diesem Gebäude und den Gespenstern hast, die es möglicherweise ja* doch *hier gibt?* »Danke!« Sie lächelte, machte aber gleich darauf ein fragendes und beinahe schon wieder misstrauisches Gesicht. »Wie hast du mich gefunden? Hast du nicht behauptet, dass du dich hier nicht auskennst?«

»Ich habe deine Schreie gehört.«

»Meine Schreie? Ich habe nicht geschrien«, antwortete Pia empört.

Lasar sagte gar nichts, doch sein Blick sprach Bände, und Pia lauschte in sich hinein und spürte ein raues Gefühl im Hals. Sie *hatte* geschrien.

»Ich ... dachte, ich hätte etwas gehört und habe mich wohl erschreckt«, gestand sie zögernd. »Wahrscheinlich deine Schritte.«

Lasar war diplomatisch genug, auch diese noch viel dämlichere Ausrede widerspruchslos zu akzeptieren. Er machte eine Kopfbewegung über die Schulter zurück. »Es ist wirklich spät«, sagte er. »Wir sollten jetzt gehen.«

»Ja, das sollten wir. Lass uns ...«

Sie brach mitten im Wort ab, runzelte die Stirn und führte die begonnene Bewegung zu Ende, allerdings drehte sie sich jetzt in die entgegengesetzte Richtung. Irgendetwas hatte sich verändert, aber sie konnte im ersten Moment nicht sagen, was.

»Erha...«, begann Lasar und verbesserte sich hastig: »Gaylen?« Was nicht unbedingt eine Verbesserung war.

»Ja. Schon gut«, sagte Pia. »Wir sollten zusehen, dass wir von hier wegkommen.« Sie machte einen Schritt, sah noch einmal über die Schulter zurück und begriff endlich, was sich verändert hatte.

»Geh schon mal voraus, und sieh nach, ob irgendwelche Gespenster auf uns warten«, sagte sie, während sie sich abermals herumdrehte. Der Thron war wieder leer (nein. Nicht *wieder*. Er war *die ganze Zeit leer gewesen!*), aber davor lag etwas auf dem Boden, das Pia übersehen haben musste.

Jedenfalls redete sie sich das ein.

»Ihr solltet ... *du* solltest besser nicht zurückgehen«, sagte Lasar nervös. »Dieser Raum ist mir nicht geheuer.«

Na, und mir erst!, dachte Pia. Ihr Lachen klang selbst in ihren eigenen Ohren ziemlich unecht. »Ich habe etwas verloren«, sagte sie. »Geh schon! Warte draußen auf mich! Es dauert nur einen Moment.«

Ohne sich davon zu überzeugen, ob Lasar ihr gehorchte oder nicht, ging sie wieder auf den monströsen schwarzen Thron zu. Er war leer, aber etwas lag davor auf dem Boden, lang, schmal und glänzend.

Es war das Schwert, das sie quer über Eiranns Knien gesehen hatte.

Zögernd und von einem ganz sachten nagenden Zweifel erfüllt, ob das, was sie tat, auch wirklich klug war, ließ sie sich in die Hocke sinken und streckte die Hand nach der schlanken Klinge aus. Ein Teil von ihr wartete geradezu (hoffnungsvoll) darauf, dass ihre Hand einfach durch die Klinge hindurchglitt, die sich auf diese Weise nur als ein weiteres Trugbild herausstellen würde, aber stattdessen berührten ihre Finger glattes, hartes Metall, das sich eisig und zugleich auf eine sonderbare Art warm anfühlte.

Nein, verbesserte sie sich in Gedanken. Nicht warm.

Lebendig.

Der Gedanke kam ihr völlig absurd vor, aber es war das einzige Wort, das ihr spontan einfiel, und tief in sich spürte sie, dass es der Wahrheit sehr nahekam, auch wenn es sie nicht wirklich traf. Ihre Finger schlossen sich um den reich ziselierten Griff der Waffe, der aus purem Gold zu bestehen schien, und aus dem bizarren Gefühl von Lebendigkeit wurde etwas noch viel Bizarreres. Etwas ... flüsterte tief in ihrer Seele, eine uralte, lautlose Stimme, die Geschichten aus einer noch viel älteren Zeit erzählte, die sie nie gehört hatte und dennoch kannte. Geschichten, die ...

Pia brach den Gedanken mit einer bewussten Anstrengung ab, schloss die Hand mit einer trotzigen Bewegung nur noch fester um den Schwertgriff und hätte in der Hocke fast das Gleichgewicht verloren, als sich das meterlange Schwert als sehr viel leichter erwies, als sie erwartet hatte.

»Ist alles in Ordnung, Gaylen?«, drang Lasars Stimme an ihr Ohr. So viel zu ihrem Befehl, draußen zu warten.

»Kein Problem«, sagte sie hastig. »Ich war nur ungeschickt.«

Irgendwie gelang es ihr, nicht nur nicht hintenüberzufallen, sondern sogar aufzustehen, ohne dabei eine allzu alberne Figur zu machen. Sie versuchte ganz instinktiv, die Schwertklinge mit ihrem Körper abzuschirmen, damit Lasar sie nicht sah, und das lautlose Flüstern am Grunde ihrer Seele nahm noch einmal zu. Fast glaubte sie die Worte zu verstehen, doch gerade als das lautlose Wispern tatsächlich einen Sinn ergeben wollte, fragte Lasar – beunruhigt und deutlich näher: »Was ist los mit Euch, Erhabene?«

»Nichts«, murmelte Pia. Rasch schob sie das Schwert unter ihren Mantel, drehte sich zu ihm herum und brachte sogar irgendwie das Kunststück fertig, halbwegs überzeugend zu lächeln. »Wie gesagt: Ich habe nur etwas verloren. Gehen wir?«

XXII

Wie jedes Mal, wenn sie auf die Straße hinaustrat, musste sie gegen die Überzeugung ankämpfen, dass es schon wieder kälter geworden war. Brack und alle anderen, mit denen sie sprach, behaupteten hartnäckig, es wäre Sommer, und Pia blieb allmählich nichts anderes mehr übrig, als sich einzugestehen, dass das vermutlich der Wahrheit entsprach. Vermutlich fielen die Temperaturen im Winter noch ein gutes Stück *unter* den absoluten Nullpunkt. Aber wie es aussah, dachte sie betrübt, standen ihre Chancen gar nicht schlecht, das selbst herauszufinden. Sie waren jetzt seit gut zwei Wochen in dieser sonderbaren Stadt mit dem noch sonderbareren Namen, und der Turm des Hochkönigs war ihre letzte Hoffnung gewesen, doch noch einen Weg zurück nach Hause zu finden. Vielleicht stellte dieser unheimliche Turm irgendeinen Weg dar, wieder in die Welt zurückzukehren, in die sie gehörte, aber wenn, dann war ihr dieser Weg zumindest im Augenblick verwehrt. Wäre Lasar nicht im richtigen Moment aufgetaucht, dann hätte Eirann sie vielleicht berührt, und dann ...

Wäre gar nichts passiert, rief sie sich in Gedanken zur Ordnung. *Weil es keinen Eirann gegeben hat.* Er war eine Erinnerung, nichts als eine Legende. Es gab ihn nicht. So wenig, wie es Gespenster gab.

Die Straße war menschenleer und dunkel. In keinem einzigen Haus brannte Licht, und es war so still, als wäre die Stadt im gleichen Moment ausgestorben, in dem das letzte Sonnenlicht hinter dem Horizont verschwunden war. Trotzdem blieb Lasar plötzlich stehen und hob warnend die Hand. Seine Haltung drückte Anspannung aus. Das hatte sie die ganze Zeit über getan, nicht erst seit, sondern schon bevor sie den Turm verlassen hatten, aber jetzt gesellte sich noch etwas anderes hinzu. Angst?

»Was hast du?«, fragte Pia, doch Lasar machte nur eine neuerliche und jetzt eindeutig erschrockene Geste, zu schweigen, und zog sie dann mit einer plötzlichen Bewegung in den Schatten eines überhängenden Türsturzes. Erst dann hörte Pia das Geräusch schwerer, langsamer Schritte, die näher kamen.

Es war eine Patrouille der Stadtwache, die üblichen zwei Mann in schwerem Mantel, Harnisch und Schild, die am anderen Ende der Straße erschienen und nicht besonders schnell, dafür zielsicher auf sie zukamen. Der Junge fuhr erschrocken zusammen und sah sich hektisch nach rechts und links um, und Pia konnte seine Gedanken in diesem Moment mehr als deutlich hören. Er suchte verzweifelt nach einem Versteck oder einem Fluchtweg. Als er loslaufen wollte, legte ihm Pia die Hände auf die Schultern.

»Rühr dich nicht«, zischte sie. »Und keinen Laut!«

Lasar war wahrscheinlich viel zu schockiert, um auch nur Luft zu holen, und als er seinen ersten Schrecken überwunden hatte, war es zu spät, um noch irgendetwas zu tun. Vorhin wäre er vermutlich nicht unentdeckt geblieben und den Männern einfach davongelaufen, doch nun war das unmöglich. Er stand einfach wie erstarrt da, und Pia griff nach den Schatten und verwob sie zu einem schützenden Mantel, der sie vollkommen unsichtbar machte. Die beiden Wachsoldaten gingen weniger als eine Armlänge entfernt an ihnen vorbei, ohne sie auch nur zur Kenntnis zu nehmen. Nach einigen weiteren Sekunden bogen sie in eine Seitenstraße ab, und erst in diesem Moment wagte es Lasar tatsächlich, wieder zu atmen.

»Bei Kronn!«, keuchte er. »Wie ... wie habt Ihr das gemacht?«

»*Du*«, antwortete Pia. »Und was?«

»Ihr habt sie verzaubert, damit sie uns nicht sehen!« Der Junge starrte sie aus großen Augen an.

»Wenn ich Zauberkräfte hätte, wäre ich dann noch hier?«

»Aber wie habt Ihr das gemacht?«, beharrte Lasar, als hätte er ihre Worte gar nicht gehört.

»Ich habe keine Ahnung«, antwortete Pia. »Doch es hat bestimmt nichts mit Zauberei zu tun. Ich konnte das schon immer.« Das entsprach zwar nicht ganz der Wahrheit, kam dieser aber näher, als ihr selbst bis zu dem Zeitpunkt klar gewesen war. Pia war schon als Kind unschlagbar darin gewesen, sich zu verstecken, und an dieser Tatsache hatte sich nichts geändert, während sie herangewachsen und schließlich zu einer jungen Frau geworden war. Vielleicht hatte sie ihre Blitzkarriere als erfolgreiche Nachwuchsdiebin und Einbrecherin sogar zu einem Großteil diesem speziellen Talent zu verdanken; wenn nicht sogar ausschließlich.

»Ich verstehe, Erhabene«, sagte Lasar. »Ihr wollt nicht darüber sprechen.«

»Das hat nichts mit *wollen* zu tun«, beharrte Pia. »Es ist ...« Sie schluckte hinunter, was ihr auf der Zunge lag, und zuckte nur mit den Schultern. »Ganz wie du meinst. Aber tu mir einen Gefallen und hör endlich damit auf, mich ständig *Erhabene* zu nennen!«

»Aber Ihr seid ...«

»Ich könnte es dir befehlen«, unterbrach ihn Pia, noch immer lächelnd, jedoch eine winzige Spur schärfer. »Aber das möchte ich lieber nicht.«

»Erhabene?«

Vielleicht sollte sie es. »Du könntest mich damit in Gefahr bringen.«

»Oh!« Das schien er zu verstehen. »Ganz wie Ihr meint, Er…, Gaylen.«

»Und wir sollten jetzt weitergehen«, fügte sie hinzu, bevor das Gespräch zu absurd wurde. »Meinst du, dass wir noch mehr Wachen begegnen?«

Sie behielt Lasar aufmerksam im Auge, während sie diese Frage stellte. Dass die Stadtwache und er keine Freunde waren, war ihr schon am ersten Tag klar geworden, und wahrscheinlich hatte er sie gerade vor einer Menge Ärger bewahrt – vorsichtig ausgedrückt. Sie hatten den Weißen Eber auf demselben Weg verlassen, auf dem sie ihre Aufpasser schon einmal ausgetrickst hatte, und würden ihn mit etwas Glück auch ungesehen auf demselben Weg wieder betreten. Sie selbst hatte jeden Grund, sich nicht blicken zu lassen, vor allem nach dem Gespräch mit Istvan und Malu. Dennoch hatte Lasars Reaktion sie alarmiert. Er war den Männern nicht einfach nur aus Gewohnheit oder einem schon prinzipiell schlechten Gewissen ausgewichen. Pia hatte seine Furcht gespürt. Ein Schatten davon war selbst jetzt noch auf seinem Gesicht zu sehen.

»Nein.« Lasar schüttelte überzeugt den Kopf. Dann machte er ein leicht verlegenes Gesicht. »Wir hätten auch dieser Patrouille nicht begegnen dürfen. Sie müssen von ihrer normalen Route abgewichen sein.«

»Du kennst die Zeiten, zu denen sie patrouillieren?«, fragte Pia, während sie ihren Weg fortsetzten, langsam und ganz instinktiv jeden Schatten und jedes Versteck ausnutzend, das sich ihnen bot. Wahrscheinlich wäre es nicht nötig gewesen. Alles in allem, das verriet ihr unfehlbares Zeitgefühl, waren gerade einmal zwei Stunden vergangen, seit sie den Weißen Eber verlassen hatten. Dennoch lag die Stadt so dunkel und still da, als wäre Mitternacht schon längst vorbei.

»Ja«, antwortete Lasar. Eine Spur von Stolz schwang in seiner Stimme mit, und er gab sich keine Mühe, ihn zu verbergen. »Früher konnte ich jeden ihrer Schritte voraussagen, und ich kann ihnen auch heute noch eine lange Nase drehen, wann immer ich will.«

»Früher?«

»Als ich noch ... bevor ich für Brack gearbeitet habe.«

»Als du noch in einer Kinderbande gewesen bist«, vermutete Pia. Lasar schwieg. »He, das muss dir nicht peinlich sein«, sagte Pia und lachte leise. »Die gibt es dort, wo ich herkomme, auch. Ich war früher sogar selbst in der einen oder anderen. Und ich war gar nicht schlecht. Es gab Zeiten, da war kein Touristenbus vor mir sicher. Vor allem nicht die Handtaschen der hübschen *Senhoras.*«

Lasar sah sie verständnislos an, aber Pia fand, dass es allmählich Zeit war, auch von ihm ein wenig Vertrauen einzufordern. Sie spürte, dass der Junge etwas vor ihr verbarg. »Und was war dein Fachgebiet?«

»Erhabe..., Gaylen?«

»Wie gesagt: Meine Spezialität waren Handtaschen, Digicams, Kreditkarten und all das Zeug, das dir sowieso nichts sagt. Und du?« Sie maß ihn mit einem aufmerksamen Blick von Kopf bis Fuß. »Du siehst mir aus wie ein guter Einbrecher. Schlank, geschmeidig ... ich wette, vor dir war kein Kellerfenster sicher, habe ich recht?«

»Ich habe noch nie gestohlen!«, antwortete Lasar. Er klang ehrlich empört. »Und die anderen auch nicht!«

»Und warum versteckt ihr euch dann in diesem Turm?«, fragte Pia. »Und wieso habt ihr solche Angst vor den Wachen?«

»Weil sie uns sonst töten«, antwortete Lasar.

»Wie bitte?«

»Mich vielleicht nicht«, fuhr er fort. »Ich bin schon zu alt, und ich habe eine Anstellung. Aber manchmal schlagen sie erst zu und sehen dann nach, wen sie getroffen haben.«

»Moment!« Pia blieb mitten im Schritt stehen. Sie bemühte sich, das Durcheinander hinter ihrer Stirn zu ordnen und möglichst ruhig weiterzusprechen. »Du willst damit sagen, die Stadtwache *tötet* Kinder? Warum?«

»Weil sie Kinder sind«, antwortete Lasar so selbstverständlich, als wäre das Antwort genug.

»Das allein reicht wohl kaum als Grund.«

»Ihnen schon«, sagte Lasar. »Sie töten Jungen und Mädchen zwischen fünf und fünfzehn. Natürlich nicht alle. Nur manche. Die, die sich nicht verstecken oder zu langsam sind, um ihnen davonzulaufen.«

»Einfach so?«, fragte Pia fassungslos. »Warum?«

»Das war schon immer so«, antwortete Lasar. »Es ist das Gesetz. Sie töten nur die, die nach Dunkelwerden auf der Straße sind. Kaum einer wagt sich deshalb nach Sonnenuntergang nach draußen. Aber manche eben doch, weil sie sich für schlauer oder gerissener als die Wache halten – oder einfach dumm sind.« Er machte ein fragendes Gesicht. »Ist das da, wo du herkommst, nicht so?«

Pia wollte ebenso instinktiv wie empört *Natürlich nicht!* antworten, aber dann deutete sie nur ein ausweichendes Achselzucken an. Natürlich machte die Polizei von Rio de Janeiro nicht nach Einbruch der Dunkelheit Jagd auf Kinder, um sie zu erschießen – das erledigten andere, anonyme Killerkommandos, die zuschlugen und sofort wieder verschwanden, nachdem sie ein paar Slumkinder erledigt hatten, und jeder wusste, in wessen Auftrag sie unterwegs waren.

»Siehst du? Das ist überall so.« Lasar machte eine auffordernde Geste, und sie setzten ihren Weg fort. Sein Blick strich rasch und neugierig über den länglichen Umriss, den sie unter ihrem Mantel verbarg, und entfernte sich dann hastig wieder, und Pia konnte gerade noch den Impuls unterdrücken, schützend die Hand darüberzulegen. Obwohl das Schwert schwer und so kalt war, dass seine Berührung selbst durch den Stoff ihres Kleides hindurch fast wehtat, hatte sie es beinahe vergessen, denn es trug sich so selbstverständlich, als wäre es ein natürlicher Teil ihres Körpers; oder als besäße sie es schon so lange, dass es fast zu einem solchen geworden war.

Während der restlichen Zeit, die sie brauchten, um den Weißen Eber wieder zu erreichen, wechselten sie kein Wort mehr miteinander. Pia war immer noch vollkommen schockiert. Sie spürte, dass Lasar ihr die Wahrheit gesagt hatte, trotzdem fiel es ihr schwer, ihm zu glauben. Die Stadtwache sollte Jagd auf Kinder machen, nur weil sie nach Dunkelwerden das Haus verließen? Warum?

Sie erreichten die Straße, in der der Weiße Eber lag, und Pia blieb stehen, bevor sie die schützenden Schatten verließen. Wie sie es erwartet hatte, standen zwei von Istvans Männern auf der der Tür gegenüberliegenden Seite und froren um die Wette, und hinter den dünnen Papierfenstern des Gasthauses bewegten sich unruhige Schatten. So still, wie es hier draußen war, konnte sie gedämpfte Stimmen, Gelächter und Gemurmel hören.

»Gaylen?«, fragte Lasar.

Pia überlegte einen Moment ernsthaft, ihr Glück auf die Probe zu stellen und den Mantel aus schützenden Schatten zu benutzen, um unerkannt an den Männern vorbeizugelangen, verwarf diesen Gedanken aber schon, bevor sie ihn ganz zu Ende gedacht hatte. Statt irgendetwas zu sagen, bedeutete sie Lasar mit einer Geste, vorauszugehen, und der Junge verstand. In seinen Augen blitzte es zufrieden auf, eine Aufgabe von ihr bekommen zu haben, dann wandte er sich um und huschte in die entgegengesetzte Richtung davon. Pia folgte ihm.

Lasar führte sie durch ein verwirrendes Labyrinth dunkel daliegender Gässchen und Hinterhöfe, und schon nach wenigen Augenblicken kletterten sie nebeneinander über die Mauer, die den Hinterhof des Weißen Ebers begrenzte. Etwas klapperte, als Pia in den Hof hinabsprang, und sie bedeutete Lasar zu warten.

Ihr Verstand sagte ihr zwar, dass Lasar ohnehin gesehen haben musste, was sie im Thronsaal des Turmes gefunden hatte, und wenn nicht das, sollte ihr sein neugieriger Blick gerade klargemacht haben, dass ihr Geheimnis keines mehr war – dennoch zögerte sie spürbar, unter den Mantel zu greifen und das sonderbare Schwert hervorzuziehen.

Andererseits hatte sie keine Wahl. Wenn sie schon gezwungen war, irgendjemandem hier zu vertrauen, dann gehörte dieser Junge vermutlich zu den sehr wenigen, bei denen sie es riskieren konnte.

Schweren Herzens zog sie das Schwert unter dem Umhang hervor und reichte es ihm. Lasars Augen wurden groß. Pia war sicher, nicht nur Staunen und Ehrfurcht darin aufblitzen zu sehen, sondern für einen winzigen Moment auch pure Angst. Seine Hände zitterten sichtbar, als er – zögernd, fast widerwillig – nach der Klinge griff.

Pia schenkte ihm ein aufmunterndes Lächeln, streifte rasch den Umhang von den Schultern und wickelte das Schwert hinein. »Bring das in mein Zimmer«, bat sie. »Versteck es unter dem Bett, aber achte darauf, dass niemand es sieht!«

»Aber das ist …«, begann Lasar, doch Pia unterbrach ihn mit einem raschen Kopfschütteln.

»Ich weiß, was das ist. Tu, was ich dir sage. Bitte«, fügte sie nach einem winzigen Moment und mit einer Spur von schlechtem Gewissen hinzu.

»Wie Ihr befehlt, Erhabene«, antwortete Lasar, und diesmal verzichtete Pia darauf, ihn zu korrigieren. Manchmal war es doch ganz praktisch, Befehle erteilen zu können, die niemand infrage stellte.

»Warte einen Moment«, sagte sie nur. »Dann folge mir.«

Sie betrat den Weißen Eber durch den Hintereingang und stellte ohne Überraschung fest, dass der Schankraum schon wieder bis auf den letzten Platz besetzt war. Überall wurde getrunken und gelacht, und mehr als ein gieriger Blick traf ihr Gesicht und tastete in dem vergeblichen Versuch über ihre Gestalt, den Stoff ihres Kleides durchsichtig werden zu lassen. Das kannte sie mittlerweile.

»Gaylen! Endlich! Wo bist du gewesen?« Brack jonglierte mit gleich vier Bierkrügen in den Händen im Slalom zwischen den Tischen hindurch und sah ziemlich erschöpft aus, zugleich aber auch ein bisschen verärgert. »Ich habe dich überall gesucht!«

Pia machte eine Kopfbewegung auf die geschlossene Tür hinter sich. »Auf dem ...« Sie zauberte ein verlegenes Lächeln auf ihr Gesicht. »Du weißt schon.«

Bracks Augen wurden schmal. »Ich habe eine Stunde lang nach dir gesucht. Und nach Alica auch.«

»Mir war nicht besonders gut«, erwiderte Pia. »Ich muss wohl irgendetwas Schlechtes gegessen haben.«

Bracks Augen wurden noch schmaler, während er näher kam und dann seine Last klirrend auf der improvisierten Theke ablud. Sie musste nicht fragen, um zu wissen, dass er auch dort gesucht hatte. »Aber jetzt bin ich ja da.«

»Ja«, sagte Brack, setzte sichtbar dazu an, eine weitere und vermutlich deutlich weniger leicht zu beantwortende Frage zu stellen, und schüttelte schließlich nur den Kopf. »Schnell, Mädchen! Hol deine Schürze, und dann rasch hinter die Theke! Jeder Moment, den du hier herumstehst, kostet mich bares Geld!«

Die Tür ging auf, und Lasar kam herein, ihren zusammengerollten Mantel mit dem darin verborgenen Schwert unter dem linken Arm. Es erschreckte ihn, Brack unmittelbar vor sich zu sehen, und dieser fuhr ihn auch sofort an: »Und du machst dich auch nützlich, du elender Faulpelz! Wo bei Kronn hast du dich wieder rumgetrieben? Was glaubst du eigentlich, wofür ich dich bezahle?«

Bevor Lasar irgendetwas Dummes antworten konnte, trat Pia mit einem wie zufällig wirkenden Schritt zwischen ihn und Brack und machte eine auffordernde Geste. »Tu, was Brack gesagt hat«, sagte sie. »Bring meinen Mantel nach oben, und hol mir meine Schürze! Bitte!«

Lasar nuschelte irgendetwas, das sich wie *»Seit wann bezahlt er mich überhaupt?«* anhörte, beeilte sich aber trotzdem, mit schnellen Schritten die Treppe anzusteuern und an ihrem oberen Ende zu verschwinden. Nach einem weiteren Augenblick löste sich auch Pia von ihrem Platz und trat gehorsam hinter die Theke. Der Geräuschpegel im Schankraum sank um ein gehöriges Stück. Pia zögerte, aber sie fühlte Bracks auffordernden Blick und wusste, was sie ihm schuldig war – auch wenn sie nach dem Gespräch mit Istvan und vor allem Malu nicht mehr sicher sagen konnte, ob es sich wirklich um eine kluge Idee handelte. Mit einer Bewegung, die gerade eine Winzigkeit zu langsam war, um nicht aufreizend zu wirken, hob sie beide Arme, streifte das Kopftuch ab und schüttelte ihr Haar mit einer gekonnten Bewegung nach hinten, sodass es sich wie ein weißgoldener Wasserfall über ihre Schultern und bis weit über ihren Rücken ergoss. Für die Dauer eines einzelnen Atemzuges wurde es mucksmäuschenstill und dann irgendwie sogar noch stiller, als sie ihr Haar ordnete und mit geschickten Bewegungen unter dem Kopftuch verbarg. Danach setzte der allgemeine Lärm wieder ein, und Pia senkte hastig den Blick, viel mehr zornig als beschämt. Sie kam sich immer noch ein bisschen schäbig vor, aber wenn das alles an Striptease war, was Brack von ihr erwartete, um seine Gäste zufriedenzustellen, dann sollte er es haben.

Sie griff nach einem leeren Bierkrug, den Brack ihr reichte, füllte ihn auf und verfuhr auf dieselbe Weise mit einem zweiten, dritten und vierten, bevor sie sie auf die Theke stellte, damit Brack sie abholen konnte. Als er das zweite Mal zurückkam, raunte er ihr zu: »Wo bist du wirklich gewesen?«

»Auf der Toilette«, antwortete Pia. »Und selbst wenn nicht ... was geht dich das an?«

Ihr harscher Ton überraschte sie beinahe selbst, aber Brack schien ihn ihr nicht übel zu nehmen. »Nichts«, gestand er. »Aber andere könnten sich dieselbe Frage stellen. Siehst du den Kerl neben der Tür? Den mit dem Lederhelm? Schau nicht zu auffällig hin.«

Pia hob wie zufällig den Blick und sah in die angegebene Richtung. An einem Tisch neben dem Eingang saß ein einzelner, zumindest für hiesige Verhältnisse sehr großer Mann, der schlichte, jedoch sehr robust wirkende Kleidung und etwas trug, was sie zu Hause vermutlich als altmodische Flieger- oder Motorradhaube bezeichnet hätte, das hier aber wohl als leichter Helm durchging. Irgendetwas an seinem Gesicht kam ihr bekannt vor, doch sie war nicht sicher. Anscheinend war ihre Bewegung gar nicht so unauffällig gewesen, wie sie geglaubt hatte, denn er senkte rasch den Blick und starrte in seinen Bierkrug; was ganz bestimmt kein Zufall war.

»Wer ist das?«, fragte sie.

»Keine Ahnung«, antwortete Brack. »Ich habe den Kerl hier noch nie gesehen. Aber er gefällt mir nicht. Sitzt nur da, starrt in sein Bier und sagt kein Wort. Als ob er auf was warten würde.«

»Du glaubst, Istvan hätte ihn geschickt? Oder Malu?«

»Keine Ahnung«, antwortete Brack. »Aber sei ein bisschen vorsichtig ... und lass dein Kopftuch für heute Abend, wo es ist.«

»Das wird deinen Gästen nicht gefallen«, sagte Pia.

»Und Malus Spitzel noch sehr viel weniger«, fügte Brack hinzu. Er nahm gleich vier gefüllte Krüge in beide Hände und warf ihr einen fast beschwörenden Blick zu. »Ich rede morgen früh noch einmal mit Istvan. Ich denke, ich kann ihm einen Vorschlag machen, den er nicht ablehnen wird. Aber bis dahin solltest du besser ein wenig vorsichtig sein. Wäre doch zu schade, wenn wir uns selbst den Spaß verderben, Malu den Spaß zu verderben, oder?«

Pia warf ihm einen leicht irritierten Blick zur, aber Brack grinste nur breit und trollte sich mit seinen Krügen, und Pia konzentrierte sich wieder auf ihre Arbeit.

Sie hatte immer noch das Gefühl, angestarrt zu werden. Für eine Weile gelang es ihr, es zu ignorieren, doch schließlich resignierte sie und sah auf.

Sie hatte sich nicht getäuscht. Sie *wurde* angestarrt. Und dieses Mal senkte der Mann nicht den Blick, sondern sah sie direkt und ruhig an, und sie erkannte das Gesicht unter dem zerschrammten Lederhelm und dem verfilzten schwarzen Haar genau.

Pia erstarrte. Das war nicht möglich. Ihr Verstand, ihr logisches Denken, alles schrie ihr zu, dass sie sich täuschen musste, dass es ganz und gar unmöglich war …

Aber es war trotzdem die Wahrheit.

Er sah älter aus als das letzte Mal, mindestens zehn Jahre älter, und es konnten keine leichten zehn Jahre gewesen sein. Sein Gesicht war verhärmt. Auf seiner linken Wange prangte eine hässliche gezackte Narbe, als hätte jemand versucht, ihm mit einem nicht besonders scharfen Gegenstand das Gesicht zu zerschneiden, und rings um seine Augen war ein Netz dünner Fältchen entstanden, die nicht so wirkten, als kämen sie vom Lachen. Er starrte sie an. Das taten viele hier drinnen, wenn nicht alle, aber er tat es auf eine vollkommen andere Art. Sie war nicht einmal unbedingt unangenehm – auf jeden Fall nicht annähernd so anzüglich wie die der meisten –, aber … anders. Ein wenig erstaunt vielleicht, wobei sie das sichere Gefühl hatte, dass dieses Erstaunen nichts mit ihrem bloßen Anblick zu tun hatte. Oder doch, aber auf eine andere Art, als sie es erwartet hätte.

»Lös mich bitte für einen Moment ab«, sagte sie zu Lasar, der in diesem Moment zurückkam, drückte ihm einen leeren Krug in die Hand und ging mit raschen Schritten um die Theke herum und auf den Tisch neben dem Eingang zu. Zahlreiche erstaunte Augenpaare folgten ihr – unter anderem die Bracks, auch wenn er viel mehr verstimmt als erstaunt wirkte –, aber sie ignorierte sie, ging zu dem Tisch, an dem der Narbige saß, und ließ sich kommentarlos auf den Schemel ihm gegenüber sinken. Sie dachte an die Pistole, die oben unter ihrem Kopfkissen lag, und überlegte einen kurzen Moment lang ernsthaft, aufzustehen und sie zu holen, verwarf diesen Gedanken aber sofort wieder.

»Hallo, Pia«, sagte Hernandez. »Schön, dich wiederzusehen.«

Es war seine Stimme. Sie hatte sich nicht verändert, war allenfalls etwas rauer geworden, aber es war ganz eindeutig seine Stimme. Viel mehr als das, was er sagte, zerstörte der Klang dieser Stimme auch noch den allerletzten Funken Hoffnung, vielleicht nichts als einer geradezu unglaublichen Ähnlichkeit aufgesessen zu sein. Es war Hernandez.

»Du hast dich gut gehalten.«

»Was man von Ihnen nicht behaupten kann«, antwortete Pia mit belegter Stimme. »Ich hätte Sie kaum wiedererkannt.«

»Es waren harte Zeiten«, sagte Hernandez.

Brack trat an ihren Tisch und polterte sofort los. »Gaylen, was soll das? Die Gäste haben Durst, und dieser Dummkopf Lasar schüttet mehr neben die Krüge als hinein, und …«

»Dann solltet Ihr Eurem Gehilfen vielleicht zur Hand

gehen und mir einen frischen Krug Bier bringen«, unterbrach ihn Hernandez, »das übrigens ausgezeichnet ist.«

»Danke«, sagte Brack, »aber ich sehe es nicht gerne, wenn ...«

»– deine Gäste durstig sind?« Hernandez' Stimme veränderte sich fast unmerklich. Es war nur um eine Winzigkeit, kaum hörbar, aber dafür umso deutlicher zu fühlen. Sie klang plötzlich so kalt wie Eis und scharf wie eine Messerklinge. Brack japste nach Luft, plusterte sich auf und blinzelte dann erschrocken, als Hernandez ihn mit einem eisigen Blick maß.

»Noch ein Krug Bier, ganz wie Ihr wünscht«, murmelte er und trollte sich.

»Sie haben sich nicht verändert, *Comandante«,* sagte Pia anerkennend. Ihre Stimme klang noch immer flach.

»Will ich doch hoffen. Schließlich hatte ich Zeit genug zum Üben.«

Das war unübersehbar. Hernandez *war* älter geworden. *Was, um Gottes willen, war hier passiert?*

»Ich würde dich ja gerne auf einen Krug Bier einladen, aber das wäre ziemlich albern, wo du doch sozusagen an der Quelle sitzt, nicht wahr?«, fuhr Hernandez fort. »Ganz davon abgesehen, dass es ja fast einer Beleidigung gleichkäme, einer leibhaftigen Elfenprinzessin etwas so Ordinäres wie ein Bier anzubieten.«

»Elfenprinzessin?«, fragte Pia, aber Hernandez hob sofort die Hand und brachte sie zum Schweigen. Pia fiel auf, dass das letzte Glied seines kleinen Fingers fehlte. Die Narbe sah so alt aus wie die in seinem Gesicht.

»O bitte, Gaylen«, sagte er betont. »Ich bin nicht von so weit her gekommen, um mir die berühmte Attraktion des Weißen Ebers anzusehen und jetzt eine wenig eloquente Ausrede zu hören.« Er machte ein nachdenkliches Gesicht. »Ist das das richtige Wort in diesem Zusammenhang? Eloquent? Ich bin es nicht mehr gewohnt, in solchen Begriffen zu denken. Man verlernt so schnell, die Sprache richtig zu benutzen, wenn so viele Worte ihren Sinn verlieren.« Lachend nippte er an seinem Bier. Obwohl er gerade bei Brack einen frischen Krug bestellt hatte, stand sein alter kaum angerührt vor ihm.

»Was wollen Sie hier, Hernandez?«, fragte Pia.

»Nur Nandes«, antwortete er. »Die Leute hier haben ... gewisse Schwierigkeiten mit meinem Namen. Man muss sich anpassen. Und ich wollte dich sehen.«

»Sehen?«

»Du bist eine Berühmtheit, Pia. Man spricht landauf, landab von der wiedergekehrten Prinzessin Gaylen, die in einem heruntergekommenen Gasthof am Ende der Welt als Bedienung arbeitet. Irgendwie wusste ich, dass du es sein musst.« Er trank wieder von seinem Bier, einen weitaus größeren Schluck diesmal.

»Und jetzt lass dir etwas erzählen, Pia. Mein Leben hat eine radikale Änderung erfahren. Eine sehr radikale Änderung. Ich führe sozusagen ein komplett anderes Leben. Ich bin zwölf Jahre älter und nicht einmal sicher, ob es wirklich schlechter ist als das, das ich zuvor geführt habe.« Er hob die Schultern. »Natürlich vermisse ich das eine oder andere. Satellitenfernsehen. Hot Dogs. Eine gute Zigarre dann und wann ...«

»*Was* ist passiert?«, fragte Pia ungläubig. »Es ist doch kaum zwei Wochen her!«

»Zwei Wochen?« Jetzt wirkte Hernandez wirklich überrascht. »Ja, ich dachte mir so etwas. Kein Wunder, dass du dich praktisch nicht verändert hast.« Ein flüchtiges Lächeln erschien in seinen Augen und erlosch sofort wieder. »Nur dein Modegeschmack lässt ein bisschen zu wünschen übrig.«

»Was? Ist? Passiert?«, fragte Pia noch einmal. Wenn er es denn unbedingt wollte, konnte sie diese Frage auch noch zehnmal wiederholen.

Hernandez schnaufte. Sein Lächeln war endgültig fort, und in seinen Augen war plötzlich etwas, das ihr Angst machte. »Das solltest du vielleicht deinen Freund fragen, dieses verdammte Spitzohr!«

»Den Elfenkrieger?«

»Er hat mich niedergeschlagen«, bestätigte Hernandez. »Ich habe dem Kerl drei Kugeln verpasst, und er hat sie einfach geschluckt, als wären es Pfefferminzbonbons. Er hat mich niedergeschlagen, und als ich wieder zu mir gekommen bin, da war ich hier. So einfach ist das.«

Für ihn mochte das einfach klingen, aber Pia hatte das Gefühl, dass plötzlich alles viel komplizierter geworden war. Gut, die Kleinigkeit von zwölf Jahren, die ihm irgendwie abhandengekommen waren, klammerte sie für den Moment einfach einmal aus, aber auch der Rest war verwirrend genug. Hernandez war Jesus und ihr gefolgt, als sie in diese Welt gewechselt waren, um sich vor ihm in Sicherheit zu bringen, und sie hatte gesehen, wie der Mann mit dem Silberhelm mit ihm gekämpft hatte. Danach waren Jesus und sie in die Wirklichkeit zurückgekehrt, und Hernandez war das offensichtlich nicht gelungen. Er war hier gestrandet. Aber zwölf Jahre? *Großer Gott!*

Sie deutete auf die Narbe in seinem Gesicht. »War er das?«

»Nein.«

»Und was wollen Sie jetzt hier? Von mir?«

»Von dir?« Hernandez schien einen Moment ernsthaft über diese Frage nachdenken zu müssen, dann schüttelte er den Kopf. »Nichts. Was sollte ich von dir wollen? Mach dir keine Sorgen um die zwei Millionen. Die sind hier nichts wert.«

»Sie glauben, ich könnte Sie zurückbringen«, vermutete Pia. »Aber wenn ich das könnte, dann wäre ich schon längst nicht mehr hier.«

»Zurück?« Hernandez lächelte schmerzlich. »Ich bin nicht

sicher, ob ich das noch will. Natürlich, in den ersten Jahren war ich von dieser Idee besessen. Ich konnte an nichts anderes mehr denken, als irgendwie einen Weg zurück zu finden, das kannst du mir glauben. Aber irgendwann beginnt selbst ein Starrkopf wie ich einzusehen, dass man die Wirklichkeit nicht ändern kann. Diese Welt ist nicht so schlecht. Sie hat auch eine Menge guter Seiten.«

»Sie ist kalt.«

Hernandez lächelte. »Ja, das ist sie.«

»Und was wollen Sie jetzt wirklich von mir?«, fragte Pia. »Ich kann Ihnen nicht helfen. Ich weiß nicht, wie wir zurückkommen. Ich würde alles darum geben.«

»Vielleicht kommst du nicht zurück«, sagte Hernandez. »Und warum auch? Du gehörst hierher.«

»Blödsinn!«, sagte Pia.

»Dann sollten wir eine andere Erklärung finden, nicht wahr?«

»Und wie sollte die aussehen?«

»Du bist erst seit – wie lange? Zwei Wochen? – hier. Du weißt noch nicht viel über diese Welt. Jedenfalls nicht annähernd genug, um auch nur eine Ahnung davon zu haben, worauf du dich eingelassen hast.«

»Eingelassen?«, wiederholte Pia. »Ich habe mich auf gar nichts *eingelassen.* Alica und ich ...«

»Alica?«, unterbrach sie Hernandez. Er runzelte die Stirn, und nach einer oder zwei Sekunden nickte er. »Ja, jetzt erinnere ich mich. Estebans kleines Betthäschen, nicht wahr? Ich habe mich schon gefragt, wer die Begleiterin der Elfenprinzessin sein mag. Aber um deine Frage zu beantworten: Ihr *habt* euch auf etwas eingelassen. Ihr wisst es vielleicht nicht, aber es ist ziemlich groß.«

»Was soll das heißen?« Pia fragte sich, ob er das vielleicht nur gesagt hatte, um sie zu quälen, verwarf den Gedanken aber auch fast sofort wieder als ziemlich albern. Für sie mochte es vielleicht erst wenige Tage her sein, seit sie sich das letzte Mal gesehen hatten, aber für ihn waren zwölf Jahre vergangen.

Und wenn es zwölf Jahre gewesen waren, in denen sein Hass auf sie Zeit gehabt hatte, sich an sich selbst zu nähren?

Dann wärst du jetzt wahrscheinlich schon tot, beantwortete sie ihre eigene Frage.

»Kommen Sie, Nandes, Sie sind doch nicht nur hier, um ein wenig über alte Zeiten zu plaudern oder mich mit ein paar gezielt kryptischen Bemerkungen nervös zu machen.«

Hernandez lächelte. »Ich weiß, für dich muss es albern klingen, nach so kurzer Zeit, aber trotzdem: Du hast dich kein bisschen verändert. Charmant wie eine Dampfwalze.«

»Verdammt noch mal, was wollen Sie, Hernandez?«, fauchte sie, scharf und eindeutig lauter, als sie beabsichtigt hatte. Die Gespräche an den unmittelbar benachbarten Tischen verstummten, und selbst Brack sah auf, blickte stirnrunzelnd in ihre Richtung und kam dann mit wiegenden Schritten und einem grimmig-entschlossenen Ausdruck auf dem Gesicht auf sie zu. Wäre er nicht selbst im Stehen ein gutes Stück kleiner gewesen als Hernandez im Sitzen, hätte es durchaus beeindruckend ausgesehen.

»Ist alles in Ordnung?«, fragte er.

»Ja«, antwortete Pia. »Kein Problem. Ich habe nur ... einen alten Freund getroffen. Wir haben etwas zu besprechen. Es dauert nicht lange.«

Brack wirkte nicht überzeugt. »Bestimmt?«

»Ganz bestimmt«, versicherte Pia. »Ich komme gleich zurück, keine Sorge.«

Brack *machte* sich Sorgen, das sah man ihm deutlich an, aber er sagte nichts mehr, sondern schenkte Hernandez nur noch einen weiteren grimmigen Blick und ging.

Hernandez sah ihm amüsiert nach. »Manche Dinge sind anscheinend überall gleich«, sagte er. »Kaum ist eine junge Dame irgendwo in Gefahr, taucht ein Ritter in schimmernder Rüstung auf, um ihr beizuspringen. Obwohl …« Er sah noch einmal und noch deutlich amüsierter in Bracks Richtung, und sein Grinsen wurde abfällig.

»Brack ist ein Freund«, sagte Pia kühl. »Vielleicht einer von sehr wenigen, die wir hier haben.«

»Nein«, antwortete Hernandez, »das ist er nicht. Nicht, wenn es derselbe Brack ist, der dich und deine Freundin an den Kommandanten der Stadtwache verkauft hat.«

»Blödsinn!«, fauchte Pia. »Ohne Brack …«

»Hätten deine Freundin und du die Stadt vielleicht schon längst verlassen und wärt entweder tot, in der Gefangenschaft irgendwelcher Barbaren – was mit ein bisschen Pech auf dasselbe hinausläuft, aber vorher wesentlich unangenehmer sein kann – oder würdet im besten Fall durch die Wildnis irren. Und Istvan müsste euch suchen und würde nicht nur seine manikürten Fingernägel riskieren, sondern wahrscheinlich auch die Hälfte seiner Männer verlieren, statt in aller Ruhe abzuwarten, bis die Truppen aus Apulo hier sind, um euch einzukassieren.«

Hernandez brachte nicht nur das Kunststück fertig, dieses Monstrum von Satz auszusprechen, ohne über seine eigene Zunge zu stolpern oder auch nur ein einziges Mal Luft zu holen, Pia brauchte auch mindestens noch einmal genauso lange, um den Sinn seiner Worte zu begreifen.

»Wie bitte?«, murmelte sie dann.

»Ja, das dachte ich mir, dass dir das nicht gefällt«, sagte Hernandez. Er schien sich köstlich zu amüsieren.

»Ich *verstehe* es nicht einmal.«

»Wie auch? Aber es ist die Wahrheit. Die Soldaten sind bereits unterwegs. Man hört, die Orks machen ihnen das

Leben ein bisschen schwer, aber ich glaube trotzdem nicht, dass sie noch länger als zwei Wochen brauchen, bis sie hier sind. Allerhöchstens drei, wenn ihr Glück habt ... aber darauf würde ich mich an deiner Stelle nicht verlassen.«

»Apulo?«

»Die Hauptstadt des Reiches«, erklärte Hernandez, doch Pia schüttelte den Kopf.

»Das weiß ich«, sagte sie. »Aber Brack hat mir erzählt, dass ein Bote allein drei Monate braucht, um dorthin zu kommen.«

»Da hat er wohl gelogen.« Hernandez trank einen großen Schluck Bier und wischte sich mit dem Handrücken den Schaum von den Lippen. Pia sah, dass ihm auch an der anderen Hand das letzte Glied des kleinen Fingers fehlte.

»Und warum sollte er das tun?«

Hernandez lachte. »Um genau das zu erreichen, was er erreicht hat, Prinzessin Gaylen. Ihr fühlt euch sicher und kommt auf keine dummen Ideen.«

»Das meine ich nicht«, erwiderte Pia. »Warum sollte sich jemand in der Hauptstadt für Alica und mich interessieren?«

»Ja, warum wohl, Prinzessin Gaylen?«, erwiderte Hernandez spöttisch.

»Hören Sie mit dem Quatsch auf! Sie wissen genau, dass ich nicht diese Elfenprinzessin bin!«

»Ach?«, fragte Hernandez. »Weiß ich das?«

»Sie sind ...«

»Und außerdem spielt es überhaupt keine Rolle«, fuhr er ungerührt fort. »Jemand in der Hauptstadt scheint es zu glauben ... oder zumindest die Möglichkeit in Betracht zu ziehen, und das immerhin ernsthaft genug, um ein ganzes Regiment der besten Krieger des Landes in Bewegung zu setzen, das euch abholen soll.«

»Das ist doch alles Unsinn«, widersprach Pia. Aber ihrer

Stimme fehlte die notwendige Überzeugung. »Das hätte man uns doch gesagt.«

»Weil die Leute hier ja so nett sind«, vermutete Hernandez und schürzte gleich darauf verächtlich die Lippen. »Das Dumme ist nur, dass sie es nicht sind. Ich kann nichts über diesen Brack sagen. Vielleicht spielt er euch nur etwas vor, vielleicht ist er tatsächlich die große Ausnahme ... aber das wird euch nichts nutzen, wenn sie euch erst einmal den Truppen übergeben haben und ihr auf dem Weg nach Apulo seid. Du bist nicht die Erste, die von sich behauptet, die Reinkarnation von Gaylen zu sein.«

»Das habe ich nie behauptet.«

»Man wird euch in die Hauptstadt bringen und dort verhören. Wenn du die echte Gaylen sein solltest, wäre das vermutlich nicht gut für dich. Die Leute hier sind ziemlich nachtragend, fürchte ich. Sie nehmen es den Elfen immer noch übel, dass sie damals das halbe Land in Schutt und Asche gelegt und die Überlebenden versklavt haben.«

Das hatte sie jetzt nicht unbedingt hören wollen. »Und wenn sich herausstellt, dass ich keine Elfenprinzessin bin ...«

»– sondern nur eine kleine Taschendiebin aus den Favelas?« Hernandez hob die Schultern. »Das kommt darauf an.«

»Worauf?«

»Was sie in Apulo gerade brauchen«, antwortete Hernandez. »Frauen, die in der Wäscherei arbeiten, auf dem Schlachthof oder in den Bergwerken. Wenn du Glück hast, sucht einer der hohen Herren im Schloss gerade eine neue Mätresse. Oder man hört nie wieder etwas von deiner kleinen Freundin und dir.«

Pia starrte ihn an. Hernandez' Augen funkelten spöttisch, aber darunter war etwas, das sie an gefrorenen Stahl erinnerte. Er sagte das nicht nur, um sie zu quälen. Es war die Wahrheit.

Trotzdem fuhr sie fort: »Warum sollte ich Ihnen das glauben?«

»Das musst du nicht«, antwortete Hernandez gelassen. »Warte einfach drei oder vier Wochen, und dann wird sich schon zeigen, ob ich die Wahrheit gesagt habe oder nicht.«

Pia starrte ihn fast hasserfüllt an, was Hernandez aber nicht im Geringsten zu beeindrucken schien. Sein Lächeln kühlte noch einmal um mehrere Grade ab, und schließlich hob sie mit einem Ruck den Kopf und sah zu Brack. Er stand hinter der Theke und füllte seine Krüge, aber er blickte immer wieder in ihre Richtung, und sein Gesicht war beinahe so finster wie Pias Gedanken.

Nein, sie *weigerte* sich einfach zu glauben, dass Hernandez die Wahrheit sagte. Sie hatte den schmerbäuchigen Wirt nicht unbedingt ins Herz geschlossen, doch sie wollte trotzdem nicht glauben, dass er Alica und sie derart hintergangen haben sollte. Wem in dieser ganzen verrückten Welt konnte sie überhaupt noch trauen?

Und wenn sie schon einmal dabei war: Warum sollte sie eigentlich ausgerechnet *Hernandez* trauen?

Pia überlegte sich ihre nächsten Worte sehr genau. »Nehmen wir einfach einmal an, dass das alles so ist, Nandes«, sagte sie, wobei sie diesmal ganz bewusst die verkürzte Version seines Namens benutzte. »Was genau haben Sie dann damit zu tun?«

»Mit WeißWald und den Truppen aus der Hauptstadt?« Hernandez schüttelte mit einem angedeuteten Lächeln den Kopf. »Nichts. Mit deiner Freundin und dir vielleicht etwas mehr. Aber das ist ganz und gar deine Entscheidung.«

Pia sah ihn nur fragend an. Und ziemlich verwirrt.

»Ich will dir nichts vormachen, Pia«, fuhr Hernandez fort. »Ich bin weder zufällig hier noch ohne Grund. Man hat mich geschickt, um mit euch zu reden.«

Pia wartete einige Sekunden lang vergeblich darauf, dass er von sich aus weitersprach, sah schließlich ein, dass er es nicht tun würde, und fragte: »Und was will *man* von Alica und mir?«

»Euch helfen«, sagte Hernandez.

Um ein Haar hätte sie laut aufgelacht. »Ja, das passt. Entschuldigen Sie die dumme Frage. Nach all der Zeit hatte ich glatt vergessen, was für ein selbstloser Menschenfreund Sie doch sind.«

»Das bin ich nicht«, antwortete Hernandez ruhig. »Ich war es nie, und ich fürchte, ich werde es auch niemals werden. Dein Misstrauen verletzt mich nicht.« Er hob die Schultern. »Um ehrlich zu sein, hätte mich jede andere Reaktion überrascht. Und wären wir uns ein paar Tage – oder für mich Jahre – früher begegnet, dann wäre deine Angst auch sehr berechtigt gewesen. In den ersten Jahren hier habe ich nur an zwei Dinge gedacht: wieder nach Hause zu kommen und dich und deinen Freund zu töten. Aber das ist lange her.«

»Und inzwischen haben Sie mich ins Herz geschlossen, wie?«

»Nein, es ist viel simpler«, antwortete Hernandez. »Ich kenne dich. Die, die mich geschickt haben, wissen das und waren der Meinung, dass es besser ist, mich zu schicken als einen vollkommen Fremden.«

»Wozu?

»Um dir ein Angebot zu machen. Wir können dir helfen, von hier zu verschwinden. Dir und deiner Freundin.«

»Und warum?«

»Unsere Interessen sind dieselben wie die der anderen«, antwortete Hernandez offen. »Wir wollen wissen, ob du die wirkliche Gaylen bist oder nur eine weitere Betrügerin oder Verrückte.«

»Und warum sollte ich Ihnen trauen, Bracks Leuten aber nicht?«, fragte Pia.

»Weil es einen Unterschied gibt. Auch sie sind auf der Suche nach der echten Gaylen, aber aus vollkommen anderen Gründen. Ich glaube nicht, dass diese Gaylen jemals zurückkommt. Und selbst wenn, glaube ich noch weniger, dass *du* es bist. Aber *wenn* sie zurückkommen würde, dann wäre das eine Katastrophe für dieses Land. Es käme zu Unruhen, Aufständen, vielleicht Krieg. Diejenigen, die mich geschickt haben, wollen das nicht. So einfach ist das.«

»Und deshalb soll ich verschwinden.«

»Zumindest aus WeißWald, ja. Danach helfen wir dir, das Land zu verlassen.«

»Und wenn ich doch die echte Gaylen sein sollte?«

»Dann ist es umso wichtiger, dass du verschwindest«, sagte Hernandez. »Ich kann dir nichts versprechen, aber es gibt ... vielleicht einen Weg, nach Hause zu kommen. Vielleicht auch nicht. Aber bei uns würdet ihr wenigstens weiterleben.«

»Und darauf habe ich Ihr Wort?«, vermutete Pia. »Wie beruhigend! Nein, mehr Beweise brauche ich wirklich nicht. Selbstverständlich kommen wir mit. Ich sage Alica gleich Bescheid, dass sie packen soll.«

Hernandez lächelte knapp. »Mir ist klar, dass du mir nicht glaubst. Ich an deiner Stelle würde es auch nicht. Warum sprichst du nicht mit deiner Freundin, und ihr stellt ein paar eigene Nachforschungen an?« Er stand auf, trank noch einen Schluck aus einem Krug und stellte ihn dann mit einem übertrieben heftigen Ruck auf den Tisch zurück. »Denk darüber nach. Ich komme zurück, und dann reden wir.«

XXIII

Wie er es Istvan versprochen hatte, machte Brack an diesem Abend den Weißen Eber kurz nach Mitternacht dicht und komplimentierte die letzten Gäste hinaus. Das ging längst nicht bei allen ohne lautstarke Proteste und Widerstand ab und hätte in einem Fall beinahe zu Handgreiflichkeiten geführt, wären die beiden Soldaten nicht eingeschritten, von denen Pia nicht sicher war, ob sie durch den Lärm und die Aufregung angelockt von der anderen Straßenseite herübergekommen waren oder doch eher dem Befehl ihres Kommandanten gehorchten und sich überzeugten, dass Brack die vereinbarte Sperrstunde auch tatsächlich einhielt. Pia nutzte die Gelegenheit, sich rasch in ihr Zimmer zurückzuziehen, und als Brack kurz darauf an ihre Tür klopfte und um ein Gespräch bat, wimmelte sie ihn unter dem Vorwand ab, sich nicht wirklich wohlzufühlen und müde zu sein. Ganz leise meldete sich ihr schlechtes Gewissen – nachdem Hernandez gegangen war, hatte Brack mindestens ein Dutzend Mal versucht, ein unauffälliges Gespräch mit ihr zu beginnen, wohl um sich nach dem geheimnisvollen Fremden zu erkundigen, dessen Auftauchen sie so sichtlich verwirrte, aber sie war ihm (mit immer fadenscheiniger werdenden Ausreden) ausgewichen. Vielleicht sorgte er sich ja wirklich um sie. Von ein paar Kleinigkeiten abgesehen, für die er nichts konnte, weil er eben so war, wie er war, und sie sich in einer Welt befanden, die nach anderen Regeln und Gesetzen als den ihnen bekannten funktionierte, hatte Brack sich Alica und ihr gegenüber bisher tadellos verhalten und war tatsächlich (mit Ausnahme von Lasar vielleicht, aber den konnte sie immer noch nicht richtig einschätzen) der einzige Mensch, den sie hier mit Fug und Recht als *Freund* bezeichnen konnte. Vermutlich log Hernandez. *Ganz bestimmt* log Hernandez. Zu Hause in Rio de Janeiro hätte sie sich überzeugt, ob er die Wahrheit gesagt hatte, hätte sie ihn nur nach der korrekten Uhrzeit gefragt. Wieso also gestattete sie ihm jetzt, Zweifel in ihr Herz zu säen?

Die Antwort auf diese Frage blieb Pia sich schuldig – aber es war ihm gelungen.

Was, wenn er die Wahrheit gesagt hatte? Was, wenn alles, was er erzählt hatte, stimmte und Bracks vermeintliche Freundlichkeit nur dem einzigen Zweck diente, Alica und sie in Sicherheit zu wiegen, bis die Soldaten aus der Hauptstadt kamen und sie abholten?

Mehr als eine Stunde wälzte sie sich unruhig auf dem kalten Bett hin und her und versuchte vergeblich, den winzigen Kern von Wahrheit zu finden, der irgendwo in diesem Durcheinander aus Lügen und Halbwahrheiten verborgen sein musste. Aus dem Erdgeschoss drangen gedämpfte Geräusche herauf, leise Stimmen, die sie als die von Brack und Lasar identifizierte, die unten aufräumten und zu dieser ungewohnt frühen Stunde vermutlich ebenso wenig an Schlaf denken konnten wie sie, wenn auch aus ganz anderen Gründen.

Eine zweite Stunde verging, ohne dass es unten still geworden oder Alica zurückgekommen wäre, und irgendwann, obwohl sie es selbst nicht wollte und sich sogar mit verbissener Kraft dagegen zu wehren versuchte, schlief Pia ein und sank in einen unruhigen, von wirren Albträumen heimgesuchten Schlaf, aus dem sie immer wieder hochschreckte und sich vornahm, dieses Mal nicht einzuschlafen, sondern auf Alicas Rückkehr zu warten.

Natürlich funktionierte es nicht, und der nächste Morgen war der erste seit zwei Wochen, an dem sie wirklich verschlief.

Wenn man bedachte, dass sie es normalerweise als persönlichen Angriff auffasste, deutlich vor Mittag aufstehen zu sollen, hatte sie sich erstaunlich schnell an den so radikal anderen Lebensrhythmus der Menschen hier gewöhnt; was sicher zu einem Gutteil an der ungewohnt schweren Arbeit im Gasthaus lag. Wenn der Weiße Eber irgendwann in den frühen Morgenstunden schloss, dann gingen Alica und sie sofort nach oben und schliefen wie Steine; aber mit einer einzigen Ausnahme war sie auch jeden Morgen mit oder zumindest kurz nach dem ersten Sonnenstrahl aufgewacht.

Heute nicht. Noch bevor sie die Augen aufschlug, spürte sie, dass der Tag schon gute zwei Stunden alt sein musste. Die Tür stand offen, und aus dem Erdgeschoss drangen schon wieder gedämpfte Stimmen sowie emsiges Klappern und Hantieren. Es roch nach Essen, und dort unten unterhielten sich eindeutig mehr als nur zwei oder drei Personen. Vielleicht hatte sich Brack ja entschlossen, den Weißen Eber zwar pünktlich um Mitternacht zuzumachen, dafür aber schon vormittags die ersten Gäste zu bewirten, um den entgangenen Verdienst zu kompensieren.

Irgendetwas stimmte nicht, dachte Pia matt. Ihre Gedanken bewegten sich träge wie durch Nebel, und sie hatte einen schlechten Geschmack im Mund und leichte Kopfschmerzen, als hätte sie gestern Abend zu viel getrunken – was sie nicht hatte. Irgendwo unter diesem Nebel war das nagende Gefühl, etwas vergessen zu haben, etwas ungemein Wichtiges, aber sie war viel zu benommen, um dieser Spur zu folgen, blinzelte den letzten Schlaf weg und bückte sich in derselben Bewegung, in der sie sich aus dem Bett rollte, nach dem warmen Umhang, den sie am vergangenen Abend abgestreift und achtlos fallen gelassen hatte. Manche schlechte Angewohnheiten, dachte sie mit müdem Spott, nahm man offensichtlich sehr schnell an.

Und manche, fügte sie in Gedanken und ein ganz kleines bisschen alarmiert hinzu, als etwas klapperte und ein blitzender Schemen unter dem Berg verschwand, *sollte* man besser gar nicht erst annehmen. Mit einer so hastigen Bewegung, dass ihr für eine Sekunde schwindelig wurde, bückte sie sich noch einmal und versuchte die Pistole unter dem Bett hervorzuangeln.

Etwas biss scharf und sehr tief in ihre Finger. Pia stieß einen kleinen, eher überraschten Schrei aus, betrachtete eine Sekunde lang verständnislos ihre Fingerkuppen, die aus haarfeinen, aber sehr tiefen Schnitten bluteten, und ordnete dann mit einiger Anstrengung ihre Gedanken, während sie sich gleichzeitig in die Hocke sinken ließ und so vorsichtig unter das Bett spähte, als hätte sie Angst, dort ein zähnefletschendes Raubtier zu erblicken, das nur darauf wartete, sie anzuspringen.

Ihre Erinnerungen spielten ihr offensichtlich einen Streich. Sie hatte den Mantel gestern Abend nicht dorthingeworfen, weil sie ihn gar nicht angehabt hatte, als sie heraufgekommen war, und der blitzende Schemen war auch nicht ihre Pistole gewesen, die irgendwie unter ihrem Kopfkissen hervorgerutscht war. Unter dem Bett lag ein mehr als meterlanges Schwert mit einem goldenen Griff und einer beidseitig geschliffenen, durchsichtigen Klinge.

Pia starrte das Schwert eine geschlagene Sekunde lang verständnislos und ungefähr genauso begeistert an, als hätte sie tatsächlich das erwartete zähnefletschende und ausgesprochen hässliche Ungeheuer entdeckt, streckte dann – sehr behutsam – die Hand ein zweites Mal aus und schloss die noch immer blutenden Finger um den schweren Griff. Er sollte kalt sein, nicht nur weil in diesem Land einfach *alles* kalt war. Der Griff, dessen Farbe und Konsistenz ihr verrieten, dass er tatsächlich aus purem Gold bestand (oder zumindest damit überzogen war), fühlte sich jedoch ganz im Gegenteil warm und beinahe lebendig in ihrer Hand an, und noch etwas geschah, das Pia noch viel seltsamer vorkam, nachdem sie die Waffe behutsam unter dem Bett hervorgeholt und sich wieder aufgerichtet hatte: Das Schwert war länger als ihr ausgestreckter Arm, und die Klinge war durchsichtig wie sorgsam poliertes Glas, aber auch breiter als ihre Hand. Sie hätte ihr Gewicht spüren müssen, doch das war nicht der Fall. Irgendwie schon – Pia spürte, wie schwer das Schwert war und mit welch unwiderstehlicher Wucht es durch Schilde, Panzerplatten, Rüstungen und im Zweifelsfall auch Fleisch und Knochen schlagen konnte, aber zugleich war es auch so, als wöge es gar nichts, fast wie eine natürliche Verlängerung ihres Armes, die ihr eigenes Gewicht selbst trug.

Und da war noch mehr. Pias Gedanken bewegten sich immer noch träge, als wäre ein Teil von ihr gar nicht richtig wach, sondern nach wie vor in dem klebrigen Sumpf des Albtraums gefangen, aus dem sie hochgeschreckt war, aber ihre Erinnerungen kehrten nun doch allmählich zurück. Da war wieder dieses Flüstern, das sie gestern schon einmal gehört zu haben glaubte, eine lautlose, wispernde Stimme, die in diesem Schwert eingesperrt war und ihr Dinge und Geschichten zu erzählen versuchte, die sie nicht hören wollte.

Hastig legte sie das Schwert aufs Bett, trat einen halben Schritt zurück und bemerkte erst danach die Spur aus winzigen hellroten Tröpfchen, die sie auf der ohnehin nicht mehr sehr sauberen Bettwäsche hinterlassen hatte. Die dünnen Schnitte in ihren Fingerspitzen taten nicht mehr weh (seltsam: sie spürte sie nicht einmal mehr), aber sie bluteten immer noch heftig, und Pia sah sich rasch nach etwas um, womit sie sie verbinden konnte. In Wahrheit wahrscheinlich nach etwas, um ihre Gedanken wenigstens für einen kurzen Moment abzulenken.

Schließlich trat sie noch einmal ans Bett heran und betrachtete das Schwert mit einem sonderbaren Gefühl von ... ja, was eigentlich? Verwirrung? Ehrfurcht? Abscheu? Neugier? Furcht? Von allem etwas, aber unter diesen Gefühlen war noch etwas anderes, das mit jedem Moment stärker zu werden schien. Ein Teil von ihr *wollte* dieses Schwert; mehr als irgendetwas anderes auf der Welt.

Sie wusste, dass sie es nicht anrühren durfte, nicht in diesem speziellen Augenblick. Dieses Schwert symbolisierte alles, was sie verachtete und wovor sie Angst hatte. Aber es offerierte ihr auch ein Geschenk, eine unvorstellbare Macht, der nichts auf dieser – oder irgendeiner – Welt widerstehen konnte. Mit der gleichen vollkommenen Sicherheit, mit der sie wusste, was dieses Schwert war und woher es kam, wusste sie auch um den furchtbaren Preis, den es von ihr verlangen würde, wenn sie sein vermeintliches Geschenk annahm. Doch das war ihr in diesem Moment gleich, denn was sie dafür bekam, war diesen Preis mehr als wert.

Nahezu ohne sich der Bewegung bewusst zu sein und ganz eindeutig ohne irgendetwas dagegen tun zu können, streckte sie die Hand aus und machte einen einzelnen Schritt auf das Bett zu, und sie hätte die Waffe berührt, wäre nicht in diesem Moment hinter ihr ein Poltern laut geworden und dann ein keuchender, erschrockener Atemzug. Der Zauber verging. Das unsichtbare Band, das sie an die Waffe hatte fesseln wollen, riss wie Spinnweben im Sturm, und Pia drehte sich herum und blinzelte einen Moment lang verständnislos in Lasars Gesicht.

Der Junge war unter der Tür erschienen und in einer fast grotesk anmutenden Haltung mitten in der Bewegung erstarrt, den linken Arm halb erhoben und die Hand nach dem Türrahmen ausgestreckt, wie um sich daran abzustützen, mit der anderen Hand in ihre Richtung deutend. Seine Augen waren groß und dunkel vor Furcht, und es verging noch einmal ein halber Atemzug, bis sie begriff, dass er gar nicht sie anstarrte, sondern das Bett hinter ihr. Genauer gesagt: das Schwert, das darauf lag.

»Das ... das ist ...«, stammelte er.

Pia streckte nun doch rasch die Hand aus und warf die Bettdecke über die Klinge. »Ich weiß, was das ist«, sagte sie, schärfer und unfreundlicher, als sie es beabsichtigt hatte. *Und du solltest es auch wissen.* Sie war fast sicher, dass Lasar gestern Nacht gesehen hatte, wie sie das Schwert an sich nahm; und sie war noch sicherer, dass er spätestens in dem Moment, in dem er es in ihr Zimmer gebracht hatte und das erste Mal damit allein gewesen war, gründlich nachgesehen hatte, welchen Schatz sie eigentlich in ihrem Mantel verbarg. Wieso tat er dann jetzt so erschrocken?

»Ich weiß, ich habe verschlafen«, fuhr sie fort. »Geh und sag Brack, dass ich gleich komme!«

Der Junge starrte weiter die Bettdecke an, unter der das Schwert verborgen lag. »Aber das ist ...«, murmelte er noch einmal, dann riss er sich mit einer sichtlichen Anstrengung von dem Anblick los, drehte mit einem Ruck den Kopf und sah ihr nun direkt ins Gesicht. Die Angst in seinem Blick schien gewachsen zu sein.

»Aber das ist ... Eiranns Zorn«, flüsterte er. »Ihr ... Ihr habt es ... mitgenommen!«

»Tja, sieht so aus«, antwortete Pia. »Ich hoffe, ich habe damit nicht schon wieder gegen irgendeine Regel oder die guten Sitten verstoßen. Aber du weißt ja: einmal Diebin, immer Diebin.«

Ihr scherzhafter Ton verfing nicht. Sie war nicht einmal sicher, ob der Junge die Worte überhaupt gehört hatte. Er starrte sie nur weiter an.

»Also gut, wenn es dich beruhigt, dann gehe ich nach dem

Mittagessen los und bringe das Ding wieder zurück«, sagte sie. Das sollte ein Scherz sein, aber Lasar lachte nicht. Plötzlich war etwas in seinen Augen, das ihr Angst machte. Sie konnte selbst spüren, wie das Lächeln auf ihren Lippen gefror und zu etwas anderem wurde.

»Habe ich dein Wort, dass niemand davon erfährt?«, fragte sie.

»Ich werde es niemandem verraten, Erhabene«, versicherte Lasar hastig. Pia verzichtete darauf, ihn zu verbessern, was die ehrfüchtige Anrede anging, und ertappte sich sogar dabei, es in diesem Fall zu begrüßen.

»Dann lass uns gehen«, sagte sie, »bevor Brack noch der Schlag trifft.« Sie machte einen Schritt in Richtung der Tür, überlegte es sich dann noch einmal anders und ging zum Bett zurück, um das Schwert hastig in die Decke zu wickeln, und schob es anschließend darunter, wobei sie sorgsam darauf achtete, weder den Griff noch die sonderbare gläserne Klinge zu berühren; ein erbärmliches Versteck, aber das einzige, das ihr einfiel.

Eingedenk der Stimmen, die noch immer von unten heraufschallten, stopfte sie ihr Haar unordentlich unter das Kopftuch und war schon auf halbem Weg die Treppe hinunter, während sie es im Nacken zusammenknotete. Sie überzeugte sich nicht davon, dass Lasar ihr folgte, aber nach einem Augenblick konnte sie hören, wie er die Tür von außen schloss, dann das Geräusch seiner raschen Schritte. Stimmengewirr und Kneipenlärm nahmen zu, und sie vernahm ein gedämpftes Lachen, das verdächtig nach Alica klang. Wieso war sie eigentlich in der vergangenen Nacht so spät nach Hause gekommen … falls sie *überhaupt* nach Hause gekommen war?

Pia versuchte sich zu erinnern, ob das Bett neben ihr benutzt ausgesehen hatte, konnte es aber nicht sagen. Einen Moment später war es auch nicht mehr nötig, denn sie entdeckte Alica auf ihrem Stammplatz neben dem Kamin, mit müdem Gesicht und verquollenen Augen, aber einen Krug Bier in den Händen und offensichtlich bester Laune. Brack saß bei ihr und machte ebenfalls einen unerwartet vergnügten Eindruck, und als Pia näher kam, drehte sich auch die dritte Gestalt am Tisch herum, und sie erstarrte unwillkürlich mitten im Schritt, als sie Istvan erkannte. Instinktiv blickte sie zur Tür hin, aber die beiden Soldaten, die sie dort zu sehen erwartete, waren nicht da. Offensichtlich war der Kommandant der Stadtwache ohne seine Bodyguards gekommen; zum ersten Mal, seit sie ihn kennengelernt hatte.

»Prinzessin Gaylen!« Alica winkte sie aufgeregt und trotz ihrer unübersehbaren Müdigkeit schon geradezu unverschämt gut gelaunt heran. »Setzt Euch doch einen Moment zu uns, Euer Merkwürden – wenn es Eure Zeit erlaubt, heißt das.«

Pia warf ihr den giftigsten Blick zu, den sie zustande brachte, aber sie war im Grunde nur verwirrt. Wieso war Istvan schon wieder hier, noch dazu zu dieser frühen Stunde?

Sie setzte sich.

Zugleich versuchte sie Alica mit Blicken zu bedeuten, dass sie ihr etwas Wichtiges mitzuteilen habe, was diese aber entweder nicht registrierte oder einfach zu übersehen beschloss. Ihre einzige Reaktion bestand darin, die Hand zu heben und mit den Fingern zu schnippen. So schnell, als hätte er hinter ihnen gestanden und nur darauf gewartet, tauchte Lasar auf und stellte einen Krug Bier auf den Tisch.

Pia versuchte noch einmal, Alica einen verschwörerischen Blick zuzuwerfen, und diesmal registrierte sie ihn und zog fragend die linke Augenbraue hoch. Dann nahm sie einen Schluck aus ihrem Krug, wischte sich genießerisch den Schaum von den Lippen und deutete nacheinander auf Brack und Istvan.

»Wir haben gute Nachrichten, Durchlaucht«, sagte sie fröhlich. »Du kannst deinen Job behalten, wie es aussieht.«

Jetzt war es Pia, die Brack und den Stadtkommandanten gleichermaßen fragend wie überrascht ansah.

»Deine Sklavin und Malu sind sich einig geworden, wie es aussieht«, sagte Istvan. Er sah nicht so aus, als wäre er wirklich froh darüber, wirkte aber auch nicht allzu verstimmt. Wenn überhaupt, dann eher ein bisschen verwirrt.

»Aha«, sagte Pia und warf Alica einen verwirrten Blick zu. »Einig?«

»Na ja, so gut wie«, sagte Alica fröhlich. »Über die genauen Modalitäten müssen wir natürlich noch reden, aber ich denke, im Prinzip sind wir uns einig geworden. Bei den abschließenden Verhandlungen brauche ich vielleicht noch einmal Eure Fähigkeiten als Übersetzerin, Erhabene, aber das ist auch alles.«

»Einig«, wiederholte Pia. Eine Spur schärfer fügte sie hinzu: »Lass den Unsinn! Und was bedeutet einig? Du willst doch nicht etwa als ...?«

»Sehe ich so aus?«, fragte Alica empört.

»Ja«, antwortete Pia ernst.

Alica warf ihr einen gespielt beleidigten Blich zu, und Pia fragte noch einmal: »Worüber seid ihr euch *einig* geworden? Du sprichst doch kein Wort ihrer Sprache.«

»Wie es aussieht«, mischte sich Istvan ein, der Pias Teil des Gesprächs verstanden hatte, »haben sie und Malu wohl Mittel und Wege gefunden, um sich zu verständigen.« Er maß Alica mit einem kurzen anzüglichen Blick. »Irgendwie.«

»Und das heißt, du ... *Ihr* habt nichts mehr dagegen, dass ich weiter hier arbeite?«, erkundigte sie sich misstrauisch. Was hatte Alica bloß mit Malu gemacht?

»Vorerst«, antwortete Istvan. Eine Spur der alten Strenge kehrte in seinen Blick zurück, aber sie wirkte nicht echt, sondern eher pflichtschuldig. »Auch wenn ich noch nicht wirklich überzeugt bin. Ich bin für die Einhaltung der öffentlichen Ordnung in der Stadt verantwortlich.« Er hob die Schultern. »Deine Sklavin hat mit Malu gesprochen und Malu mit mir. Wenn ihr mir also versprecht, dass es keinen Ärger mehr gibt und es auch hier im Weißen Eber zu keinen Zwischenfällen mehr kommt ...« Er machte eine wiegende Kopfbewegung. »Vielleicht kann ich ja Gnade vor Recht ergehen lassen und Brack noch eine Chance gewähren – und dir.«

»Das heißt, es ist alles wieder beim Alten?«, vergewisserte sie sich.

»Vorerst«, wiederholte Istvan. »Natürlich zähle ich darauf, dass du dich anständig benimmst.«

Ich? Pia schluckte die scharfe Antwort hinunter, die ihr auf der Zunge lag, was ihr umso schwerer fiel, als Istvans Blick über ihr Gesicht und dann über eine einzelne Haarsträhne tastete, die unter ihrem Kopftuch hervorgerutscht war. Sie schob sie hastig zurück, hielt Istvans Blick gerade lange genug stand, um ihn begreifen zu lassen, dass sie das auch noch beliebig länger tun könnte, und wandte sich dann ganz zu Alica um.

Hernandez ist hier, formten ihre Lippen.

Alica runzelte die Stirn.

»Und ich habe noch mehr gute Neuigkeiten«, fuhr Brack fort. »Malu und ich werden in Zukunft ähm ... enger zusammenarbeiten. Nicht so, wie du denkst«, fügte er hastig hinzu, als Pia zuerst ihn, dann Alica und schließlich wieder ihn überrascht und vorwurfsvoll zugleich anblickte.

»Zusammenarbeiten?«, wiederholte sie.

»Malus Gäste sind hungrig und durstig«, sagte Brack. »Ihre Küche ist gut, aber nicht zu vergleichen mit meiner. Ihre Mädchen haben andere Talente, und gegen meine Kochkünste kommt ohnehin niemand an. Deine Freundin ...« – er deutete auf Alica – »hatte die Idee, diese Aufgabe zu übernehmen.«

»Welche Aufgabe?« Pia wandte sich verwirrt an Alica. »Erzähl mir nicht, dass du jetzt als Köchin arbeiten willst!«

»Sehe ich so aus?« Alica schnaubte. »Ganz bestimmt nicht. Nein, nein, es ist viel einfacher. Wir gründen einen Catering-Service.«

»Aha«, sagte Pia.

»Wir kochen hier«, erklärte Alica. »Bracks Portionen sind ohnehin noch immer viel zu groß, da macht es also gar keinen Unterschied. Wir stellen einen Jungen ein, der die Bestellungen aufnimmt und das Essen bringt. Zwischendurch kann er Bier ausschenken und noch ein paar andere Kleinigkeiten erledigen. Malus Mädchen sind nicht ganz talentfrei, aber es sieht dort aus wie Kraut und Rüben. Auch das werden wir ändern.«

»So?«, murmelte Pia.

Sie war immer noch vollkommen verwirrt – und fragte sich allen Ernstes, ob Alica und diese beiden Witzbolde sie vielleicht auf den Arm nehmen wollten.

»Der Laden hat Potenzial«, fuhr Alica aufgekratzt fort. »Lass mich nur machen. Ich muss Malu noch ein wenig bearbeiten, aber ...«

»Wo du ihre Sprache doch so gut sprichst«, sagte Pia.

»– warte einfach eine Weile, und du wirst den Elfenturm nicht wiedererkennen«, fuhr Alica völlig ungerührt fort. »Die Leute hier sind motiviert, aber sie haben keine Ahnung, wie man ein Geschäft richtig aufbaut.«

»Ich muss mit dir reden«, sagte Pia.

Alica blinzelte. »Tun wir das nicht gerade?«

»Allein«, antwortete Pia. Es war ihr gleich, ob Istvan und Brack sie verstanden und was sie davon hielten. Sie stand auf, ging mit ein paar schnellen Schritten zur Tür und wartete, dass Alica ihr nachkam. Die trank erst noch einen gewaltigen Schluck Bier, bevor sie es tat, und Pia machte sich in Gedanken eine Notiz über ein weiteres Thema, das sie mit Alica bereden musste. Sie trank in letzter Zeit entschieden zu viel. Bier war in WeißWald das alltägliche Getränk. Niemand hier trank Wasser, nicht einmal die Kinder – was auch an der mangelnden Qualität desselben lag; Pia hatte nur einen einzigen Schluck probiert und danach begriffen, warum hier jedermann zu jeder Gelegenheit Bier bevorzugte. Aber Alica übertrieb es. Niemand brauchte zwei Krüge Bier zum Frühstück, um seinen Durst zu stillen. Sie würden darüber reden müssen.

Doch nicht jetzt.

Alica kam mit schon fast provozierend langsamen Schritten näher. »Also, ich weiß selbst, dass es wie eine Schnapsidee klingt, aber wir müssen schließlich von irgendetwas leben, und ...«

»Hernandez ist hier.«

»... du hast ja schließlich nicht –« Alica riss die Augen auf. »Was hast du gesagt?«

»Hernandez«, antwortete Pia. »Er war hier. Gestern Abend.«

»Du spinnst«, murmelte Alica.

»Ich habe mit ihm gesprochen«, bekräftigte Pia. »Er war hier. Zwölf Jahre älter und ein bisschen ruhiger geworden, aber er ist es.«

»Hernandez?«, fragte Alica noch einmal. »Du meinst, er ... er ist uns gefolgt?«

Wenn man es genau nahm, dann war es eher umgekehrt gewesen, dachte Pia. Aber sie nickte nur.

»Dann müssen wir von hier verschwinden«, sagte Alica. »Wir müssen ...«

»... vor allem einen kühlen Kopf bewahren«, unterbrach sie Pia. Sie sah nicht hin, aber sie konnte spüren, dass Istvan und Brack konzentriert in ihre Richtung starrten und die Ohren spitzten. Auch wenn sie Alicas Worte nicht verstanden, so konnte ihnen doch ihre plötzliche Aufregung nicht entgehen. So aufgekratzt und zufrieden sie bisher gewesen war, so erschrocken wirkte sie nun. Pia versuchte ihr mit Blicken zu signalisieren, sich zusammenzureißen, was natürlich vollkommen ergebnislos blieb.

»Was hat er gewollt?«, fragte Alica.

»Bis jetzt nichts«, antwortete Pia. »Er hat mir nur gesagt, dass er da ist.« Das entsprach zwar nicht ganz der Wahrheit, aber sie wusste auch, dass sie Alica überfordern würde, wenn sie jetzt die ganze Geschichte erzählte. Erst einmal musste sie sich selbst darüber klar werden, was sie von Hernandez' Behauptungen zu halten hatte. Und was davon wahr war. »Ich weiß nicht, was er will.«

»Uns ein bisschen Angst machen«, vermutete Alica. »Und weißt du was? Bei mir ist es ihm schon gelungen.«

»Gibt es ein Problem?« Brack war aufgestanden und kam mit beunruhigtem Gesichtsausdruck näher. Istvan war sitzen geblieben und sah in ihre Richtung, weniger beunruhigt als Brack, aber sehr aufmerksam.

»Nein«, sagte Pia rasch. »Nur ein paar ... Dinge, die wir klären müssen. Nichts, was euch betrifft.« Eine Bemerkung, mit der sie natürlich das genaue Gegenteil erreichte. Brack runzelte die Stirn, und Istvan wirkte plötzlich ganz eindeutig misstrauisch.

»Ich kann also weiter hier arbeiten«, fragte sie in verändertem, lauterem Ton. Ihre Absicht, auf ein anderes Thema zu lenken, war so durchsichtig, dass Brack einen Moment lang sichtlich überlegte, ob er überhaupt darauf antworten sollte.

»Vorerst.« Es war Istvan, der das sagte, nicht Brack. Er schob seinen Bierkrug zurück (an dem er im Gegensatz zu Alica und Brack noch nicht einmal genippt hatte), stand auf und gesellte sich zu ihnen. »Wenn es keine weiteren Probleme gibt, natürlich.«

Pia war sich darüber im Klaren, dass die letzte Bemerkung nichts als eine weitere gezielte Provokation war, aber sie tat ihm nicht den Gefallen, darauf einzugehen, sondern nickte nur.

Istvan starrte sie weiter und beinahe noch misstrauischer an, dann wurden seine Augen schmal, und er machte eine Kopfbewegung zu ihrer rechten Hand. »Hast du dich verletzt?«

Pia musste erst auf ihre Hand hinabsehen, um überhaupt zu begreifen, wovon er sprach. Sie hatte irgendeinen Stofffetzen, der von Alicas und ihren vergeblichen Versuchen, sich als Schneiderinnen zu betätigen, übrig geblieben war, um ihre Finger gewickelt und es schlichtweg vergessen, was aber nicht bedeutete, dass man den improvisierten Verband übersehen konnte. Ganz im Gegenteil. Es sah ziemlich schlimm aus.

»Das ist nichts«, sagte sie und bekräftigte ihre Worte mit einer wegwerfenden Geste. Dann streifte sie den improvisierten Verband ab und hielt die Finger in die Höhe, damit er die winzigen, dünnen Schnitte auf ihren Fingerkuppen sehen konnte. Istvan begutachtete sie deutlich länger und aufmerksamer, als ihr recht war, gab sich aber dann offensichtlich mit ihrer Ausrede zufrieden und beließ es bei einem flüchtigen Schürzen der Lippen.

»Du solltest vorsichtig sein«, sagte er. »Immerhin bist du im Moment Bracks größter Schatz. Er wird es nicht gerne sehen, wenn er in Gefahr gerät.«

»Ich war nur ungeschickt«, antwortete sie, ohne auf diese neuerliche Provokation einzugehen. »Meine Mutter hatte früher ein Sprichwort, über das ich mich als Kind immer geärgert habe: Dummes Fleisch muss weg.« Sie verzog übertrieben gequält die Lippen. »Wie es aussieht, hatte sie recht damit.«

Istvan lachte nicht, sondern sah nur noch einmal auf ihre zerschnittene Fingerspitzen hinab und wandte sich schließlich mit einem Ruck zur Tür. Eisiger Wind und der Geruch von frisch gefallenem Schnee wehten herein, als er sie öffnete, und Pia erhaschte einen kurzen Blick auf zwei frierende Gestalten in Helm und Harnisch, die auf der anderen Straßenseite standen und den Eingang beobachteten. Sie war nicht überrascht, die beiden Männer wiederzuerkennen. Es waren stets dieselben. Pia fragte sich, was die beiden armen Kerle eigentlich ausgefressen hatten, um von Istvan zu einer zweiwöchigen Dauerwache verdonnert zu werden, und vor allem, wie sie das Kunststück fertigbrachten, sie durchzuhalten. Vermutlich, dachte sie, schliefen sie abwechselnd im Stehen.

»Es gibt noch ein paar andere Dinge, um die ich mich kümmern muss«, sagte Istvan im Hinausgehen. »Ich verlasse mich darauf, dass hier alles seine Richtigkeit hat.« Ohne ein weiteres Wort des Abschieds zog er die Tür hinter sich zu, und Pia drehte sich gerade noch rechtzeitig genug herum, um zu sehen, wie Brack der geschlossenen Tür die Zunge herausstreckte. Gegen ihren Willen musste sie lachen.

»Jetzt habe ich dich«, sagte sie. »Wenn du in Zukunft nicht tust, was ich von dir verlange, dann verrate ich dich an Istvan. Wahrscheinlich wird er dir die Zunge herausschneiden lassen.«

»Und sie höchstpersönlich von außen an die Tür nageln«, bestätigte Brack, grinste plötzlich so breit und selbstzufrieden wie ein Schuljunge und ließ sich dann ächzend in die Hocke sinken, um den blutigen Fetzen aufzuheben, den Pia einfach fallen gelassen hatte. Er betrachtete ihn einen Herzschlag lang stirnrunzelnd, warf ihr dann einen leicht vorwurfsvollen Blick zu und schlurfte zum Kamin, um ihn in die Flammen zu werfen. Vielleicht, dachte sie, war es hier doch nicht üblich, *alles* einfach fallen zu lassen, was man nicht mehr brauchte.

»Mich müsst ihr jetzt auch entschuldigen«, sagte er, nachdem er sich wieder aufgerichtet hatte, langsam und mit einer so mühsamen Bewegung, dass Pia sich zum ersten Mal fragte, wie alt Brack eigentlich war. »Ich habe noch eine Menge zu tun. Morgen beginnt der Rindermarkt, und wenn ich mich nicht spute, dann sind die besten Stücke schon weg, bevor ich auch nur da bin.«

»Ja, tu das, und …«, begann Pia, brach dann mitten im Satz ab und spürte selbst, dass es ihr nicht ganz gelang, sich ihr Erschrecken nicht anmerken zu lassen. »Was hast du gerade gesagt?«

»Dass ich noch eine Menge Vorbereitungen zu treffen habe«, antwortete Brack leicht verwirrt. »Die Idee deiner Freundin mag ja einfach klingen, aber wahrscheinlich bleibt die meiste Arbeit wieder an mir hängen, und …«

»Das meine ich nicht«, unterbrach ihn Pia. »Der Markt.«

»Er öffnet morgen, bei Sonnenaufgang«, sagte Brack. »Aber die meisten Händler sind schon da oder treffen im Laufe des Tages ein. Ich kenne ein paar, mit denen ich heute Abend schon verhandeln kann.«

Morgen?, dachte Pia verwirrt. Aber Vollmond war doch erst in …

Dann wurde ihr ihr eigener Irrtum klar. Valoren hatte den Vollmond vermutlich nur erwähnt, weil er Teil der Zeitrechnung dieses Landes war. Der Rindermarkt, von dem sie gesprochen hatte, begann drei Tage vorher.

»Was beunruhigt dich so?«, fragte Brack, schon wieder in leicht misstrauischem, wenn auch sehr besorgtem Ton.

»Nichts«, sagte Pia. »Ich … war nur ein bisschen erschrocken, weil Alica vermutlich wieder jede freie Minute ausnutzen wird, um auf den Markt zu gehen und alles mögliche Grünzeug zu kaufen.«

»Weil ich was?«, fragte Alica.

Brack grinste flüchtig. Alica war tatsächlich nahezu jeden Tag mindestens einmal auf dem Markt gewesen, und es war nicht eine einzige Gelegenheit verstrichen, die sie nicht genutzt hätte, um mit einem Arm voll fremdartiger Blumen- und Gemüseblätter zurückzukommen; vorzugsweise solcher, die man trocknen und in möglichst kleine Fitzelchen zerschneiden konnte.

»Sie kann Lasar einfach sagen, was sie braucht«, antwortete er. »Der Nichtsnutz hat sowieso zu wenig zu tun.«

Lasar, der hinter der Theke stand, spießte Brack regelrecht mit Blicken auf, war aber auch klug genug, rasch den Kopf zu senken und beschäftigt zu tun, als Brack seinen Blick zu spüren schien und zu ihm hinsah.

»Was genau hast du damit gemeint?«, erkundigte sich Alica misstrauisch.

Pia antwortete nicht darauf, und Brack musste die Worte wohl trotz der Sprachbarriere zwischen ihnen verstanden haben, denn sein Grinsen wurde breiter und erlosch dann. Für einen kurzen, aber sonderbar unangenehmen Moment sah er noch einmal Pias rechte Hand an. Sie wollte es eigentlich nicht, folgte seinem Blick aber dann doch und stellte mit leichtem Erschrecken erst jetzt fest, dass sie nicht nur auf dem Bett und dem Fußboden oben, sondern auch auf dem weißen Stoff ihres Kleides eine Spur winziger braun eingetrockneter Blutströpfchen hinterlassen hatte.

»Wenn du irgendein Problem hast, Pia«, sagte Brack, wobei er ganz bewusst ihren richtigen Namen benutzte, um ein höheres Maß an Vertrauen zwischen ihnen zu schaffen, »dann würdest du es mir doch sagen, oder?«

Noch vor wenigen Stunden hätte Pia ganz impulsiv darauf genickt. Doch das war, bevor sie mit Hernandez gesprochen hatte. Jetzt zögerte sie gerade lange genug, um dieser Bewegung ihre Glaubwürdigkeit zu nehmen. Eine Spur von Trauer mischte sich in Bracks Blick, aber er sagte nichts, sondern wandte sich nur mit einem Ruck ab und stapfte zur Theke, um

Lasar mit einem Schwall der üblichen vollkommen aus der Luft gegriffenen Vorwürfe zu überhäufen.

Alica sah ihm irritiert nach, blickte dann genauso nachdenklich und ein bisschen alarmiert auf Pias Hand und setzte sichtlich dazu an, ihrerseits eine entsprechende Frage zu stellen, doch Pia kam ihr zuvor.

»Komm mit«, sagte sie. Ohne eine Antwort abzuwarten, ging sie die Treppe hinauf in ihr Zimmer und blieb mit der Hand auf dem Türgriff stehen, bis Alica ihr gefolgt war. Sie schloss die Tür nicht ganz, sondern ließ sie einen Spaltbreit offen stehen, damit sich ein gewisser schmerbäuchiger Wirt nicht etwa hinter ihnen anschleichen und das Ohr dagegenpressen konnte, um zu lauschen, bedeutete Alica mit einer befehlenden Geste, ans Fenster zu treten und gleichzeitig still zu sein. Alica gehorchte, auch wenn ihr Gesichtsausdruck nun so ratlos und verstört wurde, dass sie Pia beinahe leidtat.

»Wo bist du die ganze Nacht gewesen?«, begann sie.

»Wie?«, murmelte Alica. Dann verdüsterte sich ihr Gesicht. »Moment mal, Schätzchen! Wir sind zwar vielleicht auf Gedeih und Verderb aufeinander angewiesen, aber das bedeutet noch lange nicht, dass ich dir ...«

»... dass du mir irgendeine Rechenschaft schuldig bist, nein«, unterbrach sie Pia. »Aber es gibt da ein paar Dinge, die du nicht weißt. Wir können Malu nicht trauen.«

»Ach?«, machte Alica spöttisch.

»Und Brack auch nicht«, fügte Pia hinzu.

Alica legte den Kopf schräg. »Was soll das heißen?«

Pia zögerte noch einen ganz kurzen Moment, dann erzählte sie ihr mit knappen, dennoch sehr eindringlichen Worten, was Hernandez gestern gesagt hatte. Alica hörte mit wachsender Verblüffung zu und versuchte sie zwei- oder dreimal zu unterbrechen, doch Pia brachte sie jedes Mal mit einer raschen

Handbewegung zum Schweigen, bis sie mit ihrem Bericht zum Ende gekommen war.

Diesmal verging fast eine Minute, in der Alica sie einfach nur anstarrte, und Pia konnte sehen, wie es hinter ihrer Stirn arbeitete. »Und das glaubst du ihm?«, fragte sie schließlich.

Pia trat neben ihr ans Fenster und blickte ein paar Sekunden lang auf die Straße hinab, bevor sie antwortete. Die beiden Soldaten standen immer noch draußen in der Kälte, und auch ansonsten bot die Straße denselben Anblick wie an jedem Morgen: schmal, leicht heruntergekommen, wo kleine Menschen in sonderbaren Kleidern ihren Beschäftigungen nachgingen, herumstanden und redeten oder einfach mit raschen Schritten vorübereilten. Pias Blick blieb für einen Moment an einer Frau mittleren Alters hängen, die gleich drei kleine Kinder im Zaum zu halten versuchte, ohne dass sie auch nur die Spur einer Chance gehabt hätte, es tatsächlich zu schaffen. Zwei von ihnen rissen sich los, rannten im Zickzack über den hart gefrorenen Morast der Straße, prallten plötzlich zurück und wichen nahezu im rechten Winkel von ihrem bisherigen Kurs ab, als sie den beiden Soldaten nahe kamen. Keiner der beiden Männer rührte sich auch nur, aber Pia musste wieder an das denken, was Lasar ihr gestern Abend über die Stadtwache erzählt hatte. *Davon* hatte sie Alica nichts gesagt, schon deshalb, weil es ihr trotz allem immer noch schwerfiel, es zu glauben.

Hier wirkte alles so harmlos. Vielleicht zu harmlos, dachte sie. Vielleicht war das alles nichts anderes als eine gigantische Falle, in die sie nicht nur sehenden Auges hineingetappt waren, sondern in der sie sich auch noch häuslich eingerichtet hatten.

»Pia?«, fragte Alica.

»Ich weiß es nicht«, antwortete sie mit einiger Verspätung. »Aber einiges von dem, was er gesagt hat, gibt durchaus Sinn.«

»Das würde es tun«, stimmte ihr Alica zu, »wenn es nicht ausgerechnet der *Comandante* gewesen wäre, von dem du das weißt.«

Als ob sie nicht auch schon darüber nachgedacht hätte!

»Ich bin nicht ganz sicher, ob er wirklich noch der *Comandante* ist«, sagte sie.

»Was soll das heißen?«

Pia hob in einer hilflos wirkenden Geste die Schultern. Ihr Blick folgte den Kindern, die ihren Schrecken überwunden zu haben schienen und weiter auf der Straße herumtollten und ihre Mutter damit langsam, aber sicher an den Rand eines Nervenzusammenbruchs brachten. Ohne dass sie selbst es auch nur merkte, stahl sich ein Lächeln auf ihre Lippen. Aber zugleich, tief darunter verborgen, spürte sie auch einen stärker werdenden Groll. Die Vorstellung, dass Hernandez die Wahrheit gesagt haben könnte, erfüllte sie mit einem Zorn, der sie selbst überraschte.

»Pia?«, fragte Alica wieder.

Pia riss ihren Blick mit einiger Anstrengung von der Straße los und drehte sich zu ihr herum.

»Ich will ja nicht penetrant erscheinen«, sagte Alica, »aber wenn man eine solche Geschichte erzählt wie du gerade, dann gebietet es eigentlich der Anstand, das Gespräch auch zu Ende zu führen.«

Im ersten Moment verstand Pia gar nicht, was sie meinte; dann wurde ihr klar, dass sie sehr lange dagestanden und auf die Straße hinabgeblickt hatte. »Entschuldige«, murmelte sie. »Wo waren wir?«

Alica zog eine Grimasse, beherrschte sich aber. »Der *Comandante*«, erwiderte sie. »Du warst der Meinung, er wäre es nicht mehr. Wie darf ich das verstehen? Ist ihm ein drittes Auge gewachsen?«

Pia blieb ernst. »Er ist … irgendwie anders«, sagte sie.

»Wenn er die Wahrheit sagt und tatsächlich schon seit zwölf Jahren hier ist, dann hat er vielleicht Zeit gehabt, über das eine oder andere nachzudenken.«

»Ja, und wahrscheinlich ist er zu einem guten Menschen mutiert, neben dem selbst Gandhi wie ein Charakterschwein wirkt«, sagte Alica.

Pia lächelte flüchtig. Die Vorstellung, dass Hernandez plötzlich zu jemandem geworden sein sollte, dem sie trauen konnten, war in der Tat schlichtweg absurd. Aber eigentlich hatte er das ja auch nie behauptet.

»Wahrscheinlich hast du recht, und er verfolgt seine eigenen kleinen Pläne«, sagte sie. »Aber das bedeutet nicht, dass das, was er über Istvan und Brack erzählt hat, unbedingt gelogen sein muss, oder?« Alica wollte widersprechen, doch Pia fuhr mit leicht erhobener Stimme – und einem sichernden Blick in Richtung der Tür – fort: »Wenn alles so ist, wie er behauptet, dann hat Brack wahrscheinlich gar keine andere Wahl.«

»Brack ist ...«, begann Alica, doch Pia unterbrach sie sofort.

»Was glaubst du, was Esteban an seiner Stelle tun würde?«

Das schien Alica einzuleuchten. Zwar gefiel es ihr nicht, wie ihr Gesichtsausdruck deutlich machte, aber sie widersprach auch nicht mehr, sondern ließ nur ein missmutiges »Hm« hören.

»Ich behaupte ja nicht, dass Brack ein Lump ist und wir ihm gar nichts mehr glauben können«, sagte Pia hastig. Sie wusste selbst nicht genau, warum, doch irgendetwas in ihr war wild entschlossen, Brack zu verteidigen. »Aber jetzt ergibt das alles hier ein bisschen mehr Sinn ... oder findest du es nicht selbst komisch, dass wir hier praktisch Narrenfreiheit haben, obwohl die guten Leutchen hier spießiger sind, als wir uns vor zwei Wochen auch nur vorstellen konnten?«

»Narrenfreiheit?« Alica warf einen demonstrativen Blick auf die beiden frierenden Soldaten vor dem Haus und machte ein spöttisches Gesicht, aber Pia schüttelte noch entschiedener den Kopf.

»Vielleicht sind sie ja auch da, um auf uns aufzupassen«, sagte sie. »Immerhin sind wir sein ... wie hat er es gerade ausgedrückt? *Größter Schatz.*«

»Das hat er gesagt?«

»Weißt du, ich glaube einfach nicht, dass diese Typen ganz zufällig aufgetaucht sind, kaum dass wir mit dieser Wahrsagerin gesprochen haben«, sinnierte Pia. »Vielleicht will ja jemand verhindern, dass wir mit den falschen Leuten sprechen.«

»Bei mir ist das kein Kunststück«, sagte Alica.

Pia blieb ernst. »Wir sollten heute Abend zum Viehmarkt gehen und mit diesem Ter Lion reden.«

»Prima Idee«, spöttelte Alica. »Weil wir einem Mann, von dem wir nichts als seinen Namen kennen, ja sooo viel mehr trauen können als allen anderen hier. Vielleicht sollten wir uns doch besser dem *Comandante* anvertrauen.« Sie seufzte leise, ging zum Bett und setzte sich auf die Kante. »Wenn du es darauf angelegt haben solltest, mich zu verwirren, dann ist es dir gelungen.«

»Und warum sollte es dir besser gehen als mir?«, fragte Pia. Sie sah weiter aus dem Fenster. Die Frau mit ihren Kindern war verschwunden, und das Bild war wieder so normal, wie es nur sein konnte; jedenfalls unter den gegebenen Umständen. Dennoch spürte sie, dass dort draußen noch mehr war. Irgendetwas ... schien sie zu rufen. Es war nichts Neues. Dieses lautlose Wispern und Locken war schon immer da gewesen, nur hatte sie es bisher nicht gehört. Und die Stimme wurde lauter. Nicht mehr lange, und sie würde die Worte verstehen.

»Ja, so etwas nenne ich eine echte Freundin«, sagte Alica. »Was würde ich nur ohne dich – he, was ist das denn?«

Ihre letzten Worte wurden von einem gedämpften Klappern begleitet, und Pia drehte sich gerade noch rechtzeitig genug herum, um zu sehen, wie Alica sich vorbeugte und zwischen ihren eigenen Knien hindurch unter das Bett spähte.

»He, du hast deine Decke unter dem Bett vergessen! Und ich dachte, ich wäre hier die Chaotin!«

»Lass sie einfach ...«, begann Pia, aber es war bereits zu spät. Alica beugte sich noch weiter vor, angelte nach der zusammengerollten Decke und zog sie mit einem Ruck heraus. Etwas glitt goldblitzend unter dem Stoff hervor, züngelte wie ein zu Kristall erstarrter Blitz nach Pias Füßen und bohrte sich mit einem knirschenden Laut kaum zehn Zentimeter neben ihrem Knöchel in die Wand.

»Ups!«, sagte Alica erschrocken. Dann weiteten sich ihre Augen ein bisschen. »Was ist denn das?«

»Das wäre beinahe deine große Chance gewesen, mir zu beweisen, dass du wirklich meine Freundin bist«, antwortete Pia säuerlich. »Zweifellos würdest du mich für den Rest deines Lebens auf dem Rücken tragen, wenn ich nur noch einen Fuß hätte ... oder gar keinen mehr.«

Alica sah sie verständnislos an und ging vorsichtshalber nicht näher auf diese Bemerkung ein. »Was ist das?«, fragte sie noch einmal.

»Das ist Eiranns Zorn, und *rühr es nicht an!*«

Die letzten Worte hatte sie in hörbar schärferem Ton hervorgestoßen, als Alica sich vorbeugte und die Hand nach dem Schwert ausstrecken wollte. Alica zog den Arm erschrocken zurück, allerdings nur ein kleines Stück, und ihre Verblüffung hielt ebenso nur einen halben Atemzug an und wurde dann zu Misstrauen.

»Was ist das?«, fragte sie zum dritten Mal. »Und woher kommt das Ding?«

»Eiranns Zorn«, wiederholte Pia. »Und du solltest es wirklich nicht anfassen. Es beißt, weißt du?« Sie zwang sich zu einem nervösen Lächeln und hob die Hand, damit Alica die Schnitte in ihren Fingerkuppen sehen konnte. »Siehst du?«

Alica fragte nicht, woher sie den Namen kannte, wofür Pia ihr im Stillen dankbar war. Sie hätte diese Frage nicht beantworten können. Lasar hatte den Namen vorhin zwar benutzt, aber sie hatte ihn schon vorher gekannt. Vielleicht schon, bevor sie überhaupt hierhergekommen war.

»Du bist also tatsächlich dort gewesen«, sagte Alica finster. »Hast du jetzt völlig den Verstand verloren?«

»Ich habe dir doch gesagt, dass ich zum Turm des Hochkönigs gehe.«

»*Zum* Turm, nicht *in* den Turm«, fauchte Alica. »Hast du vergessen, was diese Valoren gesagt hat? Du findest dort den Tod!«

»Ich dachte, du glaubst nicht an ihr Gefasel?«

Alica machte eine zornige Bewegung, wie um ihre Worte zur Seite zu wischen, und funkelte sie an. Pia rechnete ernsthaft damit, dass sie im nächsten Moment explodieren und irgendetwas wirklich Dummes tun würde, doch dann konnte sie regelrecht sehen, wie ihr brodelnder Zorn einer plötzlichen Resignation wich. Sie seufzte leise, schüttelte mehrmals hintereinander den Kopf und stand zwar mit einer müde wirkenden Bewegung auf, ließ sich aber auch unmittelbar auf die Knie sinken und spähte noch einmal unter das Bett, wie um sich davon zu überzeugen, dass dort nicht noch mehr unangenehme Überraschungen auf sie warteten.

»Ehrlich gesagt, hätte ich nicht geglaubt, dass du es schaffst.«

»Was?«

»In den Turm hineinzukommen« antwortete Alica. »Wie hast du das Tor aufgekriegt?«

Pia überlegte einen kurzen Moment, sich irgendeine fadenscheinige Erklärung einfallen zu lassen (egal ob Alica sie ihr glaubte oder nicht), und sagte dann: »Ich hatte Hilfe.«

»Hernandez?«, fragte Alica.

»Nein«, erwiderte Pia, ein bisschen erstaunt, wie Alica überhaupt auf diese abwegige Idee kam. »Lasar.«

Alica wirkte nicht einmal überrascht; jedenfalls nicht sehr, aber Pia konnte ihr ansehen, wie es hinter ihrer Stirn zu arbeiten begann und sie plötzlich gewisse Dinge in einem anderen Licht zu sehen schien. Schon dadurch, dass sie sich nur mühsam und unter Zuhilfenahme von Händen und Füßen mit Bracks Küchenjungen unterhalten konnte, war Alicas Verhältnis zu Lasar nicht annähernd so vertraut wie das ihre. Sie mochte den Jungen schon aus Prinzip, weil Brack ihn so schlecht behandelte und er trotzdem stets freundlich und hilfsbereit war, aber im Grunde konnte sie nichts mit ihm anfangen. Irgendwann einmal hatte sie gesagt, dass er ihr zu klein sei – aber das traf schließlich auf so ziemlich jeden in dieser Stadt zu.

»Und?«, fragte Alica, nachdem sie eine Weile vergebens darauf gewartet hatte, dass Pia von sich aus weitersprach. »Wie sieht es dort drinnen aus?«

»Dunkel«, antwortete Pia. Alica wollte auffahren, aber sie fügte rasch und besänftigend hinzu: »Nein, das meine ich ernst. Man sieht nicht viel. Eine Menge leerer Räume voller Staub. Das ist alles.«

Alica machte keinen Hehl aus ihrer Enttäuschung, obwohl sie doch gerade so zornig darüber gewesen war, dass Pia den Turm überhaupt betreten hatte. »Und du hast gar nichts gefunden – bis auf das da?«, fuhr sie mit einer Kopfbewegung auf das Schwert fort.

»Nur ein paar alte Gespenster«, erwiderte Pia lächelnd. Sie bildete sich jedenfalls ein, in scherzhaftem Ton gesprochen zu haben, doch so ganz konnte das wohl nicht gelungen sein, denn Alica sah sie stirnrunzelnd und auf eine sehr unangenehme Art an, tat das Thema dann aber auch mit einem Schulterzucken wieder ab, ohne näher darauf einzugehen. Stattdessen deutete sie noch einmal auf Eiranns Zorn.

»Warum hast du es mitgenommen?«

Die Wahrheit war, dass sie weder darüber nachgedacht noch die Wahl gehabt hatte. Vielleicht war es sogar eher umgekehrt gewesen, und das Schwert hatte sie mitgenommen.

Sie verscheuchte diesen albernen Gedanken, zuckte nur mit den Schultern und ließ sich in die Hocke sinken, um das Schwert wieder aus der Wand zu ziehen. Jedenfalls versuchte sie es.

Die Waffe rührte sich nicht. Pia schloss die Hand noch einmal und diesmal fester um den Schwertgriff, zog mit aller Kraft und machte dann ein verblüfftes Gesicht, als rein gar nichts geschah.

»Treibst du heimlich Bodybuilding?«, fragte sie. Alica machte ein ratloses Gesicht und sah darüber hinaus ebenso verblüfft aus wie sie, als es ihr auch weiterhin nicht gelang, die Klinge auch nur um einen Millimeter zu bewegen.

Pia richtete sich wieder auf, trat einen Schritt zurück und besah sich die Waffe auf eine neue, aufmerksame Art. Ihre Worte waren natürlich nicht ernst gemeint gewesen. Alica hatte das Schwert ja nicht einmal berührt. Es war einfach durch den Schwung, mit dem sie an der Decke gezogen hatte, aus den Falten gerutscht und das kurze Stück über den Boden geschlittert. Trotzdem hatte es sich tief genug in die Wand gebohrt, dass Pia vermutlich ein gutes Stück der Klinge gesehen hätte, hätte sie sich die Mühe gemacht, das Fenster zu öffnen und an der Wand draußen hinabzublicken.

»Das ist gar nicht Eiranns Zorn, oder wie immer du es nennst«, witzelte Alica. »Das ist Excalibur. Du weißt doch: Wer das Schwert aus dem Nachbarn zieht, wird der König der Favelas.«

Pia verzog die Lippen zu einem freudlosen Grinsen, packte den Griff mit beiden Händen und zog und zerrte mit aller Kraft, ohne dass sich irgendetwas tat. Das Schwert saß so fest in der Wand, als wäre es einbetoniert.

»Lass mich mal«, sagte Alica.

Pia zerrte und wackelte trotzig noch einen weiteren Moment an dem wuchtigen Schwertgriff, gab dann mit einem zornigen Achselzucken auf und rutschte auf den Knien ein Stück zur Seite. Alica nahm ihre bisherige Position ein, schmiegte beide Hände um den wuchtigen goldenen Griff und schloss die Augen, um sich zu konzentrieren. Pia konnte sehen, wie sich ihre Muskeln unter dem dünnen Stoff des Kleides spannten, dann zog sie mit aller Kraft –

und fiel mit einem halblauten, überraschten Keuchen nach hinten, als die Klinge vollkommen widerstandslos aus der Wand herausglitt. Pia konnte gerade noch das Gesicht zur Seite drehen, um nicht getroffen zu werden, und Alica fiel schwer auf den Rücken und hielt Eiranns Zorn dabei mit ausgestreckten Armen gerade in die Höhe.

Pia starrte die Schwertklinge aus weit aufgerissenen Augen an. Die Waffe … *sang*. Ein ganz feiner, hoher Ton, der an das Geräusch erinnerte, mit dem eine Fingerkuppe über den Rand eines dünnen Glases strich, und die ohnehin kaum sichtbaren Ränder der gläsernen Klinge schienen für einen Moment zu verschwimmen, als wäre diese Waffe scharf genug, das Gewebe der Wirklichkeit zu zerschneiden.

Sie schüttelte den verrückten Gedanken ab, griff rasch zu und half Alica dabei, wieder auf die Füße zu kommen, wobei sie ganz ohne ihr eigenes Zutun sehr sorgsam darauf achtete, der gläsernen Klinge nicht zu nahe zu kommen.

»Danke«, murmelte Alica benommen. Eine geschlagene Sekunde lang starrte sie das Schwert in ihren Händen an, dann – deutlich länger und ziemlich verwirrt – Pia, und schließlich zog sie überrascht die Augenbrauen hoch, als ihr Blick über die Wand tastete, aus der sie die Waffe herausgezogen hatte. Die Klinge hatte einen fast armlangen Schnitt darin hinterlassen, so dünn und präzise wie mit einem Skalpell durch Seidenpapier gezogen.

»Entweder sind in Bracks Bier mehr Anabolika als Wasser, oder du lässt nach, Pia«, witzelte sie lahm.

Pia ging weder darauf noch auf den unmöglichen Anblick der Wand ein, sondern nahm ihr das Schwert aus der Hand, wobei sie auch jetzt sorgsam darauf achtete, nur den schweren Griff zu berühren. Etwas ... flüsterte tief in ihrer Seele. Die Stimme war wieder da, aber diesmal war sie leiser und ... anders, ohne dass Pia diesen Unterschied in Worte fassen konnte.

Alica sah ihr stirnrunzelnd zu, und für einen ganz kurzen Moment war Pia beinahe sicher, dass sie sich widersetzen wollte. Etwas wie Unwillen, vielleicht sogar Zorn huschte über ihr Gesicht, und ihre Hände leisteten für den Bruchteil einer Sekunde trotzigen Widerstand, dann ließ sie mit einer schon fast schuldbewussten Bewegung los und trat rasch zwei, drei Schritte zurück.

Pia legte das Schwert auf das Bett und wartete darauf, dass das Flüstern in ihren Gedanken aufhörte. Es verklang, aber nur langsam, widerwillig wie ein zorniges Raubtier, das sich um seine Beute betrogen sieht und verärgert knurrend in seine Höhle zurückkriecht.

»Das ist ... unglaublich«, murmelte Alica. »Und das Ding hat da einfach so rumgelegen?«

Einfach so traf es nicht ganz, aber Pia reagierte trotzdem nur mit einem knappen Nicken. Als Alica an ihr vorbeigehen und die Hand nach dem Schwert ausstrecken wollte, hätte sie sie um ein Haar wieder zurückgerissen, doch dann beließ sie es bei einem mahnenden Blick und zeigte Alica noch einmal ihre zerschnittenen Fingerkuppen. »Sei vorsichtig! Das Ding ist wirklich scharf.«

Alica nickte zwar, streckte den Arm trotzdem weiter aus und berührte den schweren goldenen Griff zaghaft mit den Fingerspitzen. »Es ist wunderschön«, flüsterte sie. »Was mag es wohl wert sein?«

Seltsam ... Pia hatte das sichere Gefühl, dass sie eigentlich etwas ganz anderes hatte sagen wollen. Etwas, das ihr vermutlich nicht gefallen hätte.

»Hier oder bei uns?«, fragte sie.

Alica maß sie mit einem sonderbaren Blick und schloss die Hand fester um den Schwertgriff. Täuschte Pia sich, oder hörte sie schon wieder jenes seltsame gläserne Singen, wie einen Laut, der eigentlich weit jenseits der Grenzen des Hörbaren lag, aber ein wisperndes Echo in die Wirklichkeit herüberschickte?

Was sie sich nicht einbildete, das war der mehr als handlange Schnitt, der plötzlich in der strohgefüllten Matratze klaffte. Dabei war sie vollkommen sicher, dass Alica das Schwert nicht bewegt hatte.

»Oh!«, sagte Alica erschrocken, ließ den Schwertgriff los, als wäre er plötzlich glühend heiß geworden, und prallte ein kleines Stückchen zurück. »Du hast recht. Das Ding ist wirklich höllisch scharf.« Was sie allerdings nicht daran hinderte, sich sofort wieder vorzubeugen und die armlange Klinge mit eindeutig bewundernden Blicken zu mustern. Sie streckte auch wieder die Hand danach aus. Allerdings hütete sie sich, ihre Finger in die Nähe der Schneide kommen zu lassen.

»So etwas habe ich noch nie gesehen«, murmelte sie. »Was ist das? Glas?«

Pia musterte den armlangen Riss in der Wand mit einem schrägen Blick. »Kaum.«

»Nein, wahrscheinlich nicht.« Alica überlegte einen Moment, trat dann vom Bett zurück und kam nach kaum einer Sekunde mit einem von Bracks schlampig aus Gusseisen gefertigten Löffeln zurück. Pia war nicht einmal überrascht, als sie ihn behutsam an der Schneide entlangführte und er in zwei Teile zerfiel. Alica riss die Augen auf und ächzte.

»Unglaublich!«, keuchte sie. »Das ... das muss Diamant oder so was sein!«

Pia nahm den abgeschnittenen Teil des Löffels mit spitzen Fingern vom Bett und betrachtete ihn nachdenklich. Diamant? Die Schnittkante war so glatt, als wäre sie mit einem Laser oder irgendeiner Science-Fiction-Waffe geschnitten worden, und als sie vorsichtig mit den Fingerspitzen darüberfuhr, fühlte sie, wie kalt sie war. Es tat regelrecht weh.

»Kannst du dir vorstellen, was dieses Ding bei uns wert wäre?«, fragte Alica.

Sie antwortete nicht darauf, musste aber an einen anderen, vermeintlich gläsernen Dolch denken, der Jesus so schwer verletzt hatte. Plötzlich machte ihr dieses Schwert Angst.

»Und kannst du dir vorstellen, was wir *hier* damit anfangen könnten?«, fuhr Alica fort, als Pia ihr nicht den Gefallen tat zu antworten. Entschlossen nahm sie das Schwert mit beiden Händen auf und bewegte es hin und her. Das helle Singen erklang wieder, und die Klinge schien sich in einem lautlosen Gewitter aus Lichtblitzen und flimmernden Reflexen aufzulösen.

»Sei vorsichtig damit«, mahnte Pia.

»Mit diesem Schwert könnten wir Istvan samt seiner gesamten Garde aus der Stadt jagen«, behauptete Alica. »Und dieses Heer, das angeblich im Anmarsch ist, gleich mit dazu.«

»Ja, wenn einer von uns damit umgehen könnte«, antwortete Pia unbehaglich.

Alica bewegte die Waffe weiter hin und her, und sie tat es zunächst genau auf die unbeholfene Art, die man bei einem Menschen erwartete, der noch nie ein Schwert in der Hand gehalten hatte. Trotzdem war da zugleich etwas ungemein Elegantes an dieser Bewegung, eine selbstverständliche Leichtigkeit, die Pia zutiefst erschreckte, und das umso mehr, als sie sich daran erinnerte, wie vertraut und selbstverständlich sich das Schwert gestern Abend in ihrer Hand angefühlt hatte.

»Och, das lerne ich schon«, sagte Alica leichthin. »So schwer kann das doch gar nicht sein.«

Und wie es aussah, *hatte* sie es bereits gelernt, dachte Pia verwirrt. Alica fuchtelte weiter mit der Waffe herum; ihre Bewegungen schienen mit jeder Sekunde fließender und schneller zu werden. Eiranns Zorn sang wie eine gläserne Harfe, bewegte sich vor und zurück, beschrieb vielfältige Kreise, Achten und noch viel kompliziertere Muster. Pia kam aus dem Staunen nicht mehr heraus.

»Woher kannst du das?«, murmelte sie ungläubig.

»Keine Ahnung«, antwortete Alica und lachte leise. »Hab ich doch gesagt. So schwer ist es nicht.« Das Schwert drehte sich immer schneller in ihren Händen, spießte spielerisch in Pias Richtung, ohne sie wirklich zu berühren, und zeichnete immer kunstvollere Muster in die Luft.

Etwas knackte, und Alica starrte verdutzt auf das Bett, das mit einem Mal ein wenig schräg stand. Die Schwertklinge hatte eines seiner Beine gekappt.

»Ups«, murmelte sie.

»Habe ich schon erwähnt, dass es sehr scharf ist?«, fragte Pia.

Alica schenkte ihr einen bösen Blick und setzte dazu an, eine giftige Antwort zu geben, doch in diesem Moment wurden auf der Treppe polternde Schritte laut, und sie konnte das Schwert gerade noch hinter dem Rücken verbergen, bevor die

Tür auch schon aufgestoßen wurde und Brack hereinstürmte, dicht gefolgt von Lasar.

»Ist etwas passiert?«, fragte er aufgeregt. »Ich habe Lärm gehört und ...« Seine Augen wurden groß, als er das schräg stehende Bett bemerkte. »Bei Kronn! Was habt ihr jetzt wieder angestellt?«

»Nichts«, antwortete Pia, und machte sich in Gedanken eine Notiz, ihm das *wieder* übel zu nehmen, sobald sie Zeit dafür hatte. »Außer, dass ich versucht habe mich hinzusetzen. Ich muss entweder kräftig zugenommen haben, ohne es zu bemerken, oder deine Möbel sind genauso alt und baufällig wie alles andere hier.«

Brack schürzte beleidigt die Lippen, sparte sich aber jeden Kommentar und ging zum Bett, um das abgebrochene Bein aufzuheben. Aus der Verwirrung in seinem Blick wurde ungläubiges Staunen, als er die völlig glatte Schnittfläche sah.

»Und du hast dich nur ... hingesetzt?«, fragte er zweifelnd.

»Nein«, antwortete Pia. »Alica und ich üben heimlich Schwertkampf, nur für den Fall, dass ungebetene Gäste hier auftauchen sollten ... oder jemand zu viele dumme Fragen stellt.«

Alica wurde ein bisschen bleich und versuchte unauffällig in eine Ecke zurückzuweichen, damit Brack das Schwert hinter ihrem Rücken nicht sah, und Brack sah jetzt deutlich verärgert aus. Am interessantesten aber war Lasars Reaktion: Auch er starrte den abgeschnittenen Bettpfosten in Bracks Händen an, doch er wirkte kein bisschen erstaunt. So, wie er am Morgen auf den Anblick des Schwertes reagiert hatte, hätte Pia Entsetzen in seinem Blick erwartet oder auch Zorn, aber was sie sah, das war das genaue Gegenteil. Seine Augen leuchteten in wildem Triumph.

»Ja, das war wirklich sehr komisch«, sagte Brack. »Und was

habt ihr nun wirklich getan? Ich hoffe, nicht gestritten. Alica hat es nur gut gemeint, da bin ich ganz sicher.«

Es dauerte einen Moment, bis Pia seinem komplizierten Gedankengang überhaupt folgen konnte, und dann hätte sie fast laut aufgelacht. Anscheinend war Brack der Meinung, Alica und sie wären sich wegen ihrer eigenmächtigen Entscheidung in die Haare geraten.

»Du hast recht, wir hatten ... eine kleine Meinungsverschiedenheit«, antwortete sie bewusst zögernd. »Aber so schlimm war es nicht. Deine Möbel sind wirklich nicht mehr die stabilsten.«

Brack dachte sich sichtlich seinen Teil dazu, aber er schürzte nur noch einmal die Lippen, warf den Pfosten mit einer ärgerlichen Bewegung auf das Bett und raunzte Lasar an: »Das kannst du gleich reparieren, aber mach es gefälligst anständig! Nicht, dass ich hinterher wieder mehr Arbeit habe als zuvor!«

»Ja, das kann er«, sagte Pia rasch. »Aber nicht jetzt. Später. Alica will noch einmal auf den Markt, und ich muss sie begleiten, um für sie zu übersetzen.«

»Was will ich?«, fragte Alica verstört.

»Wozu?«, erkundigte sich auch Brack.

»Sie muss noch das eine oder andere besorgen, um Malus Geschäft auszustatten«, improvisierte Pia. »Und wir würden uns gerne vorher noch umziehen, also wäre es nett, wenn du uns alleine lässt. Oder möchtest du zuschauen?«

XXIV

Der Markt hatte sich verändert wie jedes Mal, wenn Alica und sie hier gewesen waren. Abgesehen von ihrem Besuch am zweiten Morgen, an dem sie möglicherweise einfach zu früh gekommen waren, als dass die Gilde der Händler und Marktschreier mit ihrem allmorgendlichen Spielchen hätte beginnen können, hatten sie nie auch nur einen einzigen Stand jemals am gleichen Platz wie am Tag zuvor wiedergefunden. Stattdessen wechselten diese täglich einem komplizierten System folgend ihre Position, sodass jeder Marktbesuch zu einem neuen Abenteuer wurde, das in gleichem Maße an Pias Nerven zehrte, wie es Alica zu freuen schien. Heute jedoch war diese Veränderung weitaus radikaler. Der Markt, wie sie ihn kannten, war verschwunden. Von den zahllosen Ständen war keine Spur mehr zu sehen

Auf dem großen Platz unter der Stadtmauer war eine für hiesige Verhältnisse vollkommen ungewohnte Aktivität ausgebrochen. Überall wurde gewerkelt und gearbeitet, gesägt und gehämmert. Männer und Frauen eilten hektisch und zumindest auf den ersten Blick vollkommen ziel- und sinnlos durcheinander, riefen sich Kommandos und Scherzworte zu, brüllten Befehle oder lachten, soweit sie sich nicht in einem Dutzend unterschiedlicher Dialekte gegenseitig verwünschten. Wo bisher ein Labyrinth aus Zelten, Verkaufsständen und bunten Buden gestanden hatte, deren Besitzer sich gegenseitig in dem Bemühen zu überbrüllen versuchten, jedem, der es hören wollte, ihre Waren anzupreisen (und ebenso jedem, der es nicht wollte), da entstand nun ein kaum weniger verwirrendes Durcheinander aus Koppeln und Gattern, die rasch und mit erstaunlicher Präzision aus offenbar vorgefertigten Teilen aufgestellt wurden. Unmengen von Stroh und Heu warteten auf hoffnungslos überladenen Karren darauf, in diesen improvisierten Gattern verteilt zu werden, und auch die ersten Tiere waren schon da: sonderbar kleinwüchsige Rinder mit dafür umso größeren Hörnern und dickem Fell, durch deren Nasen schwere eiserne Ringe gezogen waren. Verbunden waren sie untereinander mit massiven Ketten, was angesichts ihres kleinen Wuchses und ihres freundlichen Aussehens einigermaßen übertrieben wirkte. Aber die Männer, die sie trieben, waren mit wuchtigen Eisenstangen ausgerüstet, an denen spitze Dornen befestigt waren, und Pia entging auch nicht der unübersehbare Respekt, mit denen die Männer die Tiere behandelten. Ein friedliches Aussehen allein bedeutete anscheinend gar nichts.

»Herzlichen Glückwunsch«, spöttelte Alica, nachdem sie eine ganze Weile nebeneinandergestanden und das Chaos angestarrt hatten. »Und wie willst du jetzt diesen Türütütüt finden?«

»Ter Lion«, verbesserte Pia sie. Gleichzeitig warf sie Alica einen warnenden Blick zu. Ihre beiden schweigsamen Schatten folgten ihnen zwar in guten zehn oder zwölf Schritt Abstand und sahen so müde aus, dass Pia sich schon ein paarmal im Stillen gefragt hatte, wie es ihnen eigentlich gelang, sich noch auf den Beinen zu halten, trotzdem war es besser, wenn sie vorsichtig waren. Sie hatte keine Ahnung, wie scharf das Gehör der Leute hier war. Oder über welche Sinne sie sonst noch verfügten.

»Aber jetzt mal im Ernst: Hast du eine Idee, wie wir ihn hier finden sollen?«

»Fragen?«, schlug Pia vor.

»Einfach so?« Alica machte ein noch zweifelnderes Gesicht.

»Ja, eine wirklich hervorragende Idee. Wir gehen los und fragen den Erstbesten, ob er jemanden kennt, der der wiedergeborenen Elfenprinzessin dabei hilft, unbemerkt aus der Stadt zu verschwinden. Wie toll!«

»Ist ja schon gut«, maulte Pia. Auch wenn sie es ungern zugab: Alica hatte recht. Der Markt war offiziell noch nicht einmal eröffnet, aber der Platz wimmelte jetzt schon von Menschen. Gut, Valoren hatte gesagt, dass sie einen Mann suchen sollten, der eine Karawane Rinder in die Stadt brachte. Das schränkte die Auswahl immerhin ein. Auf vielleicht achtzig oder hundert Leute …

Ohne viel Hoffnung sah sie sich noch einmal um und bedeutete Alica, ihr zu folgen. Alica machte ein noch missmutigeres Gesicht, aber sie folgte ihr immerhin kommentarlos.

Eigentlich hätte sie sich längst daran gewöhnen müssen, auf Schritt und Tritt angestarrt zu werden, und in gewissem Umfang war das auch schon geschehen. Trotzdem war das Gefühl nun wieder da, und das beinahe stärker als jemals zuvor. Vielleicht lag es daran, dass man Alica und sie hier in WeißWald mittlerweile kannte. Sie erregten immer noch ein gewisses Maß an Aufsehen, und oft genug wurde hinter ihrem Rücken getuschelt. Jetzt aber wurden sie wieder ganz unverhohlen angestarrt, dabei hatten Alica und sie ganz bewusst nicht die *aufreizenden* Kleider angezogen, die Aressa für sie geschneidert hatte, sondern trugen die hier üblichen modischen Säcke. Außerdem hatte Pia ihre Haare nicht nur sorgfältig unter einem mausgrauen Kopftuch verborgen, sondern auch die Kapuze ihres Umhanges hochgeschlagen, obwohl es für hiesige Begriffe nicht einmal besonders kalt war. Vielleicht lag es weniger an Alica und ihr, überlegte sie, sondern mehr an ihren beiden Wachhunden. Die Männer gaben sich weder irgendeine Mühe, unauffällig zu sein, noch stellte ihr Anblick hier eine Besonderheit dar. Pia sah auf Anhieb mindestens ein Dutzend weiterer Soldaten, die in den üblichen Zweiergruppen über den Platz schlenderten, mit misstrauischen Blicken die Vorbereitungen beäugten oder dann und wann einmal stehen blieben, um auf irgendetwas hinzuweisen, das ihrer Meinung nach nicht seine Ordnung hatte (oder auch gegen ein entsprechendes Bakschisch darüber hinwegzusehen, vermutete sie), doch die beiden Soldaten hinter ihnen machten keinen Hehl daraus, dass sie das emsige Treiben ringsum nicht interessierte, sondern sie aus keinem anderen Grund hier waren, als sie zu bewachen – oder auf sie aufzupassen. Den genauen Unterschied hatte sie bis jetzt nicht begriffen.

So oder so, wo immer sie vorbeikamen, unterbrachen die Männer und Frauen ihre Gespräche und starrten sie an. Und längst nicht alle Blicke, die ihnen folgten, waren angenehm ... Sie fielen auf wie die berühmten bunten Hunde. Ihre Aussichten, hier einen bestimmten Mann zu finden – und noch dazu Kontakt mit ihm aufzunehmen, ohne dass ihre beiden Wachhunde es merkten und Istvan sofort Bericht erstatteten, standen nahe bei null. Und das war noch optimistisch ausgedrückt.

»Frag nach den Rindern«, sagte Alica.

Pia sah sie verwundert an.

»Valoren hat doch gesagt, dass er Rinder in die Stadt bringt.«

»Danke, so schlau war ich auch schon«, antwortete Pia. »Und dann?«

»Es ist immerhin ein Anfang, oder? Wir können natürlich auch ein Plakat in die Höhe halten, auf das wir seinen Namen schreiben«, fügte Alica spöttisch hinzu. »Oder hast du eine bessere Idee?«

Nein, gestand Pia in Gedanken. Aber sie hatte zumindest eine *schlechtere* gehabt, nämlich die, einfach so hierherzukommen, ohne auch nur die Ahnung eines Planes zu haben ...

Ein helles Krächzen riss sie aus ihren Gedanken. Pia legte den Kopf in den Nacken und presste die Augen zusammen, um in das grelle Licht der Morgensonne zu blinzeln. Hoch über ihnen kreiste ein schwarzer Umriss in der Luft, vielleicht irgendein Vogel, den die ungewohnte Bewegung angelockt hatte und der nun überlegte, ob es in dem brodelnden Durcheinander dort unten irgendetwas für ihn zu holen gab, vielleicht auch einer von den *verdammten Spionen,* wie Brack sie genannt hatte. Damals hatte sie insgeheim über seine Geschichte gelacht – aber spätestens seit gestern Abend sah sie alles, was mit dem legendären Elfenkönig zu tun hatte, mit etwas anderen Augen ...

»Eiranns Raben?«, fragte Alica.

Pia hob nur die Schultern. Es kostete sie einige Mühe, ihren Blick von dem schwarzen Schemen am Himmel loszureißen, und sie wollte *ganz bestimmt* nicht wissen, ob er seine Position oben am Himmel hielt oder tiefer kam. Eigentlich wollte sie gar nicht hier sein, und warum zum Teufel sprach sie das eigentlich nicht aus?

»Lass uns wieder verschwinden«, sagte sie. »Es war eine Schnapsidee.«

»Wie die allermeisten, die du bisher gehabt hast«, bestätigte Alica ungerührt. »Aber nun sind wir einmal hier, oder? Also, setz dein hübschestes Lächeln auf, und frag nach diesem Ter Lion. Ich würde es ja selbst tun, wenn ich es könnte.«

»Hm«, machte Pia. Sie zögerte noch einen Moment – die Idee gefiel ihr immer weniger, je länger sie darüber nachdachte –, aber ihr fiel auch kein Argument ein, das schlagkräftig genug gewesen wäre, um Alica umzustimmen. Widerwillig hob sie die Schultern und ging weiter, wobei sie die schon fertig aufgestellte Koppel mit den putzigen Rindern ansteuerte – die ihr im Übrigen immer weniger putzig erschienen, je näher sie ihnen kamen. Die Tiere waren kaum größer als kräftige

Kälber und hatten ein wuscheliges Fell, das wahrscheinlich notwendig war, um in einer Gegend wie dieser zu überleben, aber sie waren auch ungemein massig gebaut, und Pia konnte regelrecht spüren, wie stark sie sein mussten. Ihre Hörner sahen ganz und gar nicht so aus, als hätten sie sie nur zur Dekoration. Außerdem hatten sie gemeine Gesichter.

Aber das traf auch auf die Männer zu, die die Tiere in die bereits fertig aufgebaute Koppel trieben ... zumindest auf den, den Pia ansteuerte und mit einer Handbewegung zu sich heranwinkte.

Wie nahezu jeder hier war er einen guten Kopf kleiner als sie, aber von kräftigem Wuchs, und dass er den Kopf in den Nacken legen musste, um ihr ins Gesicht zu sehen, nötigte ihm allerhöchstens Erstaunen ab, aber nicht einmal eine Spur von Respekt oder gar Furcht wie bei so vielen hier.

»Ich suche Ter Lion«, begann sie übergangslos. »Weißt du, wo ich ihn finde?«

»Und was willst du von ihm?«, erwiderte der Mann. Zu dem Staunen in seinem Blick gesellte sich nun auch noch Misstrauen, und zwar deutlich mehr als nur eine Spur.

»Wir kaufen für den Weißen Eber ein«, improvisierte Pia. »Man hat uns gesagt, er hätte gutes Vieh.«

»Ja, das war clever«, sagte Alica.

»Das haben alle hier«, antwortete der Mann. »Wenn ihr Fleisch sucht, kann ich es euch auch verkaufen. Und ich bin billiger.«

Ja, das glaube ich dir sofort, dachte Pia. Laut und mit einem angedeuteten verlegenen Lächeln fuhr sie fort: »Unser Herr hat uns aufgetragen, nur bei Ter Lion zu kaufen. Leider weiß ich nicht, wie er aussieht. Kannst du mir helfen?«

Der Bursche überlegte einen Moment und maß Alica und sie dabei mit unangenehmen Blicken. Dann zuckte er mit den Achseln. »Das könnte ich, aber er ist noch nicht hier.«

»Und du weißt nicht, wann er kommt und wie ich ihn erkenne?«

»Später«, antwortete der Mann. »Und such einfach nach dem hässlichsten Kerl, den du auf dem ganzen Markt findest, dann kannst du ihn gar nicht verfehlen.« Sein Blick löste sich für einen Moment von Pia und irrte zu einem Punkt irgendwo hinter ihr, wahrscheinlich zu den beiden Wachen. »Aber er wird kaum vor Mitternacht ankommen, seine Karawane ist nicht besonders schnell. Du hast seltsame Freunde, Mädchen.«

Pia drehte sich halb herum und sah, dass die beiden Gardisten näher gekommen waren und in kaum drei Schritt Abstand dastanden. Sie mussten schon taub sein, um nicht zu hören, was sie sagten. Außerdem gaben sie sich große Mühe, möglichst grimmig auszusehen; was ihnen mit ihren dunkel umrandeten Augen und grauen Gesichtern nicht besonders schwerfiel ...

»Wieso?«, fragte sie.

Der Mann hob nur abermals die Schultern, versetzte dem Zwergenrind vor sich einen derben Schlag mit seiner angespitzten Eisenstange (Pia hätte er vermutlich jeden einzelnen Knochen im Leib gebrochen, aber das Tier reagierte nur mit einem leicht vorwurfsvollen Blick und setzte sich gemächlich in Bewegung) und ging. Pia sah ihm verwirrt nach. Die beiden Wachen hatten kein einziges Wort gesagt, und *so* eingeschnappt konnte der Bursche doch wohl nicht sein, nur weil sie ihn nach einem Konkurrenten gefragt hatte, oder?

Sie schüttelte den Gedanken ab. Offensichtlich erfreute sich die Stadtwache auch bei Besuchern aus anderen Städten nicht gerade großer Beliebtheit. »Lass uns gehen«, sagte sie, während sie sich zu Alica herumdrehte. »Das hat keinen Sinn. Du hast es ja gehört.«

»Ja«, antwortete Alica säuerlich. Sie rührte sich nicht. »Gehört schon, nur nicht verstanden.«

Pia seufzte. »Er ist noch nicht hier«, sagte sie. »Wir sollen gegen Mitternacht wiederkommen oder später.«

»Du meinst, weil unser Freund Istvan in spätestens einer Stunde weiß, nach wem wir gesucht haben?«, fragte Alica und machte eine verstohlene Augenbewegung in Richtung der beiden Soldaten.

Pia zuckte übertrieben trotzig mit den Schultern. »Ich kann nichts dafür, dass Brack sein Fleisch nur bei diesem einen Händler kauft«, antwortete sie.

»Clever«, lobte Alica. »Aber nicht clever genug. Darauf fallen sie bestimmt nicht rein. Warum fragst du den Typen nicht, wo wir diesen Terdingsbums finden? Wir könnten ihm entgegengehen.«

»Und das ist eine noch schlechtere Idee«, seufzte Pia. »Aber bevor du fragst: Ich habe auch keine bessere.«

»Jede Idee wäre besser gewesen als die hierherzukommen«, raunte eine Stimme neben ihr.

Pia hob den Kopf, sah niemanden und musste sich zusammenreißen, um nicht zu verwirrt auszusehen. Sie waren allein, jedenfalls im Umkreis von acht oder zehn Schritten – abgesehen von den Wachen war die ihnen am nächsten stehende Person ein uralter Mann in heruntergekommenen Kleidern, der ein schmales, von zu vielen Jahren zu harter Arbeit und zu großen Entbehrungen gezeichnetes Gesicht und schulterlanges, strähniges Haar hatte. Er war mit irgendetwas beschäftigt, das Pia nicht genau erkennen konnte, sah aber immer wieder in ihre Richtung und machte auch gar keinen Hehl aus seiner Neugier. Eigentlich war er viel zu weit entfernt, als dass es seine Stimme gewesen sein könnte, doch Pia erwog den Gedanken trotzdem einen Moment lang ernsthaft ... aber dann schüttelte sie den Kopf. Nein. Es war die Stimme einer jungen Frau gewesen, nicht die eines Greises, und –

»Kommt zum Tor«, fuhr die Stimme fort. Sie klang immer

noch wie die Stimme einer jungen Frau, und sie erklang immer noch direkt an Pias Ohr, die gerade sah, wie sich die Lippen des alten Mannes bewegten. Das war vollkommen unmöglich, aber es war trotzdem so. »Aber kommt ohne die Wachen. Ich sorge dafür, dass sie abgelenkt sind. Wartet einen Moment, bis ihr mir nachfolgt.«

Der alte Mann drehte sich mühsam herum und schlurfte mit hängenden Schultern und leicht humpelnd davon.

»Kennst du den Alten?«, fragte Alica stirnrunzelnd.

»Nein«, antwortete Pia. »Aber hast du ...« *Nichts gehört?* Sie schluckte die beiden letzten Worte hinunter, schüttelte übertrieben heftig den Kopf und deutete einen verstohlenen Blick in Richtung der beiden Wachen an. Alica antwortete auf dieselbe lautlose Art.

Pia bezweifelte, dass sie wirklich verstand, was geschehen war, aber immerhin stellte sie keine weitere Frage mehr. Gemeinsam wandten sie sich um und gingen in die Richtung zurück, aus der sie gekommen waren. Dabei fiel Pia noch ein Unterschied auf: Bisher hatten sich die beiden Männer stets mehr oder weniger diskret im Hintergrund gehalten, gerade nahe genug, um sie nicht vergessen zu lassen, dass sie da waren. Jetzt war Pia nicht einmal sicher, ob sie ihnen überhaupt aus dem Weg gehen würden oder es vielleicht Alica und sie waren, die ihnen ausweichen mussten. Eine der Wachen trat erst im allerletzten Moment zur Seite, und auch das erst, nachdem Pia dem Mann einen eisigen Blick zugeworfen hatte.

Sie versuchte sich einzureden, dass es nur an der Müdigkeit der beiden Männer lag und vielleicht an ihrer Nervosität und der ungewohnten Umgebung, aber tief in sich wusste sie natürlich, dass das nicht stimmte. Etwas hatte sich geändert.

Möglicherweise die Befehle, die Istvan seinen Soldaten erteilt hatte ...

»Und wohin jetzt?«, fragte Alica, während sie die beiden Männer ebenfalls mit leicht verwirrtem Gesicht ansah.

»Zurück in den Weißen Eber«, antwortete sie laut genug, damit die vier gespitzten Ohren hinter ihnen die Worte auch ganz bestimmt hörten. »Oder hast du Lust, bis Mitternacht hier zu warten, damit Brack sein Fleisch ein paar Kreuzer billiger bekommt?«

Alica sah sie nun vollkommen verstört an, und ein (nicht einmal so kleiner) Teil von Pia fragte sich, ob es wirklich klug war, einem wildfremden Greis zu vertrauen, mit dem noch dazu etwas nicht stimmte.

Ein kleinwüchsiger Kerl mit wehendem schwarzem Haar tauchte wie aus dem Nichts auf, flitzte zwischen Alica und ihr hindurch und rannte so dicht an den beiden Soldaten vorbei, dass er sie um ein Haar angerempelt hätte. Beide starrten ihm verdutzt nach, und der eine Soldat sagte irgendetwas und lachte leise. Der andere begann ebenfalls zu lachen, allerdings nur für einen Moment, dann sah er an sich hinab, und aus seinem glucksenden Lachen wurde ein Schrei jäher Wut, als er feststellte, dass ihm etwas fehlte. »Mein Geld!«, brüllte er. »Der Knirps hat meinen Geldbeutel gestohlen! Halt ihn auf!« Unverzüglich stürmten sein Kamerad und er hinter dem Jungen her, obwohl der Vorsprung des Kleinen bereits viel zu groß war, als dass sie ihn noch einholen konnten.

Alica wollte sich umdrehen und loslaufen, aber Pia hielt sie mit einer raschen Bewegung am Arm zurück und schüttelte den Kopf. »Warte«, sagte sie rasch.

Und zu Recht. Die beiden Soldaten mochten übermüdet und vielleicht nicht die Hellsten sein, aber sie waren auch nicht dämlich. Der, dessen Geldbörse der Junge stibitzt hatte, rannte zwar unverdrossen hinter ihm her, obwohl auch ihm klar sein musste, dass er keine Chance hatte, den Dieb einzuholen, aber sein Kamerad lief nur zwei oder drei Schritte weit und drehte sich dann abrupt wieder um. Pia war klar, dass er das nicht nur tat, weil er klüger oder vielleicht auch einfach bequemer als der andere sein mochte und es schließlich nicht sein Geldbeutel war.

»Mist!«, sagte Alica inbrünstig.

Pia machte nur eine besänftigende Geste, und sie hatte es kaum getan, da stieß der zweite Soldat einen triumphierenden Schrei aus, denn der Junge war ins Stolpern gekommen, kämpfte einen Moment lang mit wild rudernden Armen um sein Gleichgewicht und fiel dann der Länge nach hin. Der Soldat ließ seine Hellebarde fallen und griff noch weiter aus, um den frechen Dieb nun vielleicht doch einzuholen, und der Junge rappelte sich hastig auf und beging dabei einen fatalen Fehler, indem er sich an einem der erst halb aufgebauten Gatter hochzuziehen versuchte. Dessen Besitzer – der wenig freundliche Kerl, mit dem Pia gerade gesprochen hatte – warf erbost beide Arme in die Luft und schrie irgendetwas sehr Unanständiges. Der Junge erschrak und riss das Gatter mit einer ungeschickten Bewegung endgültig zu Boden.

Und damit begann die Katastrophe erst.

Der Viehhändler schrie auf, als wäre er in einen glühenden Nagel oder Schlimmeres getreten, und das halbe Dutzend Zwergrinder, das er gerade so mühsam in die Koppel getrieben hatte, ergriff sofort und kollektiv die Flucht.

Der Junge war mit einer blitzartigen Bewegung verschwunden, und auch der Soldat fuhr auf dem Absatz herum und vergaß auf der Stelle seine Geldbörse, als er eine lebende Lawine mit zahllosen spitzen Hörnern und noch mehr trommelnden Hufen auf sich zurasen sah.

»O verdammt«, keuchte Alica. »*Nichts wie weg hier!*«

Diesmal widersprach Pia ihr nicht, sondern stürmte los. Hinter ihnen brach ein gewaltiger Tumult aus Schreien, dem Stampfen von Hufen und dem Blöken der durchgehenden

Tiere los, aber sie hörte auch das Splittern von Holz, und als sie im Laufen zurücksah, erkannte sie, dass die durchgehende Herde eine weitere Koppel eingerissen hatte, deren Bewohner sich der beginnenden Stampede anschlossen. Der Chor aus gleichermaßen erschrockenen wie wütenden Schreien wurde lauter. Von überall her kamen jetzt Menschen herbeigeeilt, um die durchgehenden Rinder wieder einzufangen.

Alica schwenkte nach links, auf den Rand des Marktplatzes und die vermeintliche Sicherheit der Straße dahinter zu, aber Pia packte blitzschnell ihr Handgelenk und riss sie so derb in die entgegengesetzte Richtung, dass sie um ein Haar das Gleichgewicht verloren hätte.

»Bist du ...?«, keuchte sie und brach dann mit einem erschrockenen Schrei ab, als etwas Kleines und Wuscheliges so dicht an ihr vorbeidonnerte, dass das Horn einen Streifen aus ihrem Mantel riss. Das Rind war so schnell verschwunden, wie es aufgetaucht war, aber Pia konnte die ungeheure Kraft der Kreatur regelrecht spüren.

»Bist du verletzt?«, keuchte sie.

»Nein«, stieß Alica atemlos hervor. »Aber du, sobald das hier vorbei ist und ich wieder halbwegs zu Atem gekommen bin, verlass dich darauf!«

Pia musste trotz allem flüchtig lächeln, allerdings wirklich nur für einen ganz kurzen Moment, dann warf sie einen raschen Blick über die Schulter und verwandte ihre Energie lieber darauf, noch ein bisschen schneller zu laufen. Hinter ihnen war nicht wirklich eine Stampede ausgebrochen, allerdings etwas, das gut dazu werden konnte und ganz gewiss über ein *kleines* Ablenkungsmanöver hinausging. Mindestens ein weiteres Gatter war zusammengebrochen, sodass sich die Anzahl der flüchtenden Tiere noch einmal erhöht hatte, und wäre mittlerweile nicht beinahe jedermann auf dem Markt unterwegs hierher, um den Schaden in Grenzen zu halten, dann wäre möglicherweise der ganze Viehmarkt binnen weniger Augenblicke im Chaos versunken.

Wenigstens die beiden Wachen waren spurlos verschwunden, und Pia ertappte sich bei dem nicht so netten Gedanken, dass ihr vielleicht nicht gerade das Herz brechen würde, wenn sie unter die Hufe geraten wären.

»Kannst du mir mal verraten ... wohin wir überhaupt ... rennen?«, stieß Alica keuchend neben ihr hervor.

Pia sah noch einmal rasch über die Schulter zurück, bevor sie antwortete. Mit Ausnahme des einen Rindes, das Alica beinahe über den Haufen gerannt hätte, bewegte sich keines der Tiere in ihre Richtung – aber sie waren auch so ziemlich die Einzigen, die wie von Furien gehetzt in Richtung der Mauer liefen, statt vom Ort des Chaos fort. Ein rascher Blick zum Wehrgang hinauf zeigte ihr jedoch, dass keine der Wachen dort oben auch nur Notiz von Alica und ihr nahmen. Die Männer hatten ausnahmslos auf ihrer Streife haltgemacht, blickten auf das immer noch größer werdende Chaos herab und genossen offensichtlich die Show.

»Dorthin«, sagte sie mit einer Geste auf das Tor. Auch der Posten, der normalerweise dort stand, war verschwunden und nahm vermutlich an der allgemeinen Treibjagd teil.

»Aus der Stadt?«, ächzte Alica. »Was für ein brillanter Plan! Und was dann? Lassen wir uns von Bäumen fressen, oder ziehst du Erfrieren vor?«

Statt zu antworten, rannte Pia nur noch schneller und zerrte Alica einfach mit sich, bis sie den mächtigen Torbogen erreichten und keuchend stehen blieben. Das halb heruntergelassene Fallgatter am anderen Ende des Tunnels schien unendlich weit entfernt, aber Pia sah auch die schwarze Silhouette der beiden Posten, die dort standen und sich, durch den Lärm aufmerksam geworden, in ihre Richtung gedreht hatten. Rasch machte sie einen Schritt zur Seite, legte Alica die

Hand auf die Schulter und wob einen schützenden Mantel aus Schatten um sie beide.

»So, und jetzt möchte ich ... wirklich wissen, was der ... Quatsch soll!«, stieß Alica mühsam um Atem ringend hervor. Sie setzte dazu an, ihre Hand abzuschütteln, sah dann zum anderen Ende des Tunnelgewölbes hin und ließ es bleiben.

»Ihr beherrscht die Magie der Schatten«, sagte eine Stimme irgendwo neben ihnen. »Das ist gut, vielleicht seid Ihr tatsächlich die, auf die wir schon so lange warten.«

Alica und Pia fuhren im gleichen Moment erschrocken herum, und um ein Haar wäre Alicas Hand von ihrer Schulter gerutscht.

»Aber natürlich ist das noch lange kein Beweis«, setzte die körperlose Stimme fort. Etwas raschelte, dann löste sich eine kleinwüchsige Gestalt mit strähnigem Haar aus den Schatten des Gewölbes und lächelte aus einem vom Alter zerfurchten Gesicht zu ihr hoch.

»Sag mir bitte nicht, dass wir das ganze Chaos losgetreten haben, weil dieser Opa mit uns reden wollte!«, ächzte Alica.

»Das war nicht besonders nett von dir, mein Kind«, sagte der Greis. »Der Tag, an dem andere so über dich reden, ist vielleicht schon näher, als dir im Moment klar sein mag.«

»Also, bis dahin vergehen schon noch ein paar ...«, begann Alica, brach dann mitten im Wort ab und riss die Augen auf. »Wieso verstehst du mich?«

Der alte Mann lächelte und gewährte Alica und Pia nicht nur einen Blick auf ein verfaulendes Gebiss, das kaum noch aus einem Dutzend Zähne bestand, sondern brachte sie auch in den Genuss seines grässlichen Mundgeruchs. Dann ...

Pia hätte nicht sagen können, ob er noch einmal in den Schatten der Wand zurücktrat oder die Schatten sich irgendwie von der Wand lösten und seine Gestalt für einen unendlich kurzen Moment einhüllten ... aber als es vorbei war, da stand kein alter Mann mit zerfurchtem Gesicht mehr vor ihnen, sondern eine Frau, die nur wenig älter sein konnte als Pia, glattes, bis weit über die Schultern fallendes helles Haar und perfekte Zähne hatte. Und übrigens ganz und gar keinen Mundgeruch.

»Wie du siehst, gibt es auch andere, die sich auf das Weben von Schatten verstehen«, fügte Valoren hinzu, nun wieder an Pia gewandt.

»Ja, und noch ein paar andere Tricks, wie es aussieht.«

»Valoren?«, murmelte Alica ungläubig.

Die Wahrsagerin maß sie mit einem spöttischen, aber sehr gutmütigen Blick. »Ja, als ich das letzte Mal mit euch gesprochen habe, war das mein Name ... glaube ich. Doch du solltest etwas leiser reden. Die Akustik in diesem Gewölbe ist sehr gut, und die Schatten bewahren euch vielleicht davor, gesehen, aber nicht davor, gehört zu werden.«

»Ja, Massa«, antwortete Alica Grimassen schneidend. »Bitte entschuldige, dass die dumme Sklavin nicht nachgedacht hat. Sie wird sich bemühen, nicht mehr so laut zu atmen.«

»Lass den Blödsinn«, sagte Pia scharf – obwohl Valoren nur mit einem durchaus amüsierten Lächeln auf ihre Worte reagierte. Direkt an die Wahrsagerin gewandt fuhr sie fort: »Also, da sind wir.«

»Ja, das sehe ich«, antwortete Valoren. Sie lächelte unerschütterlich weiter, aber etwas änderte sich in ihrem Blick.

»Du siehst nicht besonders begeistert aus.«

»Es war auch nicht besonders ... klug hierherzukommen«, antwortete Valoren mit einem hörbaren Zögern.

Pia wollte auffahren, doch Alica kam ihr zuvor, indem sie mit einem raschen Blick zwischen sie und die Wahrsagerin trat und sich dann demonstrativ herumdrehte, um zu dem Markt zurückzusehen. Das Chaos dort hatte nicht zugenommen, war aber auch noch nicht sichtbar kleiner geworden. »War dieses

Ablenkungsmanöver so drastisch geplant, oder ist es dir ein wenig aus dem Ruder gelaufen?«, fragte sie harmlos.

Einen halben Atemzug lang wirkte Valoren einfach nur verblüfft, doch dann lachte sie. Es klang echt. »Sagte ich schon, dass du dich sehr glücklich schätzen kannst, eine solche Freundin zu haben, Gaylen?«, fragte sie, wurde aber auch praktisch sofort wieder ernst und machte ein fast betrübtes Gesicht. »Manchmal entwickeln sich die Dinge anders als geplant«, gab sie zu. »Dennoch war es ein Fehler hierherzukommen.«

»Wenn ich mich richtig erinnere, dann hast *du* uns hierherbestellt«, sagte Alica.

Valoren sah unerschütterlich weiter Pia an, als sie antwortete, und in ihrer Stimme war jetzt ein deutlicher Klang von Tadel zu hören. »Ich hatte euch gesagt, dass ihr euch mit Ter Lion treffen sollt«, sagte sie. »Im Allgemeinen findet ein solches Treffen eher heimlich statt oder doch zumindest in einem … etwas kleineren Kreis, und ein wenig diskreter. Ich hätte nicht erwartet, dass ihr auf dem Markt herumlauft und laut genug nach Ter Lion fragt, bis die ganze Stadt seinen Namen kennt.«

Pia machte ein betroffenes Gesicht und zerbrach sich vergeblich den Kopf nach einer Antwort.

Alica hatte weniger Hemmungen. »Ganz so laut war es im Grunde nicht«, sagte sie scharf. »Eigentlich hat es nur irgend so ein Viehtreiber gehört.«

»Und Istvans Männer«, fügte Valoren hinzu. »Sie sind seine Augen und Ohren. Wusstest du das nicht, mein Kind?«

»Du hast gesagt, wir sollen uns mit Ter Lion treffen«, antwortete Alica ungerührt. »Wenn man von einem Mann nur den Namen und sonst gar nichts weiß, dann muss man schon nach ihm fragen, oder?«

»Aber vielleicht nicht ganz so …«, begann Valoren scharf,

sog dann hörbar die Luft zwischen den Zähnen ein und biss sich auf die Unterlippe. »Verzeih«, fuhr sie nach einer kurzen Pause und nun wieder beherrschter und an Pia gewandt fort. »Wahrscheinlich verlange ich zu viel von euch. Es war mein Fehler. Vielleicht bist du die wahre Gaylen, vielleicht auch nicht, aber selbst wenn du es sein solltest, so kann ich kaum von dir verlangen, dass du all das hier verstehst und sofort richtig und so kaltblütig reagierst, wie es nötig wäre. Wahrscheinlich hast du bisher ein sicheres und beschütztes Leben geführt, in der Welt, aus der ihr kommt.«

»In der Welt, aus der wir kommen?«

»Oh, wir wissen über eure Welt Bescheid«, sagte Valoren. Sie klang ein wenig amüsiert; vielleicht wegen Pias Unwissenheit, vielleicht auch aus einem ganz anderen Grund. »Wir wissen alles über sie, was sich zu wissen lohnt ... obwohl das im Grunde nicht wirklich viel ist. Manche von uns waren schon in eurer Welt ...«

»Nicht in meiner«, sagte Alica grimmig

»– und manche von uns besuchen sie noch heute dann und wann«, fuhr Valoren ungerührt fort. »Eure Welt ist seltsam, fremd, aber unserer trotz allem so ähnlich, dass man nur zu leicht vergisst, wie groß die Unterschiede in Wahrheit doch sind. Und ich muss mich wieder daran erinnern, wie jung du noch bist.«

»Ach?«, fragte Pia, während sie Valoren mit einem langen Blick von Kopf bis Fuß maß. Valorens Worte ärgerten sie mehr, als sie zugeben wollte. Sie waren durchaus ehrlich gemeint, das spürte sie, aber in ihrer Stimme war auch ein ganz sachter Unterton von Arroganz, dessen sie sich vielleicht gar nicht bewusst war ... aber machte es das etwa besser? »Ja, vielleicht ein oder zwei Jahre jünger als du.«

Valoren lachte; ein glockenheller Laut, der unnatürlich lang in dem gemauerten Gewölbe widerzuhallen schien und die Schatten irgendwie heller machte. »O nein«, sagte sie. »Gewiss nicht.«

Pia wollte antworten, aber Valoren machte eine kleine sehr bestimmte Geste und deutete aus der gleichen Bewegung heraus zurück auf den Marktplatz. »Dafür ist jetzt keine Zeit«, fuhr sie in verändertem Ton fort. »Der Schaden ist angerichtet, und es macht es nicht besser, wenn wir darüber lamentieren. Wie müssen unsere Pläne ändern. Ich werde zu Ter Lion gehen und ihn warnen, nicht in die Stadt zu kommen.«

»Aber wir ...«, begann Pia.

»Ihr geht zurück und tut so, als wäre nichts geschehen«, fuhr Valoren fort, ohne ihre Worte auch nur zu beachten. »Geht einfach eurer Arbeit nach wie an jedem Tag.« Obwohl sie immer noch lächelte und sich am sanften Klang ihrer Stimme scheinbar gar nichts geändert hatte, wurde das, was sie sagte, jetzt eindeutig zu einem Befehl. »Ich erwarte euch eine Stunde nach Mitternacht hier. Nehmt nichts mit außer dem, was ihr am Leib tragt, und achtet darauf, dass euch niemand folgt.«

»Moment, Moment«, sagte Alica. »Ich kann mich gar nicht erinnern, dass wir schon Ja gesagt hätten.«

»Ich fürchte, dass euch keine andere Wahl mehr bleibt, mein Kind«, sagte Valoren sanft. »Eure Zeit läuft ab, und der Stadtkommandant wird mit jedem Tag misstrauischer. Wenn die Soldaten aus Apulo erst einmal hier sind, dann können auch wir euch nicht mehr helfen.«

Wenn die Soldaten erst hier sind?, wiederholte Pia in Gedanken. Also hatte Hernandez die Wahrheit gesagt? Sie fragte sich, ob Valoren Hernandez kannte, und wenn ja, in welchem Verhältnis sie zueinander standen, schrak aber aus irgendeinem Grund davor zurück, diese Frage laut zu stellen.

»Geht jetzt«, sagte Valoren. »Rasch. Wir sehen uns eine Stunde nach Mitternacht.«

XXV

Das Chaos auf dem Marktplatz begann sich schon wieder zu legen, als sie den Rückweg antraten. Hier und da versuchte eines der sonderbaren Miniaturrinder zwar, seine so unerwartet gewonnene Freiheit noch für ein Weilchen zu behalten, die meisten Tiere aber waren bereits eingefangen worden, und auch die eingerissenen Gatter standen wieder. Pia hatte das Gefühl, dass so etwas hier nicht zum ersten Mal passierte und die Männer und Frauen eine gewisse Übung darin besaßen, entlaufene Tiere wieder einzufangen, und den kleinen Zwischenfall vielleicht nicht gerade mit einem Übermaß an Humor hinnahmen, aber immerhin ohne allzu großen Groll.

Sie wurde allerdings das Gefühl nicht los, dass die guten Leute hier Alica und ihr die Schuld an dem gaben, was passiert war. Niemand sagte etwas, aber die Blicke, die ihnen folgten, während sie den Rindermarkt in umgekehrter Richtung überquerten, waren deutlich unfreundlicher als vorhin, und es hatte ein bisschen etwas von einem Spießrutenlauf. Pia war fast ein wenig erleichtert, als sie den Marktplatz verließen und die beiden Soldaten erblickten.

Die Männer wirkten ziemlich nervös und *eindeutig* erleichtert, Alica und sie wiederzusehen; vermutlich deutlich erleichterter als umgekehrt Alica und sie. Pia amüsierte sich einen kleinen Moment lang an der Vorstellung, wie Istvan wohl reagieren mochte, wenn diese allein in den Weißen Eber zurückkämen und ihm beichten müssten, dass ihnen ihre Schützlinge inmitten einer Herde durchgehender Rindviecher abhandengekommen waren.

Allerdings nur so lange, bis einer der beiden auf sie zutrat und sie in rüdem Ton anfuhr: »Wo seid ihr gewesen? Der Kommandant hat strengsten Befehl gegeben ...«

»Uns nicht aus den Augen zu lassen?«, fiel ihm Pia eisig ins Wort. »Nun, wenn das so ist, dann habt ihre eure Aufgabe nicht besonders gewissenhaft erfüllt, nicht wahr?« Der Soldat wurde bleich und holte dann Luft zu einer wütenden Antwort. Pia zwang ein zuckersüßes Lächeln auf ihre Lippen und fügte gönnerhaft hinzu: »Aber keine Sorge. Wenn ihr es ihm nicht sagt, von uns wird er es ganz bestimmt nicht erfahren.«

Der Kerl japste nach Luft wie ein Fisch auf dem Trockenen, und Pia bedeutete Alica mit einer knappen Geste, weiterzugehen. Sie sah ganz bewusst nicht hin, aber sie war trotzdem sicher, ein spöttisches Funkeln in den Augen des zweiten Soldaten zu sehen.

»Nicht, dass ich es diesem Blödmann nicht gönne«, sagte Alica, »aber findest du es klug, die beiden gegen uns aufzubringen?«

»Nein«, antwortete Pia und besann sich gerade noch rechtzeitig darauf, dass die beiden Soldaten vielleicht nicht Alica, sie selbst aber sehr wohl verstanden, und senkte die Stimme fast zu einem Flüstern. »Aber spätestens morgen früh ist das doch sowieso egal, oder?«

»Du bist als immer noch entschlossen, zu diesem konspirativen Treffen zu gehen?«, fragte Alica.

»Konspiratives Treffen?«, wiederholte Pia anerkennend. »Ich wusste gar nicht, dass du so komplizierte Worte kennst.«

Alica schnitt ihr eine Grimasse und fuhr nach einem raschen Blick auf ihre beiden Begleiter deutlich leiser fort: »Du hast dich also entschlossen, ihr zu vertrauen?«

»Valoren?« Pia schüttelte den Kopf. »Nein. Aber ich habe mich entschlossen, ihr erst einmal nicht zu *miss*trauen.« Und das war schon deutlich mehr, als sie von jedem anderen hier in der Stadt behaupten konnte; Brack eingeschlossen.

»Spannend«, sagte Alica. »Aber trotzdem nur Wortklauberei. Okay, du bist also fest entschlossen, mit diesem Kerl mitzugehen?«

»Das habe ich nicht gesagt«, antwortete Pia, auch wenn es nicht die Wahrheit war. Alica wusste so gut wie sie, dass ihnen vermutlich gar keine andere Wahl blieb. »Irgendetwas müssen wir tun, oder nicht?«

»Wie wahr«, seufzte Alica. »Und was ... nur für den Fall, dass du dich aus mir natürlich vollkommen unbegreiflichen Gründen dazu entschließen solltest, eine unwürdige Sklavin wie mich in deine Pläne einzuweihen ... was hast du danach vor, wenn ich fragen darf?«

Pia war im Moment nicht nach Alicas Sarkasmus. »Erst einmal gar nichts«, sagte sie und überlegte einen Moment. »Vielleicht sollten wir herausfinden, was an dieser ...«

»He!«, brüllte eine aufgebrachte Stimme hinter ihnen. »Da ist ja dieser elende kleine Dieb!«

Pia registrierte eine Bewegung aus den Augenwinkeln und konnte gerade noch einen hastigen Schritt zur Seite tun, um nicht einen Kopf kürzer gemacht zu werden, als der Soldat hinter ihr seine Hellebarde fallen ließ und mit unerwarteter Schnelligkeit an Alica und ihr vorbeisprintete. Kurz bevor er die nächste Abzweigung erreichte, sah sie eine kleinwüchsige Gestalt mit wehendem schwarzem Haar dahinter verschwinden.

»Bleib sofort stehen, verdammt!«, brüllte der Gardist. »Gib mir mein Geld zurück!« Dann war auch er verschwunden.

Der Mann legte zwar ein ganz erstaunliches Tempo an den Tag, aber Pia hatte vorhin gesehen, wie schnell der Kleine war. Der Gardist hatte keine Chance, ihn einzuholen. Andererseits tat ein kleiner Schrecken dem Nachwuchs-Taschendieb vielleicht ganz gut. Pia erinnerte sich an die eine oder andere Gelegenheit aus ihrer eigenen Kindheit, bei der sie in der Rolle des Knirpses gewesen war. Ein paarmal war es ziemlich knapp gewesen, auch wenn sie es damals verständlicherweise nicht so gesehen hatte. Sie hatte die Wahrheit gesagt, als sie Lasar von ihrer Jugend in verschiedenen Kinderbanden erzählt hatte, aber ein wichtiges Detail für sich behalten: Die meisten ihrer ehemaligen Bandenmitglieder saßen heute entweder im Gefängnis oder waren tot.

»Fast wie zu Hause, wie?«, feixte Alica, als hätte sie ihre Gedanken gelesen. »Wollen wir wetten, ob er wieder auf die Nase fällt oder der Kleine ihm einfach davonläuft?«

»Drei zu eins auf Davonlaufen«, sagte Pia. »Der Knirps ist schnell.«

»Die Wette halte ich«, sagte Alica. »Ich bin sicher, dass er ihn zuerst noch ein bisschen tanzen lässt. Die Verliererin zahlt den Rückflug nach Hause.«

Pia bekundete mit einem Lachen ihr Einverständnis, und noch während sie hinter dem Soldaten um die Ecke bogen, konnte Pia spüren, wie das Lächeln auf ihren Lippen zu einer erschrockenen Grimasse gefror. Keiner von ihnen würde den Rückflug bezahlen müssen, aber der wahre Verlierer war wohl der Junge. Vielleicht hätte sie ihm doch Glück wünschen sollen statt eines kleinen Schreckens, der ihn dazu bewegen hätte sollen, in sich zu gehen und über sein Leben zu philosophieren.

Sie konnte nicht sagen, was genau passiert war. Vielleicht war der Junge gestolpert oder gegen einen Passanten geprallt, oder er hatte tatsächlich versucht, seinen Verfolger noch ein bisschen zu foppen, und war ihm dabei zu nahe gekommen – auf jeden Fall *bekam* er gerade einen weitaus größeren Denkzettel als den, den Pia ihm insgeheim gegönnt hatte. Einen ziemlich schmerzhaften Denkzettel. Er lag lang ausgestreckt auf dem Bauch und strampelte verzweifelt mit Armen und Beinen, um sich loszureißen, was aber vollkommen aussichtslos war. Der Soldat kniete mit einem Bein auf seinem Rücken und hatte die linke Hand in sein Haar gekrallt, um seinen Kopf brutal in den Nacken zu reißen. Der Junge keuchte vor Angst und Schmerz, und sein Gesicht war blutüberströmt. Mit der anderen Hand grub der Soldat hektisch in den Taschen des Jungen.

»Ich glaube, das reicht«, sagte Pia scharf. »Du hast dein Geld wieder, oder?« Sie musste sich auf die Zunge beißen, um den Kerl nicht anzuschreien. Seinen Ärger konnte sie ja durchaus verstehen – niemand ließ sich gerne bestehlen –, nicht aber seine vollkommen übertriebene Brutalität.

»Der Bursche hat mich bestohlen!«, antwortete der Soldat wütend. »Er bekommt nur, was ihm zusteht!« Mit einem triumphierenden Laut holte er den Lederbeutel mit seiner Barschaft unter der Kleidung des Jungen hervor, steckte ihn ein und zog in der gleichen Bewegung einen Dolch aus dem Gürtel, mit dem er dem Jungen die Kehle durchschnitt.

Pia war viel zu schockiert, um irgendetwas zu tun. Sie sah, was passierte, aber ein Teil von ihr weigerte sich einfach zu glauben, was sie sah.

Dann überwand sie ihren Schock, sprang mit einem Schrei vor und versetzte dem Kerl einen Fußtritt ins Gesicht, der ihn kreischend vom Rücken des Jungen schleuderte und Blut sowie abgebrochene Zähne spucken ließ. Noch bevor er auf dem Rücken landete, fiel Pia neben dem Jungen auf die Knie und drehte ihn herum.

Sie sah sofort, dass sie zu spät gekommen war. Der Junge lebte noch, aber seine Augen waren nicht nur voller ungläubigem Entsetzen und Schmerz, sondern auch schon von etwas anderem und Dunklerem erfüllt, das darunter heranwuchs und rasend schnell stärker wurde. Seine Lippen bewegten sich, als er ebenso verzweifelt wie vergeblich zu atmen versuchte, dann ergoss sich ein Schwall aus hellrotem, schaumigem Blut über seine Lippen und vereinigte sich mit dem warmen Strom, der aus seiner durchschnittenen Kehle quoll. Er bäumte sich auf, krallte die Hände im Pias Umhang und starb.

Und irgendetwas in Pia schien mit ihm zu sterben. Noch immer viel zu schockiert, um mehr als dumpfes Entsetzen und pure Verweigerung zu empfinden ... war in ihrem Innersten doch ein brodelndes Feuer, das ebenso langsam wie unaufhaltsam emporstieg, eine ohnmächtige Wut, die sie lähmte. Sie saß einfach da, starrte den toten Jungen an und weigerte sich immer noch zu begreifen, was sie gerade gesehen hatte. Und vielleicht wäre das sogar so geblieben, hätte sich der Soldat nicht in diesem Moment torkelnd in die Höhe gestemmt. Die untere Hälfte seines Gesichts war beinahe genauso blutig wie die des Jungen, und seine Lippen schwollen so schnell an, dass man tatsächlich dabei zusehen konnte. In seinen Augen schimmerten Tränen, aber da war auch ein Zorn, den er kaum noch beherrschen konnte.

»Was fällt dir ein, du verdammtes Miststück!«, heulte er. »Du hast mir die Zähne eingetreten! Dafür bezahlst du, und es ist mir auch vollkommen egal, wer du bist oder zu sein behauptest!«

Er spuckte einen Klumpen blutigen Schleim und weitere Zahnsplitter aus, wischte sich mit dem Handrücken das Blut von den Lippen und torkelte weiter auf sie zu, und das Nächste, woran Pia sich erinnerte, war, dass sie auf ihm saß, seine Arme mit den Knien gegen den Boden presste und ihm abwechselnd die rechte und die linke Faust ins Gesicht schlug, zweimal, dreimal, viermal, immer und immer wieder, obwohl er schon nach dem zweiten oder dritten Hieb aufhörte, sich zu wehren, und nach dem fünften oder sechsten auch, sich zu bewegen.

Eine schmale Hand schloss sich um ihr Handgelenk und versuchte sie festzuhalten, aber sie war nicht stark genug. Pia riss sich los, schlug noch einmal und mit noch größerer Wucht zu und spürte die Nase des Mannes brechen; nicht zum ersten Mal.

»Pia, verdammt noch mal, hör auf!« Alica versetzte ihr eine schallende Ohrfeige, die grellen Schmerz vor Pias Augen explodieren ließ und ihren Mund mit dem Geschmack ihres eigenen Blutes füllte. Aber sie riss sie auch in die Wirklichkeit zurück. Die lodernde Wut war noch immer in ihr, doch es gelang ihr nun, sie zu beherrschen und sogar ein wenig zurückzudrängen. Nicht annähernd weit genug, damit sie ihre Gedanken nicht weiter mit purer Mordlust überschwemmte – aber Pia hörte wenigstens auf, weiter wie von Sinnen auf den Soldaten einzuprügeln.

»Verdammt noch mal, was ist denn in dich gefahren?«, fauchte Alica. »Wolltest du den Kerl umbringen?«

Pia blickte auf die reglose Gestalt und fragte sich, ob sie das nicht bereits getan hatte. Der Mann rührte sich nicht und gab auch nicht mehr den geringsten Laut von sich. Sie konnte nicht einmal mehr erkennen, ob er noch atmete. Es war ihr auch vollkommen egal. »Hast du gesehen, was der Kerl gemacht hat?«, fragte sie tonlos.

»Ja«, antwortete Alica. »Und wenn du ihn nicht niedergeschlagen hättest, dann hätte ich es getan. Aber ihn umzubringen wäre nicht besonders klug. Ich glaube nicht, dass Istvan besonders viel Verständnis dafür hätte.« Sie streckte die Hand aus, und Pia ließ sich von ihr aufhelfen und registrierte erst jetzt, dass der zweite Soldat auch nicht mehr auf den Beinen stand, sondern zwei Schritte entfernt auf den Knien hockte und sich die blutende Nase hielt.

»Schätze, er wollte seinem Kumpel zu Hilfe eilen«, sagte Alica achselzuckend. »Aber das konnte ich leider nicht zulassen.«

Pia lächelte knapp, und hinter ihr sagte eine ihr nur zu vertraute Stimme: »Ich sehe, du hast nichts verlernt, trotz all der Zeit.«

Pia fuhr erschrocken herum und klammerte sich für den kurzen Moment, den sie für die Bewegung brauchte, noch an die verzweifelte Hoffnung, sich zu täuschen, obwohl sie die Stimme zweifelsfrei erkannt hatte.

Sie hatte sich nicht getäuscht.

»Aber eigentlich hättest du dem armen Kerl da zu Hilfe kommen müssen«, fuhr Hernandez mit einem dünnen Lächeln und an Alica gewandt fort. »Was allerdings auch keinen Unterschied gemacht hätte, fürchte ich.«

Damit trat er an Alica vorbei, grub die Hand in das Haar des knienden Soldaten und tat dasselbe, was dessen Kamerad gerade mit dem wehrlosen Jungen gemacht hatte: Er zog einen Dolch aus dem Gürtel und schnitt ihm die Kehle durch. Noch während der Mann zur Seite fiel und röchelnd an seinem eigenen Blut erstickte, beugte sich Hernandez zu dem zweiten Soldaten hinab und verfuhr mit ihm genauso.

Pia sah ihm zu, erfüllt von lähmendem Entsetzen. Sie hätte erwartet, dass es ihr nichts ausmachte nach dem, was der Gardist gerade mit dem wehrlosen Jungen getan hatte, aber der Tod der beiden Männer entsetzte sie ebenso sehr wie der des Kindes. Auf eine gewisse Art vielleicht sogar noch mehr, denn der Soldat hatte zumindest einen Grund für das gehabt, was er getan hatte, während Hernandez beinahe gelangweilt wirkte.

Sorgsam wischte er die blutige Klinge am Mantel des Toten ab und schob sie unter seinen Gürtel zurück, bevor er sich wieder zu Alica und ihr herumdrehte.

»Du hast recht«, sagte Alica mit belegter Stimme. »Es ist tatsächlich Hernandez.« Sie maß den hochgewachsenen Mann mit einem kalten Blick. »Wollen Sie die Toten nicht ein wenig fleddern, *Comandante?* Ich glaube, der eine hat einen Beutel mit Münzen dabei.«

»Im Prinzip ist das keine schlechte Idee«, antwortete Hernandez lächelnd. »Aber leider wird die hiesige Währung dort, wo ich hingehe, nicht akzeptiert.«

»Ich wusste, dass Sie ein Schwein sind, Hernandez«, sagte Alica. »Aber für einen kaltblütigen Mörder habe ich Sie bisher nicht gehalten.«

Hernandez sah ein bisschen beleidigt aus, fand aber nach zwei oder drei Sekunden wieder zu seinem maliziösen Lächeln zurück. »So groß ist der Verlust nicht«, sagte er achselzuckend. »Istvan hätte sie sowieso getötet, wenn er erfahren hätte, mit wem ihr euch gerade getroffen habt.«

Alica sah ihn mit schlecht gespielter Ratlosigkeit an, während Pia erst gar nicht versuchte ihren Schrecken zu verhehlen. Wieso wusste Hernandez, was gerade auf dem Viehmarkt geschehen war? Gehörten Valoren und er am Ende sogar ...?

Nein. Sie gestattete sich nicht einmal, diesen Gedanken zu Ende zu denken. Sie wusste so gut wie nichts über ihre seltsame Verbündete, aber die bloße Vorstellung, dass Henandez und sie zusammengehören sollten, war vollkommen absurd.

»Nun, Prinzessin Gaylen«, fuhr Hernandez spöttisch fort. »Habt Ihr über die Frage nachgedacht, die ich Euch gestern Abend gestellt habe?«

»Welche Frage?«, erkundigte sich Alica misstrauisch.

»Jetzt bin ich ein bisschen enttäuscht«, sagte Hernandez. »Ich dachte, ihr wärt Freundinnen. Und du hast ihr etwas so Wichtiges verschwiegen?«

»*Was* hast du mir verschwiegen?«, fragte Alica.

»Gar nichts«, antwortete Pia. »Nur seinen Vorschlag, ihn zu begleiten.«

»Ja, das war schon immer mein Traum«, sagte Alica. »Zusammen mit einem durchgeknallten Killer von hier wegzugehen. Ich könnte mir kaum etwas Schöneres vorstellen, Hernandez.«

»Nur Nandes bitte«, erwiderte Hernandez. »Dieser Name ... weckt gewisse Erinnerungen, die mir nicht besonders angenehm sind.«

»Das sollte doch eigentlich jeder einzelne Blick in den Spiegel auch tun«, antwortete Alica spitz.

Hernandez – *Nandes* – machte ein amüsiertes Gesicht. »Hast du hier schon einen Spiegel gesehen, seit ihr hergekommen seid?«, fragte er und beantwortete seine eigene Frage gleich mit einem Kopfschütteln. »Es hat auch einen oder zwei Vorteile, in einer derart rückständigen Gesellschaft zu leben. Nicht besonders viele, ich gebe es zu, aber immerhin ein paar. Und um auf dein Argument zu antworten: Ich fürchte, euch bleibt keine andere Wahl, als meine Einladung anzunehmen.« Er deutete auf die beiden Toten. »Istvan wird nicht besonders begeistert sein, dass ihr zwei seiner Männer getötet habt.«

»Wir?!«, ächzte Alica.

»Wer sollte es sonst getan haben?«, erkundigte sich Hernandez. »Ich bin gar nicht da.«

Alica setzte zu einer scharfen Antwort an, sah sich rasch nach rechts und links um und machte dann ein betroffenes Gesicht, und auch Pia fiel plötzlich auf, dass sie vollkommen allein auf der Straße waren. Vom Markt her drangen noch immer die durcheinanderhallenden Stimmen zahlreicher Menschen und das Blöken und Wiehern von Vieh an ihr Ohr, aber hier war es vollkommen still. Pia konnte die verstohlenen Blicke, die sie musterten, geradezu körperlich spüren, doch zu sehen war niemand. Wahrscheinlch hatte Nandes recht, dachte sie missmutig. So fremd und bizarr ihr diese Welt vorkommen mochte, es gab vermutlich mehr Parallelen als Unterschiede. Ganz egal, wie viele neugierige Augenpaare sie auch beobachten mochten, niemand würde sich melden, wenn sie nach einem Entlastungszeugen suchten.

»Ich fürchte, wir müssen Ihre Einladung trotzdem ablehnen, *Comandante*«, sagte Alica. »So gern ich es täte, aber wir haben leider schon andere Termine.«

»Und ich fürchte, ich muss darauf bestehen«, sagte Hernandez. Er schnippte mit den Fingern, und hinter ihm erschienen wie aus dem Nichts drei Gestalten, von denen Pia zwar vollkommen sicher war, ihnen noch nie zuvor im Leben begegnet zu sein, die ihr aber trotzdem auf ziemlich unangenehme Art bekannt vorkamen.

Alle drei waren sehr groß – nicht nur für hiesige Verhältnisse, für die sie wahre Riesen sein mussten, sondern auch nach Pias Maßstäben. Selbst der Kleinste der drei überragte sie um zwei oder drei Zentimeter, der Größte nahezu um Hauptеslänge. Alle drei hatten langes, schmutziges Haar und noch längere verfilzte Bärte und trugen zerfetzte Umhänge aus schmutzigem Fell.

»Oh«, murmelte Alica. »Ich wusste doch, dass wir etwas vergessen haben.«

Pia brachte sie mit einer unwilligen Geste zum Schweigen und versuchte zugleich, die Gesichter der drei Kerle genauer zu erkennen. Unter all den Haaren und dem Schmutz war das gar nicht so einfach, und sie hatte ja auch die Gesichter der drei anderen Kerle niemals deutlich gesehen; jedenfalls nicht deutlich genug, um sie sich einzuprägen. Dennoch war sie sicher, dass es sich nicht um dieselben Männer handelte, die Alica und sie gejagt hatten. Aber sie konnten gut ihre Brüder sein.

Zumindest im Geiste.

Und ihre Umgangsformen waren auch nicht viel besser. Zwar machte keiner der drei irgendwelche Anstalten, sich sofort auf Alica und sie zu stürzen (womit sie eigentlich gerechnet hätte), doch alle drei zogen in einer fast synchronen Bewegung ihre Waffen unter den Mänteln hervor.

»Ähm ... Pia?«, fragte Alica unsicher. »Ich will ja nicht penetrant erscheinen, aber sollten wir nicht ... von hier verschwinden, zum Beispiel?«

»Mach dich nicht lächerlich«, sagte Hernandez. »Und bitte, Alica – unsere Zeit wird allmählich knapp. Ihr könnt freiwillig mitkommen, oder meine Männer zwingen euch dazu. Entscheide dich! Jetzt.«

»Ihre Männer«, wiederholte sie. »Dann waren es auch Ihre Männer, die uns letzte Woche quer durch Rio gehetzt haben?«

»Letzte Woche?« Hernandez lächelte schmerzlich. »Für mich war es vor zwölf Jahren. Und nein, damals ... standen wir noch nicht auf derselben Seite. Das ist ... eine etwas komplizierte Geschichte. Aber wir werden noch genug Zeit haben, um sie zu erzählen.« Er machte eine befehlende Geste, und Pia hörte ein Rasseln und Schleifen hinter ihrem Rücken und fragte sich, ob es denn überhaupt lohnte, sich herumzudrehen. Sie tat es trotzdem. Hinter ihnen standen jetzt zwei in schmutzige Fetzen gekleidete Neandertaler, die nur aus Muskeln, scharf geschliffenem Eisen und furchtbar schlechten Zähnen zu bestehen schienen.

»Okay«, seufzte Pia. »Was sollen wir tun? Die Hände heben und euch unauffällig aus dem Stadttor folgen?«

Hernandez gab dem Burschen hinter sich einen knappen Wink, und der Bärtige machte eine unwillige Bewegung mit dem rostigen Schwert, das er unter seinem Mantel hervorgezogen hatte, und knurrte eine Antwort, die Pia nicht verstand. Aber er klang eindeutig wütend.

»Schon gut«, sagte Pia hastig. »Wir kommen mit.«

»Einfach so?«, fragte Alica.

Pia hob unglücklich die Schultern. »Sieht nicht so aus, als hätten wir eine große Wahl, oder? Immerhin versuchen sie nicht, uns gleich an Ort und Stelle umzubringen.« Wahrscheinlich würden sie das später erledigen, irgendwo außerhalb der Stadt und in aller Ruhe. Und ganz langsam.

Der Bärtige ließ ein weiteres unwilliges Grunzen hören und Alica warf ihr einen fast schon flehenden Blick zu. »Du hast nicht zufällig irgendeine geniale Idee? Irgendetwas mit den ... Schatten ... vielleicht?«

Pia verstand, was sie damit meinte, aber sie konnte nur bedauernd den Kopf schütteln. Auch wenn sie bis jetzt nicht wirklich verstanden hatte, wie es ihr bei ihrem ersten Zusammentreffen mit diesen unheimlichen Kerlen gelungen war, Alica und sich praktisch unsichtbar zu machen, so wusste sie doch trotzdem, dass ihnen dieser Ausweg gerade nicht zur Verfügung stand. Es hatte irgendetwas mit dem Licht zu tun. Der Sonne. Mehr konnte sie im Moment nicht sagen.

»Dann haben wir ein Problem«, seufzte Alica.

Der Bärtige machte eine drohende Bewegung mit dem Schwert, und Pia drehte sich gehorsam um und setzte sich in Bewegung. Hernandez sah sie plötzlich sehr nachdenklich an, und Pia wünschte sich, Alica hätte das mit den Schatten nicht gesagt.

Zumindest auf dem ersten Stück führten die Männer sie nicht in Richtung der Stadtmauer, sondern davon weg, in Richtung des monströsen schwarzen Turms im Zentrum der Stadt.

Nun ja, einen geeigneteren Ort, um sie in aller Ruhe umzubringen, würden sie wohl kaum finden.

Pias Gedanken kreisten immer schneller. Ganz egal, wohin diese Kerle sie auch schleppen wollten: Sie mussten ihnen entkommen, bevor sie ihr Ziel erreichten, wenn nicht etwas ganz und gar Schreckliches geschehen sollte; etwas, bei dem weit mehr auf dem Spiel stand als nur Alicas und ihr Leben.

Sie erreichten das Ende der Straße, bogen ab, und Hernandez blieb so abrupt stehen, dass Pia gegen den Kerl unmittelbar vor ihr prallte. Auch die anderen hielten mitten im Schritt inne, und Pia konnte ihre Überraschung spüren. Irgendetwas lief nicht so, wie sie es geplant hatten. Sie tauschte einen verstohlenen Blick mit Alica, und diese antwortete mit einem kaum angedeuteten Nicken.

Vor ihnen lag eine weitere schmale Straße, von der Hernandez wohl angenommen haben mussten, dass sie ebenso verlassen war wie die, in der sie ihnen aufgelauert hatten.

Sie war es nicht. Ganz im Gegenteil schien sie im ersten Moment von Menschen nur so zu wimmeln, auch wenn dieser Eindruck keinem zweiten Blick standhielt und nur daher kam, dass die Hand voll Gestalten kunterbunt gekleidet waren und aufgeregt durcheinanderwuselten. Hätten sie sich nicht genau in die entgegengesetzte Richtung bewegt, Pia hätte geschworen, dass sie wieder auf dem Gauklermarkt angekommen waren. Nur ein paar Schritte entfernt tollten zwei Kinder in bunten Clownskostümen herum und vollführten allerlei Faxen. Hinter ihnen jonglierte ein spindeldürrer Kerl mit gleich vier bunten Holzkeulen, und hinter diesem wiederum ließ eine junge Frau in einem schäbigen Kleid eine Peitsche knallen, zu deren Takt ein schwarzer Hund auf den Hinterpfoten tanzte. Von irgendwoher kam gedämpfte Musik – oder zumindest ein Durcheinander jener misstönenden Laute, die man hier für Musik hielt –, und da waren auch noch andere Gaukler und Schausteller. Zumindest eine von ihnen kannte Pia.

Es war Nani, die Frau des Mannes, der von Flammenhuf getötet worden war.

»Was hat das zu bedeuten?«, fragte Hernandez misstrauisch.

Pia deutete nur ein Schulterzucken an, warf Alica aber zugleich einen verstohlenen Blick zu. »Hier stimmt etwas nicht«, flüsterte sie. »Sei auf der Hut!«

Alica nickte, und der Bursche unmittelbar neben Pia grunzte ein einzelnes Wort in seiner sonderbaren Sprache und machte eine zusätzliche befehlende Geste. Sein Begleiter griff unter das schmuddelige Fell, das er als Mantel trug, und Pia spürte, wie einer der anderen Kerle so dicht hinter sie trat, dass ihr sein ranziger Gestank in die Nase stieg. Etwas bohrte sich hart zwischen ihre Schulterblätter. Auch Alica fuhr zusammen und sog scharf die Luft zwischen den Zähnen ein.

»Sei still«, fuhr Hernandez sie an und wandte sich dann an Nani, die neben einem Mädchen mit Hund stand und zum Takt ihrer Peitschenschläge in die Hände klatschte. Pia versuchte irgendwie ihren Blick einzufangen, aber entweder gelang es ihr nicht, oder Nani wollte sie nicht sehen. Der Bärtige neben Hernandez raunzte sie rüde in seiner unverständlichen Sprache an und griff erneut unter seinen Mantel, und Nani wandte sich lachend zu ihm um, machte eine besänftigende Geste mit beiden Händen und schien Hernandez dann als Anführer der Gruppe auszumachen. »Mein Herr, ich bitte Euch!«, sagte sie. »Seid fröhlich und lacht ein wenig mit uns! Wir üben für die große Vorstellung heute Abend! Kommt und tanzt ein wenig mit mir!«

Sie griff nach Hernandez' Arm, wie um ihn tatsächlich an sich zu ziehen und das Tanzbein zu schwingen, und der Kerl neben ihm versetzte ihr einen Stoß mit der flachen Hand vor die Brust, der sie zwei Schritte zurück- und gegen das Mädchen mit der Peitsche stolpern ließ. Nani keuchte vor Schrecken, und das Mädchen verlor mit einem überraschten Laut die Kontrolle über ihre Peitsche, deren geflochtenes Ende plötzlich nicht mehr über dem tanzenden Hund in der Luft knallte, sondern sich um das Handgelenk des Kerls wickelte und ihn mit einem so derben Ruck aus dem Gleichgewicht brachte, dass er auf die Knie fiel. Währenddessen prallte der Hund mit einem erschrockenen Jaulen zurück, fuhr herum und erschrak noch einmal, als er plötzlich einen Berg aus verfilztem Haar und purer Wut über sich aufragen sah, und das so heftig, dass er ganz instinktiv zuschnappte. Aus dem wütenden Knurren des Bärtigen wurde ein keuchender Schmerzensschrei, als sich die Zähne des Tieres so tief in sein Handgelenk gruben, dass hellrotes Blut aus seiner zerrissenen Arterie schoss. Auch der Jongleur verlor nunmehr endgültig die Kontrolle über seine Bewegungen und sein Werkzeug. Zwei der bunt bemalten Kegel klapperten zu Boden, die beiden anderen schienen sich irgendwie selbstständig zu machen. Pia sah, wie der Kerl hinter Alica wie vom Blitz getroffen zusammenbrach, als der abgerundete Kopf des Kegels gegen seine Stirn knallte, der andere sauste so dicht an ihrem Gesicht vorbei, dass sie ein leises Zupfen am Ohrläppchen spürte. Ein gurgelnder Schrei erklang, und der Druck zwischen ihren Schulterblättern verschwand.

Pia vergeudete keine Zeit damit, hinter sich zu sehen und den angerichteten Schaden zu begutachten, sondern verwandte ihre Energie lieber darauf, selbst welchen anzurichten. Mit aller Kraft trat sie dem Kerl rechts von sich in die Kniekehle und stieß ihm die flachen Hände gegen den Rücken, als er erwartungsgemäß nach vorne stolperte. Alica versuchte etwas ganz Ähnliches mit dem letzten Burschen anzustellen, aber es war gar nicht mehr nötig. Auch die beiden Kinder (die gar keine Kinder waren, sondern kleinwüchsige Männer) kamen in all dem Durcheinander aus dem Takt ihrer sorgsam einstudierten Choreografie. Der eine landete mit den Füßen voran in Hernandez' Bauch, der zweite stellte sich noch viel ungeschickter an, stolperte irgendwie über seine eigenen Füße und krachte mit beiden Knien in Hernandez' Gesicht, als dieser keuchend auf den Rücken fiel. All das dauerte etwas weniger als eine Sekunde.

»Erhabene! Lauft!«, schrie Nani. *»Wir halten sie auf! Bringt Euch in Sicherheit!«*

Pia beschloss, sich später zu wundern, griff nach Alicas Arm und rannte los. Der Kerl, den sie zu Boden gestoßen hatte, rappelte sich bereits wieder hoch und versuchte nach Alicas Bein zu greifen, aber Nani war mit einem einzigen Schritt neben ihm und trat ihm so wuchtig vor die Schläfe, dass er benommen zurücksank. Irgendetwas zischte mit einem hässlichen Geräusch an ihnen vorbei, fetzte ein Stück aus ihrem Mantel und grub sich in die Wand vor ihnen, und Pia schlug einen blitzartigen Haken und riskierte nun doch einen Blick über die Schulter.

Die beiden Kerle, die hinter ihnen gestanden hatten, waren zuverlässig ausgeknockt und rührten sich nicht mehr – jedenfalls nicht sehr –, aber die drei anderen wirkten dafür umso wütender. Der Anführer war schon wieder aufgesprungen, ohne dass der Hund seinen Arm losgelassen hätte. Das Tier musste gut und gerne dreißig Kilo wiegen, was der Bursche aber nicht einmal zu spüren schien. Er riss den wütend knurrenden Hund einfach mit sich in die Höhe und bewegte den Arm dann ruckartig zur Seite, wodurch das Tier gegen die Wand neben ihm geschmettert wurde. Was bislang geiferndes Knurren gewesen war, wurde ein kurzes, schrilles Jaulen, dann ließen seine Kiefer endlich das Handgelenk des Burschen los und er fiel reglos zu Boden. Aus dem zerfetzten Handgelenk des Bärtigen spritzte hellrotes Blut wie aus einem durchtrennten Hochdruckschlauch, und Pia merkte, wie seine Wut mit jedem Tropfen Blut, den er verlor, nur noch weiter stieg. Sein unverletzter Arm glitt unter den Mantel und kam mit einem schartigen Schwert wieder zum Vorschein, und mehr musste sie nicht sehen.

»Erinnere mich daran, dass ich nie wieder ohne die Pistole aus dem Haus gehe!«, keuchte sie, schlug einen weiteren Haken und zerrte Alica noch schneller hinter sich her.

Nur ein paar Schritte vor ihnen flog eine Tür auf.

»Erhabene! Hierher!«

Pia reagierte ganz instinktiv, fuhr mitten in der Bewegung herum und zog gerade noch rechtzeitig genug den Kopf ein, um nicht gegen den niedrigen Türsturz zu knallen.

Ein ebenso niedriger, nur unzureichend erleuchteter Gang nahm sie auf, und Pia hatte einen flüchtigen Eindruck von einem breitflächigen Gesicht und heftig wedelnden Armen, dann wurde die Tür mit einem Knall hinter ihnen zugeworfen, und es wurde so dunkel, dass sie im ersten Moment beinahe gar nichts mehr sahen. *»Auf den Hof, Erhabene!«*, stieß eine gehetzt klingende Stimme hervor. *»Hinter dem Brunnen ist ein Tunnel!«*

Sie stürmten durch den Gang und eine weitere Tür wieder ins helle Sonnenlicht hinaus. Pia warf die Tür mit einem Knall hinter sich ins Schloss, der nahtlos in ein weitaus lauteres Bersten überging, mit dem die Tür am anderen Ende des Flures auseinanderflog. Pia glaubte einen gedämpften Schrei zu hören und schickte ein Stoßgebet zum Himmel, dass es nicht ihr geheimnisvoller Retter war, der seine Hilfsbereitschaft mit dem Leben bezahlte, aber ihnen blieb keine Zeit, sich davon zu überzeugen. Sie hatten allerhöchstens ein paar Sekunden, um den Keller zu erreichen ... wenn es ihn denn gab.

Sie verschwendete eine dieser kostbaren Sekunden, um sich zu orientieren, ohne dass sie sich hinterher sonderlich schlauer fühlte. Der Hof war winzig – kaum fünf Schritt im Quadrat und mit Brennholz, ausrangierten Möbeln, Kisten und Fässern und allem möglichen Krempel nur so vollgestopft –, aber von einem Brunnen konnte sie gar nichts entdecken. Es war Alica, die einfach weiterrannte und auf ein vollkommen ungesichertes Loch im hart gefrorenen Boden zusprintete, über dem ein hölzerner Eimer an einem wackeligen Dreibein hing. Daneben lag eine rostige Axt mit einem kurzen Stiel, und dahinter befand sich eine rechteckige Platte mit schweren rostigen Scharnieren, die vermutlich nicht nur so aussah, als müsste sie mindestens eine halbe Tonne wiegen.

Alica flankte mit einem wagemutigen Satz über den ungesicherten Brunnenschacht hinweg, fiel neben der Klappe auf die Knie und bestätigte Pias Vermutung, indem sie vergebens daran zerrte, ohne sie auch nur einen Zentimeter in die Höhe zu bekommen.

Pia vergeudete eine weitere unendlich kostbare halbe Sekunde, indem sie ihr zu helfen versuchte, aber die Klappe rührte sich nicht. Wahrscheinlich waren die Scharniere schlichtweg festgefroren.

Pias Gedanken rasten. Aus dem Haus drang ein keuchender Schrei, gefolgt von den unverkennbaren Geräuschen eines Kampfes, über dessen Ausgang es nicht den geringsten Zweifel gab. Ihnen blieben allerhöchstens noch Sekunden, bevor ihre Verfolger hier waren. Selbst wenn es ihnen gelang, die Klappe zu öffnen, hatten sie keine Chance, unerkannt in dem darunterliegenden Keller zu verschwinden.

Pia reagierte, ohne nachzudenken (was ihnen vermutlich das Leben rettete), ließ die hölzerne Klappe los und griff stattdessen mit der linken Hand nach dem Seil, das über dem improvisierten Brunnen hing, umschlang mit dem anderen Arm Alicas Hüfte und ließ sich einfach nach hinten fallen.

»Bist du wahnsinnig geworden?!«, kreischte Alica. *»Was zum ...«*

Der Rest ihrer Worte wurde zu einem unartikulierten Kreischen, als sie nebeneinander in den Brunnenschacht stürzten. Pia versuchte das raue Seil mit aller Gewalt zu packen, um ihren Sturz auf diese Weise zu verlangsamen oder womöglich ganz aufzufangen, was sich als keine besonders gute Idee erwies; der grobe Strick schnitt wie ein rot glühendes Reibeisen in ihre Handfläche und ließ sie vor Schmerz aufstöhnen. Aber selbst wenn es ihr gelungen wäre, ihren Sturz auf diese

Art aufzufangen, hätte ihr der Ruck vermutlich den Arm ausgekugelt oder Schlimmeres verursacht; immerhin trug sie zusätzlich noch Alicas gesamtes Gewicht im anderen Arm.

Gottlob fielen sie kaum zwei Meter tief.

Der keuchende Schmerzenslaut, mit dem Alica den Bruchteil einer Sekunde vor ihr aufschlug, ging in dem berstenden Laut unter, mit dem die Hoftür aufgestoßen oder gleich in Stücke geschlagen wurde, dann hatte auch Pia das Gefühl, von einem Dampfhammer unter beiden Füßen gleichzeitig getroffen zu werden, und das mit einer solchen Wucht, dass sie glaubte, ihre Hüftgelenke würden im nächsten Moment durch ihre Achselhöhlen schießen.

Nebeneinander sanken sie zu Boden. Alica wimmerte leise, und auch Pia konnte einen Schmerzenslaut nicht mehr ganz unterdrücken. Alles drehte sich um sie, und sie drohte das Bewusstsein zu verlieren. Vielleicht gewann sie den Kampf gegen Ohnmacht und Schmerz nur, weil sie spürte, dass ihre Chancen nicht schlecht standen, nie wieder aufzuwachen.

Pia zwang sich mit einer gewaltigen Willensanstrengung, die Augen wieder zu öffnen, und fand sich in einem engen, halbdunklen, runden Schacht wieder. Der Brunnen war nicht ausgetrocknet, wie sie instinktiv angenommen hatte, sondern komplett eingefroren; der stahlharte Widerstand, der ihrem Sprung auf so brutale Art ein vorzeitiges Ende bereitet hatte, war ein massiver Pfropfen aus Eis, der den Brunnenschacht zur Gänze ausfüllte.

»Na, das war ja wieder mal eine echte Glanzleistung«, stöhnte Alica neben ihr. Ihre Stimme bebte vor Schmerz und hörte sich an wie die eines Menschen, der sich mit letzter Kraft ans Bewusstsein klammerte und mehr als nur Gefahr lief, diesen Kampf zu verlieren.

Pia wollte antworten, brachte aber nur ein schmerzerfülltes Grunzen zustande, und zu Schwindelgefühl und Schmerz gesellte sich auch noch eine heftige Übelkeit. Saurer Speichel füllte ihren Mund, und für zwei oder drei Sekunden musste sie all ihre Willenskraft aufbieten, um sich nicht zu übergeben.

»Und was ... jetzt?«, brachte Alica mühsam hervor. »Wir ...«

»Still!«, zischte Pia. Sie hatte nicht wirklich damit gerechnet, aber das Wunder geschah: Alica schwieg.

Doch es wurde nicht still. Über ihnen polterten Schritte, und aufgeregte Stimmen redeten und schnatterten wild durcheinander. Ein Schatten legte sich über den Brunnenschacht und verschwand wieder, und sie glaubte Hernandez fluchen zu hören, war aber nicht ganz sicher, weil das Rauschen ihres eigenen Blutes in den Ohren nahezu jeden anderen Laut übertönte.

Pia drängte Panik und Schmerzen und Übelkeit zurück und drehte den Kopf, um sich umzusehen.

Nicht, dass es etwas zu sehen gegeben hätte. Der Schacht war so eng, dass Alica und sie fest gegeneinandergepresst wurden, und seine mit einem schimmernden Eispanzer überzogenen Wände hätten ihren Händen nicht einmal dann Halt geboten, wenn sie Platz genug gehabt hätte, um sich zu bewegen ... was sie nicht hatte. Es gab auch keinen verborgenen Tunnel oder Seitengang, wie sie in Spielfilmen oder Romanen regelmäßig auftauchten, wenn die Helden sich in einer anscheinend ausweglosen Situation befanden. Was Gemeinheiten anging, war die Wirklichkeit allen Drehbuchautoren der Welt offensichtlich überlegen.

Etwas knisterte; ein leises, aber sehr beunruhigendes Geräusch, das Pia im ersten Moment nicht einordnen konnte, das ihr aber nicht gefiel, doch in diesem Moment wurden auch die Stimmen über ihnen lauter, und erneut legte sich ein Schatten über den Brunnenschacht. Panik explodierte in Pias Gedanken und wollte sie aufschreien lassen, aber sie kämpfte sie nicht nur nieder, sondern griff auch ganz instinktiv nach den Schatten und schlang sie wie eine schützende Decke um Alica und sich, und sie hatte es kaum getan, da erschien Hernandez' Gesicht in der Öffnung über ihnen. Pia spürte, wie ihr Herz für einen Schlag aussetzte und dann rasend schnell und unregelmäßig weiterhämmerte.

Im ersten Moment hätte sie Hernandez kaum wiedererkannt. Sein Gesicht war nicht nur blutüberströmt und begann bereits sichtbar anzuschwellen, sondern war vor Wut auch zu einer Grimasse verzerrt, die es zusätzlich entstellte. Was sie in seinen Augen las, das war pure Mordlust. So viel zu seiner Behauptung, er hätte sich geändert. Sie stimmte. Er war noch viel schlimmer geworden.

Und er starrte sie direkt an.

Allerdings sah er sie nicht.

In seinem Blick lieferten sich Wut und Schmerz ein immer verbisseneres Duell, und er sah ihr so direkt in die Augen, wie es überhaupt nur ging, kaum mehr als eine Armeslänge entfernt, aber in seinen Augen war kein Erkennen, sondern allerhöchstens so etwas wie eine vage Verwirrung. Er sah irgendetwas, begriff Pia. Doch was immer es sein mochte, es waren nicht Alica und sie, und er konnte mit dem Gesehenen nichts anfangen.

Sie spürte, wie Alica neben ihr vor Schrecken erstarrte und für einen Moment sogar das Atmen einstellte. Hernandez runzelte misstrauisch die Stirn und griff nach dem Seil, um sich daran festzuhalten, während er sich noch weiter vorbeugte, um aus misstrauisch zusammengekniffenen Augen in den Brunnenschacht zu starren.

»Ich weiß, dass du da irgendwo bist«, sagte er. »Versuch ruhig, dich zu verstecken, aber auf die Dauer werden dir deine kleinen Tricks nichts nutzen. Ich finde dich schon, verlass dich drauf!«

Das Knistern wiederholte sich und schien diesmal eine Spur lauter zu sein, und Hernandez beugte sich noch weiter vor; für eine einzelne, aber durch und durch schreckliche Sekunde war Pia fest davon überzeugt, dass er nun auch mit der anderen Hand nach dem Seil greifen und zu ihnen herabsteigen würde, um den zugefrorenen Brunnenschacht Zentimeter für Zentimeter abzusuchen.

Vielleicht hätte er es sogar getan, wäre nicht in diesem Moment einer der bärtigen Krieger neben ihm aufgetaucht.

»Wir müssen gehen, Herr«, grummelte er kaum verständlich. »Jemand hat die Garde alarmiert. Sie sind gleich hier.«

Hernandez funkelte den Mann so wütend an, als gäbe er ihm ganz allein die Schuld an den schlechten Nachrichten, die er überbrachte, richtete sich mit einem Ruck wieder auf und fuhr sich mit dem Handrücken über das Gesicht, um das Blut wegzuwischen. »In Ordnung«, grollte er. »Wir verschwinden. Geht der Wache aus dem Weg. Wir können uns einen Kampf im Augenblick nicht leisten. *Und sucht diese verdammte Hexe!*«

Damit verschwand er.

Pia blieb noch einen Moment vollkommen reglos hocken und wartete darauf, dass die Schritte und hektisch polternden Geräusche verklangen, bevor sie es wagte, sich vorsichtig zu entspannen und dann erleichtert aufzuatmen.

»Das war knapp«, seufzte Alica neben ihr. »Warum hast du das nicht eher gemacht? Dann säßen wir jetzt vielleicht nicht hier drinnen fest.«

»Keine Ahnung«, gestand Pia. Sie wollte mit den Schultern zucken, aber selbst dafür reichte der Platz hier drinnen nicht aus. »Vielleicht funktioniert es im Sonnenlicht nicht.« Die Wahrheit lautete, dass sie schlichtweg gar nicht auf die Idee gekommen war. Alica hatte vollkommen recht. Wäre sie drinnen im Hausflur in die Schatten geflohen, dann säßen sie nicht hier fest.

»Und wie kommen wir jetzt raus?«, fragte Alica.

Statt zu antworten, sah Pia wieder nach oben und rüttelte prüfend an dem Seil, das sie noch immer mit der rechten Hand umklammerte. Es war glitschig von ihrem Blut, und schon die Hand fester darumzuschließen, tat grässlich weh. Außerdem bezweifelte sie, dass ihre Kraft ausreichen würde, nicht nur ihr eigenes Gewicht nach oben zu ziehen, sondern auch noch das Alicas, und noch dazu nur mit einem Arm.

Sie versuchte es trotzdem. Das Ergebnis war eine Explosion aus grellem Schmerz, die ihr die Tränen in die Augen schießen ließ.

»Tja, das dachte ich mir«, sagte Alica. Ihre Stimme klang immer noch flach und ein wenig atemlos, aber sie fand offensichtlich schon wieder zu ihrer gewohnten Form zurück. »Und wie kommen wir jetzt wirklich hier raus, Durchlaucht?«

Bevor Pia antworten konnte, erklang das knisternde Geräusch erneut, und diesmal war es nicht nur merklich lauter, sondern wurde auch von einem sachten Vibrieren unter ihren Füßen begleitet.

»O nein«, murmelte Alica. »Sag mir, dass das nicht das bedeutet, was ich glaube.«

Pia sagte es nicht. Sie kam nicht mehr dazu.

Die Eisdecke, auf der sie standen, war wohl doch nicht ganz so dick gewesen, wie sie geglaubt hatte …

XXVI

»Hier. Trinkt das, Erhabene!« Nani drückte ihr den zweiten Becher mit dampfend heißem Wein in die Hand und unterstrich ihre Worte mit einer auffordernden Geste, von der Pia nicht ganz sicher war, ob sie nur auf eine mütterliche Art besorgt oder schon fast befehlend gemeint war – was vermutlich ohnehin auf dasselbe hinauslief. Sie schloss jedenfalls gehorsam die Finger um den klobigen Becher, genoss für einen Moment die Mischung aus Wärme und prickelndem Schmerz, mit der ihre halb abgestorbenen Nerven wieder zum Leben erwachten, und führte den Becher schließlich an die Lippen, als Nanis Stirnrunzeln eine nun eindeutig missbilligende Komponente bekam.

Pia trank allerdings nur einen winzigen Schluck. Der Wein war zwar so heiß, dass ihre Lippen wehtaten und sich ihre Zunge und ihr Mund allmählich wie gut gekocht anfühlten, aber die Wärme schien irgendwo auf halbem Wege zwischen ihrer Kehle und ihrem Magen zu versickern. Sie war so ausgekühlt wie noch nie zuvor im Leben. Wahrscheinlich konnte sie auch zwanzig Becher davon trinken, ohne dass sie das Gefühl loswurde, nur noch ein mit Haut überzogener Eisklumpen zu sein ... aber dafür spürte sie bereits, wie stark das bitter schmeckende Gebräu war. Wenn sie eines im Moment am dringendsten brauchte, dann war es ein klarer Kopf.

»Wie geht es Alica?«, fragte sie, als Nanis Stirnrunzeln noch tiefer wurde.

»Sie schläft«, antwortete Nani. In ihren Augen erschien ganz kurz ein spöttisches Funkeln, und sie sah nun vollends so aus wie eine Mutter, die ihr Kind bei einer gar zu durchsichtigen Flunkerei ertappt, aber beschlossen hatte, darüber hinwegzugehen. »Und wir sollten sie auch schlafen lassen. Im Moment können wir ohnehin nichts tun. Nicht bevor die Sonne untergeht. Die Soldaten überwachen alle Straßen, und sie kontrollieren jeden, der sich den Stadttoren auch nur nähert. Wir müssen bis zum Einbruch der Dunkelheit warten. Vielleicht noch länger.«

Pia lauschte in sich hinein, um herauszufinden, wie lange es bis dahin noch war, aber ihre innere Uhr ließ sie zum ersten Mal im Stich. Vielleicht waren die Zeiger ja eingefroren. »Warum tust du das, Nani?«, fragte sie leise.

»Was?«

»Uns helfen.«

»Hättet Ihr nicht dasselbe getan an meiner Stelle, Erhabene?«, fragte Nani. »Menschen helfen einander, wenn sie in Not geraten.«

»Nicht alle«, antwortete Pia, »und das meine ich nicht.« Sie machte eine Geste, die das winzige Zimmer, Nani und das gesamte Haus einschloss, und nippte noch einmal an ihrem Wein. Diesmal erreichte das Gefühl prickelnder Wärme immerhin die Gegend ihres Solarplexus, bevor es einfach verschwand. »Du riskierst dein Leben für uns. Deins und das deiner Freunde. Und das tun längst nicht alle Menschen füreinander. Schon gar nicht nach dem, was ich dir angetan habe«, fügte sie nach einer winzigen Pause und in verändertem Ton hinzu.

Ein Schatten huschte über Nanis Gesicht und verschwand wieder. »Es war nicht Eure Schuld, Erhabene«, sagte sie. »Wenn überhaupt, dann trifft Keri und mich die Schuld. Wir hätten gleich erkennen müssen, wer Ihr seid.«

»Unsinn«, widersprach Pia. »Wenn ich mich nicht in Dinge eingemischt hätte, die mich nichts angehen, dann wäre gar nichts passiert, und dein Mann wäre noch am Leben.« Sie begriff zu spät, dass sie mit diesen Worten das Gegenteil dessen erreichte, was sie wollte. Sie sprach Nani keinen Trost zu, sondern legte den Finger auf eine Wunde, die noch nicht einmal zu heilen begonnen hatte. Diesmal dauerte es länger, bis sich der Schatten wieder von Nanis Gesicht hob.

»Es war trotzdem richtig, Erhabene«, sagte sie. »Flammenhuf hat seine Freiheit zurückgewonnen. Keris Tod ist ein geringer Preis für das, was wir ihm all die Jahre angetan haben.«

»Du hast es nicht gewusst, habe ich recht?«, fragte Pia. »Dass es der wirkliche Flammenhuf ist, meine ich.«

»Niemand wusste es«, bestätigte Nani. »Ich ... wusste nicht einmal, dass es ihn wirklich gibt. Wir alle haben geglaubt, es wäre nur eine Legende. Es ist tausend Jahre her, dass jemand einen Pegasus fliegen sah.« Sie machte eine Geste, deren Bedeutung Pia nicht verstand. »Ich habe auch nicht geglaubt, dass es Euch wirklich gibt, Erhabene. Große Dinge geschehen.«

Ja, dachte Pia bitter. Bloß war sie sich nicht sicher, ob es auch *gute* Dinge waren.

»Du weißt, dass Istvans Soldaten dich töten werden, wenn sie herausfinden, dass du uns geholfen hast«, fuhr sie fort.

Seltsamerweise lächelte Nani, als hätte sie etwas sehr Freundliches zu ihr gesagt. »Mich zu töten wäre wahrscheinlich noch das Harmloseste, was sie mir antun würden«, erwiderte sie. »Aber macht Euch keine Sorgen. Sie werden es nicht herausfinden. Und wenn doch, dann erst, wenn wir WeißWald schon lange verlassen haben. Istvan ist ein mächtiger Mann, aber seine Macht endet an den Toren der Stadt.«

»Du könntest nie mehr zurückkommen«, sagte Pia. »Ich weiß, das ist wahrscheinlich kein besonders großer Verlust, aber du kennst mich nicht. Du weißt nicht einmal, ob ich die bin, für die du mich zu halten scheinst.«

»O doch, Erhabene«, antwortete Nani lächelnd. »Ihr seid die, auf die wir gewartet haben. Ich weiß es, und viele andere wissen es auch.«

»Meinst du nicht, dass ich es dann auch wissen müsste?«, fragte Pia sanft. »Und ich bin ganz und gar nicht sicher.« *Ich bin nicht einmal sicher, ob ich es sein will.*

»Auch das hat die Legende vorhergesagt«, antwortete Nani unerschütterlich. »Dass sie selbst die größten Zweifel an ihrer Bestimmung hat, diese am Ende aber dennoch erfüllt.«

»Und was ist diese Bestimmung?«

»Den Menschen dieses Landes das zurückzugeben, was ihnen vor so langer Zeit genommen wurde«, erwiderte Nani. »Ihre Freiheit.«

»Ihre Freiheit?« Pia war ein wenig verwirrt. »Aber ich dachte, ihr hättet den Krieg gegen die Elfen gewonnen?«

»Die Dunkelelfen haben ihn gewonnen«, antwortete Nani. »Wir haben die Herrschaft eines grausamen Volkes gegen die eines anderen eingetauscht. Niemand weiß heute mehr wirklich, was Freiheit bedeutet. Aber es steht geschrieben, dass Prinzessin Gaylen zurückkehrt und unser Volk in die Freiheit führt. Und ich glaube daran.«

Pia setzte zu einer entsprechenden Antwort an, aber dann beließ sie es doch dabei, Nani noch einmal ebenso nachdenklich wie zweifelnd anzublicken und einen weiteren vorsichtigen Schluck Wein zu trinken. Die Wärme drang ein winziges Stückchen weiter in ihren Körper vor, bevor sie ebenfalls zu Eis wurde. Nur zwei oder drei ausgewachsene Vollräusche, dachte sie spöttisch, und sie wäre immerhin wieder aufgetaut.

»Darf ich Euch einen Moment allein lassen, Erhabene?«, fragte Nani. »Es sind noch eine Menge Dinge zu erledigen, bevor wir die Stadt verlassen. Aber ich bin in der Nähe, wenn Ihr irgendetwas benötigt.«

»Natürlich«, antwortete Pia rasch. »Geh ruhig. Und keine Angst, ich laufe bestimmt nicht weg.«

Nani wirkte ein bisschen irritiert, aber sie lächelte pflichtschuldig und wandte sich zum Gehen. Als sie die Tür erreicht hatte, rief Pia sie noch einmal zurück. »Darf ich dich noch um einen Gefallen bitten, Nani?«

»Was immer Ihr befehlt, Erhabene.«

»Ja, ganz genau das«, antwortete Pia. »Oder eben auch nicht. Würdest du bitte aufhören, mich *Erhabene* zu nennen?«

»Wenn Ihr es befehlt.«

»Nein«, sagte Pia. »Ich habe dir nichts zu befehlen – nicht einmal, wenn ich die sein sollte, für die du mich hältst. Ich *bitte* dich darum.«

»Wie Ihr wünscht«, sagte Nani. Sie ließ wenigstens die direkte Anrede weg, aber Pia spürte, wie schwer es ihr fiel. Nach Lasar war es das zweite Mal, dass sie diese sonderbare Reaktion erlebte, und sie beschloss, das Thema nicht noch einmal anzusprechen, bevor sie nicht eine Menge mehr über die Leute hier und ihre komplizierten Sitten und Gebräuche gelernt hatte.

Nani wartete ab, ob sie noch weitere Befehle hatte, erst dann ging sie endgültig. Pia wickelte sich enger in die gleich drei Lagen warmer Decken, die Nani ihr gegeben hatte, schloss die Augen und schmiegte die Finger so fest um den Becher, wie sie es gerade noch wagte, ohne ihn zu zerbrechen. Der Wein war noch immer so heiß, dass er aus dem Becher dampfte, und sie sog gierig jedes bisschen Wärme mit den Fingern auf, das durch den dicken Ton drang. Außerdem begann sie den Alkohol zu spüren, obwohl sie nur einen einzigen Becher getrunken und an diesem zweiten bloß genippt hatte. Aber das war ihr mit einem Mal egal. Sie hatte niemals viel davon gehalten, sich zu betrinken, doch jetzt kam ihr der Gedanke durchaus verlockend vor. Warum nicht einfach für eine kleine Weile alles hinter sich lassen und in einen tröstenden Rausch flüchten?

Statt diesem – durchaus verlockenden – Gedanken nachzugeben, nahm sie nur noch einen letzten winzigen Schluck, stellte den Becher dann auf den Tisch und schob ihn absichtlich gerade weit genug von sich fort, dass sie ihn nicht wieder erreichen konnte, ohne sich vorzubeugen, dann wickelte sie sich noch enger in ihre Decken und warf dem prasselnden Kaminfeuer einen sehnsüchtigen Blick zu. Sie war schon so nahe an die Flammen herangerückt wie überhaupt möglich, ohne ihre Decken gleich mit in Brand zu setzen, und es war im Zimmer auch nicht zu kalt; ganz im Gegenteil. Pia bezweifelte, dass in dem kleinen Kamin jemals ein größeres Feuer gelodert hatte. Trotzdem fror sie immer noch so erbärmlich, dass sie mit den Zähnen zu klappern begann, sobald ihre Konzentration ein wenig nachließ. Bisher hatte sie es nicht gewagt, sich diesem Gedanken zu stellen, aber nun wurde ihr klar, dass sie nur sehr knapp dem Tod entronnen war. Wären Nani und ihre Freunde auch nur ein paar Augenblicke später aufgetaucht, um Alica und sie aus dem Brunnen zu ziehen …

Pia spürte eine wohlige Mattigkeit, als die Wärme und das Gefühl der Sicherheit allmählich doch ihre Wirkung zu entfalten begannen. Sie kämpfte nicht dagegen an, sondern gestattete ihren Gedanken ganz bewusst, ein wenig abzuschweifen. Vermutlich würde sie jede Minute, die sie jetzt hier saß und Kraft tankte, später noch sehr dringend brauchen.

Ein gedämpftes Poltern drang durch die geschlossene Tür und ließ sie aufblicken. Ihr Herz schlug plötzlich schneller, und sie konnte das Adrenalin spüren, das in ihren Kreislauf schoss. Aber das Poltern wiederholte sich nicht. Alles blieb still.

Pia entspannte sich wieder und schüttelte den Kopf über ihre eigene Nervosität. Sie war völlig grundlos. Nani und ihre

Freunde passten gut auf sie auf, das bewies allein die Tatsache, dass Alica und sie hier waren. Sie hatten weit mehr getan, als sie aus dem Wasser zu ziehen. Zwar erinnerte sie sich nicht mehr genau, wie sie hierhergekommen waren (oder wo dieses *hier* war), sondern hatte nur ein wildes Durcheinander aus Bildern, Geräuschen und – ausnahmslos kalten – Erinnerungsfetzen im Kopf. Aber da waren Schreie gewesen, sie erinnerte sich an Uniformen und Waffen und daran, gerannt zu sein, und sie glaubte auch noch die Geräusche eines Kampfes zu hören, war sich aber nicht ganz sicher.

Der Gedanke führte zu einem anderen, nämlich zu Brack und dem Weißen Eber, und Pia registrierte mit einem Gefühl leisen Erstaunens, dass sie die Vorstellung, weder ihren schmierigen Wohltäter noch den Weißen Eber jemals wiederzusehen, beinahe ein bisschen traurig stimmte. Immerhin war die heruntergekommene Kaschemme in den letzten beiden Wochen für Alica und sie das gewesen, was einem Zuhause noch am nächsten kam.

Pia dachte mit einem sachten Anflug von schlechtem Gewissen an Alica, die im Nebenzimmer im Bett lag und schlief. Sie war irgendwo auf halbem Wege zusammengebrochen, sodass Nanis Freunde sie hatten tragen müssen. Angeblich ging es ihr gut, und alles, was sie brauchte, waren ein bisschen Wärme und zwei oder drei Stunden Schlaf; jedenfalls hatte Nani das behauptet. Pia glaubte ihr, aber sie hätte trotzdem zu ihr gehen und sich selbst davon überzeugen sollen, wie es um sie stand. Doch das hätte bedeutet, unter ihren warmen Decken hervorzukriechen und ihren Platz am noch wärmeren Feuer aufzugeben, und dazu war sie noch nicht bereit. Später vielleicht, wenn ihre Muskeln und zumindest ein Teil ihrer inneren Organe wieder aufgetaut waren; in ungefähr einer Million Jahren.

Sie musste wohl doch eingeschlafen sein, denn als Nani sie

irgendwann an der Schulter berührte und schüchtern ihren Namen flüsterte (zusammen mit etwas, das sich verdächtig nach dem Wort *Erhabene* anhörte), war das Feuer sichtbar heruntergebrannt, und es war auch dunkler geworden.

Pia blinzelte den Schlaf weg, der ihre Lider verkleben wollte, setzte sich mit einem Ruck auf und sah Nani so schuldbewusst an, dass die alte Frau unwillkürlich lächeln musste. »Ja?«

»Es ist alles in Ordnung, Erhabene«, sagte Nani und hob beruhigend die Hand. »Kein Grund zur Sorge.«

»Sehe ich aus, als würde ich mir Sorgen machen?«, nuschelte Pia verschlafen.

Nani war diplomatisch genug, nicht darauf zu antworten, sondern trat nur einen Schritt zurück und deutete auf die Tür. »Die Sonne geht in einer Stunde unter, und wir sollten uns allmählich fertig machen.«

»Ja, warum eigentlich nicht«, sagte Pia gähnend. »Wäre doch mal eine Abwechslung, oder nicht? Normalerweise versuchen das immer andere.«

Nani sah sie verständnislos an. »Erhabene?«

»Schon gut.« Pia gähnte noch einmal, stand auf und reckte sich ausgiebig und vollkommen ungeniert, während sie ohne die Spur eines schlechten Gewissens zusah, wie sich Nani nach den Decken bückte, die heruntergefallen waren, um sie ebenso schnell wie geschickt zusammenzufalten.

»Wie geht es Alica?«

»Sie ist wach und wohlauf, Er…, Herrin«, antwortete Nani. »Allerdings scheint sie ein wenig verärgert zu sein – jedenfalls nehme ich das an. Leider verstehe ich nicht, was sie sagt.«

»Mach dir nichts draus«, antwortete Pia lächelnd. »Wahrscheinlich ist es besser so. Glaub mir, du würdest sie auch oft genug nicht verstehen, wenn du sie verstehen würdest.«

Im Moment jedenfalls verstand Nani rein gar nichts mehr,

wie Pia an ihrem hilflosen Blick erkannte, aber sie machte auch keinen Versuch, irgendetwas zu erklären, sondern wies nur auffordernd zur Tür. Nani faltete die Decken bedächtig fertig, rollte sie dann zu einer Wurst zusammen und klemmte sie sich unter den linken Arm, bevor sie sich herumdrehte und vorausging. Der Anblick erfüllte Pia mit deutlich mehr Unbehagen, als sie zugeben wollte. Nani kam ihr nicht vor wie eine Ordnungsfanatikerin, die die Decken ordentlich zusammengelegt hier zurücklassen wollte. Schon eher wie jemand, der sie mitnehmen wollte, weil sie da, wo sie hingingen, warme Decken brauchen würden. Pia dachte an knirschenden Schnee und eisigen Wind und bekam schon bei der bloßen Vorstellung eine Gänsehaut.

Draußen auf dem Flur begriff sie, was Nani gemeint hatte. Der Korridor war so niedrig wie alle Räume hier, aber erstaunlich lang und hatte ein gutes halbes Dutzend Türen. Durch eine davon drangen polternde Geräusche und eine gedämpfte, aber unverkennbar ärgerliche Stimme.

Nani maß sie mit einem irgendwie verlegenen Blick und schien auch nicht besonders unglücklich darüber zu sein, dass Pia ihre Schritte beschleunigte und als Erste die Hand nach der plump aus Holz geschnitzten Klinke ausstreckte.

Alica war nicht nur ein *bisschen* verärgert, wie Nani es ausgedrückt hatte, sie stapfte im Zimmer auf und ab, schimpfte wie ein Rohrspatz und überbrückte die Zeit, die sie brauchte, um zwischendurch Luft zu holen, damit, die Einrichtung zu zerlegen. Einen der Hocker hatte es schon erwischt – er hatte nur noch ein Bein und lag in der von den anderen am weitesten entfernten Ecke –, und gerade als Pia die Tür aufmachte, war der niedrige Tisch an der Reihe. Alica versetzte ihm einen Tritt, der ihn zwar nicht zertrümmerte, ihn aber ein gutes Stück über den Boden schlittern und hörbar ächzen ließ.

»Die Möbel können nichts dafür«, sagte Pia.

Alica stellte ihre Versuche, die komplette Einrichtung zu Sägespänen zu verarbeiten, wenigstens für einen Moment ein und fuhr kampflustig herum. Dem zornigen Aufblitzen in ihren Augen nach zu schließen, hatte sie gerade diejenige entdeckt, die *etwas dafürkonnte;* wofür auch immer.

»Oh, Majestät lassen sich auch einmal blicken«, giftete sie. »Muss ich mich jetzt geehrt fühlen, oder brauchst du irgendetwas? Wenn du vorhast, schwimmen zu gehen, muss ich leider dankend ablehnen. Ich hatte genug Wasser für dieses Jahr.«

Pia sagte vorsichtshalber gar nichts dazu, sondern bedeutete Nani nur mit einem raschen Blick, dass alles in Ordnung sei, und zog die Tür hinter sich zu, bevor sie sich dagegenlehnte und demonstrativ die Arme vor der Brust verschränkte. »Was ist los?«, fragte sie.

»Was los ist?« Alica funkelte sie noch wütender an und deutete mit beiden Händen an sich herab. »Schau mich an, und dann stell die Frage noch einmal! Und deine neue Busenfreundin glaubt anscheinend auch noch allen Ernstes, ich würde in diesem Zustand auf die Straße hinausgehen!«

Pia tat, worum Alica sie gebeten hatte, und musste sich ziemlich beherrschen, um ein Grinsen zu unterdrücken. Alica trug keinen der formlosen Säcke, die anscheinend den letzten Schrei der hiesigen Mode darstellten, sondern ein ... Etwas, für das ihr trotz angestrengten Überlegens keine passende Bezeichnung einfiel. Außer dass es scheußlich und augenscheinlich aus einem besonders groben Schmirgelpapier von vollkommen undefinierbarer Farbe geschneidert war und aussah, als wöge es ungefähr eine halbe Tonne. Ganz nebenbei war es ihr um mindestens drei Nummern zu klein, sodass es ihr fast die Luft abschnürte.

Es sah wirklich ein bisschen grotesk aus, aber zugleich konnte sich Pia auch nicht vorstellen, dass diese geschmackliche Entgleisung der einzige Grund für Alicas brodelnden Zorn war.

»Ich finde, es steht dir gut«, sagte sie feixend.

»Na, dann warte mal ab, bis du das Stück Haute Couture siehst, das sie für dich herausgesucht hat«, giftete Alica. »Dagegen ist dieser Fetzen hier geradezu sexy. Und das Ding stinkt, als wäre jemand darin gestorben!«

Was vermutlich der Fall war, dachte Pia, und vielleicht mehr als nur einer. »Aber das ist nicht der einzige Grund, aus dem du dich so aufregst«, vermutete sie.

»Hätte ich denn sonst noch einen?«, fragte Alica spitz. »Ich meine, außer dass ich fast von einem durchgehenden Stier zu Tode getrampelt worden wäre, jemand versucht hat, mir die Kehle durchzuschneiden, ich wieder mal um mein Leben rennen musste, in einen Brunnen gefallen bin und anschließend beinahe ertrunken und erfroren wäre, und meine angeblich beste Freundin es nicht einmal für nötig befunden hat, sich zu erkundigen, wie es mir geht? Habe ich was vergessen?« Sie schüttelte den Kopf. »Nein, sonst war nichts. Die Tage hier werden auch immer langweiliger, findest du nicht?«

Pia versuchte vergeblich, sich daran zu erinnern, wann sie Alica als ihre beste Freundin bezeichnet hatte, aber vermutlich war jetzt nicht der ideale Moment, um sie auf dieses Missverständnis hinzuweisen.

»Das mit dem Brunnen tut mir leid«, sagte sie. »Aber es war der einzige Weg.«

»Mich auf Eis zu legen?«

»In die Schatten zu fliehen«, antwortete sie.

»In die Schatten zu fliehen«, wiederholte Alica. »Kannst du dich noch ein bisschen verquaster ausdrücken?«

»Wenn ich mir ein bisschen Mühe gebe, bestimmt«, antwortete Pia. Zugleich wurde ihr klar, dass sie die Wahrheit gesagt hatte: Etwas in ihr hatte ganz instinktiv den einzigen Ort erkannt, an dem sie auf ihre Zauberkräfte zurückgreifen und in die Welt der Schatten fliehen konnte.

»Und was sonst noch?«, fragte sie.

»Findest du nicht, dass das für einen einzigen Vormittag reicht?« Alica bückte sich, hob ein Bündel aus nassem Stoff auf und klatschte es auf den Tisch. Pia erkannte es erst auf den zweiten Blick als das Kleid, das sie bei ihrem Sturz in den Brunnen getragen hatte. Missmutig wickelte Alica es auseinander, und ihre drei größten Heiligtümer kamen zum Vorschein: ihr silbernes Zippo, das winzige Schminktäschchen und die hoffnungslos aufgeweichte Zigarettenpackung mit ihrer letzten Marlboro.

»Das Zippo kann man wahrscheinlich retten«, sagte sie unbeholfen. »Wenn du es gründlich trocknen lässt ...«

»Und ich irgendwo einen Laden finde, der Feuerzeugbenzin verkauft.«

Pia überging diesen Einwand vorsichtshalber, gerade weil er berechtigt war. »Aber das ist doch nicht alles«, sagte sie. »Das da ist ärgerlich, okay, aber deswegen würdest du nicht so ausflippen.

»Wusstest du, dass deine neue Freundin vorhat, die Stadt zu verlassen – zusammen mit uns?«

»Sie hat es mir gerade gesagt«, antwortete Pia; was vielleicht nicht ganz der Wahrheit entsprach, ihr im Moment aber einfach klüger erschien.

»Und du weißt auch, wofür sie mich hält?«

»Nein«, antwortete Pia.

»Sie glaubt, ich wäre deine Sklavin!«, sagte Alica aufgebracht. »Und sie hat ziemlich wenig Zweifel daran gelassen, dass sie von mir erwartet, mich auch so zu benehmen! Und jetzt frage ich mich, wer sie wohl auf diese seltsame Idee gebracht hat!«

»Ich jedenfalls nicht«, sagte Pia. »Woher weißt du das überhaupt? Verstehst du, was sie sagt?«

»Manche Dinge muss man nicht verstehen, um sie zu verstehen«, fauchte Alica. »Diese Nanunana war ziemlich deutlich.«

»Naninaranat«, verbesserte sie Pia und lächelte flüchtig. »Und sie hat es wahrscheinlich nicht so gemeint. Und wenn doch, dann habe ich es jedenfalls nicht so gesagt.« Sie schrak zusammen, als es hinter ihr an der Tür klopfte, und machte auf.

Es war Nani, die ein offensichtlich sehr schweres Bündel auf beiden Armen trug und ganz unverhohlen versuchte, einen neugierigen Blick an ihr vorbeizumogeln, während sie ihr das Bündel gleichzeitig entgegenstreckte. Pia machte ebenso unverhohlen einen halben Schritt zur Seite und versperrte ihr die Sicht.

»Eure Kleider, Erhabene«, sagte Nani. »Wir haben noch ein wenig Zeit, aber vielleicht zieht Ihr sie schon einmal an. Soll ich Euch dabei behilflich sein, oder möchtet Ihr, dass Eure Sklavin das tut?«

»Das schaffe ich so grade noch allein«, antwortete Pia, nahm das Bündel entgegen und wäre unter seinem Gewicht fast in die Knie gegangen. Kleider? Hatte sie sie aus Beton gegossen?

»Ganz wie Ihr befehlt, Erhabene.« Nani wollte sich abwenden, aber Pia rief sie mit einer Kopfbewegung noch einmal zurück.

»Noch etwas, Nani.«

»Erhabene?«

»Alica ist meine Freundin. Nicht meine Sklavin, nicht meine Dienerin und nicht meine Zofe, sondern einfach nur meine Freundin. Und ich möchte, dass du sie so behandelst.«

»Ganz wie Ihr befehlt, Erhabene«, antwortete Nani. Sie

senkte demütig das Haupt und entfernte sich rückwärtsgehend, und Pia zog die Tür ungeschickt mit dem Fuß zu und drehte sich wieder zu Alica um.

»Zufrieden?«

»Ihr lernt schnell, Prinzessin«, sagte Alica.

Pia musste sich beherrschen, um sie nicht anzufahren. Statt überhaupt zu antworten, ging sie zum Tisch, lud das Bündel darauf ab und registrierte mit grimmiger Schadenfreude, wie es die ohnehin traurigen Überreste von Alicas Zigarettenpackung endgültig zermanschte.

Noch immer wortlos wickelte sie das Bündel aus und begriff im nächsten Moment, was Alica gerade gemeint hatte.

Das Kleid war mindestens so hässlich wie das, das Alica trug, genau wie dieses um mehrere Nummern zu klein und stank tatsächlich atemberaubend. Und es wog mindestens eine Tonne.

Sie brauchte gute zehn Minuten, um sich hineinzuzwängen, und ohne Alicas Hilfe wäre es ihr wahrscheinlich gar nicht gelungen. Und sie war nicht sicher, wie lange sie es aushalten würde, dieses schwere, stinkende und kratzende Monstrum zu tragen.

Ein Gutes hatte diese masochistische Verkleidung immerhin. Als sie fertig war und sich wieder zu Alica herumdrehte, war der Ausdruck von Zorn auf deren Gesicht dem blanker Schadenfreude gewichen.

»Na, habe ich zu viel versprochen?«, fragte sie feixend.

»Nein«, antwortete Pia. »Das ist ... ähm ... nun ja, gewöhnungsbedürftig. Aber immerhin warm«, fügte sie nach einem Moment hinzu ... was durchaus der Wahrheit entsprach. So unangenehm sich der sonderbare Stoff auf der Haut anfühlte, er war unglaublich warm. Obwohl sie das Kleid erst seit Augenblicken trug, spürte sie bereits, wie perfekt es ihre Körperwärme zurückhielt.

»Und das gefällt dir?« Alica machte eine Kopfbewegung auf ihr Kleid. »Das Ding sieht jedenfalls warm genug aus, um damit zum Nordpol zu marschieren.«

Pia schwieg.

»He, was ich gerade gesagt habe, das ... tut mir leid«, sagte Alica unbehaglich. »Ich weiß auch nicht, was plötzlich mit mir los war. Es war alles einfach zu viel.«

Pia lächelte zwar verständnisvoll, aber tief unter diesem Lächeln erschrak sie. Alicas Worte klangen überzeugend. Früher oder später wäre wohl jeder unter der Belastung zusammengebrochen, unter der sie seit zwei Wochen standen. Aber vielleicht gab es noch einen anderen Grund, den sie nicht einmal selbst kannte.

Sie versuchte sich noch einmal in Erinnerung zu rufen, was seit ihrer Ankunft in dieser sonderbaren Stadt alles geschehen war. *Sie* war es gewesen, der so ziemlich jedermanns Aufmerksamkeit hier gegolten hatte. *Sie* wurde von vielen für so etwas wie die Reinkarnation einer Göttin gehalten, und *sie* wurde ob ihrer Schönheit (oder zumindest ihrer Haare) bewundert. Die Gäste, die allabendlich den Weißen Eber stürmten, kamen ihretwegen.

Konnte es sein, dass Alica ... eifersüchtig war?

Pia rief sich in Gedanken zur Ordnung. Sie hatte schon immer einen fatalen Hang dazu gehabt, Dinge unnötig zu verkomplizieren, und sie sollte sich hüten, das ausgerechnet jetzt zu tun. Wahrscheinlich war Alica einfach nur mies drauf, basta!

Sie fuhr noch einmal mit den flachen Händen über den Stoff ihres Kleides, das ihr kaum bis zur Mitte der Schienbeine reichte, und hoffte, irgendeine Veränderung zu spüren; was auch der Fall war. Sie hatte jetzt nicht mehr das Gefühl, dass es aus Beton gegossen worden war. Schon eher aus Stacheldraht gestrickt.

»Immerhin steht der Sommer vor der Tür«, sagte sie hilflos.

»Sommer?«

Warum sprach Alica das Wort eigentlich so aus, wie sie einen schlechten Scherz betont hätte?

»Also ich kenne da ein paar Gegenden auf diesem lauschigen Planeten – oder wenigstens auf dem, von dem wir kommen –, wo dieses Wort bedeutet, dass draußen nur behagliche dreißig Grad herrschen statt der üblichen siebzig … *unter* null.«

Jetzt war es Pia, die nur mit einem unbehaglichen Brummen antwortete.

»Also gut«, sagte Alica. »Frieden?«

Pia nickte nur.

»Jetzt wird es anscheinend ernst, wie?«, fuhr Alica fort, nachdem sie einige weitere Augenblicke lang vergeblich auf eine Antwort gewartet hatte. »Wir können wohl kaum zurück zu Brack und so tun, als wäre gar nichts passiert.«

»Kaum.«

»Vielleicht hätten wir doch mit dem *Comandante* gehen sollen«, sinnierte Alica. »Dann wüssten wir wenigstens, woran wir sind.«

»Das meinst du nicht ernst.«

»Nein«, gestand Alica. »Ach verdammt, ich weiß überhaupt nicht mehr, was ich meine! Ich weiß ja nicht einmal mehr genau, wer ich bin … oder du!«

»Dann geht es dir nicht besser als mir«, sagte Pia. »Aber eins weiß ich genau: Wir können nicht hierbleiben.«

»Ja, so weit waren wir schon ein paarmal«, sagte Alica säuerlich.

Pia lachte, eine Antwort, die Alica im ersten Moment völlig zu überraschen schien, denn sie sah sie verständnislos und mit offenem Mund an … aber dann stimmte sie darin ein, und es spielte überhaupt keine Rolle, dass dieses Lachen nicht nur vollkommen grundlos war, sondern auch einen leisen Unterton von Hysterie hatte. Es erleichterte einfach, und das war in diesem Moment alles, was zählte.

Ein zaghaftes Klopfen an der Tür riss sie in die Wirklichkeit zurück. Pia schenkte Alica ein abschließendes verschwörerisches Grinsen, machte auf und sah erwartungsgemäß auf Nanis zerfurchtes Gesicht hinab.

»Seid Ihr so weit, Er-«

Pia hob unwillig die Hand, und Nani verbesserte sich hastig.

»Herrin? Es wird allmählich Zeit.«

Pia wandte überrascht den Kopf. Das Zimmer hatte nur ein einziges, schmales Fenster, durch das nicht sonderlich viel Licht hereindrang; aber es war Tageslicht, und als sie in sich hineinlauschte, stellte sie fest, dass ihre innere Uhr wieder aufgetaut war und funktionierte. Bis Sonnenuntergang war noch eine gute Stunde Zeit.

Nani deutete ihre Bewegung richtig. »Die Soldaten durchsuchen die ganze Stadt«, sagte sie. »Sie werden bald hier sein. Aber ich kenne einen Ort, an dem wir sicher sind, wenigstens bis Sonnenuntergang. Es ist natürlich Eure Entscheidung«, fügte sie in demütigem Ton und mit einem noch demütigeren Senken des Hauptes hinzu.

»Eigentlich nicht«, sagte Pia.

»Herrin?«, fragte Nani verwirrt. Sie sah sie nicht an.

»Du kennst dich hier besser aus als ich«, sagte Pia. »Wenn du der Meinung bist, dass es besser wäre, von hier zu verschwinden, wie könnte ich dann etwas anderes sagen?«

»Herrin?«, fragte Nani verstört.

»Ich bin nicht deine *Herrin*«, antwortete Pia scharf. »Mein Name ist ...« Sie wollte *Pia* sagen, aber natürlich kam das Wort *Gaylen* über ihre Lippen, was sie nur noch wütender machte.

»– und ich bin dir sehr dankbar für das, was du für uns getan hast! Aber solange wir nicht wirklich wissen, ob ich die bin, für die du mich hältst, möchte ich nicht, dass du mich so behandelst! Ich bin keine … Göttin oder so was, und ich bin auch keine wiedergeborene Elfenprinzessin! Da, wo ich herkomme, bin ich nicht nur nichts Außergewöhnliches, sondern eher das Gegenteil!«

»Herrin?«, flüsterte Nani.

»Ich bin eine ganz gewöhnliche Diebin!«, sagte Pia. »Ich bin weniger als die meisten deiner Freunde! Was muss ich noch tun, damit du aufhörst, vor mir im Staub zu kriechen und mir die Füße zu lecken?«

»Es ihr befehlen?«, schlug Alica vor.

»Ganz wie Ihr es wünscht, Herr…, Gaylen«, sagte Nani mit tonloser Stimme. Sie zwang sich, Pia direkt anzusehen, aber ihr Blick ging irgendwie direkt durch sie hindurch.

»Eins muss man dir lassen«, sagte Alica spöttisch. »Du weißt, wie man sich Freunde macht.«

»Und wir müssen vorher noch einmal zum Weißen Eber«, fuhr Pia fort, ohne Alicas Worte auch nur zu beachten. Sie hatte keine Lust, sich schon wieder mit ihr zu streiten, und das würden sie, wenn sie ihr so antwortete, wie ihr zumute war.

»Das ist unmöglich, Herrin!«, sagte Nani erschrocken. »Istvans Soldaten sind dort! Ihr würdet festgenommen, wenn ihr auch nur in die Nähe ginget!«

»Ich brauche meine Waffe«, beharrte sie. »Jetzt vielleicht mehr denn je. Und ihr seid möglicherweise auch froh, wenn ich sie dabeihabe.«

»Ihr könnt nicht dorthin«, beharrte Nani. »Aber ich kann jemanden schicken, der Euch das Gewünschte holt. Nach uns suchen sie nicht. Wenn Ihr mir beschreibt, wonach er suchen soll, schicke ich meinen Sohn.«

»Meine Pistole«, antwortete Pia. »Sie liegt unter meinem

Kopfkissen.« Nanis Blick wurde nur noch verständnisloser, und Pia rief sich in Erinnerung zurück, dass sie weder wusste, was eine Pistole war, noch jemals dieses Wort gehört hatte. Sie beschrieb Nani Aussehen und Größe der Waffe und schärfte ihr noch einmal ein, nichts anderes anzurühren oder mitzunehmen, und Nani hörte schweigend und sehr konzentriert zu und entfernte sich dann.

»Du hast nicht zufällig eine Kleinigkeit vergessen?«, fragte Alica. Sie deutete mit den Händen einen Abstand von einem guten Meter an, und nach ein paar Sekunden begriff Pia sogar, was sie damit meinte. Nein, sie hatte Eiranns Zorn *nicht* vergessen. So kostbar die uralte Waffe auch sein mochte, war sie tief in sich doch froh, sie nicht mehr in ihrer Nähe zu wissen.

»Nein«, sagte sie nur.

Alica wirkte zwar ein bisschen irritiert, ging aber nicht weiter auf das Thema ein und verzog nur abschätzig die Lippen. »Hat wahrscheinlich sowieso keinen Sinn«, sagte sie.

»Was?«

»Wenn ich Istvan wäre, dann hätte ich als Allererstes unser Zimmer durchsucht«, antwortete Alica. »Wahrscheinlich hat er das Schwert längst ... und deine Pistole auch.« Ihr Grinsen wurde plötzlich noch breiter. »Wer weiß! Vielleicht haben wir ja Glück, und er schießt sich selbst in den Fuß.«

XXVII

Das ist Wahnsinn«, flüsterte Alica. »Warum gehen wir nicht gleich zur Festung und suchen uns ein gemütliches Verlies? Das Ergebnis ist dasselbe, und wir sparen uns eine Menge Rennerei.«

Sie hatten gewartet, bis die Sonne untergegangen war, und sich dann auf den Weg zur Stadtmauer gemacht; eine Strecke von kaum einem Kilometer, für die sie trotzdem fast eine Stunde brauchten. Der *sichere Ort,* von dem Nani gesprochen hatte, schienen die Straßen WeißWalds zu sein. Die Stadt hatte sich verändert. Wurde es schon an einem normalen Tag schlagartig dunkel und still, kaum dass die Dämmerung vorüber war, so wirkten die schlammigen Straßen jetzt vollkommen ausgestorben. In keinem einzigen Haus, an dem sie vorbeikamen, hatte Licht gebrannt oder war auch nur der geringste Laut zu hören gewesen. Die Stadt schien vielleicht noch nicht ganz ausgestorben, aber sie hielt eindeutig den Atem an. Die einzigen Menschen, denen sie überhaupt begegneten, waren die Soldaten der Stadtwache, die in den verlassenen Straßen patrouillierten, das aber in rauen Mengen. Pia hörte nach dem fünften oder sechsten Mal auf zu zählen, wie oft Nani sie hastig in eine Seitenstraße oder einen finsteren Hinterhof scheuchte, wo sie mit angehaltenem Atem warteten, bis die Patrouille vorübergegangen war. Es musste ein Dutzend Mal gewesen sein, mindestens, und ein- oder zweimal waren sie einer Entdeckung nur um Haaresbreite entgangen.

Wie es aussah, war ihre Glückssträhne jetzt zu Ende. Sie befanden sich wieder da, wo es angefangen hatte. Vor ihnen lag der Rindermarkt, der im Laufe des Tages endgültig aufgebaut worden war. Wo sich noch am Morgen ein buntes Durcheinander aus Zelten, hastig zusammengeschusterten Verkaufsständen und vor Waren überquellenden Wagen erhoben hatte, da reihten sich jetzt zahlreiche Gatter und Koppeln aneinander, in denen sich Pferde, Schweine, Ochsen und eine Unzahl jener sonderbar kleinen Rinder drängten; und noch etliches andere Getier, das Pia über die große Entfernung hinweg nicht genau erkennen konnte.

Bei dem einen oder anderen war das vielleicht auch ganz gut so. Zahllose Fackeln tauchten den asymmetrischen Platz in flackernde rote Helligkeit, und die Menschen und Geräusche, die sie auf dem Weg hierher vermisst hatten, wehten ihnen nun im Übermaß entgegen. Pia schätzte, dass sich zwischen den Gattern gute fünfzig oder sechzig Männer bewegten.

Was fehlte, waren die Kunden. Sie waren zu weit entfernt und die Sicht war trotz der zahlreichen brennenden Fackeln zu schlecht, um Einzelheiten zu erkennen, aber trotz allem herrschte zu wenig Bewegung. Hier und da standen ein paar Männer beieinander und redeten, und einmal trug der Wind ein helles Lachen an Pias Ohr und verschlang es gleich wieder, dennoch war es viel zu still. Nirgends wurde gehandelt oder gefeilscht, niemand kam, um Tiere abzuholen oder Waren zu tauschen.

»Die Geschäfte scheinen nicht gut zu gehen«, murmelte sie.

»Sie gehen überhaupt nicht, wie es aussieht«, sagte Nani nachdenklich. »Ich sehe niemanden aus der Stadt. Das ist seltsam.«

Pia dachte an die unheimliche Stille in den wie ausgestorben daliegenden Straßen und an die große Zahl patrouillierender Soldaten, denen sie begegnet waren.

»Vielleicht hat Istvan eine Ausgangssperre verhängt, solange seine Männer uns noch nicht gefunden haben«, dachte Alica laut nach. »Das würde zu ihm passen.« Sie seufzte tief. »Und uns macht es in der Stadt auch nicht unbedingt beliebter.«

»Keine Sorge«, antwortete Pia. »Das gibt sich, sobald wir die Stadt verlassen haben.«

»Ja, sicher«, spöttelte Alica. »Überhaupt kein Problem, nicht wahr? Wir müssen einfach nur durch das Tor spazieren. So perfekt, wie wir verkleidet sind, erkennt uns ganz bestimmt niemand.«

Pia sagte nichts dazu, sondern sah noch einmal zur Stadtmauer hoch und zu den Männern, die dort patrouillierten. Heute Morgen hatten dort zwei gelangweilte Männer gestanden, die wahrscheinlich nur die Kälte daran gehindert hatte, im Gehen einzuschlafen. Jetzt sah sie allein auf den ersten Blick beinahe ein Dutzend Männer, die ganz und gar nicht gelangweilt oder müde wirkten, sondern den Viehmarkt und alles, was sich darauf bewegte, sehr aufmerksam beobachteten. Hinter jedem einzelnen Fenster des wuchtigen Torturmes brannte Licht, und manchmal bewegten sich Schatten darin. Sie konnte von hier aus nicht erkennen, ob das massive Tor am anderen Ende des Gewölbegangs offen oder geschlossen war, aber selbst wenn Istvan darauf verzichtet hatte, die Stadt komplett dichtzumachen, so wurde es ganz bestimmt streng bewacht, und jeder, der herein- oder hinauswollte, aufs Schärfste kontrolliert. Alica hatte auch in diesem Punkt recht: Die Kleider, die Nani ihnen gegeben hatte, waren zwar warm und hatten sich nach einer kurzen Zeit der Eingewöhnung sogar als überraschend bequem erwiesen, aber sie sahen darin absolut lächerlich aus. Ihre Verkleidung war keine, sondern schon eher das genaue Gegenteil.

»Meine Freunde werden für Ablenkung sorgen«, sagte Nani.

Irgendwie, dachte Pia, hörte es sich an wie etwas, an das sie gerne glauben würde, ohne dass es ihr wirklich gelang.

»Sie werden kommen«, fuhr Nani knapp fort. Pia konnte nicht sagen, ob sie nur ein wenig unwillig oder besorgt klang, und eigentlich wollte sie es auch gar nicht genau wissen und übersetzte stattdessen für Alica.

»Ja, fragt sich nur, wann«, nörgelte Alica. »Warum nehmen wir nicht ein anderes Tor? Vielleicht eines, das nicht von einer ganzen Armee bewacht wird?«

Pia gab ihre Frage in leicht abgemilderter Form weiter, und Nani schüttelte heftig den Kopf. »Das geht nicht«, sagte sie. »Alle anderen Tore sind geschlossen. Das hier ist nur offen geblieben, weil noch immer Karawanen eintreffen und der Großteil der Herden draußen vor der Stadt lagert. Istvans Soldaten kontrollieren jeden, der ein- und ausgeht. Aber wir haben einen Plan.«

Alica blickte fragend, doch diesmal verzichtete Pia darauf, die Worte zu übersetzen, und beschloss, keine weiteren Fragen zu stellen, auf die sie sowieso nur Antworten bekommen würde, die sie eigentlich gar nicht hören wollte, sondern sich lieber in Geduld zu fassen.

Pia wurde auf eine harte Probe gestellt. Da es auch auf dem Markt von Soldaten nur so wimmelte, blieben sie in den Schatten der letzten Gebäude stehen. Nani entfernte sich ein paar Schritte; gewiss nicht zufällig gerade weit genug, dass sie sie eben nicht ansprechen konnte, ohne die Stimme zu heben und dabei unvorsichtig laut zu werden.

Zeit verging, eine unangenehm lange Zeit, in der es Pia immer schwerer fiel, ruhig dazustehen und gar nichts zu tun, aber irgendwann hörten sie endlich das Geräusch leiser Schritte, und Nani gebot ihr mit einer raschen Geste, noch weiter in die Schatten zurückzuweichen.

Alica und sie gehorchten, aber ihre Vorsicht erwies sich in diesem Fall als unnötig. Es waren keine Soldaten, die lautlos wie Gespenster aus der Nacht heraustraten und sich ihnen näherten, sondern zwei, drei, schließlich vier kleinwüchsige, schlanke Gestalten. Sie waren auf dieselbe Art gekleidet wie die Männer, die sie am Morgen vor Hernandez und seinen Steinzeit-Kriegern gerettet hatten, auch wenn die Nacht ihre schreienden Farben dämpfte, und Pia meinte, sich an mindestens eines der Gesichter zu erinnern. Dann trat eine fünfte Gestalt aus der Nacht heraus, an deren Gesicht sie sich ganz genau erinnerte.

»Lasar?«, fragte sie überrascht.

Lasar hielt ihr ein in eine Decke eingewickeltes längliches Bündel hin und lächelte schüchtern. »Ich bringe Euch Euer Eigentum, Erhabene«, sagte er stolz.

Pia nahm das Bündel automatisch entgegen und musste sein vertrautes Gewicht gar nicht spüren, um zu wissen, was darin eingewickelt war.

»Und das hier gehört Euch auch ... glaube ich.« Lasar griff unter sein Hemd und zog die verchromte Pistole hervor, die sie vergangene Nacht unter ihr Kopfkissen geschoben hatte.

Pia nahm sie ebenfalls entgegen, starrte sie eine halbe Sekunde lang verwirrt an und blickte dann wieder auf Lasars Gesicht hinab. Der Junge strahlte vor Stolz, ihren Auftrag so präzise ausgeführt zu haben, aber Pias Gedanken bewegten sich plötzlich in eine ganz andere Richtung. »Lasar?«, murmelte sie noch einmal und fuhr dann mit einer fast schon erschrockenen Bewegung zu Nani herum. »Lasar ist ...?«

»Mein Sohn?« Nani schüttelte amüsiert den Kopf. »Nein. Das hier ist mein Sohn.« Sie deutete auf den spindeldürren Burschen, der sich am Morgen so ungeschickt mit seinen Jonglierkeulen angestellt hatte, dass Hernandez' Männer wahrscheinlich jetzt noch Kopfschmerzen hatten, wenn sie daran dachten. »Ich habe ihn zum Weißen Eber geschickt, wie Ihr es mir aufgetragen hattet, aber er ist zu spät gekommen. Istvans Männer hatten Euer Zimmer bereits durchsucht.«

»Als ich gehört habe, was passiert ist, da habe ich Euer Eigentum in Sicherheit gebracht«, sagte Lasar stolz. »Ich wollte nicht, dass es Istvan in die Hände fällt.«

Pia lächelte dankbar, sah auf das Bündel in ihren Armen hinab und warf Lasar dann fast unmerklich einen fragenden Blick zu, den er ebenso lautlos und mit einem nur mit den Augen angedeuteten Nein beantwortete. Nein, niemand außer ihnen wusste, was sich unter der zerschlissenen Decke verbarg.

Das lautlose Zwiegespräch war jedoch weder Nani noch ihrer Familie entgangen, und der Blick, mit dem sie das Bündel maß, war unverhohlen neugierig. Pia tat so, als hätte sie ihn nicht gemerkt.

»Dann können wir jetzt gehen?«, fragte sie.

Nani machte keinen Hehl aus ihrer Enttäuschung, aber natürlich wagte sie es nicht, zu widersprechen, sondern wandte sich nur mit einer entsprechenden Geste an Lasar. »Du hast der Erhabenen einen großen Dienst erwiesen und kannst stolz auf dich sein. Warte noch eine Stunde, bis du zum Weißen Eber zurückgehst. Und du solltest niemandem sagen, dass du uns getroffen hast.«

»Ich ... werde nicht zurückgehen«, sagte Lasar zögernd.

»Wieso nicht?«

Lasar fuhr sich nervös mit der Zungenspitze über die Lippen. Er sah Pia an, nicht mehr Nani, als er weitersprach. »Ich möchte Euch begleiten. Ich kann Euch nützlich sein. Ich kann eine Menge Dinge, und was ich nicht kann, das kann ich lernen. Ich lerne schnell, und ...«

»Das kommt nicht infrage«, unterbrach ihn Nani. »Du hast uns geholfen, und dafür sind wir dir alle dankbar, aber hier trennen sich unsere Wege. Wir können dich nicht brauchen.«

»Warte«, sagte Pia rasch. »Vielleicht hat er recht.«

»Aber wie ...«

»Istvan würde ihn töten lassen, wenn er herausfindet, was er getan hat«, fuhr sie ungerührt fort. »Aber vorher würde er ihn foltern, und er würde ihm alles verraten.« Sie wedelte mit der Pistole, die Lasar ihr gegeben hatte. »Brack weiß, dass ich das hier besitze, und auch, dass ich es unter meinem Kopfkissen verwahre. Wenn Istvan unser Zimmer durchsucht und es nicht findet, dann wird er nicht lange brauchen, um sich zusammenzureimen, was passiert ist. Er ist nicht dumm.«

»Das mag sein«, gestand Nani. »Aber wir alle haben unser Kreuz zu tragen. Er wird schon damit fertig werden.«

Pia schwieg einen Augenblick, dann seufzte sie tief und hielt Nani die Pistole mit dem Griff voran hin.

»Erhabene?«

»Das ist eine tödliche Waffe aus meiner Heimat«, sagte Pia. »Du musst nur auf ihn zielen und an dem kleinen Hebel ziehen, und er stirbt auf der Stelle. Das Ergebnis ist dasselbe, als wenn wir ihn zurücklassen, aber so ist es leichter für ihn … und sicherer für uns.«

Nani starrte abwechselnd sie und die verchromte Pistole in ihrer Hand an, und in ihren Augen war plötzlich keine Spur von Ehrfurcht oder Bewunderung mehr zu erkennen, aber dafür blanke Wut. Pia fragte sich, was sie tun sollte, wenn Nani tatsächlich nach der Pistole greifen sollte, aber sie kam nicht in die Verlegenheit, eine Antwort auf diese Frage finden zu müssen. Nani trat demonstrativ einen Schritt zurück und senkte das Haupt. »Ganz wie Ihr wünscht, Erhabene. Aber dann sollten wir jetzt aufbrechen. Und wir müssen uns eine Geschichte für den Jungen ausdenken. Er ist aus der Stadt. Die Wachen könnten ihn erkennen.«

Pia steckte die Pistole ein und bedeutete Lasar mit einem Kopfnicken, dass alles in Ordnung sei. Der Junge nickte zwar nur knapp und mit versteinertem Gesicht, aber seine Augen leuchteten vor Stolz. Dabei war sie ganz und gar nicht sicher, ihm tatsächlich einen Gefallen getan zu haben – sie hatte Nani von einer anderen Seite kennengelernt, und die harte, herrschsüchtige Frau, mit der sie an jenem Morgen im Zelt gesprochen hatte, war vielleicht noch das Harmloseste, was sie auf der anderen Seite des Tores erwartete.

»Warum hast du ihr nicht einfach befohlen, ihn mitzunehmen?«, fragte Alica.

»Weil ich nichts davon halte, irgendjemandem Befehle zu erteilen. Es ist mir lieber, wenn sie versteht, was ich meine.«

»Ja, darauf wette ich«, sagte Alica spöttisch. »Sie macht mir auch ganz den Eindruck, als hätte sie es verstanden und würde ihren Fehler bereits bereuen.«

Nani wechselte noch ein paar Worte mit ihren Begleitern, und Pia erwartete, dass sie ihr Versteck nun verlassen und endgültig zum Markt gehen würden, aber sie schlugen die entgegengesetzte Richtung ein. Zwei Straßen weiter betraten sie einen dunklen Hinterhof, auf dem ein vierrädriger, mit Kisten und Bündeln hoch beladener Wagen stand. Nanis Begleiter zauberten von irgendwoher einen stämmigen Ochsen herbei, den sie schnell und beinahe lautlos in ein kompliziertes Geschirr spannten.

»Ist das euer Plan?«, fragte Pia, während sie der bunt gekleideten Gauklertruppe dabei zusah, wie sie den Wagen und seine Ladung ein letztes Mal überprüften, hier einen Knoten strafften, da prüfend an einem Seil zogen und dort ein Packstück zurechtrückten. In einem besonders großen Bündel glaubte sie das Zelt zu erkennen, in dem sie Nani und ihrem Mann das erste Mal begegnet war.

»Wir haben Flammenhuf verloren, unsere größte Attraktion«, sagte Nani. »Niemand besucht mehr unser Geschäft. Warum also sollten wir in der Stadt bleiben?« Sie hob die Schultern und streifte Pia mit einem Blick, in dem deutlich mehr Verbitterung zu lesen als in ihrer Stimme zu hören war. »Die Wachen am Tor wissen, was geschehen ist. Sie werden uns gehen lassen.«

»Wo sind die anderen Tiere?«, fragte Pia. »Die, die ich hinter dem Zelt gesehen habe?«

»Ich habe sie verkauft«, antwortete Nani. »Sie waren ohnehin zu nichts mehr nutze. Nichts als unnötige Fresser.«

Sie trat einen Schritt zurück, als sich der Wagen mit einem leisen Ächzen in Bewegung setzte, und machte zugleich eine Kopfbewegung zu dem Bündel in Pias Armen. »Ihr könnt Eure Last auf den Wagen legen. Sie sieht schwer aus.«

»So schlimm ist es nicht«, antwortete Pia, selbst für ihren eignen Geschmack eine Spur zu hastig. »Und wenn es zu schwer wird, kann Lasar mir helfen. Was willst du den Wachen erzählen, wenn sie nach ihm fragen?«

»Warten wir ab, ob sie ihn überhaupt fragen«, antwortete Nani fast beiläufig. »Und wenn, ob sie ihn erkennen. Er ist nur ein Junge.«

»Und für Kinder interessieren sich die Soldaten hier nicht«, vermutete Pia. *Außer, sie können Jagd auf sie machen und ihnen die Kehlen durchschneiden.* Sie wollte es nicht, aber das grässliche Bild von heute Morgen tauchte plötzlich in lebensechten Farben wieder vor ihrem inneren Auge auf; vielleicht sogar in mehr als lebensechten Farben. War da tatsächlich so viel Blut gewesen?

Der Wagen wurde vorsichtig auf die Straße hinausbugsiert und schneller, als er nicht mehr Gefahr lief, irgendwo anzustoßen, begann aber dafür unter dem Gewicht seiner Ladung so bedrohlich hin und her zu schwanken und zu ächzen, dass Pia instinktiv ein paar Schritte zurückfiel, um nicht getroffen zu werden, falls die abenteuerliche Konstruktion unter ihrem eigenen Gewicht zusammenbrechen sollte. Nani verzog kurz und spöttisch die Lippen, trat aber nur schweigend an ihre

Seite und nahm den Faden wieder auf, als wäre überhaupt keine Zeit vergangen.

»Was Ihr heute Morgen gesehen habt, das hat Euch entsetzt, nicht wahr?«, fragte sie.

»Dich nicht?«

Nani wich sowohl einer direkten Antwort als auch ihrem Blick aus. »Man gewöhnt sich an viele Dinge, Erhabene«, sagte sie. »Ich weiß, dass es nicht richtig ist. An manches sollte man sich nicht gewöhnen, weil die Gewohnheit den Dingen ihren Schrecken nimmt und man irgendwann glaubt, dass sie ganz normal sind, oder Kronns Wille oder Schicksal, und anfängt, sie einfach hinzunehmen.«

»Aber manchmal ist es der einzige Weg, die Wirklichkeit zu ertragen, nicht wahr?« Nani nickte, und Pia fragte mit leiser, fast entsetzter Stimme: »Soll das heißen, dass es ... überall so ist? Dass sie überall *Kinder töten?*«

»Nicht überall und auch nur die, die nicht älter als zwölf Jahre sind und zu den Kinderbanden gehören«, antwortete Nani.

»Aber ... warum?«

»Die Zeiten sind schwer, und es gibt zu viele Menschen«, antwortete Nani. »Wenn sie alle erwachsen werden, so könnte das Land sie bald nicht mehr ernähren. Hungersnöte wären die Folge, vielleicht Unruhen und Krieg, oder noch Schlimmeres.«

Das klang so unglaublich, dass Pia mitten im Schritt stehen blieb und sie aus weit aufgerissenen Augen anstarrte. »Moment mal!«, sagte sie entsetzt. »Willst du mir sagen, das wäre so etwas wie eure ganz spezielle Art von Geburtenkontrolle? *Ihr tötet eure Kinder?*«

»Sehr viel mehr Menschen würden sterben, wenn wir es nicht täten«, antwortete Nani. »Glaubt mir, wir haben all das erlebt. Es ist der einzige Weg, um größeres Unheil zu verhindern.«

»Also, mir würden da schon noch zwei oder drei andere einfallen«, antwortete Pia empört. »Wie wäre es, wenn ihr zum Beispiel nicht so viele Kinder bekommen würdet?«

»Ihr kennt die Menschen hier nicht«, behauptete Nani. »Es gibt ein Gesetz, nach dem niemand mehr als drei Kinder haben darf.«

»Aber niemand hält sich daran.«

»Wie wollt Ihr die Natur zwingen, sich an Gesetze zu halten?«

»Mit der Pille?«, schlug Pia vor. »Präservative? Die Spirale oder was auch immer ihr hierzulande benutzt! Und jetzt erzähl mir nicht, dass ihr hier nicht Mittel und Wege kennt, um zu verhindern, dass eine Frau ungewollt schwanger wird!«

»Selbstverständlich kennen wir solche Mittel«, erwiderte Nani. »Aber manche wollen sie nicht oder sind zu arm, sie zu bezahlen, oder zu dumm, sie richtig anzuwenden. Anderen verbietet es ihre Religion, und wieder anderen ... ist es wahrscheinlich egal. Viele Frauen bekommen ein Kind und geben ihr ältestes dafür weg. Die, die Glück haben, tun irgendwo einen Unterschlupf auf oder verlassen die Stadt. Andere schließen sich den Banden an, und manche überleben es sogar und finden ein Auskommen ... wie Euer junger Freund, der bei Brack arbeitet. Wusstet Ihr, dass er noch vor einer Weile ebenfalls auf der Straße gelebt hat?«

»Ja«, seufzte Pia. »Das alles kommt mir irgendwie bekannt vor.«

»Heißt das, so etwas gibt es dort, wo Ihr herstammt, auch?«

»Sagen wir: Unsere Welten sind nicht ganz so unterschiedlich, wie es auf den ersten Blick vielleicht den Anschein hat.«

»Ihr müsst mir davon erzählen, Herrin«, bat Nani. »Es muss eine faszinierende Welt sein. Ich bin begierig, alles darüber zu erfahren.«

»Gern«, antwortete Pia. »Ich nehme an, wir werden eine Menge Zeit zum Reden haben, wenn wir die Stadt erst einmal verlassen haben?«

»Ein wenig schon«, antwortete Nani. Die Frage, die Pia ihr eigentlich hatte stellen wollen (und die sie sehr wohl verstanden hatte), ignorierte sie geflissentlich.

Vermutlich hätte die Zeit ohnehin nicht mehr gereicht. So langsam sich der überladene Ochsenkarren auch bewegte, hatten sie den Marktplatz doch schon fast erreicht, und Nani musste sie nicht eigens darauf hinweisen, dass es Zeit wurde, ihre Unterhaltung einzustellen und ihre Verkleidung zu vervollständigen. Nani wurde deshalb nun ein wenig schneller, wahrscheinlich um ihre Position in der Mitte des kleinen Trosses einzunehmen, die ihr als neues Oberhaupt des Familienclans zukam, und Pia ließ sich ein paar Schritt weit zurückfallen. Alica und sie gingen jetzt nebeneinander, nicht als Letzte in der Gruppe – diese Position nahm Lasar ein, vielleicht um eine bessere Chance zum Davonlaufen zu haben, sollte ihn doch jemand erkennen –, und ihr Herz schlug schon wieder ein wenig schneller, während sie ihre Umgebung unauffällig unter dem Rand ihrer Kapuze hervor im Auge zu behalten versuchte. Genau wie heute Morgen hatte sie auch jetzt das Gefühl, von nahezu jedem auf dem Markt angestarrt zu werden, und genau wie am Morgen war es auch dieses Mal keine Einbildung; selbst wenn es wohl eher der hoffnungslos überladene Wagen mitsamt der bunt gekleideten Schar in seiner Begleitung war, der die allgemeine Aufmerksamkeit erregte.

»Ich hoffe, unsere weise Anführerin weiß, was sie tut«, murmelte Alica neben ihr. »Wenn uns irgendjemand erkennt, dann sind wir geliefert, das ist dir doch klar, oder?«

Natürlich war es das. Sie hatten genau in diesem Moment den einzigen Weg inmitten des Labyrinths aus Koppeln und hastig aufgestellten hölzernen Gattern erreicht, der breit genug war, um den überladenen Ochsenkarren passieren zu lassen, und Pia wurde das ungute Gefühl nicht los, nicht nur sehenden Auges in eine Falle zu marschieren, sondern auch noch eigenhändig die Tür hinter sich zuzuziehen und den Schlüssel herumzudrehen. Sie vertraute Nani, aber sie hätte beim besten Willen nicht sagen können, warum. Weil sie eine so liebreizende alte Dame war? Wohl kaum.

»Was hat Nanunana dir eigentlich gerade erzählt?«, fragte Alica. »Du hast ziemlich entsetzt ausgesehen.«

Im ersten Moment wollte Pia sie ganz instinktiv zurechtweisen, still zu sein, aber dann wurde ihr klar, dass das ein Fehler gewesen wäre. Sie gingen leicht nach vorn gebeugt und mit hängenden Schultern, damit ihre Größe nicht sofort auffiel, aber natürlich fielen sie auf und würden es noch in viel stärkerem Maße tun, wenn sie in verbissenem Schweigen nebeneinander hergingen. Schließlich wusste sie aus eigener Erfahrung, dass man am wenigsten herausstach, wenn man sich ganz natürlich benahm. Sie widerstand der Versuchung, sich unauffällig nach allen Seiten umzusehen, und erzählte Alica, was sie von Nani erfahren hatte.

»Ja, irgendwie passt das«, sagte Alica finster, als sie fertig war. »Reizende Menschen leben hier, nicht wahr? Eigentlich kein Wunder, dass der *Comandante* in einer Gegend wie dieser gelandet ist.« Sie legte übertrieben die Stirn in Falten. »Ich frage mich nur, was wir in unseren früheren Leben ausgefressen haben, um so bestraft zu werden.«

»Also, in deinem Fall könnte ich es dir wahrscheinlich sagen, wenn du es wirklich hören willst.«

»Danke, gleichfalls«, erwiderte Alica spitz. »Du scheinst zu vergessen, dass ich seit einem Jahr mit Esteban zusammen bin. Nur falls es dir noch niemand gesagt hat, Süße: Esteban neigt zum Plaudern, vor allem im Bett.«

»Ich nehme an, das ist dort seine Hauptbeschäftigung?«

»Hm«, machte Alica. »Auf jeden Fall redet er gerne und viel. Ich weiß alles über dich, und ich könnte dir Dinge über dich erzählen, die du wahrscheinlich selbst nicht weißt.«

»Heb sie dir auf, bis ich dich zu meiner Oberpriesterin ernannt habe. Wenn du Glück hast und länger lebst als ich, dann kannst du ja das erste Evangelium über mich schreiben.«

»Das Evangelium nach Alica«, sinnierte Alica. »Klingt irgendwie gut, finde ich. Es hat was.« Sie lachte kurz und so hell, dass sich zwei oder drei Köpfe in ihrer unmittelbaren Nähe hoben und ihnen noch mehr neugierige Blicke folgten, wurde wieder ernst und deutete auf das Tor. Der Wagen hatte das gemauerte Gewölbe fast erreicht, und Pia registrierte voller Unbehagen, dass auch die Anzahl der Wachen dort verdoppelt worden war. Rechts und links des Tunnels standen jetzt jeweils zwei Krieger. Sie unternahmen keinen Versuch, den Wagen aufzuhalten, aber das war auch gar nicht nötig. Wenn sie jetzt schon das Gefühl hatte, in einer Falle zu sitzen, dann musste sie für *das da* wohl ein neues Wort erfinden.

Alicas Gedanken schienen sich in eine ganz ähnliche Richtung zu bewegen. »Hat dich unsere geehrte Führerin eigentlich in ihren zweifellos genialen Plan eingeweiht?«

»Welchen Plan?«

»Wie wir an den Wachen vorbeikommen.«

Pia bezweifelte, dass Nani einen Plan hatte. »Nein«, sagte sie. Sie bezweifelte auch, dass ein solcher Plan überhaupt nötig war.

»Nein? Das ist genial! Warum ist mir das nicht eingefallen? Wenn man keinen Plan hat, dann kann einem eigentlich auch nichts dazwischenkommen, nicht wahr?«

»Ganz genau«, antwortete Pia. »Und jetzt halt endlich die Klappe! Ich muss nachdenken!«

Wenn es dazu nicht längst zu spät war. Nani und ihr keulenschwingender Sohn waren bereits in den Schatten des Torgewölbes verschwunden, und der schnaubende Ochse folgte ihnen genau in diesem Augenblick. Es war eindeutig zu spät, um jetzt noch umzukehren und –

dann wusste sie, was zu tun war.

Der Gedanke war so naheliegend, dass Pia sich verblüfft fragte, wieso sie überhaupt darüber *nachdenken* musste.

»Mach dir keine Sorgen«, sagte sie. »Bleib einfach in meiner Nähe und sei um Himmels willen still!«

»Ich sage kein Wort mehr«, versprach Alica. »Mein Wort darauf. Meine Lippen sind versiegelt. Du wirst keinen Ton mehr von mir hören, bevor du es mir nicht ausdrücklich gestattest, und ...«

Pia warf ihr einen giftigen Blick zu, und Alica ließ es sich zwar nicht nehmen, ihr eine Grimasse zu schneiden, aber sie verstummte immerhin, und das war im Moment das Wichtigste.

Der Tunnel war so dunkel, dass man nicht einmal die sprichwörtliche Hand vor Augen sah, doch an seinem anderen Ende flackerte ein helles rötliches Licht, in dessen Schein sie ihre schlimmsten Befürchtungen gleichzeitig erfüllt wie auch nicht eingetroffen sah. Das Tor war nicht geschlossen, aber das schwere Fallgatter war so weit heruntergelassen, dass sich wahrscheinlich selbst Nani bücken musste, um darunter hindurchzupassen, und dahinter hatte mindestens ein Dutzend Soldaten Aufstellung genommen. Pia schickte ein Stoßgebet zum Himmel, dass ihr Plan tatsächlich ein Plan und nicht nur ein frommer Wunsch war. Aber jetzt hatten sie gar keine andere Wahl mehr, als es herauszufinden.

Der Ochsenkarren hielt mit einem Ruck an, der die gesamte Ladung bedrohlich hin und her schwanken ließ, und Nani bückte sich unter dem Fallgatter hindurch, um mit den Soldaten zu sprechen. Alica wollte sich an dem Wagen vorbeischieben und ihr folgen, aber Pia hielt sie mit einer hastigen Geste zurück und winkte sie gleichzeitig näher an sich heran. Alica gehorchte und Pia legte ihr rasch die Hand auf den Unterarm. Alica wirkte im allerersten Moment überrascht und vielleicht sogar ein bisschen verärgert, aber dann begriff sie wohl, was Pia vorhatte, und machte stattdessen eine übertriebene Verschwörermiene.

Nani redete eine geraume Weile mit den Soldaten, und obwohl Pia die Worte nicht verstehen konnte, machte ihr Tonfall doch klar, dass es sich nicht um ein freundschaftliches Gespräch handelte. Schließlich bückte sie sich erneut unter dem Fallgatter hindurch, um mit ihrem Sohn zu sprechen, und nur einen Moment später hörte Pia das Klirren schwerer Ketten, und das Fallgatter wurde weit genug nach oben gezogen, um den Ochsenkarren passieren zu lassen.

Das Fahrzeug setzte sich knarrend in Bewegung, und Pia hüllte einen schützenden Mantel aus Schatten um Alica und sich und trat hinter ihm durch das Tor.

Ihr Herz hämmerte so laut in ihrer Brust, dass sie beinahe davon überzeugt war, dass die Soldaten das Geräusch hören und sie allein deshalb entdecken mussten. Sie wusste, dass die Schatten ihre Freunde waren und sie zuverlässig vor feindseligen Blicken beschützten, aber sie hatte ihren Schutz noch nie in Anspruch genommen, wenn sie sich bewegte. Sie konnte nicht einmal ahnen, ob es funktionierte.

»Und du bist sicher, dass du weißt, was du tust?«, murmelte Alica nervös.

»Halt um Himmels willen die Klappe!«, zischte Pia. »Willst du, dass sie uns hören?«

Alica machte ein betroffenes Gesicht und verstummte, aber vielleicht war es bereits zu spät und der Schaden schon angerichtet. Der Gardist, mit dem Nani gerade gesprochen hatte, hatte sich herumgedreht und sah genau in ihre Richtung. Er wirkte verwirrt, aber auch misstrauisch, und je länger er so dastand, desto größer wurde der Anteil von Misstrauen in seinem Blick. Es war genau wie heute Morgen, als Hernandez in den Brunnenschacht herabgesehen hatte, und Pia lernte in diesem Moment etwas sehr Wichtiges über ihre unheimliche Fähigkeit, in den Schatten zu wandeln: Sie war keineswegs unsichtbar. Der Mann sah irgendetwas, nur war er einfach nicht in der Lage, das, was er sah, richtig zu deuten.

Aber sie begriff auch, dass das nicht mehr lange so bleiben würde ...

Pia schloss die Finger fester um Alicas Handgelenk, blickte sich mit klopfendem Herzen um und hätte um ein Haar laut aufgestöhnt, als sie die dunkelhaarige Gestalt nur ein paar Schritte entfernt erkannte.

Es war niemand anderer als Istvan. Offensichtlich hatte der Kommandant der Stadtwache beschlossen, jeden höchstpersönlich zu kontrollieren, der an diesem speziellen Abend die Stadt zu verlassen versuchte.

Unglücklicherweise war er auch der Einzige, der nicht Schulter an Schulter mit einem der anderen Soldaten dastand. Der Karren rollte ächzend und immer bedrohlicher wackelnd weiter, und Istvans Männer bildeten einen lebenden Kordon, schmal genug, um kaum eine Handbreit Platz zwischen sich und dem Wagen und seinen Begleitern zu lassen. Wenn sie versuchten, sich an ihnen vorbeizumogeln, standen ihre Chancen nicht schlecht, einen der Männer anzurempeln. Die einzige Lücke in dieser lebenden Mauer befand sich unmittelbar neben Istvan, und sie war ungefähr einen halben Meter breit.

Großzügig geschätzt.

»Gute Idee«, sagte Alica, die mit einem Mal die Fähigkeit entwickelt zu haben schien, Pias Gedanken zu lesen. »Das meinst du aber jetzt nicht ernst, oder?«

Nein, ganz und gar nicht. Das Einzige, was sie in diesem Moment wirklich und vollkommen ernst meinte, das war ihr inbrünstiger Wunsch, die Augen aufzumachen und endlich aus diesem Albtraum zu erwachen, selbst um den Preis, dies in Estebans Haus zu tun und ein Killerkommando der Peraltas unten im Erdgeschoss randalieren zu hören.

Pia überlegte fast verzweifelt, wie sie irgendwie aus dieser Falle herauskommen sollte, in die sie sich mit so großer Mühe selbst hineinmanövriert hatte, machte einen Schritt auf Istvan zu und registrierte erst, als sie den zweiten tat, dass ihre Füße sich wie von selbst bewegt hatten.

Der nächste Schritt führte sie fast auf Armeslänge an Istvan heran und die wiederum nächsten zwei oder drei an ihm vorbei und auf die andere Seite des lebenden Belagerungsrings, zu dem sich seine Männer vor dem Tor aufgestellt hatten. Als sie an Istvan vorbeiging, bemerkte sie einen sonderbaren Ausdruck in seinen Augen; etwas wie ein vages Erstaunen, das fast – aber eben nicht ganz – stark genug war, um sein Bewusstsein zu erreichen und den Bruchteil einer Sekunde vorher erlosch.

Und da war noch etwas. Sie hatte nach wie vor die Decke mit dem darin eingewickelten Schwert unter den linken Arm geklemmt und beinahe vergessen, doch als sie Istvan am nächsten war, da glaubte sie ein sachtes Vibrieren unter dem groben Stoff zu spüren und etwas wie ein noch viel sachteres, aber gieriges Kratzen tief am Grunde ihrer Seele. Es wurde schwächer und erlosch, als sie etwas mehr als eine Armeslänge von Istvan entfernt war; vielleicht die Distanz, in der sie ihn gerade noch mit einem Schwerthieb erreicht hätte.

Pia blieb gerade lange genug stehen, um sich zu orientieren und festzustellen, dass sich die Ebene vor der Stadt so radikal verändert hatte, dass sie sich eben *nicht* orientieren konnte, vertraute noch einmal blind auf den Ratschlag ihrer magischen Stiefel und entfernte sich ein gutes Dutzend weiterer Schritte von Istvan und seinen Soldaten, bevor sie abermals stehen blieb. Ihre Stiefel protestierten nicht dagegen.

»Das war knapp«, flüsterte Alica neben ihr. »Hättest du das nächste Mal vielleicht die Güte, mir vorher Bescheid zu sagen, wenn du so eine Irrsinnsaktion planst?«

»Hättest du dann dabei mitgemacht?«

Alica schnappte hörbar nach Luft. »Sehe ich so aus?«

»Eben«, antwortete Pia.

Alica schoss einen wütenden Blick in ihre Richtung ab, und Pia deutete rasch auf den davonrumpelnden Wagen und ging los, bevor sie sie mit weiteren Vorwürfen eindecken konnte. Die Schatten verbargen sie noch immer zuverlässig, aber Pia spürte auch, dass dieser beschützende Mantel dünner zu werden begann; offensichtlich standen ihr diese Kräfte nicht unbegrenzt zur Verfügung. So eilte sie vorsichtshalber um den Wagen herum und brachte ihn als zusätzliche Deckung zwischen sich und die Soldaten, bevor sie ihren magischen Schutz aufgab. Etwas hob sich unsichtbar und lautlos und verschmolz mit der Nacht, und sie glaubte etwas wie ein erleichtertes Seufzen zu hören.

»Und jetzt?«, fragte Alica, als sie ihren Arm losließ. »Ich meine: Sind wir wieder sichtbar?«

»Das waren wir die ganze Zeit. Istvan und seine Leute haben es nur nicht gewusst.«

»Aha«, sagte Alica.

Nani kam um den Wagen herum, sah sich suchend um und wirkte dann nicht unbedingt erleichtert, Alica und sie zu erblicken. »Erhabene? Ist das klug, Euch jetzt schon wieder zu zeigen?«

»Nein«, antwortete Pia. »Wenn ich klug wäre, dann hätte ich die Finger von einem gewissen Drogendeal gelassen und würde jetzt zusammen mit Jesus in einer *Cantina* sitzen und mich betrinken.«

»Herrin?«, fragte Nani irritiert.

»Vergiss es.« Pia winkte ab. »Irgendwelche Probleme?«

»Sind wir hier oder nicht?«, gab Nani zurück.

»Die Kontrollen waren sehr streng. Und Istvan selbst anwesend. Traut er seinen Männern so wenig zu?«

»Nein«, antwortete Nani. »Aber Euch anscheinend noch mehr. Er weiß, wer Ihr seid.«

Dann wusste er möglicherweise mehr als sie selbst, dachte Pia. »Aber er hat euch gehen lassen.«

»Seine Männer beobachten uns«, erwiderte Nani. »Aber die größte Gefahr ist vorbei. Macht Euch keine Sorgen, Erhabene. Ihr seid in Sicherheit.«

Sie klang nicht so überzeugt von ihren eigenen Worten, wie es Pia recht gewesen wäre. Nani versuchte eine Zuversicht zu verbreiten, die sie nicht wirklich empfand. Aber sie sparte sich jede entsprechende Bemerkung. Immerhin waren sie aus der Stadt heraus, und das war schon mehr, als sie noch vor wenigen Minuten auch nur für möglich gehalten hätte.

»Und wie geht es weiter?«, fragte Alica.

Pia übersetzte, und Nani machte eine flatternde Handbewegung hinter sich. »Es gibt einen Treffpunkt, zwei Stunden von hier ...« Sie maß den im Schneckentempo dahinrumpelnden Ochsenkarren mit einem langen stirnrunzelnden Blick und verbesserte sich: »Na ja, sagen wir drei. Dort wird sich jemand um Euch kümmern.«

Irgendwie gefiel Pia diese Formulierung nicht, aber sie gestattete diesem Gedanken nicht, zu echtem Misstrauen zu werden, und bekundete Nani nur mit einem stummen Kopfnicken ihr Einverständnis. Nani verschwand und begann hektisch mit einem ihre Söhne zu tuscheln, und Pia nutzte die Gelegenheit, sich noch einmal und mit der gebührenden Aufmerksamkeit umzusehen.

Der Eindruck von allgemeinem Chaos, den sie vorhin schon

einmal gehabt hatte, wiederholte sich. Das Gelände vor dem Stadttor ähnelte dem Anblick, den der Rindermarkt auf der anderen Seite bot, nur in viel größerem Maßstab. Auch hier waren in aller Hast Koppeln und hölzerne Gatter aufgebaut worden, in denen sich Dutzende, wenn nicht Hunderte oder gar Tausende von Tieren drängten, deren Laute und vor allem Gerüche die Nacht ringsum erfüllten. Sie begriff erst jetzt, was Valoren damals gemeint hatte, als sie von einer Karawane gesprochen hatte. Diese unzähligen Tiere waren längst nicht nur für WeißWald und die hungrigen Mägen seiner Bewohner gedacht, sondern versorgten offensichtlich einen großen Teil des ganzen Landes. Überall brannten Feuer, deren Licht die Dunkelheit vertrieb, ohne der Kälte wirklichen Einhalt gebieten zu können. Anders als auf der anderen Seite der Mauer gab es hier Platz im Überfluss, sodass nicht ein so klaustrophobisches Gedränge herrschte.

Sie kamen an großen Karreés aus mit Heu, Stroh und anderem Tierfutter beladenen Wagen vorbei, an Ansammlungen kleiner, zum Teil schreiend bunter Zelte und einmal an etwas, das Pia verblüffend genau an eine Wagenburg erinnerte, wie sie sie aus alten Wildwest-Filmen kannte; samt den bewaffneten Posten, die ringsum patrouillierten.

Nani und ihre Familie schienen hier nicht unbekannt zu sein. Immer wieder wurden ihnen Grüße oder kurze scherzhafte Bemerkungen zugeworfen, und wenn Nani jedes Mal, wenn sie angesprochen wurde, auch nur mit einer kurzen Unterhaltung reagiert hätte, dann wären sie wahrscheinlich noch bei Sonnenaufgang in Sichtweite der Stadt gewesen. Und so korrigierte sie Nanis Einschätzung von vorhin für sich um eine Stunde nach oben, und vielleicht war ja das noch zu optimistisch. Selbst für das kleine Stück bis zum Waldrand, das Alica und sie vor wenigen Tagen in gerade einmal zehn Minuten zurückgelegt hatten, brauchten sie nahezu eine Stunde, und es gab noch einen letzten unangenehmen Moment, in dem Pia instinktiv den Atem anhielt und überlegte, ob es nicht besser war, Alica und sich vorsichtshalber noch einmal in einen Mantel aus schützenden Schatten zu hüllen. Einige Männer hatten eine Absperrung aus hastig in den Boden gerammten Pfählen errichtet, zwischen denen Seile gespannt waren, damit Mensch und Tier nicht versehentlich in den tödlichen Wald gerieten. Es gab nur einen einzigen, wenn auch sehr breiten Durchgang, wo ein Pfad durch den Wald geschlagen worden war, und er wurde von mindestens einem Dutzend Soldaten der Stadtgarde bewacht, die den Wagen zwar einfach durchwinkten, ohne ihn anzuhalten oder gar seine Ladung zu untersuchen, aber nicht mit misstrauischen Blicken geizten – die vor allem Alica und sie trafen.

Sie kamen kaum noch von der Stelle. Der Pfad war breit genug, um drei Wagen wie dem ihren nebeneinander Platz zu bieten, aber Hunderte Räder und Tausende Hufe hatten ihn in schlammigen Morast verwandelt, in dem der Wagen fast bis zu den Achsen versank und mehr als einmal ganz stecken zu bleiben drohte. Die Kraft des Ochsen allein reichte längst nicht aus, um ihn immer wieder weiterrollen zu lassen. Nani und ihre ganze Familie und schließlich auch Alica und sie griffen nach Kräften mit zu und zogen und stießen und zerrten, und kurz bevor sie das Ende des Pfades erreichten, machte Pias Herz noch einmal einen erschrockenen Satz bis in ihren Hals hinauf, als sich zwei oder drei von Istvans Soldaten des Anblickes erbarmten und wortlos hinzutraten. Um ihnen zu helfen.

Doch irgendwann war auch das vorbei. Die letzten Bäume des Schlingwalds blieben hinter ihnen zurück, und unter den Rädern des Wagens war jetzt zwar noch immer kein fester Boden, aber wenigstens auch kein dünnflüssiger Morast mehr, der sein Möglichstes tat, sie direkt bis zum Mittelpunkt der

Erde hinabzusaugen. Die Soldaten verschwanden so wortlos und schnell, wie sie aufgetaucht waren, und warteten nicht einmal auf ein Wort des Dankes (so wie sie Nani einschätzte, hätten sie es auch nicht bekommen), und der Wagen rumpelte noch ein kleines Stück weiter und geriet noch einmal bedrohlich ins Wanken, als Nanis Söhne ihn von dem aufgeweichten Pfad herunter und auf den steinhart gefrorenen Boden daneben zu bugsieren versuchten.

Sie hatten es fast geschafft, als der Wagen nicht nur endgültig stecken blieb, sondern sich auch mit einem bedrohlichen Ächzen zur Seite zu neigen begann. Nani und ihre Söhne vermochten die drohende Katastrophe im letzten Moment zwar zu verhindern, aber der Wagen kam mit einem Ruck zum Stehen, der für Pia etwas unangenehm Endgültiges hatte. Sie konnte *sehen*, wie die Hinterräder mit einem glucksenden Geräusch zuerst bis zu den Achsen und dann noch ein gutes Stück weiter einsanken, und ein Teil der Ladung verrutschte endgültig und polterte auf den Boden herab.

»Na wunderbar«, nörgelte Alica. »Genau das, was uns jetzt noch gefehlt hat.«

Treffender hätte Pia es auch nicht ausdrücken können. Sie maß den leicht schräg stehenden Wagen mit einem langen, missmutigen Blick, griff aber nur schweigend mit zu, als sich Lasar und Nanis Söhne um die Hinterräder versammelten und mit aller Gewalt daran zu ziehen begannen. Nani zerrte am Geschirr des Ochsen und bedachte das Tier zusätzlich mit einem ganzen Schwall wüster Beschimpfungen und Drohungen. Der Wagen begann noch stärker zu ächzen; ein Geräusch, in das sich jetzt auch ein anderer, bedrohlicherer Laut mischte, der Pia an zerbrechendes Holz und überlastete Verbindungen denken ließ. Die Ladung verrutschte weiter und befand sich jetzt in einer Schräglage, die eigentlich schon den Gesetzen der Physik spottete. Pia konnte hören, wie die straff gespannten Seile unter der Belastung zu summen begannen.

»Das hat keinen Sinn.« Sie ließ die Speiche los, an der sie ebenso vergeblich gezerrt hatte wie alle anderen. Der Wagen saß so unverrückbar fest, als wäre er einbetoniert. »Ohne Hilfe bewegt sich das Ding keinen Zentimeter mehr.«

Lasar nickte betrübt, und auch Nanis Söhne sahen ziemlich niedergeschlagen aus, aber Alica schüttelte nur grimmig den Kopf. »Blödsinn!«, fauchte sie. »Ich kapituliere doch nicht vor so ein bisschen Matsch! Los! Wir sind doch viel stärker als diese Zwerge!« Pia sah sie verstört an, und Alica machte ein noch grimmigeres Gesicht, griff mit beiden Händen nach einer Speiche und stemmte die Füße in den Boden. Wenigstens versuchte sie es. Zu ihrem Pech war der Boden nicht fest, sondern hatte eher die Konsistenz von dünnflüssiger Schmierseife. Der Wagen rührte sich nicht einmal um einen Millimeter, aber Alicas Füße rutschten nach hinten weg, und sie fiel mit einem lautstarken Platschen der Länge nach in den Schlamm.

Pia brachte es irgendwie fertig, *nicht* laut loszubrüllen, aber sie hätte beim besten Willen nicht sagen können, wie, und es fiel ihr sogar noch schwerer, als Alica sich nach einem Moment fluchend aufrappelte und dabei noch einmal und diesmal tatsächlich mit dem Gesicht voran in den Morast fiel.

Mit dem zweiten Anlauf gelang es ihr tatsächlich, auf die Füße zu kommen. »Witzig«, sagte sie, spuckte einen Mund voll Schlamm aus und fuhr sich mit dem Handrücken durch das Gesicht, ohne dessen Anblick dadurch wesentlich zu verbessern. »Wirklich, un-ge-heu-er witzig.«

»Finde ich schon«, feixte Pia.

»Ach?« Wenigstens Alicas Augen waren in der schwarzen Schlammpackung unter ihrer Kapuze zu sehen. Sie schossen kleine feurige Blitze in ihre Richtung ab. »Der Erste, der lacht, ist tot!«, versprach sie grimmig. »Übersetz das ruhig!«

Pia verzichtete vorsichtshalber darauf, doch sie war sicher, dass die anderen ihre Worte trotzdem verstanden hatten. Niemand lachte – wenigstens nicht laut –, aber Lasar drehte sich hastig weg, als Alica ihn herausfordernd anfunkelte, und auch die anderen senkten hastig die Blicke oder wirkten mit einem Mal furchtbar beschäftigt, ohne wirklich etwas zu tun.

Dann erscholl hinter ihnen doch ein dunkles, kehliges Lachen, und als Pia alarmiert herumfuhr, trat eine hochgewachsene Gestalt aus den Schatten des Waldrandes. Er musste entweder lebensmüde sein, dachte Pia, oder ganz besonders mutig – was bei Alicas momentaner Stimmung mehr oder weniger auf dasselbe hinauslief.

»Ich fürchte, da hilft nur noch abladen. Ich helfe euch, wenn ihr es wünscht.«

Die Gestalt kam näher, und Pia fuhr leicht erschrocken zusammen, als ihr zweierlei auffiel, und das eine war so beunruhigend wie das andere: Der Mann war mindestens so groß wie sie, wenn nicht größer, und überaus kräftig gebaut, und er trug eine Art von Kleidung, die ihr nur zu unangenehm vertraut vorkam: Helm, Harnisch und Mantel der Stadtgarde von WeißWald.

Und seine Stimme … kam ihr irgendwie *bekannt* vor, auch wenn sie zugleich wusste, dass das ganz und gar unmöglich war.

Auch Lasar und Nanis Söhne waren beim Klang der Stimme erschrocken zusammen- und herumgefahren, und für einen Moment war die Spannung, die in der Luft lag, fast mit Händen zu greifen. Lasar trat mit einem raschen Schritt zwischen sie und den gepanzerten Riesen, und in seiner rechten Hand erschien wie durch Zauberei ein winziges Messer. Angesichts des Giganten, der ihn um fast einen halben Meter überragte, wirkte es nicht einmal mehr rührend, sondern einfach nur komisch, aber Pia empfand trotzdem ein Gefühl warmer Dankbarkeit ... allerdings nur für eine einzelne Sekunde.

Dann trat der Fremde einen weiteren Schritt auf sie zu, und sie konnte sein Gesicht erkennen und spürte, wie sie innerlich zu Eis erstarrte. Neben ihr stieß Alica so erschrocken die Luft zwischen den Zähnen aus, dass es wie ein kleiner Schrei klang, und auch Nani kam mit schnellen Schritten herbei.

Ihre Reaktion war allerdings ganz anders. Sie wirkte ebenso angespannt und alarmiert wie alle anderen, und auch in ihrer Hand blitzte etwas, das verdächtig nach einer Waffe aussah ... doch dann riss sie die Augen auf und schien zwar beinahe noch überraschter, das aber auf eine durchaus angenehme Art.

»Lion?«, murmelte sie.

Der Riese machte einen weiteren Schritt, blieb wieder stehen und nahm den Helm ab, und Pias allerletzte Hoffnung, sich getäuscht zu haben oder nur dem schlechten Licht und einer zufälligen Ähnlichkeit aufgesessen zu sein, zerplatzte endgültig, als sie sein Gesicht aus der Nähe sah.

»Wenn das nicht Naninaranat ist, wie sie leibt und lebt«, sagte er lächelnd, deutete eine übertriebene Verbeugung in Nanis Richtung an und drehte sich dann zu Pia um. »Und Ihr müsst Gaylen sein, Erhabene«, sagte er, zwar in durchaus ehrfürchtigem (oder doch wenigstens respektvollem) Ton, aber auch ohne dass das Funkeln von gutmütigem Spott ganz aus seinen Augen gewichen wäre. »Ihr kennt mich nicht, aber ich glaube, wir haben eine Verabredung. Mein Name ist Lion. Ter Lion.«

Pia hörte die Worte kaum, und wenn, dann sagten sie ihr nichts. Sie starrte in das vertraute Gesicht hinauf und lauschte dem Klang der ebenso vertrauten Stimme. Ihr Verstand versuchte immer lauter und hysterischer, sie davon zu überzeugen, dass das, was sie sah, vollkommen unmöglich war.

»Jesus?«, murmelte sie fassungslos.

XXVIII

Hinterher kam es ihr vor, als hätte es eine Stunde gedauert, in der sie einfach nur dagestanden und das so vertraute Gesicht unter dem stoppelkurz geschnittenen schwarzen Haar angestarrt hatte, auch wenn es in Wahrheit wohl nur ein paar Sekunden gewesen waren. Schließlich blinzelte der muskelbepackte Riese und zwang einen fragenden Ausdruck auf seine Züge. »Erhabene?«

»Du bist ... Sie ... Sie sind nicht ...«, stammelte sie. »Jesus?« Allein die Frage zu stellen, kam ihr selbst schon beinahe absurd vor. Es *war* Jesus, daran gab es nicht den allermindesten Zweifel. Sie kannte jeden Quadratmillimeter seines Gesichts, jede Linie und winzige Falte darin, jede Pore seiner Haut. Es war sein Gesicht, es waren seine Augen und seine Stimme, und noch viel eindeutiger als das, was sie sah, war das, was sie *fühlte*. Es war Jesus.

Und zugleich war er es auch wieder nicht. Alles Vertraute an ihm war da, alles, was sie seit so vielen Jahren kannte und liebte, aber da war auch noch mehr, eine zusätzliche Komponente, die ihn nicht wirklich zu einem Fremden machte, aber seine Persönlichkeit um Facetten bereicherte, die es bei dem anderen Jesus nie gegeben hatte.

»Ter... Lion?«, murmelte sie.

Jesus/Ter Lion nickte. »Das ist mein Name. Mein Name und mein Rang. Eine gemeinsame Freundin hat mich gebeten, mich um Euch zu kümmern und dafür zu sorgen, dass Ihr sicher zur Küste gelangt.«

»Valoren?«, vermutete Pia. Es fiel ihr immer noch schwer,

ihre Gedanken so weit zu ordnen, dass sie wenigstens reden konnte. Und es fiel ihr noch sehr viel schwerer, sich selbst davon zu überzeugen, dass der Zweimeterriese vor ihr nicht Jesus war.

»Sie hat Euch meinen Namen nicht genannt?«, fragte Ter Lion/Jesus und schenkte Nani gleichzeitig einen leicht vorwurfsvollen Blick. Nani wollte antworten, doch Pia kam ihr zuvor.

»Doch, das hat sie«, sagte sie rasch. »Ich hatte nur … jemand anders erwartet.«

»Keinen Soldaten der Garde?« Lion lachte, und es war so genau Jesus' vertrautes, gutmütiges Lachen, dass Pia für einen Moment die Augen schloss und fest davon überzeugt war, sich in ihrem Zimmer in den Favelas wiederzufinden, sobald sie die Lider hob.

Als sie es tat, stand Ter Lion noch immer vor ihr, und hinter ihm erhoben sich die blassen Stämme des Schlingwaldes, die im Schein des Mondlichts mehr denn je wie die gebleichten Knochen mythischer Urzeitwesen aussahen.

»Ich bin vieles, wenn Ihr es wünscht, Gaylen«, sagte er ernst. »Ich war nicht sicher, ob es Euch gelingt, die Stadt zu verlassen, sodass ich mir vorsichtshalber eine passende Verkleidung zugelegt habe.«

Pia blinzelte ein paarmal und stellte eine weitere Gemeinsamkeit zwischen Ter Lion und seinem Doppelgänger aus der richtigen Welt fest: Beide waren mutig und zweifellos ebenso treu, aber manchmal auch ein wenig dämlich. Hatte er allen Ernstes gedacht, sich in der Verkleidung eines Gardesoldaten in eine Stadt zu schleichen, deren Bewohner im Schnitt gerade einmal halb so groß waren wie er?

Ein sonderbar keuchender Laut erinnerte sie daran, dass Alica auch noch da war. Sie wandte den Kopf und machte eine rasche Handbewegung, als Alica dazu ansetzte, etwas zu sagen.

»Frag erst gar nicht«, sagte sie.

Natürlich fragte Alica trotzdem. »Was ... was sucht der denn hier?«, stammelte sie.

»Das erkläre ich dir später«, sagte Pia. »Aber er ist nicht der, für den du ihn hältst.«

»Das ist Jesus!«, sagte Alica überzeugt.

»Nein«, antwortete Pia. »Oder doch, ja, irgendwie schon. Aber eigentlich auch nicht.«

»Aha«, sagte Alica. Sie starrte Ter Lion aus aufgerissenen Augen an, schlug die Kapuze zurück und fuhr sich mehrmals und mit beiden Händen durch das Gesicht, woraufhin immerhin etwa ein Zehntel ihrer (schlammigen) Haut zum Vorschein kam.

»Eure Dienerin spricht unsere Sprache nicht?«, erkundigte sich Ter Lion. Immerhin bezeichnete er sie als *Dienerin*, nicht als *Sklavin*, was schon mal ein Fortschritt war. Trotzdem verbesserte ihn Pia schon fast automatisch: »Alica ist meine Freundin, nicht meine Dienerin.«

»Eure Freundin«, bestätigte er. »Gut. Sie weiß, wer ich bin?«

»Ja«, seufzte Pia. »Wahrscheinlich besser, als du ahnst.« Ter Lion sah sie verwirrt an, und Pia fügte mit einem hastigen Nicken hinzu: »Ja.«

»Gut«, sagte Lion noch einmal, setzte seinen albernen Helm wieder auf und deutete dann mit einer flatternden Handbewegung auf den stecken gebliebenen Wagen. »Und jetzt sollten wir sehen, dass wir dieses famose Gefährt wieder flottbekommen. Die anderen warten beim Tränensee auf uns, aber bis dorthin ist es noch ein weiter Weg, und ich möchte ihre Geduld nicht länger als unbedingt nötig strapazieren. Fangt an, ihn zu entladen.«

Nanis Söhne und auch Lasar machten sich unverzüglich ans Werk, und auch Pia hätte mit zugegriffen, doch Nani scheuchte sie mit einer fast empörten Geste zurück.

»Ich bitte Euch, Erhabene! Das ist nun wirklich keine Arbeit für Euch!«

»Aber ich ...«

»Und außerdem wissen meine Söhne ohnehin besser, was zu tun ist«, schnitt ihr Nani das Wort ab, zwar durchaus ehrerbietig, aber zugleich in einem Ton, zu dem in seiner devoten Unverschämtheit nur Dienstboten fähig sind.

Pia sah ein, wie sinnlos es war, sich auf eine Diskussion über dieses Thema einzulassen, und trat gehorsam ein paar Schritte zurück.

»Und?«, fragte Alica spitz. »Würdest du mir jetzt verraten, was hier eigentlich los ist? Wer ist dieser Kerl? Das ist doch Jesus!«

»Das ist Ter Lion.«

»Und zugleich auch Jesus?«

»Irgendwie ... schon«, gestand Pia. »Aber auch nicht. Ich erkläre es dir, sobald ich es selbst verstanden habe.«

»Hm«, machte Alica missmutig, sah sich noch missmutiger um und stapfte schließlich zu einer schlammigen Pfütze, vor der sie sich in die Hocke sinken ließ, um sich zwei Hände voll eiskaltem Schlammwasser ins Gesicht zu schöpfen. Anscheinend war sie der Meinung, dadurch sauberer zu werden.

Wie sich zeigte, hatte Nani durchaus die Wahrheit gesagt, als sie angedeutet hatte, dass Pias Hilfe nicht nur nicht nötig war, sondern sie höchstens stören würde. Ter Lion und ihre Söhne befreiten den Wagen in überraschend kurzer Zeit von gut der Hälfte seiner Ladung, und den Rest erledigte Lion auf seine ganz eigene Art und zugleich ganz genauso, wie sie es auch von Jesus erwartet hätte: Er scheuchte Lasar und die vier anderen Knirpse mit einer unwilligen Handbewegung weg, nahm hinter dem gestrandeten Wagen Aufstellung und zwängte die Hände unter dessen halb im Morast versunkenen Rand. Der Ochse am anderen Ende des Gefährtes stieß ein überraschtes Brüllen aus, als er seine gewaltigen Muskeln anspannte und den Wagen ganz allein aus dem Morast hob.

»So, so«, sagte Alica spöttisch. »Das ist also nicht Jesus, wie?«

Pia antwortete nicht darauf, sondern half lieber mit, den Wagen wieder zu beladen. Fast zu ihrer Überraschung schien Nani dagegen nichts einzuwenden zu haben, aber als Lasar und einer ihrer Söhne nach dem zusammengerollten Zelt greifen wollten, machte sie eine abwehrende Geste. »Im Grunde können wir den ganzen Kram hierlassen«, sagte sie. »Ich brauche es sowieso nicht mehr, und das zusätzliche Gewicht hält uns nur auf.«

»Ein durchaus berechtigter Einwand«, sagte Lion, und sein Blick fügte hinzu: *Auch wenn dir diese Idee vielleicht ein bisschen früher hätte kommen können.* Trotzdem schüttelte er den Kopf. »Wir nehmen es trotzdem mit. Ich müsste mich sehr in Istvan täuschen, wenn er seine Männer nicht auf die eine oder andere Patrouille schickt. Sie könnten sich fragen, warum ihr euch die Mühe gemacht habt, diese Sachen bis hierher zu schleppen, nur um sie dann zurückzulassen.«

Niemand konnte wirklich etwas vorbringen, um dieses Argument zu entkräften, und so setzten Lasar und die anderen ihre Arbeit fort. Schon nach wenigen Minuten war auch das letzte Stück wieder verladen und – dank Ter Lions kritischen Blicken und einer gelegentlichen Anmerkung – deutlich sicherer verzurrt als zuvor. Pia ging ein paar Schritt weit auf dem Weg zurück, um ihr Bündel zu holen, das sie abgelegt hatte, damit sie beide Hände freihatte. Nani bedachte es mit mindestens genauso neugierigen Blicken wie zuvor, und Ter Lion fragte ganz unverblümt: »Was ist das?«

»Etwas ... Privates«, antwortete Pia.

Lion runzelte zwar die Stirn, gab sich aber mit dieser Antwort zufrieden, doch Alica sagte:

»Warum zeigst du es ihnen nicht? Früher oder später sehen sie es ja doch, und so hören sie wenigstens auf zu nörgeln.«

Wahrscheinlich hatte sie damit recht, dachte Pia. Der Gedanke gefiel ihr zwar immer noch nicht, aber sie zuckte trotzdem nur mit den Achseln und schlug die zerschlissene Decke zurück, in die Lasar die gläserne Waffe gewickelt hatte ... nachdem sie sich vorher genauestens überzeugt hatte, an welchem Ende sich der Griff befand. Die haarfeinen Schnitte in ihren Fingerspitzen taten zwar nicht mehr weh, aber sie hatte sie nicht vergessen, ebenso wenig wie den abgeschnittenen Bettpfosten und den armlangen Schnitt in der Wand ihres Schlafzimmers.

Sie hatte mit einer gewissen Reaktion gerechnet, als sie das Schwert auswickelte, aber nicht mit der, die sie dann tatsächlich bekam. Alica und Lasar kannten die Waffe. Alica reagierte gar nicht und in Lasars Augen leuchtete nur ein deutlicher Ausdruck von Stolz auf. Nanis Söhne jedoch fuhren eindeutig erschrocken zusammen und prallten zurück, und Nani selbst riss die Augen auf und schlug mit einem kleinen, überraschten Laut die flache Hand vor den Mund. Eine Sekunde später sank sie auf die Knie und senkte den Kopf so weit, dass ihre Stirn fast den Boden berührte.

»Erhabene«, hauchte sie.

Pia warf ihr einen leicht irritierten Blick zu und wandte sich dann zu Ter Lion um. Auch er wirkte überrascht und fast ein bisschen schockiert, hatte sich aber deutlich besser in der Gewalt als die Schaustellerin. »Woher habt Ihr das?«, fragte er nur.

»Ich habe es gefunden«, antwortete Pia (beinahe) wahrheitsgemäß.

»Gefunden? Und wo?«

»Im Thronsaal im Turm des Hochkönigs«, antwortete Pia. »Es lag einfach so da.«

Lion nickte. Ein sonderbarer Ausdruck erschien auf seinem Gesicht. »Ihr wisst, was Ihr da habt?«

»Das ist Eiranns Zorn«, antwortete Pia. »Ja, aber jetzt frag mich nicht, woher ich das weiß. Ich weiß es einfach.«

Ter Lion wirkte nicht überrascht. Doch der Blick, mit dem er sie maß, wurde noch einmal um mehrere Grade sonderbarer. »Aber du weißt nicht, was es wirklich ist.«

»Ein Schwert«, antwortete Pia. »Ein ganz besonders kostbares Schwert, nehme ich an.«

»Das ist nicht nur irgendein Schwert«, antwortete Lion ruhig.

»Das ist Eiranns Zorn«, flüsterte Nani. »Das wirkliche und echte Eiranns Zorn! Ihr seid es! Bei Kronn, Ihr seid es! Jetzt gibt es keinen Zweifel mehr!« Sie verbeugte sich noch tiefer, und nach einem weiteren Atemzug sanken auch ihre Söhne einer nach dem anderen auf die Knie und verbeugten sich tief.

»He, Moment mal!«, sagte Pia. »Was soll denn der Unsinn? Ich dachte, über diese Phase wären wir hinaus!«

»Es ist kein Unsinn, Gaylen«, sagte Lion ernst. »Wenn das wirklich Eiranns Zorn ist, dann kann nur Eirann selbst es berühren – oder Prinzessin Gaylen, für die diese Waffe vor tausend Jahren geschmiedet worden ist.«

»Alica hat es ebenfalls berührt und Lasar auch«, sagte Pia.

»Aber keinem von ihnen hätte Eiranns Zorn seine Macht verliehen«, antwortete Lion.

»Und ich habe es nicht berührt«, sagte Lasar. »Es war schon in die Decke gewickelt, als ich es unter Eurem Bett gefunden habe.«

»Dann danke Kronn dafür, mein Junge«, sagte Lion. »Es heißt, dieses Schwert verzehrt die Seele eines jeden, der es unberechtigt zu führen versucht.«

Pia musste an das unheimliche Wispern und Locken denken, das sie tief in sich gespürt hatte, als sie das Schwert in der Hand gehalten hatte, verscheuchte den Gedanken dann beinahe erschrocken und hielt Ter Lion die Waffe hin. »Das ist Unsinn! Es ist ein ganz normales Schwert! Hier, überzeug dich selbst!«

Lion hatte nicht vor, sich von irgendetwas zu überzeugen, sondern prallte ganz im Gegenteil fast entsetzt einen Schritt zurück. Pia wäre nicht im Mindesten überrascht gewesen, wenn er sich bekreuzigt hätte. »O nein«, sagte er. »Ich werde es gewiss nicht anfassen. Niemand darf das, in dessen Adern nicht das Blut des alten Elfengeschlechts fließt! Der Preis wäre furchtbar!« Er deutete nervös auf Alica. »Wenn Eure Freundin es wirklich berührt hat, so hat sie großes Glück, noch am Leben und nicht ihrer Seele verlustig gegangen zu sein.«

Pia bezweifelte, dass Alica so etwas wie eine Seele hatte, aber sie schluckte die Bemerkung im letzten Moment hinunter.

»Was ... hat er gesagt?«, fragte Alica nervös, der Lions erschrockene Reaktion nicht entgangen war.

»Äh ... nichts«, sagte Pia. »Er hatte ... ähm ... Angst, dass du dich an der Klinge verletzt haben könntest. Sie ist sehr scharf.«

»Ja, wie eine von uns ja am eigenen Leib gespürt hat«, antwortete Alica, zwar spitz, aber auch in immer noch misstrauischem Ton.

»Wenn man es genau nimmt, habe ich das nicht gesagt«, sagte Ter Lion. »Aber ich verstehe, wenn du deine Freundin nicht beunruhigen möchtest.« Er deutete nervös auf das Schwert. »Vielleicht solltest du es wieder verbergen oder wenigstens unter deinem Mantel tragen. Sein Anblick könnte den einen oder anderen ... nervös machen.«

Wie ihn zum Beispiel? Pia brachte es nicht über sich, die Waffe unter ihrem Mantel zu verbergen, wie Lion es vorgeschlagen hatte, aber sie griff die Alternative auf und wickelte

Eiranns Zorn wieder in die Decke; was ihn zumindest halb zufriedenzustellen schien.

»Also gut«, sagte er, räusperte sich ebenso gekünstelt wie übertrieben und fuhr dann in verändertem Tonfall fort. »Wir haben jetzt wirklich genug Zeit verloren. Lasst uns aufbrechen.«

Nanis Söhne sprangen hastig auf, um seinem Befehl Folge zu leisten, während Nani selbst Mühe zu haben schien, wieder in die Höhe zu kommen. Pia wollte ganz instinktiv die Hand ausstrecken, um ihr aufzuhelfen, aber irgendetwas sagte ihr, dass das im Moment vielleicht die falscheste aller möglichen Reaktionen sei, und so bat sie Alica mit einem stummen Blick, es für sie zu tun.

»Du lernst schnell«, sagte Lion anerkennend.

Pia wartete ganz bewusst, bis Alica der alten Frau aufgeholfen und sie sich weit genug entfernt hatten, um nicht mehr jedes Wort zu verstehen. Sie wartete auch ab, bis sich der Wagen ein kleines Stück entfernt hatte, bevor sie ihm folgte.

»Das ist wohl das Mindeste, was ich ihr schuldig bin«, sagte sie. Lion runzelte die Stirn, aber sie konnte nicht sagen, ob sein fragender Blick tatsächlich ihren Worten galt oder vielleicht vielmehr dem bitteren Ton, der sich plötzlich in ihre Stimme geschlichen hatte.

»Du machst dir Vorwürfe«, vermutete er. »Wegen dem, was mit ihrem Mann geschehen ist.«

»Du weißt davon?«

»Jedermann weiß, was geschehen ist«, antwortete Lion. »Flammenhuf ist zurückgekommen. Und jedermann weiß, wer dafür gesorgt hat.«

»Dann weißt du ja auch, dass es meine Schuld ist.«

»Dass diesem edelsten aller Tiere die Freiheit zurückgegeben wurde?«

»Dass ihr Mann tot ist!«, antwortete sie. »Nur falls es dir entgangen sein sollte: Er ist ums Leben gekommen, als ich Flammenhuf *die Freiheit wiedergegeben habe.* Ihr Mann ist tot, ihr Geschäft ist ruiniert, und Nani und ihre Söhne werden mit ein bisschen Pech für den Rest ihres Lebens auf der Flucht vor Istvans Soldaten sein. O ja, ich lerne wirklich schnell. Gibt es einen Weg, wie ich noch schneller und noch mehr Schaden anrichten kann?«

»Schaden?« Lion sah ein bisschen hilflos aus. »Du hast sie glücklich gemacht! Hast du denn nicht gesehen, wie sie auf den Anblick des Schwertes reagiert hat?«

»Eines Schwertes, von dem niemand weiß, ob es echt ist oder nur eine Fälschung.« Lion wollte antworten, doch Pia fuhr in noch schärferem Ton fort: »Ich weiß ja nicht einmal, ob ich wirklich die bin, für die mich jeder hier zu halten scheint! Was ist, wenn ich es nicht bin?«

»Spielt das eine Rolle?«, fragte Lion.

»Wie?«

»Für Nani«, antwortete er. »Sie hat mehr erreicht, als sie sich jemals zu erträumen gewagt hätte. Seht sie Euch an, Gaylen! Sie ist eine verbitterte alte Frau, der das Leben sehr wenig geschenkt hat, aber dafür umso mehr genommen.«

»Wie ihren Mann zum Beispiel?«, fragte Pia.

»Sie hat nicht mehr lange zu leben«, fuhr Lion ungerührt fort. »So oder so bleiben ihr nur noch wenige Jahre. Was hätten diese Jahre für sie bereitgehalten?«

»Ein friedliches Leben?«

»Ein Leben als Betrügerin«, sagte Lion. »Sie und ihr Mann sind über die Jahrmärkte gezogen, jahraus, jahrein und von Stadt zu Stadt. Sie haben in einem schmutzigen Zelt gelebt, gehungert und gefroren und den Menschen einen falschen Pegasus gezeigt.«

»Er war nicht falsch!«

»Was sie nicht wussten.« Ter Lion schüttelte den Kopf und

brachte sie mit einer zusätzlichen Geste zum Schweigen, aber das Lächeln, das noch immer irgendwo tief in seinen Augen war, wurde weicher. »Es spielt keine Rolle, ob sie die ganze Zeit über den wirklichen König Pegasus in ihrer Gewalt hatten oder nicht. Sie haben geglaubt, es sei ein Betrug, und jeder, der in ihr Zelt genommen ist, auch.«

»Und?«, fragte Pia verwirrt.

»Denkt Ihr nicht, dass sie darunter gelitten hat, *Erhabene?*«, fragte Lion, wobei er das Wort Erhabene auf eine ganz besondere Art betonte.

»Gelitten?«

»Ich glaube nicht, dass es ein schönes Gefühl ist, sein Leben als Betrüger zu fristen«, sagte Lion. »Das erstaunt Euch, wie ich sehe? Ihr glaubt, ein Betrüger hätte kein Anrecht auf ein Gewissen?«

»Nein«, antwortete Pia. »Ich meine: doch, natürlich. Aber wenn ihr das Gewissen so sehr zu schaffen macht, warum hat sie es dann getan?«

»Weil sie keine andere Wahl hatte?«, schlug Lion vor. »Ich weiß nicht, woher Ihr kommt, Prinzessin Gaylen, und wie die Menschen dort leben. Aber hier müssen sie das nehmen, was das Schicksal ihnen zuweist. O nein, sie hatte kein leichtes Leben. Die wenigsten hier haben das. Und dann, als es schon fast vorüber scheint, als sie sich längst damit abgefunden hat, dass es nur noch schlimmer werden kann und das Leben nicht mehr für sie bereithält als noch mehr Schmerz und Leid, dann kommt Ihr. Seit tausend Jahren warten wir auf die Rückkehr der verschollenen Elfenprinzessin ... und dann kehrt sie zurück, und Nani ist es, die sie findet. Ihr habt sie glücklich gemacht, Gaylen. Ich weiß nicht, warum Ihr Euch weigert, es zuzugeben, aber Ihr habt dieser alten Frau das größte Geschenk gemacht, das ein Mensch einem anderen machen kann.«

»Und wenn sich herausstellt, dass ich es nicht bin?«

»Dann spielt das auch keine Rolle«, antwortete Lion. »Was auch immer geschehen mag und was auch immer irgendjemand zu ihr sagt, für sie werdet Ihr stets Gaylen bleiben. Und für Nani ist es gut so.« Er lachte leise. »Warum wehrt Ihr Euch so sehr gegen den Gedanken, etwas Gutes getan zu haben?«

»Weil ich nicht sicher bin, ob es wirklich gut ist«, antwortete Pia ernst. »Und weil es vielleicht gelogen ist.«

»Gelogen?« Lion machte ein gewichtiges Gesicht. »Ein großes Wort. Unsere Welt besteht aus Lügen, Gaylen. Die, aus der Ihr kommt, nicht?«

»Hm«, machte Pia.

Lion lächelte knapp. »Ist das ein Wort aus Eurer Muttersprache, das *Ja* bedeutet?«

»Und du?«, fragte Pia, statt ihm direkt zu antworten. »Glaubst du auch, dass ich die echte Gaylen bin?«

»Das weiß ich nicht«, antwortete Lion mit unerwarteter Offenheit. »Etwas ... ist an Euch anders, so viel ist klar. Ihr seid nicht die Erste, die behauptet, die wiedergeborene Gaylen zu sein.«

»Das habe ich nie behauptet!«

»Und auch nicht die Erste, die tatsächlich glaubt, es zu sein. Wir werden herausfinden, ob Ihr es seid oder nicht. Sobald Ihr mit Eirann gesprochen habt ...«

Pia blieb mitten im Schritt stehen und riss die Augen auf. »*Eirann?!*«

»Keine Sorge!« Lion hob beruhigend die Hand. »Jedes zweite dahergelaufene Spitzohr nennt sich Eirann. Er wartet auf uns am Ufer des Tränensees. Er war es, der Valoren beauftragt hat, nach Euch zu suchen.«

»Spitzohr?«, wiederholte Pia. »Du meinst, er ist ein ... Elf?« Sie versuchte, sich an zwei schmale und sehr ähnliche Gesichter zu erinnern, das eine aus Fleisch und Blut, das andere aus schwarzem Stein gemeißelt. Keines davon hatte spitze Ohren gehabt.

Sie gingen weiter, im ersten Moment schweigend, und Lion maß sie lange und mit nachdenklichen Blicken.

»Was?«, fragte sie schließlich.

»Ihr wisst entweder wirklich nicht, wovon ich rede, oder seid eine ganz außergewöhnlich gute Lügnerin«, sagte er. »Ich bin nicht ganz sicher, welcher Gedanke mir angenehmer ist.«

»Ich auch nicht«, erwiderte Pia eingeschnappt. »Aber beantworte mir doch bitte eine Frage: Wenn dieser Eirann, oder wie immer er wirklich heißen mag, doch so besorgt um mein Wohl war, warum ist er dann nicht selbst gekommen, um mich zu retten?«

Lion lachte leise. »Wie gesagt, Ihr schauspielert entweder ganz ausgezeichnet oder wisst wirklich nichts.«

»Nimm an, es wäre so.«

»Wie?«

»Lion!«

»Schon gut.« Lions Blick streifte kurz das Schwert, das sie wieder in die Decke eingerollt hatte und unter dem linken Arm trug. »Kein Elf kann sich WeißWald auch nur nähern«, sagte er. »Es gibt einen Schutzzauber, der das verhindert. Die Spitzohren ertragen es nicht, auch nur in Sichtweite vom Turm des Hochkönigs zu gelangen.«

Pia tat diese Erklärung als genauso lächerlich ab, wie sie sich anhörte, aber dann fiel ihr doch irgendetwas daran auf, und sie dachte einen Moment lang intensiver darüber nach. Sie brauchte nur ein paar Sekunden, um den Fehler darin zu entdecken.

»Wenn das so ist«, fragte sie, »wie konnte ich dann in WeißWald leben? Und sogar den Turm des Hochkönigs betreten?«

»Weil dieser Zauber natürlich nicht auf die wirkt, die das alte Blut in sich tragen«, antwortete Lion. »Oder auf Betrüger.«

»Danke, das habe ich verstanden«, sagte Pia spitz.

Lion lächelte nur. »Euch habe ich nicht damit gemeint, Gaylen«, sagte er.

Pia glaubte ihm. Es war nicht nur seine unheimliche Ähnlichkeit mit Jesus, die sie zu der Überzeugung brachte, dass er sie nicht belog. Er strahlte etwas aus, das sie nicht wirklich in Worte kleiden konnte, das aber auch nicht die Spur eines Zweifels aufkommen ließ. Etwas wie ... Wahrhaftigkeit. Dieser Mann hatte es nicht nötig zu lügen.

»Es scheint dir nicht besonders viel auszumachen«, sagte sie.

»Was?«

Sie war sicher, dass er ganz genau wusste, was sie meinte. »Die Möglichkeit, dass ich es doch sein könnte.«

»Die wirkliche Gaylen?«

Pia nickte. »Nicht, dass ich behaupten will, ich wäre es ... Aber ich habe das Gefühl, dass du nicht gerade vor Ehrfurcht auf die Knie sinken würdest, sollte sich herausstellen, dass ich es tatsächlich bin.«

»Möchtet Ihr das denn, Erhabene?«, fragte Lion. Er gab sich nicht einmal mehr Mühe, anders als spöttisch zu klingen.

»Nein«, antwortete Pia. Im Gegenteil. Es tat gut, zur Abwechslung einmal auf einen Menschen zu treffen, der nicht vor Ehrfurcht erstarrte, wenn er ihren Namen hörte.

Oder versuchte sie umzubringen.

»Ich wundere mich nur ein bisschen, das ist alles. Immerhin halten die meisten hier diese Gaylen für so etwas wie die wiedergeborene Jungfrau Maria. Dich scheint das alles nicht sonderlich zu beeindrucken.«

»Ja, das ist wohl so«, antwortete Lion nach kurzem Zögern. »Vielleicht ist die Legende von Gaylen und Eirann wahr, vielleicht auch nicht. Es interessiert mich nicht. Dieses Land leidet seit einem Jahrtausend unter der Tyrannei Apulos, und es wird Zeit, dass die Menschen ihre Freiheit zurückbekommen. Wenn es Gaylen gibt und wenn sie uns hilft, dieses Ziel zu erreichen, so will ich alles in meiner Macht Stehende tun, um sie dabei zu unterstützen.«

»Und dabei wäre es dir gleich, ob sie nun die echte Gaylen ist oder nicht. Was zählt, ist, dass die Menschen an sie glauben, nicht wahr?«

Ter Lion antwortete genauso, wie sie es erwartet hatte: gar nicht. Allenfalls mit einem angedeuteten Lächeln, von dem sie nicht einmal sicher war, ob sie es sich nur einbildete.

Erst nach einiger Zeit sagte er: »Macht Euch keine Sorgen. Es spielt keine Rolle, wofür ich Euch halte oder was Ihr seid oder nicht. Mein Auftrag lautet, Euch zu beschützen, und das werde ich tun.«

»Ich weiß«, sagte Pia. Und auch das war ernst gemeint.

Eine geraume Weile gingen sie schweigend nebeneinanderher. Es war längst so dunkel geworden, dass selbst der Ochsenkarren kaum einen halben Steinwurf vor ihnen nicht mehr als einer von zahllosen Schatten war, der sich allenfalls von den anderen unterschied, weil er sich dann und wann bewegte und in fast regelmäßigen Abständen ein mühsames Ächzen und Knarren hören ließ. Zwei noch substanzlosere Schemen bewegten sich daneben – Alica und Nani, vermutete sie, konnte sich aber nicht einmal dessen vollkommen sicher sein –, und als wäre das alles noch nicht schlimm genug, schien es mit jedem Schritt kälter zu werden, den sie sich von der Stadt entfernten. Die Nacht war sternenklar, doch obwohl es nur noch zwei Tage bis Vollmond waren, war es sehr viel dunkler, als es sein sollte. Dennoch glaubte Pia die unendliche Weite, die sie umgab, geradezu körperlich spüren zu können.

Sie fühlte sich ... fremd. Abgesehen von WeißWald selbst und seinem kuscheligen Vorgarten aus menschenfressenden

Bäumen kannte sie diese Welt nicht. Nichts von dem, was sie darüber gehört hatte, musste wahr sein, aber immerhin begriff sie beinahe mit jedem Schritt und trotz der nahezu vollkommenen Dunkelheit mehr und mehr, wie groß die Unterschiede zu der Welt waren, aus der Alica und sie kamen. Irgendwie hatte sie tief in sich einfach vorausgesetzt, dass WeißWald und seine Menschen und überhaupt dieses ganze Land so etwas wie ein magisches Spiegelbild der Wirklichkeit sein mussten, doch wenn das stimmte, dann hatte der Spiegel ein paar gehörige Risse. Rio de Janeiro war eine Millionenstadt, in der das Leben vielleicht auch nicht immer perfekt war, aber pulsierte wie an kaum einem anderen Ort auf der Welt, und WeißWald ein Kaff mit bestenfalls ein paar Tausend Einwohnern, von denen wahrscheinlich kaum eine Hand voll tatsächlich wussten, was das Wort *Leben* wirklich bedeutete. Wo die vor lebendigem Grün nur so berstenden Felder und Urwälder Brasiliens sein sollten, da erstreckte sich hier eine Winterlandschaft, die seit einem Jahrtausend auf den nächsten Frühling wartete, und die freundliche Landbevölkerung schien zum allergrößten Teil aus kaum kniehohen Zwergen zu bestehen, von denen die eine Hälfte ihr am liebsten die Füße küssen würde und die andere vermutlich angestrengt darüber nachdachte, wie sie sie ihr abschneiden könnte – am besten irgendwo dicht unterhalb ihres Kinns. Und der einzige Mensch in diesem wahr gewordenen Albtraum, den sie kannte, war gar nicht der, für den sie ihn gehalten hatte ... oder vielleicht doch, aber zugleich auch wieder nicht, und es war ...

Auf jeden Fall ziemlich verwirrend

»Ich erinnere Euch an jemanden, habe ich recht?«, drang Ter Lions Stimme in ihre Gedanken.

Pia schrak heftiger zusammen, als ihr lieb war, rettete sich in ein verlegenes Lächeln und brachte es gerade noch fertig, sich nicht vollends zur Närrin zu machen, indem sie etwa den

Kopf schüttelte. Stattdessen sagte sie: »Wie kommst du darauf?«

»Weil ich ein guter Beobachter bin«, sagte Lion ernst, »und Ihr mich ständig auf eine ganz besondere Art anstarrt.«

Pia sagte nichts dazu.

»Der Mann, an den ich Euch erinnere, muss ein sehr guter Freund von Euch sein«, fuhr Lion fort. Er *war* ein guter Beobachter. Vielleicht war seine Beobachtungsgabe sogar besser ausgeprägt als ihre Gefühle, dachte sie. Jesus war ein guter Freund. Vielleicht der einzige, den sie je gehabt hatte.

»Ja«, sagte sie nur.

»Aber Ihr wollt nicht über ihn sprechen?«, vermutete Lion. Allmählich begann er ihr fast unheimlich zu werden.

»Nein«, sagte sie. »Aber über dich.«

»Über mich?« Lion wirkte ehrlich überrascht. »Da gibt es nicht viel Interessantes zu erzählen. Ich bin nur ein einfacher Mann, der tut, was man ihm aufgetragen hat.«

»Immerhin bist du ziemlich groß«, sagte Pia und legte demonstrativ den Kopf in den Nacken, um in sein Gesicht zu sehen.

»Ja, das ist wahr«, sagte Lion. »Wenn auch vielleicht nur in diesem Teil des Landes.«

»Nur in diesem Teil des Landes?«

»Die Menschen hier sind klein.«

»Ja, das ist mir aufgefallen«, sagte Pia amüsiert. »Du willst damit sagen, dass sie nicht überall so klein sind?«

»Bei Kronn, natürlich nicht«, antwortete Lion lachend. Seine linke Hand landete mit einem klatschenden Laut auf dem bronzefarbenen Harnisch, der zu seiner Rüstung gehörte. »Was glaubt Ihr, woher ich das habe? Aber Ihr habt recht: Ich gehöre selbst in meiner Heimat nicht unbedingt zu den kleinsten Männern.«

»Und wo ist deine Heimat?«

Ter Lion machte eine ausholende Geste. »Hier.«

»Aha!«

»Nein, das war kein Scherz«, sagte Lion. Ihr hilfloser Blick war ihm nicht entgangen. »Würde ich es wagen, Scherze mit jemandem wie Euch zu treiben?«

»Niemals«, sagte Pia ernst.

»Seht Ihr?«, bestätigte Lion ebenso ernst. Nur das spöttische Funkeln verschwand nicht aus seinen Augen. Er wiederholte seine Geste, die überall und nirgends zugleich hinzudeuten schien. »Das alles hier ist unsere Heimat. So weit Euer Auge reicht. Und noch ein gutes Stück weiter.«

Es dauerte nur einen kurzen Moment, bis Pia begriff, was er meinte. »Ihr seid Nomaden«, vermutete sie.

Das Wort schien Lion nichts zu sagen.

»Ihr habt keine Heimat«, erklärte sie. »Keinen Ort, an dem ihr dauerhaft lebt, meine ich.«

»Das ist richtig«, bestätigte er. »Ich bin der Ter meiner Sippe. Vor mir war es mein Vater, und nach mir wird es mein Sohn sein ... wenn ich irgendwann die richtige Frau treffe, die mir einen Sohn schenkt, heißt das.«

Pia musste sich nicht anstrengen, um Überraschung zu heucheln. »Du willst mir nicht wirklich weismachen, dass ein Mann wie du keine Frau findet«, sagte sie.

Lion machte zwar ein geschmeicheltes Gesicht, schüttelte aber noch einmal den Kopf. »Es liegt weniger am Können als am Wollen«, sagte er. »Bisher ist mir noch nicht die Richtige begegnet ... und wenn ich ehrlich zu mir selbst wäre, dann müsste ich wohl zugeben, dass ich auch noch nicht wirklich danach gesucht habe. Die Stellung eines Ter lässt einem Mann nicht viel Zeit für private Dinge.«

»Du klingst nicht so, als wärst du besonders unglücklich darüber.« Pia wartete einen Moment vergebens auf eine Antwort und bekam auch jetzt wieder nur dieses sonderbare Lächeln.

Vielleicht ging sie einfach zu weit, und vielleicht verleitete sie seine schon fast unheimliche Ähnlichkeit mit Jesus (ein Teil von ihr beharrte immer noch darauf, dass er es *war,* basta!) dazu, mehr Vertraulichkeit von ihm zu erwarten, als ihr zustand.

Pia rief sich in Gedanken zur Ordnung. Ganz gleich, wie bekannt und vertraut er ihr auch vorkommen mochte, für ihn war sie eine Fremde. Wie kam sie also auf die Idee, dass er mit ihr über derart intime Dinge reden wollte?

Weil ein Teil von dir es will, flüsterte eine Stimme in ihren Gedanken. *Mach dir nichts vor! Er ist Jesus. Genau der Jesus, den du dir insgeheim immer gewünscht hast.*

Sie verscheuchte auch diesen Gedanken.

»Dieses Wort«, knüpfte sie ein wenig unbeholfen an ihre eigene Frage an. »Ter ... Es bedeutet Anführer?«

»Fast«, antwortete er. »Lasst das ›An‹ weg ... auch wenn es nicht einmal ganz falsch ist. Wir haben keinen Anführer. Der Ter kennt die Wege und geheimen Pfade. Er weiß, wo die Wasserstellen sind und die Furten über die Flüsse, und er gibt Ratschläge oder warnt. Aber niemand sagt der Herde, wo sie hingehen soll. Wir folgen den Tieren, nicht sie uns, und es wäre auch fatal, wäre es andersherum.«

»Wieso?«

Lion lächelte, als hätte sie eine ziemlich dumme, wenngleich auch verständliche Frage gestellt. »Diese Tiere leben hier, seit sich die Sonne das erste Mal über die Berge erhoben hat«, sagte er. »Wie könnten wir uns anmaßen, dieses Land besser zu kennen als sie?«

»Aber ihr führt sie von Stadt zu Stadt«, gab Pia zu bedenken. »Und dort werden sie geschlachtet.«

»Nur manche«, antwortete er. »Und die anderen wissen es schließlich nicht. Wir nehmen nie mehr, als die Herde verkraften kann, und wir beschützen sie im Gegenzug vor Raubtieren und bringen ihnen Futter, wenn die Winter zu hart sind. Und Ihr täuscht Euch. Wir führen sie nicht zu den Städten. Die Städte sind zu ihnen gekommen.«

Auch jetzt verging wieder eine kleine Weile, bis Pia der Sinn dieser scheinbar albernen Behauptung aufging. »Du meinst, die Menschen haben sich entlang ihrer Wanderwege angesiedelt?«

»Wer weiß? Ich war nicht dabei.« Lion lachte leise. »Aber Ihr werdet wohl recht haben. Ehrlich gesagt, ich habe noch niemals darüber nachgedacht. Eine interessante Frage.« Er maß sie mit einem Blick, als dächte er gerade über etwas ganz anderes nach, das ihm bisher auch noch nicht in den Sinn gekommen war. »Ihr stellt überhaupt eine Menge Fragen.«

»Das war schon immer mein größter Fehler«, bekannte sie seufzend.

»Zu viele Fragen zu stellen?«

»Zu neugierig zu sein. Manchmal hilft es, aber manchmal handelt man sich auch schnell eine Menge Ärger ein, wenn man seine Nase in Dinge steckt, die einen nichts angehen.« Wie zum Beispiel jetzt, dachte sie. Vielleicht wäre nichts von alledem hier passiert, wenn sie ihre Nase nicht in ein gewisses Drogengeschäft gesteckt hätte, dessen eigentliche Betreiber ziemlich humorlos auf diese Einmischung reagiert hatten. O ja, und wenn der *Comandante* nicht gewesen wäre ...

»Eine ziemlich hübsche Nase, wenn ich das bemerken darf«, sagte Lion. Pia blinzelte verwirrt, und er fuhr mit einem Lächeln fort, in dem sie vergebens nach der auch nur winzigsten Spur von Verlegenheit suchte: »Ihr seid eine sehr schöne Frau, Gaylen, und Eure Freundin scheint genauso schön zu sein ... soweit man das unter all dem Schmutz auf ihrem Gesicht beurteilen kann, heißt das. Sind alle Frauen dort so schön, wo Ihr herkommt?«

Pia war nun vollkommen perplex. Konnte es sein, dass dieser Kerl sie anbaggerte?

Und was hast du erwartet?, fuhr die lautlose Stimme in ihrem Kopf fort. Sie klang nun unüberhörbar spöttisch. *Du sendest keine Signale aus, du lässt gerade Feuerwerksraketen steigen, und davon jede Menge.*

»Habe ich ... etwas Falsches gesagt?«, fragte Lion. »Ich wollte nicht anmaßend sein.«

»Nein, ganz im Gegenteil«, antwortete Pia hastig. »Ich war nur ... ein wenig überrascht, dass es dir aufgefallen ist, das ist alles.«

Und außerdem hatte er recht. Zumindest im Vergleich zu allen Frauen, die sie bisher in WeißWald gesehen hatte, brauchten Alica und sie nicht einmal für die Wahl zur Miss Universum zu kandidieren. Sie könnten sich den Preis auf der Stelle abholen.

»Ich müsste schon mit Blindheit geschlagen sein, um das nicht zu sehen«, antwortete Lion. »Aber Ihr habt meine Frage nicht beantwortet.«

»Die meisten«, sagte Pia – auch wenn das nicht unbedingt der Wahrheit entsprach. Gut, im direkten Vergleich mit den Schönheiten von WeißWald vielleicht schon. »Und viele sind noch sehr viel schöner.«

»Dann ist das eine Welt, die ich gerne einmal kennenlernen möchte«, feixte Lion.

Pia stimmte ganz automatisch in sein Grinsen ein, schüttelte aber nach einer Sekunde den Kopf. »Das glaube ich nicht.«

»Weil die Männer dort auch so viel besser aussehen als hier?«

Pia dachte flüchtig an Esteban. »Kaum. Aber ich bin sicher, dass es dir dort nicht gefallen würde.« Sie war gar nicht einmal mehr sicher, ob es *ihr* dort noch gefallen würde. Es war seltsam, aber eines wurde ihr genau in diesem Augenblick mit vollkommener Gewissheit klar: Sie gehörte hierher. Sie wusste so gut wie nichts von Lions Welt, und im Grunde hatte diese bisher nichts als Schrecken, Schmerz und Gefahr für sie bereitgehalten. Sie war zum Umfallen müde, jeder einzelne Knochen im Leib tat ihr weh und sie fror noch immer zum Gotterbarmen ... aber sie *gehörte* hierher.

»Weißt du, was mir gerade einfällt?«, fragte sie.

»Woher?«

»Leute wie dich gibt es bei uns auch«, fuhr sie fort. »Man nennt sie Cowboys. Oder jedenfalls hat es sie früher einmal gegeben.«

»Und was ist geschehen, dass es sie nicht mehr gibt?«

Wer stellte jetzt viele Fragen?, dachte sie spöttisch. Aber sie antwortete trotzdem. »Ein paar gibt es noch, aber nicht mehr viele. Die Welt hat sich weiterentwickelt.«

»Und jetzt ist in Eurer Welt kein Platz mehr für ...« Lion suchte einen Moment lang nach dem Wort, das sie gerade benutzt hatte. »... Cowboys?«

Pia hob nur die Schultern.

Für einen Moment machte sich unbehagliche Stille zwischen ihnen breit. Das knirschende Geräusch ihrer Schritte auf dem hart gefrorenen Boden schien lauter zu werden, und die Schatten eilten plötzlich ganz ohne ihr Zutun herbei und versuchten sie in einen Mantel zu hüllen, den sie nicht tragen wollte; nicht jetzt und nicht in seiner Nähe.

Der Gedanke ließ sie lächeln. Sie verscheuchte die Schatten genauso mühelos, wie sie sie schon ein paarmal herbeigerufen hatte (und ohne genau zu wissen, was sie da eigentlich tat), und machte unbewusst einen winzigen Schwenk nach rechts, sodass sie nun so dicht neben ihm herging, dass sich ihre Schultern beinahe berührten. Lion zog die linke Augenbraue hoch, und sie war nicht ganz sicher, ob sie nicht die Andeutung eines Lächelns in seinen Mundwinkeln entdeckte.

Vielleicht sah sie ja auch nur, was sie sehen wollte.

»Wie weit ist es bis zu unserem Treffpunkt?«, fragte sie nach einer Weile und eigentlich nur, um die Stille nicht übermächtig werden zu lassen.

»Als wir uns getroffen haben, hätte ich gesagt, zwei Stunden«, antwortete Lion. »Jetzt denke ich eher ...« Er bedachte den mühsam dahinrumpelnden Ochsenkarren mit einem langen, stirnrunzelnden Blick. »... bis Sonnenaufgang.«

Sonnenaufgang? Pia empfand fast so etwas wie Entsetzen. Ihrem subjektiven Empfinden nach war die Sonne gerade erst untergegangen.

»Wir wären schneller ohne Nani und den Wagen«, fuhr er fort. »Aber ich nehme nicht an, dass Ihr sie zurücklassen wollt?«

Pia antwortete nicht einmal darauf

»Ja, das dachte ich mir«, seufzte Lion. »Aber es ist vielleicht auch ganz gut so. Es mag sein, dass Nani und ihre Familie Euch noch von Nutzen sein werden.«

»Und wieso?«

»Eirann«, antwortete Lion. Irgendwie klang das geheimnisvoll, dachte Pia, auf eine Art, als hätte er das Wort aus keinem anderen Grund genauso betont, als sie zu beunruhigen.

»Ich dachte, dieser Eirann steht auf unserer Seite?«, fragte sie.

»Er ist ein Spitzohr«, erwiderte Lion. »Spitzohren stehen auf niemandes Seite, außer auf ihrer eigenen.« Er machte zwar ein grimmiges Gesicht, zugleich aber auch eine beruhigende Geste. »O nein, Erhabene. Ihr seid bei ihm so sicher, wie es nur geht. Man kann gegen diese Spitzohren sagen, was immer man will, aber sie stehen zu ihrem Wort. Wenn sie einmal eine Aufgabe übernommen haben, dann lassen sie sich eher in Stücke reißen, bevor sie versagen. Aber es wäre möglich, dass Ihr Euch nach einer Weile nach ... menschlicher

Gesellschaft sehnt. Sie sind ein eigenartiges Völkchen, diese Elfen.«

Wenn er sie damit beruhigen wollte, dann hatte er das genaue Gegenteil erreicht, dachte Pia.

Oder ganz genau das, was er gewollt hatte.

»Wenn ich es nicht besser wüsste«, sagte sie nachdenklich, »dann könnte ich glatt auf den Gedanken kommen, dass Ihr eifersüchtig seid, Ter Lion.«

Und wer sagt dir, dass ich es nicht bin?, fragte sein Blick. »Auf einen Elfen? Wie könnte ich das?«

Na zum Beispiel genau so, wie du es gerade tust, mein Freund, dachte sie spöttisch. »Das heißt, dass du uns nicht begleitest«, vermutete sie.

»Bis zum Tränensee«, antwortete er. »Wenn ich Euch in die Obhut des Elfen übergeben habe, ist meine Aufgabe erfüllt. Ich muss zurück zu meinem Clan. Man braucht mich dort.«

Beinahe hätte sie gesagt: *Aber ich brauche dich auch!,* konnte die Worte aber im letzten Moment zurückhalten. »Ja, das stimmt vermutlich.«

»Ihr braucht Euch keine Sorgen zu machen, Erhabene«, sagte Lion noch einmal. »Der Elf wird gut auf Euch achtgeben.«

»Und dann? Ich meine: Was geschieht dann mit mir ... mit uns?«

»Das weiß ich nicht«, antwortete Lion. »Ich soll Euch zu ihm führen, das ist alles, was man mir aufgetragen hat. Ich nehme an, er wird Euch außer Landes bringen ... auf jeden Fall aber an einen Ort, wo Ihr in Sicherheit seid. Ihr seid nicht die Erste, die die Elfen unter ihren Schutz stellen.«

Das hatte jetzt *ganz eindeutig* zum Ziel, sie zu beruhigen, und es bewirkte auch jetzt wieder das genaue Gegenteil. Lions Worte hatten mehr Fragen aufgeworfen als beantwortet, und ihre Beunruhigung begann allmählich zu etwas anderem und wirklich Unangenehmem zu werden – doch sie wollte jetzt nicht über Eirann reden. Wenn Lions Vermutung zutraf, dann würde sie wohl noch sehr viel mehr Zeit haben, mit dem und über den Elfenkrieger zu sprechen, als ihr lieb war.

Wieder kehrte für eine Weile Stille zwischen ihnen ein, aber diesmal eilten keine Schatten herbei, um sie einzuhüllen, und das Schweigen war nicht unangenehm, sondern von einer sehr vertrauten Art; das Schweigen zwischen Freunden, die einfach ein Stück nebeneinanderher gingen und sich jeweils in der Nähe des anderen so sicher und geborgen wussten, dass es nicht notwendig war, irgendetwas zu sagen. Pia vergrößerte die Distanz zwischen ihm und sich um ein kleines Stück, nicht weil ihr seine Nähe plötzlich nicht mehr angenehm gewesen wäre (das genaue Gegenteil war der Fall), sondern um ihn noch einmal und genauer (und ganz unverhohlen) zu betrachten. Die Ähnlichkeit mit Jesus verblüffte sie noch immer, doch dann verbesserte sie sich in Gedanken. Es war keine Ähnlichkeit. Er *war* Jesus, ein Jesus aus einer anderen (was eigentlich? Dimension? Realität? Zeit? Traum?) Welt, der alles hatte, was sie an Jesus so gut kannte und liebte, aber auch noch mehr. Ganz plötzlich wurde ihr der Unterschied klar. Der Jesus, den sie bis jetzt gekannt hatte, war ihr Freund gewesen, vielleicht der beste und treueste Freund, der ihr im Laufe ihres Lebens begegnet war, aber dennoch nur ein Freund; etwas wie der große Bruder, den sie niemals gehabt hatte.

Dieser Jesus war ein Mann. Er hatte all das, was sie an dem anderen Jesus immer vermisst hatte, ohne es sich selbst jemals einzugestehen.

Sie spürte, wie ihr Körper auf eine Weise auf diese Erkenntnis reagierte, die ihr eigentlich peinlich sein sollte, und wunderte sich ein bisschen, dass das nicht der Fall war, sondern die angenehme Wärme in ihrem Schoß ganz im Gegenteil sogar noch angenehmer wurde, versuchte diesen Gedanken aber hastig zu verscheuchen und sich zu etwas zu zwingen, was sie wenigstens selbst für einen sachlichen Ton hielt.

»Hast du eigentlich keine Angst, Ärger mit Istvan zu bekommen, wenn er herausfindet, dass du uns geholfen hast?«

»Früher oder später mag ihm aufgehen, wer euch dabei geholfen hat, aus der Stadt zu kommen, aber mich wird er kaum verdächtigen. Warum sollte er?«

»Jemand könnte gesehen haben, wie du uns mit dem Wagen geholfen hast.«

»Dann hat er einen Mann in der Uniform seiner eigenen Soldaten gesehen«, antwortete Lion.

»Einen sehr großen Mann.«

»Was auf so ziemlich jeden zutrifft, der nicht in diesem Teil des Landes geboren ist«, erwiderte Lion. »Und selbst wenn. Ich bin der Ter meines Clans. Niemand legt sich mit den Clans an. Er könnte mich festnehmen, aber daran hätte er wenig Freude, glaub mir. Am Schluss würden wir um die Wette hungern, wenn WeißWald die Fleischlieferungen ausgehen. Das wagt er nicht, glaubt mir.« Er zog fragend die linke Augenbraue hoch. »Ist das eine Marotte von Euch? Euch ständig Sorgen um andere zu machen?«

»Eigentlich nicht«, antwortete sie. »Aber in letzter Zeit ist so ziemlich jeder zu Schaden gekommen, der das Pech gehabt hat, mir zu nahe zu kommen.«

»Um den einen oder anderen ist es vielleicht nicht allzu schade«, sinnierte Lion.

»Ich möchte trotzdem nicht, dass es zu einer schlechten Angewohnheit wird.«

»Dann gibt es eigentlich nur zwei Möglichkeiten«, sagte Lion. »Ihr geht jedem Menschen aus dem Weg, dem Ihr nichts Schlechtes wünscht, oder Ihr sucht die Nähe Eurer Feinde.

Wenn Eure Befürchtung zutrifft, dann erledigt sich das Thema nach und nach von selbst.«

»Ja, das ist eine sehr gute Idee«, sagte Pia säuerlich. Sie hätte glatt von dem anderen Jesus stammen können.

Sie marschierten eine Stunde lang nebeneinanderher, redeten über dies und das und schwiegen manchmal endlose Minuten. Pia erzählte – sehr wenig – über ihre Heimat und stellte dafür umso mehr Fragen nach der Lions, die er geduldig und in aller Ausführlichkeit beantwortete. Sie erfuhr eine Menge; vieles, das ihr so banal und vertraut erschien, dass sie sich eines leisen Gefühles der Enttäuschung nicht erwehren konnte, aber auch das eine oder andere Detail, das ihr so aufregend vorkam, dass sie sich insgeheim fragte, ob mit Lion entweder die Fantasie durchging oder er sich über sie lustig zu machen versuchte.

Am meisten interessierten sie die Geschichten, die Lion über sein Volk und das Leben der Clans zu erzählen hatte. Wie es aussah, hatten die Clans tatsächlich keine Heimat – oder die größte, die man sich nur vorstellen konnte, das kam ganz auf den Standpunkt an. Sie folgten den Rinderherden auf ihren Zügen durch das Land, die sie über Wege führten, die sie möglicherweise schon seit Jahrmillionen benutzten, und lagerten nur ein einziges Mal im Jahr für zwei Wochen am selben Fleck, um irgendein traditionelles Fest zu feiern, das von großer Bedeutung für sie zu sein schien, auch wenn Pia es nicht genau verstanden hatte, allen geduldigen Erklärungsversuchen Lions zum Trotz. Das Ergebnis, so hatte er lachend erklärt, war jedes Mal ein gewaltiger kollektiver Kater und ein noch gewaltigeres Chaos, wenn die Clans versuchten, die Herden wieder einzuholen, und erneut von ihnen als Begleiter akzeptiert wurden. Lion machte nur eine einzige beiläufige Bemerkung, was das anging, aber Pia meinte trotzdem nach und nach aus seinen Worten herauszuhören, dass die Herden den Clans nicht im eigentlichen Sinne gehörten, sondern die Tiere mit ihnen eher in einer Art Symbiose lebten, bei der beide Seiten ebenso viel gaben wie nahmen. Die Clans beschützten die gewaltigen Herden vor ihren natürlichen Feinden und versuchten auch schon einmal, behutsamen Einfluss auf ihren Kurs zu nehmen, um sie zu einem saftigeren Weidegrund oder einer ungefährlicheren Flusspassage zu dirigieren (was nicht immer gelang), und die Tiere ihrerseits ließen es zu, dass sich die Menschen von ihnen ernährten und dann und wann einige Tiere verkauften, um sich im Gegenzug mit Dingen des täglichen Bedarfs einzudecken, die die Herde und die Natur nicht liefern konnten. Die Clans verkauften niemals sehr viele Tiere, wie Lion ausdrücklich betonte, sondern allerhöchstens ein paar Dutzend, deren Verlust die Herde kaum bemerkte. Das erklärte auch die erstaunliche Anzahl an Karawanen, die sich vor den Toren der Stadt eingefunden hatten. Pia hatte im ersten Moment geglaubt, sich geirrt zu haben, als sie Tausende von Tieren zu sehen meinte, aber wahrscheinlich hatte sie die Anzahl eher zu niedrig angesetzt. Es mussten mindestens ein Dutzend unterschiedlicher Clans sein, die sich vor den Toren von WeißWald versammelt hatten, und aus jeder Herde wurden tatsächlich nur einige wenige Tiere verkauft. Ökonomisch wahrscheinlich eine glatte Katastrophe, aber die Naturschützer hätten ihre reine Freude an diesem Modell gehabt. Und es schien zu funktionieren. Nach Lions Aussage wurden die Herden von Jahr zu Jahr größer.

»Ja, das klingt nach einer guten Idee«, seufzte Pia. »Schade, dass bei uns niemand so denkt.«

»Es gibt bei Euch keine Clans?« Lion klang beinahe ungläubig.

»Irgendwo in der äußeren Mongolei vielleicht«, seufzte Pia. Lion sah nur noch verwirrter aus, und Pia lächelte schmerzlich und antwortete etwas ernster: »Früher gab es sie einmal.«

»So große wie hier?«

»Größer«, behauptete Pia. »Angeblich waren es so viele, dass sie das Land von einem Horizont zum anderen bedeckt haben und man eine Herde einen ganzen Tag an sich vorüberziehen sehen konnte, ohne dass ihr Ende auch nur in Sicht kam.«

»Das ist groß«, sagte Lion beeindruckt. »Aber Ihr habt gesagt: früher. Was ist geschehen?«

»Wir haben sie ausgerottet.«

Lion riss ungläubig die Augen auf. »Ausgerottet? Alle?«

»Einige gibt es noch«, sagte Pia. »In ein paar Nationalparks oder Zoos. Aber die großen Herden sind verschwunden. Und sie kommen auch nicht zurück, fürchte ich.«

»Ihr habt sie alle ausgerottet?«, fragte Lion noch einmal. »Aber warum denn? Ist euer Volk so groß, dass ihr so viel Fleisch braucht?«

»Um das Fleisch ging es nicht«, antwortete Pia, »oder jedenfalls nur am Rande. Sie wollten ihre Felle. Das Fleisch haben sie den Geiern überlassen. Aber ich schätze, nicht mal die haben es geschafft.«

Lion sah sie nur noch zweifelnder an. »Ihr macht Euch über mich lustig. Kein Volk wäre so dumm.«

»Du würdest dich wundern, wie dumm ein Volk sein kann«, antwortete Pia.

»Wenn das wahr ist, dann muss Eure Heimat wirklich sehr ... sonderbar sein.«

»Irgendwie habe ich das Gefühl, dass du ein anderes Wort im Sinn hattest«, antwortete Pia amüsiert. »Und du hättest recht damit. Ich könnte dir ein paar Geschichten erzählen, die du bestimmt noch viel weniger glaubst. Aber lassen wir das.« Sie machte eine wegwerfende Handbewegung. »Wo wir schon bei traurigen Geschichten sind: Mir fallen gleich die Füße ab, und mein Rücken dürfte in wenigen Minuten einfach durchbrechen. Ist es noch weit?«

»Wir sind erst seit drei Stunden unterwegs«, sagte Lion leicht verwundert.

»Das letzte Mal, dass ich drei Stunden am Stück unterwegs gewesen bin, habe ich in einem Flugzeug gesessen«, sagte Pia, erntete den erwarteten verständnislosen Blick und fügte hinzu: »Ich bin es nicht gewohnt, so weite Strecken zu Fuß zurückzulegen. Und die letzten Tage waren ziemlich anstrengend.«

Lion sah ganz so aus, als wollte er eine Diskussion über die genaue Definition des Begriffs *weite Strecken* mit ihr beginnen, aber dann hob er stattdessen die Schultern und nickte; wenn auch wenig begeistert. »Wir können eine Rast einlegen«, sagte er. »Wahrscheinlich sind wir weit genug von der Stadt entfernt, um es zu riskieren. Dort hinten ist ein kleines Wäldchen. Schafft Ihr es noch bis dahin?«

Pia sah eine Sekunde lang in die Richtung, in die seine ausgestreckte Hand wies, erkannte dort nichts als Dunkelheit und zuckte die Achseln. »Ich denke schon. Und wenn nicht, dann habe ich ja einen großen, starken Beschützer, der mich im Notfall trägt, nicht wahr?«

»Wenn Ihr es wünscht, Erhabene.« Lion nickte vollkommen ungerührt und eilte voraus, um mit Nani zu sprechen. Pia ließ ganz bewusst noch einige Augenblicke verstreichen, bevor sie ihm folgte und zu Alica aufschloss.

Der Empfang war ganz genauso, wie sie es erwartet hatte. »Oh, schau an«, sagte Alica schnippisch. »Euer Durchlaucht geben dem gemeinen Volk auch einmal die Ehre.«

»Gemein trifft es ganz gut«, antwortete Pia. »Gibt es sonst noch irgendwelche Neuigkeiten, die ich wissen müsste?«

»Jede Menge«, antwortete Alica. »Ich hatte eine lange und wirklich interessante Konversation mit einer ganz reizenden älteren Dame. Das Problem ist nur, dass ich kein Wort verstanden habe, aber ansonsten habe ich mich ausgezeichnet unterhalten. Danke der Nachfrage.«

»He, jetzt reg dich wieder ab«, sagte Pia besänftigend. »Ich dachte, dir wäre auch daran gelegen, ein paar Informationen zu bekommen.«

»Informationen worüber?«

»Über alles hier. Wer Ter Lion ist und wohin er uns bringt, zum Beispiel.« Sie berichtete Alica ausführlich, was sie von Lion erfahren hatte, und zu ihrer Überraschung versuchte sie nicht ein einziges Mal, sie zu unterbrechen oder auch nur eine boshafte Bemerkung beizusteuern. Aber sie blickte sie noch immer genauso missmutig an wie zuvor, als Pia zu Ende gekommen war.

»Das heißt, wir sind von einem waschechten Cowboy gerettet worden«, sagte Alica. »Ich bin beeindruckt. Sind wir jetzt richtige Squaws? Wenn ja, dann muss ich mir unbedingt eine Adlerfeder suchen und sie mir ins Haar stecken.« Sie funkelte sie an. »Und über diesen Elfen hat er nichts weiter gesagt?«

»Nicht mehr, als ich dir erzählt habe«, antwortete Pia. »Ich glaube, sehr viel mehr weiß er auch nicht.«

»Aber so, wie es sich anhört, scheint Jesus der Zweite ihn nicht besonders zu mögen. Und du?«

»Ich? Ich kenne ihn doch so wenig wie ...«

»Was hältst du von der Idee? Ich meine: Irgendwie ist die Vorstellung schon ein bisschen abenteuerlich, unser Schicksal in die Hände eines Mannes zu legen, den wir gar nicht kennen.«

»Hast du eine bessere Idee?«

Wenn, dann kam Alica nicht dazu, sie ihr vorzutragen, denn in diesem Moment kam Lion zurück, und etwas am schaukelnden Ächzen des Ochsenkarrens änderte sich, als das Gefährt seinen Kurs änderte.

»Wir legen eine kurze Rast ein«, sagte er. »Nani ist müde, und auch das Zugtier braucht eine Pause. Eine Stunde sollte reichen.«

»Was hat er gesagt?«, fragte Alica. Pia übersetzte, und auch Alica war ihre Erleichterung deutlich anzumerken. »Wunderbar«, seufzte sie. »Ein Drive-in oder vielleicht sogar ein Motel? Wenn sie ein Zimmer mit Kabelfernsehen haben, dann melde ich hiermit schon einmal vorsorglich Anspruch darauf an!«

»Einverstanden. Und ich nehme das mit Whirlpool und Massagebett ... auch wenn ich fürchte, dass wir mit einem Stück Waldboden vorliebnehmen müssen.«

»Solange die Bäume nicht versuchen uns aufzufressen, soll es mir auch recht sein. Wenn ich noch zehn Minuten weiterlaufen muss, fangen meine Füße ganz von selbst an zu brennen.«

Sie brauchten nicht zehn, sondern gute zwanzig Minuten, um den Wald zu erreichen, aber Alica hinterließ keine brennenden Fußspuren, Pias Rücken brach nicht in der Mitte durch, und zu ihrer beider Erleichterung entpuppten sich die Bäume auch nicht als menschenfressende Ungeheuer, die sich nur als Nadelbäume mit erstaunlich dicken Stämmen tarnten, sondern als ganz normale Bäume.

Lion dirigierte den Wagen gute zwanzig Meter tief in den Wald hinein, bis sie eine halbrunde Lichtung erreichten. In ihrer Mitte befand sich eine mit Steinen grob eingefasste Feuerstelle, die aber offenbar schon seit Längerem nicht mehr benutzt worden war. Die Büsche an ihrem Rand wuchsen irgendwie seltsam, als wären sie so oft immer wieder geknickt worden und nachgewachsen und wieder abgebrochen worden, bis die Natur schließlich kapituliert und sie in sonderbar falschen Winkeln hatte wachsen lassen. Offensichtlich wurde diese Lichtung nicht zum ersten Mal als Lagerplatz benutzt. Dieser Ort entsprach nicht unbedingt Pias Vorstellung von einem idealen Versteck.

Sie äußerte ihre Bedenken auch laut, aber Lion schüttelte den Kopf. »Wenn wir verfolgt würden, dann hätte ich das gemerkt«, sagte er überzeugt. »Und selbst wenn nicht, hätten sie uns längst eingeholt. Aber ich sehe mich gerne um, wenn Ihr es wünscht.«

»Das ist nicht nötig«, sagte sie, ebenso hastig wie auch ein bisschen schuldbewusst. Lion war sicher in weitaus besserer Form als Alica und sie, aber er hatte genau wie sie einen dreistündigen Fußmarsch hinter sich, und ihm stand eine kleine Rast genauso zu.

Doch es war bereits zu spät. »Ihr habt vollkommen recht, Erhabene«, sagte er. »Ich bin für Eure Sicherheit verantwortlich. Ich werde mich ein wenig umsehen. Ruht Euch in der Zwischenzeit aus. Ihr könnt etwas essen, aber macht kein Feuer. Das wäre zu gefährlich.« Und damit verschwand er, schnell und trotz des dicht wachsenden Unterholzes so gut wie lautlos.

»Wohin geht er?«, erkundigte sich Alica. »Für kleine Cowboys?«

»Keine Ahnung«, antwortete Pia kühl. »Willst du ihm hinterher und nachsehen?«

Alica zog eine Grimasse, antwortete aber nicht mehr, sondern suchte sich einen frei stehenden Baum, beäugte ihn einen Moment lang sehr misstrauisch und setzte sich dann. Sie schloss die Augen und lehnte sich mit einem tiefen Seufzen gegen den glatten Stamm.

»Wenn das Ding plötzlich Augen und Zähne entwickelt und mich aufzufressen versucht, weck mich nicht«, murmelte sie. »Vielleicht geht es ja schnell.«

Pia sah sich einen Moment lang suchend um, ging dann zu einem anderen Baum und lehnte sich auf dieselbe Weise dagegen. Sie fühlte sich unendlich müde, aber auf eine sehr seltsame Art, als würde sie nicht einschlafen, wenn sie jetzt nachgäbe. Ganz im Gegenteil. Da war eine Unruhe in ihr, die mit jedem Moment stärker zu werden schien und deren wahren

Grund sie zwar noch verleugnen konnte, das aber bestimmt nicht mehr lange. Sie war auch gar nicht sicher, ob sie es überhaupt wollte.

Nach einer Weile kam Lasar zu ihnen. Pia hatte nichts von irgendwelchen Vorbereitungen bemerkt, aber er hielt zwei reichlich ramponierte Blechteller in den Händen, auf denen sich eine kalte Mahlzeit befand, die unappetitlich aussah und noch schlechter schmeckte. Alica stellte den Teller nach dem ersten Bissen empört ab, doch Pia dachte daran, dass keiner von ihnen wusste, was der morgige Tag bringen würde und wann sie die nächste Mahlzeit bekämen, und zwang sich, den Teller vollkommen zu leeren – auch wenn sie sich mit jedem Bissen, den sie hinunterwürgte, ernsthafter fragte, ob sie Nanis Mann nicht letzten Endes einen Gefallen erwiesen hatte, falls *das* ihre normalen Kochkünste waren ...

Lasar kam und holte nicht nur das schmutzige Geschirr, sondern brachte ihr auch einen Becher mit Wasser, das ausnahmsweise ausgezeichnet schmeckte. Trotzdem hätte sie in diesem Moment, ohne zu zögern, ihre Seele verkauft für eine einzige Tasse Kaffee ... oder doch wenigstens die Alicas.

Der Gedanke zauberte ein flüchtiges Lächeln auf ihre Lippen und ließ sie zugleich den Kopf drehen – Alica hatte jetzt lange genug geschmollt, und es wurde allmählich Zeit, dass sie sich wieder vertrugen –, doch Alica war nicht mehr da. Pia entdeckte sie nach einem kurzen Moment auf der anderen Seite der Lichtung. Sie war vor einem Busch in die Hocke gegangen und tat irgendetwas, das sie nicht genau erkennen konnte.

Pia leerte sorgfältig ihren Becher, stellte ihn noch sorgfältiger neben sich auf den Boden und ging zu ihr. Alica war nicht vor einem Busch in die Hocke gegangen, sondern vor einer schlanken Pflanze mit gut halbmeterlangen, faserigen Blättern, die ein bisschen wie fettes Farn aussah. Pia sah sie fragend an.

»Das könnte funktionieren«, sagte Alica nachdenklich. »Ich bin nicht ganz sicher, was die Konsistenz angeht, aber wenn man sie trocknet und eine Weile liegen lässt ...«

»Du gibst wohl nie auf, wie?«, fragte Pia.

»Aufgeben? Ich habe noch nicht einmal angefangen, wie könnte ich da aufgeben?«

»Meinst du nicht, dass du dich allmählich lächerlich machst?«, fragte Pia sanft.

Offenbar war es trotzdem der falsche Tonfall gewesen, denn Alica funkelte sie einen Moment lang fast hasserfüllt an. »Das sagst ausgerechnet du?«, fauchte sie. Ihre Finger strichen weiter an dem vermeintlichen Farnblatt entlang. »Du bist doch schuld daran, dass meine gesamten Zigarettenvorräte zum Teufel sind!«

»Es war genau *eine* Zigarette«, antwortete Pia.

»Trotzdem war es alles, was ich noch hatte«, beharrte Alica. »Jetzt kann ich sehen, wie ich an Nachschub komme!«

Pia gab auf. Es gab Dinge, über die konnte man mit Alica nicht sprechen. Eigentlich über eine ganze Menge Dinge, wenn sie es recht bedachte.

Sie sah ihr noch ein paar Sekunden lang zu, wandte sich dann um und ließ ihren Blick über den Rand der Lichtung wandern. Sie brauchte nur ein paar Sekunden, bis sie gefunden hatte, wonach sie suchte.

»Darf ich fragen, wo du hingehst?«, erkundigte sich Alica, als sie sich in Bewegung setzte.

»Ach, nirgendwohin. Ich will nur sehen, ob ich vielleicht ein paar Haschischpflanzen finde.«

Alica knurrte irgendeine Antwort, von der es vermutlich besser war, dass sie sie nicht verstand, und Pia bog vorsichtig das Unterholz auseinander und folgte der Spur aus geknickten Zweigen und niedergetrampeltem Unterholz, die Lion hinterlassen hatte. Wenn sie bedachte, wie vollkommen lautlos er sich bewegt hatte, dann hatte er eine eigentlich schon erstaunlich deutliche Spur hinterlassen. Pia war völlig unerfahren in solchen Dingen, aber selbst ihr fiel es leicht, seiner Fährte zu folgen.

Ungefähr hundert Schritt weit, dann löste sich eine dunkle, sehr hochgewachsene Gestalt aus den Schatten des Waldes und vertrat ihr den Weg.

»Ich wusste, dass du kommst«, sagte Lion.

XXIX

Eigentlich war es ungewöhnlich – wenn sie es recht bedachte, war es ihr noch nie passiert –, aber sie musste wohl eingeschlafen sein, denn als die Explosion aus purer Lust und verzehrendem Feuer in ihrem Leib nach und nach verebbt war und sie wieder atmen konnte, ohne dabei vor Wonne abwechselnd zu stöhnen und zu schnurren wie eine zufriedene Katze, fand sie sich zwar unversehens auf dem Rücken und dem kalten Waldboden liegend wieder, aber in der Beuge seines muskulösen rechten Arms, und sein zwar enormes, doch so unendlich süßes Gewicht lastete nicht mehr auf ihr.

Lion lag neben ihr. Er hatte die Augen geschlossen, und auf seinem Gesicht zeichnete sich ein sehr entspannter Ausdruck ab. Sein Atem, den sie gerade so heiß und keuchend an ihrer Wange gespürt hatte, ging jetzt sehr gleichmäßig und flach, aber irgendwie spürte sie, dass er nicht schlief.

»Hör auf zu schauspielern«, sagte Pia und strich ihm zärtlich über die Wange. »Das kannst du nicht besonders gut.«

Lion hob die Lider und sah sie an, ohne dass sich in seinem Gesicht auch nur ein Muskel gerührt hätte. In seinen Augen war nichts als Zärtlichkeit. »Ich schauspielere nicht«, sagte er. »Ich wollte dich nicht wecken, das ist alles. Du hast so tief geschlafen.«

»Woher willst du das wissen?«, fragte sie.

»Weil du geschnarcht hast.«

»Ich schnarche nicht!«, antwortete Pia empört.

»Tust du doch«, beharrte Lion. »Aber keine Sorge. Ich finde, es klingt süß.«

»Das ist gelogen!«

»Was? Dass es süß klingt? Also, sagen wir ... ja«, gestand Lion. »Ich weiß nicht, was ich in zehn Jahren dazu sagen werde oder in zwanzig ... aber noch gefällt es mir.«

»In zehn Jahren?« Pia runzelte übertrieben die Stirn, stemmte sich auf den rechten Ellbogen hoch und brachte ihr Gesicht noch näher an seines heran. »Nur damit es jetzt nicht zu einem grässlichen Missverständnis kommt, Ter Lion. Es gibt da nicht irgendwelche mir unbekannten Riten oder Bräuche? Ich meine, wir haben nicht gerade geheiratet oder uns die ewige Treue geschworen oder so was?«

»Geheiratet?« Lion riss fast entsetzt die Augen auf. »Aber ich habe Euch doch gesagt, dass ich auf die Richtige warte, Erhabene!«

Pia starrte ihn eine Sekunde aus aufgerissenen Augen an, japste in gespielter Wut und rollte sich dann auf ihn, um ein halbes Dutzend Mal schnell (und ziemlich hart) mit den Fäusten auf seine Brust zu trommeln.

»Du verdammter Schuft!«, rief sie mit gespielter Empörung. »Und ich habe Euch für einen Ehrenmann gehalten, Ter Lion! Aber Ihr habt die Gelegenheit offensichtlich nur schamlos ausgenutzt, um Euch das Vertrauen einer ehrbaren Jungfrau zu erschleichen, und ...«

»Also, das bezweifle ich, Erhabene.«

Pia kniff misstrauisch das linke Auge zu. »Was? Die Jungfrau oder das ehrbar?« Sie wartete seine Antwort gar nicht erst ab, sondern trommelte weiter mit den Fäusten auf seine Brust ein. Lion ließ sie ein paar Augenblicke gewähren, dann hielt er ihre Handgelenke mit nur einer Hand fest und legte die andere auf ihren Rücken, wo sie für eine halbe Sekunde verharrte und dann eine Folge gleißender Explosionen in ihrem Rückgrat auslöste, als sie weiter nach unten wanderte. Pia schloss die Augen, küsste ihn zärtlich und sehr lange und spürte, dass sie nicht die Einzige war, die ihr Pulver offensichtlich noch nicht ganz verschossen hatte.

»Ich fürchte, uns bleibt nicht mehr genug Zeit, um diese Angelegenheit in der gebührenden Ausführlichkeit zu Ende zu besprechen, Ter Lion«, flüsterte sie. Ihr Atem ging schon wieder schneller, genau wie der seine, und in ihrem Schoß wurde aus dem noch längst nicht erloschenen Funken wieder heiße Glut.

»Manchmal kann man ein Gespräch auch sehr schnell zu Ende bringen«, sagte Lion. »Wenigstens vorläufig.«

Seine Hand tat Dinge, die ihr ein bisschen unbekannt waren, aber auch alles andere als unangenehm.

Nicht, dass sie es selbst verstand ... aber die Vernunft siegte.

»Das geht jetzt nicht«, sagte sie. »So leid es mir tut. Wir holen es nach, das verspreche ich dir, aber jetzt sollten wir zu den anderen zurückgehen.« Mit einer noch viel größeren Willensanstrengung streifte sie seine Hand ab, setzte sich auf und begriff in der gleichen Sekunde und nicht nur wegen seines breiter werdenden Grinsens, dass das vielleicht auch nicht wirklich clever gewesen war.

Woher sie die Willensstärke nahm, trotzdem noch einmal den Kopf zu schütteln und schließlich sogar aufzustehen, war ihr selbst ein Rätsel.

»Lass uns zurückgehen«, sagte sie.

Wenn er enttäuscht war, dann ließ er es sich zumindest nicht anmerken – was sie ihm allerdings fast schon wieder ein bisschen übel nahm.

»Ganz wie Ihr befehlt, Erhabene«, sagte er, richtete sich auf beide Ellbogen hoch und fuhr fort: »Wahrscheinlich machen sie sich ohnehin schon Sorgen um uns. Eure Freundin sieht jedenfalls nicht sehr begeistert aus.«

Pia fuhr wie von der berühmten Tarantel gestochen herum und konnte selbst spüren, wie ihr alles Blut aus dem Gesicht wich, als sie Alica nur einen halben Steinwurf entfernt entdeckte.

Sie stand hinter einem Busch, der nicht einmal als symbolisches Versteck durchgegangen wäre, und Pia konnte trotz der Dunkelheit und der Entfernung den vorwurfsvollen Ausdruck in ihren Augen erkennen. Eine geschlagene Sekunde lang starrte sie sie einfach nur an, dann spürte sie, wie die Blässe ihrer Wangen einer mindestens genauso intensiven Schamesröte wich, stieg mit einem schnellen Schritt von Lion herunter und bückte sich gleichzeitig nach ihrem Kleid. Kaum hatte sie es berührt, da spürte sie wieder, wie grausam kalt es war. Das Feuer, das sie bisher gewärmt hatte, brannte noch immer in ihr, aber sie begann nun trotzdem die äußere Kälte zu spüren, ließ das Kleid fallen und hob stattdessen den Umhang auf, den sie sich überstreifte, während sie auf Alica zuging.

»Na, hast du auch alles gesehen?«, fragte sie spröde.

»Es war nicht ganz uninteressant«, antwortete Alica kalt. »Wenn auch vielleicht ein bisschen bieder.«

Diesmal war die Hitze, die ihr ins Gesicht schoss, Zorn, nicht nur Scham. »Was suchst du hier?«, fauchte sie. »Wie hast du uns überhaupt gefunden?«

»Also, ihr wart nun wirklich laut genug«, antwortete Alica.

Laut genug? Pia kramte einen Moment in ihrem Gedächtnis und kam dann zu dem Schluss, dass Alica wahrscheinlich recht hatte. »Du spionierst mir also nach«, sagte sie wütend. »Ja, das hätte ich mir eigentlich denken können.«

Warum sie *das* sagte, wusste sie selbst nicht genau, aber Alica schien es gar nicht gehört zu haben.

»Oh, entschuldige bitte!«, fauchte sie.« Ich habe mir Sorgen um dich gemacht, weil du nicht zurückgekommen bist! Aber das wird bestimmt nicht noch einmal passieren! Ich konnte ja nicht wissen, dass du dich dem erstbesten Kerl an den Hals wirfst, der dir über den Weg läuft!« Etwas in ihrem Blick änderte sich und war jetzt einfach nur noch böse. »Dabei hätte ich es mir eigentlich denken können. Man muss ja in deinem Namen eigentlich nur zwei Buchstaben austauschen, nicht wahr, Prinzessin Gaylen?«

Pia beherrschte sich mit aller Kraft. Alica wollte sie provozieren, das hatte sie begriffen, wenn auch noch nicht wirklich, warum.

»Also gut, du hast deinen Auftritt gehabt, du hast mich in eine peinliche Situation gebracht, und jetzt ist es gut. Können wir dann gehen?«

»Und ich dachte, du wärst meine Freundin«, antwortete Alica mit einer Bitterkeit, die Pia noch viel weniger verstand.

»Bist du jetzt fertig?«

»Ja«, antwortete Alica. Dann runzelte sie die Stirn, machte ein überraschtes Gesicht und fuhr in verändertem Ton fort: »Obwohl ich dich beinahe verstehen kann.«

Pia sah sie einen halben Atemzug lang vollkommen verständnislos an, drehte sich dann herum und glaubte ein bisschen besser zu begreifen. Lion war aufgestanden, und er war genauso nackt, wie sie es vor einer Minute gewesen war. Er bückte sich ohne sichtbare Hast nach seiner Hose, hielt sie sich nachlässig vor den Leib und ging mit einem gespielt verlegenen Lächeln auf sie zu, und aus der Dunkelheit hinter ihm kam eine kurzstielige Axt geflogen, überschlug sich zweimal in der Luft und grub sich mit einem knirschenden Laut wuchtig genug in seinen Hinterkopf, um seinen Schädel zu spalten und erst stecken zu bleiben, als die bronzefarbene Klinge zwei Fingerbreit über seiner Nasenwurzel wieder zum Vorschein kam; wie der Stachelkamm eines grotesken Echsenmenschen aus einem noch groteskeren Comic.

Lion gefror mitten in der Bewegung. Die Wucht der geschleuderten Axt hatte ihn halb nach vorn gerissen und in einer ebenso unmöglich-grotesken Haltung wieder erstarren lassen. Blut – erstaunlich wenig Blut – lief rechts und links der bronzenen Axtschneide über sein Gesicht, und in seinen Augen erschien ein Ausdruck absoluten Erstaunens.

Dann starb er und sackte zusammen, und rings um sie herum brach die Hölle los.

Alica begann zu schreien. Schatten explodierten aus dem Wald und waren plötzlich überall, und es stank nach Blut und Tod. Metall blitzte, und Pia hörte ein ekelhaftes Geräusch, wie von rasiermesserscharfem, schartigem Stahl, der aus einer Scheide gezogen wurde.

Eine der bärtigen Gestalten packte sie bei den Schultern und schleuderte sie zu Boden, und die Berührung brach den Bann, der sie bisher in seinem lähmenden Griff gehabt hatte. Sie schlug schwer auf den Rücken, spürte einen betäubenden Schmerz durch ihre Hüften schießen und sah, wie sich der Angreifer auf sie stürzen wollte und dann vielleicht für den Bruchteil einer Sekunde zögerte, als ihr Mantel auseinanderfiel und er erkannte, dass sie darunter nackt war.

Sein Zögern kostete ihn das Leben. Pia reagierte ganz ohne ihr eigenes Zutun, zog beide Knie an den Leib und stieß die Beine dann gerade und mit aller Gewalt, die sie aufbringen konnte, nach oben. Ihre Fersen krachten in sein unteres Rippenpaar und brachen es. Der Kerl klappte japsend zusammen, und Pia rollte sich herum und auf die Knie und rammte den Ellbogen nach hinten, als er neben ihr auf die Knie sank. Sie traf seinen Adamsapfel und zertrümmerte ihn. Dann war sie mit einer einzigen fließenden Bewegung auf den Beinen und hinter einem zweiten langhaarigen und bärtigen Angreifer, der Alica gepackt hatte und sie mit wenig Erfolg festzuhalten versuchte, schmiegte die Hände um seinen Hinterkopf und sein Kinn und brach ihm mit einer einzigen kraftvollen Bewegung das Genick. Noch während er lautlos zu Boden sank, fuhr sie herum und hielt mit halb erhobenen Händen nach einem weiteren Opfer Ausschau, das sie packen und töten könnte.

Es gab keines. Die beiden Angreifer waren die einzigen gewesen. Alica und sie waren allein.

Sekundenlang stand sie einfach nur da, suchte nach … *irgendetwas,* das sie packen und zerreißen könnte, und atmete in dieser Zeit nicht einmal, geschweige denn, dass in ihrem Geist Platz für einen bewussten Gedanken gewesen wäre. Da war nur der absolute Wille zu töten, irgendetwas oder irgendjemanden. Es war wie die flüsternde Wut, mit der sie die Berührung des magischen Schwertes erfüllt hatte, nur schlimmer, tausendmal schlimmer und erbarmungsloser.

Etwas berührte sie an der Schulter, sacht, beinahe ängstlich, und Pia fuhr herum, riss die Hände noch weiter in die Höhe und ließ sie dann wieder sinken, als sie Alica erkannte. Und der Anblick ihres schreckensbleichen Gesichtes bewirkte noch etwas anderes. Das verzehrende Feuer in Pia erlosch, und an seine Stelle trat Leere, so gewaltig und still, dass sie im ersten Moment nicht einmal mehr Platz für den Schmerz ließ, der doch eigentlich jetzt kommen sollte.

»Ist … alles in Ordnung?«, fragte Alica. »Mit dir, meine ich?« Ihre Augen waren groß und schwarz vor Furcht; auch wenn Pia das Gefühl hatte, dass diese Furcht vielleicht einen anderen Grund haben mochte, als sie annahm. Sie hätte nicht einmal antworten können, wenn sie es gewollt hätte.

Wortlos drehte sie sich herum, ließ ihren Blick über die beiden toten Männer schweifen und stellte fest, dass der, der sie attackiert hatte, noch nicht ganz tot war. Er lag auf dem Rücken, hatte beide Hände um den Hals gekrampft und erstickte qualvoll und langsam. Tief in ihr war das Wissen, dass sie ihn – vielleicht – hätte retten können, wenn sie es wirklich gewollt hätte, dass es gewisse Dinge gab, die sie hätte tun können, wäre da auch nur ein Funke von Mitgefühl in ihr gewesen. Doch da war keiner, und hätte es ihn gegeben, so hätte sie ihn sofort gelöscht.

Schweigend und vollkommen regungslos wartete sie ab, bis der Mann erstickt war, dann wandte sie sich um und ging zu Lion.

Er war auf die Seite gerollt, unter seinem Kopf eine immer noch größer werdende Blutlache, die der hart gefrorene Boden nicht aufnehmen konnte und die in der Kälte dampfte. Trotz der grauenhaften Wunde lag ein sonderbar friedlicher Ausdruck auf seinem Gesicht. Die Axt hatte seinen Schädel nahezu gespalten, aber er sah dennoch aus, als wäre er nur eingedämmert und schliefe einen tiefen, traumlosen Schlaf.

Langsam ließ Pia sich neben ihm auf die Knie sinken, streckte die Hand aus und berührte seine Wange mit den Fingerspitzen. Seine Haut war noch warm, dieselbe Wärme, die sie gerade auf ihrer Haut gespürt hatte, aber sie konnte auch fühlen, wie dieses bisschen Wärme bereits wich, Opfer derselben grausamen Kälte wurde, die diese ganze Welt in ihrem erbarmungslosen Griff hatte und am Ende auch über sie und alle anderen obsiegen würde.

So würde es enden, begriff sie, für sie, für Alica und Nani und Brack und alle anderen hier. Vielleicht in einem kurzen Moment voller explodierender Furcht und Schmerzen, vielleicht erst nach vielen Jahren und einem vermeintlich friedvollen Leben, aber am Ende würden Kälte und Stille den Sieg davontragen, ganz gleich, wie sehr sie sich auch dagegen wehrten. Wozu diesen Kampf also überhaupt aufnehmen, wenn sie ihn doch nicht gewinnen konnte?

»Es ... es tut mir so unendlich leid«, flüsterte Alica hinter ihr. Ihre Stimme bebte, und als Pia zu ihr aufblickte, sah sie Tränen über ihr Gesicht laufen. *Sie* sollte diese Tränen weinen, dachte sie. Der Kummer, den sie auf Alicas Gesicht sah, sollte der ihre sein. Aber sie empfand nichts. Oder doch: Da war etwas, tief, unendlich tief in ihr, ein schwarzer Schlund noch unter der Leere, die ihre Seele erfüllte, und irgendetwas lauerte darin. Sie wusste nicht, was es war, und sie betete darum, es auch niemals wirklich kennenzulernen, denn es war durch und durch schrecklich und würde vielleicht auch sie selbst zerstören, wenn es irgendwann einmal Gestalt annahm.

Sie lächelte, um Alica Trost zu spenden, den doch eigentlich sie ihr zusprechen sollte, dann beugte sie sich noch einmal vor und küsste Lions erkaltende Lippen. Noch immer schweigend stand sie auf, ließ den Umhang von ihren Schultern gleiten und bückte sich stattdessen nach ihrem Kleid, um es überzustreifen. Selbst der dicke Stoff bot kaum merklichen Schutz vor der Kälte, die mit jeder Sekunde schlimmer zu werden schien. Pia legte den Mantel wieder an, schlug die Kapuze hoch und drehte sich zu Alica um.

»Gehen wir. Die anderen warten sicher schon.«

Alica rührte sich nicht, aber in ihren Augen glomm eine neue Art von Entsetzen auf, das eindeutig ihr galt, nicht dem, was hier passiert war. Trotzdem sagte sie: »Was ich gerade gesagt habe, über dich und Lion, das ... das tut mir leid. Ich habe das nicht so gemeint, bitte glaub mir!«

»Ich weiß«, antwortete Pia. Die Kälte in ihrer Stimme erschreckte sie beinahe selbst. Oder hätte es tun sollen. »Können wir?«

Alica zwang sich zu einem abgehackten Nicken und wandte sich mit einem Ruck ab. Aus dem Wald hinter ihr drang ein gellender Schrei.

Pia war mit einem einzigen Satz an ihr vorbei und schon halb im Unterholz verschwunden, noch bevor Alica auch nur ihren Schrecken überwunden hatte, und ihr Vorsprung wuchs mit jedem gewaltigen, federnden Schritt, mit dem sie auf die Quelle des Kampflärms zurannte.

Dem ersten Schrei war ein weiterer gefolgt, und mittlerweile hallte die Dunkelheit vor ihr wider von Schreien und dem Klirren von Waffen, das sie vollkommen zweifelsfrei identifizierte, obwohl sie so etwas eigentlich noch nie zuvor gehört hatte. Dort vorne tobte ein erbitterter Kampf, und es hörte sich nach weitaus mehr an als nur Nanis Familie, die sich gegen eine entsprechende Anzahl von Angreifern zur Wehr zu setzen versuchte.

Es war auch mehr.

Pia stürmte auf die Lichtung hinaus und ohne das allermindeste Zögern auf den am nächsten stehenden barbarischen Angreifer zu, nahm die gesamte Szenerie aber trotzdem mit einem einzigen schnellen Blick in sich auf. Sie hatte sich nicht getäuscht. Der Überfall mochte Nani und ihrer Familie gegolten haben, aber auf der Lichtung tobte eine regelrechte Schlacht. Es waren mindestens ein Dutzend Männer, die verbissen miteinander kämpften, und längst nicht alle trugen die zerschlissenen Fellmäntel und ungepflegten Haare und Bärte der Barbarenkrieger. Mindestens die Hälfte war in die schimmernden Bronzerüstungen der Stadtgarde gehüllt, und der Kampf tobte auch fast ausnahmslos zwischen ihnen und den Barbaren. Nani und mindestens einer ihrer Söhne waren tot. Lasar lag seltsam verrenkt auf der anderen Seite der Lichtung. Das Messer, das er vorhin schon einmal gezogen hatte, um sie gegen Lion zu verteidigen, lag ein Stück neben ihm, zusammen mit der Hand, die es gehalten hatte, und gerade in diesem Moment ging ein weiterer Gaukler mit einem gurgelnden Schrei zu Boden, aufgespießt von einem schartigen Schwert. Noch bevor er vollends zusammengebrochen war, hatte Pia seinen Mörder erreicht, riss ihn an der Schulter herum und schlug ihm den Handballen unter die Nase, wodurch sein Nasenbein zertrümmert wurde und Splitter davon in sein Gehirn drangen und ihn auf der Stelle töteten.

Etwas hackte nach ihrem Gesicht. Pia spürte die Gefahr mehr, als sie sie sah, und drehte blitzartig den Oberkörper zur Seite. Die schartige Axtklinge verfehlte ihr Gesicht und schrammte nur an ihrer Schulter entlang. Stoff zerriss, und eine dünne Linie aus brennendem Schmerz zog sich von ihrer Schulter bis zum Ellbogen hinab. Warmes Blut folgte ihr, aber sie führte ihre begonnene Drehung trotzdem und nur noch schneller zu Ende, schmetterte die Waffe zur Seite und versetzte dem Barbaren einen Stoß, der ihn zurücktaumeln und verzweifelt um sein Gleichgewicht kämpfen ließ. Sie hätte ihm die Axt wegnehmen und ihm mit seiner eigenen Waffe den Schädel spalten können, bevor er überhaupt begriff, was mit ihm geschah, und ein Teil von ihr hätte auch nichts lieber getan als das, doch stattdessen fuhr sie herum und hetzte mit gewaltigen Schritten dorthin, wo Alica und sie gerade gesessen hatten. Ein Schwert stach nach ihr, ohne dass sie auch nur sah, wem es gehörte. Pia hechtete darüber hinweg, kam mit einer Rolle auf und griff in einer eigentlich unmöglichen Bewegung nach der zusammengefalteten Decke. Eiranns Zorn sprang wie von selbst in ihre Hand, noch bevor sie wieder ganz auf den Füßen war. Die kristallene Klinge schimmerte, einem gefangenen Blitz gleich, und in ihrer Seele erscholl ein lautlos triumphierendes Brüllen, das auch noch den allerletzten Rest ihres freien Willens hinwegfegte.

Sie warf dem am nächsten stehenden Mann die Decke ins Gesicht, wirbelte auf dem Absatz herum und führte Eiranns Zorn in einer schnellen, weit geschwungenen Bewegung, die einen Angreifer enthauptete und einem zweiten den Arm dicht oberhalb des Ellbogens abtrennte. Die beiden Männer sanken zu Boden, und das triumphierende Schreien in Pias Seele wurde noch einmal lauter und auf eine furchtbare Art *schlimmer.* Sie jagte weiter, schlug zu und stach, parierte und konterte mit einer Schnelligkeit und Kraft, die ihre einzelnen Bewegungen zu einem schattenhaften Tanz verschmelzen ließen. Eiranns Zorn sang in ihren Händen, stach, schlitzte, tötete und verstümmelte, aber sein Blutdurst schien nur noch zu wachsen mit jedem roten Tropfen, der die diamantene Klinge benetzte, ohne auch nur die geringste Spur darauf zu hinterlassen. Jemand schrie ihren Namen – vielleicht Alica, vielleicht auch eine andere Stimme –, doch Pia reagierte nicht darauf und hätte es auch nicht gekonnt, wenn sie es gewollt hätte. Der Kampf zwischen den beiden ungleichen Gruppen war längst zu Ende, und es war nur noch sie, gegen die sich die Männer gemeinsam zu verteidigen versuchten, und das singende Schwert in ihrer Hand, das gnadenlos einen nach dem anderen niedermähte.

Und dann war plötzlich Alica vor ihr, eine schmale Gestalt mit schreckensbleichem Gesicht und entsetzt aufgerissenen Augen, die ihr mit ausgebreiteten Armen den Weg vertrat. Eiranns Zorn züngelte nach ihrer Kehle, um auch ihr Blut zu kosten, doch Pia riss die Waffe mit einer verzweifelten Bewegung zur Seite. Die schimmernde Klinge zischte um Haaresbreite neben ihr durch die Luft und grub sich mit einem dumpfen Laut in den Boden, und dann traf irgendetwas Pias Schläfe und löschte ihr Bewusstsein auf der Stelle aus.

XXX

Am schlimmsten schmerzten die Handschellen.

Es waren keine richtigen Handschellen, wie sie sie von zu Hause kannte und wie Hernandez sie ihr nur zu gerne angelegt hätte. Diese hier waren schlimmer. Statt in einer verchromten Acht aus nahezu unzerstörbarem Stahl steckten ihre Hände in groben Ringen aus rostig gewordenem Eisen, die entsetzlich eng waren und nicht nur das Blut in ihren Händen abschnürten, sondern auch ihre Haut wund gescheuert hatten und dies bei jeder noch so winzigen Bewegung unbarmherzig weitertaten. Ihre Arme, in einer qualvoll unbequemen Haltung dicht über ihrem Kopf an die Wand gekettet, waren längst mit einer dicken Schicht ihres eigenen eingetrockneten Blutes verkrustet, zu dem sich immer dann frisches und warmes Rot gesellte, wenn sie in ihrer Aufmerksamkeit nachließ oder einschlief. Jegliches Gefühl war schon am ersten Tag aus ihren Fingern gewichen – abgesehen von Schmerzen –, und mittlerweile waren auch diese zu einer imaginären Grenze aus purer Qual zurückgewichen, die sich irgendwo dort befand, wo einmal ihre Handgelenke gewesen sein mochten. Trotz der Pein, die ihr diese entsetzlich folternde Haltung bereitete, war Pia beinahe froh, ihre eigenen Hände nicht sehen zu können; aus Angst, nur noch zwei schwarz verkrampfte Raubvogelklauen zu erblicken, die bereits in Fäulnis übergegangen waren.

Jedenfalls rochen sie so.

Vielleicht war sie es auch selbst, die so roch. Sie stand jetzt seit drei Tagen aufrecht an die Wand des fensterlosen Kellerverlieses gekettet da – vielleicht länger. Sie war von erheblichem Schmerz und quälendem Durst gepeinigt hier aufgewacht, und ihre innere Uhr, so präzise sie sonst auch funktionieren mochte, hatte ihr keine Auskunft darüber gegeben, wie viel Zeit zwischen diesem Moment und der apokalyptischen Schlacht auf der Waldlichtung vergangen war – man hatte sie nicht ein einziges Mal losgekettet. Tatsächlich war in diesen drei Tagen nur zweimal ein Soldat zu ihr gekommen, um ihr zu trinken zu geben, und hatte sich wieder entfernt, ohne ein einziges Wort mit ihr zu wechseln.

Vielleicht wollte Istvan sie ja auf diese Weise sterben lassen. Doch ihr Verstand sagte ihr, dass das nicht sehr wahrscheinlich war: Der Stadtkommandant und seine Männer hatten sie ganz gewiss nicht so weit verfolgt und sich auf einen verlustreichen Kampf mit den Barbarenkriegern eingelassen, nur um sie dann auf diese vielleicht grausame, aber wenig spektakuläre Art zu Tode zu foltern, noch dazu ohne Publikum. Doch es war nur ihre Vernunft, die ihr das klarzumachen versuchte. Schmerzen, Fieber und der immer quälender werdende Durst (sie gaben ihr gerade genug zu trinken, um sie am Leben zu erhalten) überzeugten sie mit jeder Stunde mehr davon, dass dies genau die Rache war, die sich Istvan für sie ausgedacht haben musste.

Irgendwo polterte etwas, aber Pia war zu müde und zu schwach, um auch nur den Kopf zu heben. Es wäre sowieso sinnlos gewesen. Während der ersten anderthalb oder zwei Tage hatte sie auf jedes noch so winzige Geräusch gelauscht und versucht, die vollkommene Dunkelheit ringsum irgendwie mit Blicken zu durchdringen, was stets sinnlos gewesen war. Das Verlies war dunkel und feucht und kalt, aber nicht still. Manchmal drangen Stimmen durch die dicken Wände aus kaltem Stein, manchmal auch Schritte, ein gedämpftes Klirren und andere, unidentifizierbare Laute. Einmal hatte sie

Schreie gehört, die von erheblicher Folter kündeten und furchtbar lange andauerten, um dann einer noch furchtbareren Stille zu weichen. Zu ihr war niemand gekommen.

Und es würde auch niemand kommen. Sie würde hier sterben, bald, wenn sie endgültig verdurstet war oder das Fieber ihren Körper aufgezehrt hatte. Noch war sie nicht so weit, diesen Moment herbeizusehnen, aber das würde kommen. Bald.

Das Poltern wiederholte sich, und nun gesellte sich auch das Geräusch schwerer Schritte hinzu, dann hörte sie das Klappen eines hölzernen Riegels, hob mühsam den Kopf und schloss im nächsten Moment gequält die Augen, als die Tür ihres Gefängnisses aufging und grelles Licht so schmerzhaft wie eine Messerklinge in ihre Augen stach. War es schon wieder Zeit für die Soldaten, ihr Wasser zu bringen?

Das Gerede wurde lauter und klang plötzlich aufgeregter, dann näherten sich schnelle Schritte. Rotes Licht drang durch ihre geschlossenen Lider, und sie spürte die Hitze einer Fackel auf dem Gesicht.

»Bei Kronn! Wer ist für diese Ungeheuerlichkeit verantwortlich?«, keuchte eine Stimme, in der sich Zorn und Abscheu mischten.

»Aber Ihr habt doch ...«, begann eine andere Stimme und wurde von einem klatschenden Laut zum Schweigen gebracht. Die Fackel näherte sich ihrem Gesicht noch weiter und wurde dann rasch zurückgezogen, als ihr Besitzer anscheinend sah, dass er im Begriff stand, sie zu verbrennen.

»Prinzessin Gaylen?«, fuhr die Stimme fort, die jetzt nicht mehr aufgebracht und zornig klang, sondern beinahe ängstlich. »Könnt Ihr mich hören?«

Die Bewegung fiel ihr unendlich schwer, doch irgendwie gelang es ihr, den Kopf zu heben und die Augen zu öffnen. Vor ihr war ein Durcheinander aus rotem Licht, das immer noch wehtat, und Schatten, die zu einem vertrauten Gesicht zusammenfließen wollten, ohne dass es ihnen wirklich gelang. Dann erkannte sie es, und die schwache Erinnerung an ein Gefühl namens Hass regte sich in ihr und erlosch beinahe sofort wieder. Sie war zu müde.

»Könnt Ihr mich verstehen, Erhabene?«, fragte Istvan.

Verstehen, ja, aber antworten konnte sie nicht. Sie hätte es auch nicht gewollt. Er war gekommen, um seine Rache zu genießen, und es gab nichts, was sie dagegen auszurichten vermochte – aber die Genugtuung, sie um ihr Leben betteln zu hören, würde sie ihm nicht gönnen.

Wenigstens noch nicht.

»Bei Kronn, jemand wird dafür bezahlen, das schwöre ich!«, sagte Istvan. Seine Stimme bebte vor Wut und wurde dann lauter. »Macht sie los! Und ruft eine Heilerin, die sich um ihre Wunden kümmert. Und dann sorgt dafür, dass sie gewaschen wird und zu essen bekommt!«

Das Poltern wiederholte sich, und der Tanz von rotem Licht und Schatten wurde hektischer. Rasche Schritte entfernten sich, und grobe Hände machten sich an ihrem Körper zu schaffen, dann lösten sich ihre Handfesseln, und Pia brach zusammen. Starke Hände fingen sie auf, und ihr erleichtertes Seufzen ging in einen wimmernden Schmerzenslaut über, als ihre verkrampften Oberarmmuskeln nach mehr als drei Tagen in eine Haltung gezwungen wurden, in der sie sich in flüssiges Feuer zu verwandeln schienen.

Das Schicksal war nicht barmherzig genug, sie das Bewusstsein verlieren zu lassen, aber immerhin versank sie für die nächsten beiden Stunden in einer Art Dämmerzustand zwischen Trance und Ohnmacht, in dem sie alles, was um sie herum und mit ihr geschah, nur noch wie durch einen dämpfenden Nebel hindurch wahrnahm.

Selbst das Verstreichen der Zeit … entglitt ihr. Starke und nicht wirklich behutsame Arme hoben sie auf und wickelten sie in eine übel riechende Decke, dann wurde sie eine lange Treppe hinaufgetragen, und gleißendes Licht hüllte sie ein. Kälte, noch schlimmere Kälte und grausame Kälte wechselten einander ab, und irgendwann wurde sie in eine Wanne mit heißem Wasser gelegt. Eine Frau, die mindestens achtzig Jahre alt sein musste, aber kaum so groß wie ein zwölfjähriges Kind war und ihrem Blick die ganze Zeit über auswich, badete sie ausführlich, wusch anschließend noch einmal und noch gründlicher ihre Wunden aus und versorgte sie mit einer scharf riechenden, aber kühlenden Salbe, bevor sie sie mit großer Kunstfertigkeit verband. Pia dämmerte ganz allmählich in einen Zustand hinauf, in dem sie wieder zu Scham und anschließend zu Stolz fähig war, aber nicht die Kraft aufbrachte, irgendetwas gegen das zu unternehmen, was mit ihr geschah.

Die Alte versorgte ihre Wunden zwar mit großer Kunstfertigkeit, aber nicht besonders sanft, doch Pia gab nicht einmal einen Laut der Klage von sich. Als sie fertig war – nach einer Prozedur, die mindestens zwei Stunden gedauert hatte und ihr wie das Zehnfache dieser Zeit vorgekommen war –, half sie ihr, ein sauberes Kleid anzuziehen und bürstete ausgiebig (und kein bisschen sanfter als zuvor) ihr Haar. Pia hatte sich inzwischen weit genug erholt, um dagegen protestieren zu wollen, aber sie konnte es nicht. Ihre Arme schmerzten zwar nicht mehr so grausam wie bisher, waren jedoch vollkommen gelähmt und nutzlos, und obwohl sie ausgiebig getrunken hatte und die Alte ihr auch jetzt immer wieder kleine Schlückchen einer heißen, würzig schmeckenden Suppe einflößte, war ihre Kehle noch immer so ausgetrocknet, dass sie nicht einmal ein Krächzen herausbrachte, geschweige denn ein halbwegs verständliches Wort. Als sie es mit bloßer Willenskraft trotzdem versuchte, bezahlte sie dafür mit einem qualvollen Hustenanfall, der ihr die Tränen in die Augen trieb.

Sie wartete darauf, dass Istvan kam, um mit ihr zu reden – oder irgendjemand anders –, und ein- oder zweimal glaubte sie auch Schritte draußen vor der Tür zu hören, aber sie wurde nicht geöffnet, und die alte Frau blieb ihre einzige Gesellschaft.

Später bekam sie etwas zu essen, von dem sie nur ein paar winzige Bissen hinunterbrachte und Mühe hatte, selbst diese bei sich zu behalten, und noch später führte die alte Frau sie in ein anderes Zimmer, das bis auf ein Bett, einen einzelnen Stuhl und einen Kamin vollkommen leer war. In dem Kamin prasselte ein für hiesige Verhältnisse gewaltiges Feuer, das das Zimmer mit behaglicher Wärme erfüllte (die alte Frau litt vermutlich Höllenqualen), und Pia registrierte fast amüsiert, dass das Fenster vergittert und zusätzlich mit einem groben Vorhängeschloss gesichert war – als wäre sie in der Verfassung, sich aus eigener Kraft auf den Beinen zu halten, geschweige denn aus dem Fenster zu klettern!

Sie hatte ohnehin nur Augen für das Bett. Es war breit, bequem und frisch bezogen, und es roch nicht nur herrlich, sondern war eigentlich das erste richtige Bett, das sie seit ihrer Ankunft in WeißWald zu sehen bekam; zumindest das erste, das diesen Namen verdiente. Allein sein Anblick stellte eine Verlockung dar, der sie kaum widerstehen konnte. Zugleich erfüllte es sie mit einer Furcht, die an Panik grenzte. Sie würde einschlafen, wenn sie sich hinlegte, und dann würden die Dunkelheit und die Träume zurückkommen, die sie in den zurückliegenden drei Tagen so sehr gequält hatten.

Pia streckte sich trotzdem darauf aus und ließ es zu, dass die Alte eine saubere Decke über ihr ausbreitete, zwang sich aber mit aller Kraft, die sie nur aufbringen konnte, die Augen offen zu halten, und drehte schließlich mühsam den Kopf auf dem Kissen, um das vergitterte Fenster hoch oben in der Wand zu fixieren. Es war grau, und trotz der wohligen Temperaturen, die hier drinnen herrschten, konnte man ihm regelrecht ansehen, wie kalt es draußen war.

Dann gab es so etwas wie einen spürbaren Ruck in der Wirklichkeit, und aus dem Grau des verblassenden Tages wurde die Morgendämmerung eines anderen.

Ein Teil von ihr begriff sofort, was geschehen sein musste. Sie war eingeschlafen, und das hier war ein anderer Tag. Aber sosehr sie es auch versuchte, sie konnte sich beim besten Willen nicht erinnern, geschlafen oder gar geträumt zu haben.

»Drei Tage, Erhabene«, sagte plötzlich eine Stimme hinter ihr.

Pia fuhr so hastig hoch und halb herum, dass ihr prompt schwindelig wurde. Übelkeit und Schwäche wollten sich hinzugesellen, aber sie drängte beides zurück, blinzelte ein paarmal und zwang ihre Augen, sich scharf zu stellen.

»Ihr solltet Euch nicht zu hastig bewegen, Erhabene«, sagte Istvan. »Ich weiß, wie stark Ihr seid, aber Ihr braucht dennoch Ruhe. Verlangt nicht zu viel von Euch selbst.«

Pia starrte ihn an. Ihre Gedanken begannen zu kreisen, aber sie verhielten sich wie eine tollwütige Schlange, die sich selbst in den Schwanz beißt. Sie konnte sich nicht erinnern, wie sie hierhergekommen war, und auch nicht, wie Istvan hierherkam und was er hier wollte. Nicht, dass das besonders schwer zu erraten gewesen wäre.

»Lasst Euch ruhig Zeit, Erhabene«, sagte Istvan. Er seufzte. »Zwar bleibt uns nicht allzu viel davon, aber auf ein paar Augenblicke mehr oder weniger kommt es jetzt auch nicht mehr an.«

Istvan war nicht die einzige Neuerung hier. Vor dem niedrigen Schemel, auf dem er Platz genommen hatte, stand jetzt ein kleines Tischchen, auf dem ein reichhaltiges Frühstück aufgetragen worden war, und neben ihm lag ein in saubere Decken eingewickeltes Bündel. Das Feuer im Kamin brannte nicht mehr ganz so übertrieben wie gestern (oder vor drei

Tagen, um genau zu sein), sorgte aber immer noch für halbwegs erträgliche Temperaturen hier drinnen – was bedeutete, dass es gerade warm genug war, um ihren Atem nicht als grauen Dunst vor ihrem Gesicht erscheinen zu lassen.

»Ihr müsst hungrig und durstig sein«, fuhr Istvan fort. »Mit dem Essen solltet Ihr noch ein wenig achtgeben, nach der langen Zeit, in der Euer Magen nichts mehr zu tun hatte, aber gegen einen Schluck heiße Suppe wird wohl nichts einzuwenden sein.« Er nahm eine hölzerne Schale mit dampfend heißem Inhalt in beide Hände und kam auf sie zu. Pia wollte sich aufsetzen und die Hände ausstrecken, und zumindest der erste Teil funktionierte sogar noch, aber als sie die Arme hob, erscholl ein leises Klirren, und die Bewegung endete mit einem spürbaren Ruck und einem heftigen Schmerz in beiden Handgelenken. Verwirrt sah sie an sich herab und stellte fest, dass ihre Arme zwar noch immer bandagiert waren, sich nun aber zwei schwere eiserne Manschetten über die Verbände schmiegten, die über eine Kette aus kleinfingerdicken Gliedern mit zwei Ringen im Boden beiderseits des Bettes verbunden waren.

»Ich entschuldige mich für die Unbequemlichkeit, Erhabene«, sagte Istvan. Hätte sie nicht gewusst, wie ganz und gar unmöglich das war, dann hätte sie das Bedauern in seiner Stimme tatsächlich für echt gehalten. »Aber ich fürchte, diese Vorsichtsmaßnahmen sind nötig. Ich hoffe, die Fesseln sind nicht zu unbequem.«

Pia fürchtete eher, dass ihr herausrutschen könnte, was sie wirklich von seinen Vorsichtsmaßnahmen hielt: Nämlich dass sie diese albernen Ketten ohne Probleme aus dem Boden reißen und ihn damit erwürgen könnte, sobald sie wieder zu Kräften gekommen war. Aber vermutlich wusste er das ohnehin.

»Hier, trinkt!« Istvan hielt ihr die Schale hin, und irgendwie gelang es Pia, sie mit beiden Händen zu ergreifen und sich weit genug nach vorne zu beugen, um die Suppe mit vorsichtigen kleinen Schlucken zu trinken. Sie schmeckte nicht besonders, aber sie war heiß, und Pia sagte sich, dass sie jedes bisschen Kraft brauchen konnte, das sie bekam.

Sehr langsam leerte sie die Schale und gab sie ihm mit einem um mehr bittenden Blick zurück. Istvan nahm die Schale entgegen, aber er schüttelte auch den Kopf.

»Später gerne«, sagte er. »Ihr habt zu lange nichts mehr gegessen und solltet besser vorsichtig sein.« Er wartete eine Sekunde lang – vergeblich – auf eine Antwort, ging dann zum Tisch zurück und setzte sich. Die Schale stellte er nicht zurück, sondern begann nachdenklich damit zu spielen.

»Könnt Ihr reden, Erhabene?«, fragte er.

Pia war nicht ganz sicher. Vorsichtig räusperte sie sich, stellte fest, dass es nicht schmerzte, und antwortete dann: »Ich ... glaube schon.« Tatsächlich ging es besser, als sie zu hoffen gewagt hätte. Ihre Stimme klang noch ein bisschen belegt, aber sie gehorchte ihr wieder. Und mehr oder weniger traf das auch auf den Rest ihres Körpers zu. Da waren noch immer unzählige Wunden, Schnitte, Prellungen und andere Verletzungen, die ihr zu schaffen machten, aber das war nichts gegen das, was sie in den Tagen im Verlies durchgemacht hatte. Das intensivste Gefühl überhaupt war eine bleierne Müdigkeit, die ihren gesamten Körper ergriffen hatte; aber es war eine durchaus angenehme Mattigkeit.

»Das ist gut«, sagte Istvan. »Varga hat gesagt, dass es Euch besser geht, und sie ist die beste Heilerin in ganz WeißWald, aber ich wollte es aus Eurem eigenen Mund hören. Varga war es auch, die dafür gesorgt hat, dass Ihr drei Tage lang geschlafen habt. Sie war der Meinung, dass Schlaf noch immer die beste Medizin ist.«

»Ja, das sagt man da, wo ich herkomme, auch«, antwortete

Pia fast gegen ihren Willen. Sie wollte *ganz bestimmt nicht* mit Istvan reden. Trotzdem fügte sie hinzu: »Trotzdem wäre ich gerne vorher gefragt worden.«

»Nehmt es ihr nicht übel, Erhabene«, sagte Istvan. »Sie ist wirklich nur an Eurem Wohl interessiert. Wenn es nach ihr ginge, dann hätte ich Euch mindestens noch eine Woche lang schlafen lassen sollen.« Er lachte leise. »Ich musste ihr mit dem Kerker drohen, damit sie Euch aufweckt.«

»Und was gibt es so Dringendes, das Ihr mit mir besprechen wollt?«, fragte Pia. Sie versuchte noch einmal, sich weiter aufzusetzen, vergaß die eisernen Ringe um ihre Handgelenke und konnte einen zischenden Schmerzenslaut nicht mehr ganz unterdrücken.

»Das tut mir aufrichtig leid, Erhabene«, sagte Istvan betroffen. »Ich wusste nicht, wie man Euch behandelt. Ich habe Befehl gegeben, gut auf Euch aufzupassen, aber der Mann, der Euch in die Stadt gebracht hat, war der Bruder eines der Soldaten, die Ihr auf der Lichtung getötet habt. Ich hätte das bedenken müssen.« Er hob die Schultern. »Ich habe Befehl gegeben, ihn hinzurichten.«

»Das möchte ich nicht«, sagte Pia.

Istvan lächelte. »Ich fürchte, dazu ist es bereits zu spät, Erhabene«, sagte er. »Und der Mann hat den Tod verdient. Immerhin wusste er, wer Ihr seid.«

»Ihr anscheinend nicht«, sagte Pia.

»O doch«, antwortete Istvan. »Ihr seid Prinzessin Gaylen. Oder zumindest jemand, der den Geist der wiedergeborenen Elfenprinzessin in sich trägt.«

»Und woher kommt diese plötzliche Einsicht?«, fragte sie.

»Vermutet habe ich es die ganze Zeit«, antwortete Istvan. »Aber seit ich Euch auf der Lichtung im Wald gesehen habe, weiß ich es. Ihr habt drei meiner Männer und fünf Barbarenkrieger getötet.«

»Ich konnte mich immer schon meiner Haut wehren«, antwortete Pia. »Da, wo ich herkomme, muss ein Mädchen so etwas frühzeitig lernen.«

»Ein Mädchen, das drei meiner besten Soldaten erschlägt und dazu noch fünf Barbaren?« Istvan schüttelte den Kopf. »Kaum. Und schließlich ist da noch etwas.« Er stellte die hölzerne Schale endlich auf den Tisch, beugte sich mit einem leisen Ächzen zur Seite und hob das Bündel auf, das neben seinem Stuhl auf dem Boden lag. Ein Schwert mit einem wuchtigen goldenen Griff und einer meterlangen Klinge aus Glas kam unter dem Stoff zum Vorschein, als er es auswickelte.

»Eiranns Zorn«, sagte er. In seiner Stimme lag unverhohlene Bewunderung. »Nur sehr wenige glauben, dass dieses mächtige Schwert überhaupt noch existiert. Und noch sehr viel weniger haben es je zu Gesicht bekommen. Ich bin Euch zu tiefem Dank verpflichtet, dass mir die Ehre zuteilwird, es in der Hand zu halten.«

»Dann zeigt doch Eure Dankbarkeit und macht mich los«, antwortete Pia und hob die angeketteten Arme.

»Ich sehe, es scheint Euch schon wieder besser zu gehen«, erwiderte Istvan amüsiert. Er setzte die gläserne Spitze des Schwertes auf den Boden, legte die Handfläche auf den Griff und versetzte der goldenen Parierstange mit der anderen Hand einen leichten Stoß. Das Schwert begann sich wie ein Kreisel zu drehen, und irgendetwas geschah mit dem Licht, das sich in der kristallenen Klinge brach. Pia wünschte sich, er hätte das nicht getan. Sie glaubte etwas wie ein Flüstern zu hören, einen düsteren, verlockenden Laut, der an ihrer Seele kratzte.

»Das ... ist nicht Eiranns Zorn«, sagte sie unbehaglich.

»Nein, ist es nicht?« Istvan schnippte noch einmal nach der Parierstange und ließ das Schwert schneller kreiseln. Das Flüstern wurde lauter.

»Das ist eine Fälschung«, beharrte Pia.

»Und das würde ich vielleicht sogar glauben, hätte ich nicht gesehen, wie Ihr mit dieser Waffe gekämpft habt«, sagte Istvan. Seine Hand schloss sich mit einem Ruck um den Schwertgriff und brachte die Waffe abrupt zum Halten.

»Wenn das Eiranns Zorn wäre, dann könntet Ihr es nicht berühren«, sagte Pia nervös. »Ihr kennt die Legende.«

»Ich schon«, antwortete Istvan. »Aber Ihr anscheinend nicht, Erhabene. Jeder kann diese Waffe berühren. Alles andere wäre fatal, denn sie muss gereinigt werden, möglicherweise instand gesetzt, oder es mag sein, dass sie einfach zu Boden fällt und jemand sie aufhebt, der nicht ihr legitimer Besitzer ist. Jeder kann diese Klinge anfassen. Doch im Kampf führen kann sie nur, in wessen Adern das Blut des alten Elfengeschlechts fließt. Wer dieses Erbe nicht in sich trägt und es dennoch versucht, dessen Seele ist unrettbar verloren. Ich habe gesehen, wie Ihr diese Klinge geführt habt, Erhabene, und es scheint Eure Seele nicht verschlungen zu haben.«

»Wer sagt Euch denn, dass ich jemals eine Seele hatte?«, fragte Pia und bedauerte ihre eigenen Worte schon, noch bevor sie sie ganz ausgesprochen hatte. Sie glaubte das unheimliche Wispern noch einmal zu hören, und sie erinnerte sich schaudernd an das triumphierende Kreischen tief in sich, diese schreckliche Gier, die sie in diesem Moment gespürt, und den unstillbaren Blutdurst, der Besitz von ihr ergriffen hatte. Hätte Alica sie nicht aufgehalten und einer von Istvans Männern diese winzige Ablenkung ausgenutzt, um sie niederzuschlagen, dann hätte wahrscheinlich niemand auf dieser Lichtung überlebt.

»Niemand«, antwortete Istvan. Er stand auf, hob das Schwert und machte ein paar spielerische Ausfälle, Finten und Paraden. Dann hielt er unversehens inne, blickte das Schwert mit einer Mischung aus Überraschung und verwirrtem Erschrecken an und schien es plötzlich sehr eilig zu haben, sich wieder zu setzen und das Schwert behutsam auf den Boden zu legen.

»Gleichwie«, sagte er, nachdem er sich ebenso ausgiebig wie unecht geräuspert und seine Fassung irgendwie zurückgewonnen hatte. »Ich weiß, wer Ihr seid, Gaylen. Vielleicht wisst Ihr es nicht einmal selbst oder weigert Euch, dieses Wissen anzuerkennen, aber ich weiß es.«

Und sie wusste es auch. Es war gewiss nicht der erste Moment, in dem ihr klar wurde, dass Istvan und all die anderen recht hatten und sie tatsächlich ein uraltes Erbe in sich trug, das ihr vielleicht von allen am rätselhaftesten war und sie noch immer maßlos erschreckte, aber einfach *da* war, doch es war der erste Moment, in dem sie dieses Begreifen auch akzeptierte. Der Gedanke erfüllte sie mit Ehrfurcht und Zorn zugleich – Ehrfurcht vor der uralten, unvorstellbaren Kraft, die sie tief in sich spürte, aber auch Zorn auf das Schicksal, das ihr dieses Geschenk gemacht hatte, ohne sie auch nur zu fragen, ob sie es überhaupt haben wollte.

»Wenn Ihr das wirklich glaubt, Istvan, wieso bin ich dann hier angekettet?«, fragte sie.

»Weil ich meine Befehle habe, Erhabene«, antwortete er. »Dass ich weiß, wer Ihr seid und woraus Eure Aufgabe besteht, bedeutet nicht, dass ich meine wahren Herren verleugne oder meinen Auftrag verrate.«

Nun, was hatte sie erwartet? Es gab wirklich eine Menge, was man gegen Istvan sagen konnte, aber auf seine ganz spezielle Art war er zweifellos ein Mann von Ehre, der niemals einen Verrat begehen würde.

»Und woraus besteht dieser Auftrag?«, fragte sie – obwohl sie die Antwort ganz genau kannte.

Istvan musste das auch wissen, aber er antwortete trotzdem. »Es sind Männer auf dem Weg hierher, um Euch in die Hauptstadt zu bringen, Erhabene. Ich habe Befehl, dafür zu sorgen, dass Ihr ihnen sicher und unversehrt übergeben werdet.«

»Und was geschieht dann mit mir?«, fragte Pia.

Istvan sah sie fast traurig an. »Das weiß ich nicht, Erhabene«, sagte er. Es klang ehrlich, aber zugleich auch so, als erwartete er ganz und gar nichts Gutes; so wenig wie Pia selbst.

Sie hätte ihn fragen können, warum er es dann tat, hätte an sein Gewissen appellieren können oder an seine Vernunft oder ihn einfach um Gnade anflehen, aber sie tat nichts von alledem, weil auch nichts von alledem Sinn gehabt hätte.

Auf seine krude Art war Istvan tatsächlich ein Mann von Ehre, und mit solchen Leuten konnte man nicht reden.

Sie versuchte es trotzdem. »Es könnte mein Todesurteil sein.«

»Nein, keine Angst«, antwortete er. »Sie werden Euch nicht töten, Erhabene.« *So viel Glück wirst du nicht haben,* fügte sein Blick hinzu.

Ja natürlich, was auch sonst? Irgendetwas hätte ja auch einmal *einfach* sein können.

Theoretisch.

»Aber Ihr verehrt mich«, sagte sie vorsichtig. »Oder das, wofür ich ...« Sie unterbrach sich, suchte einen Moment nach den richtigen Worten und hob dann ein wenig hilflos die Schultern. »Ihr versteht schon, was ich meine.«

»Ja.«

»Würdet Ihr mir dann ... eine Bitte erfüllen? Nicht die, mich freizulassen, keine Sorge.«

»Wenn es in meiner Macht steht.«

»Was geschieht mit Alica? Sie ist nur ein einfaches Mädchen und nicht von Interesse für Eure Herren aus der Hauptstadt, und ...« Sie unterbrach sich, als ihr sein Blick auffiel. Ihr Herz begann zu klopfen. »Sie ist nicht hier.«

»Nein«, antwortete Istvan.

»Ist sie ...« Es kostete sie ihre ganze Kraft, das Wort auszusprechen. »Tot?«

»Ich weiß es nicht«, antwortete Istvan. »Nachdem meine Männer Euch überwältigt hatten, war sie verschwunden.«

»Verschwunden? Das glaube ich nicht!«, sagte Pia überzeugt. »Alica würde mich nie im Stich lassen!«

»Und doch war sie nicht mehr da«, beharrte Istvan. »Ich nehme an, die Barbaren haben sie mitgenommen. Wir haben sie verfolgt, aber nach einem Tag haben wir ihre Spur verloren und mussten aufgeben. Da draußen in den Wäldern sind sie uns überlegen. Und Eure Sicherheit hatte Vorrang.«

»Und die anderen?«, fragte sie stockend. Plötzlich hatte sie Mühe, ihre Stimme unter Kontrolle zu halten. Die Barbaren hatten Alica entführt? Sie weigerte sich, das zu glauben. Schon weil sie sich nicht einmal vorzustellen wagte, was Hernandez mit ihr anstellen würde, wenn er begriff, dass Pia ihm schon wieder entkommen war.

Istvan schüttelte noch einmal den Kopf. »Ich fürchte, Ihr seid die Einzige, die den Überfall der Barbaren überlebt hat, Erhabene«, sagte er. »Einer der Gaukler konnte entkommen, doch wir haben seinen Leichnam eine Stunde entfernt gefunden.«

»Und Lasar?«

»Bracks Gehilfe? Er lebt.« Er hob rasch die Hand, als er die Hoffnung in ihren Augen aufblitzen sah. »Varga hat ihn versorgt, so gut sie konnte, aber ich fürchte, dass nicht mehr viel Hoffnung besteht.«

»Er hat eine Hand verloren«, erinnerte sich Pia.

»Und sehr viel Blut«, sagte Istvan ernst. »Varga sagt, es komme einem Wunder gleich, dass er überhaupt noch lebt. Aber er wird sterben.«

Pia war nicht überrascht, doch sehr traurig. Sie hatte Lasar für tot gehalten, als sie ihn auf der Lichtung in seinem Blut liegen sah, den Schmerz über seinen vermeintlichen Tod bisher aber verdrängt. »Das heißt, sie sind alle tot«, sagte sie bitter. »Alle, die den Fehler gemacht haben, mir helfen zu wollen. Selbst ...« Ihre Stimme versagte, als sie an Lion dachte, und für einen Moment wünschte sie sich beinahe zurück in den Kerker, zurück zu den Ketten, den Schmerzen und dem Fieber, die ihr geholfen hatten, jenen anderen, weit schlimmeren Schmerz zu vergessen, den die Erinnerung an Lion bringen wollte.

Pia spürte, wie ihre Augen zu brennen begannen, und kämpfte mit aller Macht gegen die Tränen an. Istvan wusste nichts von Lion, und er musste es auch nicht wissen. Sie hatte Lion verloren, kaum dass sie ihn gefunden hatte, und wenn der Schmerz die einzige Erinnerung an ihn sein sollte, die ihr blieb, dann würde sie ihn eifersüchtig bewachen und ihn hüten wie einen kostbaren Schatz.

»Ist alles in Ordnung, Erhabene?«, fragte Istvan. Offensichtlich gelang es ihr nicht annähernd so gut, ihre Gefühle zu verbergen, wie sie gehofft hatte.

»Sicher«, sagte sie. »Ich war nur ... Ich scheine ein richtiger Glücksbringer zu sein, nicht wahr? Vielleicht ist es nicht die schlechteste Idee, wenn man mich einsperrt und den Schlüssel wegwirft.«

»Ich lasse nach Eurer Dienerin suchen«, versprach Istvan. »Auch wenn ich Euch keine allzu großen Hoffnungen machen will. Die Barbaren dort draußen in den Wäldern aufzuspüren, dürfte nicht einfach sein. Sie sind wie der Wind. Es ist fast unmöglich, sie festzuhalten. Sie sind ...« – er suchte nach dem richtigen Wort und fand es nicht – »scheu.«

»Scheu?« Pia lachte bitter. »So sind sie mir eigentlich nicht vorgekommen, als sie uns in Eurer Stadt überfallen haben, Kommandant.«

»Ja, das war sehr ungewöhnlich«, antwortete Istvan, der den kaum verhohlenen Vorwurf in ihren Worten entweder nicht gehört hatte oder es vorzog, ihn zu ignorieren. »Normalerweise trauen sie sich nicht in die Städte. Sie wissen, was sie erwartet, wenn sie den Soldaten in die Hände fallen. Ihr hättet gleich nach dem Überfall auf Euch und Eure Dienerin zu mir kommen sollen, Erhabene.« *Dann wäre nichts von alledem passiert. Dann wäre Alica jetzt nicht verschwunden, Lasar läge nicht im Sterben und Lion wäre nicht tot.* Das alles sprach er nicht aus, aber Pia las es so deutlich in seinen Augen, als hätte er es gesagt – und, verdammt noch mal, er hatte recht damit!

»Aber wie gesagt, es ist ungewöhnlich«, fuhr Istvan fort. Vielleicht war ihm ihre Reaktion aufgefallen, und seine Worte taten ihm leid. »Ich verstehe nicht genau, warum sie dieses Risiko eingegangen sind.«

»Vielleicht hat Hernandez sie bezahlt«, murmelte Pia, eigentlich nur für sich und nicht als Antwort auf seine Bemerkung.

Istvans Kopf flog mit mit einem Ruck in den Nacken, und sie konnte sehen, wie das Blut aus seinem Gesicht wich. »Wer?«

»Hernandez«, antwortete Pia. »Ihr kennt ihn nicht. Aber ich dafür umso besser. Er ist ... sozusagen ein alter Freund.«

Das war möglicherweise ein Fehler, denn plötzlich las sie nichts anderes als Misstrauen und Erschrecken auf seinen Zügen. »Ein Freund?«, vergewisserte er sich.

»Das war ironisch gemeint«, antwortete sie. »Er hat schon früher versucht, mich gefangen zu nehmen. Oder Schlimmeres.«

»Nandes?«, wiederholte Istvan. Sein Misstrauen schien zuzunehmen. »Nandes war hier? In der Stadt? Warum habt Ihr mir das nicht gesagt? Ich hätte ihn auf der Stelle festnehmen lassen!«

Irgendwie bezweifelte Pia, dass ihm das gelungen wäre. Einige Sekunden lang sah sie ihm fest in die Augen, dann fragte sie: »Ihr kennt Hernandez nicht?«

»Jedermann kennt Nandes!«, schnaubte Istvan. »Er ist der Anführer der südlichen Barbarenstämme. Der Schlimmste von allen!«

»Aber Ihr wisst nicht, wie er aussieht.«

»Niemand weiß das. Wäre sein Aussehen bekannt, wäre er längst tot. Auf seinen Kopf ist eine hohe Belohnung ausgesetzt.«

»Wenn das stimmt«, sagte Pia, ohne dass ihr Blick seine Augen losgelassen hätte, »dann ist Euch eine Menge Geld durch die Lappen gegangen, Istvan.«

»Wieso?« Seine Augen wurden schmal,

»Erinnert Ihr Euch an den Abend, an dem Ihr zum letzten Mal im Weißen Eber wart, Kommandant? An den Fremden mit dem Lederhelm? Er hat gleich neben der Tür gesessen, und ich habe mich eine Weile mit ihm unterhalten.«

Istvan wurde noch ein bisschen blasser. »Das war ... Nandes?«, krächzte er.

»Ich kenne ihn als Hernandez, aber diesen Namen hat er genannt, ja.«

»Er war ... in der Stadt?«, wiederholte Istvan. »Ich ... habe praktisch neben ihm gestanden und es nicht einmal gewusst? Warum bei Kronn habt Ihr nichts gesagt?«

»Warum hätte ich das tun sollen?«, fragte Pia.«Ich wusste nicht, dass Ihr ihn kennt. Und sucht.«

»Das ganze Land sucht ihn«, antwortete er finster. »Er ist der Teufel in Person! Seit er aufgetaucht ist, hat sich die Gefahr durch die Barbarenstämme verzehnfacht!«

»Ja«, seufzte Pia, »das passt irgendwie zu ihm. Eigentlich hätte es mich gewundert, wenn es anders gewesen wäre.«

»Woher kennt Ihr Nandes?«

Pia gemahnte sich innerlich zur Vorsicht. »Aus meiner Heimat, wie ich bereits gesagt habe«, antwortete sie. »Er war ... auch da schon nicht unbedingt mein größter Fan, um es einmal vorsichtig auszudrücken.«

Istvan sah nicht so aus, als könnte er mit dieser Antwort etwas anfangen. Vielleicht war der Begriff Ironie in diesem Land ja gänzlich unbekannt. »Ihr behauptet, ihn aus Eurer Heimat zu kennen?«

»Behauptet?«

Istvan fuhr sich nervös mit dem Handrücken über das Kinn. »Verzeiht, Erhabene, aber Nandes hat bereits vor zehn Jahren damit begonnen, die südlichen Stämme zu vereinen, und Ihr ... also ich ...«

»Ich verstehe, was Ihr meint, Kommandant«, nickte Pia. »Aber vielleicht bin ich ja älter, als es den Anschein hat.«

Istvan sah jetzt ein bisschen verwirrt aus. Pia wusste selbst, wie wenig überzeugend diese Antwort klang ... aber vielleicht immer noch überzeugender als die, dass die Zeit in ihrer Heimat offensichtlich anderen Gesetzen gehorchte als hier. »Und jetzt bringt uns beide nicht in eine peinliche Lage«, fügte sie lächelnd hinzu. »Da, wo ich herkomme, fragt man eine Dame nicht nach ihrem Alter.

Istvan blieb ernst. »Was habt Ihr mit Nandes zu tun?«, beharrte er.

»Nicht mehr als das, was ich Euch schon erzählt habe«, antwortete sie, jetzt eindeutig um mehrere Grade kühler. »Er war auch früher schon ein schlechter Mensch, ein Räuber und Dieb.«

»Warum wurde er dann nicht festgenommen und bestraft?«, fragte Istvan.

Pia hob die Schultern. »Er war ... Polizist.«

»Polizist?« Das Wort sagte ihm nichts.

»Eigentlich sollte er in der Stadt für Ordnung sorgen«, antwortete sie. »Er und seine Männer wurden dafür bezahlt, auf die Einhaltung der Gesetze zu achten und die Menschen zu beschützen, aber in Wahrheit waren sie die Schlimmsten. Ich glaube, es hat in unserem Viertel nicht viele krumme Dinger gegeben, in denen er nicht seine Finger mit im Spiel hatte – oder von denen er nicht wenigstens wusste und für ein kleines *Bakschisch* in eine andere Richtung gesehen hat.«

Istvan starrte sie an, und einen Moment lang glaubte sie, es läge nur daran, dass auch in diesem Satz ein paar Worte gewesen waren, die er nicht verstand. Dann begriff sie, dass das genaue Gegenteil der Fall war. Istvan hatte sie nur zu gut verstanden. Und sie begriff noch etwas anderes: Sie hatte gerade nicht nur Hernandez beschrieben, sondern auch ihn selbst.

»Und das ist alles?«, fragte er schließlich.

Mit Ausnahme einer hässlichen Episode in einem nicht weniger hässlichen Hotelzimmer, ja, dachte Pia, Aber *das* ging ihn nun wirklich nichts an. Sie nickte.

»Dann hat er eindeutig Karriere gemacht«, sagte Istvan, nachdem er sie eine weitere kleine Ewigkeit lang durchdringend angestarrt hatte. »Heute ist er der Kriegsherr der südlichen Stämme. Und es vergeht kein Jahr, in dem sich ihm nicht weitere Horden anschließen.«

»Und das ist eine Gefahr für euch?«

»Gefahr?« Istvan schien einen Moment angestrengt über dieses Wort nachzudenken. »Nein. Aber ein Problem. Und wenn es so weitergeht, irgendwann ... wer weiß!«

»Und was will er dann von mir?«, fragte Pia.

Istvan sah sie lange und sehr ernst an. »Wäre es nicht eher an Euch, mir diese Frage zu beantworten, Erhabene? Nandes mag vieles sein, aber eines ist er ganz gewiss nicht: dumm. Ohne Grund hierherzukommen und das Risiko einzugehen, festgenommen und hingerichtet zu werden, wäre dumm. Und er tut nichts ohne Grund.« Seine Stimme wurde eindringlich. »Ich weiß, dass Ihr mir nicht traut, Gaylen, und bis zu einem gewissen Punkt kann ich das sogar verstehen und akzeptieren.

»Und dieser Punkt heißt Hernandez?«, vermutete Pia.

»Was immer Ihr von ihm und seinen Plänen wisst, Ihr solltet

es mir sagen. Nandes ist ein gefährlicher Mann. Es heißt, dass er sogar mit den Orks aus den kalten Ländern in Verhandlung steht, um sie in sein unseliges Bündnis mit aufzunehmen. Geriete ihm Eure Macht in die Hände, wären die Folgen unausdenkbar! Und glaubt mir, auch für Euch! Was immer auch in der Hauptstadt mit Euch geschehen mag, es ist nichts gegen das, was Nandes Euch antun wird!«

Das Schlimme war, dass er recht hatte, dachte sie niedergeschlagen. Sie schwieg.

»Nun, diese Neuigkeit lässt so manches in einem anderen Licht erscheinen«, fuhr Istvan fort, nachdenklich und besorgt zugleich. Er stand auf. »Ich fürchte, wir müssen unser Gespräch bei einer anderen Gelegenheit fortsetzen. Ich habe über das eine oder andere nachzudenken. Ihr entschuldigt mich?«

»Selbstverständlich«, sagte Pia. Was hätte sie auch sonst antworten sollen? Weshalb Istvan auch immer wirklich gekommen war, er würde es ihr jetzt gewiss nicht mehr sagen.

»Darf ich noch eine Bitte äußern?«

»Sicher.«

»Lasar«, sagte Pia. »Ich würde ihn gerne sehen.«

»Das geht nicht«, antwortete Istvan bedauernd. »Er würde es nicht überleben, wenn wir ihn hierherbringen würden.«

»Dann bringt mich zu ihm«, bat Pia, bekam aber auch jetzt nur ein weiteres Kopfschütteln zur Antwort. »Ich fürchte, auch das geht nicht, Erhabene. Vielleicht ... später. Morgen möglicherweise.«

Morgen, dachte Pia bitter. Ja, morgen. Falls er dann noch lebte.

Und sie.

XXXI

Der nächste Tag kam und ging, und sie wurde nicht zu Lasar gebracht, und auch Istvan kehrte nicht zurück, um das unterbrochene Gespräch fortzusetzen. Nur die alte Heilerin besuchte sie, einmal, um ihr frische Kleider zu bringen und ihre Wunden zu versorgen, und dann noch zweimal, um ihr zu essen zu bringen.

Darüber hinaus kam ihr der Tag erstaunlich kurz vor; was daran lag, dass sie ihn zum allergrößten Teil schlafend verbrachte. Eingedenk der Tatsache, dass sie auch die drei Tage zuvor durchgeschlafen hatte, kam ihr das selbst ein wenig seltsam vor, aber sie war (und blieb) schrecklich müde, und mehr als einmal beschlich sie der Verdacht, dass Varga bei dieser unnatürlichen Müdigkeit ihre Hand im Spiel haben könnte. Die alte Heilerin antwortete auf ihre entsprechenden Fragen jedoch genau wie auf alle anderen – nämlich gar nicht –, und letzten Endes war es ihr auch gleich, ob Varga tatsächlich einen Abstecher in ihren Kräutergarten gemacht hatte oder ihr Körper einfach sein Recht verlangte. Diese Art von Schlaf war anders. Pia spürte (sogar während sie schlief), wie ihre Kräfte zurückkehrten und ihre Verletzungen heilten. Als Varga am darauffolgenden Morgen kam, um ihre Verbände zu wechseln, war sie selbst nicht annähernd so überrascht wie die alte Frau. Sämtliche kleineren Schrammen und blauen Flecken waren einfach verschwunden, und selbst die tiefen Wunden, die die Handschellen in ihre Gelenke gerissen hatten, begannen schon sichtbar zu heilen. Varga starrte ihre Arme geschlagene fünf Sekunden lang an und danach noch länger und mit vollkommen anderem Ausdruck ihr Gesicht, aber sie sagte nicht einmal dazu etwas. Eine der Fragen, auf die Pia niemals eine Antwort bekommen sollte, war die, ob die alte Heilerin überhaupt sprechen konnte.

Zwei Tage später waren an ihren Handgelenken nur noch zwei dünne weiße Narben zu sehen, und Varga verzichtete darauf, frische Verbände anzulegen, und wickelte lediglich zwei saubere Stoffstreifen um ihre Arme, damit die Fesseln ihr nicht sofort wieder neue Verletzungen zufügten.

Und das war das mit Abstand Aufregendste, was innerhalb der nächsten anderthalb Wochen geschah. Istvan kam nicht zurück, und sie erfuhr auch sonst rein gar nichts von dem, was in der Stadt und dem Rest der Welt geschah. Pia schlief nach wie vor viel, wenn auch nicht mehr ganz so viel wie am Anfang, und die Zeit, die sie wach war, verbrachte sie zum größten Teil damit, zu grübeln, mit dem Schicksal zu hadern und sich selbst leidzutun. Aber irgendwann ging auch diese Phase vorbei und eine andere fing an: Sie hatte alle Gedanken gedacht, alle Fluchtpläne erwogen und wieder verworfen, und irgendwann begann die Zeit zu etwas Eigenständigem zu werden, begann allein durch ihr Verstreichen den Tag fast zur Gänze auszufüllen.

Zweimal am Tag kettete Varga sie los und führte sie auf die Toilette. Sie waren auch dabei allein, denn auf dem winzigen Innenhof, auf dem das mit Brettern vernagelte Örtchen stand, zeigte sich keine Menschenseele. Pia erwog einmal kurz den Gedanken, die Gelegenheit zu einem Fluchtversuch zu nutzen, verwarf die Idee aber rasch wieder. Varga zu überwältigen wäre sicherlich kein Problem (auch wenn ihr der Gedanke zuwider war, der alten Frau Gewalt anzutun), doch sie war trotz der vollkommenen Stille ringsum sicher, dass sie aus misstrauischen Augen beobachtet wurde.

Vielleicht zwei Wochen nach ihrer Rückkehr nach Weiß-Wald änderte sich doch etwas.

Pia wachte früher auf als gewöhnlich, und obwohl nicht der geringste Laut in ihre Gefängniszelle drang, glaubte sie so etwas wie summende Nervosität zu spüren, die über der gesamten Stadt liegen mochte und selbst die Luft hier drinnen mit etwas Knisterndem erfüllte. Als sie sich aufsetzte, stellte sie fest, dass sich noch zwei andere Dinge verändert hatten: Es war spürbar kälter geworden, was daran lag, dass das Feuer im Kamin erloschen war. Varga musste vergessen haben, Holz nachzulegen, was sie normalerweise jeden Morgen zuverlässig tat, kurz bevor Pia aufwachte. Aber sie war trotzdem hier gewesen. Die zweite Veränderung lag auf dem Tisch: ein ausgesprochen hässliches, aber warmes Kleid, noch wärmere grobe Unterwäsche, ein gefütterter Mantel und (zu ihrem großen Erstaunen) ein Paar aus feinem Leder gearbeitete Stiefel; die magischen Schuhe, die sie von Brack bekommen hatte.

Was hatte das zu bedeuten?

Es dauerte eine halbe Stunde, bis sie eine Antwort auf diese Frage bekam, wenn auch nicht in der Ausführlichkeit, die sie sich gewünscht hätte. Varga kam, stellte ein Tablett mit einem außergewöhnlich reichhaltigen Frühstück auf den Boden neben dem Tisch und kettete sie wie üblich schweigend los. Pia überfiel sie sofort mit einem Schwall von Fragen, die Kleider und die spürbare Veränderung der Stimmung betreffend, rechnete nicht mit einer Antwort und bekam auch keine. Die Alte bedeutete ihr nur mit ebenso ehrerbietigen wie energischen Gesten, sich anzuziehen, und nutzte die wenigen Augenblicke, die sie dafür brauchte, das Frühstück auf dem Tisch aufzutragen.

Es erwies sich als eine schon mehr als ausgewachsene Mahlzeit, mit der selbst ein hungriger Bauarbeiter seine liebe Mühe gehabt hätte. Pia aß trotzdem so viel davon, wie sie konnte, und sogar noch ein bisschen mehr. Diese Mahlzeit war bestimmt nicht zufällig so reichhaltig ausgefallen. Irgendetwas würde geschehen, und jemand war anscheinend der Meinung, dass sie eine kräftige Unterlage für den bevorstehenden Tag brauchte. Wer war sie, sich anzumaßen, es besser zu wissen?

Sie frühstückte ausgiebig zu Ende und hatte es kaum getan, als die Tür aufging und Istvan hereinkam. Er lächelte ein sehr warmes, ehrlich wirkendes Lächeln, aber in seinen Augen war zugleich auch ein Ausdruck von nicht mehr ganz unterdrückter Sorge, und etwas an ihm war anders. Doch es dauerte ein paar Sekunden, bis sie erkannte, was – auf seinem Gesicht lag ein ganz sachter gehetzter Ausdruck, und wenn man genau hinsah, konnte man die Andeutung dunkler Ringe unter seinen Augen erkennen; und einen ungesunden grauen Schimmer auf seinen Wangen. Es schien, als hätte er in den zurückliegenden Tagen so wenig Schlaf gefunden wie sie zu viel.

»Guten Morgen, Erhabene«, begrüßte er sie. »Wie ich sehe, hat Varga alles wunschgemäß vorbereitet.«

»Wenn Ihr ihr befohlen habt, mich zu mästen, dann könnt Ihr zufrieden sein«, antwortete Pia. »Aber es hat auch ausgezeichnet geschmeckt. Wo seid Ihr die ganze Zeit gewesen, Kommandant? Ihr seid mir noch ein paar Antworten schuldig.«

»Aber Ihr habt doch gar keine Fragen gestellt, Erhabene«, antwortete er ruhig. »Trotzdem habt Ihr recht. Ich wollte eher zurückkommen, um unser Gespräch fortzusetzen, aber ich wurde aufgehalten. Es tut mir aufrichtig leid, dass ich niemanden geschickt habe, um Euch zu informieren. Ich entschuldige mich in aller Form dafür ... aber wir können es nachholen.«

Pia sah ihn einen Herzschlag lang nachdenklich an. Konnte es sein, dass er nur plapperte, um aus irgendeinem Grund Zeit zu gewinnen?

»Und mir erklären, was das alles zu bedeuten hat?«, fragte

sie mit einer Geste auf den reich gedeckten Tisch, ihr Kleid und die magischen Schuhe, die sie noch nicht angezogen hatte.

Istvan starrte einen Moment lang an ihr vorbei ins Leere, bevor er sich mit einer knappen Geste an Varga wandte. Die alte Heilern verließ das Zimmer, und Istvan wartete geduldig, bis sie die Tür hinter sich geschlossen hatte.

»Ich fürchte, sehr viel Zeit zum Reden bleibt uns auch heute nicht«, sagte er. »Ich bin vorausgeritten, um noch die letzten Vorbereitungen zu treffen, aber Eure Eskorte wird in längstens zwei Stunden eintreffen.«

Warum erschrak sie eigentlich? Sie hatte gewusst, dass dieser Moment kommen würde. »Immerhin schon mal eine positive Veränderung, nicht wahr?« Istvan blickte fragend, und Pia zwang sich zu einem nicht ganz geglückten Lächeln. »Bisher war ich eine Gefangene. Jetzt bekomme ich schon eine Eskorte.«

»Es freut mich, wenn Ihr es so seht«, sagte Istvan. Er blieb dabei auf eine Art ernst, die sie eigentlich beunruhigen sollte. Dann deutete er auf ihre Stiefel. »Ihr solltet sie anziehen, Erhabene. Wir können ... auf dem Weg reden.«

»Auf dem Weg? Gerade habt Ihr gesagt, dass die Eskorte noch zwei Stunden weit weg ist.«

Istvan wich ihrem Blick aus. »Es tut mir leid, dass ich anscheinend immer nur mit schlechten Nachrichten zu Euch komme, Erhabene«, sagte er unbehaglich. »Aber bei unserem letzten Gespräch habt ihr Euch nach dem Jungen erkundigt.«

»Lasar?« Pia konnte selbst spüren, wie sich ihr Gesicht umwölkte. »Ich hoffe, er hat nicht zu sehr gelitten.«

»Er lebt«, antwortete Istvan, erstickte den Funken ungläubiger Hoffnung in ihr aber augenblicklich wieder, indem er den Kopf schüttelte und mit trauriger Stimme fortfuhr: »Der Junge muss unglaublich zäh sein. Er hat bis jetzt gekämpft, doch nun geht es zu Ende. Er wird den Tag nicht überstehen.«

»Und warum … sagt Ihr mir das?«, fragte Pia. Ihr Mund war mit einem Mal so trocken, dass sie kaum noch sprechen konnte. »Um mich zu quälen?«

Istvan wirkte nicht verletzt, trotzdem spürte Pia ihr schlechtes Gewissen. Sie hätte das nicht sagen sollen. »Nein«, antwortete er. »Wir haben noch ein wenig Zeit. Ihr hattet darum gebeten, ihn sehen zu dürfen. Beim letzten Mal konnte ich Euch diesen Wunsch nicht erfüllen, aber jetzt … ich meine, wenn Ihr wollt, könnt Ihr ihn noch einmal sehen.«

Bei den letzten Worten klang er fast ein bisschen unbeholfen, fand Pia. Und ihre eigenen Worte von gerade taten ihr plötzlich noch mehr leid. Istvan hatte keineswegs vor, sie zu quälen. Er wollte ihr die Gelegenheit geben, Abschied zu nehmen, das war alles. Für einen Mann wie ihn musste es einen gewaltigen Satz bedeutet haben, so weit über seinen Schatten zu springen.

Sie lächelte dankbar und machte sich dann an die gar nicht so leichte Aufgabe, die Stiefel anzuziehen. Diese waren so eng, dass sie fast all ihre Kraft dafür brauchte und beinahe ein bisschen außer Atem war, als sie den ersten Stiefel anhatte.

»Warum tut Ihr das, Istvan?«, fragte sie, während sie sich mit dem zweiten abmühte.

»Es ist nur ein kleiner Umweg, und ich hatte das Gefühl, dass der Junge Euch etwas bedeutet.«

»Das meine ich nicht.« Pia deutete mit einem Kopfnicken und zusammengebissenen Zähnen auf den Stiefel, der sich beharrlich weigerte, schneller als millimeterweise an ihrer Wade hinaufzukriechen. »Ihr wisst, was das für Schuhe sind?«

»Sie sehen sehr hübsch aus, und sie stehen Euch ganz ausgezeichnet.« Er lächelte flüchtig und wurde danach umso ernster. »Ja, ich weiß, was das für Stiefel sind. Und ich weiß auch, woher Ihr sie habt. Warum sollte ich sie Euch nicht lassen? Sie werden Euch nicht helfen, zu fliehen oder irgendetwas anderes Unbedachtes zu tun. Diese Stiefel weisen Euch den richtigen Weg, das ist alles. Sie machen Euch weder schneller noch verleihen sie Euch Flügel.«

»Eigentlich schade«, sagte Pia. Der Stiefel rutschte mit einem so unerwarteten Ruck an ihrem Bein hoch, dass sie das Gleichgewicht verlor und einen Moment lang albern herumhampeln musste, um nicht rückwärts vom Stuhl zu fallen, was vermutlich noch sehr viel alberner ausgesehen hätte. Istvan rührte keinen Finger, um ihr zu helfen, sondern grinste ganz im Gegenteil unverhohlen schadenfroh.

»Ja, vielen Dank auch für Eure Hilfe, Kommandant«, maulte Pia. »Ihr wisst wirklich, wie man eine Dame behandelt.«

Istvan feixte sogar noch breiter, aber er streckte immerhin die Hand aus, um ihr aufzuhelfen, und Pia nahm dieses Angebot an, obwohl es ganz und gar nicht notwendig gewesen wäre ... wenigstens so lange, bis sie nicht nur ganz dicht vor ihm stand, sondern ihn dabei um einen guten Kopf überragte, dann wurde die Situation irgendwie peinlich, und sie traten beide gleichzeitig und sehr hastig einen Schritt zurück.

»Ja, dann ... sollten wir jetzt gehen«, sagte Istvan. »Es ist nicht weit, aber es wäre mir lieber, wenn wir wieder zurück sind, bevor Eure Eskorte eintrifft.«

Pia sagte nichts dazu, aber Istvans Angebot, sie zu Lasar zu bringen, erschien ihr plötzlich in einem anderen Licht. Möglicherweise war Istvan ja nicht nur großzügig. Er ging sogar ein gewisses Risiko ein, ihr diesen Ausflug zu gestatten.

Sie verließen das Zimmer und nach wenigen Augenblicken das Gebäude. Pias Gefühl von vorhin bewahrheitete sich: Über der Stadt lag eine spürbare Nervosität. Die wenigen Menschen, die ihnen begegneten, wirkten gehetzt und beinahe ängstlich, und ganz anders als sonst wurde sie nicht von jedem angestarrt, der ihren Weg kreuzte, sondern das genaue Gegenteil war der Fall. Die Menschen senkten sogleich den Blick oder sahen woandershin, und mindesten zwei- oder dreimal entfernten sie sich so überhastet, dass das Wort Flucht der einzig zutreffende Begriff dafür war.

»Was ist hier los?«, fragte sie geradeheraus.

»Ihr seid eine sehr aufmerksame Beobachterin, Erhabene«, antwortete Istvan, ohne wirklich zu antworten. »Das ist mir auch vorher schon aufgefallen.«

»Jedenfalls merke ich, wenn mir jemand auszuweichen versucht.«

»Die Menschen haben Angst«, sagte Istvan, und fast, als hätte er sie eigens bestellt, um seine Behauptung unverzüglich zu untermauern, tauchte in diesem Moment eine dunkel gekleidete Frau vor ihnen auf, starrte Pia einen halben Atemzug lang aus aufgerissenen Augen an und fuhr dann auf dem Absatz herum, um eindeutig fluchtartig das Weite zu suchen.

»Vor mir«, vermutete sie.

»Ja«, antwortete Istvan, verbesserte sich dann: »Nein«, zuckte mit den Schultern und korrigierte sich noch einmal: »Oder doch. Irgendwie schon.«

»Aha!«, sagte Pia.

»Es ist eine Menge geschehen, seit wir das letzte Mal miteinander gesprochen haben, Erhabene«, fuhr Istvan fort, deutete nach vorne und fügte scheinbar unvermittelt hinzu: »Das Haus am Ende der Straße. Dort wohnt Varga. Sie hat den Jungen zu sich genommen.«

Vielleicht noch dreihundert Meter, schätzte Pia. Dreihundert Schritte ... also gut, fünfhundert für Istvan. Auf jeden Fall Zeit genug, um auf ein paar Antworten zu bestehen.

»Ihr wart nicht in der Stadt«, sagte sie.

»Nein. Was Ihr über Nandes erzählt habt, das hat mich beunruhigt. Ich habe ein paar Erkundigungen eingezogen ...

und ein paar Leute losgeschickt, um nach den Barbaren zu suchen, die Eure Freundin entführt haben.«

Zumindest die letzte Behauptung, vermutete Pia, war gelogen. Istvan war auf ihrer Sympathieskala zweifellos um etliche Plätze nach oben gerutscht (vom Mittelpunkt der Erde bis ins tiefste Kellergeschoss), aber dass er auch nur einen Finger rühren würde, um Alica zu retten, glaubte sie nun doch nicht. »Sind sie mit ihr oder ohne sie zurückgekommen?«, fragte sie.

Istvan antwortete erst nach einem spürbaren Zögern. »Gar nicht«, sagte er.

Pia sah ihn überrascht an. Vielleicht hatte er ja doch die Wahrheit gesagt.

»Und das ist nicht alles«, fuhr er fort. »Es sind Barbaren gesehen worden.«

»Zum Beispiel von mir.«

»Von sehr vielen Leuten«, sagte Istvan ungerührt. »Und vermutlich auch vielen, die nicht mehr zurückgekommen sind, um davon zu berichten. Menschen sind verschwunden, und angeblich wurde einer der Clans angegriffen und ein Teil der Herde gestohlen.«

»Und was hat das mit mir zu tun?«, fragte Pia.

Istvan hob abermals die Schultern und sah bewusst an ihr vorbei. »Es gibt Gerüchte.«

»Was für Gerüchte?« Verdammt, warum ließ dieser Kerl sich eigentlich jedes Wort einzeln aus der Nase ziehen?

»Es heißt, sie seien euretwegen hier.«

Nach allem, was sie bisher erlebt hatte, war an diesen Gerüchten wahrscheinlich etwas dran. »Und jetzt haben sie Angst, sie könnten hierherkommen«, sagte Pia. »Meinetwegen.«

Dazu sagte Istvan nichts, aber das war auch nicht nötig.

»Na ja, morgen oder übermorgen bin ich vermutlich nicht mehr da, und dann haben die Leute hier keinen Grund mehr, Angst zu haben.«

Der bittere Klang in ihrer Stimme war Absicht, aber Istvan ging nicht darauf ein. »Es ist vermutlich auch besser für Euch. Auf jeden Fall sicherer. Ich glaube nicht, dass sie tollkühn genug dazu wären, aber sollten die Barbaren die Stadt tatsächlich angreifen, dann könnten wir Euch vielleicht nicht beschützen.«

Pia blieb stehen und sah den Stadtkommandanten stirnrunzelnd an. »Ich kann mich täuschen«, sagte sie, »aber habt Ihr nicht gerade selbst gesagt, diese Barbaren wären nichts als ein kleines Problem?«

»Und WeißWald ist eine kleine Stadt«, antwortete er ernst. »Ich habe kaum hundert Mann unter meinem Befehl, und bei der Hälfte davon bin ich schon froh, wenn sie ihr Schwert aus dem Gürtel ziehen können, ohne sich dabei die Finger abzuschneiden.«

»Und Ihr meint, mit meiner Eskorte wäre ich sicherer?«, fragte Pia zweifelnd. »Ein Zelt statt einer Stadtmauer, und eine Hand voll Reiter statt Eurer Garde?«

»Fünfhundert der besten Ritter, die das Land aufzubieten hat«, verbesserte sie Istvan, und eine Spur von Stolz war in seinen Worten zu hören. »Nicht einmal ein ganzer Barbarenstamm würde es wagen, sie anzugreifen.«

Na ja, dann hoffen wir mal, dass Hernandez nicht zwei aufgeboten hat oder drei, dachte Pia. Oder ein paar noch viel bösere Überraschungen. Einen großen Unterschied zwischen Hernandez und Istvan gab es offenbar doch: Hernandez hatte seine Gegner nie unterschätzt.

Andererseits sollte sie jetzt auch nicht den Fehler begehen, ihn zu überschätzen.

Sie hatten ihr Ziel fast erreicht, und Pia blieb noch einmal stehen und sah sich demonstrativ um. »Wieso sind wir überhaupt allein?«, fragte sie. »Muss ich jetzt beleidigt sein, dass Ihr es nicht für nötig gehalten habt, auch nur einen einzigen

Soldaten mitzunehmen, der auf mich aufpasst? Ich könnte immerhin versuchen zu fliehen.«

»Aber ich habe doch Euer Wort, dass Ihr das nicht tut, Erhabene.«

»Genau genommen nicht«, antwortete Pia.

Istvan seufzte. »Dann muss ich mich wohl getäuscht haben. Aber wohin solltet Ihr gehen? Niemand hier würde Euch helfen oder Euch auch nur Unterschlupf gewähren.«

Pia fiel mindestens ein Ort ein, an dem sie vermutlich in Sicherheit war; ganz bestimmt vor Istvans Leuten, und vielleicht sogar vor Hernandez und seinen Barbaren.

Das Problem war nur, dass sie diesen Ort noch mehr fürchtete als beide zusammen.

»Ja, es ist immer wieder ein schönes Gefühl, geliebt zu werden«, seufzte sie.

»Oh, das werdet Ihr«, sagte Istvan. »Das ganze Land wird Euch zu Füßen liegen, wenn Ihr erst einmal in der Hauptstadt seid.«

»So wie allen anderen, die dorthin gebracht worden sind? Ja, ich freue mich schon auf einen gemütlichen Job in der Wäscherei ... oder im Steinbruch.«

»Hat Nandes Euch das erzählt?«, fragte Istvan.

»War es etwa nicht die Wahrheit?«

»Doch«, antwortete Istvan mit völlig unerwarteter Offenheit. »Viele wünschen sich, als die wiedergekommene Gaylen anerkannt und verehrt zu werden. Manche sind Betrüger, manche glauben es wirklich, aber sie alle zahlen einen hohen Preis für diesen Irrtum. Doch es gibt einen Unterschied.«

»So? Und wie sieht der aus?«

»Ihr seid es wirklich«, antwortete Istvan. »Wir sind da.«

Sie waren vor einem schmalen eingeschossigen Haus stehen geblieben, das sich von den anderen Gebäuden ringsum allenfalls dadurch unterschied, dass es noch ein wenig ärmlicher aussah. Die Tür stand einen schmalen Spaltbreit offen, aber dahinter war nichts als Dunkelheit zu erkennen.

»Ich warte hier draußen«, sagte Istvan. »Lasst Euch Zeit, aber nicht zu viel.«

Der Gedanke, allein dorthinein zu gehen, bereitete ihr beinahe körperliches Unbehagen. Aber sie konnte und wollte jetzt auch nicht kehrtmachen. Dass Lasar nach all der Zeit noch immer lebte, erschien ihr unglaublich genug, und jetzt einfach wieder zu gehen, ohne ihn wenigstens noch einmal gesehen zu haben, wäre ihr nicht nur feige vorgekommen (und es gewesen), sondern auch wie ein Verrat an ihm. Nach allem, was er für sie getan hatte, ein vollkommen unerträglicher Verrat.

Sie betrat das Haus und war zunächst praktisch blind, aber nicht orientierungslos. Die schmalen Papierfenster waren nicht abgedunkelt, wie sie im ersten Moment angenommen hatte, sondern einfach so schmutzig, dass sie praktisch kein Licht mehr durchließen. Irgendwo vor ihr brannte eine einzelne Kerze, aber die flackernde gelbe Flamme schien die Dunkelheit hier drinnen eher noch zu vertiefen, als saugte sie das bisschen Licht auf, das es noch gab. Atemzüge waren zu hören und ein fast regelmäßiges helles Ticken, das sie für das Geräusch eines tropfenden Wasserhahns gehalten hätte, hätte es so etwas im Umkreis von ungefähr hunderttausend Lichtjahren gegeben. Dann entstand ein Streifen aus blassgrauem Zwielicht irgendwo in der Dunkelheit, und eine gebückte Gestalt machte einen einzelnen Schritt zu ihr herein und winkte ihr zu. Vielleicht sagte Varga sogar etwas, aber Pia war nicht sicher, und es spielte auch keine Rolle. Schweigend folgte sie Vargas einladender Geste und betrat ein winziges und nun tatsächlich fensterloses Zimmer, das von zwei heftig rußenden Kerzen in eindeutig mehr Schatten als Licht getaucht wurde. Der hier anscheinend vorherrschenden spartanischen Einrichtungsphilosophie folgend war es praktisch leer und enthielt nur einen Stuhl, einen Kamin, der nicht so aussah, als hätte jemals ein Feuer darin gebrannt, und ein schmales Bett, auf dem ein sterbender Junge lag.

»Es ist gut, Varga«, sagte Pia. »Bitte lass uns allein.«

Sie konnte hören, wie die Heilerin sich herumdrehte und davonschlurfte. Und sie wartete auch noch ab, bis sie das Geräusch der Haustür hörte, bevor sie aus ihrer selbst auferlegten Starre erwachte und die zwei Schritte zum Bett ging.

Vielleicht waren es die beiden schwersten Schritte ihres Lebens.

Lasar war bewusstlos oder schlief, aber es war kein friedlicher Schlaf. Seine Brust hob und senkte sich in schnellen und unregelmäßigen Stößen, und sein Gesicht glänzte vor Schweiß; kleine ölig glänzende Perlen, die ein verwirrendes Muster auf seiner Haut bildeten und ihren schlechten Geruch dem Atem abschnürenden Gestank hinzufügten, der die Luft hier drinnen in etwas Zähflüssiges zu verwandeln schien, das sich nur noch mit einer bewussten Anstrengung in die Lungen saugen ließ. Der Geruch war so schlimm, dass sich ein leises Gefühl von Übelkeit in Pias Magen zu regen begann; ein Gestank nach Krankheit, Fäulnis und Tod.

Es war nicht Vargas Schuld. Soweit Pia es erkennen konnte, hatte sie den Jungen so gut versorgt und sauber gehalten, wie es nur ging. Es ging eben nicht besonders gut.

Pia schloss die Augen, zählte in Gedanken bis drei und zwang sich dann, den sterbenden Lasar so emotionslos und analytisch wie überhaupt nur möglich anzusehen. Es funktionierte nicht.

Auch ganz sachlich betrachtet bot Lasar einen durch und durch grauenerregenden Anblick. Er war immer schon klein gewesen und so schlank, dass das Wort eigentlich nicht mehr passte. Jetzt schien er ... *kleiner* geworden zu sein und so weit in Richtung Skelett abgemagert, wie es ein Mensch nur konnte, ohne tatsächlich zu sterben.

Pia stand lange Zeit einfach da und sah auf Lasar hinab, und alles, was sie fühlte, waren Leere und ein nagendes Gefühl von Schuld. Niemand hatte diesen Jungen gezwungen, mit einem rostigen Küchenmesser auf einen ausgewachsenen Krieger loszugehen, der doppelt so groß war wie er.

Sie zog sich den Schemel heran, ließ sich darauf nieder und hätte um ein Haar nach seiner Hand gegriffen. Aber sie war nicht mehr da. Wo sie sein sollte, befand sich nur ein klobiger, gelb und braun verkrusteter Verband, den sie nun, wo sie ihn einmal gesehen hatte, auch als Quell des erbärmlichen Gestanks hier drinnen ausmachte. Empörung wollte sich in ihr breitmachen, aber sie sagte sich auch fast sofort, dass Varga für diesen Jungen mit Sicherheit alles getan hatte, was in ihrer Macht stand. Sie konnte eben nicht besonders viel tun. Selbst die talentierteste Kräuterhexe war wohl relativ machtlos in einer Welt, in der nicht einmal die grundlegendsten Begriffe der Hygiene bekannt waren. Lasars Armstumpf war brandig geworden, und die Entzündung hatte sich längst ausgebreitet und den gesamten Arm bis zur Schulter hinauf anschwellen lassen. Die Haut sah aus, als würde sie bei der leisesten Berührung aufplatzen. Pia verstand mit jeder Sekunde weniger, wieso der Junge überhaupt noch lebte. Sie verstand nicht viel davon, aber soweit sie wusste, führte Wundbrand normalerweise binnen weniger Tage zum Tod. Dass Lasar in diesem Zustand zwei Wochen durchgehalten hatte, war geradezu unglaublich. Er musste über eine gewaltige Willenskraft verfügen ... oder Varga hatte doch noch ein paar Tricks mehr auf Lager, als sie ihr zutraute. Sie bezweifelte allerdings, dass sie dem Jungen damit einen Gefallen getan hatte.

Lasar bewegte sich unruhig. Ein dumpfes Stöhnen kam über seine Lippen, kein artikulierter Laut, sondern ein bloßer

Ausdruck von Leid, der sich wie eine dünne Messerklinge in ihre Brust bohrte. Tränen füllten ihre Augen, ohne dass sie es auch nur merkte.

»Es tut mir so leid«, flüsterte Pia. »Warum hast du das nur getan, du dummer, tapferer Junge?« Lasar stöhnte im Fieber, als hätte er sie tatsächlich verstanden, und versuchte zu antworten, und Pia streckte nun doch die Hand aus und berührte seinen verstümmelten Arm. Seine Haut platzte nicht auf, wie ihre überbordende Fantasie ihr weismachen wollte, aber sie fühlte sich genauso an, wie sie es befürchtet hatte: heiß und fiebrig, so rau wie warmes Sandpapier und *krank*. Sie konnte spüren, wie sein Herz jagte, und etwas Unsichtbares und Verwundetes schien sich unter ihren Fingern zu krümmen. Sie konnte auch spüren, welch großen Schmerz ihm die sachte Berührung ihrer Hand bereitete, und wollte die Finger ganz instinktiv zurückziehen.

Stattdessen griff sie nur noch fester zu, spürte, wie seine Qual regelrecht explodierte, und machte den Schmerz zu ihrem eigenen, ohne ihn ihm zu nehmen. Geteiltes Leid war in diesem Falle nicht halbes Leid, sondern doppeltes, und erneut hörte sie ein gequältes Stöhnen, ohne auch nur zu begreifen, dass dieser Laut über ihre eigenen Lippen kam. Etwas in ihr krümmte sich in einer Pein, wie sie sie nie zuvor im Leben kennengelernt hatte, ja, sich bis zu diesem Moment nicht einmal hatte *vorstellen* können, aber sie schrak nicht davor zurück, sondern stellte sich ihr, schritt durch einen Vorhang aus purem Feuer und suchte nach seinem Ursprung. Sie brannte. Ihre Seele berührte das Herz einer lodernden weißen Sonne und tauchte hinein in einen Ozean aus reiner Qual. Da war etwas Verzehrendes in ihm, eine schwarze Flamme, die das hellere Feuer des Lebens erstickte und durch schwärende Fäulnis ersetzte, die an ihm fraß und nagte und alles verdarb, was irgendwann einmal lebendig an ihm gewesen war.

Prinzessin Gaylen streckte eine unsichtbare Hand nach dieser Flamme aus, erstickte sie und entzündete ein helleres, reineres Licht an ihrer Stelle, dann schwanden ihr die Sinne, und sie brach über dem bewusstlosen Jungen zusammen.

XXXII

Etwas Kühles berührte ihre Stirn, und eine knochige, aber sehr sanfte Hand machte sich an ihrem Gesicht und ihren Schläfen zu schaffen, ohne dass sie genau sagen konnte, was sie dort tat. Aber es tat gut, und sie hatte das ebenso grundlose wie bestimmte Gefühl, nicht nur in Sicherheit, sondern auch unter Freunden zu sein, was vielleicht sogar wichtiger war.

Das Gesicht, in das sie sah, als sie die Augen aufschlug, gehörte jedoch keinem ihrer wenigen Freunde, sondern einer verhutzelten alten Frau, die mindestens zweihundert Jahre alt sein musste und nur aus Falten und Runzeln und zu Sorgenfalten erstarrter blasser Haut voller Altersflecken zu bestehen schien. Vargas Augen wirkten noch trüber als sonst und von einer Mischung aus Sorge und Angst und sachter Panik erfüllt, doch in ihnen waren auch Erschrecken und Zorn und fast so etwas wie Wut. Ihre linke Hand tastete weiter über ihr Gesicht und tat irgendetwas daran, das Pia immer noch nicht verstand und das immer noch ungemein wohltat, und ihre andere Hand tupfte ein angefeuchtetes Tuch auf ihre Stirn, das ihre Haut kühlte, das schwelende Feuer darunter aber eher zu noch heißerer Glut anzufachen schien. Da waren Geräusche, die ihr verrieten, dass noch jemand hier drinnen war, aber es vergingen ein paar Sekunden, bis sie sich daran erinnerte, wo dieses *hier* überhaupt war.

»Hattet Ihr mir nicht versprochen, mich allein zu lassen, Kommandant?«, fragte sie. Aus dem scharfen Ton, den sie hatte anschlagen wollen, wurde nichts. Ihre Stimme versagte ihr zwar nicht vollends den Dienst, ließ aber nicht mehr als ein schwächliches Flüstern zu. Pia war nicht einmal ganz sicher, ob die zweite Person, deren Anwesenheit sie fühlte, überhaupt Istvan war.

Er war es. Seine schmale, aber offensichtlich sehr kräftige Hand legte sich auf Vargas Schulter und schob sie unsanft zur Seite. »Das ist richtig, Erhabene«, sagte er. Sowohl seine Miene als auch seine Stimme hatten eine Menge von ihrer Freundlichkeit eingebüßt. »Aber das war vor mehr als einer Stunde. Fühlt Ihr Euch wieder besser?«

Pia konnte sich nicht wirklich erinnern, sich schlecht gefühlt zu haben … eigentlich konnte sie sich überhaupt nicht erinnern, wie sie sich in der zurückliegenden Stunde (Stunde? Hatte er *eine Stunde* gesagt?) gefühlt hatte. Sie war sehr schwach. Zwischen ihren Schläfen war ein an und ab schwellendes Summen wie von einem zornigen Bienenschwarm, und wo ihre Erinnerungen sein sollten, war nichts als ein vages Gefühl, etwas Böses und sehr, sehr Gefährliches berührt zu haben. Eine Stunde? Sie war hierhergekommen, um Lasars Sterben zu erleichtern, aber wie es aussah, hatte sie es wohl eher noch einmal hinausgezögert. Wortlos stand sie auf (sie war mit dem Rücken an der Wand neben dem Kamin lehnend zu sich gekommen) und streifte das Bett, auf dem Lasar lag, mit einem kurzen Blick, wobei sie es aber fast angstvoll vermied, in sein Gesicht zu sehen. Ihre Erinnerungen waren immer noch nicht vollständig, aber das, was nach und nach zurückkehrte, verriet ihr mehr, als sie eigentlich wissen wollte. Lasar hatte einen leichten Tod gehabt. Aber wahrscheinlich, versuchte sie sich selbst zu beruhigen, war *jeder* Tod leicht nach zwei Wochen Höllenqualen.

»Es tut mir leid, wenn ich Eure Zeit über Gebühr in Anspruch genommen habe«, sagte sie kühl. »Er wollte einfach nicht so schnell sterben, wie es vielleicht angemessen gewesen wäre.«

Istvans Miene verdüsterte sich wunschgemäß, auch wenn sie das sichere Gefühl hatte, dass er sich weit mehr über ihren Ton ärgerte als über das, was sie gesagt hatte. »Ich fürchte, wir müssen jetzt wirklich zurück, Erhabene«, sagte er. »Die Zeit war lang genug, um Abschied zu nehmen.« Er wollte sich umwenden, doch Varga ergriff ihn am Arm und zerrte ihn fast schon grob in die entgegengesetzte Richtung. Istvan schüttelte ihre Hand mit einer ärgerlichen Bewegung ab und setzte auch zu einer entsprechenden Bemerkung an, aber dann machte er stattdessen ein überraschtes Gesicht – vielleicht auch ein bisschen erschrocken –, trat an Lasars Sterbebett und schob sie unsanft zur Seite, um sich über den reglosen Jungen zu beugen. Einen Augenblick lang stand er einfach nur in sonderbar verkrampfter Haltung da, dann konnte Pia hören, wie er scharf die Luft zwischen den Zähnen einsog, und begab sich mit klopfendem Herzen an seine Seite. Sie hatte Angst vor dem, was sie wahrscheinlich sehen würde, aber sie sagte sich auch, dass sie Lasar diesen letzten Blick schuldig war. Der Junge hatte sein Leben für sie gegeben, und sie hatte Angst vor einem Blick in sein Gesicht?

Vielleicht zu Recht. Lasar war nicht tot. Er war nicht einmal mehr bewusstlos, und sogar sein Fieber schien nicht mehr ganz so schlimm zu sein wie zuvor. Seine Augen standen offen, und sein Blick war nicht trüb und von Fieber und Schmerz verschleiert, wie sie es erwartete, sondern war klar.

»Aber das ist doch ...«, murmelte Pia. Istvan brachte sie mit einer raschen Geste zum Schweigen, winkte mit der anderen Hand die Heilerin heran und starrte sie und den Jungen abwechselnd, aber mit derselben Fassungslosigkeit an. Sie schien fast so groß zu sein wie die, die Pia empfand.

Varga eilte mit trippelnden kleinen Schritten um das Bett herum, beugte sich über Lasar und fuhr einen Moment lang auf dieselbe Art mit den Fingerspitzen über sein Gesicht, wie sie es gerade bei Pia getan hatte. Dann sog auch sie und noch viel schärfer als Istvan gerade die Luft zwischen den Zähnen ein.

»Was ... ist mit ihm?«, fragte Pia stockend.

»Diese Frage sollte ich eigentlich an Euch richten«, antwortete Istvan. Seine Stimme klang flach. »Was habt Ihr getan?«

Pia konnte sich nicht erinnern, überhaupt etwas getan zu haben, aber irgendetwas war ganz zweifellos mit Lasar geschehen. Sein Zustand hatte sich sichtbar gebessert. Es sah immer noch sehr krank aus, jedoch nicht mehr wie jemand, der seit zwei Wochen im Sterben lag.

Was er nicht würde, begriff Pia. Lasar war zu schwach, um auch nur den winzigsten Laut von sich zu geben, sein Atem ging langsam und sehr flach, und er sah immer noch aus wie ein Gespenst, das jemand schlampig mit menschlicher Haut überzogen hatte ... aber er würde leben.

»Wäre ich ein abergläubischer Mensch, Erhabene«, sagte Istvan leise, »dann würde ich jetzt möglicherweise anfangen, an schwarze Magie zu glauben.«

Womit er sich in guter Gesellschaft befinden würde, dachte Pia. Zum Beispiel in ihrer. Sie starrte Lasar weiter fassungslos an und versuchte sich zu erinnern, was geschehen war, aber es gelang ihr nicht. Da war etwas wie die Erinnerung an eine schwarze Flamme, doch sie war nicht klar, kaum mehr als die Ahnung einer Erinnerung, und je angestrengter sie sie herbeizuzwingen versuchte, desto rascher schien sie zu verblassen.

Schritte wurden hinter ihnen laut, und ein Mann in der Uniform der Stadtgarde erschien unter der Tür und verlangte mit einem entsprechenden Blick nach Istvans Aufmerksamkeit. Er ging hin, wechselte ein paar Worte mit dem Soldaten und kam mit versteinertem Gesicht zurück.

»Wir müssen jetzt gehen, Erhabene«, sagte er. Täuschte sie

sich, oder hatte er das letzte Wort eine Spur anders betont als sonst? Wahrscheinlich täuschte sie sich.

Pia wandte sich noch einmal zu Lasar um und setzte dazu an, etwas zu sagen, und Istvan fügte hinzu: »Jetzt, Erhabene.«

Sie tauschte trotzdem noch einen langen Blick mit Lasar, lächelte ihm zu und folgte Istvan und dem Soldaten dann ins vordere Zimmer. Nach dem furchtbaren Geruch und der Dunkelheit nebenan kam ihr jeder Atemzug hier drinnen wie ein Labsal vor, aber die offen stehende Tür nach draußen war noch viel verlockender. Sie versuchte sie mit schnellen Schritten anzusteuern, doch Istvan schüttelte rasch den Kopf. »Noch eines, Erhabene.«

»Ja?«

»Wenn wir ... wenn *Ihr* gleich mit Torman sprecht, dann wäre es vielleicht besser, ihm nichts von dem zu erzählen, was Ihr gerade getan habt.«

»Das dürfte mir nicht besonders schwerfallen«, antwortete Pia. Istvan blickte fragend, und sie zwang sich zu einem schiefen Grinsen. »Würdet Ihr mir glauben, wenn ich Euch sage, das ich selbst nicht weiß, was ich getan habe – oder ob ich überhaupt etwas getan habe?«

»Ja«, antwortete Istvan so schnell, als hätte er genau diese Antwort erwartet. »Aber das ändert nichts daran, *dass* Ihr etwas getan habt. Ich weiß nicht, was, aber es wäre vielleicht besser, wenn Torman ...« Er suchte einen Moment nach den richtigen Worten, und Pia, die nichts mehr wollte, als endlich aus diesem stickigen Loch herauszukommen, kam ihm zu Hilfe: »Falsche Schlüsse aus etwas zieht, was er ebenso wenig versteht?«

Istvan nickte.

»Wer ist dieser Torman? Der Anführer meiner Eskorte?«

»Ja. Und er ist nicht unbedingt für seine Geduld bekannt. Es wäre besser, wenn wir ihn nicht warten lassen.«

Der Gedanke, noch ein bisschen herumzutrödeln, nur um auch ganz sicherzugehen, dass sie auch tatsächlich zu spät kamen und sie Istvan dabei zusehen konnte, wie er sich wand und drehte und nach irgendeiner glaubhaften Ausrede suchte, hatte etwas durchaus Verlockendes. Aber dann sah sie ein, wie unfair das wäre. Istvan hatte sich ein bisschen unfaire Behandlung redlich verdient ... doch er hatte ihr gerade auch eine Stunde geschenkt, einfach so. Also gut. Sie verzichtete darauf, ihm ein paar glühende Stecknadeln unter die Fingernägel zu treiben, und machte sich in Gedanken eine Notiz, dass sie quitt waren. »Dann sollten wir uns beeilen«, sagte sie nur.

Nach einer Stunde, die sie in fast völliger Dunkelheit zugebracht hatte, machte sie das grelle Sonnenlicht fast blind. Aber die klare und sehr kalte Luft verscheuchte die düsteren Gedanken aus ihrem Kopf, und spätestens der zweite Atemzug auch die faulige Luft aus ihren Lungen. Im ersten Moment konnte sie Istvan nur als Schemen erkennen, dessen Ränder sich im grellen Licht aufzulösen schienen, aber ihr fiel trotzdem auf, dass er zwar neben ihr ging, sein Begleiter aber zwei Schritte vorauseilte und es noch einen zweiten Soldaten gab, der offensichtlich vor der Tür gewartet hatte und ihnen jetzt im gleichen Abstand folgte. Beide Männer wirkten nervös, und beide hatten die Hand auf den Griff ihrer Waffe gelegt.

»Dieser Torman scheint Euch nicht unbedingt sympathisch zu sein, Kommandant«, sagte sie, nachdem sie ein paar Schritte gegangen waren. »Wie kommt das?«

»Haltet Ihr es für klug, solche Fragen zu stellen?«, fragte Istvan.

»Nein«, antwortete Pia. »Aber wenn ich klug wäre, dann wäre ich nicht hier.«

Istvan lachte, setzte zu einer Antwort an und blieb dann mitten in der Bewegung stehen. »Wie es aussieht, könnt Ihr ihm diese Frage gleich selbst stellen«, sagte er.

Pias Blick folgte dem Istvans, und sie war beinahe ein bisschen erstaunt über sich selbst, dass ihre einzige Reaktion aus einem überraschten Stirnrunzeln bestand.

Es war das erste Mal, dass sie Reiter innerhalb der Stadtmauern sah. Pferde hatte sie eine Menge gesehen, manche davon sogar gesattelt (auch wenn für die meisten die Bezeichnung *Pony* eher zutreffend gewesen wäre), aber auf keinem einzigen hatte ein Reiter gesessen. Diese hatten Reiter, und deren Anblick war sogar noch sehr viel ungewöhnlicher.

Im ersten Moment glaubte sie, ihre Augen würden ihr einen Streich spielen, weil sich die drei Reiter direkt aus Richtung der aufgehenden Sonne näherten. Sie waren riesig, nicht nur für hiesige Verhältnisse, und alles an ihnen war schwarz, wie Schatten, denen durch einen bösen Zauber die Körper abhandengekommen waren. Sie rasten in scharfem Galopp heran, aber die hämmernden Pferdehufe erzeugten kaum einen Laut auf dem hart gefrorenen Boden, und irgendwie schienen sie auch nicht ... *deutlicher* zu werden, als sie näher kamen, sondern Schatten zu bleiben.

»Ist das Torman?«, fragte sie.

Istvan nickte abgehackt. »Ja. Er ist selbst gekommen. Aber warum?«

Die drei Reiter sprengten weiter heran, ohne ihr Tempo auch nur im Mindesten zu verlangsamen, und wurden rasend schnell größer, aber immer noch nicht realer, als existierten sie nicht wirklich in dieser Welt, sondern in einer, die ein winziges Stückchen in Richtung der Schatten abgedriftet war.

»Mein Gott, was ist das?«, flüsterte Pia.

»Schattenelben«, murmelte Istvan. «Kronn steh uns bei!«

Pia hatte zwar nach all der Zeit, die sie hier verbracht hatte, nicht wirklich begriffen, wer dieser Kronn war ... aber sie stimmte Istvan aus tiefstem Herzen zu.

Die drei Reiter sprengten in unverändertem Tempo heran, und gerade als Pia sich ernsthaft zu fragen begann, wie es sich wohl anfühlen mochte, von drei ausgewachsenen Schlachtrössern zu Tode getrampelt zu werden, rissen sie ihre Tiere zurück und brachten sie in einer nahezu unmöglichen (und noch viel unmöglicher: lautlosen) Bewegung zum Stehen. Die Schatten umflatterten sie wie ein Schwarm körperloser schwarzer Krähen und gerannen zu Körpern, aber die Krähen waren immer noch da und schlugen lautlos mit den Flügeln.

Und das, was darunter zum Vorschein kam, war beinahe noch unheimlicher.

Die drei Reiter waren nicht so groß, wie Pia im ersten Moment angenommen hatte. Sie waren deutlich größer; Riesen, von denen keiner weniger als zwei Meter maß, und die durch ihre spitzen Helme aus ziseliertem schwarzem Metall sogar noch viel größer wirkten. Alles an ihnen war schwarz – ihre Rüstungen, die Waffen, ihre bauschigen Blusen und die lose fallenden Hosen und glänzenden Stiefel und die langen Umhänge, die sie um die Schultern trugen und die sich selbst jetzt, nachdem sie angehalten hatten, noch wie von einem unsichtbaren Wind gebauscht bewegten.

Das Einzige, was nicht schwarz an ihnen war, waren ihre Gesichter. Sie waren ganz im Gegenteil fast schon unnatürlich hell, nahezu weiß, und sie ähnelten sich nicht nur, als wären diese drei Männer Brüder, sondern kamen Pia auch sonderbar bekannt vor; vielleicht nicht diese drei, aber Gesichter wie ihre hatte sie schon gesehen, eingemeißelt in den schwarzen Stein über dem Tor zum Turm des Hochkönigs, für alle Zeiten verewigt in zahllosen Reliefs und Bildern, und auch mindestens einmal in Fleisch und Blut. Schmale, edel geschnittene Gesichter mit aristokratischen Nasen, hoch angesetzten markanten Wangenknochen und dunklen Augen, in denen ein schwarzes Feuer brannte. Es waren Elben ... aber nicht nur.

Etwas war anders an ihnen, ohne dass Pia den Unterschied konkret hätte benennen können.

Wie hatte Istvan Torman und seine Begleiter genannt? Schattenelben?

Einer der drei – obwohl sie sich ähnelten wie Drillingsbrüder und weder Rangabzeichen noch irgendwelche anderen Insignien trugen und auch vollkommen identisch gekleidet waren, wusste Pia einfach, dass es Torman war – sah einen Moment lang ausdruckslos auf Istvan und sie herab und stieg dann mit einer raschen, irgendwie spinnenhaft wirkenden Bewegung vom Pferd. Istvan sank auf ein Knie, wodurch er vor dem schwarzen Giganten nicht nur noch kleiner wirkte, sondern regelrecht zu verschwinden schien, und verbeugte sich so tief, dass seine Stirn den Boden berührte.

»Schwert Torman!«, sagte er in demütigem Ton. »Willkommen in WeißWald! Es ist mir eine Ehre ...«

»Ist sie das?«, unterbrach ihn Torman und deutete mit einer Kopfbewegung auf Pia herab. Obwohl sie stand und Istvan normalerweise um mehr als eine Hauptesläänge überragte, kam sie sich vor dem schwarz gekleideten Riesen selbst wie eine Zwergin vor. Wäre sie eine solche gewesen, hätte sein Anblick sie vielleicht sogar eingeschüchtert. So machte er sie nur wütend.

»Wenn Ihr etwas über mich wissen wollt, Torman, warum fragt Ihr mich dann nicht selbst? Ich kann durchaus reden.«

Istvan sog so entsetzt die Luft ein, dass es fast wie ein Schrei klang, aber der Schattenelb wurde weder zornig, noch reagierte er in irgendeiner anderen Weise. Er blickte sie nur einen weiteren Atemzug lang aus seinen von kaltem schwarzem Feuer erfüllten Augen an und wandte sich dann wieder an Istvan.

»Steht auf, Kommandant«, sagte er. »Was tut Ihr hier? Ich hatte Euch in Eurer Kommandantur erwartet.«

Istvan stand nicht auf, hob aber wenigstens den Kopf und sah in Tormans Gesicht hinauf. »Bitte verzeiht, edles Schwert!«, sagte er. »Ich hatte Euch noch nicht erwartet! Man sagte mir, Euer Heer wäre noch zwei Stunden entfernt, und …«

»Ich bin vorausgeritten«, unterbrach ihn Torman. »Etwas ist in Eurer Stadt geschehen, Istvan. Ich habe das Wirken starker Magie gespürt. Etwas geht hier vor, das mich beunruhigt.«

Istvan antwortete nicht direkt, aber er hatte sich nicht gut genug in der Gewalt, um einen raschen, sehr erschrockenen Blick in Pias Richtung zu unterdrücken. Torman hätte schon blind sein müssen, um es nicht zu sehen.

Prompt verlagerte sich seine Aufmerksamkeit auf sie. »Ihr seid Gaylen?«, fragte er. *Schon wieder eine?,* fügte sein Blick hinzu.

»Der eine oder andere hier nennt mich so«, antwortete sie spröde.

Torman wandte sich wieder an den Stadtkommandanten. »Was tut sie hier? Ich hatte befohlen, dass sie mir in Eurer Kommandantur überstellt wird.«

Istvan wollte antworten, aber Pia kam ihm zuvor. »Falls Ihr mich gerade nicht richtig verstanden habt, Torman: Ich kann durchaus für mich selbst reden. Ich habe einen Freund besucht, um mich von ihm zu verabschieden. Und Ihr«, fügte sie an Istvan gewandt und in deutlich schärferem Ton fort, »steht endlich auf, bevor am Ende noch jemand auf Euch drauftritt!«

Sie wartete, bis Istvan aufgestanden war, und fuhr dann zu dem schwarz gekleideten Riesen herum. »Und Ihr, Torman …«

»Mein Rang ist der eines Schwertes«, fiel ihr Torman ins Wort, »und Ihr werdet mich damit anreden. Ihr habt einen Freund besucht? Hier in der Stadt?« Er sah an ihr vorbei, nicht nur in die ungefähre Richtung, aus der Istvan und sie gekommen waren, sondern direkt auf Vargas Haus, und für einen Moment wurden seine Augen schmal. »Warum?«

»Um mich von ihm zu verabschieden«, antwortete sie. »Und ich wüsste auch nicht, was Euch das angeht, Schwert!« Was war das überhaupt für eine seltsame Bezeichnung? Wenn die militärischen Ränge hier nach Waffen benannt wurden, was war dann Istvan? Zahnstocher?

Torman ging nicht darauf ein und lächelte auch nicht. »Etwas ist hier geschehen«, sagte er, wieder an Istvan gewandt und viel mehr eigentlich an sich selbst. »Jemand hat einen Zauber gewoben. Ihr wisst nichts darüber?«

»WeißWald ist frei von Zauberei, Herr!«, beteuerte Istvan. »Wenn es hier Zauberei oder gar eine Hexe gäbe, dann hätten wir sie längst ...«

»Und ich spüre noch mehr«, fuhr Torman ungerührt fort. »Ich weiß nicht, was es ist und was es bedeutet, aber es beunruhigt mich. Etwas geschieht, und es ist nicht gut.«

»Ich werde sofort Patrouillen losschicken und die Wachen auf den Mauern verdoppeln!«, sagte Istvan eilfertig.

Torman hörte nicht einmal hin. Er wandte sich wieder an Pia. »Könnt Ihr reiten, Gaylen?«

»Nein«, antwortete Pia. »Aber ich lerne schnell.«

»Das solltet Ihr auch«, sagte Torman. »Vor dem Stadttor steht ein Pferd für Euch bereit, und sobald wir zu meinen Männern gestoßen sind, wartet ein Wagen auf Euch, in dem Ihr bequemer reisen könnt. Doch bis dorthin werdet Ihr reiten müssen, fürchte ich.«

»Schwert?«, fragte Istvan verwirrt. Torman bedachte ihn dieses Mal immerhin mit einem – mitleidigen – Blick. »Aber ich dachte, dass Ihr ...«, stammelte Istvan. »Ich meine, Eure Krieger müssen zu Tode erschöpft sein. Eure Tiere brauchen Futter und Wasser, und ...«

»Wir brechen sofort auf«, unterbrach ihn der Schattenelb.

»Ich spüre die Gefahr, die über dieser Stadt liegt. Und Ihr solltet sie auch spüren. Und wenn nicht, dann solltet Ihr wenigstens auf mich hören und Euch und Eure Männer auf Schlimmes vorbereiten. Etwas Böses nähert sich Eurer Stadt ... wenn es nicht schon hier ist. Seid auf der Hut!«

»Aber ...«, stammelte Istvan, doch Torman drehte sich demonstrativ zu Pia herum und machte eine auffordernde Handbewegung. »Könnt Ihr laufen, oder soll ich das Pferd hierherbringen lassen?«

»Eigentlich müsste ich noch ein paar Sachen packen«, antwortete Pia. »Das kommt jetzt doch ein bisschen überraschend, Schwert. Ihr wisst ja, wie wir Frauen sind. Wir gehen nie ohne das Nötigste aus dem Haus. Ein bisschen Schminkkram, unser Handtäschchen, den einen oder anderen Schrankkoffer voller Kleider und ...«

Torman legte ihr kurzerhand beide Hände um die Hüften, hob sie ohne die geringste Mühe hoch und setzte sie in den Sattel seines schwarzen Schlachtrosses.

»He!«, protestierte Pia. Sogar jetzt, da sie auf dem Pferd saß, hatte es immer noch etwas von einem Schatten; ein Schatten, der etliche Zentner wog und die Kraft eines Elefantenbullen haben musste, trotzdem aber auf fast unheimliche Weise zugleich substanzlos wirkte. Und was vielleicht noch viel schlimmer war: Tief in sich spürte Pia, dass diese verwirrende Gefühl nicht nur vollkommen richtig war, sondern sie eigentlich auch ganz genau wusste, was es bedeutete.

»Aber Herr!«, stammelte Istvan. »Geehrtes Schwert! Ich bitte Euch! Ich hatte gehofft, dass Ihr mir die Ehre erweist, mit mir zu speisen und ...«

»Ich erwarte einen ausführlichen Bericht von Euch, Istvan«, sagte Torman, während er bereits nach dem Zaumzeug seines Pferdes griff. »Wenn Ihr des Schreibens mächtig seid, dann verfasst ihn noch heute und in aller Ausführlichkeit, und wenn nicht, dann sucht Euch jemanden, der es für Euch tut. Wir machen uns sofort auf den Rückweg, aber ein schneller Reiter dürfte uns ohne Mühe bis morgen Abend einholen.«

Pia griff hastig nach den Zügeln, als sich das Pferd in Bewegung setzte, sah beinahe sofort ein, dass das keine besonders gute Idee war, und grub stattdessen die Finger in die schwarze Mähne des Tieres. Gleichzeitig versuchte sie die Schenkel zusammenzupressen, um sich irgendwie im Sattel festzuhalten, aber dafür war das Tier einfach zu massig. Sie hatte die Wahrheit gesagt, als sie behauptet hatte, noch niemals auf einem Pferd gesessen zu haben, aber vermutlich hatte noch niemand in ihrer Welt auf einem *solchen* Pferd gesessen. Das Tier war riesig.

»Dann begleite ich Euch wenigstens noch bis zum Tor«, sagte Istvan hastig. »Könntet Ihr ... ich meine ... würdet Ihr mir die Gnade erweisen, mir zu erklären, was Ihr mit Euren Worten gemeint habt? Von welcher Gefahr habt Ihr gesprochen? Müssen wir uns auf einen Angriff vorbereiten? Von wem? Den Barbaren?«

»Wäre mir die Natur dieser Gefahr bekannt, Istvan, so hätte ich bereits entsprechende Maßnahmen ergriffen.« Torman ging los. Irgendwie war es seinen beiden Begleitern gelungen, ihre Tiere herumzudrehen, ohne dass Pia auch nur eine Art von Bewegung registriert hätte, und auch sie setzten sich im gleichen Moment in Bewegung. Anders als vorhin, als sie nahezu lautlos herangaloppiert waren, erzeugten die Hufe ihrer Pferde jetzt lang anhaltende, klackende Echos auf dem Boden, die von den Häusern beiderseits der Straße vielfach verzerrt zurückgeworfen wurden. Ihr eigenes Pferd bewegte sich so sanft, dass Pia kaum etwas spürte; trotzdem krallte sie die Finger weiter mit aller Kraft in die Mähne des Tieres und presste auch die Schenkel weiter mit solcher Gewalt zusammen, dass sie in spätestens fünf Minuten einen Krampf bekommen würde.

Istvan eilte nervös neben ihnen her, wobei er jedes Mal drei Schritte machen musste, wenn Torman einen tat. »Lauf los, Dummkopf!«, fuhr er einen der beiden Gardisten an, die sie begleiteten. »Die Wachen auf den Mauern werden verdoppelt. Und sie sollen eine Eskorte schicken, die das ehrbare Schwert und seine Begleiter zum Tor begleitet!«

Torman sagte nichts, aber Pia meinte zum ersten Mal eine Reaktion auf seinem schmalen Gesicht zu erkennen; etwas wie ein ganz sachtes abfälliges Verziehen der Lippen. Seine Hand schloss sich ein wenig fester um das mit schwarzem Metall beschlagene Zaumzeug des gewaltigen Schlachtrosses, und das Tier schnaubte leise. Irgendwie klang der Laut amüsiert, dachte Pia, obwohl eine solche Regung bei einem Tier wie diesem absolut unpassend schien.

Ihr selbst war ganz und gar nicht zum Lachen zumute. Sie war ... verstört. Einem Teil von ihr war vollkommen klar, dass sie die Stadt innerhalb der nächsten Minuten verlassen und mit einiger Wahrscheinlichkeit auch nie mehr wiedersehen würde. Alles war so schnell gegangen, dass sie sich wie überfahren fühlte. Wahrscheinlich würde sie erst wirklich verstehen, was mit ihr geschah, wenn sie schon lange unterwegs zur Hauptstadt war.

Auf dem gesamten Weg zum Stadttor begegnete ihnen kein Mensch. Die Stadt wirkte wie ausgestorben, aber Pia hatte das Gefühl, das es diesmal nicht an ihr lag oder daran, dass Istvan seinen Männern Befehl gegeben hatte, die Straßen zu räumen. Es waren die drei lebenden Schatten in ihrer Begleitung, vor denen die Menschen sich fürchteten. Etwas wie eine Aura unsichtbarer Kälte umgab sie und ihre Tiere, ein Mantel aus lautlos flüsternden Schatten, der etwas in ihrer Seele berührte und zum Erschauern brachte. Eigentlich sollte es auch ihr Angst machen, überlegte sie, aber seltsamerweise tat es das nicht.

Sie bogen abermals ab, und am Ende der langen Straße, die nun vor ihnen lag, erhob sich die Stadtmauer und der gedrungene Torturm. Selbst über die große Entfernung hinweg konnte Pia erkennen, dass das innere Tor geschlossen war. Zahlreiche Soldaten hatten auf dem Zinnengang darüber Aufstellung genommen und sahen ihnen entgegen, und direkt vor dem Tor wartete ein halbes Dutzend weiterer Reiter auf sie, auch sie sehr groß und vollkommen in Schwarz gekleidet, aber Menschen, keine Schattenkreaturen.

Es war erst dieser Anblick, der ihr wirklich klarmachte, dass sie die Stadt nun tatsächlich verlassen würde, und das unwiderruflich. Endgültig und für immer. Sie würde nicht nur Weiß-Wald und Lasar und Brack und alle anderen hier nicht mehr wiedersehen, sondern auch …

»Istvan?«

Der Stadtkommandant stolperte vor lauter Hast beinahe über seine eigenen Füße, während er sich im Gehen herumzudrehen und zu ihr hinaufzusehen versuchte. »Erhabene?«

»Darf ich Euch noch um einen letzten Gefallen bitten, Istvan?«, fragte Pia.

»Wenn es in meiner Macht steht.«

Torman machte eine Bewegung, wie um den Kopf zu drehen und sie anzusehen, beließ es dann aber bei einem angedeuteten Blick aus den Augenwinkeln. Sein Gesicht blieb so ungerührt, wie es die ganze Zeit über gewesen war, aber Pia hatte trotzdem das Gefühl, dass es ihm nicht gefiel, sie mit Istvan reden zu sehen.

»Könnt Ihr weiter versuchen, etwas über Alica herauszufinden?«, bat sie. »Ich will nicht, dass Ihr Euch oder Eure Leute in Gefahr bringt, aber vielleicht kommt Euch ja irgendetwas zu Ohren.«

Istvan nickte zwar, machte aber trotzdem ein betrübtes Gesicht. »Ich werde tun, was mir möglich ist, Erhabene«, versprach er. »Aber Ihr solltet Euch nicht zu viele Hoffnungen machen. Meine Männer haben den ganzen Bereich abgesucht, ohne eine Spur von ihr zu finden.«

»Aber sie haben auch ihre Leiche nicht gefunden.«

»Nein«, räumte Istvan ein. »Aber ich weiß nicht, ob Ihr Euch wünschen solltet, dass sie noch lebt. Wenn die Barbaren sie mitgenommen haben ...« Er ließ den Satz absichtlich unbeendet und unheilschwanger in der Luft hängen, doch Pia reagierte nur mit einem Kopfschütteln.

»Glaubt mir, Istvan, wenn die Barbaren Alica tatsächlich gefangen genommen haben, dann solltet Ihr Euch vielleicht lieber Sorgen um *sie* machen.«

Istvan lächelte, doch es wirkte eher pflichtschuldig als überzeugt, und natürlich war Pia auch klar, dass sie Blödsinn redete. Alica war ganz zweifellos in der Lage, sich ihrer Haut zu wehren, wie der eine oder andere Bewohner WeißWalds am eigenen Leib zu spüren bekommen hatte, aber die Kerle, die sie dort draußen im Wald überfallen hatten, waren ein ganz anderes Kaliber.

Als hätte er ihre Gedanken gelesen, sagte Torman im nächsten Moment: »Vielleicht solltet Ihr Eurer Freundin nicht wünschen, noch am Leben zu sein, Gaylen.« Er drehte nun doch den Kopf und sah sie aus seinen sonderbaren Augen an, wozu er nicht einmal den Kopf in den Nacken legen musste: Obwohl sie im Sattel saß und er neben ihr ging, befanden sich ihre Gesichter nahezu auf gleicher Höhe. Er war *wirklich* groß. »Die Barbaren sind für ihre Grausamkeit bekannt.«

»Alica kann schon auf sich aufpassen«, antwortete sie trotzig. Torman sagte nichts mehr dazu, aber sein Blick ließ sie auch nicht los, sondern löste sich nur von ihrem Gesicht und tastete ganz unverhohlen über ihre Gestalt, und Pia hatte das unangenehme Gefühl, weder der schwere Mantel noch das Kleid, das sie darunter trug, stellten ein nennenswertes Hindernis für ihn dar. Dass ihr die Art, auf die er sie anstarrte, nicht verborgen blieb, konnte ihm keineswegs entgehen, aber es schien ihn nicht zu interessieren. Er betrachtete sie aufmerksam weiter, dann erlosch sein Interesse so schnell, wie es gekommen war. *Gewogen und für zu leicht befunden,* dachte Pia. Aber was hatte sie erwartet? Im Vergleich zu ihm und seinen beiden hünenhaften Begleitern war sie nicht mehr als ein Kind, und das wahrscheinlich nicht nur in körperlicher Hinsicht. Plötzlich glaubte sie zum ersten Mal wirklich zu verstehen, wie sich die Menschen in dieser Stadt fühlen mochten, wenn sie Alica und ihr gegenüberstanden.

Es ärgerte sie trotzdem.

»Beantwortet Ihr mir eine Frage, Schwert?«

»Das kommt auf die Frage an«, sagte Torman. Pia schluckte die scharfe Entgegnung hinunter, die ihr auf der Zunge lag. Immerhin sprach er mit ihr, und das war schon beinahe mehr, als sie vor ein paar Minuten noch zu hoffen gewagt hätte.

»Glaubt Ihr, dass ich die echte Prinzessin Gaylen bin?«

»Nein«, antwortete Torman. »Ich glaube es nicht. Ich *weiß* es.«

Pia war nicht einmal wirklich überrascht. »Wenn das so ist«, fragte sie, »warum erstarrt Ihr dann nicht vor Ehrfurcht und kriecht vor mir im Staub, statt mich wie eine Gefangene zu behandeln?«

»Warum sollte ich das tun?«, erwiderte Torman gelassen und ohne sie dabei anzusehen. »Was wir verehren, ist in Euch. Das Blut des alten Geschlechts, das in Euren Adern fließt. Nicht Ihr. Ihr seid nur ein Mensch, der mit Dingen spielt, die er nicht versteht. Es war Eure Magie, deren Wirken ich gespürt habe, habe ich recht? Was habt Ihr getan?«

»Ich glaube nicht, dass ich Euch das verraten möchte«, antwortete Pia.

Istvan, der nach wie vor neben ihrem Pferd herstolperte, riss die Augen auf und sah regelrecht entsetzt aus, aber Torman deutete nur ein Achselzucken an. Seine schwarze Rüstung klirrte leise.

»Ganz, wie Ihr meint«, sagte er. »Doch was immer es war, Ihr solltet es nicht wiederholen, solange wir draußen in der Wildnis sind.«

»Warum?«

»Weil es gefährlich ist«, antwortete Torman. »Magie ist kein Spielzeug, sondern eine mächtige Waffe, die in den falschen Händen ungeheuren Schaden anrichten kann. Und sie bleibt nicht unbemerkt. Ich habe sie gespürt, und andere könnten sie auch spüren. Sie könnte ... Dinge anlocken.«

»Dinge?«

Torman wiederholte nur sein angedeutetes Schulterzucken. Vermutlich war diese Erklärung für seine Begriffe Antwort genug gewesen, und wenn es in seiner Absicht gelegen hatte, sie damit zu verunsichern, dann hatte er sein Ziel erreicht. *Dinge?* Was zum Teufel meinte er mit *Dinge?*

Sie betraten den freien Platz vor dem Torturm, und Pia sah, dass Istvans Soldaten seinen Befehl zumindest zum Teil bereits ausgeführt hatten: Auf dem Wehrgang waren noch weitere Männer erschienen, bei denen es sich um ausgesucht große und kräftige Soldaten zu handeln schien (wahrscheinlich, um Torman zu beeindrucken, dachte sie abfällig), und ein gutes Dutzend Gardisten war auf dem Platz zusammengelaufen und behinderte sich gegenseitig nach Kräften dabei, so etwas wie ein unordentliches Spalier zu bilden. Sie warf einen raschen Blick in Tormans Gesicht und stellte fest, dass er sichtliche Mühe hatte, nicht zu abfällig die Lippen zu verziehen.

Ein krächzender Schrei erklang. Torman blieb mitten im Schritt stehen und warf den Kopf in den Nacken, und zum allerersten Mal erschien so etwas wie ein echtes Gefühl auf seinem Gesicht: ein Ausdruck von abgrundtiefem Erschrecken.

Pia sah ebenfalls auf, und nach dem, was sie gerade im Blick des Schattenelben gesehen hatte, wäre sie wahrscheinlich nicht einmal überrascht gewesen, einen ausgewachsenen Drachen oder irgendein anderes, noch fantastischeres Ungeheuer zu erblicken.

Alles, was sie sah, war ein schwarzer Rabe, der mit ausgebreiteten Flügeln reglos über dem Platz schwebte.

Das Krächzen wiederholte sich, und ein schattenhafter Schemen jagte zu dem Raben hoch, spießte ihn auf und schmetterte ihn aus der Luft. Noch bevor er mit wild schlagenden Flügeln auf dem Boden aufschlug, ertönte ein gellender Schrei, und einer von Istvans Soldaten kippte rücklings von der Mauer und stürzte auf den hart gefrorenen Boden. Unter den anderen Kriegern schien aus irgendeinem unbegreiflichen Grund ein wildes Handgemenge auszubrechen. Alles geschah gleichzeitig und rasend schnell. Torman schrie irgendetwas, das sie nicht verstand, und tat irgendetwas noch viel Unbegreiflicheres, woraufhin sich Pia plötzlich wieder auf ihren Füßen stehend auf dem Boden wiederfand, während er im Sattel seines gewaltigen Schlachtrosses saß (und das alles, ohne dass sie auch nur eine Bewegung *gespürt* hätte!), und Pia erkannte, dass sie sich getäuscht hatte. Bei den zusätzlichen Männern, die auf dem Wehrgang erschienen waren, handelte es sich nicht um weitere Soldaten, sondern um große, bärtige Gestalten mit langem Haar und schweren Fellmänteln, und sie waren nicht gekommen, um Istvans Truppen zu verstärken, sondern machten sie erbarmungslos mit Äxten, Keulen, primitiven Schwertern und sogar bloßen Händen nieder.

Dann flog das riesige Tor wie vom Hieb einer gewaltigen unsichtbaren Faust getroffen in Stücke, und die Heerscharen der Hölle brachen hervor.

XXXIII

Jedenfalls war das der Eindruck, den Pia im ersten Moment hatte.

Die Krieger oben auf der Stadtmauer gehörten ganz eindeutig zu den Barbaren, die sie in Hernandez' Begleitung gesehen hatte, aber die brüllende, Waffen schwingende grüne Flut, die aus dem zerborstenen Tor quoll, war … etwas anderes. Pia konnte nicht einmal sicher sagen, ob es wirklich Menschen waren.

Sie waren riesig. Keiner von ihnen schien nennenswert kleiner zu sein als die drei Schattenelben, und soweit sie es über die große Entfernung hinweg und in ihrer Aufregung erkennen konnte, waren sie in barbarische Rüstungen und groteske Helme gehüllt, hatten grässlich entstellte Gesichter mit fürchterlichen Zähnen und waren bis an dieselben bewaffnet.

»Lauft, Gaylen!«, schrie Torman. In seiner Hand erschien wie hingezaubert ein gewaltiges Schwert, lang und bösartig wie Eiranns Zorn, nur dass seine Klinge nicht durchsichtig war, sondern von der Farbe der Nacht. »Flieht in die Schatten! Ich finde Euch, sobald wir die Orks geschlagen haben!«

Pia starrte ihn an. Orks? Hatte er gerade *Orks* gesagt?

Augenscheinlich hatte er das, und ebenso augenscheinlich war er wild entschlossen, seine Worte unverzüglich in die Tat umzusetzen, denn seine beiden Begleiter und er rammten ihren Pferden die Sporen in den Leib und sprengten den Angreifern entgegen.

In den knappen zwei Sekunden, die tatsächlich erst verstrichen war, seit der Pfeil Eiranns Raben vom Himmel gefegt hatte, war auf dem Platz vor dem Tor bereits ein verbissener Kampf entbrannt. Eine der beiden riesigen Torhälften war einfach verschwunden und hatte sich in einen Splitterregen verwandelt, der zwei von Istvans Soldaten und mindestens einen der schwarzen Reiter niedergestreckt hatte, der zweite Torflügel war zur Gänze umgefallen und hatte einen zweiten Reiter samt seinem Tier zerquetscht.

Die Überlebenden starben innerhalb der nächsten beiden Sekunden.

Die grüne Flut verschlang sie einfach. Wenn die Soldaten tatsächlich versuchten, so etwas wie Widerstand zu leisten, so sah Pia jedenfalls nichts davon. Die Orks überrannten sie einfach, ohne dabei auch nur langsamer zu werden. Blut stob wie aus schrecklichen roten Geysiren aus der heranrasenden grünen Meute, und sie glaubte zerborstene Waffen und abgeschlagene Körperteile davonfliegen zu sehen. Eine lebendige grüne Lawine donnerte auf sie zu und musste sie binnen weniger Sekunden ebenfalls erreichen und verschlingen.

Und wahrscheinlich wäre auch ganz genau das geschehen, hätte es Torman und seine beiden Begleiter nicht gegeben.

Die drei Schattenelben krachten wie eine stählerne Faust in die heranrasende Front und zerschlugen sie. Sie brachten die Orks nicht zum Stehen – dafür waren es einfach zu viele –, aber sie sprengten sie auseinander, sodass aus der lebenden Mauer ein wildes Durcheinander einzelner Körper und kleiner Gruppen wurde, die in verschiedene Richtungen auseinanderstoben. Etliche bewegten sich immer noch in ihre Richtung, und sie taten es immer noch entsetzlich *schnell*, aber es waren nicht mehr annähernd so viele wie zuvor, und auch von ihnen wandte sich ein guter Teil sofort wieder herum, um sich auf die drei Schattenelben zu stürzen.

Wie es aussah, rannten sie sehenden Auges in den Tod.

Die Klingen der drei Giganten wüteten fürchterlich unter

ihnen. Jeder der drei Schattenelben hielt plötzlich zwei Schwerter in Händen, und diesmal war Pia *sicher*, abgeschlagene Köpfe und abgetrennte Gliedmaßen durch die Luft fliegen zu sehen. Wer den tödlichen Klingen entging, den zerschmetterten die wirbelnden Hufe der Schlachtrösser. Auch die drei Schattenelben wurden getroffen, aber die Äxte, Schwerter und Keulen der grünhäutigen Ungeheuer prallten einfach von ihren Rüstungen ab, ohne ihnen auch nur einen Kratzer zuzufügen.

Die drei Riesen wüteten dafür umso gnadenloser unter ihnen. Ork um Ork fiel, und einen Moment lang sah es beinahe so aus, als sollte es ihnen gelingen, die kreischende Meute ganz allein in die Flucht zu schlagen.

Möglicherweise wäre es ihnen sogar gelungen, hätte das Torgewölbe in diesem Moment nicht eine weitere Horde noch bizarrerer Ungeheuer ausgespuckt.

Es waren Orks, genau wie die brüllende Horde, die Torman und seine beiden Begleiter reihenweise niedermähten, doch anders als diese stürmten sie nicht zu Fuß herein, sondern ritten auf riesenhaften, grün geschuppten ... ja, was eigentlich? Pferden? Dinosauriern? Pia wusste es nicht. Sie wusste nur, dass sie solche Geschöpfe nicht nur noch nie zuvor gesehen hatte, sondern diese auch einen ebenso schrecklichen wie Furcht einflößenden Anblick boten. Sie waren riesig, fast so groß wie die Schlachtrösser der drei Schattenelben, und bewegten sich auf vier muskulösen Beinen, die in breiten Krallenfüßen endeten, verfügten aber zusätzlich über einen langen, in einer natürlichen Keule endenden Schwanz und einen langen Schlangenhals, der von einem schrecklichen Reptilienschädel gekrönt wurde. Ihre schuppige Haut wurde durch zusätzliche, mit spitzen Metalldornen versehene Panzerplatten verstärkt, und mit einer einzigen Ausnahme wurden sie von ganz besonders großen und muskulösen Orks geritten, die sich ohne das geringste Zögern formierten und sich dem

Angriff auf Torman und seine Begleiter anschlossen – wobei sie mehr als nur einen ihrer eigenen Brüder über den Haufen rannten, die nicht schnell genug zur Seite sprangen.

Diese eine Ausnahme war Hernandez.

Pia erkannte ihn sofort und ohne den geringsten Zweifel, obwohl auch er sich in eine ebenso barbarische wie groteske Rüstung gehüllt und seine Haut sogar grün angemalt hatte. Auch wenn er alles andere als klein war, wirkte er zwischen den anderen monströsen Reitern wie ein Zwerg.

Pia unterschätzte ihn jedoch keine Sekunde lang, und sie war auch kein bisschen überrascht, dass er sich als einer von sehr wenigen nicht dem Angriff auf die Schattenelben anschloss, sondern sich nur wild umsah – und dann direkt auf Istvan und sie zugaloppierte!

»Weg!«, keuchte sie. »Schnell!« Sie fuhr in der Sekunde herum, packte Istvan kurzerhand am Arm und zerrte ihn einfach hinter sich her, als sie losstürmte.

Sie registrierte kaum, dass der Stadtkommandant vor lauter Überraschung das Gleichgewicht verlor und fiel, sodass sie ihn gute zehn Meter weit einfach hinter sich herschleifte, bevor sie es endlich doch merkte und ihn mit einem weiteren und noch härteren Ruck einfach wieder auf die Füße riss. Gleichzeitig warf sie einen hastigen Blick über die Schulter zurück, und was sie sah, das ließ sie nur noch einmal schneller laufen; oder es wenigstens versuchen.

Hernandez und fünf oder sechs weitere Orks hatten ihre monströsen Reittiere herumgerissen und jagten hinter ihr her. Einer der drei Schattenelben hatte es wohl bemerkt und versuchte sein Pferd aus dem Kampfgeschehen zu lösen, um ihnen den Weg abzuschneiden, aber die übrigen Orks hinderten ihn ohne Rücksicht auf ihr eigenes Leben daran, und es waren einfach zu viele, um sie schnell genug zu erschlagen. Vier, fünf Echsenreiter rasten weiter auf sie zu, und Pia begriff, dass sie keine Chance hatte, den albtraumhaften Kreaturen davonzulaufen. Nicht so.

Kurz entschlossen packte sie zu, warf sich den völlig perplexen Istvan einfach über die Schulter und schlug einen blitzschnellen Haken, als sie spürte, wie etwas Riesiges und ungeheuer Starkes auf sie zuraste.

Ein schuppiger grüner Schemen jagte an ihr vorbei, krachte gegen eine Hauswand und einfach hindurch, und Pia hatte einen flüchtigen Eindruck von einem hässlichen grünen Gesicht, das einen Moment lang einfach nur verdutzt aussah und dann unter den Trümmern des zusammenbrechenden Hauses verschwand.

Pia beschloss, später darüber zu lachen, schlug einen weiteren Haken und jagte in eine schmale Gasse zwischen zwei Häusern, die ihr kaum Platz bot. Dem Echsenreiter hinter ihr nicht einmal annähernd.

Als die Echsenkreatur hinter ihr in die Gasse stürmte und darin stecken blieb wie ein Korken in einem zu engen Flaschenhals, hatte Pia zumindest das Gefühl, den Boden unter ihren Füßen erbeben zu fühlen. Dem Reiter, der in hohem Bogen über den Hals der Kreatur hinweggeschleudert wurde, erging es beinahe noch schlechter, denn auch er blieb mit seinen breiten Schultern in der schmalen Gasse stecken, das aber mit dem Kopf nach unten. Waffen, Münzen und andere Dinge aus Metall, die er in seinen Taschen gehabt hatte, klimperten zu Boden, gefolgt vom Helm des Grünhäutigen, dann rutschte er noch ein Stück weiter nach unten und spießte sich an seinem eigenen Schwert auf. Immerhin war das Blut, das in Strömen über seine schartige Klinge lief, rot und nicht grün.

Pia beschleunigte ihre Schritte noch einmal, stürmte auf der anderen Seite aus der Gasse hinaus und fand sich wenigstens für den Moment in Sicherheit. Vor ihr lag eine schmale und vollkommen menschen-(und monster-)leere Straße.

Schreie und Kampflärm drangen von weit her an ihr Ohr, aber auch ein näheres und eher empörtes Ächzen und Keuchen, und erst in diesem Moment erinnerte sie sich wieder an Istvan, den sie noch immer über der linken Schulter trug. Hastig setzte sie ihn ab und bemühte sich um ein möglichst verlegenes Lächeln. »Tut mir leid, Kommandant«, sagte sie. »Aber es war das Einzige, was mir auf die Schnelle eingefallen ist.«

»Das war entwürdigend, Erhabene«, beschwerte er sich.

»Möglich, aber Ihr lebt noch, oder? Und ich werde es niemandem verraten, keine Angst.« Sie schnitt ihm mit einer herrischen Geste das Wort ab, als er widersprechen wollte. »Wir müssen weg. Gibt es irgendwo in der Nähe ein sicheres Versteck?«

»Ein Versteck?«

»Oder einen Ort, an dem wir uns besser verteidigen können? Hier haben wir keine Chance!«

»Torman und seine Begleiter werden die Orks vernichten«, sagte Istvan überzeugt. »Niemand überlebt einen Kampf mit einem Schattenelben.«

Anscheinend hatte er gerade nicht richtig hingesehen, dachte Pia, und *ganz gewiss* kannte er Hernandez nicht. Trotzdem antwortete sie: »Das mag sein, aber ich würde es vorziehen, wenn ich dann noch am Leben wäre. Also?«

Istvan überlegte einen Moment. »Die Zitadelle«, sagte er dann. »Es ist nicht weit. Und dort sind meine Soldaten, die Euch verteidigen können.«

»Dann los«, sagte Pia. Als Istvan zögerte, fügte sie hinzu: »Ich kann Euch auch tragen, wenn Euch der Weg zu weit ist.«

Jetzt hatte es Istvan mit einem Male sehr eilig, herumzufahren und mit schnellen Schritten vorauszueilen.

Schreie und Schlachtengetümmel wurden lauter und schienen noch näher zu kommen, aber auf dem ersten Stück wurden sie nicht aufgehalten, und für den ersten Ork, der aus einer Seitenstraße stürmte und brüllend ein Schwert hob, dessen Klinge tatsächlich länger war als ganz Istvan, war der Anblick ihres schreckensbleichen Gesichtes zugleich auch das Letzte, was er in seinem Leben sah. Eine ganze Abteilung Stadtgardisten tauchte plötzlich wie aus dem Nichts rings um sie herum auf und machte ihn nieder. Noch im Zusammenbrechen tötete der grünhäutige Gigant zwei der Männer, aber die anderen stachen ihn mit ihren Hellebarden und Schwertern nieder und hackten, stachen und droschen auch dann noch rasend vor Wut auf ihn ein, als er sich schon lange nicht mehr rührte. Schließlich machte Istvan dem grausamen Geschehen mit einem scharfen Befehl ein Ende und scheuchte die Soldaten beiseite, ließ es sich aber trotzdem nicht nehmen, dem leblosen Ork selbst einen wuchtigen Fußtritt zu verpassen.

»Verdammtes Ungeheuer!«, knurrte er. Schon im nächsten Moment machte sich jedoch ein eher betroffener Ausdruck auf seinem Gesicht breit. »Er hätte nicht hier sein dürfen«, sagte er.

»Was meint Ihr damit, dass er nicht hier sein dürfte?«, fragte Pia ernst.

»Wir sind zu tief in der Stadt«, antwortete Istvan, der besorgt klang. »Es sind nur noch wenige Straßen bis zur Zitadelle. So weit hätten sie nicht kommen dürfen. Was bei Kronn treibt dieses verdammte Elbenpack dort?«

Verdammtes *Elbenpack?*, dachte Pia. Interessant. Laut sagte sie: »Ich werde Schwert Torman Eure Beschwerde ausrichten, Kommandant. Aber jetzt sollten wir versuchen die Zitadelle zu erreichen.«

Sie eilten weiter. Pia hatte längst ihr bisschen Orientierung verloren, aber sie registrierte immerhin, dass sie sich wieder in Richtung des Stadtzentrums bewegten. Ganz kurz hatte sie den unangenehmen Verdacht, dass Istvan mit dem Wort Zitadelle vielleicht einen gewissen schwarzen Turm meinte, der die strohgedeckten Dächer von WeißWald überragte, aber dann bogen sie in nahezu rechtem Winkel ab und näherten sich einem anderen Bereich der Stadtmauer. Weitere Soldaten gesellten sich zu ihnen, was sie eigentlich hätte beruhigen müssen, denn die vermeintlichen Operettensoldaten hatten ihr gerade bewiesen, dass sie durchaus imstande waren, selbst mit einem solchen Monstrum fertig zu werden. Aber gleichzeitig geschah auch etwas, das das trügerische Gefühl von Sicherheit mehr als nur negierte: Der Kampflärm wurde lauter, und er kam ganz eindeutig näher. Pia konnte Istvans Bemerkung von gerade jetzt ein bisschen besser verstehen. Torman und seine beiden Mitstreiter machten ganz offensichtlich keinen besonders guten Job.

Wie schlecht er wirklich war, wurde ihr erst klar, als sie die Zitadelle fast erreicht hatten.

Pia hatte eine Festung oder etwas wie eine kleine Burg erwartet, aber das einzig Martialische an der Zitadelle war tatsächlich ihr Name. Das Gebäude war zweigeschossig und hatte ein flaches, zinnengesäumtes Dach, statt der hier ansonsten üblichen strohgedeckten Schrägen, unterschied sich darüber hinaus aber nicht von den anderen Gebäuden hier; einschließlich der Fensterscheiben aus Papier.

»Und hier sollen wir sicher sein?«, keuchte sie, während sie neben Istvan so schnell über den freien Platz vor der Zitadelle eilte, wie es gerade noch ging. Für sie. Istvan und seine Soldaten waren in einen ebenso schnellen wie kräftezehrenden Trab verfallen, den sie ganz bestimmt nicht sehr lange durchstehen würden.

»Das Verlies«, antwortete Istvan kurzatmig. »Ich nehme an, Ihr erinnert Euch noch daran?«

Vielleicht wäre der Turm des Hochkönigs doch keine so schlechte Alternative gewesen, dachte Pia schaudernd. »Wollt

Ihr Hernandez und seinen Orks die Mühe abnehmen, uns in Ketten zu legen?«, fragte sie.

»Die Mauern sind dick, und die Türen halten selbst einem wütenden Ork stand«, behauptete Istvan. »Dort können wir uns auf jeden Fall halten, bis Torman und die beiden anderen kommen.«

»Falls sie noch leben.«

Istvan machte ein Gesicht, als hätte sie gerade etwas ebenso Unmögliches wie Absurdes gesagt, antwortete aber dennoch: »Selbst wenn. Der Kampf kann nicht unbemerkt geblieben sein. Das Heer ist schon auf dem Weg hierher.«

Ja, und ganz bestimmt gleich da, dachte Pia. In allerspätestens einer Stunde. Oder auch zwei. Bildete Istvan sich tatsächlich ein, diese lächerlichen Kellertüren würden eine der gewaltigen Kreaturen auch nur zehn Minuten lang aufhalten?

Wie sich zeigte, sollten sie es niemals herausfinden. Einer von Istvans Soldaten war vorausgeeilt, stürmte durch die Tür und stolperte im nächsten Augenblick rückwärts wieder heraus, allerdings nicht mehr in einem Stück. Sein Kopf, die rechte Schulter und der dazugehörige Arm fehlten, und aus den durchtrennten Arterien schoss Blut in einer Fontäne wie aus einem unter Hochdruck stehenden Wasserschlauch und verteilte sich als feiner roter Nebel in der Luft. Der verstümmelte Torso machte noch drei weitere komplette Schritte rückwärts, bis er wie vom Blitz getroffen zusammenbrach. Sein Mörder erschien mehr als zwei Meter groß und brüllend und mit rot besudeltem Schuppengesicht unter der Tür des Gebäudes.

Hinter ihm drängten weitere Orks aus der Zitadelle, und plötzlich erscholl auch auf der anderen Seite des Platzes ein kreischender Schrei, wie ihn keine menschliche Kehle jemals hervorbringen könnte, gefolgt vom Klirren von Waffen und den typischen Geräuschen eines losbrechenden Kampfes. Pia musste sich nicht herumdrehen, um zu wissen, dass sie in eine Falle gelaufen waren.

Sämtliche Fenster der Zitadelle barsten in einer einzigen Explosion aus Holz und zerfetztem Papier und schuppigen grünen Leibern, und ein weiteres halbes Dutzend Orks sprang auf die Straße heraus. Die Ungeheuer hatten sie erwartet. Das bedeutete nichts anderes, als dass sie schon vorher in der Stadt gewesen sein mussten.

Neben ihr riss Istvan mit einem Fluch sein Schwert aus dem Gürtel, und Pia hätte um ein Haar zu spät reagiert, weil sie einfach nicht glauben konnte, dass er tatsächlich irre genug war, den mehr als zwei Meter großen Giganten vor sich mit einem besseren Brotmesser anzugreifen.

Aber er war es, und Pia konnte gerade noch im allerletzten Moment zupacken und ihn zurückreißen, als der Ork ihn mit seiner Axt der Länge nach zu spalten versuchte. Die doppelseitige Klinge bohrte sich zwischen Istvans Füßen tief genug in den Boden, um selbst den riesigen Ork nach vorne zu reißen, und Pia nutzte die Gelegenheit, der schuppigen Grünhaut das Knie mit solcher Gewalt ins Gesicht zu knallen, dass sie glaubte, das Geräusch brechender Knochen zu hören.

Vielleicht stimmte das sogar, aber wenn, dann waren es allerhöchstens *ihre* Knochen. Der Ork ließ nur ein ärgerliches Knurren hören, während sie selbst zu spüren glaubte, wie sich ihre Kniescheibe verschob und dann in mehrere Stücke zerbrach. Wimmernd vor Schmerz taumelte sie zurück, versuchte die Tränen wegzublinzeln und musste sich nun ihrerseits auf Istvan stützen, um nicht zu fallen, als ihr geprelltes Bein plötzlich nicht mehr in der Lage war, ihr Gewicht zu tragen.

Der Ork riss mit einem grunzenden Knurren seine Axt aus dem Boden, machte einen halben Schritt zurück und blinzelte auf sie herab. Anscheinend hatte sie ihn doch härter getroffen, als sie geglaubt hatte. Sein Gesicht wirkte ein bisschen verschoben, und aus seinem Mundwinkel tropfte Blut. Vielleicht hatte er sich ja an einem Splitter ihrer zertrümmerten Kniescheibe verletzt.

Pia sagte sich nicht nur selbst, dass dieser Gedanke ziemlich albern war, sondern fragte sich auch, wieso sie ihn überhaupt noch denken konnte. Immerhin war der Ork nicht allein.

Mit zusammengebissenen Zähnen sah sie sich gehetzt um. Sie erkannte, warum die anderen Orks die Gelegenheit nicht genutzt hatten, sich auf sie zu stürzen. Sie waren damit beschäftigt, Istvans Männer abzuschlachten.

Die Soldaten waren ihnen zahlenmäßig mindestens um das Dreifache überlegen, aber das zögerte ihren Tod allenfalls um wenige Augenblicke hinaus. Istvans Krieger wehrten sich mit dem Mut von Männern, die längst begriffen hatten, dass sie sterben würden, und mit ihren langen Hellebarden und Schwertern gelang es tatsächlich dem einen oder anderen, sich die schuppigen Riesen vom Leib zu halten oder ihnen auch tiefe, blutende Wunden zuzufügen. Doch die Orks schienen keinen Schmerz zu kennen, und wenn, dann stachelte er ihre Wut allerhöchstens zu noch größerer Raserei an. Einer der grünen Giganten fiel, aber die anderen wüteten wie die Berserker unter den bedauernswerten Männern. Der ungleiche Kampf würde höchstens noch eine Minute dauern, wenn überhaupt, und spätestens dann war es um Istvan und sie geschehen ... wenn der Ork mit der Axt sich nicht vorher wieder daran erinnerte, warum er das Ding mitgebracht hatte, und es benutzte.

Sie hatte nicht vor, so lange zu warten.

Ohne auch nur die geringste Rücksicht auf ihr verwundetes Knie zu nehmen, fuhr Pia herum und humpelte los, und diesmal musste sie Istvan nicht zwingen, ihr zu folgen.

Hinter ihnen erscholl ein wütendes Knurren und dann ein Geräusch, das sie an rostiges Metall denken ließ, das über

Stein scharrte, aber sie verschwendete nicht einmal einen Sekundenbruchteil daran, hinter sich zu blicken. Ihre Fantasie reichte vollkommen, um ihr zu sagen, was sie gesehen hätte.

Fast wie durch ein Wunder erreichten sie eine der schmalen Straßen, die auf den Vorplatz der Zitadelle mündeten, während rings um sie die letzten Soldaten starben. Brandgeruch hing in der Luft, und die Schreie hier waren nicht die einzigen. Auch der Lärm des fernen Kampfes hatte noch einmal zugenommen, und er schien plötzlich aus verschiedenen Richtungen zugleich zu kommen. Das war kein Kampf zwischen drei Schattenelben und einer Hand voll Orks mehr, dachte sie entsetzt. Es *war* eine Schlacht und sie schien überall in der Stadt zu toben. Selbst wenn Torman und die beiden anderen Schattenelben so gut waren, wie Istvan behauptet hatte, würde das am Untergang der Stadt nichts mehr ändern. Die drei konnten schließlich nicht überall gleichzeitig sein.

»Da!«, keuchte Istvan plötzlich. »Da! Seht doch!«

Seine ausgestreckte Hand deutete nach vorne, und als Pias Blick der Geste folgte, sah sie tatsächlich schwarzen Rauch, der sich über die Dächer der Stadt erhob, und einen Moment später glosenden roten Feuerschein. Die Geräusche von Schreien und aufeinanderprallenden Waffen wurden lauter.

»Bei Kronn, sie ... sie sind überall!«, keuchte Istvan. »Sie brennen die Stadt nieder!«

Da mochte etwas dran sein, dachte Pia, aber sie hatte keine besonders großen Hoffnungen mehr, die Antwort auf die Frage zu finden, ob WeißWald nun vom Feuer oder einer Meute randalierender Orks verwüstet werden würde. Aus einem Grund, den sie wohl niemals erfahren würde, hatte der Ork bisher darauf verzichtet, Istvan und sie zu verfolgen, aber das holte er jetzt nach. Der Boden unter ihren Füßen begann unter den stampfenden Schritten des Giganten zu zittern, und sein markerschütterndes Brüllen übertönte für einen Moment sogar das Tosen der Schlacht.

Pia riskierte nun doch einen Blick über die Schulter und bedauerte diese Idee sofort. Der Ork war mindestens viermal so schwer wie sie und wirkte ebenso grobschlächtig wie plump, aber zumindest Letzteres war er ganz und gar nicht. Und wenn, dann machte seine enorme Größe diesen Nachteil mehr als nur wett. Er stürmte mit gewaltigen Schritten hinter ihnen her, und er war mindestens dreimal so schnell wie sie. Selbst bei doppeltem Tempo, das sie ohne ihr angeschlagenes Knie vorgelegt hätte. Pia blieben noch ein paar Sekunden, allerhöchstens.

Sie verschwendete keine Zeit damit, darüber nachzudenken, was sie mit diesen Sekunden anfangen sollte, sondern reagierte einfach. Blitzartig steppte sie nach links, rammte die erstbeste Tür kurzerhand mit der Schulter ein und zerrte Istvan hinter sich ins Haus. Ein kleines, spärlich möbliertes Zimmer nahm sie auf. Von seinen Bewohnern war gottlob keine Spur zu sehen, aber auf dem Tisch vor dem Kamin standen eine halb aufgegessene Mahlzeit und eine brennende Öllampe, und noch während sie hindurchstolperte, klammerte sich Pia an die verzweifelte Hoffnung, dass die Tür eigentlich viel zu schmal war, um eine so massige Kreatur wie den Ork durchzulassen.

Das war sie auch, und der Ork musste wohl zu demselben Schluss gekommen sein, denn er rannte kurzerhand durch die Wand.

Lehm, Stroh, Steinbrocken und Holzsplitter explodierten in einer gewaltigen Wolke nach innen, und in ihrem Zentrum erschien ein vor Wut brüllender Gigant, der eine noch weitaus gigantischere doppelklingige Axt schwang – die sich zu seinem Pech noch außerhalb des Gebäudes befand. Vom Türrahmen und dem ihn umgebenden Mauerwerk war nicht mehr besonders viel übrig geblieben, doch der kümmerliche Rest reichte noch, um die Axtschneide aufzufangen und den Ork unter der Wucht seines eigenen Hiebes zurückzureißen.

Mehr Zeit brauchte Pia nicht. Ihrer Hand war nichts im Weg, als sie nach der Öllampe griff und sie der Grünhaut ins Gesicht warf.

Der improvisierte Molotow-Cocktail funktionierte sogar noch besser, als sie zu hoffen gewagt hatte. Der dünne Tonkrug zerbarst und verschüttete seinen Inhalt über Gesicht, Schultern und Brustkorb des Orks, und der brennende Docht hatte es ausgesprochen eilig, das Öl in Brand zu setzen. Das Ergebnis war eine krachende Explosion, die nicht nur wie ein Pistolenschuss durch den winzigen Raum hallte und eine Woge intensiver Hitze über Istvan und ihr zusammenschlagen ließ, sondern ihre Augen auch mit unerträglich grellem Licht marterte.

Ihre Ohren musste die Explosion nicht quälen. Das erledigte der Ork.

Sein Brüllen erschütterte die ganze Stadt in ihren Grundfesten. Mindestens. Und diesmal kreischte er nicht vor Wut, sondern vor schierer Qual.

Pia fuhr auf dem Absatz herum, packte Istvans Arm und sprintete los.

Mehr durch Glück oder Zufall als aus irgendeinem anderen Grund stolperten sie durch eine zweite Tür, fanden sich in einem noch kleineren Raum wieder, und sie sah etwas vor sich, auf das sie kaum noch zu hoffen gewagt hatte: eine weitere Tür, durch deren Ritzen blasses Tageslicht schimmerte.

Hinter ihnen wurde das kreischende Brüllen des Orks noch lauter, und ein Geruch wie von schmorendem Fleisch lag mit einem Mal in der Luft, als sie weiterstürmten und sich in einem winzigen, an drei Seiten von verfallenen Mauern umgebenen Innenhof wiederfanden.

Pia flankte mit einer kraftvollen Bewegung über die Mauer und hatte im nächsten Moment das Gefühl, Istvan den Arm aus dem Gelenk zu reißen. Aber dennoch: Er schaffte es zwar nicht halb so elegant über die Mauer wie sie, doch er schaffte es, und sein Arm war auch noch (ungefähr) da, wo er sein sollte. Keuchend vor Schmerz sank er neben ihr auf die Knie, presste die Hand gegen seine Schulter, und Pia gewährte ihm zwei oder drei unendlich kostbare Sekunden – die sie ganz und gar nicht hatten –, um seinen Schmerz zu bewältigen und wieder halbwegs zu sich zu kommen.

Der kleine Mann fand seine Fassung deutlich schneller wieder, als sie erwartet hätte. Zwar noch immer mit zuckenden Mundwinkeln, aber erstaunlich kraftvoll stemmte er sich auf die Beine und zwang sich sogar zu so etwas wie einem Lächeln.

»Danke, Erhabene«, sagte er. »Ohne Euch wäre ich jetzt tot.«

Mit ihr auch, aber das begriff er wahrscheinlich nicht einmal mehr. Die Wand hinter ihm flog in einer Wolke aus Ziegelsteinen und Staub auseinander, und ein brennender Ork brach daraus hervor, schlug Istvan mit der bloßen Faust den Kopf von den Schultern und hätte auch sie einfach in den Boden getrampelt, wäre sie ihm nicht im allerletzten Moment mit einer verzweifelten Bewegung ausgewichen.

Pia verlor durch die hastige Bewegung das Gleichgewicht und fiel schwer (natürlich auf das verletzte Knie), und der Ork raste wie eine lebende Dampfwalze an ihr vorbei und krachte in die gegenüberliegende Wand. Seine Wucht reichte nicht aus, sie zu durchbrechen, aber immerhin, ihn selbst zurücktaumeln und benommen zu Boden sinken zu lassen.

Derselbe gehässige Teil ihres Unterbewusstseins, der sie schon seit Tagen mit ungewollt logischen Fragen malträtierte, fragte sie nun ganz sachlich, wer eigentlich zuerst wieder auf die

Beine kommen würde, der Ork oder sie; eine Frage, die vielleicht nicht nur theoretisch über Leben und Tod entscheiden mochte.

Wie es aussah, lief es auf ein Unentschieden hinaus.

Pia mobilisierte jedes bisschen Willenskraft, das sie noch in ihrem geschundenen Körper fand, um sich herum- und auf Hände und Knie zu wälzen, und der Ork stemmte sich kaum zwei Meter neben ihr hoch und starrte sie aus blutunterlaufenen Augen an, in denen Schmerz und blanke Mordlust einen stummen Kampf miteinander fochten, dessen Ausgang vielleicht noch nicht endgültig feststand, ohne dass sein Ergebnis irgendeinen Unterschied für sie gemacht hätte – er würde sie so oder so umbringen.

Pia kam zumindest als Erste wieder in die Höhe, was ihr nicht viel brachte, wie ihr ein einziger Blick in die Runde zeigte. Hinter der Wand, über die sie gerade so mühsam geklettert waren, lag eine weitere schmale Gasse, wie es sie hier zu Hunderten gab. Aber sie endete keine zehn Schritte hinter ihr vor einer fensterlosen Mauer, die sogar für sie entschieden zu hoch war, um sie ohne Hilfsmittel zu übersteigen, und der einzige Ausgang befand sich zehn oder zwölf Schritt entfernt am anderen Ende der Gasse. Hinter dem Ork.

Pia überschlug in Gedanken blitzschnell ihre Chancen, einfach mit einem beherzten Sprung über den Ork hinwegzusetzen, und kam zu einem Ergebnis, das deutlich unter null Prozent lag. Der grüne Koloss hatte sich auf Hände und Knie hochgestemmt, und sein gekrümmter Rücken befand sich nahezu auf der Höhe ihres Gesichts. Ohne ihr geprelltes Knie hätte sie sich diesen Satz möglicherweise zugetraut, auch wenn er nur den Arm auszustrecken brauchte, um sie zu packen, aber so? Diesmal saß sie tatsächlich in der Falle.

Aber es gab immer noch eine Sache, die sie tun konnte.

Hastig griff sie nach den Schatten, versuchte sie zu einem

schützenden Mantel um sich zu weben und registrierte mit einem Gefühl von kaltem Entsetzen, dass es ihr nicht gelang.

Der Ork stöhnte grollend, begab sich wankend in eine kniende Position und drehte den Kopf in ihre Richtung. Er brannte nicht mehr, aber sein Oberkörper und sein Gesicht dampften, als wäre er gerade aus einer überhitzten Sauna in die Kälte hinausgetreten, und Pia sah, welch schreckliche Wunden ihm das Feuer zugefügt hatte. Von seinem Gesicht löste sich die Haut in großen, hässlichen Flecken, unter denen rotes, rohes Fleisch zum Vorschein kam, und eines seiner Augen war zu einer milchigen Kugel geworden. Auch wenn es vorher wahrscheinlich nicht anders gewesen war: Jetzt hatte sie von dieser verletzten Kreatur ganz bestimmt keine Gnade mehr zu erwarten.

Sie versuchte noch einmal die Schatten herbeizurufen, noch einmal vergeblich.

Panik machte sich in ihr breit. Irgendwie gelang es ihr, diese wenigstens weit genug zurückzudrängen, um noch halbwegs klar denken zu können. Sie machte einen hastigen Schritt zurück und sah sich mit immer größer werdender Verzweiflung um. Es war das zweite Mal, dass ihre magischen Kräfte sie im Stich ließen, und sie hatte sogar das Gefühl, eigentlich zu wissen, warum das so war, aber zugleich war sie auch viel zu sehr in Panik, um den Gedanken zu fassen und zu seinem logischen Ende zu verfolgen. Pia machte einen weiteren Schritt zurück und dann noch einen und …

… blieb verblüfft stehen, als ihr klar wurde, dass das fast ohne ihr eigenes Zutun geschehen war. Ihre Füße hatten sich ganz von selbst bewegt.

Genauer gesagt: ihre Stiefel.

Sie ließ sie gewähren, wich rasch weitere fünf, sechs Schritte vor dem Ork zurück und fragte sich, wohin ihre verzauberten Schuhe sie eigentlich führen wollten. Die Gasse endete wenige

Schritte hinter ihr vor einer drei Meter hohen Mauer, und in den Wänden rechts und links gab es keine Fenster.

Sie leistete trotzdem keinen Widerstand, wich rückwärtsgehend weiter vor dem Ork zurück und stieß schließlich mit dem Rücken gegen die Wand. Der Ork knurrte, richtete sich zu seiner vollen Größe von mehr als zwei Metern auf und bückte sich noch einmal, um seine Axt aufzuheben, und Pia griff ganz instinktiv zum dritten Mal nach den Schatten, um sich darin zu verbergen, und diesmal eilten sie gehorsam herbei. Als sich der Ork wieder aufrichtete, erschien ein verwirrter Ausdruck in seinem verbliebenen sehenden Auge.

Pia hätte um ein Haar vor Erleichterung laut aufgestöhnt und sich damit gleich wieder verraten, als ihr klar wurde, was sie schon einmal begriffen und gleich wieder vergessen hatte. Die Gasse lag im hellen Sonnenlicht da, und dort funktionierte ihr Zauber nicht. Es musste Schatten geben, um in die Schatten zu fliehen, so wie hier am Fuß der Mauer. Noch einmal würde sie das ganz gewiss nicht vergessen.

Falls es ein *noch einmal* gab.

Der Ork machte einen einzelnen stampfenden Schritt, und Pia begriff, dass sie keineswegs außer Gefahr war. Das Ungeheuer sah sie nicht mehr, aber sie saß nach wie vor in der Falle. Wenn sie sich auch nur einen einzigen Schritt von der Wand entfernte, würde sie wieder sichtbar werden, und selbst wenn dem nicht so wäre: Die Gasse war so schmal, dass der verwundete Gigant sie fast zur Gänze mit seinen breiten Schultern ausfüllte. Selbst unsichtbar hätte sie keine Chance, unbemerkt an ihm vorbeizukommen.

Pia sah auf ihre Stiefel hinab. Irgendwelche Vorschläge?

Ihre Füße bewegten sich nicht, aber dafür kam der Ork jetzt mit tappend-schwerfälligen Schritten näher. Er schien es nicht besonders eilig zu haben, und auf seinem verheerten Gesicht lag noch immer ein verwirrter Ausdruck. Aber es wirkte auch ... lauernd, und Pia glaubte regelrecht sehen zu können, wie es hinter seiner verbrannten Stirn arbeitete. Vielleicht witterte er sie, dachte sie, und vielleicht wusste er auch einfach, was sie getan hatte, und dass sie in Wahrheit immer noch da und nur seinen Blicken entzogen war. Das monströse Aussehen und die schlechten Umgangsformen dieses riesigen Geschöpfes führten dazu, dass sie es für ebenso dumm wie groß hielt ... doch das musste keineswegs so sein. Vielleicht stand sie ja einem durchaus intelligenten Gegner gegenüber.

Ob intelligent oder nicht, eines war er auf jeden Fall: groß. Er machte einen weiteren tapsenden Schritt in die Richtung, in der sie gerade vor seinen Augen verschwunden war. Die Axtklinge schleifte scharrend hinter ihm her und riss Funken aus dem hart gefrorenen Boden, den anderen Arm hatte er halb zur Seite gestreckt, sodass seine Fingerspitzen an der Wand entlangschrammten. Pia überlegte einen Moment lang trotzdem, alles auf eine Karte zu setzen und einfach einen todesmutigen Sprint an ihm vorbei zu riskieren, verwarf den Gedanken aber auch beinahe sofort wieder. Es gab einen kleinen, jedoch entscheidenden Unterschied zwischen *todesmutig* und *selbstmörderisch.* Selbst wenn sie ihn damit überraschte, wie aus dem Nichts vor ihm aufzutauchen und loszurennen, würde er sie erwischen.

Ihre Gedanken rasten. Sie musste hier raus, egal wie ... aber es gab kein *wie.* Der Ork füllte die Gasse vor ihr aus wie eine lebende Mauer aus grünen Schuppen und Muskeln und Wut und kam unerbittlich näher. Noch drei oder vier stampfende schwere Schritte und er hatte sie erreicht. Er sah sie immer noch nicht, wie sein hilfloser Blick verriet, aber er musste sie auch nicht sehen, um sie zu packen und zu Mus zu zerquetschen.

Ein krächzender Schrei wehte vom Himmel zu ihnen herab, und ein verschwommener Schatten huschte durch die

Gasse, berührte die riesige Gestalt des Orks und verschwand wieder.

Pia und die gigantische Kreatur blickten gleichzeitig hoch und sahen einen gewaltigen schwarzen Raben, der so dicht über die spitzen Dächer hinwegflog, dass seine Flügelspitzen pulverfeinen Schnee aufstieben ließen, für einen Moment verschwand und dann zurückkehrte.

Es war nicht irgendein Vogel. Eirann hatte einen weiteren seiner Raben geschickt. Und er war nicht allein gekommen. Noch während er herumschwenkte und seine Flügel zu ihrer ganzen gewaltigen Spannweite von beinahe zwei Metern entfaltete, gesellten sich ein zweiter und dritter schwarzer Riesenrabe hinzu. Gemeinsam stießen die Tiere auf die schmale Gasse herab, bis es fast den Anschein hatte, als wollten sie den Ork angreifen. Im letzten Moment brachen sie ihren verwegenen Sturzflug ab und gewannen heftig mit den Flügeln schlagend wieder an Höhe, aber die schuppige Kreatur richtete sich mit einem zornigen Knurren zu ihrer ganzen gewaltigen Größe auf, schwang ihre Axt und versuchte sogar in die Höhe zu springen, um die frechen Angreifer zu erreichen. Es sah einigermaßen grotesk aus, doch dafür hatte Pia in diesem Moment keinen Blick übrig. Sie starrte die Schatten an, die die drei Riesenraben in die Gasse warfen. Es waren keine richtigen Schatten, jedenfalls keine der Art, wie sie sie sich gewünscht hatte; keine scharf abgegrenzten Bereiche zwischen Dunkelheit und Licht, und sie hielten nicht einmal still, sondern vollführten einen hektischen Tanz, verschmolzen miteinander, verschwanden und tauchten wieder auf, wie rauchige Schemen, die sich nicht entscheiden konnten, ob sie nun wirklich existierten oder nicht … aber es war eine Chance. Und gottlob blieb ihr nicht einmal die Zeit, wirklich darüber nachzudenken oder gar ihre Chancen abzuschätzen.

Als die Raben das nächste Mal auf den Ork herabstießen,

löste sie sich von der Wand, machte einen raschen Schritt und wurde Teil des rasenden Tanzes. Einen schrecklichen Moment lang glaubte sie so etwas wie Erkennen in dem sehenden Auge des Giganten aufblitzen zu sehen, aber die Raben stießen erneut mit ihren Ehrfurcht gebietenden Schnäbeln nach ihm und peitschten mit den Flügeln, um das Ungeheuer abzulenken und die Schatten zu einem neuen, noch wilderen Tanz anzustacheln, und es hätte ohnehin kein Zurück gegeben. Sie sprang von Schatten zu Schatten, wurde eins mit den rauchigen Schemen und berührte sogar einmal die Hüfte des brüllenden Giganten, und dann war sie vorbei, machte einen letzten, verzweifelten Satz und sprang durch die Bresche, die der Ork gerade selbst in die Mauer gebrochen hatte.

Aus dem Haus dahinter quollen schwarzer Rauch und Feuerschein; der Ork war nicht das Einzige gewesen, das die Öllampe in Brand gesetzt hatte. Trotzdem zögerte sie nicht einen Sekundenbruchteil, sondern rannte im Gegenteil nur noch schneller, als sie ein gleichermaßen wütendes wie enttäuschtes Brüllen hinter sich hörte. Das Haus stand in Flammen, aber dort drinnen hatte sie wenigstens eine winzige Chance. Sie holte noch einmal tief Luft, um sich nicht die Lungen zu verbrennen, schlug die Kapuze ihres Mantels hoch und sprang geduckt durch die Tür. Hinter ihr erscholl ein Geräusch wie von zerberstendem Stein, das sie zu noch größerer Schnelligkeit anstachelte. Sie schätzte, dass sie unter den gegebenen Umständen die Luft vielleicht dreißig Sekunden lang anhalten konnte, aber das musste reichen. Wenn sie es nicht in dreißig Sekunden bis hinaus auf die Straße schaffte, dann war sie sowieso tot.

Vielleicht auch schon eher. Das erste Zimmer, durch das sie stürmte, war nur von schwarzem Rauch erfüllt, das andere jedoch stand in hellen Flammen. Die gesamte Wand, in der sich der Ausgang befand, war eine einzige orangerote und weiße Hölle, und die Hitze berührte ihr Gesicht wie eine unsichtbare glühende Hand. Unmöglich, da hindurchzukommen. Sie würde zu Asche verbrennen, wenn sie sich der Feuerwand auch nur näherte. Aber sie konnte auch nicht mehr zurück. Hinter ihr erscholl der mittlerweile schon fast vertraute Laut von zerberstendem Stein, und sie konnte die Nähe des vor Wut schnaubenden Orks beinahe körperlich spüren.

Hastig wandte sie sich nach links, in die einzige Richtung, die ihr noch blieb, stürmte die steile Treppe hinauf und sah den Ork unter sich genau an der Stelle durch die Wand brechen, an der sie eine Sekunde zuvor noch gestanden hatte. Er brüllte zwar vor Wut, Schmerz und Enttäuschung und riss die Arme in die Höhe, um sein Gesicht vor der grausamen Hitze zu schützen, setzte aber trotzdem sofort zur Verfolgung an, und Pia beschleunigte ihre Schritte noch einmal, obwohl ihre Lungen mittlerweile immer lauter nach Sauerstoff schrien.

Auch die Treppe stand längst in Flammen. Der Saum ihres Mantels fing Feuer, als sie die letzten drei oder vier Stufen hinaufsprang. Sie schlug sie im Rennen aus, stürmte blindlings durch die erstbeste Tür und fand sich in einem winzigen Zimmer mit nur einem einzigen schmalen Fenster wieder. Hinter ihr begann die Treppe zu ächzen, als ihr der Ork mit gewaltigen Sätzen nachstürmte, und sie wagte zum ersten Mal wieder zu atmen. Selbst hier oben war die Luft bereits heiß und schmeckte nach Rauch, und die Erleichterung, wieder atmen zu können, hielt nicht einmal so lange, wie der Sauerstoff brauchte, um ihre Lungen zu erreichen. Der Ork war keine fünf Schritt hinter ihr (noch während sie diesen Gedanken dachte, verringerte sich ihr Vorsprung vermutlich auf drei), und das Fenster war sogar für sie zu schmal, um sich hindurchzuquetschen, selbst wenn sie den Sprung in die Tiefe gewagt hätte. Zwar gab es Schatten in Hülle und Fülle, aber der Ork musste sie nicht sehen, um sie zu erwischen. Ein einziger Hieb mit seiner gewaltigen Axt reichte aus, um buchstäblich jeden Winkel des Zimmers zu erreichen.

Pia war mit zwei, drei schnellen Schritten am Fenster und drehte sich genau in dem Moment herum, in dem der grüne Koloss durch die Tür brach.

Der Ork brüllte triumphierend, und Pia verschmolz mit den Schatten. Das Ungeheuer schrie nur noch lauter, breitete die Arme aus und pflügte durch das Zimmer, und statt nach rechts oder links auszuweichen, womit er garantiert rechnete, ließ sie sich da fallen, wo sie stand, rollte sich zu einem Ball zusammen und versuchte sich gegen den zu erwartenden Anprall zu wappnen.

Er kam nicht. Die in rostigen Metallschienen steckenden Beine des Orks rasten heran und schienen für einen Sekundenbruchteil die Welt von einem Ende zum anderen auszufüllen, aber sie zermalmten sie nicht. Stattdessen prallte der Koloss über ihr mit ungeheurer Wucht gegen die Wand. Und hindurch.

Plötzlich wurde es hell. Frische, köstlich kalte Luft hüllte sie ein, und einen Sekundenbruchteil später wehte ein dumpfer Aufprall an ihr Ohr.

Pia stemmte sich hoch, starrte einen Moment lang auf das gut zwei mal zwei Meter messende Loch, das da in der Wand gähnte, wo gerade noch das Fenster gewesen war, und beugte sich dann behutsam vor, um hindurchzuspähen. Der Ork lag eine Etage tiefer inmitten eines Trümmerhaufens und begann sich genau in diesem Moment schon wieder stöhnend zu regen. Verdammt, waren diese Kerle eigentlich vollkommen unzerstörbar?

Pia beschloss, es herauszufinden, ignorierte ihr immer noch heftig pochendes Knie und sprang hinter ihm her.

Sie landete mit beiden Füßen auf seinem Rücken und wurde mit dem erwarteten stechenden Schmerz belohnt, aber sie spürte auch voller grimmiger Befriedigung, wie irgendetwas in seinem Körper nachgab und zerbrach, und diesmal war das brüllende Grunzen, das über seine Lippen kam, ganz eindeutig ein Laut der Qual.

Den Schwung ihrer eigenen Bewegung ausnutzend, rollte sie sich ab und kam wieder auf die Füße. Der Ork versuchte sich hochzustemmen, schrie noch einmal und noch lauter und brach wieder zusammen, und hinter ihr sagte eine ehrlich erstaunt klingende Stimme: »Das war wirklich beeindruckend, Erhabene.«

XXXIV

Pia stockte der Atem, aber nicht einmal vor Schrecken, den sie eigentlich kaum empfand. Sie war ... empört, und sie fühlte nichts anderes als einen unglaublichen Zorn auf das Schicksal. So ungerecht *konnte* es einfach nicht sein, nicht einmal ihr gegenüber.

Aber es konnte, und es war.

Das Erste, was sie sah, als sie sich mit einer erzwungen ruhigen Bewegung herumdrehte, war nicht Hernandez' Gesicht, sondern ein grün geschupptes Reptiliengrinsen mit sehr vielen Zähnen, das vom Ende eines biegsamen Schlangenhalses auf sie herabstarrte. Hernandez' nicht minder boshaftes Lächeln befand sich noch einmal ein gutes Stück höher über dem Rücken der riesigen Reitechse.

»Doch, wirklich«, fuhr er fort. »Es kommt äußerst selten vor, dass ein Mensch einen Zweikampf mit einem Ork überlebt, und noch viel seltener, dass er ihn sogar *gewinnt.* Tatsächlich«, fügte er nach einer Kunstpause und in übertrieben nachdenklichem Ton hinzu, »ist mir kein einziger Fall bekannt, jedenfalls nicht aus den letzten Jahren.« Er beugte sich vor, verschränkte die Hände auf dem bizarr geformten Sattelknauf und legte den Kopf auf die linke Seite, und sein groteskes Reittier vollzog die Bewegung seitenverkehrt nach. »Ich hoffe doch, Ihr habt Euch nicht ernsthaft verletzt, Erhabene.«

Pia schluckte alles hinunter, was ihr dazu auf der Zunge lag, machte einen halben Schritt zurück und drehte sich dann einmal im Kreis, um sich ohne viel Hoffnung umzusehen.

Sie wurde nicht enttäuscht. Hernandez war nicht allein

gekommen. Hinter ihr standen drei struppige Barbarenkrieger, weitere zwei rechts und weitere zwei links von ihr, und als sie ihre Drehung beendet und sich wieder zu Hernandez herumgedreht hatte, erblickte sie auch neben ihm zwei hochgewachsene Männer in schmutzigen Kleidern und mit noch schmuddeligeren Gesichtern. Na ja, einen Versuch war es wert gewesen.

Oder eigentlich auch nicht.

»Was ist das jetzt, Hernandez?«, fragte sie. »Ein Kompliment, weil Sie so große Angst vor mir haben, oder ein Beweis für meine Theorie?«

»Welche Theorie?«, fragte Hernandez.

»Dass Sie ein erbärmlicher Feigling sind. Trauen Sie sich nicht einmal zu, allein mit einer unbewaffneten, harmlosen jungen Frau fertig zu werden?«

Hernandez zog eine Grimasse, als hätte er plötzlich Zahnschmerzen. »Ich bitte Euch, Erhabene«, sagte er. »Wir beide wissen, dass Ihr so ziemlich alles seid, nur keine harmlose junge Frau. Und was das Wort *unbewaffnet* angeht, ist das wohl eher eine Frage der Definition ... zumindest in Eurem Fall.« Er deutete auf den Ork, der abermals versuchte, sich in die Höhe zu stemmen, auch jetzt wieder erfolglos. »Der letzte arme Kerl, der den Fehler gemacht hat, dich zu unterschätzen, nicht wahr?« Hernandez machte eine kaum sichtbare Kopfbewegung zu einem der Barbaren hinter dem Ork, und der Mann zog sein Schwert, ging zu dem Ork hin und stieß ihm die Klinge durch den Hals.

»Warum haben Sie das getan?«, fragte Pia.

»Er wäre sowieso gestorben«, antwortete Hernandez gleichmütig. »Und gegen das, was ihm die guten Leutchen hier angetan hätten, wenn er ihnen lebend in die Hände gefallen wäre, haben wir ihm einen Gefallen getan, glaub mir, Pia.« Er schürzte die Lippen. »Davon abgesehen hat er gegen meinen

Befehl verstoßen. Ich habe ausdrücklich befohlen, dich lebendig gefangen zu nehmen.«

»Na, dann bin ich ja beruhigt«, sagte Pia spöttisch. »Ich dachte schon, ich hätte Grund, mir ernsthafte Sorgen zu machen.«

Hernandez seufzte, richtete sich im Sattel auf und machte eine befehlende Geste. Ein weiterer Barbarenkrieger tauchte aus einer Seitenstraße auf. Er führte ein Pferd am Zügel.

»Steigst du freiwillig auf, oder sollen meine Männer dir helfen?«

Pia rührte sich nicht, deutete aber immerhin mit einer Kopfbewegung auf Hernandez' Reittier. »Wieso bekomme ich nur ein Pony und nicht so ein hübsches Exemplar?«

Die Echse zischte, ließ eine lange gespaltene Schlangenzunge in Pias Richtung schnellen und peitschte mit dem Schwanz. Hernandez lachte leise. »Später vielleicht, Erhabene. Diese Tiere sind nicht leicht zu reiten, glaubt mir. Und sie mögen keine Fremden.«

»Weil sie Sie kennen«, vermutete Pia.

Hernandez' Lächeln kühlte um eine Spur ab. »Sosehr ich dieses Gespräch auch genieße, Erhabene«, sagte er, »fürchte ich doch, dass unsere Zeit allmählich knapp wird. Warum steigt Ihr nicht auf und kommt einfach mit? Wir können uns später in aller Ruhe und so lange gegenseitig Unfreundlichkeiten an den Kopf werfen, wie wir wollen, aber jetzt sollten wir aufbrechen. Nicht alle Bewohner dieser Stadt sind meine Freunde, fürchte ich.«

Pia wandte sich zwar gehorsam um und machte einen Schritt auf das Pferd zu, aber ihre Gedanken rasten nur so. Sie durfte auf gar keinen Fall auf dieses Tier steigen. Wenn sie Hernandez gestattete, sie aus der Stadt zu schaffen, dann war es aus. Er wusste genau, wer sie war – und offensichtlich auch, wozu sie fähig war –, und würde ihr ganz bestimmt nicht den Gefallen tun, sie zu unterschätzen.

Aber es gab nichts, was sie tun konnte. Sie war umgeben von seinen Männern, und sie stand mitten auf der Straße im hellen Sonnenlicht, und weit und breit war nicht einmal die Andeutung eines Schattens zu sehen. Die einzige Richtung, die ihr noch geblieben wäre, führte in das brennende Haus. Dort hatten die Flammen inzwischen auch auf das Obergeschoss übergegriffen, und aus dem Dach stieg schwerer, fettiger Qualm. Die Hitze war selbst hier schon unangenehm, und es konnte höchstens noch ein paar Minuten dauern, bis das Feuer auch auf die benachbarten Gebäude übergriff.

»War es wirklich nötig, die halbe Stadt in Schutt und Asche zu legen?«, fragte sie bitter und um Zeit zu gewinnen.

»Wenn ich mich richtig erinnere, war nicht ich es, der dieses Haus in Brand gesteckt hat«, antwortete Hernandez gelassen. »Aber um deine Frage zu beantworten, Pia: Nein, es wäre nicht nötig gewesen. Nichts von alledem wäre passiert, wenn du gleich mit mir gekommen wärst.« Er legte den Kopf wieder schräg, diesmal auf die andere Seite. »Und? Hast du jetzt genug Zeit geschunden, oder bestehst du darauf, dass meine Männer die Stadt komplett in Schutt und Asche legen?«

Wahrscheinlich würden sie das sowieso tun, dachte Pia. Und wenn nicht sie, dann würde das Feuer das erledigen. Sie sah mindestens drei Stellen, an denen sich schwarzer Rauch über die Dächer der Stadt erhob, den Brand, den sie selbst gelegt hatte, nicht einmal mitgezählt. Und das Schlimmste war, dachte sie bitter, dass er sogar recht hatte: Nichts von alledem hier wäre passiert, wenn sie mit ihm gekommen wäre.

Pia streckte die Hand nach den Zügeln des Pferdes aus, das der Barbar gebracht hatte. Der Krieger kam ihr einen Schritt entgegen und hob seinerseits den Arm, um ihr die geflochtenen Lederriemen zu reichen. Pia tat so, als wollte sie danach greifen, führte die Bewegung dann blitzschnell, aber in eine andere Richtung zu Ende und zog ihm das Schwert aus seinem

Gürtel. Der Barbar keuchte vor Überraschung und Schmerz, prallte einen Schritt zurück und starrte auf die dünne rote Linie, die plötzlich auf seinem Unterarm entstanden war.

»Das ist keine wirklich gute Idee, Pia«, sagte Hernandez fast gelassen. »Es gibt da etwas, das du anscheinend nicht weißt, ich aber schon.«

Anscheinend gab es da auch etwas, was sie wusste, jedoch er nicht.

Zeit für eine kleine Demonstration.

Sie fuhr auf dem Absatz herum und wechselte das Schwert mit einer blitzartigen Bewegung von der rechten in die linke Hand; auch wenn diese nicht annähernd so elegant ausfiel, wie sie es gerne gehabt hätte. Beinahe hätte sie die Waffe dabei fallen gelassen, wechselte sie erneut in die rechte Hand und schloss die Finger darum. Das Ding war schlecht ausbalanciert, zu schwer und lag nicht annähernd so gut in der Hand wie Eiranns Zorn. Vielleicht sollte sie solche Kunststücke nur mit einer Waffe versuchen, die es auch wert war, nicht mit dem Schrott, den diese Barbaren benutzten.

»Jetzt zwingt mich nicht, abzusteigen und Euch den Hintern zu versohlen, Erhabene«, sagte Hernandez.

Pia wirbelte erneut auf dem Absatz herum, nahm zwei seiner Barbarenkrieger ins Visier und riss die Waffe in die Höhe, und dann geschah etwas, das viel zu schnell ging, um es auch nur zu *sehen*, und ihre Hand war plötzlich leer. Ihr Arm tat weh, als hätte sie ein Pferd getreten.

»Ist es möglich, dass Ihr das falsche Schwert habt, Erhabene?«, fragte Hernandez spöttisch. »Verzeihung: hattet.«

Pia starrte ihn an, dann ihre leere Hand und dann wieder ihn, und Hernandez wartete, bis er in ihrem Blick las, dass sie allmählich zu verstehen begann, bevor er fortfuhr: »Das auf der Lichtung, Pia, das warst nicht du.«

»Aber Eiranns Zorn ...«

»– hat eine Hand gesucht, die es führt«, sagte Hernandez. »Nicht umgekehrt.« Sein Blick wurde hart. »Und jetzt steig auf!«

Diesmal gehorchte Pia, ohne zu zögern.

Derselbe Mann, den sie gerade verletzt hatte, trat noch einmal auf sie zu und half ihr in den Sattel, und sie musste sich zu ihrem Ärger eingestehen, dass diese Hilfe auch nötig war. Sein Arm blutete noch immer, ohne dass es ihn sonderlich zu stören schien, und in seinem Gesicht stand auch höchstens so etwas wie sachter Ärger geschrieben, kein Zorn oder gar Hass.

Er griff nach den Zügeln und führte das Tier, als sie sich in Bewegung setzten, und auch dafür war sie ihm im Stillen dankbar. Abgesehen von den wenigen Augenblicken im Sattel des Elbenrosses hatte sie noch nie zuvor auf einem Pferd gesessen, und schon nach den ersten Schritten wusste sie auch, warum. Wie so manches war Reiten offensichtlich um einiges schwieriger, als es aussah.

So viel zu ihrer Idee, dem Kerl vor sich bei der ersten guten Gelegenheit einen Tritt zu verpassen und einfach davonzugaloppieren.

Vermutlich hätte es sowieso nicht funktioniert, denn sie hatten kaum die nächste Straße erreicht, da schlossen sich ihnen weitere Barbaren an und kurz darauf auch eine Anzahl Orks, von denen etliche auf den riesigen Reitechsen saßen.

Sie bewegten sich nicht in die Richtung zurück, aus der sie gekommen waren und in der noch immer ein erbitterter Kampf zu toben schien. In den Rauch über den Dächern mischten sich jetzt immer mehr Flammen, deren Funkenflug vermutlich noch weitere Dächer entzünden würde, und obwohl noch immer nichts zu sehen war, klang der Lärm nicht mehr nach dem eines mittelgroßen Handgemenges, wie sie es vor dem Tor beobachtet hatte, sondern nach einer ausgewachsenen Schlacht.

»Sie wissen, dass ein komplettes Heer auf dem Weg hierher ist, *Comandante?*«, wandte sie sich an Hernandez.

»Oh, du meinst diese fünfhundert Krieger aus der Hauptstadt, die in Tormans Begleitung gekommen sind?« Hernandez lachte. »Ja, meine Orks freuen sich schon auf sie.«

»Und Torman sich auf Ihre Orks, vermute ich.«

»Du solltest ihn und seine beiden Begleiter nicht überschätzen«, antwortete Hernandez. »Es sind Schattenelben, und sie sind zweifellos gefährlich. Aber sie sind nur zu dritt. Und sie können nicht überall sein.« Er schwieg einen kurzen Moment, in dem er sie sehr nachdenklich ansah, und fuhr dann in ebenso nachdenklichem, fast schon versöhnlichem Ton fort: »Du hast keine Ahnung, habe ich recht?«

»Keine Ahnung wovon?«

»Von alldem hier.« Hernandez machte eine ausholende Geste, die die gesamte Stadt einschloss. »Du glaubt, Torman und seine Männer seien gekommen, um dich in Sicherheit zu bringen.«

»Sind sie nicht?« In ihrer Stimme war mehr Zweifel zu hören, als ihr lieb war.

»Du weißt, was Prinzessin Gaylens Rückkehr für dieses Land bedeutet?«, sagte Hernandez. »Und vielleicht für die ganze Welt?«

»Nicht genau«, gestand Pia.

Hernandez lachte. »So ganz genau weiß das niemand. Nicht einmal die hohen Herren in Apulo. Aber vielleicht ist das gerade das Fatale, weißt du? Halbwissen und Gerüchte sind der beste Nährboden für Angst. Haben sie dir gesagt, dass du nicht die Erste bist?«

»Nicht die Erste was?«

»Die erste Gaylen«, antwortete Hernandez.

»Vielleicht bin ich ja die Erste, die es wirklich ist«, sagte Pia.

»Vielleicht aber auch nicht«, sagte Hernandez. »Wer weiß! Es könnte einen Grund haben, dass es so viele Jahrhunderte gedauert hat, bis der Tag der Befreiung gekommen ist. Es gibt Mächte, die die Rückkehr der Elfenprinzessin mehr fürchten als die Orks.«

Pia verstand nur ganz allmählich, worauf Hernandez eigentlich hinauswollte. Und natürlich glaubte sie ihm kein Wort. Hernandez war Hernandez, und das war im Grunde schon alles, was es zu seiner Glaubwürdigkeit zu sagen gab.

Aber da war plötzlich auch wieder die Erinnerung an das, was Torman vorhin gesagt hatte. *Ich weiß.* Sie hatte dem keine Bedeutung beigemessen, so wie sie vielleicht vielen Dingen in letzter Zeit zu wenig oder die falsche Bedeutung beigemessen hatte. Was, wenn Hernandez die Wahrheit sagte und ...

Sie spürte, dass sein Gift seine Wirkung bereits zu entfalten begann, und gestattete sich nicht, den Gedanken auch nur zu Ende zu denken. »Netter Versuch«, sagte sie. »Aber ich werde trotzdem bei der ersten Gelegenheit fliehen.«

Hernandez lachte. »Jede andere Antwort hätte ich auch nicht geglaubt, Pia. Aber warum sollte ich lügen? Ich habe, was ich wollte. Du bist meine Gefangene, WeißWald stellt kein Hindernis mehr für mein Volk dar, und um die drei Spitzohren kümmern sich die Orks aus Ursa. Sie haben ohnehin noch die eine oder andere offene Rechnung mit ihnen zu begleichen. Also, warum sollte ich dich anlügen?«

»Weil es ein Charakterzug von Ihnen ist?«, fragte Pia. Das klang sogar in ihren eigenen Ohren lahm.

»Tormans Befehl lautet zweifellos, dich sicher zur Hauptstadt zu bringen«, erwiderte Hernandez bloß. »Aber bist du wirklich sicher, dass man danach je wieder von dir hören wird?«

»Quatsch«, antwortete Pia. Ohne die geringste Spur von

Überzeugung in der Stimme. Tormans Gesicht erschien in ihren Gedanken, und sie glaubte noch einmal den Blick seiner seelenlosen Augen zu spüren. Sie hatte dem Schattenelben keine Sekunde lang getraut, aber das, was Hernandez da andeutete ... *wollte* sie nicht glauben.

Sie bogen in eine schmale Straße ab, die zur Hälfte in Flammen stand, und hier sah Pia zum ersten Mal einige Einwohner WeißWalds. Die meisten trugen die bunten Uniformen und Messingharnische der Stadtgarde, aber es waren auch einige Männer und Frauen aus der normalen Bevölkerung unter ihnen, und zu ihrem maßlosen Entsetzen auch zwei oder drei Kinder.

Und sie waren ausnahmslos tot.

Hernandez' Männer formierten sich zu einer langen Schlange, die sich ganz auf der linken Seite der Straße hielt, um der Hitze der brennenden Häuser auf der anderen Seite zu entgehen, und selbst Pia begann die Temperatur bald als unangenehm zu empfinden – obwohl sie sich seit Wochen nichts so sehnlich wie ein bisschen Wärme gewünscht hatte.

Aber hier war es nicht warm, sondern unerträglich heiß, und die Luft war so stickig, dass sie ununterbrochen husten musste. Etliche Häuser auf der gegenüberliegenden Seite waren bereits in sich zusammengebrochen, und die anderen standen lichterloh in Flammen und gaben sich redlich Mühe, auch noch den Rest der Stadt in Brand zu setzen.

Die Chancen, dass es ihnen gelingen würde, standen nicht schlecht. Das Feuer war schon viel zu groß, um es noch unter Kontrolle zu bringen. WeißWald war dem Untergang geweiht.

»Sind Sie zufrieden, Hernandez?«, fragte sie – allerdings erst, nachdem sie den brennenden Bereich der Straße hinter sich gebracht hatten und die Temperaturen wieder halbwegs erträglich waren.

Hernandez maß sie mit einem irritierten Blick, drehte sich dann aber halb im Sattel herum und sah zurück. Pia tat dasselbe und konnte ein eisiges Frösteln nicht ganz unterdrücken. Das Feuer war auf die andere Straßenseite übergesprungen und fraß auch dort gierig an Dächern und Fassaden. Die Luft flimmerte vor Hitze, und gerade als sie sich herumdrehte, brach ein weiteres Gebäude in einem gewaltigen Funkenschauer zusammen und spie eine Million gelber und roter Feuerkäfer in die Luft, die sich gierig auf die Suche nach etwas machten, das sie entzünden konnten. Die Hitze dorthinten war mittlerweile so gewaltig, dass sich die Körper der Erschlagenen in der wabernden Luft zu bewegen schienen.

»In dieser beschaulichen Stadt herrschen heute wahrscheinlich zum ersten Mal seit tausend Jahren einigermaßen erträgliche Temperaturen«, sagte Hernandez.

»Ja, das war witzig. Sie scheinen auch noch stolz auf das alles hier zu sein.«

»Stolz?« Hernandez schüttelte den Kopf, setzte zu einer Antwort an und lenkte sein Reittier ein Stück von ihrem Pferd fort, als er spürte, wie nervös das Tier auf die Nähe der unheimlichen Kreatur reagierte, bevor er fortfuhr. »Nein, das bin ich nicht, Pia. Wir haben Krieg, und Krieg ist niemals etwas, worauf man stolz sein sollte.«

»Warum führen Sie ihn dann?«

»Ich führe ihn nicht«, behauptete Hernandez. »Wir tun lediglich das, was jeder andere an unserer Stelle auch tun würde; dich eingeschlossen. Wir verteidigen uns.«

»Verteidigen? Gegen Frauen und Kinder?«

Hernandez machte ein trauriges Gesicht. »Du hast Mitleid mit Ihnen? Mit einer Stadt, deren Bewohner ihre eigenen Kinder schlachteten und dafür sorgten, dass ein ganzes Volk verhungert?«

»Wie meinen Sie das?«, fragte Pia. »Das mit den Kindern ...«

»Ich weiß nicht, weshalb sie ihre eigenen Kinder zum Abschuss freigeben, und es ist mir ehrlich gesagt auch gleich! Und weißt du, warum?« Er deutete erregt auf die nächsten Krieger. »Ihretwegen! Unter meinen Männern ist nicht einer, der nicht einen Bruder oder Vater oder Sohn an die Truppen deiner *Freunde* verloren hätte, und auch nicht einer, der nicht schon sein totes Kind in Armen gehalten oder seine Frau oder Schwester beerdigt hätte, die verhungert sind, weil ihrem Volk die Weidegründe gestohlen werden und die Herren im fernen Apulo systematisch alle Lebensmittellieferungen unterbinden lassen. Also erzähl mir bitte nichts von Mitgefühl!«

»Selbst wenn das alles stimmt«, antwortete Pia, »rechtfertigt es das hier nicht!«

Sie rechnete fest mit einer noch schärferen Antwort, und Hernandez setzte auch tatsächlich zu einer solchen an – aber dann hob er nur die Schultern und machte ein eher betroffenes Gesicht. »Vielleicht hast du sogar recht.«

»Aber?«

Hernandez hob noch einmal die Schultern. »Wie soll ich etwas in ein paar Minuten erklären, was ich nicht einmal in zwölf Jahren ganz verstanden habe?«, fragte er. »Ich versuche es gern, aber jetzt ist wirklich nicht der richtige Moment dafür.« Er brachte sein Reittier mit einer abrupten Bewegung zum Stehen, bedeutete Pias Führer, dasselbe zu tun, und zog ein dünnes Lederband aus der Tasche, als der Mann ihr Pferd wieder dichter an ihn heranführte. Das Tier scheute und begann unruhig mit den Hinterläufen zu stampfen, und Pia klammerte sich hastig am Sattelhorn fest, hatte aber trotzdem alle Mühe, sich auf seinem Rücken zu halten.

»Wenn ich um Eure Hände bitten dürfte, Erhabene.«

Pia starrte die Lederriemen in seinen Händen an. »Habe ich die falschen Fragen gestellt?«

Hernandez wiederholte seine auffordernde Geste. Pia sah

aus den Augenwinkeln, wie der Barbar neben ihr dazu ansetzte, seinem Herrn zu Hilfe zu kommen, und streckte Hernandez hastig die aneinandergelegten Handgelenke entgegen.

»Nur eine kleine Sicherheitsvorkehrung, Erhabene«, sagte er, während er ihre Hände rasch (und eindeutig fester als notwendig) zusammenband und den Rest des Lederriemens dann benutzte, um sie am Sattelknauf festzubinden. »Wir verlassen gleich die Stadt, und in diesem verdammten Tor gibt es für meinen Geschmack eindeutig zu viele Schatten. Wir wollen doch nicht, dass Ihr uns im letzten Moment noch abhandenkommt, nicht wahr, Erhabene?«

Pia gab sich Mühe, ihn mit Blicken aufzuspießen, aber Hernandez grinste nur knapp und überprüfte noch einmal sorgfältig den Sitz ihrer Fesseln. Dann reichte er ihrem Führer einen zweiten, deutlich längeren Riemen, den dieser benutzte, um ihn um ihr linkes Fußgelenk zu knoten und sich anschließend unter dem Pferd hindurchzuducken und das andere Ende um ihr rechtes Bein zu binden.

»Sie scheinen ja richtig Respekt vor mir zu haben«, sagte Pia.

»Den habe ich in der Tat«, antwortete Hernandez. »Das Erste, was ich auf dieser ungastlichen Welt gelernt habe, war, meine Gegner niemals zu unterschätzen. Und das solltest du auch nicht ... und wo wir schon einmal dabei sind: Nur falls dir irgendwelche verzweifelten oder dummen Ideen kommen sollten, unsere Lizards laufen doppelt so schnell wie das schnellste Pferd.«

Er wartete vergeblich auf irgendeine Antwort, bedeutete dem Mann, der sie gefesselt hatte, mit einer Geste, seine Arbeit noch einmal zu überprüfen, und wandte sich dann in befehlendem Ton an einen der Orks in seiner Nähe. »Sag deinen Leuten Bescheid, dass wir abziehen. Wir haben das, weshalb wir gekommen sind.«

»Und die Elben?«, fragte die riesige Kreatur.

Pia war nicht nur überrascht, das Wesen sprechen zu hören, sondern das auch noch mit einer zwar sehr tiefen, aber durchaus menschlich klingenden Stimme. Was hatte Hernandez gerade gesagt? Man sollte seine Gegner niemals unterschätzen?

»Wenn sie sie erledigt haben, umso besser. Aber sucht nicht nach ihnen. Wenn sie deine Leute in dieses Labyrinth hier locken, dann töten sie sie einen nach dem anderen. Wir erwischen sie schon noch.«

Der Ork nickte abgehackt, zwang sein reptilienhaftes Reittier mit einem Ruck herum und sprengte davon. Pia glaubte plötzlich ein bisschen besser zu verstehen, was Hernandez gerade gemeint hatte. Das Tier rannte nicht so, wie ein Pferd es getan hätte, sondern sprintete los wie eine zu groß geratene Eidechse, mit weit nach vorne gestrecktem Hals und waagerecht ausgestrecktem Schwanz. Es war in der Tat mindestens doppelt so schnell wie jedes Pferd, das sie je gesehen hatte.

»Beeindruckend, nicht?«, fragte Hernandez. »Sie stammen aus Ursa, der Heimat der Orks. Und das sind noch die friedlichsten Haustiere, die sie sich halten. Du solltest erst einmal die Schätzchen sehen, die sie schlachten.«

»Wieso werde ich das Gefühl nicht los, dass ich sie kennenlernen werde?«, sagte Pia. »Ob ich will oder nicht.«

»Ursa?« Hernandez schüttelte fast erschrocken den Kopf. »Bei Kronn, wie kommst du auf diese Idee? Niemand geht nach Ursa. Die Orks halten nicht viel von Besuch.«

Sie ritten weiter. Nach und nach gesellten sich weitere Krieger zu ihnen und auch mindestens zwei oder drei Dutzend Orks, die auf schuppigen Lizards ritten.

Pia versuchte, sich einen genaueren Eindruck von den riesigen Kreaturen zu verschaffen. Immerhin konnten diese Wesen sprechen, waren offensichtlich in der Lage, Tiere zu domestizieren und abzurichten, und verfügten über eine eigene Kultur und Zivilisation. Sie waren ausnahmslos groß und sehr muskulös, aber längst nicht alle waren solche Giganten wie der, mit dem sie es vorhin zu tun gehabt hatte. Manche waren kaum größer als Hernandez' Barbarenkrieger, und nicht wenige von ihnen wirkten sogar verblüffend menschlich, wenn man sich die grüne Schuppenhaut, das eine oder andere Horn und ungefähr zweihundert Zähne wegdachte. Diese Geschöpfe hatten jedenfalls nichts mit dummen Tieren gemein, die nur Gewalt und Töten kannten.

Pia fragte sich, in welcher Beziehung Hernandez zu den Orks stand. Die Worte, die er gerade mit dem Echsenreiter gewechselt hatte, hatten nicht unbedingt den Charakter eines Befehls gehabt; jedenfalls nicht die Art von Befehl, wie sie ihn von dem Hernandez erwartet hätte, an den sie sich von früher erinnerte. Der *Comandante* war es nicht gewohnt, seine Entscheidungen zu erklären.

Die Frage, die sie dann laut stellte, war jedoch eine ganz andere. »Was habt Ihr mit Alica gemacht? Ist sie noch am Leben?«

»Deine Freundin?« Der Ausdruck gelinder Ratlosigkeit auf seinem Gesicht wirkte echt. »Was soll mit ihr sein?«

»Sie ist nicht bei Euch?«

Hernandez schüttelte nur den Kopf, und Pia fuhr schon fast ein bisschen verzweifelt fort: »Aber Ihr müsst sie gesehen haben! Sie war bei mir, als Ihre Männer uns auf der Waldlichtung überfallen haben.«

»Das mag sein«, antwortete Hernandez. »Ich war nicht dabei, und meine Männer haben nichts von ihr erzählt. Vielleicht haben Istvans Soldaten sie ... mitgenommen.«

Das winzige Zögern in seinen Worten entging Pia nicht. Er hatte etwas anderes sagen wollen. »Er hat dasselbe von Ihren Leuten angenommen.«

»Dann muss sich einer von uns täuschen«, antwortete Hernandez, »oder lügen. Meine Männer haben nichts erzählt … die wenigen, die den Kampf überlebt haben, heißt das.« Er machte eine wenig überzeugende Geste. »Ich werde einige Männer losschicken, die nach ihr suchen … aber du solltest dir keine allzu großen Hoffnungen machen. Die Wälder dort draußen sind sehr gefährlich.«

»Es gibt Räuber und mörderische Barbaren«, sagte Pia. »Man kann überfallen werden. Ich weiß.«

Hernandez überging die Bemerkung. »Ich kann mir nicht erklären, was sich diese Gaukler dabei gedacht haben, dorthin zu gehen«, fuhr er unbeirrt fort. »Es gibt dort draußen Gefahren, die du dir nicht einmal vorstellen kannst. Selbst die Orks meiden die Eissümpfe, wenn sie es können.«

Pia konnte sich nicht an irgendwelche Sümpfe erinnern, aber die mochten weiter in Richtung des Tränensees gelegen haben, zu dem sie unterwegs gewesen waren. Dafür begriff sie eines umso deutlicher: Hernandez hatte nicht die geringste Ahnung von Valoren und ihrem geheimnisvollen Verbündeten, der angeblich am Ufer des Tränensees auf sie gewartet hatte. Und das sollte wohl besser so bleiben.

»Die Eissümpfe liegen nicht auf unserem Weg«, sagte Hernandez, »doch ich werde einen Suchtrupp losschicken. Wenn deine Freundin noch lebt, dann findet er sie.« Sein Tonfall machte klar, wie wenig Hoffnung er hatte, Alica tatsächlich zu finden, aber Pia empfand trotzdem ein flüchtiges Gefühl von Dankbarkeit, dass er es wenigstens versuchte; ein Gefühl, das sie fast erschrocken verscheuchte. Sie würde sich auf keinen Fall auch nur irgendeine positive Regung Hernandez gegenüber gestatten. Nicht, dass am Ende noch ihre Hand zitterte, wenn sie ihm ein Messer in die Brust rammte.

Ihr Trupp wuchs langsam, aber beständig weiter, während sie sich dem Stadttor näherten. Als der mächtige Turm in Sicht war, war ihre Zahl auf mehr als hundert angewachsen, gut ein Drittel davon Orks, von denen die Hälfte auf schuppigen Reitechsen saß, und mit jedem Schritt, den sie sich dem Torturm näherten, stießen noch weitere Männer zu ihnen. In gleichem Maße nahm der Schlachtenlärm ab, der noch immer aus den Straßen der Stadt heranwehte, mittlerweile fast überlagert vom Tosen der Flammen und dem Schreien und Lärmen der Menschen, die ebenso verzweifelt wie vergeblich versuchten das Feuer zu löschen, das ihre gesamte Stadt zu verschlingen drohte. Selbst wenn es ihnen gelänge, dachte Pia schaudernd, würde WeißWald nie mehr die Stadt sein, die Alica und sie kennengelernt hatten. Sie würde Jahre brauchen, um sich von diesem einen Tag zu erholen. Und ihre Bewohner würden die beiden Frauen, die wie aus dem Nichts bei ihnen aufgetaucht waren, ganz bestimmt nicht in guter Erinnerung behalten. Wahrscheinlich würde die Geschichte von Prinzessin Gaylen hier in Zukunft etwas anders erzählt werden als im Rest des Landes.

Fünfzig oder sechzig Meter vor dem Tor ließ Hernandez anhalten, angeblich, um auf die restlichen Truppen zu warten, die noch in der Stadt unterwegs waren, und tatsächlich wuchs die Zahl der Krieger noch einmal auf gute zwei- bis dreihundert an; eigentlich ein lächerlich kleiner Trupp, um eine ganze Stadt zu erobern; selbst eine so kleine wie WeißWald.

Aber diese Männer waren schließlich nicht gekommen, um die Stadt zu erobern, sondern um sie zu verwüsten, und die Hälfte von ihnen waren keine Männer, sondern schuppige grüne Giganten, von denen jeder einzelne ein Dutzend von Istvans Soldaten aufwog.

Trotzdem waren auch sie nicht ungeschoren davongekommen. Pia sah zahlreiche Barbarenkrieger, die hastig improvisierte Verbände trugen oder auch gar nicht versorgte Wunden hatten, und auch der eine oder andere Ork kam nicht ganz ohne Blessuren zurück. Allerdings fiel ihr auf, dass es keine wirklich schwer Verwundeten zu geben schien. Sie sah nicht einen einzigen Barbaren oder Ork, der nicht mehr aus eigener Kraft laufen konnte oder gar von seinen Kameraden gestützt oder getragen werden musste. Aber sie musste auch daran denken, was Hernandez' Männer mit dem verwundeten Ork getan hatten. Vielleicht war es nicht nur reine Barmherzigkeit gewesen und auch nicht nur die Strafe dafür, dass der Schuppenkrieger gegen seinen ausdrücklichen Befehl verstoßen hatte.

Noch etwas fiel ihr auf. Das Heer sammelte sich vor dem offen stehenden Tor zum Abmarsch. Auf den Wehrgängen rechts und links des Torturmes standen jetzt Barbarenkrieger, die das Gelände vor der Stadtmauer beobachteten, ihre erhöhte Position aber auch nutzten, um die umliegenden Straßen im Auge zu behalten. Hernandez tauschte dann und wann ein Winken, eine komplizierte Geste oder ein einzelnes gerufenes Wort in einer ihr unbekannten Sprache mit den Wächtern, und obwohl er das heranrückende Heer so wenig vergessen haben konnte wie sie, schien ihn nichts von dem, was er zu hören bekam, wirklich zu beunruhigen. Dafür irrte sein Blick immer nervöser über das halbe Dutzend Straßen, das aus ebenso vielen Richtungen auf dem freien Platz vor dem Torturm mündete. Er wirkte beinahe schon ängstlich. Sie sparte sich eine entsprechende Frage, allein weil sie wusste, dass sie keine Antwort bekommen würde, aber sie hätte schon blind sein müssen, um nicht zu begreifen, dass nicht alles so lief, wie Hernandez es geplant hatte.

Sie tat dasselbe wie er, ohne irgendetwas Außergewöhnliches zu entdecken. Aus vier der sechs Straßen stießen noch immer Krieger und Orks zu ihnen, auch wenn aus dem anfänglichen Strom inzwischen eher ein Tröpfeln geworden war, die beiden anderen standen in Flammen, obwohl das Inferno dort nicht annähernd so gewaltig tobte wie in der, durch die sie selbst vorhin geritten waren.

Der krächzende Schrei eines Raben ließ nicht nur Pia mit einem Ruck aufsehen.

Gleich drei der riesigen Tiere waren über dem Platz erschienen und begannen dort schnelle gegenläufige Kreise zu ziehen; vermutlich dieselben, die sie gerade vor dem Ork gerettet hatten. Hernandez schrie einen knappen Befehl in der unverständlichen Sprache der Barbaren, und mindestens ein Duzend Pfeile zischten zu den Raben hoch. Die Tiere kreisten niedrig genug über dem Platz, um in Schussweite zu sein, aber kein einziger der gefiederten Todesboten kam ihnen auch nur nahe. Die Raben wichen mit schon fast spöttisch anmutender Leichtigkeit aus und schienen sich selbst in tanzende Schatten zu verwandeln, die nur manchmal da waren.

Dafür regneten etliche der gefährlichen Geschosse wieder auf den Platz zurück und verletzten die Männer, die sie gerade abgeschossen hatten.

»*Hört auf!*«, schrie Hernandez. »*Das hat keinen Sinn! Genau das wollen sie doch!*«

Einer der Raben krächzte laut, wie um ihm recht zu geben, und Hernandez starrte noch einmal zu den leeren Straßen hin, aus denen weiterhin Krieger herbeistürmten. Etwas änderte sich: Bisher war es ein Heer von Eroberern und Zerstörern gewesen, in dessen Mitte sie ritt. Jetzt war es ein Haufen verängstigter Männer auf der Flucht. Es war keine Veränderung des Sichtbaren, aber Pia konnte spüren, wie Furcht wie eine eisige Hand nach den Herzen der Männer griff. Die Mienen der Orks vermochte sie nicht zu deuten, doch auf den Gesichtern etlicher Männer in ihrer Umgebung erschien plötzlich ein Ausdruck blanker Angst.

»Was ... ist das, Hernandez?«, murmelte sie verstört. Die Furcht ließ auch sie nicht unberührt. Ihr Herzschlag beschleunigte sich, und sie hätte mit den Händen zu ringen begonnen, wären sie nicht fest am Sattelknauf angebunden gewesen.

»Das sind diese verdammten Schattenelben!«, fluchte Hernandez gepresst. »Sie schicken uns ihre Angst.« Zwei, drei endlose schwere Herzschläge lang starrte er geradewegs durch sie hindurch ins Nichts, dann richtete er sich im Sattel auf und schrie mit laut hallender Stimme: »*Wir rücken ab! Auf der Stelle!*« Die drei Raben oben am Himmel krächzten zustimmend, und das Heer setzte sich augenblicklich und sehr schnell in Bewegung.

Aber vielleicht war es trotzdem schon zu spät. Aus zwei der fünf Gassen strömten plötzlich keine Barbaren und Orks mehr heraus, dafür jedoch ein bunt zusammengewürfelter Haufen aus Gardesoldaten, bewaffneten Bürgern und Rittern in sonderbar anmutenden, aber einheitlichen Rüstungen; vielleicht Soldaten des Heeres, von dem Istvan vorhin gesprochen hatte. Anscheinend hatten sich Hernandez' Orks doch nicht so gründlich um sie gekümmert, wie er so vollmundig behauptet hatte.

»Aber das ist unmöglich«, keuchte er. »Das ist vollkommen ausgeschlossen!« Und dann schrie er: »Das ist nicht echt! Bleibt zusammen! Das ist nur ein Trugbild!«

Seine Worte gingen im Lärm der ausbrechenden Panik unter. Barbarenkrieger und Orks prallten gleichermaßen entsetzt zurück und suchten in überstürzter Flucht das Weite. Manche warfen gar ihre Waffen weg, und nicht wenige wurden von ihren eigenen Kameraden niedergetrampelt oder starben unter gewaltigen krallenbewehrten Pfoten, als auch die Reitechsen in Panik gerieten und eine nach der anderen durchzugehen begann. Mehr und mehr Soldaten strömten aus den Straßen heraus, und hinter ihnen waren noch einmal Hunderte, wenn nicht Tausende, ein unendlicher blitzender Strom aus Helmen, Speerspitzen und emporgereckten Schwertern.

Und es war längst nicht nur der Anblick dieser erdrückenden Übermacht, der aus Hernandez' gerade noch so stolzem Heer einen Haufen kopfloser, schreiender Männer machte. Viel schlimmer war die Angst, die dem Heer wie eine unsichtbare Flutwelle vorauseilte, die Gedanken von Mensch und Tier lähmte und ihre Herzen mit Furcht erfüllte, gegen die selbst der stärkste Wille machtlos war.

Auch Pia krümmte sich und begann vor Panik zu wimmern. Ihr Pferd tänzelte und versuchte auszubrechen, und selbst Hernandez gelang es nur noch mit großer Mühe, seine Reitechse unter Kontrolle zu halten.

»*Glaubt nicht daran!*«, schrie er. »*Das ist nur ein Trugbild!*«

Vielleicht hatte er damit sogar recht, dachte Pia mit dem winzigen Rest von klarem Verstand, der ihr noch geblieben war. Eigentlich war es vollkommen unmöglich, dass dieses gewaltige Heer buchstäblich aus dem Nichts aufgetaucht sein sollte. Es *konnte* gar nicht real sein.

Aber das war lediglich, was ihr Verstand ihr sagte. Ihre Augen und die kreischende Angst in ihrem Inneren behaupteten etwas anderes, und es war ganz egal, welche Argumente ihre Vernunft dagegen aufzubieten versuchte. Rings um sie herum explodierte die Panik zu reinem Chaos. Sie hörte Schreie, das Kreischen von Mensch und Tier und ein immer lauter werdendes Tosen und Bersten, den schrecklichen Laut brechender Knochen und Rüstungen, Helme und Schädel, die unter gepanzerten Pfoten zermalmt wurden. Hernandez musste in diesen wenigen Augenblicken mehr Männer verlieren als während des gesamten Kampfes um die Stadt, und möglicherweise war das Schlimmste noch nicht einmal vorbei: Plötzlich gellten auch hinter ihnen Schreie auf, und als Pia im Sattel herumfuhr, sah sie ein Bild, das direkt aus dem tiefsten Schlund der Hölle zu stammen schien.

Das Feuer hatte weiter um sich gegriffen. Die Straße hinter

ihnen schien nicht einfach nur zu brennen, sondern war zu einem flammenden Tunnel geworden, dessen Wände aus purem Feuer bestanden, ein Schacht aus lodernder weißer Glut, der direkt ins Herz einer explodierenden Sonne führte.

Und an seinem Ende erschien ein Dämon.

Er war riesig, trug eine Rüstung in der Farbe der Nacht und sprengte auf einem gigantischen schwarzen Pferd heran. Sein Mantel wehte wie ein Paar riesiger schwarzer Flügel hinter ihm her, und wo die Hufe seines Schlachtrosses den Boden berührten, da stoben Funken auf.

»Das ist auch nur ein Trugbild!«, schrie Hernandez. *»Lasst euch nicht narren!«*

Der schwarze Dämon raste weiter heran, hielt plötzlich einen fast mannslangen Bogen in der Hand und schoss einen Pfeil ab, und auch wenn er tatsächlich nur eine Illusion sein sollte: Der Pfeil war es nicht. Er durchschlug die Brust eines berittenen Orks, suchte sich seinen Weg durch den Schädel eines zweiten, noch bevor der Schuppenträger aus dem Sattel sank, und durchbohrte noch zwei weitere Männer, bevor er tatsächlich *herumschwenkte* und genau auf Hernandez zielte!

Hernandez reagierte mit unglaublicher Schnelligkeit, indem er sich mit einer eigentlich ganz und gar unmöglichen Bewegung herum- und zur Seite warf. Statt ihn zu durchbohren, schrammte der Pfeil nur Funken sprühend an seinem Brustpanzer entlang, wurde noch einmal abgelenkt und zielte nun direkt auf sie.

Pia fand nicht einmal Zeit zum Erschrecken, aber sie tat ganz instinktiv das Einzige, was ihr einfiel (auch wenn es vollkommen sinnlos war): Sie floh in die Schatten.

Der Pfeil tat dasselbe.

Den Bruchteil einer Sekunde, bevor sich die dreieckige schwarze Spitze in Pias Brust bohren konnte, verwandelte sich der Pfeil in einen rauchigen Schemen, der einfach durch sie hindurchglitt. Alles, was sie empfand, war eine flüchtige Berührung tief in ihrem Inneren, wie ein eisiger Hauch, der ihre Seele streifte. Hinter ihr schien der Pfeil jedoch wieder Gestalt anzunehmen, denn sie konnte hören, wie er klappernd an der Wand zerbrach.

»Der Kerl ist echt!«, brüllte Hernandez, noch während er mit aller Macht darum kämpfte, nicht von seinem bockenden Reittier abgeworfen zu werden. »Packt ihn!«

Noch mehr und noch lautere Schreie gellten über den Platz, und Pia sah in in einer blitzartigen Vision, wie die Front der neu aufgetauchten Krieger in Hernandez' Heer krachte – und einfach hindurch. Hernandez hatte recht gehabt. Es waren keine Soldaten. Es waren Trugbilder, nicht mehr als Gespenster, die die Körper der Fliehenden nicht einmal berührten, sondern einfach durchdrangen und sich dann auflösten wie Gebilde aus vergänglichem Nebel.

Dann explodierte die Wand hinter ihr.

Diesmal war es ganz gewiss keine Illusion. Trümmer und Steinbrocken flogen in alle Richtungen davon, schleuderten Krieger zu Boden und fällten sogar einen der gewaltigen Orks, und inmitten dieses Chaos erschien ein weiterer schwarzer Riese, der auf einem elefantengroßen Schlachtross saß.

Mit einem einzigen Satz war der Schattenelb neben ihr, fällte mit seiner schwarzen Klinge einen Ork, der dumm genug war, sich ihm in den Weg stellen zu wollen, und griff mit dem anderen Arm nach Pia. Sie schrie vor Schmerz, als die dünnen Lederriemen zerrissen, mit denen ihre Hand- und Fußgelenke gefesselt waren, und dabei tiefe blutige Schnitte in ihrer Haut hinterließen. Der Schattenelb warf sie einfach quer vor sich über den Sattel, ließ sein Schwert in Hernandez' Richtung züngeln (es verfehlte ihn) und sein Pferd auf die Hinterläufe steigen. Die Hufe des Elbenpferdes zertrümmerten Rüstungen und Schädel, während es herumwirbelte, dann machte es einen zweiten Satz, und plötzlich fanden sie sich im Inneren desselben Hauses wieder, aus dessen Wand es gerade herausgebrochen war. Schreie und Dunkelheit und der Geruch nach Staub und dem scharfen Schweiß des Pferdes hüllten sie ein. Was von der Einrichtung des Hauses möglicherweise noch übrig gewesen sein mochte, das wurde unter den wirbelnden Pferdehufen endgültig zermalmt. Torman legte sich weit nach vorne, aber sein Helm und der schwarze Rückenpanzer schrammten trotzdem an der niedrigen Decke entlang und rissen Putz und mit Lehm verklebtes Stroh heraus. Sie bemerkte kaum, wie Torman das Schwert hob und die nächste Wand mit einem gewaltigen Hieb zertrümmerte. Für einen Moment hüllte sie Sonnenlicht ein, und sie konnte spüren, wie ihr Mantel aus schützenden Schatten zerstob, dann krachte es erneut und noch lauter, und das Elbenpferd walzte wie ein außer Kontrolle geratener Panzer durch ein weiteres Gebäude. Schreie hallten von überall wider, und mindestens einmal tauchte etwas Großes und Grünes vor ihnen auf und zerstob in einer Wolke aus Blut, als Torman seine Schattenklinge schwang.

Pia versuchte etwas zu sagen, brachte aber nur ein qualvolles Husten zustande und hätte sich beinahe übergeben, als bitter schmeckender Speichel und Staub in ihre Kehle drangen.

»Bleibt unten, Erhabene!«, keuchte Torman. »Ich halte Euch fest!«

Pia hatte nicht vorgehabt, etwas so Dummes zu tun, wie etwa ihren Halt loszulassen, und sie hätte es noch sehr viel weniger getan, als sie erneut ins helle Sonnenlicht hinaussprengten und plötzlich ein ganzer Hagel kurzer Pfeile auf sie niederging. Die meisten prallten einfach von Tormans schwarzer Rüstung ab, ohne sie auch nur anzukratzen, einen schlug er mit dem Schwert aus der Luft und einen anderen (von dem Pia das unangenehme Gefühl hatte, dass er sie getroffen hätte) mit der bloßen Hand. Dann waren plötzlich Männer rings um sie herum, Tormans Schwert sang, und zerbrochene Bögen und abgehackte Körperteile und Köpfe wirbelten durch die Luft. Etwas Klebriges und ekelhaft Warmes klatschte in ihr Gesicht, und jetzt brauchte Pia all ihre Willenskraft, um sich nicht zu übergeben, als sie den widerlichen Geschmack von Blut auf den Lippen spürte, das nicht ihr eigenes war.

Das Pferd wurde schneller. Die Mauern einer schmalen, fensterlosen Gasse flogen an ihnen vorüber und verschmolzen zu grauen Schemen, und sie hätte fast ihren Halt verloren, als Torman das Tier in einer ganz und gar unmöglichen Bewegung herum- und in eine noch schmalere Gasse riss. An deren Ende schimmerte etwas Helles, das war alles, was sie erkennen konnte. Wenigstens war es nicht grün.

Sie rasten weiter, bogen noch einmal und noch jäher ab, und nach einem weiteren Dutzend Haken schlagender Schritte ließ Torman das Pferd langsamer laufen und hielt schließlich an. Pia schluckte den Rest bitter schmeckender Galle hinunter und versuchte noch einmal etwas zu sagen, doch Torman kam ihr zuvor, indem er sie wie eine junge Katze im Nacken packte und sie vor sich auf den Hals des Schlachtrosses setzte.

»Was bei Kronn habt Ihr Euch dabei gedacht?«, fuhr er sie an.

Pia blinzelte verwirrt. Ganz davon abgesehen, dass sie nicht die geringste Ahnung hatte, wovon er überhaupt sprach, hätte die Antwort sowieso gelautet: *nichts.*

»Ich hatte Euch befohlen, in die Schatten zu fliehen und dort auf mich zu warten!«

»Aber das habe ich doch ...«, begann Pia, registrierte den Ausdruck in seinen Augen und brach mit einem verwirrten Stirnrunzeln ab.

»Ihr habt keine Ahnung, habe ich recht?«, fragte Torman.

Diesmal nickte sie. Sie hatte wirklich keine Ahnung. Nicht einmal, wovon er jetzt gerade sprach.

»Ja, so etwas kommt dabei heraus, wenn dumme Kinder mit den Mächten der Magie spielen«, grollte Torman. »Weißt du überhaupt, was du angerichtet hast?« Er beantwortete seine eigene Frage mit einem Kopfschütteln, und seine schwarzen Augen wurden noch schwärzer vor Zorn. »Nein, natürlich nicht! Und wie auch?«

»Warum erklärt Ihr es mir nicht, Schwert?«, fragte Pia scharf. Verdammt, seit sie hier angekommen waren, erklärte ihr wirklich *jeder,* was sie nicht tun sollte und was sie falsch gemacht hatte. Warum sagte ihr eigentlich niemand, was sie *tun* sollte?«

Für einen Moment brannte der Zorn in Tormans Augen noch heißer, aber dann erlosch er wie abgeschaltet.

»Verzeiht, Erhabene«, sagte er. »Wie solltet Ihr es auch wissen? Es war mein Fehler. Ich werde Euch alles sagen, was Ihr wissen müsst, sobald wir hier heraus sind.«

Alles, was Ihr wissen müsst. Das war eine Formulierung, über die nachzudenken sich sicherlich lohnte, und Pia setzte auch zu einer entsprechenden Frage an – doch dann sah sie eine Bewegung am Ende der Gasse, in die sie gerade geflohen waren. Torman, dem ihr Blick nicht verborgen geblieben war, wandte den Kopf und verzog die Lippen zu dem abfälligsten Lächeln, das Pia jemals im Leben gesehen hatte.

»Aber ich schlage vor, das zu einem späteren Zeitpunkt zu tun«, sagte er.

Pia hatte nichts gegen diesen Vorschlag einzuwenden.

Torman hob sie hoch und drehte sie herum, sodass sie wenigstens nicht mehr rittlings auf dem Pferd saß, und er war sogar rücksichtsvoll genug, sie dabei mit beiden Händen an den Hüften zu ergreifen, statt sie wieder im Nacken zu packen. Sie ritten weiter, bogen zwei, oder dreimal (sie war sicher: vollkommen wahllos) ab und machten jedes Mal wieder kehrt, wenn am Ende der entsprechenden Gasse eine Mauer aus Schwertern, Äxten, grünen Schuppen und Zähnen auftauchte. Torman sagte kein Wort, und sein Gesicht blieb so ausdruckslos und starr wie das in Stein gemeißelte Antlitz des Elfenkönigs über dem Tor im Turm des Hochkönigs, aber Pia spürte trotzdem, wie seine zur Schau gestellte Ruhe allmählich zu bröckeln begann.

»Die Burschen sind hartnäckig, wie?«, fragte sie, nachdem sie zum fünften oder sechsten Mal kehrtgemacht hatten oder hastig abgebogen waren. Natürlich antwortete Torman nicht, aber die Blicke, mit denen er sich immer unsteter umsah, hatten viel von ihrer bisherigen Sicherheit eingebüßt, fand sie. Hätte sie nicht gewusst, dass der Schattenelb die Bedeutung dieses Wortes nicht einmal kannte, sie wäre sicher gewesen, so etwas wie Angst in seinen Augen zu lesen.

Und ihr fiel noch etwas auf, was sie vielleicht viel mehr beunruhigte: Torman war nicht mehr ganz so unversehrt wie am Anfang. Sein schmales Gesicht war übersät mit Schrammen und Rinnsalen aus Blut, das so hell war, dass es auf seiner nahezu weißen Haut beinahe rosafarben wirkte. Seine Rüstung war zerschrammt, und in seinem Helm klaffte ein tiefer Riss, der vorhin noch nicht da gewesen war. Auch auf dem Fell seines riesigen Schlachtrosses glänzten Schweiß und Blut, das nicht ausschließlich von dessen Feinden stammte, und der Atem des Tieres ging rasselnd und unregelmäßig. Ganz so unverwundbar, wie sie bisher instinktiv geglaubt hatte, schienen der Schattenelb und sein unheimliches Reittier doch nicht zu sein.

Für einen winzigen Moment machte sich ein Gefühl widersinniger Schadenfreude in ihr breit, das allerdings nicht besonders lange anhielt. Vielleicht sollte sie *damit* warten, bis sie hier heraus waren.

Falls es ihnen überhaupt gelang.

Nicht nur eine der schmalen Gassen, durch die Torman das Pferd jagte, kam ihr auf unangenehme Weise bekannt vor, und der Schattenelb riss sein Tier immer öfter herum, um eine andere Abzweigung oder einen anderen Weg zu suchen. Schließlich gelang es ihr nicht mehr, die Augen vor der Wahrheit zu verschließen: Sie ritten im Kreis. Ihre Verfolger begannen sie in die Enge zu treiben.

Torman hielt an, brachte sein heftig tänzelndes Pferd mit einem harten Schenkeldruck zur Räson und sah sich gehetzt um.

»Läuft nicht besonders gut, wie?«, fragte sie.

»Schweigt!«, sagte Torman scharf. »Ich muss nachdenken.«

Seinem Gesichtsausdruck nach zu schließen, dachte Pia, war es nicht unbedingt etwas Angenehmes, worüber er nachdachte.

Die Meute aus Schuppengesichtern und Barbaren kam wieder näher. Torman riss das Pferd herum und sprengte um die nächste Abzweigung, eine kurze, von fensterlosen Mauern gebildete Gasse entlang und um eine weitere Biegung, und vielleicht war es in diesem Fall sogar Pia, die als Erste begriff, dass er einen Fehler gemacht hatte, denn das Pferd jagte noch ein gutes Dutzend Schritte weiter, bevor Torman es mit einem harten Ruck zum Stehen brachte. Seine Hand spielte nervös mit dem Griff des Breitschwerts, das er quer vor sich über den Sattel gelegt hatte. Am Ende der Straße, in die sie gerade eingebogen waren, war ein Trupp aus Barbarenkriegern und Orks aufgetaucht, der zwar näher kam, ihnen aber noch nicht gefährlich werden konnte; wenigstens für die nächsten zwei oder drei Sekunden.

Die Gasse endete zwanzig oder dreißig Schritt entfernt an der Stadtmauer. Es gab keine weitere Abzweigung, keine Lücke. Sie saßen endgültig in der Falle.

Pia sparte sich die Mühe, sich herumzudrehen und nach ihren Verfolgern Ausschau zu halten, aber sie konnte spüren, wie Torman es hinter ihr tat, und sie war sicher, sich sein erschrockenes Zusammenzucken nicht nur einzubilden. Dennoch ließ der Schattenelb das Pferd nach einer Sekunde weiterlaufen und hielt erst an, als sie die Mauer schon beinahe erreicht hatten und Pia sich allen Ernstes zu fragen begann, ob er etwa vorhatte, sie einfach zu rammen, wie er es vorhin mit dem Haus getan hatte.

Das Pferd wendete auf der Stelle, und Torman nutzte den Ruck, mit dem seine Vorderhufe den Boden wieder berührten, um Pia mit sanfter Gewalt vom Rücken des Tieres zu schubsen.

»Steigt ab, Erhabene«, sagte er, nachdem ihre Füße den Boden berührt hatten und sie mit einem hastigen Schritt zur Seite ihr Gleichgewicht wiederfand.

Pia schenkte ihm einen bösen Blick und machte hastig einen weiteren Schritt zur Seite, um nicht von dem nervös hin und her tänzelnden Pferd ganz verschentlich in den Boden gestampft zu werden. »Was Humor angeht, müsst Ihr noch eine Menge lernen, Schwert«, sagte sie.

Torman antwortete nicht darauf, und als Pia zum Ende der Gasse sah, konnte sie ihn auch verstehen.

Ihre Verfolger waren wieder da. Und es waren mehr geworden. Pia schätzte die Anzahl der Orks auf mindestens zehn, und dazu kamen wahrscheinlich noch einmal doppelt so viele Barbarenkrieger. Und hinter ihnen drängten immer noch mehr und mehr bewaffnete Gestalten in die Gasse. Sie hatten es nicht besonders eilig, näher zu kommen, und wozu auch? Sie saßen in der Falle. Es gab kein Entkommen.

»Und was jetzt, Torman?«, fragte sie nervös. »Ich meine, können wir nicht in die Schatten ...?«

»Nein«, unterbrach sie Torman. Pia stellte keine weitere Frage mehr.

Die waffenstarrende Front ihrer Verfolger rückte noch ein Stück näher und kam dann zitternd und klirrend zum Stehen, und eine weitere Gestalt erschien am Ende der schmalen Gasse. Sie saß auf einem Lizard, dessen hasserfüllte Blicke Pia selbst über die große Entfernung hinweg zu spüren glaubte.

Die Phalanx der Krieger teilte sich, um Hernandez passieren zu lassen. Er kam näher, hielt aber in respektvollem Abstand an, und ein halbes Dutzend Orks schloss sich wie eine lebende Mauer um ihn. Tormans Pferd schnaubte und begann unruhig mit den Vorderhufen zu scharren, und Hernandez' Reitechse stieß ein boshaftes Zischen aus. Der Hass zwischen diesen beiden Tieren musste mindestens ebenso groß sein wie der zwischen ihren Reitern.

»Schwert Torman«, sagte Hernandez. »Ihr habt tapfer gekämpft. Ich verbeuge mich vor Eurem Mut und Eurer Stärke.«

Torman sagte nichts dazu, sondern stieg mit einer langsamen Bewegung aus dem Sattel und ergriff sein Schwert mit beiden Händen.

»Aber nun ist es vorbei«, fuhr Hernandez fort. »Ihr habt viele meiner Krieger erschlagen, und ich weiß, dass Ihr noch mehr von ihnen töten könntet, bis dieser Kampf vorüber ist. Aber ich weiß auch, dass Ihr ihn nicht gewinnen könnt. Und Ihr wisst es auch. Das Blutvergießen muss nicht weitergehen.«

»Du wärst der Erste, den meine Klinge trifft«, sagte Torman ruhig.

»Ja, das ist gut möglich«, antwortete Hernandez. »Aber am Ende würdet Ihr auch sterben, Schwert. So weit muss es nicht kommen. Wir haben keinen Streit mit Euch und Euren Brüdern.« Er deutete auf Pia. »Wir wollen nur sie. Liefert sie uns aus, und wir lassen Euch gehen. Vielleicht findet sich ja später eine Gelegenheit für uns, unseren persönlichen Zwist zu Ende zu bringen.«

Wie zur Antwort spreizte Torman leicht die Beine und ergriff sein Schwert fester. Hernandez seufzte tief und schüttelte traurig den Kopf. Er hatte keine andere Reaktion erwartet, begriff Pia.

»Schade«, sagte er. »Ich hatte es ehrlich gemeint, wisst Ihr?« Er hob die Hand, und ein gutes Dutzend Orks vor und neben ihm begann die Waffen zu heben und vorzurücken.

Torman spannte sich und hob die Waffe nun in Brusthöhe, während er zugleich den Kopf drehte und Pia ansah. Ein Ausdruck unbestimmter Trauer, aber auch großer Entschlossenheit erschien auf seinem Gesicht. »Es tut mir leid, Erhabene«, sagte er.

Sie begriff einen Sekundenbruchteil zu spät, was der Schattenelb damit meinte. Sein Bedauern galt nicht dem Umstand, dass es ihm am Ende doch nicht gelungen war, seinen Auftrag zu erfüllen und sie zu beschützen.

Tormans Klinge verwandelte sich in einen huschenden Schatten, der mit tödlicher Präzision und schnell wie ein Gedanke nach ihrer Kehle stieß, aber so schnell es auch ging, so schrecklich unentrinnbar die Bewegung auch war und so kurz der zeitlose Moment, den sie brauchte, um diesen Gedanken zu denken, begriff sie doch noch mit vollkommener Gewissheit, dass sie jetzt sterben würde; dass dies das Ende ihrer Reise war. Instinktiv bewegte sie sich zurück, aber die Bewegung war geradezu grotesk langsam im Vergleich zu dem tödlichen schwarzen Blitz, der nach ihrer Kehle züngelte, und die Schwertklinge ...

... verfehlte sie.

Und war dann einfach verschwunden, zusammen mit Torman, dem Pfad, der Gasse, Hernandez und seinen Orks und dem Rest der Welt. Pia taumelte mit hilflos wedelnden Armen durch einen Vorhang unsichtbarer kribbelnder Spinnweben, kippte nach hinten und sah ein Chaos aufblitzender Lichter und tanzender Schatten überall um sich herum, bevor sie mit solcher Gewalt auf den Rücken fiel und mit dem Hinterkopf aufschlug, dass ein Gewitter vollkommen anderer, aus purem Schmerz bestehender Blitze vor ihren Augen aufflammte und sie beinahe das Bewusstsein verloren hätte. Etwas kreischte. Ein Orkan der unterschiedlichsten und allesamt *falschen* Geräusche schlug über ihr zusammen, und ein beißender Geruch stieg ihr in die Nase, genauso falsch wie die Geräusche, aber trotzdem auf sonderbare Weise vertraut. Das Schmerzgewitter flackerte für einen Moment noch heller und erlosch dann, und irgendwie gelang es ihr, die aufkommende Dunkelheit zurückzudrängen und nicht nur bei Bewusstsein zu bleiben, sondern auch die Augen zu öffnen.

Etwas Schwarzes und sehr Massives ragte keine zehn Zentimeter vor ihrem Gesicht in die Höhe. Sie hörte das Knacken von heißem Metall und das Kreischen von Reifen, und erst dann identifizierte sie den stechenden Geruch endgültig als den Gestank von heißem Gummi.

Eine Tür schlug, dann erschienen hektisch rennende Füße und nur einen Sekundenbruchteil später ein schreckensbleiches Gesicht mit weit aufgerissenen Augen in ihrem eingeschränkten Blickfeld.

»*Por Deus!*«, keuchte eine atemlose Stimme. »Ist Ihnen etwas passiert? Ich … ich habe Sie gar nicht gesehen! Ich schwöre, ich habe aufgepasst und …«

Die Worte verloren ihre Bedeutung, obwohl sie weiter nur so aus dem Mann heraussprudelten. Pia rutschte behutsam ein kleines Stück von dem Reifen weg, der sie um ein Haar zerquetscht hätte, richtete sich sehr vorsichtig auf, um sich nicht an der dazugehörigen Stoßstange den Kopf zu stoßen, und stemmte sich dann ganz in die Höhe. Kurz wurde ihr schwindelig, sodass sie sich an der Motorhaube des Wagens abstützen musste, um nicht sofort wieder zu fallen, und für einen noch kürzeren Moment begannen sich Lichter und Schatten und Geräusche noch einmal um sie zu drehen wie ein außer Kontrolle geratenes Kettenkarussell. Unsichtbare Spinnweben schienen ihr Gesicht zu berühren, und etwas ... wollte zurückweichen.

Pia verscheuchte das Gefühl mit einer so gewaltigen Willensanstrengung, dass ein leises Stöhnen über ihre Lippen kam. Ihre Knie gaben nach, und beinahe wäre sie gestürzt, hätte nicht diesmal eine Hand nach ihrem Arm gegriffen und sie festgehalten. Aber das Spinnwebengefühl war fort.

Als sie die Augen öffnete, blickte sie ins Gesicht eines schreckensbleichen kleinen Mannes, auf das sie trotzdem nicht hinabsehen musste. Er hatte schütteres Haar, trug einen schlichten grauen Straßenanzug, der ganz eindeutig schon bessere Tage gesehen hatte, und zitterte vor Aufregung und Angst am ganzen Leib

»Ist ... ist Ihnen auch wirklich nichts passiert?«, stammelte er. Dann wurden seine Augen noch größer. »Sie bluten!«

Pia hob ganz automatisch die Hand an den Hinterkopf und sog schmerzhaft die Luft zwischen den Zähnen ein, als sie warmes Blut ertastete. Trotzdem hörte sie die Worte kaum, und auch der neuerliche Schmerz kratzte nur irgendwo am Rande ihres Bewusstseins. Aus weit aufgerissenen Augen sah sie sich um.

Sie stand mitten auf einer belebten Straße. Hinter dem Wagen, der sie um ein Haar überfahren hätte, begann sich bereits ein Stau zu bilden. Etliche Fahrer hatten die Warnblinker eingeschaltet, aber die meisten betätigten nur mit großer Begeisterung ihre Hupen, und auch auf der Gegenfahrbahn begann sich allmählich ein Stau aufzubauen, weil natürlich jedermann langsamer fuhr, um neugierig in ihre Richtung zu gaffen. Es war Nacht, aber nicht dunkel. Überall rings um sie herum brannten Lichter: Schaufenster, Leuchtreklamen, erhellte Fenster und Türen, und es war *warm.* Und als wäre das noch nötig gewesen, um ihr endgültig zu beweisen, was passiert war, donnerte in diesem Moment ein Passagierjet keine hundert Meter über ihren Köpfen dahin und steuerte den Flughafen im Norden der Stadt an. All diese Lichter, die Autos und Menschen, das Flugzeug und der harte Asphalt, auf den sie gestürzt war, gehörten zu Rio de Janeiro.

Sie war wieder zu Hause.

»High Fantasy in ihrer Bestform!«

FEENFEUER FANTASY BLOG

über *Lichtbringer*

Alexander Lohmann

RING DER ELEMENTE

Roman

368 Seiten

ISBN 978-3-404-20563-9

Cidos ist ein junger Magier. Kurz nach seiner Ausbildung erhält er auch schon seinen ersten Auftrag: Im Namen der Obrigkeit und des eigenen Ordens soll er eine Gruppe Schmuggler ausschalten, die für einen dunklen Erzmagier arbeiten. Cidos spürt die Schmuggler auf, trifft dabei jedoch auch unversehens auf den Erzmagier. Der ist ein Experte der Manipulation und nimmt ihn mit auf eine waghalsige Reise zu magischen Orten. Ehe Cidos weiß, wie ihm geschieht, ist er zum unfreiwilligen Komplizen des dunklen Zauberers geworden ...

Bastei Lübbe Taschenbuch

Stell dir vor, es ist Weltuntergang und keiner geht hin

Stephan Russbült
DÄMONENZEIT
Roman
576 Seiten
ISBN 978-3-404-20637-7

Einen Dämon zu beschwören ist gefährlich. Ihn in einer Stadt einzupferchen ist keine gute Idee. Es sei denn, man wartet auf das Ende der Welt. Mein Name ist Baazlabeth. Ich bin ein Kriegerdämon und nicht ganz freiwillig hier in dieser komischen Stadt. Angeblich spiele ich eine Rolle in einer uralten Prophezeiung. Im Kampf Gut gegen Böse. Aber gerade läuft alles schief. Ich denke, es ist das Beste, wenn ihr dieses merkwürdige Schriftstück in euren Händen umdreht und aufschlagt. Lest ein paar Zeilen. Lernt meine Geschichte kennen.